Katharina Falkenberg

Fluch der Rosen

Roman

KLECKS VERLAG

Katharina Falkenberg

Fluch der Rosen

Roman

14.11.2014

Für Bärbel,

ich wünsche Dir ganz viel Spaß beim Lesen!

Katharina Falkenberg

Für meinen geliebten Ehemann.

Inhalt

Prolog 9
Kapitel 1 13
Kapitel 2 33
Kapitel 3 68
Kapitel 4 102
Kapitel 5 132
Kapitel 6 175
Kapitel 7 208
Kapitel 8 237
Kapitel 9 287
Kapitel 10 331
Kapitel 11 373
Kapitel 12 407
Kapitel 13 434
Kapitel 14 456
Kapitel 15 494
Kapitel 16 514
Epilog 525
Danksagung 531
Impressum 534

Prolog

Als Castor erwachte, krampfte sein Körper vor Wut, Verzweiflung und Trauer. Nacht für Nacht verfolgte ihn die Vergangenheit in seinen Träumen. Er bemühte sich zu vergessen, doch wenn er an sich hinab sah, auf seine faltige, um Jahrzehnte gealterte Haut, musste er sich der bitteren Wahrheit stellen, die er mit jedem Tag weniger ertrug.

Seine von Schmerzen geplagten, porösen Knochen ließen jede Bewegung zur Qual werden. Sie ächzten nach Erlösung – Erlösung durch den Tod, der nicht eintreten wollte. Langsam erhob er sich von seinem zerlumpten Lager, das er nur noch selten verließ, und griff nach seiner Pfeife.

Schon immer hatte es modrig gerochen in seinen Hallen, aber mittlerweile staute sich der Geruch von vergammeltem Fleisch, welches man ihm wohl zubereitet gebracht, doch das er nie angerührt hatte, von seinen Exkrementen, die er nur noch selten hinfort schaffte, und verwesten Ratten derart, dass er anfing, sich vor sich selbst zu ekeln. Selbst sein Abbild widerte ihn in einem solchen Maße an, dass er vor etlichen Wochen in einem Tobsuchtsanfall, der seinesgleichen suchte, jede Spiegelfläche zertrümmerte. Die Scherben lagen noch immer auf dem Boden.

Castor hatte seit dem Tag des Fluchs keinen Weg mehr für sich zurück ins Leben gefunden und weigerte sich noch immer vehement dagegen, ihn zu suchen. Schon damals, als die Welt noch in ihren geregelten Bahnen lief, gab er sich gerne und häufig dem heilsamen Schlaf des Opiums hin. Doch seit all dies geschehen war, bestand seine Existenz nur noch aus einer steten Aneinanderreihung von Räuschen.

Verdrießlich kratzte er die wenigen Reste des Harzes zusammen und stopfte sie hastig in die Mulde seiner kurzen Meerschaumpfeife. Der Gedanke daran, dass er sein verkommenes Loch bald verlassen musste, um sich sein erlösendes Glück, das einzige, das er noch kannte, zu beschaffen, ließ ihn schaudern. Er war immer schon ein Mann der Nacht, doch seit geraumer Zeit ertrug er nicht einmal mehr den Wind auf seiner von Schmutz verklebten Haut. Nichts, das ihn daran erinnerte, dass die Welt noch immer bestand, dass es ein anderes Leben für ihn geben könnte, als dieses unwürdige, aus dem er keinen Weg hinaus sah – nicht sehen wollte. Dass Valerya irgendwo da draußen gleichsam weitermachen konnte wie zuvor, ohne ihn, während er sich hier unten in den Gewölben vor lauter Sehnsucht nach ihr selbst zerstörte.

Dankbar sog er sein geliebtes Gift ein. Im blauen Dunst des Rausches versteckte er sich vor der Welt, vor sich selbst. Er ließ seinen Kopf zurück in das Kissen sinken, während die Pfeife aus seiner Hand glitt und auf den Boden fiel. Endlich wich der Schmerz aus seinen Knochen, seinem geschundenen Herzen und die Taubheit, nach der er verlangte, übermannte ihn. Es war, als würde sich sein Körper mit dem harten Bett unter ihm verbinden, ihn in sich einsaugen, bis sein Menschsein nicht mehr so schwer auf ihm lastete.

Bilder erschienen vor seinem inneren Auge. Die Farben waren leuchtend und schön, kreierten eine heile Welt, in der er sich ganz und gar verlor. Alles, was jemals geschehen war, erschien ihm nun gleichgültig und belanglos. Es gab nur noch Farben, Formen und Wärme, die durch seinen Körper strömten. Gerüche und Gefühle, die nicht ihm gehörten. Sie entstanden und verschwanden, ohne dass sie ihn wirklich berührten. Er war der stille Beobachter einer Fantasie. Ein Voyeur, der aus fremden Erinnerungen lebte, sich den Gefühlen anderer bediente, die er in seinen Räuschen sah und auf eine seltsame, befremdliche Weise auch spürte.

Doch dieses Mal war etwas anders. Die Bilder kamen zu schnell, die Eindrücke waren zu fremd und die Emotionen zu heftig. Er wollte sich dagegen wehren, erneut aufwachen, die Dinge anhalten. Doch er war nicht fähig, diesen Zustand zu kontrollieren. Etwas zerrte ihn mit sich in die Vergangenheit, die er vergessen wollte. Er versuchte, seine Augen davor zu verschließen, doch weder die Bilder, noch die Gefühle, die ihn zu erdrücken drohten, verschwanden.

Er fand sich in den Anfängen wieder und begann sich zu erinnern. Er sah Massimo und Anna Maria. Da war Konstantin, Gabriella und auch Giacomo. Er sah sogar sich selbst und erschrak, als ihm bewusst wurde, was aus ihm geworden war. Er konnte sie alle klar und deutlich vor sich sehen. Wie sie lachten und weinten, wie sie sich berührten und sprachen. Doch mehr noch geschah mit ihm: Er konnte in sich spüren, was sie einst fühlten. Es war, als würde er sich in ihre Gedanken stehlen, ihre Seelen erkunden. Der Anfang von all dem, was einst geschah, zeigte sich ihm. Der Beginn einer Geschichte um Liebe, Verlangen, Hass und Verrat. Der Beginn einer Geschichte, die letztlich die Welt entzweite.

Kapitel 1

Schatten und Licht

November 1510

Mein geliebter Begleiter. Denke nicht, dass ich dich vergessen habe. Wie könnte ich, wo du doch das Wichtigste, das Letzte, das mir Verbleibende bist. Viel zu lange habe ich aus Angst, auch noch dich, meinen einzigen Vertrauten, zu verlieren, nicht gewagt, deine leeren Seiten zu beschreiben. Doch sei gewiss, dass ich deinen weichen, ledernen Umschlag in jeder Minute an meinem Herzen spürte und mich danach sehnte, dich zu öffnen.
Oh, ich war so dumm! Verblendet von Glanz und Ruhm einer mir unbekannten Welt, dass ich wirklich daran glaubte, mit den Flammen des Feuers spielen zu können, ohne mich daran zu verbrennen. Doch ich habe mich bitter getäuscht und nun frage ich mich, ob ich es selbst bin, die all dies zu verantworten hat. Wenn ich doch nur die Schuld von mir weisen könnte ... Es wäre um so vieles leichter! Doch ich weiß, dass ich es war, die das trockene Bündel Reisig in den Händen hielt, dessen Funken alles, was ich einst besaß, niederbrannte.

Wenn ich es wage, auf meine von Asche beschmutzten Hände zu blicken, erschrecke ich vor mir selbst.

Ich möchte dir die Wahrheit schreiben. Die ganze Wahrheit. Während ich mich zugleich frage, was nun wahr ist und was nicht, und ich am liebsten vergessen würde. Ich will meine Augen schließen und mich an nichts mehr erinnern, wenn ich sie wieder öffne. Doch die Bilder verschwinden nicht! Sie verfolgen mich bis tief in meine Seele, bohren sich schmerzhaft in mein Herz.

Wenn du mir nur glauben würdest, dass ich all dies nicht erahnen konnte, vielleicht kann ich dann selbst daran glauben. Ich habe doch nicht gewusst, ich unbedarftes Ding, welche gewaltigen Kräfte sich in einem Mann zu sammeln vermögen! Woher sollte ich wissen, in welchen Verstecken, hinter welchen Mauern diese sogenannte Leidenschaft verborgen liegt und welch schreckliches, vernichtendes Verlangen sich in Wahrheit hinter diesem Gefühl verbirgt? All diese Dinge – sie sagten mir doch nichts!

LEIDENSCHAFT. Während der Klang dieses Wortes noch immer in den Tiefen meines Herzens hallt, sucht mein Verstand dessen Bedeutung zu ergründen.

Ich dachte, es wäre eine der unzähligen Facetten einer Empfindung, über die ein jeder etwas zu berichten weiß. Die Liebe. In meiner beschränkten Welt, glaubte ich fest daran, es wäre ein Gefühl, das mit ihr einher geht. Ich dachte, es wäre etwas Gutes, etwas ganz Fantastisches, dies empfinden zu können und ich wünschte mir sehr, es einmal selbst in mir zu spüren. Ich nahm mir vor, ihn nie wieder ziehen zu lassen, diesen so wichtigen Aspekt der Liebe, wenn ich ihn einmal selbst finden sollte. Es war etwas, von dem ich glaubte, dass es dieses Leben erst lebenswert werden lässt, da es zum wichtigsten Gut der eigenen Seele, des eigenen Herzens werden kann.

Nun wünschte ich, ich wäre ihr niemals begegnet ...

In meinem Geiste gehörten sie zusammen. Ja, ich denke selbst jetzt noch, wo ich es doch besser wissen müsste, dass sie dies sollten. Ich wünschte, die Liebe und die Leidenschaft könnten gemeinsam, unzertrennlich in ihren Tiefen, ineinander verschlungen, stets Hand in Hand einhergehen.

Mein Leben, alles, an das ich glauben wollte, scheint nun durch den Nadelstich einer einzigen spitzen Lüge, gleich einer Seifenblase vor meinen Augen zu zerplatzen. Als wäre mein ganzes Leben nichts, als eine unerhörte Lüge gewesen.

Oh, es schmerzt mich so sehr, all dies begreifen zu müssen. Lass mich nicht daran zerbrechen. Lieber würde ich sterben, als mich selbst in meiner Einsamkeit zu verlieren. Aber ist es nicht bereits geschehen? Da ist diese Leere in mir. Sie will nicht mehr weichen. Ich spüre in meiner Brust, wie sie wächst und alles verdrängt. Ich weiß, dass diese Leere falsch ist, dass sie nicht dorthin gehört, doch ich erinnere mich nicht mehr, was einst an ihrer statt in mir lebte.

Wenn ich doch nur jetzt, mit dem Wissen um all dies, noch einmal meine Schritte wählen könnte ... Ich würde ohne zu zögern weiter auf den verschwiegenen Wegen der Lüge stolzieren.

Nein, Liebe und Leidenschaft sind zwei seltsame, eigensinnige Wesen, die nichts miteinander verbindet. Wenn es überhaupt eine Brücke zwischen ihnen gibt, dann ist es wohl der Hass, dessen Grausamkeit und Kraft sie beide wie klebrigen, schwarzen Teer aneinander bindet.

Die Leidenschaft ist etwas schadhaftes, schlechtes, gieriges, das in der Lage ist, einen Körper von seinem eigenen Herzen zu trennen. Sie gewinnt ihre Macht aus den verborgenen, tief in Dunkelheit gehüllten Verstecken einer Seele, die niemals das Tageslicht erblicken sollten. Es sind die geheim gehaltenen Orte, die Abgründe unserer Gedankenwelt, die ein jeder kennt und besitzt, hinter dessen Mauern sie sich versteckt. Eine unsichtbare Welt, über die niemand spricht … Finstere Orte, wo diese Gier in Ketten gelegt, durch Kohlen geschürt und gleichwohl langsam gar geschmort wird.

Doch ein jeder zeigt sein lächelndes Engelsgesicht. Wir Menschen begraben die Wahrheit unter immer weiter aufgetürmten Lügen und Tugenden. Betten sie zwischen schlafenden Kohlen.

Doch wehe, wenn dieses Gefühl erwacht. Ich fürchte mich noch immer, wenn ich daran denke, wie jenes gefährliche Inferno sich scheinbar eigenmächtig entfachte und dieses ganze sensible Konstrukt der Liebe innerhalb von Sekunden in ein jämmerliches Häufchen Asche verwandelte.

Eben dieses tödliche, lodernde Flammenmeer ist der wahre Ort der Leidenschaft. Eine Leidenschaft, die so groß, so stark und so unglaublich wütend sein kann, dass sie den ganzen Körper mitsamt seinem Herzen zu entzünden vermag.

Ja, so ist sie. Ein gefährliches Spiel mit dem Feuer, das nur selten Gewinner, doch umso öfter Verlierer aus sich gebiert.

Ich bin es nun, die verloren hat. Ich habe wohl alles verloren. Mich selbst, mein Herz, meine Seele. Verbrannt in den heißen Flammen.

Niemals hätte ich ihn beherrschen können. Nicht ihn. Nicht diesen Mann. Weder was er empfand, noch was ihn vorantrieb. Wie konnte ich nur so dumm sein? Wie nur mich selbst derart überschätzen?

Nicht ich, weder mein Geist noch mein Herz brannte. Er allein war es, der in Flammen stand. Es war seine Leidenschaft, die ich nicht erwidern konnte. Sein Verlangen, dem ich mich nicht hingeben wollte. Und seine allein ihn zerfressende Gier, derer ich mich nicht ergab.

Oh, könnte ich die Zeit, den stetigen an mir ziehenden und zerrenden Lauf der Welt, doch nur ein Stück zurück drehen. Ich hätte Vater nicht angefleht, mich mit in dieses prunkvolle Schloss zu nehmen. An diesen funkelnden, goldenen Ort, der mich am Ende verschlang.

Vielleicht ist das, was ich nun erlebe, nichts anderes, als der gerechte Preis, den ich für meine Arroganz zu zahlen habe. Schließlich war es nicht die Kunst, die mich dazu brachte, diesen Ort, an dem ich nichts verloren hatte, zu betreten. Oh nein, nicht das Porträt, das mein Vater für den Großfürsten schuf, war der Grund meines Bittens und Bettelns. Einmal nur wollte ich in seiner Nähe sein. Ihn leibhaftig sehen. Ihn, diesen un-

nahbaren, großen Herrscher. Es war nichts anderes, als die egoistische Gier nach Anerkennung, die mich in diese Festung des Schreckens trieb. Ich wollte ihn genauestens mustern, mir jede Kleinigkeit einprägen, um mit meiner losen Zunge prahlen zu können.

Oh nein. Ich hätte diese Hallen niemals auch nur mit einem Schritt betreten dürfen.

Doch viel schwerer als meine schändlichen Gedanken wiegt eine andere Last auf meinen Schultern. Eine Last, die all meine unzähligen Charakterschwächen nichtig und lächerlich erscheinen lässt. Die wohl größte Dummheit meines Lebens war es, zu lächeln. Ihn, den Großfürsten anzulächeln und mein Mundwerk nicht zu halten, wie mir befohlen wurde. Mit geröteten, hitzigen Wangen stand ich vor ihm, während ich mit den Fingern durch mein Haar strich. Ich spielte, ganz so, als wüsste ich um dieses Spiel. Doch es waren die naiven Augen eines Mädchens, der naive Mund, der da lächelte und sprach.

Nein, ich wusste nicht, wie es sich anfühlt zu verbrennen. Ich wusste nicht, wie schnell die Flammen seiner hemmungslosen Leidenschaft emporschnellen können. Ich wusste es wirklich nicht. Und dennoch hielt ich selbst den alles entzündenden Reisig in meinen Händen. Jene kleinen, trockenen Äste, die seine versteckt liegenden, glühenden Kohlen gierig verschlangen.

Kaum begonnen, hob all dies an, mir zu gefallen. Ich wollte mehr. Immer mehr. Obgleich ich nicht begriff, wonach es mich verlangte. Es erfüllte mich mit Stolz, ihn, diesen mächtigen Herrscher, oder vielmehr die Bes-

tie, die in ihm wohnte, mit bloßen Händen zu füttern, ohne zu wissen, wohin es mich führt. Ich bot meine Finger und glaubte, die Hand behalten zu dürfen.

Ich erinnere mich noch genau an das von Sorge verzerrte Gesicht meines Vaters, als ich bei Hofe blieb, während er zurückfuhr. Weshalb nur wollte ich nicht hören? Er wusste es. Vater hatte all dies kommen sehen. Er wusste vom ersten Augenblick der Begegnung an, welches Schicksal mich ereilen würde. Welche Wut in diesem übermächtigen Manne brennen konnte, dessen noch so kleiner Wunsch Gesetz bedeutet.

Doch es war zu spät. Viel zu spät, um meine Hand aus den Flammen zu reißen. Meine Blicke waren längst geschenkt, mein Lächeln gelächelt und mein Verhängnis beschlossen.

Doch erreichen konnte es mich nicht, das Feuer seiner Leidenschaft, es loderte nie in meiner eigenen Seele. Dennoch trage nun ich die schäbigen Überreste der Zerstörung mit mir. Für mich war all dies nichts weiter als ein Spiel. Ein Spiel, das meinen Tod hätte bedeuten können. Seine Flammen wurden durch die wütende Eifersucht seiner Gemahlin erstickt, und mir widerfuhr mehr Glück, als mein Verstand es verdient.

So sitze ich nun schon seit Wochen in dieser Kutsche, ohne zu wissen, was sein wird. Auf dem Weg ins Nirgendwo, von dem ich nicht weiß, wann und wo er endet, oder ob er gar meinen Abschied aus diesem Leben bedeuten wird. Noch immer trage ich die Kleider, die ich am Tag meiner hektischen Abreise am Leibe trug und halte das Einzige in den Händen, das mir noch ge-

blieben ist: Dich und deine heilsamen, vertrauten Seiten, die ich mir nicht nehmen ließ.

Mit meinem Abschied wurde die Asche, die seine Glut hinterließ, gleich einer undurchsichtigen, stickigen Wolke in meinen Körper geblasen. In mir gibt es nichts mehr als Schwarz mit silbrigen Fetzen seiner Überreste, die mich quälen. Wo ist das Licht?
Ich sehe, und doch bin ich blind.
Mühsam beginne ich, die endlos erscheinenden Aschehäufchen in mir aufzukehren. Wie lange wird es wohl dauern, bis der Ruß nicht mehr unter meinen Fingernägeln haftet? Bis ich frei sein darf von dieser Leidenschaft, die ich noch immer nicht begreife?

* * *

Während der Wagen den endlos erscheinenden, steilen Pfad hinauf holperte, blickte Anna Maria nicht einmal zum Fenster hinaus. Nur zu gern hätte sie sich an den wunderschönen, bunten Blumen erfreut, doch ihr einst so lebensfrohes Lächeln war gänzlich von ihren Lippen verschwunden. Die ewig während Fahrt, die ihren Rücken, ihre Glieder strapazierte, die wechselnden Nachtlager und die Unwissenheit um das Ende ihrer Beschwerlichkeiten hatten ihren Geist zermürbt. Bereits seit Monaten saß sie gleich einer Gefangenen in dieser einfachen Kutsche fest. Monate, in denen sie befürchtete, ihren Verstand zu verlieren.

Sie wollte schlafen. Nichts als schlafen und war doch fortwährend wach. Ein Zustand, der sie an den Rand des Wahnsinns trieb. Sie fühlte sich gleich einer lebenden Toten inmitten einer Welt, in die sie nicht hineinzupassen schien. Anna Maria war geistig derart erschöpft, dass sie sich fragte, ob die junge Frau, die sie einmal gewesen, nun gänzlich auf dieser Reise verlorengegangen war.

Sie wünschte, zurück zu sich selbst zu finden, all die Dinge, die geschahen, ungeschehen werden zu lassen. Ihr einstiges Leben, wenn auch nur im Traum, weiter zu leben. Sie dachte an Irina, ihre liebste Freundin und einzige Vertraute. Nur zu gern hätte sie zumindest davon geträumt, mit ihr durch die Gassen Moskaus zu schlendern, um die Menschen während ihres Treibens zu beobachten. Schon immer war es ihrer beider liebste Beschäftigung, sich in dem Auf und Ab dieses kalten, hitzigen Zentrums des Großfürstentums Moskau, das sie ihr zu Hause nannten, treiben zu lassen. Sie atmeten auf dem Markt die verschiedensten Düfte der Gewürze ein und malten sich aus, wie sie wohl schmecken würden. Sie lauschten den unterschiedlichen Stimmen, ob sie nun wütend oder wohlwollend waren und spannen in ihrer Fantasie Geschichten über die Menschen, die sie beschatteten.

Moskau hatte viele Gesichter; Anna Maria fürchtete sich vor keinem. Sie hatte sich nie an der Vielfalt dieser stetig wachsenden Stadt, die glanzvoll und elend zugleich war, sattsehen können. Es war eine schöne Zeit. Eine Zeit in der nichts, was sie tat, wirklich eine Rolle spielte. In der es nichts gab, das sie hätte fürchten müssen. Eine Zeit, in der sie beide gemeinsam Kind sein konnten.

Doch hier, gefangen in dieser Kutsche, gab es keine Düfte, keine lächelnden Gesichter, keine bunten, leuchtenden Farben, keine Träume und auch keine Freundin mehr, die ihr eine Stütze sein konnte. Noch nie war sie so lange allein gewesen. Noch nie sich selbst so nah und gleichzeitig so fern. Anna Maria fühlte sich schrecklich einsam. Es schien ihr, als würde sich die Leere, die die Einsamkeit mit sich brachte, mit jedem Stück Weg, das sie hinter sich ließ, nur noch weiter in ihrem Herzen ausbreiten. Je länger die Reise dauerte, desto weniger schien ihr Dasein mit Sinn versehen zu sein.

Es war ihre Wahl gewesen, dieser Heimat zu entfliehen, obgleich sie in Wahrheit niemals wählen konnte. Doch der Gedanke, selbst gewählt zu haben, war das Einzige, an dem sie sich noch festhalten konnte. Sie hatte alles, was sie in ihrem alten Leben besaß, alles, was sie einmal lieb gewonnen hatte, im festen Glauben daran, in der Ferne von vorn anfangen zu können, hinter sich gelassen. Doch nun, so weit weg von zu Hause, fühlte es sich an, als hätte sie nicht nur ihre Heimat, sondern all das, was ihre Person, ihre Seele ausmachte, für immer verloren. Sie fühlte sich mit jedem weiteren Tag, der verging, immer mehr wie eine andere. Eine Frau, die von einer fremden, unbezwingbaren Macht besessen war, deren Ziel kein anderes sein konnte, als sie tief hinein in das lodernde Feuer der alles verzehrenden Hölle zu schicken. ›Was hätte ich schon anderes tun können? Bleiben, um auf den Tod zu warten?‹, dachte sie bei sich.

Angesichts ihrer Verzweiflung, der Ausweglosigkeit ihrer Lage, schien ihr der Tod nun gleich einer Erlösung. ›Ist all dies ein Spiel, das die Welt mit mir spielt?‹, fragte sie sich selbst. ›Die gerechte Strafe, die ich nun für meine grenzenlose Dummheit zu ertragen habe? Ein Spiel, dessen Sinn darin besteht, mich so lange wie nur möglich zu quälen, um mir am Ende auch noch den letzten Rest Verstand zu rauben?«

Während sie stur hinab auf ihre im Schoß gefalteten Hände blickte, wünschte sie sich nichts weiter, als sie auseinender zu reißen. Schienen sie ihr doch gleich einem Sinnbild ihrer Gefühle – in sich gefangen, verschmolzen zu einem harten, kalten Stein. Krampfhaft bemühte sie sich, ihre zierlichen Finger voneinander zu lösen, doch nicht eines ihrer Glieder wollte dem Willen ihres Geistes gehorchen. Sie hafteten nur noch fester aneinander.

Anna Maria war derart in ihr Leid vertieft, dass sie gar nicht bemerkte, wie der Tross stoppte. Als sich die Türen ihres kleinen Kerkers öffneten, war ihr Haupt noch immer gesenkt. Sie hatte nicht vor, den Mann anzusehen, der sie für gewöhnlich in irgendein Zimmer einer schäbigen Unterkunft schleifte, sobald sie hielten. Die gesamte Reise über hatte sie dies nun schon vermieden. Doch dieses Mal war es anders. Der Mann sprach mit ihr und sie blickte ihm direkt in sein Gesicht.

»Steig aus und sieh zu, wie du zurechtkommst! Unser Weg endet hier!«

Anna Maria blieb keine Zeit, die Worte in ihrem Verstand ankommen zu lassen, da zerrte der Mann sie auch schon aus der Kutsche und drückte ihr das wenige Hab und Gut in die klammen, steifen Hände.

Sie blickte den Reitern, die ohne ein weiteres Wort oder gar eine verabschiedende Geste an ihr vorbei in die fremde Stadt zogen, die sich vor ihnen erstreckte, noch lange nach.

»Ist es nun wirklich vorbei? Ist dies das Ende, vor dem ich mich fürchtete? Bin ich frei? Darf ich denn frei sein, in dieser Welt?« Sie konnte es nicht glauben und stand wie angewurzelt vor dem Stadttor, das ihr unbezwingbar erschien. Es war in eine Felswand integriert, dessen Höhe sie beileibe nicht abschätzen konnte und die sie nur noch mehr einschüchterte.

Das helle Licht der Sonne brannte in ihren Augen. Sie wollte sich bewegen. Einige Schritte gehen. Schritte, die ihre Freiheit bedeuteten. Doch sie wagte es nicht. Die Zeit hatte ihre Spuren hinterlassen. Jetzt, wo sie allein war, wo sie hingehen konnte, wohin sie auch immer wollte, wünschte sie, jemand würde ihr befehlen, was sie zu tun hätte. Sie hatte Angst vor sich selbst. Angst, eigene Entscheidungen treffen zu müssen.

Anna Maria atmete tief ein und aus, bevor sie ihren ganzen Mut zusammennahm, ihre Röcke raffte und sich in aufrechter Haltung vor die Wachen stellte.

Die beiden Männer, die das gut bewachte Tor über dem Fußweg kontrollierten, ließen es sich nicht nehmen, sie allerlei Schikanen auszusetzen. Sie zog den Schrieb, den sie in einer Tasche in ihren Röcken verbarg, heraus und reichte ihn den dümmlich dreinblickenden Wachen.

Nur mit Hilfe eines Wachmanns, der einen der oberen Türme besetzte, konnte das Schreiben der einst adeligen Dame San Lilias, die durch ihre Heirat vor drei Jahren mit einem Moskauer Bojaren nun dem russischen Adel angehörte, entziffert werden. Die Tortur dauerte ewig, doch es war ihr gleich. Sie war es schon lange nicht mehr gewohnt, ehrenhaft behandelt zu werden.

Als sie endlich durch das Tor treten durfte, deutete ihr einer unverständlich den Weg und ein anderer rief ihr nach, sie solle nach der Hofmeisterin fragen. Anna Maria nickte nur. Wohl mehr zu sich selbst, als zu den Wachen.

Kurz nachdem sie sich so zielstrebig und selbstsicher, wie es ihr möglich war, an den Männern vorbeigeschlängelt hatte, schwand ihr Selbstbewusstsein schon gleich wieder mit jedem Meter, den sie sich weiter in das Innere der Anlage vorwagte. Der Trubel, der hier herrschte, war ihr mit den Monaten der überwiegenden Isolation fremd geworden. Die lauten Stimmen, die durch das tägliche Treiben auf sie einprasselten, die vielen Menschen und das Gedränge, durch das sie sich ihren Weg ins Ungewisse bahnen musste, jagten ihr eine regelrechte Angst ein. Dabei hatte sie sich so lange danach gesehnt, sich wieder frei unter Menschen bewegen zu dürfen. Nun aber war ihr dieses Verhalten gänzlich fremd geworden.

Während sie immer tiefer in das geschäftige Treiben des Marktplatzes hineinstolperte, drängte sie sich an einem Stand vorbei, der hölzerne Puppen verkaufte. Sie sah in eines der geschnitzten, einfachen Gesichter und fühlte sich, als blickte sie in einen Spiegel.

Dieser Eindruck ließ sie nicht mehr los und bei jedem Schritt, der sie weiter in die Freiheit trug, wurde ihr immer schmerzlicher bewusst, zu was sie in dem Jahr, das nun hinter ihr lag, heran gereift war. ›Ich selbst bin zu einer solchen Puppe geworden. Ein ausdrucksloses Gesicht aus Holz.‹ Sie fühlte sich gleich einer starren Spielfigur, die wie eine Marionette an Fäden hängt und darauf wartet, von fremder Hand geführt zu werden. ›Nein! Ich will nicht so sein. Niemals wieder!‹

Mit geducktem Kopf und den Blick auf den Boden gerichtet bemühte sie sich, der Vielzahl der lautstarken Marktschreier auszuweichen. Wie gerne wäre sie jetzt unsichtbar gewesen. Ein Niemand, der allein schon durch die Art seiner Erscheinung nicht aufzufallen vermag. Sie dachte an Irina. Ja, sie war ein solcher Mensch. Ihr unscheinbares Gesicht verhalf ihr in einer Menge unterzutauchen, ohne jemals aufgefunden werden zu können. Nie hatte man sie beachtet oder gar Interesse an ihr gezeigt. Wie schön es doch wäre, wie sie zu sein. Anna Maria hatte sie immer darum beneidet, was ihre Freundin, die sehr unter ihrem Äußeren litt, kaum verstehen konnte.

In Anna Marias Position war Schönheit nicht einzig ein Segen, vielmehr oftmals auch ein Fluch, wobei die Grausamkeit des Fluches wohl die wenigen Vorzüge der Schönheit weit überwog. Sie musste stets genauestens darauf bedacht sein, ihr Gesicht nicht zu offensichtlich zu zeigen. Seit sie denken konnte, war es ihr nie möglich gewesen, sich frei und unbefangen ohne die warnenden Worte ihrer Amme auf der Straße zu bewegen.

»Schönheit ist etwas, das nur den hohen Herren vorbehalten sein sollte und eben diese sehen es als ihr eigen Hab und Gut an!«, hatte sie immer gesagt und: »Wage es nicht, einen dieser Herren mit deinem Anblick in Verlegenheit zu bringen! Du würdest dich und deine ganze Familie in größte Schande stürzen!«
›Oh, wie recht sie doch hatte! Wie viel Leid wäre mir erspart geblieben, hätte ich doch nur ihren Warnungen Beachtung geschenkt!‹, ging es ihr durch den Kopf. Sie wusste genau, dass alles, was geschehen war, allein ihre Schuld war. Und dieses Gefühl trieb sie um, ließ sie nicht los. Sie fühlte sich schuldig – schuldig am Tod ihrer Mutter, schuldig an der Schönheit ihres Gesichtes. Ein Leben lang hatte sie sich darum bemüht, sich zu verstecken. Doch nun, wo sie so weit in der Ferne ganz allein ihren Platz finden musste, fühlte sie sich alldem überdrüssig. ›Ist es nicht genug der Schuld?‹, fragte sie sich. ›Ist es nicht jetzt, wo alles verloren ist, gleich, wie ich mich verhalte? Wen sollte es schon kümmern? Wen denn stören? Wen gibt es denn noch, dem ich Rechenschaft abzulegen habe, außer meiner selbst?‹ Ein bitteres Lächeln spielte über ihre Lippen, als ihr bewusst wurde, dass sie keine Ehre mehr besaß, die sie hätte verlieren können.

Wagemutig warf sie ihren Kopf in die Höhe, obgleich sie ein schlechtes Gewissen ereilte, und bewegte sich weiter, doch nun aufrecht und bewusst durch die Menschenmassen hindurch. Wohl war es ein seltsames Gefühl und sie kam nicht umhin, sich aufs Neue ein wenig schuldig zu fühlen, doch die Befreiung, die sie empfand, überwog.

Als ihr ein junges Mädchen auffiel, kaum älter als sie selbst, nahm sie all ihren neu geschöpften Mut zusammen und sprach es in der fremden Sprache mit den wenigen Vokabeln, die ihr zur Verfügung standen, an. »Entschuldigt. Könnt Ihr mir sagen, wo ich die Hofmeisterin finde?«

Das Mädchen erhob schüchtern den Kopf, wobei sie die Züge einer Frau erkennen ließ, und deutete in die Richtung einer Gasse. Anna Maria erkannte zwischen all dem hellen Stein, aus dem die Stadt scheinbar erbaut worden war, nichts, das ihr den rechten Weg hätte weisen können. Sie wunderte sich über sich selbst, als sie das Mädchen, das bereits dabei war, weiter zu ziehen, am Arm ergriff und es darum bat, sie bis zu ihrem Ziel zu begleiten. Das Mädchen ließ sich nur widerwillig dazu überreden und sprach kein Wort, während es sie zu dem Platz, auf dem sich die Tore des Hauptpalastes erstreckten, begleitete.

Als Anna Maria die Mitte des Platzes erreichte, fühlte sie auf einmal einen eisigen Windhauch auf ihrer Haut. Es war ihr, als triebe er die Kälte der einsamen Leere zurück in ihren Körper. Sie drehte sich nach dem Mädchen um, das gerade noch neben ihr gestanden hatte, konnte es aber trotz des weitläufigen, offenen Platzes nicht finden. Zunächst fürchtete sie sich. Stand sie doch wieder allein mit ihren wenigen Sprachkenntnissen. Da das Mädchen nichts erwidert hatte, wusste sie nicht einmal, ob sie auch verstanden wurde. Doch schon bald füllte sich ihr Herz wieder mit derselben, gleichgültigen Melancholie, die ihr so lange dabei behilflich gewesen war, auszuharren und auf das erlösende Ende zu warten. »Im Grunde gibt es doch nichts mehr, das du fürchten müsstest. Was könnte schlimmer sein als das, was du hinter dich gebracht hast?«, sagte sie zu sich selbst.

Zaghaft ging sie die ersten Schritte in ihre neue Heimat, der sie sich zu fügen hatte. Von der sie sich ein besseres Leben ersehnte. Ein weiteres Mal wurde ihr der Weg versperrt. Sie musste ihren Brief in der Hoffnung, sie würden ihn verstehen, in die Hände fremder Wachmänner legen, um weiter in die Welt hinter den weißen Mauern, die ihr gleich heiliger Hallen vorkam, durchzudringen. Die Männer, die hier Posten bezogen, waren weit höflicher als diejenigen, mit denen sie am Stadttor Bekanntschaft machte. Obwohl keiner von ihnen lächelte, wurde ihr ein wenig leichter ums Herz. Sie ließen sie mit versteinerter Miene, doch wohlwollender Geste ein, und zwei der Wachen bedeuteten ihr, ihnen zu folgen.

Ihre Augen weiteten sich vor Staunen, als sie an der gewaltigen Marmortreppe der Eingangshalle vorbei schritt. Sie hätte all dies wohl schön finden müssen, hätte es früher, in ihrem anderen Leben, wohl auch getan. Doch nun staunte sie nur über sich selbst. In diesem Überschwang aus Gold und Silber fühlte sie sich verlorener, als sie es in den ärmlichen Verhältnissen ihrer Gefangenschaft je empfunden hatte. Dabei waren die Schlösser ihrer Heimat weit prunkvoller. Fast spürte sie Erleichterung, als der offensichtliche Reichtum um sie herum endete und sie in die unteren Katakomben geführt wurde, in denen sich die Küche befand. Ein ganz normales Leben. Das war es, was sie wollte. Sie wollte das einfache Leben zurück, in das sie hineingeboren wurde.

Hier unten herrschte im Gegensatz zu dem aus feinstem Marmor bestehenden Entree hektisches Treiben und ein modriger Geruch lag in der Luft. Der Umgang sagte ihr sowohl von der Lautstärke, als auch der Wortwahl weit mehr zu, als die überwältigende Stille der Eingangshalle, die sie zuvor betreten hatte. Der Wachmann, der links von ihr stand, brüllte durch die Reihen nach einer »Gabriella«, wobei sein Tonfall eine gewisse Ehrfurcht vermuten ließ.

Nach wenigen Momenten schritt eine kleine, rundliche Frau mit festem, stampfendem Schritt auf sie zu und richtete sich vor ihr auf. Sie besaß einen strengen, energischen Gesichtsausdruck. Doch die weichen, liebevollen Züge, die sie als warmherzig enttarnten, vermochte sie nicht hinter dieser harten Maske zu verstecken. Die Dame blickte Anna Maria noch nicht einmal an, sondern forderte sogleich den Brief von ihr, der mittlerweile so fürchterlich abgegriffen war, dass sie sich fragte, ob er überhaupt noch von Wert sein konnte.

Unzählige Minuten vergingen, in denen Gabriella zuerst den Brief und dann Anna Maria ausgiebig musterte. Als sie endlich ihr Urteil gefällt hatte, gab sie ihr in einem bestimmten, unmissverständlichen Tonfall den Brief zurück, der sie überhaupt an diesen Ort gebracht hatte. »Man nennt mich Gabriella, Kind. Bei der Arbeit hier und in allen anderen Belangen wirst du mir unterstellt sein.

Der Gran Duca wird in den nächsten Tagen von einer Reise zurückkehren, und somit wirst du dich, wie wir anderen auch, vor Arbeit nicht retten können. Wenn er einmal eingetroffen ist und sich die Dinge wieder in den normalen Verlauf eingliedern, werde ich mir Zeit nehmen, um dir alles zu zeigen. Aber bis dahin solltest du Böden schrubben und zusehen, dass du dich als so nützlich wie möglich erweist. Ich kann dir nur raten, schnellstmöglich unsere Sprache zu erlernen. Wir haben hier weder die Zeit und noch viel weniger die Geduld, etwas großartig zu erklären! Hast du mich verstanden?«

»Natürlich. Ich werde tun, wie mir befohlen.« Anna Marias Worte klangen holprig. Vor lauter Nervosität verschluckte sie ein paar Laute. Dennoch war sie stolz auf sich. Sprach sie doch besser, als sie es sich selbst zugetraut hatte.

Das Gesicht der Hofmeisterin verfinsterte sich. »Ich hoffe, nicht jemand völlig Unfähigen unter meine Fittiche nehmen zu müssen. Sei dir bewusst, dass mich deine Sprachkenntnisse erfreuen, doch nicht im Geringsten beeindrucken. Wenn du darauf gehofft hast, durch ein Bittgesuch aus weiter Ferne eine privilegierte Stelle zu erhalten, hast du falsch gerechnet. Du wirst hier gewiss nicht in den Genuss etwaiger Protektionen kommen, also finde dich besser sogleich damit ab. Später wird dir eines der Mädchen den Schlafplatz der Dienstmägde zeigen. Es ist kein Palast, doch es sollte dir wohl genügen.«

Anna Maria wagte es nicht, etwas entgegenzusetzen. Sie wusste nicht einmal, was sie hätte sagen können oder sollen. Es entsprach im Eigentlichen nicht ihrer Natur, sich unterzuordnen. Nein, gewiss nicht. Doch in diesem Fall blieb ihr keine andere Wahl, und sie nahm sich fest vor, sich zu fügen. Mehr noch. Sie wollte sich mit voller Inbrunst allem, was von ihr erwartet wurde, hingeben. Ihr war bewusst, dass sie in diesem fremden Land ein Niemand war. Weniger Wert, als der Dreck auf den Böden. Sie lächelte in Gedanken. ›Ist es nicht das, was ich wollte? Eine unter vielen anderen sein? Zu unscheinbar, zu unbedeutend, um wahrgenommen zu werden?‹

Kapitel 2

Der Beginn einer Freundschaft

Während das Farbspiel des Sonnenaufgangs die Mauersteine der Ahrisburg in rötliches Licht tauchte, entdeckte Massimo erstmals die Schönheit dieses Ortes. Seit er und sein Gefolge hier rasteten, hatte er stets nur dessen Makel gesehen und dabei vergessen, welch eleganten Charakter die kleine Burg doch besaß. Sein eigenes Land, sein unvergleichbares San Lilia, tauchte vor Massimos innerem Auge auf.

Er träumte von seinem geliebten Schloss, den Burgen, Kastellen und Kirchen, die er sein Eigen nennen konnte. Seufzend ließ er den kargen, sandigen Boden zwischen seine Finger rinnen und dachte an seine eigene Erde, die so fruchtbar war, dass sie jeder erdenklichen Saat zum Blühen verhalf.

San Lilia war derart außergewöhnlich auf einem Bergplateau gelegen, dass er es sich erlauben konnte, es als uneinnehmbar zu bezeichnen. Noch einmal betrachtete er die Ahrisburg, die im Verhältnis zu seinem eigenen Schloss einem ärmlichen Haufen Steinbrocken glich. Die Stadtmauern waren schlecht befestigt und die Anhöhe, auf der sie gelegen war, kaum ausreichend, um sich sicher zu fühlen. Massimo fragte sich, weshalb er sich nie mit dem zufrieden geben konnte, was er hatte. War es denn wirklich nötig, stets nach mehr zu streben? Angesichts des Erfolgs, den er auf seiner Reise verzeichnen konnte, hätte er wohl glücklich sein müssen, doch er war es nicht. Er hatte sich immer gewünscht, einmal aus Liebe zu heiraten. Eine Frau zu finden, deren Anblick ihm den Atem raubt. ›Vielleicht erwartete ich zu viel von meinem Leben‹, dachte er bei sich. ›Weshalb sollte mir, bei all dem Glück, das mir die Welt bisher bescherte, auch noch dieser Wunsch erfüllt werden?‹

Massimo erstickte förmlich in seinem Reichtum und kannte weder Sorge noch Verzicht. Und als ob dies nicht genügen würde, öffnete ihm die Ehe, zu der er sich entschieden hatte und die nun kurz bevor stand, die letzten Handelswege, die ihm bisher verschlossen geblieben waren. Wohl hatte er mit der Wahl seiner zukünftigen Frau die richtige Entscheidung für sein Land getroffen. Doch nun, wo es niemanden um ihn herum gab, der ihm die Vorzüge dieser Vermählung aufzeigen konnte, plagten ihn Zweifel.

Er fragte sich, ob er wirklich bereit war, all seine Träumereien von einer ihn erfüllenden Liebe nur des Geldes wegen, von dem er doch genug besaß, aufzugeben. Ob ihm die Vorteile, die er durch diese Verbindung erlangte, genügten, um eine Frau zu ehelichen, an der er keinerlei Gefallen fand? Massimo fand keine Antworten auf seine Fragen. Das Einzige, das er mit Sicherheit wusste, war, dass der bloße Gedanke, sein Bett mit diesem nichtssagenden Weib zu teilen, ihn in höchstem Maße anwiderte.

Das aufgeregte Hecheln der Hunde wies den Jägern ihren Weg durch das Halbdunkel des dichten Nadelwaldes. Massimo gab seinem Pferd die Sporen, trieb es, immer hitziger werdend, nach vorn an Konstantins Seite, um der Beute als Erster ins Auge zu blicken. In Scharen trieben sie das Rotwild aus den Tiefen des Waldes heraus. Die Meute der blutdürstenden Hunde teilte sich zusammen mit einigen Jägern auf, um den Gejagten jeglichen Fluchtweg abzuschneiden.

Massimo hatte in den letzen Nächten kaum Schlaf gefunden und war überaus dankbar um die Abwechslung, die ihm dieses Spektakel bot. Wohl hatte er eine wichtige, zukunftsweisende Entscheidung für sich und sein Land getroffen, doch er fand keinerlei Befriedigung darin. Er fühlte sich kraftlos und ausgelaugt und gierte geradezu nach dieser Endgültigkeit, die er innerhalb von Sekunden mit einem einzigen Zug seiner Klinge herbei schaffen konnte.

Dieser Wettstreit auf Leben und Tod war ihm ein reizvolles Spiel, in dessen Grausamkeit er sich fallen lassen konnte.

Er spürte, wie sich pochende Hitze in seinem Körper ausbreitete, die ihn seiner Gedanken beraubte. Bald bestand er nur noch aus Instinkten, geschärften Sinnen und diesem brennenden Durst, der ihm die Kehle zuschnürte. Seine Augen verengten sich. Die Welt um ihn herum verschwamm, löste sich schließlich auf, bis es nichts mehr gab, das ihn ablenken konnte. Stur geradeaus blickend hatte er nur noch ein Ziel vor Augen – den Tod selbst. Des einen Seelenheil, des anderen Verderben.

Er war abhängig, ja beinahe süchtig nach dieser Macht, der Überlegenheit, die er verspürte, wenn ein Leben allein in seinen Händen lag.

Es war so weit. Massimo konnte die Lichtung in der Ferne vor sich erkennen. Das gehetzte Wild verlor nun sichtlich an Kraft, und die Jäger waren dicht genug an den Tieren, um sie gänzlich einzukreisen. Konstantin gab ein Zeichen, sich bereit zu halten, und Massimos Erregung erreichte ihren Höhepunkt. Krampfhaft begann sein Körper, jeden einzelnen Muskel anzuspannen, als würde er vermehrt Blut in sich pumpen wollen, während seine Kiefer in grässlichen Geräuschen aufeinander mahlten.

Dann sichtete er etwas. Etwas, das ihn viel mehr interessierte, als ein leicht zu erlegender Hirsch. Ein Wildschwein hatte sich gemeinsam mit dem Rotwild auf die Flucht begeben. Dieser starke, aggressive Koloss sollte allein ihm gehören.

Er schmeckte Blut auf seiner Zunge. Vor lauter Erregung hatte er sich die Oberlippe aufgebissen. Das Blut tropfte herab. Genüsslich leckte er es ab. Es war der Geschmack des Todes, der seine Gier, sein Verlangen zu töten, warmes Blut an seinen Händen kleben zu sehen immer stärker werden ließ.

Konstantin hatte bereits, wie auch die meisten seines Gefolges, die Armbrust gespannt und setzte an, um zu zielen. Massimo verabscheute es, sich solch einfacher Mittel zu bedienen. Aus der Distanz heraus entstand kein Ruhm, und dieser war seiner Ansicht nach der einzige Grund, weshalb ein solches Spektakel veranstaltet werden sollte. Ruhm und Ehre dem fähigsten der Jäger. Er allein wollte den Sieg dieser Jagd an sich reißen, um ihnen allen zu zeigen, wie nichtig sie im Vergleich zu ihm, dem großen Gran Duca di San Lilia, waren.

»Der Eber gehört mir!« Massimo brüllte so laut er konnte und sprang mit gezogenem Kurzschwert von seinem Hengst. Mitten hinein zwischen die gefletschten Zähne der Hunde und den panisch trampelnden Schritten der Gejagten. Während das Rotwild von Furcht getrieben hin und her hetzte, verharrte der Keiler mit beängstigender Ruhe inmitten der Lichtung, um sich auf seinen eigenen Angriff vorzubereiten. Das Schwarzwild war das gefährlichste Tier, auf das man in diesen Breiten stoßen konnte. Aggressiv, ohne Angst und überaus intelligent.

Es war ein prachtvolles, männliches Exemplar mit einer enormen Länge von sechs Fuß. Massimo schätzte ihn auf mindestens vierhundert Pfund. Das dunkle, borstige Deckhaar seines Kammes stellte sich angriffslustig auf, während er fletschend seine Hauer in voller Größe zeigte, um sich auf das Unabwendbare, die Verteidigung seines Lebens, vorzubereiten. Er war ebenso wie Massimo bereit zu allem. Bereit, sich seinem Gegner zu stellen. In den schwarzen Augen des Keilers blitzte blanke Wut, die Lust, Massimos Kehle in Stücke zu zerreißen. Gierig scharrte er mit seinen Hufen im von Moos bedeckten Boden, als wolle er sagen: »Komm doch, komm näher und ich zerfetze dich.« Aus seinem bebenden Rüssel quollen mit jedem schweren Atemzug neblige Schwaden, die ihn bei dieser Witterung wie ein magisches, unbezwingbares Wesen erscheinen ließen.

Doch Massimo kannte keine Furcht. Er hatte einen festen Stand auf dem weichen Untergrund gefunden und war bereit zum Sprung. In seiner Hand hielt er einzig das Kurzschwert, was, einem solchen Koloss gegenüber, lächerlich wirken musste. Doch er achtete weder auf die entsetzten Rufe seiner Gefährten, noch vernahm er die tödlichen Schüsse der gespitzten Bolzen, die, während er sich einzig auf seinen Gegner konzentrierte, auf die anderen Tiere niederkamen. Es gab nur noch ihn und den Keiler. Des einen Sieg, des anderen Verderben.

Es kostete ihn größte Anstrengung, seinen Atem zu beruhigen, während er die Augen des Feindes fixierte. Sekunden verstrichen wie Minuten, in denen nichts geschah. Nichts als wachsende Erregung. Dann, kurz bevor sich das Biest auf ihn stürzte, sah er ein Glänzen in dessen schwarzen Augen. Er sprang geschickt zur Seite, holte selbst zum Schlag aus und erwischte das gewaltige Tier mitten in der Brust. Schnell zog er seine Waffe wieder heraus, war jedoch um den Bruchteil eines Momentes zu spät, um sie noch einmal in das Fleisch des Wildschweins rammen zu können. Der Keiler nutzte die Gelegenheit, warf sich auf ihn und Massimo spürte, wie sich seine scharfen Vorderzähne in sein eigenes Fleisch bohrten, bevor er unter den Massen des Tieres begraben lag.

Die Gefolgschaft verstummte und eine beängstigende Stille kehrte ein, während das Schwarzwild, mit seinen Hauern noch immer suchend nach seinem Peiniger, wütete. Der deutsche Freiherr und seine Männer beobachteten fassungslos das ungewohnte Spektakel. Betreten schüttelte Konstantin Caspar zu Ehrisberg seinen Kopf, als er seinen Gast verloren glaubte. Ein letztes Mal spannte er die Armbrust, um das Tier zu erlegen, zögerte jedoch ungläubig, als das Wildschwein mit quiekenden, schrillen Tönen zur Seite fiel und kurze Zeit später sein Ende fand.

Massimo kämpfte sich mit letzter Kraft Stück für Stück unter den Massen des Keilers hervor. Er hätte in diesem Moment wohl an vieles denken müssen. An seinen eigenen Tod, dem er sich nur um Haaresbreite entziehen konnte, oder daran, dass er dieses irrsinnige Spiel, bei dem er sein Leben als Einsatz preisgab, tatsächlich gewonnen hatte. Stattdessen galt seine Sorge vornehmlich dem Bemühen, sich die für alle sichtbare, tiefe Wunde seines Oberschenkels nicht anmerken zu lassen und dabei sein Haupt möglichst würdevoll in die Höhe zu recken. ›Ruhm und Ehre‹, dachte er bei sich. Die Worte, die ihn in seinem Leben vorantrieben. Leere Worte, die jede seiner Handlungen bestimmten und ihm im Grunde doch nichts bedeuteten.

Mit einem breiten Lächeln auf den Lippen wandte er sich der Menge zu, doch niemand sprach ein Wort. Massimo war über und über mit Blut besudelt. Sein Gesicht wirkte unmenschlich, wie die hässliche verzogene Fratze eines seelenlosen Wesens. Erschrocken von diesem Anblick wich einer der Knappen stolpernd einen Schritt zurück. Einzig Konstantin fing sich nach anfänglichem Entsetzen sogleich wieder und begann, laut lachend in die Hände zu klatschen. Zunächst waren es nur wenige, die mit einstimmten, doch nach kurzer Zeit folgten auch alle anderen seinem Beispiel, und der erfolgreiche Jäger verneigte sich tief, um sich zufrieden in seinem wohl verdienten Ruhm zu sonnen.

Konstantin stieg von seinem Pferd, um Massimo freundschaftlich auf die Schulter zu klopfen. Seine Worte hatten einen anerkennenden Unterton und waren laut genug, dass ein jeder sie hören konnte. »Was seid Ihr nur für ein Mann, Massimo? Der Gran Duca di San Lilia ist wahrhaft ein großer Herrscher! Ich bin zutiefst beeindruckt von Eurem Können und konnte mich kaum an Euren Fertigkeiten sattsehen.«

Massimo wischte sich mit einer Handbewegung etwas Blut aus den Augen und grinste überheblich. »Ich bedanke mich vielmals, dass Ihr diese Jagd für mich veranstaltet habt. Wie Ihr seht, bereitete es mir viel Freude.«

Konstantin nickte ihm ehrfürchtig zu. Dann drehte er sich zu seinem Gefolge um und rief laut aus: »Ich denke, dies ist ein Grund zum Feiern!«

Zustimmende Rufe erklangen aus den Reihen. Der deutsche Fürst legte seinen Kopf ein wenig schief und grinste Massimo verschmitzt an. »Ich werde heute Abend ein besonderes Spektakel zu Euren Ehren veranstalten lassen, mein Freund. Ich bin froh, dass Ihr und Euer Gefolge gerade in meiner bescheidenen Burg nach Gastfreundschaft gefragt habt. Selbst noch nach vielen Jahren wird man hierzulande von der Heldentat des Großherzogs aus weiter Ferne berichten. Dafür werde ich persönlich Sorge tragen.«

Einer der Knechte wurde voran geschickt, um den Pöbel im Innenhof der Ahrisburg zu versammeln und ihnen allen über die herausragende Glanztat des Besuchers zu berichten.

Als Massimo auf seinem pechschwarzen Hengst durch die Tore ritt, begrüßte ihn die jubelnde Menge von allen Seiten. Der Keiler war von fünf Männern auf eine hölzerne, einfache Trage gehievt worden und an seinem Sattel befestigt, sodass er seine Beute hinter sich her schleifen konnte, ohne dessen Pracht zu zerstören. Massimo war inmitten des Aufgebots derart in seinem Element, dass er sowohl die Schmerzen in seinem Bein, als auch die Bedenken, die ihn in den letzen Tagen plagten, schlicht vergaß.

Das Schicksal spielte ihm wieder einmal in die Hände. Ebenso, wie er es gewohnt war. Zwischen all den lächelnden Gesichtern, die ehrfürchtig zu ihm hinauf blickten, empfand er die lange, beschwerliche Reise erstmals als lohnenswert und gelungen. ›Ich habe alles erreicht, alles bekommen, wonach ich verlangte‹, dachte er. ›Es ist völlig gleichgültig, ja unerheblich, ob mir diese Frau nun gefällt oder nicht.‹

Er blickte zu seiner Linken und musterte Konstantin, der neben ihm ritt. Seine kantigen Gesichtszüge und die Art seiner Mimik ließen ihn arrogant wirken, doch Massimo mochte ihn. Vielleicht gerade aus diesem Grund. Konstantin war ein eigenbrötlerischer, impulsiver Einzelgänger, der sich selbst am nächsten stand. In der Kürze der Zeit, in der Massimo nun an seiner Seite weilte, hatte er ihn nicht nur als fähigen Herrscher mit Sinn für die Kriegsführung und deren Schwierigkeiten kennengelernt, sondern auch als äußerst interessanten Gesprächspartner. Er war überaus redegewandt und weit gebildeter als die meisten höher stehenden Adligen. Konstantin imponierte ihm nicht nur durch seine sprachlichen Fähigkeiten – er sprach Latein, Italienisch und Französisch –, sondern auch dadurch, wie er zu jedem Thema etwas zu sagen wusste und dieses Wissen mit Witz und Charme einzusetzen verstand. Dieser Konstantin Caspar entlockte Massimo ein Lächeln. Er erkannte sich selbst in ihm wieder und bemerkte freudig, dass er sich niemals zuvor so wohl in Gesellschaft gefühlt hatte.

* * *

Massimo schleppte sich gemächlich in seine kleine, spärlich eingerichtete Kammer. Bei jeder Bewegung spürte er die stechenden Schmerzen in seinem Oberschenkel und es fiel ihm schwer, sein Bein während des Schrittes anzuheben. Erschöpft legte er Kleider und Waffen ab und ließ sich dankbar von seinem Kammerdiener mit heißem Wasser übergießen. Er genoss die Wärme auf seiner Haut und seine verkrampften Muskeln begannen sich langsam zu entspannen.

Noch bevor er in ein frisches Untergewand aus Leinen schlüpfen konnte, stand Castor vor ihm. Der alte Mann lächelte liebevoll und erhob seinen Zeigefinger, um ihn gespielt zu rügen. »Euer Leben sollte Euch mehr wert sein. Ihr tragt nicht nur für Euch, sondern für Euer gesamtes Volk Verantwortung!«

Castors scharfe Augen widmeten sich Massimos Verletzung, bevor auch seine geschickten Hände zum Zuge kamen. Er benötigte ganze achtzehn Stiche, um die Fleischwunde zu nähen, doch Massimo zuckte nicht ein einziges Mal. Der Schmerz gefiel ihm. Er erinnerte ihn daran, dass er aus Fleisch und Blut bestand. Dass er im Grunde seines Herzens ein einfacher Mensch war, eben so, wie alle anderen.

Castor verschwand, und Massimo legte sich müde auf sein Lager. Er genoss den Druck, das Pochen in seinem Bein und ließ die Morgenstunden noch einmal zufrieden Revue passieren. Bald aber fiel er in einen unruhigen Dämmerschlaf.

In seinem Traum sah er das Gesicht jener Frau ganz deutlich vor sich, wegen der er diese Reise unternommen hatte. Damals, als ihm das Bildnis von ihr überreicht wurde, hatte er es gelangweilt zur Seite gelegt und darauf gehofft, es entspringe einer ungeübten Feder. Doch nun, nachdem er sie einmal, auch wenn es nur ein kurzer Moment gewesen war, leibhaftig gesehen hatte, konnte er die Realität nicht mehr leugnen. Er sah ihre spitze Nase, die dürre und langgezogene Form ihres Kopfes, den verkniffenen Schwung ihrer viel zu breiten Lippen und die knochigen, hervortretenden Wangen, die ihre ausdruckslosen, grautrüben Augen noch ein wenig näher beieinander stehend wirken ließen. Strähnig und dünn war ihr aschblondes Haar über einer viel zu pompösen Haube drapiert gewesen, deren bunte Aufmachung ihrer Haut einen fahlen, kränklichen Anblick verlieh. In seinem Traum nahm sie immer mehr Gestalt an. Sie prostete ihm mit einem frisch gefüllten Weinbecher aus Silber zu und bemühte sich, mit wenigen geistlosen gelispelten Worten ein Gespräch einzufädeln, dessen Inhalt ihm zuwider war. Sie langweilte ihn fürchterlich und zog ihn noch dazu in keiner Weise an. Ganz im Gegenteil.

Letztlich wechselte das Bild seiner Fantasie und er fand sich in San Lilia, in seinem eigenen Schlafgemach wieder. Er drehte sich auf die Seite, öffnete die Augen und erkannte eben jene Frau, mit nichts als einem Unterkleid aus Leinen angetan neben ihm.

Erschrocken und angewidert von dieser Vorstellung erhob er sich ruckartig aus seinem ungewohnten Bett und rang nach Luft. Es dauerte eine Weile, bis er wieder gänzlich zu sich fand. ›Werde ich diese Frau jemals an meiner Seite ertragen, geschweige denn einen rechtmäßigen Nachfahren mit ihr zeugen können?‹, ging es ihm durch den Kopf. Er wollte es sich nicht vorstellen müssen und versuchte, die Bedenken des Schlafes von sich abzuschütteln.

Massimo rief nach Niccolo, seinem obersten Kammerdiener, der ihn auf all seinen Reisen begleitete, und war nach dieser schläfrigen Erkenntnis froh über die Gesellschaft eines alten Vertrauten in diesen kalten, trostlosen Räumen.

Niccolo blickte den Großherzog sorgenvoll an, als er den entgleisten Gesichtsausdruck seines Herrn sah. »Was habt Ihr, mein Herr? Ist es wegen des Beines? Soll ich nach Castor rufen lassen?«

Massimo winkte ab. »Es geht mir gut. Nichts dergleichen ist nötig. Verrichte deinen Dienst. Ich habe vor, heute Abend in voller Pracht zu erstrahlen.«

Der Kammerdiener machte sich sogleich ans Werk und packte die besten Kleider, die er auf dieser Reise mit sich führte, aus den schweren Truhen. Er streifte ihm die Beinlinge aus feinstem gewobenen Leinen über. Nicht die seidenen, dies hätte Konstantin zu sehr in Verlegenheit gebracht. Wohl wollte Massimo seinen weit höheren Stand zur Schau stellen, doch niemals hätte er sich erlaubt, ihm, dem Mann, den er gerne seinen Freund nennen würde, seinen Reichtum auf beschämende Weise vorzuführen.

Während Niccolo sein Haar kämmte, konnte Massimo sich noch immer nicht von seinem Traum lösen und begann in ungewohnt vertrauter Art mit seinem Diener zu sprechen: »Mein guter Niccolo. Wenn ich dir eine Frage stellen würde, könnte ich auf deine ehrliche und unbefangene Antwort zählen? Selbstverständlich verspreche ich dir, dass egal, was du mir darauf sagst, es keinerlei Konsequenzen für dich haben wird.«

Niccolo hielt einen Moment inne und überlegte genau, welche Worte er in dieser prekären Situation wählen sollte. Der Großherzog war ein sprunghafter, unberechenbarer Mann, der sich seinen Launen nur zu gern hingab. Oft genug hatte er mit angesehen, wie schnell ein Leben unter dem Zorn seines Herrn sein Ende fand.

»Gewiss, mein Herr. Wenn Ihr es von mir verlangt, werde ich Euch zu allem, was Ihr wünscht, Rede und Antwort stehen. Doch frage ich mich, in welchen Belangen die Meinung Eures Kammerherren von Wert für Euch wäre.«

Massimo lächelte ihn wohlwollend an. »Manchmal trägt es sich zu, dass gerade diejenigen, die mich beraten sollten, weil sie mir augenscheinlich am nächsten stehen, vor allem ihre eigenen Belange sehen. Ich erhoffe mir von dir eine unbefangene, wahrheitsgemäße Einschätzung der Dinge. So antworte mir nun: Ist diese deutsche Frau, die ich ehelichen werde, die rechte an meiner Seite, oder nicht?«

Der Kammerdiener musterte Massimo genau und atmete ein paar Mal tief ein, bevor er es wagte, die Stimme zu erheben. »Auch wenn ich mit diesen Worten Gefahr laufen könnte, Eure Gunst zu verlieren, so werde ich Euch dennoch sagen, dass ich Euren sicheren Gang ins Verderben befürchte, mein Herr. Nicht als Herrscher, sondern als Mann. Wie mir zugetragen wurde, ist diese Ehe wohl ein wichtiger politischer Schritt. Doch Ihr wisst ja, dass ich nicht das Geringste von politischen Schritten verstehe und mich auch nie für derlei Belange interessiert habe. Ich denke, Euch ist bekannt, welch tiefe Zufriedenheit ich in dem Gesicht und auch im Schoß meines eigenen Weibes gefunden habe, sodass ich mir auf jeder Reise, auf der ich Euch begleite, nichts sehnlicher wünsche, als sie und auch meine beiden Söhne bald wieder in meine Arme schließen zu dürfen. Versteht mich recht, mein Herr. Ich weiß wohl, dass Ehen von Herrschern und großen Männern, wie Ihr es seid, immer einem Zweck dienen, der politische Vorteile hat. Vielleicht haben in diesem Punkt einfache Männer wie ich das größere Glück. Wir dürfen nach dem Gefühl wählen. In meinen Augen seid Ihr ein großer, gütiger Herrscher mit unzähligen Talenten und gleichermaßen ein prächtiger Mann, sodass es mir schwer fällt, Euch an der Seite dieser unscheinbaren Frau zu sehen. Als wir aufbrachen, wusste ich um die Verhandlungen, wegen derer wir reisten. Und glaubt mir, nicht nur ich, sondern auch Euer gesamtes Volk war voller Freude, schon bald eine prächtige, gebührende Herrscherin an Eurer Seite sehen zu dürfen. Doch diese Frau, so sinnvoll die Verbindung auch sein mag, erscheint mir wie ein schwacher, kaum sichtbarer Schatten neben Euch, mein Herr. Verzeiht mir meine Worte, doch Ihr verlangtet nach dem, was ich wahrhaft denke.«

Massimo blickte nachdenklich auf sein Spiegelbild und fragte sich, wie er seine zukünftige Gemahlin jemals ertragen sollte, wenn selbst das einfache Volk sich eine andere an seiner Seite wünschte. »Ich danke dir für deine Aufrichtigkeit, Niccolo. Nichts anderes habe ich erwartet.«

* * *

Als Massimo den Festsaal betrat, erhoben sich sogleich etliche der Gäste von ihren Stühlen. Er freute sich über den gebührenden Empfang und bedeutete ihnen mit einer geschmeidigen Handbewegung, sich wieder zu setzen. Mit erhabenem Haupt stolzierte er an Konstantins Seite. Der Raum wirkte dunkel und einengend. Sowohl Decken, als auch Wände waren mit einer einfachen Holzvertäfelung verkleidet, die an etlichen Stellen Makel aufwies.

Die nötigen Höflichkeitsfloskeln wurden ausgetauscht und schon bald das Essen gereicht. Es war üppig und gut, doch bei Weitem nicht so variiert und gekonnt zubereitet, wie Massimo es gewohnt war. Gewürze, vor allem Salz schmeckte man kaum heraus, und der Wein war dünn und von wässrigem Geschmack. Zudem wurde nur vereinzelt der rote Traubensaft aufgetischt, während sich die anderen mit selbst gebrautem Bier besaufen mussten.

Derlei Einschränkungen waren Massimo fremd. Er vermisste sein Zuhause, sehnte sich nach den süßen Früchten, die er von den Bäumen pflücken konnte, den verschiedenen Gewürzen, die seine Speisen duften ließen, und seinem kräftigen, dunkelroten Wein. Dennoch aß er reichlich, und bemühte sich eines genussvollen Verhaltens seinem Gastgeber gegenüber.

Konstantin schien nicht zu bemerken, wie spärlich sein Aufgebot dem reichen Besucher erscheinen musste. Er wirkte selbstherrlich und arrogant wie immer, während er sprach.»Wie geht es Eurem Bein, mein Lieber? Ich habe den Schnitt gesehen, und es wundert mich, Euch die Verletzung nicht anzumerken, wenn Ihr geht.«

Obgleich sein Bein wie Feuer brannte, winkte Massimo ab, als wäre es eine Nichtigkeit.»Ein solcher Kratzer wird mich nicht aus der Ruhe bringen. Mein Gelehrter Castor hat dafür gesorgt, dass sich die Wunde nicht infizieren wird, und so werde ich zumindest an diesem Abend keinen Gedanken daran verschwenden.«

Konstantin grinste schelmisch.»Eure Art gefällt mir, mein verehrter Massimo. Auch ich würde niemals eine Schwäche öffentlich zur Schau stellen, selbst wenn sie mich zieren würde. Ich möchte noch einmal zur Sprache bringen, dass mich die Kunst Eurer Jagd aufs Tiefste beeindruckt hat. Sagt, könntet Ihr mich während Eures Aufenthalts Eure eigenwillige Technik mit dem Kurzschwert lehren?«

Der Großherzog lachte amüsiert. »Es würde mich mit großer Freude erfüllen, noch eine Weile an Eurem Hof weilen zu dürfen, und selbstverständlich bin ich gewillt, Euch einige Techniken der Jagd aus meinem Land zu zeigen, wenn meine momentane Einschränkung kein Hindernis für Euch darstellt.«

»Wo denkt Ihr hin? Morgen, gleich in den Nachmittagsstunden? Aber bitte, sagt mir doch, was Euch hierher, in dieses Land verschlagen hat. Ich wüsste zu gerne den Grund Eurer Reise.«

Massimo trank einen kräftigen Schluck des wässrigen Weins. Jedes Thema wäre ihm lieber gewesen als dieses. »Um ehrlich zu sein, habe ich in Betracht gezogen, in Eurem Land auf Brautschau zu gehen. Euch ist sicherlich nicht verborgen geblieben, dass die Medici vor Kurzem aus Florenz vertrieben wurden.«

Konstantin nickte wissend.

»Nun ja«, fuhr Massimo fort. »Es hat den Anschein, dass dieses Geschlecht wenigstens für einen Augenblick nicht mehr die Vorherrschaft des Handels und damit des Geldflusses für sich beansprucht. In Augsburg gibt es eine dominierende, aufstrebende Handelsfamilie mit gutem Namen, denen meine Berater einiges zutrauen. Ich habe vor, durch die eheliche Verbindung zu Ihnen, das Salzmonopol und auch den übrigen Handel für mich allein zu beanspruchen.«

»Eine Ehe außerhalb Eures Standes also?« Der Gastgeber lachte gespielt erstaunt und fügte sogleich mit den

Worten eines klugen und taktisch vorgehenden Burgherren ernst hinzu: »Ich verstehe Eure Beweggründe nur zu gut. Geld und Handelsbeziehungen scheinen in diesen Zeiten eine weit größere Rolle als Adel und Herkunft zu spielen. Ich denke, ich weiß auch, wer Eure Auserwählte sein könnte.«

Massimo schwenkte müßig seinen Kelch und beobachtete betreten die Bewegungen der Roten Flüssigkeit. »Ich habe bereits eingewilligt und die Konditionen geklärt. Es ist richtig, so wie es ist, und es gibt nun ja auch keinen ehrenwerten Weg zurück.«

Konstantin blickte ihn verständnislos an. »Weshalb zweifelt Ihr? Mir scheint, als würdet Ihr die Voraussetzungen mit Euch bringen, um die Stellung der Medici ein für alle Mal abzulösen. Glaubt nicht, dass ich nicht darum weiß, dass Eure Kleider mit Bedacht gewählt wurden, um mich nicht in Verlegenheit zu bringen. Ich erkenne einen wahren Herrscher, wenn er vor mir steht, mein Freund. Selbst wenn er sich hinter dreckigen Lumpen versteckt.«

Massimo lachte laut auf. »Warum sehe ich keine Frau an Eurer Seite, mein großzügiger Gastgeber? Ihr seid ein prächtiger, kluger Mann, dem es ein Leichtes sein sollte, ein Eheweib auszuwählen. Vielleicht aus demselben Grund, weshalb es mir zuwider ist, diese Krämertochter in meinem Bett liegen zu sehen? Nun seht, es gibt Frauen, die ich als äußerst anziehend betrachte, zum einen wegen ihres Äußeren, zum anderen wegen ihres Benehmens. Ein gewisses Maß an Charme und genug Geist, um mich bei einer Unterhaltung amüsieren zu können, halte ich für angemessen. Es gibt Frauen, die einem Mann den Verstand rauben, die Nächte versüßen. Frauen, die liebreizend und unschuldig das Herz eines Mannes anrühren. Von jeder Sorte habe ich in meinem Lande unzählige, die nach meinem Blieben mein Lager mit mir teilen. Nun frage ich Euch, ist es unwirklich zu glauben, dass eine Frau all das in sich vereinen kann und noch dazu eine kluge Verbindung darstellt?« Massimo überspielte diesen letzten Satz, der mehr von ihm preisgab, als ihm lieb war mit einem kühlen Lächeln. »Nun, um auf Eure Frage zurückzukommen: Dieses bürgerliche Mädchen besitzt nicht eine einzige dieser Tugenden. Sie ist vielmehr ... eine Pein für mein Auge und mein Gemüt.«

Konstantin blickte ihm direkt in die Augen und begann zu lachen. »Nun, wie mir scheint habt Ihr die in Eurem Lande so geschätzten Poeten und Dichter ein wenig zu intensiv studiert, mein italienischer Freund. Eine ideale Gemahlin, habe ich einmal gehört, ist noch schwerer zu finden, als eine ideale Gespielin. Ihr könnt Euch alles nehmen, was Ihr begehrt, ohne danach fragen zu müssen, mein guter Massimo, und Ihr wisst genau, wovon ich spreche. Ich werde Euch Eure vorteilhafte Position wohl kaum erklären müssen. Also, was spielt es für eine Rolle, welche Ehefrau in Euren Gemächern bei Euch liegt? Seht zu, dass sie Euch Söhne schenkt. Und alles andere ... nun ... Weshalb reißt Ihr nicht einfach an Euch, was ihr begehrt?«

Massimo wirkte gequält. »Damit habt Ihr wohl recht, mein Freund.« Seine restlichen Gedanken schluckte er mit Wein hinunter.«»Ich danke Euch für Eure Offenheit und werde Eure Worte in Erinnerung behalten, um bei Zeiten in Ruhe darüber zu sinnieren.«

Fahrendes Volk wurde geladen. Sie mischten sich zwischen die Reihen, spielten auf ihren Instrumenten und spuckten Feuer. Die Gäste lachten und tranken, tanzten und schunkelten. Das wässrige Gemisch war überaus süffig, und so floss sowohl Wein als auch Bier in Strömen, was zu fortgerückter Stunde zu Raufereien und Ausschweifungen führte.

Die dunklen Stunden zogen ein und einzig das schummrige Licht der wenigen Fackeln erhellte den Raum. Die Musik begann, ihren Charakter zu wechseln. Aus fröhlich klirrenden Klängen wurden ruhige melancholische Melodien. Als vermummte Gestalten langsamen Schrittes den Saal betraten, klopfte Konstantin Massimo auf die Schulter.»Ein Schauspiel zu Euren Ehren, mein Freund.«

Es zeigte ihn, Massimo, wie er den Keiler erlegte. Jemand hatte sich ein Fell übergestreift und spielte das vor Furcht hin und her hetzende Tier.

Als ein Mann lachend mit einem Kurzschwert in der Luft fuchtelte, ließ sich das Fell einfach auf den Boden fallen. Diese übertriebene, anspruchslose Art, die Dinge süffisant darzustellen, war nicht nach Massimos Geschmack. Er schätzte viel mehr die wahre Inszenierung, die Dramatik der Geschichten, und konnte nicht verstehen, weshalb die Menschen hitzig vor Trunkenheit jubelten und applaudierten.

Konstantin erhob sich und bat um Ruhe, woraufhin Stille einkehrte. Die Darsteller zogen sich im Schutz ihrer Kapuzen zurück, bis einzig das am Boden liegende Fellbündel übrig blieb. Eine Harfe begann ihr Spiel. Es waren helle, reine Töne, die einzeln angespielt wurden, um den außergewöhnlichen Widerhall jeder Note zu verstärken. Massimo schenkte der Szene nun gespannt seine uneingeschränkte Aufmerksamkeit. Das Fell richtete sich auf und floss ganz langsam an einem Körper herab. Stück für Stück konnte man erkennen, was unter ihm verborgen lag. Ein Mädchen. Sie war barfuß und trug einen langen, ausladenden Rock, an dessen Ende kleine Glöckchen hingen. Ihre Brust war von einem grünen, dünnen Stoff bedeckt, der ein wenig durchscheinen ließ, was sich dahinter verbarg und der ebenso mit Glöckchen versehen war. Massimos Augen weiteten sich. Fasziniert bewunderte er ihre wohl geformten, entblößten Hüften. Als sie zu tanzen begann, verdeckte sie anfänglich ihr Gesicht hinter dem Schutz ihrer Hände. Es waren sehr langsame, seltsam erscheinende, in sich verschlungene Bewegungen, die den Windungen einer Schlange ähnelten, bis sie sich gänzlich aufgerichtet hatte und ihre Arme von ihrem Gesicht nahm.

Massimo konnte sich kaum an ihrer Schönheit sattsehen. Alles an ihr schien ihm einzigartig und wunderbar. Ihre Haut war rein und besaß eine weiche, warme Bräune. Ihre Augen vermochten ihn zu fesseln, und als sie ihm einen Blick schenkte, lief ihm ein kalter Schauer über den Rücken. Sie erinnerte ihn an ein scheues Rehkitz. Ein hilfloses Tier, das nur darauf wartete, gejagt zu werden.

Ihr Haar war pechschwarz und reichte ihr bis zu ihren Schultern. Sie trug es offen, sodass es, großen Wellen gleich, ihr Gesicht während des Tanzes umspielte. Ihre Bewegungen veränderten sich mit der wechselhaften Melodie der Musik beständig.

Die Klänge wurden immer ruhiger, immer leiser, und das Mädchen sank sachte zurück auf den Boden, wo es sich gekonnt räkelte, um dann in einer wollüstigen Bewegung mit weit aufgerissenen Augen zu verharren.

Von allen Seiten ertönte lauter Jubel und auch Massimo wollte brüllen und applaudieren, doch er rührte sich nicht von der Stelle. Als das Mädchen mit einem Satz zurück auf die Beine sprang und nach einer tiefen Verbeugung vor Konstantin und Massimo leichtfüßig den Raum verließ, wünschte er sich nichts mehr, als ihr zu folgen.

Erst als Konstantin ihn grob in die Seite stieß, erwachte Massimo aus seiner Tagträumerei. »Ein wundervolles Mädchen, nicht wahr?«

Massimo blickte ihn grinsend an. »Ja, das ist sie.«

»Ein netterer Anblick als Eure Verlobte, nehme ich an, aber falls sie Euch nicht als Euer Ideal erscheint ...« Er lachte

»Was soll das heißen?«

»Das soll heißen, dass falls Ihr sie heute Nacht nicht in Eurem Bett wünscht, ich sie mir nehmen werde. Natürlich nur, wenn Ihr nichts dagegen einzuwenden habt. Dieser Abend ist zu Euren Ehren, demnach überlasse ich Euch selbstverständlich den Vortritt.«

Massimo wurde nachdenklich. Wohl hatte er sich eben dies gewünscht, doch sie erschien ihm zu jung. Es war nicht seine Art, eine Eroberung zu erzwingen.« Sie ist kaum älter als dreizehn oder vierzehn. Kennt Ihr das Mädchen denn? Ich meine ...«

Konstantin lachte aus voller Kehle. »Ihr wollt wissen, ob sie sich ebenso gekonnt auf Laken räkeln kann? Ich weiß nur, dass Ihr Vater aus eben diesem Grund in meinem Kerker sitzt. Sie wird Euch keine Probleme bereiten.«

Massimos Wangen erröteten.

Der Deutsche grinste unverschämt. »Für mich steht der Reiz der Eroberung stets im Vordergrund. Die Leidenschaft ungehemmt und wütend ausleben zu können, über alle moralischen Grenzen hinweg, verschafft mir größte Befriedigung. Ich werde Sie in Eure Kammer schicken lassen. Es liegt an Euch, wie Ihr dann weiter verfahrt. Doch bitte ich Euch, sie zu mir zu schicken, wenn sie Euch langweilt.«

Massimo nickte und lächelte ihn an. »Ich bin nicht in allen Belangen Eurer Meinung, allerdings täte mir ein wenig Abwechslung wahrscheinlich gut. Es scheint mir, als könntet Ihr wahrhaft ein Freund werden. Ich schätze Eure Gesellschaft und es schmerzt mich ein wenig, schon bald weiterziehen zu müssen. Doch die Dinge dulden keinen Aufschub.«

Konstantins Miene wirkte wie versteinert. »Ich hoffe doch sehr, dass Ihr auch in Zukunft meine Gastfreundschaft nicht ausschlagt.«

Massimo schenkte ihm eine einladende Geste. Der Gedanke daran, Konstantin wieder zu treffen erfreute ihn sehr. In San Lilia sprach aufgrund seiner Stellung ein jeder nur nach seinem Mund. Seit seiner Kindheit sehnte er sich nach einem wirklichen Freund, wie es Konstantin für ihn sein könnte.

»Nein«, entgegnete er, »nun bin ich es, der sie Euch gewähren will. Ihr seid in meinem Land jederzeit aufs Herzlichste willkommen. Es wäre mir eine große Freude, Euch meine Heimat zu zeigen. Es gibt so vieles, was Euch gefallen würde.«

Massimo grinste.

»Nicht nur die Frauen …«

Konstantin lachte herzlich. »Das glaube ich Euch gern. Ich verspreche, dass ich dieser Einladung nachkommen werde, sobald es mir möglich ist.«

* * *

Massimo schwankte durch die engen, kalten Gänge der Burg. Hin und wieder fand sich eine halberloschene Fackel zwischen den Mauersteinen, die ihm seinen Weg wies. Die Nacht war bereits fast zum Tag geworden – anstrengend lange, wenn man die Unannehmlichkeiten der letzten Monate berücksichtigte, die er auf seiner Reise ertragen musste.

Er war allein und prallte immer wieder wankenden Schrittes unsanft gegen die Wand aus Stein. Er hielt sich daran fest, an diesen Mauern, die ihm seinen Weg aufzeigten, als könnten sie ihn halten. Er war froh darum, die Grenze des Ganges an seiner Seite zu spüren, obgleich er so schmal war, dass es ein Leichtes hätte sein sollen, ihm zu folgen.

Zu viele Gedanken irrten durch seinen Geist. Immer wieder erschienen ihm Bilder, die er am liebsten ausgeblendet hätte. Das blasse, langweilige Gesicht dieser Frau, die schon bald die Seine sein sollte. Verzweifelt versuchte er, die Vorstellung von sich abzuschütteln und sich an das schöne Antlitz dieses Mädchens, das ihn während ihres Tanzes immer wieder mit lüsternen Blicken musterte, zu erinnern. Er dachte an den warmen, liebevollen Ausdruck in ihrem Gesicht. An ihre geheimnisvollen, unnahbaren Augen, die ihn gierig verschlangen. Massimo fragte sich nun, ob es wirklich so gewesen war, oder ob ihm seine eigenen Sehnsüchte dies nicht nur glauben machten. Doch er verwarf die Überlegung schnell. Er fühlte sich zu schwach und zu trunken, um ein Urteil zu fällen, und so vertiefte er sich in das, was sich in diesem Moment real für ihn anfühlte: die Blicke des Mädchens ...

Während er weiter durch die Gänge stolperte, erinnerte er sich an die vielen Frauen an seinem Hof, die das Bett mit ihm geteilt hatten. Frauen, deren Namen er kaum bis zum Anbruch des Tages in Erinnerung behielt. Jene Nächte, in denen er gelangweilt von der Einsamkeit und getrieben von den Bedürfnissen eines jeden Mannes, die Nähe irgendeines warmen Körpers suchte, kamen ihm in den Sinn. Er fragte sich, ob eines dieser Wesen es wert gewesen wäre, über sein Bett hinaus von ihm geliebt zu werden. Ob einer dieser Körper imstande gewesen wäre, ihm Liebe zu schenken, wie sie ihm gebührte, die Art von Liebe, nach der er sich sehnte. Er hatte sie nie gespürt, weshalb er an jedem Morgen die gleiche ernüchternde Langeweile für das vor wenigen Stunden noch so begehrenswerte Mädchen neben ihm empfand. Nur zu gern redete er sich ein, jene Frauen würden ihm in sein Bett folgen, da er besonders galant um sie warb, mit Charme und Witz überzeugte. Dass es eine Ehre sein müsse, sich dem Großen Gran Duca di San Lilia hinzugeben.

Er wollte sich selbst gern so sehen, unwiderstehlich und zugleich ernsthaft auf der Suche, so anders, und meist gelang es ihm mit Bravur, sich selbst zu belügen. Doch nun verfolgten ihn Konstantins Worte und Massimo wurde bewusst, dass er keineswegs besser war, als sein Freund. Der Unterschied bestand darin, dass Konstantin aus Überzeugung handelte, wohingegen Massimo sich ehrenwerte Eroberungen vorgaukelte, um sich und seine Launen ungehemmt an einer beliebigen Schönheit auszuleben. Im Grunde war es ihm gleichgültig, wie diese Mädchen über ihn dachten, es war ihm einerlei, welche Bedeutung eine Liebschaft dieser Art für das Leben eines solchen Mädchens hatte. Er kümmerte sich, wenn er ihrer überdrüssig geworden war, genauso wenig um ihr Auskommen, wie um die möglichen Konsequenzen. Allein bei dem Gedanken, einen der Bastarde, die er gezeugt haben könnte, anzuerkennen, musste er laut lachen.

Es gab viele Frauen, die dazu dienten, ihn bei Laune zu halten. Wohl wollte er all dies, wohl ließ er sich leicht dazu hinreißen, eine Frau als die seine zu beanspruchen und dies in vollen Zügen zu genießen. Dennoch empfand er an jedem nächsten Morgen, wenn er in ein neues, schönes Gesicht blickte, nichts weiter, als einen gewissen Gefallen an eben jener Schönheit.

Diese Langeweile zog sich durch sein Leben, und die Einsamkeit, die er stets empfand, ließ ihm langsam seine Adern gefrieren. Massimo begann etwas zu erwarten. Er wollte mehr. Viel mehr. Doch wenn er seine Augen aufschlug und das Mädchen neben ihm im hellen Tageslicht betrachtete, fühlte er nichts weiter als Überdruss und Verachtung. Er begann nicht nur sie, sondern auch sich selbst zu verachten.

Massimo öffnete die hölzerne Türe seiner Kammer. Das fürchterliche Geräusch, der schlecht instand gehaltenen Scharniere, schmerzte ihn in seinem Kopf. Als er suchend hinein trat, erkannte er, dass sein Schlafplatz nicht in völliger Dunkelheit lag. Ein schummriges, schwaches Licht wies ihm den Weg, und so tastete er sich müde, nach Halt suchend, immer weiter auf seine Schlafstätte zu.

Mit letzter Kraft schaffte er es, sein Wams eigenhändig von sich zu streifen, bevor er erschöpft auf die Laken sank und seine Augen schloss.

Die Welt begann sich vor lauter Trunkenheit um ihn herum zu drehen, beschwor eine fürchterliche Übelkeit herauf. Sie zog ihn in einen schwarzen Schlund hinein, sodass er in der Hoffnung auf Stillstand ein Bein zum Bettrand hinab hängen ließ.

Er wusste nicht, wie lange er bereits in dieser Position ausharrte, als ihn dasselbe Knarren der Türe, das ihn schon gestört hatte, als er sie selbst öffnete, aus seiner Bettschwere riss.

Vorsichtig und leise wie eine Katze schlich eine zarte Gestalt in seine Kammer, die sich nur durch das Erklingen eines hellen Glöckchentones verriet.

Erschrocken hievte Massimo sich in eine aufrechte Position und blickte gespannt in Richtung der Türe. Eine Mischung aus Erregung, Verlangen und Verwirrtheit staute sich in ihm. ›Die Tänzerin‹, kam es ihm. Konstantin hatte seinen Verheißungen Taten folgen lassen. Sein Blick war trüb. Es dauerte eine Weile, bis er sich an den Schein der Kerze, die dicht neben ihm stand, gewöhnte, und er deutlich sehen konnte.

Massimo erhob sich mühsam und schwankend. Durch seine Bewegungen gehemmt blieb das Mädchen stehen und blickte, eine Hand auf das dunkle, harte Holz des Bettes gelegt, zu Boden. Massimo ignorierte sie zunächst und wankte suchend einige Schritte durch den Raum, bis seine Hände ertasteten, wonach sein durcheinander geratener Kopf verlangte. Mit beiden Händen tauchte er in das eiskalte Wasser der Waschschüssel ein und benetzte sein Gesicht. Es wirkte. Mit einem Mal schien die Schwere der Trunkenheit von ihm abgefallen und er spürte Kraft und Wachheit in sich einkehren.

Mit beiden Händen auf die Kommode gestützt atmete er ein paar Mal tief ein, bis er sich erhob und aufrecht, langsamen Schrittes und klaren Kopfes auf die Beute dieser Nacht zuging. Die Jagdtrophäe, die sich selbst ins Visier des Jägers begab.

Er stellte sich direkt hinter die fremde Schönheit, die nicht wagte, sich zu bewegen. Er atmete den Duft ihres Haares ein, ließ es durch seine Finger gleiten und wieder zurück auf ihre von grün schimmerndem, fast durchsichtigem Stoff umhüllten Schultern fallen. Sie atmete jetzt schwer und schnell, woraufhin er einen Schritt näher an sie heran trat. Er wollte, dass sie seine Nähe, sein Verlangen spürte. Massimo umfasste kräftig ihre Taille und zog ihren Körper fest an den seinen, bis kein Raum mehr zwischen ihnen lag. Er presste ihr Gesäß gegen seine Hüfte, spürte, wie sich die Wölbung ihres Rückens gegen seine Brust schmiegte. Er griff an ihren Hals und umschloss ihn mit leichtem Druck. Fast bedrohlich wirkte das Bild, als wollte er ihr die Kehle zuschnüren. Doch sie ließ den Kopf fallen, legte ihn an seine Schulter. Von oben herab konnte er nun klar auf ihr Gesicht blicken. Er beobachtete ihre Nasenflügel, die sich schnell und bebend bei jedem hastigen Atemzug hoben. Die vollen Lippen, die leicht geöffnet darunter ruhten, die glühenden, geweiteten, tiefbraunen Augen, deren Blick er nicht deuten konnte. War es Erregung, Angst, Nervosität? Im Grunde war es ihm gleichgültig. Ihm gefiel, was er sah, was er tat und er wollte dieses Wesen besitzen. Jetzt.

Langsam ließ er seine Hand von ihrer Taille hinunter wandern bis zu jener Stelle, wo der Saum ihres Rockes endete. Er fuhr darunter und fühlte das hitzige, samtige Fleisch ihrer Schenkel. Die Glöckchen an ihrem Rock klirrten, als seine Fingerspitzen langsam hinauf glitten, bis seine Hand zwischen ihren Beinen angekommen war. Mit jedem seiner Finger begann er, den weichen Haarflaum und die glühende, von Feuchtigkeit benetzte Haut ihres Schoßes zu erkunden. Ihr Körper zuckte. Gefiel ihr, was er tat? Massimo hielt einen Moment inne. Ja. Sie mochte es genauso wie er. Ihr Becken begann unter seinen Berührungen langsam zu kreisen. Sie presste sich an ihn. Er fühlte, wie sein Blut durch seinen Körper rauschte und sein Herz vor Verlangen pochte. Mit einem Ruck drehte er sie um, zwang sie, ihm direkt ins Gesicht zu blicken. Ein schüchternes Lächeln, das gleichermaßen undurchsichtig wie deutlich war. Ja, auch sie wollte ihn.

Seine Hände krallten sich in das Fleisch ihres festen Hinterteils, während er sie empor hob. Sie schlang ihre Beine um seine Hüften und umklammerte mit ihren Armen seinen Nacken. Ihrer beider Lippen fanden sich, und ein Kuss, wie ein Duell, wie ein Kampf auf Leben und Tod, heftig und leidenschaftlich, begleitete die beiden Körper zu Massimos Schlafstätte. Er warf sie darauf, kniete vor ihr und riss ihr begierig die Stofffetzen vom Leib. Als dieses fremdartige Geschöpf völlig hüllenlos vor ihm lag, streckte sie furchtlos ihre Arme nach seinem Körper aus und Massimo nahm sich alles, wonach ihm verlangte ...

* * *

Als er am nächsten Morgen erwachte, war das Mädchen bereits verschwunden. Er wunderte sich darüber, begrüßte es jedoch sehr, da es dem üblichen Unbehagen des Morgens danach Einhalt gebot. Er räkelte sich genüsslich in seinen Kissen und begann voller Zufriedenheit, strotzend vor Kraft seinen Tag. Euphorisch stieg er aus seinem Bett und eiferte gleichsam pfeifend freudig den Tönen der balzenden Vögel nach, die sich vor seinem schmalen Fenster versammelt hatten, während er sich von Niccolo zurechtmachen ließ.

»Darf ich fragen, was meinen Herrn zu diesen frühen Stunden derart beglückt?«

Massimo lachte aus voller Kehle. »Natürlich darfst du. Die Frage ist, ob ich gewillt bin, es dir zu verraten.«

Niccolo überlegte nicht lange. »Nun denn. Darf Euer Kammerdiener den Grund Eures Glückes erfahren?«

Niccolo räusperte sich. »Nun, es ist nur ... nun ja, ungewöhnlich, Euch so beglückt über die Gesellschaft einer Frau zu sehen.« Peinlich berührt über seine Worte blickte Niccolo etwas verlegen zu Boden.

Der Großherzog grinste verschmitzt. »Es ist nur so, dass ich eine bezaubernde Nacht erleben durfte, die mir vieles gab, doch nichts nahm.«

Sein Kammerdiener blickte ihn kritisch an. »Verzeiht, wenn ich erneut Dinge frage, die zu fragen mir nicht zustehen, doch ich würde zu gerne erfahren, weshalb sich mein Herr nach der Gesellschaft eines Weibes in diesem Lande besser fühlt, als es in seiner Heimat für gewöhnlich der Fall ist. Es ist meine Aufgabe, mich um Euch zu sorgen. Auch um Euer Vergnügen.«

Massimo wählte seine Worte mit Herz. »Du hast im Laufe der Zeit etliche Frauen in meinen Gemächern gesehen, Niccolo, und ich schätze deine Verschwiegenheit um diese Dinge. Ich kann dir deine Fragen nicht beantworten, da ich es selbst nicht recht verstehe und es widerstrebt mir, einen Gedanken daran zu verschwenden. Also bitte ich dich, es dabei zu belassen.«

* * *

»Wird die Jagd in Eurer Heimat von allen so praktiziert, wie ihr es pflegt, oder zeigt sich gerade hier umso deutlicher der Unterschied zwischen hohem und niederem Adel?«

»Dies ist eine Frage, die ich Euch kaum in einem einzigen Satz beantworten kann, mein Freund. Bei uns ist nicht etwa derjenige, der die größte Masse erlegt, der Würdigste, der Gefeierte, sondern der Jäger, der sich durch seine Taten, auch wenn es ihn seinen eigenen Kopf kosten könnte, den größten Ruhm erkauft. Selbstverständlich gibt es auch einfachere Jagdausflüge, bei denen die Masse der getöteten Tiere besticht, jedoch ist dies für die Erhaltung unseres gewohnten Lebensstandards, und nicht etwa als messbarer Sport zu sehen.

Ehre und Ehrerbietung sind die wohl wichtigsten Worte in meinem Leben. Ich bemühe mich darum, niemals zu vergessen, was sie bedeuten. Jemand vom niederen Adels, sogar selbst der Bauernschaft, könnte sich, wenn ein solcher zur Jagd geladen, den gleichen Ruhm wie ich selbst verdienen, wenn er durch Mut und Können besticht.«

Konstantin blickte ihn skeptisch an. »Würdet Ihr Euch herablassen, einen einfachen Bauern an diesem Vergnügen teilhaben zu lassen?«

Massimo wedelte mit seiner Hand. Er verstand die Bedenken nicht. »Natürlich. Warum nicht? Das Volk muss bei Laune gehalten werden. Es gibt wohl nichts Schlimmeres für einen Herrscher, als sich mit den Belangen des aufmüpfigen Pöbels zu beschäftigen. So erscheint es mir nur als sinnvoll, in regelmäßigen Abständen einen von ihnen, wenn er sich durch seinen Fleiß hervorgehoben hat, als besonderen Lohn an diesen Dingen teilnehmen zu lassen.«

Konstantins Augen weiteten sich. »Ihr scheint mir ein kluger, berechnender Herrscher zu sein. Mit jeder Unterhaltung, die wir führen, steigen meine Sympathien für Euch.«

»Es mag sein, dass ich dies bin, doch vielleicht sind es auch nur meine Berater, denen diese Wertschätzung zukommen sollte. Aber nun genug von meinen Gewohnheiten. Ich würde gerne mehr über die Euren erfahren. Welche Waffen verwendet Ihr? Wo liegen Eure Besonderheiten? Eure Künste? Erklärt mir die Geheimnisse Eurer Stärken, so lasse ich Euch gerne die meinen wissen.«

Konstantin hielt mit geschwollener Brust seine liebste Waffe in die Höhe. »Als Fernwaffen benutzen wir die Armbrust, wobei wir besonders stolz auf unsere Treibhornbogen sind. Die Armbrustsäule besteht selbstverständlich aus Holz, doch die Bolzenauflage ist mit einer besonders glatten, polierten Hornplatte ausgelegt, welche die Schussleistung erheblich erhöht. Seht Ihr? Diese Besonderheit wurde nahe meiner Ländereien entwickelt.«

Konstantin legte ihm seine Armbrust in die Hand, und Massimo musterte das prächtige Stück, während sein Freund begeistert weiter erzählte. Das Holz war mit feinen Schnitzarbeiten versehen. Massimo sah in Konstantins Blick, dass diese Waffe ihm viel bedeutete.

»Wir haben diese Backe ausgearbeitet, die das Anlegen zusätzlich erleichtert. Als Spannhilfe für die Armbrustsehne dient ein Zahnstangengewinde, das hier in diesem Kasten fest montiert ist. Es ist eine bedeutende Verbesserung. Außerdem schießt diese Waffe nahezu geräuschlos, sodass sie das Wild nicht vertreibt und auch für andere Jagdarten mit großem Erfolg verwendet werden kann. Die Bolzen sind verschieden ausgearbeitet, um sie je nach Entfernung und Beute einsetzen zu können. Der Schliff der Spitze ist dabei das Wichtigste. Sehr spitze Eisen können tief in den Körper eindringen, um sogleich zu töten, stumpfe Bolzen dienen der Betäubung. Ich setze diese gerne ein, um ein Tier für die Abrichtung gefügig zu machen. Aus der unmittelbaren Nähe beschränke ich mich jedoch am liebsten auf den Bogen.«

Konstantin blickte Massimo ernst an, der – immer noch fasziniert von den detaillierten Ausführungen – die Armbrust fest in seinen Händen hielt und betrachtete.

Konstantin war das Interesse Massimos nicht entgangen. »Bitte, behaltet sie. Es wäre mir eine wahre Freude, sie Euch zu schenken.«

»Ihr seid sehr großzügig, Konstantin. Ich danke Euch vielmals.«

Massimo überlegte kurz, bevor er ebenfalls mit äußerst ernstem Gesichtsausdruck sein geliebtes Kurzschwert aus der Schneide zog, um es Konstantin feierlich zu überreichen. Teile des Griffes waren mit bunten Steinen besetzt. »Es hat einmal meinem Vater gehört«, begleiteten seine Worte die Geste.

Die Augen des Deutschen weiteten sich. Nie zuvor hielt er eine solch wertvolle Waffe in seinen Händen und wagte kaum, den Griff zu berühren.
»Es soll nun Euch gehören. Haltet es in Ehren.«
Konstantin stockte. Er schüttelte den Kopf. »Das kann ich nicht annehmen.«
»Es ist eine Beleidigung, ein Geschenk abzuweisen. Ich möchte es Euch schenken! Als Dank für alles, was ihr für mich getan habt.«
Zaghaft ergriff Konstantin das edle Schwert. Er wendete es in der Sonne, sodass die Steine funkelten.
»Jedes Mal, wenn ich es ziehe, werde ich an Euch denken, mein Freund.«
Die beiden Männer lächelten sich an.

Kapitel 3

Grün und Blau

Während sowohl sein Hofmarshall als auch sein Kanzler auf ihn einredeten, wurde der Gran Duca di San Lilia immer wütender. Beide verstummten sofort, als Massimo seinen Weinkelch derart heftig auf das harte Holz der Tischplatte knallen ließ, dass sein edelster Tafelwein aus ihm hinaus schwappte. Alle Augen waren für einen kurzen Moment auf ihren Herrn gerichtet. Es waren flüchtige Blicke, die sich sogleich wieder lösten. Diese Verschwendung verhieß wahrlich nichts Gutes für diejenigen, deren Worte seine impulsive Launenhaftigkeit herauf beschworen hatten.

Wohl hatten ihn seine Berater bereits vor seiner Reise dazu gedrängt, einen drohenden Aufstand der Bauern im Keim zu ersticken. Ständig lagen sie ihm damit in den Ohren, dass es solches Aufbegehren bereits zuhauf in den umliegenden Ländereien gegeben hatte. Doch Massimo wollte nichts davon hören. Für ihn war ein derartiges Vorhaben aberwitzig und dumm. Doch nun, wo es bereits geschehen, drängten sich ihm Fragen auf. Hatte er sich nicht immer um das Wohlergehen seines Volkes gesorgt? Pflegte er nicht, stets für jeden Einzelnen seines Gefolges eine freundliche Geste bereit zu halten? Welcher Mann seines Ranges lobte jemals einen seiner Pagen wegen des außerordentlich guten Zustandes seines Pferdes oder gar des festen Sitzes seines Sattels? Wer, wenn nicht er?

»Nein! Nirgends haben sie es so gut wie in San Lilia!«, murmelte er vor sich hin. Für ihn gab es nichts, das er sich vorzuwerfen hätte. Was wollten diese Bauern überhaupt? Hatten sie denn nicht alles, was sie brauchten? War es nicht er, der selbst die Ärmsten seines Landes stets mit an seine Tafel bat? Aßen sie nicht gemeinsam mit ihm das Rotwild aus seinen Wäldern und die Fische aus seinen Flüssen? Er schüttelte verächtlich den Kopf. Der Gedanke an die aufständischen Bauern widerte ihn an. Er fühlte sich zu weit Höherem berufen, als sich gerade jetzt, wo er doch so lange Zeit fort von zu Hause gewesen war, mit den lächerlichen Belangen des Pöbels zu befassen.

Massimo verstand nicht, wie es diese einfachen, aus seiner Hand lebenden Menschen wagen konnten, sich gegen ihn zu stellen. Gab er ihnen nicht Arbeit und ein Dach über den Kopf? Sicherte er nicht das gesamte Überleben ihrer aller Familien? Ja. Sie sollten in tiefster Dankbarkeit vor ihm auf die Knie fallen. ›Ich werde ein Zeichen setzen müssen‹, dachte er bei sich, ›ein Zeichen, das so schnell keiner von ihnen vergessen wird.‹

Vor Wut schnaubend und mit hochrotem Kopf erhob er sich von seinem Thron. Mit roher Gewalt warf er seinen Weinkelch voller Arroganz demonstrativ mitten auf den steinernen Boden des großen Bankettsaales. Dann brüllte er in Richtung seines Hofmarshalls: »Ich erwarte, die Verantwortlichen zu sehen! Sofort!«

Der solcherart Angesprochene eilte sogleich mit einer kleinen Gefolgschaft hinaus.

Das Echo von Massimos Worten donnerte durch die hohen Hallen, ohne seine Wirkung zu verfehlen. Die üblichen, lautstarken Rangeleien des Abendmahles verstummten abrupt. Hunderte Augenpaare verschiedenen Ranges waren nun einzig auf ihren edlen Herrn gerichtet. Jedes von ihnen peinlich genau darauf bedacht, sich seinem Groll nach Möglichkeit zu entziehen.

Warten gehörte noch nie zu Massimos Stärken, und während seine Geduld allmählich auf die Probe gestellt wurde, bemerkte er eine Nebensächlichkeit, auf die sich sein angestauter Groll lenken ließ. Verächtlich keifte er durch die Reihen: »Ich verlange frischen Wein! Wer zum Teufel trägt Schuld daran, dass ich noch immer keinen frisch gefüllten Krug in meinen Händen halte?«

Keine der älteren Mägde, die an der Wand entlang standen, wagte es vorzutreten. Während sie sich gegenseitig fragend anblickten, hoffte jede von ihnen, eine der anderen würde sich erbarmen. Die stets verbitterte Marille, war es, die das neue, junge Mädchen am Eingang zu den Küchengewölben erspähte, ihr einen silbernen Becher, wie eine Tonkaraffe in die Hand drückte und sie mit einem leichten Klaps hinein in die Höhle des Löwen schubste. Anna Maria vernahm noch ein leises »Viel Glück«, als sie sich auch schon am Rande des großen Saales wiederfand. Sie wusste nicht, wie ihr geschah und fürchtete sich ein wenig. Schließlich kannte sie die Gepflogenheiten in diesem Land noch kaum. Zunächst huschte sie, den Blick starr auf den Boden gerichtet, am Rande des Saales, dicht an die Steinmauer gedrängt, entlang. Doch als sie bemerkte, dass keiner der Herren, an denen sie vorbei zog, Notiz von ihr nahm, wurde sie ruhiger. ›Was soll schon passieren?‹, dachte sie bei sich, während ihr Gang beschwingter und selbstsicherer wurde.

Massimo würdigte sie in seiner Überheblichkeit keines Blickes. Weshalb sollte er auch? Sah er doch jetzt, wo sich seine Bauern gegen ihn zu stellen versuchten, was geschah, wenn ein Herr zu gutmütig mit dem Gesindel verfährt. ›Nein. Von heute an wird alles anders sein! Sie alle sollen sehen, was sie davon haben, mich zu verärgern!‹, kreisten seine Gedanken.

Erst dann, als das Mädchen ihm bis zum letzen Tropfen und ohne sich aus der Ruhe bringen zu lassen, eingeschenkt hatte und sich wieder abwenden wollte, erweckte sie für einen kurzen Augenblick seine Beachtung. Irgendetwas an ihr gefiel ihm. Vielleicht war es ihr Haar, dessen außergewöhnlicher Glanz ihm sogleich aufgefallen war. Oder der blumige Duft, der ihm in die Nase stieg, als sie nahe bei ihm stand. Er wusste es sich nicht zu erklären.

Sein herrschsüchtiger Tonfall war noch immer schneidend scharf, als er zu ihr sprach. »Warte. Dreh dich um.«

Zögerlich begann sie, sich ihm zu zuwenden. Die Angst vor einem Fehler, den sie in dieser prekären Situation leicht hätte begehen können, stand ihr ins Gesicht geschrieben. Dennoch wirkte sie außergewöhnlich gefasst und streckte ihren Kopf würdevoll in die Höhe, was Massimo verwunderte. Als sich ihre Blicke für einen Moment trafen, erschrak er beinahe. Nie zuvor hatte er ein solch beängstigend schönes Gesicht erblickt. Er musterte sie nur flüchtig und wandte sich eilig wieder von ihr ab.

Er bemühte sich um einen sanfteren Ton, als er sagte: »Du kannst gehen.«

Anna Maria drehte sich tonlos um.

Der Hofmarschall nickte ihm vom anderen Ende des Saales zu. Massimo erhob sich schnaubend und marschierte stolz, mit noch festerem Schritt, als sonst, aus seiner festlichen Halle hinaus in den Gewölbesaal. Einige Bauern wurden nacheinander über einen Seiteneingang vom Freien hinein in die dunkle, das Licht der wenigen Kerzen verschlingende Eingangshalle des Schlosses gezerrt. Sie versammelten sich auf der freien Fläche direkt vor der gewaltigen Marmortreppe, die sowohl in den Ratssaal als auch in die oberen Gemächer des Herrschers führte.

Eben dort oben stand nun Massimo mit finsterer Miene und zusammengekniffenen Augen. Jetzt, als er die Verräter vor sich sah, wuchs seine Wut ins Unermessliche. Daran änderte auch ihr ergebenes Verhalten nichts. Allesamt sanken sie sogleich tief vor seiner Gnaden zu Füßen, um ihrem Herrscher die Ehrerbietung zuteilwerden zu lassen, die ihm gebührte. Doch diese Geste konnte sein Herz nicht erweichen. War es doch nichts Besonderes. Nichts anderes, als das Verhalten, welches er erwartete.

Etwa zwanzig Mann an der Zahl konnten in der kurzen Zeit herbeigeführt werden. Jeder von ihnen ein einfacher Bauer.

Massimo blickte verächtlich hinab auf ihre gesenkten Häupter, auf die kümmerlichen Existenzen, die ihm nun in seinem Groll wie unwürdige Maden erschienen.

Langsam, als würde er seinen Worten noch mehr Nachdruck verleihen wollen, begann er mit betonter Überheblichkeit zu ihnen zu sprechen: »Wie mir zu Ohren kommen musste, habt ihr also ein Problem mit meinem Jagdverhalten? Ist es denn nicht das Wild, das ich erlegte, welches auch auf euren Tellern ruht, um eure hungrigen Mäuler, die eurer Weiber und ebenso eurer Kinder zu stopfen?«

Keiner der einfachen Bauern wagte es, angesichts des drohenden, sicheren Todes seine Stimme zu erheben.

Das erzürnte Massimo umso mehr. »Wenn ich euch eine Frage stelle, so erwarte ich eine Antwort darauf! Oder sollte ich jeden einzelnen eures Haufens von Feiglingen zur Morgenstunde hängen lassen? Tretet einer nach dem anderen vor und erläutert eure Belange, soweit ich noch gewillt bin, euch die Gelegenheit dazu zu geben.«

Amüsiertes Gelächter der höheren Stände und Edelleute, die ihm gefolgt waren, um sich das Spektakel aus der Nähe zu betrachten, hallte lautstark durch den Raum, bis der Gran Duca, Massimo Toska Leonardo Maritiano, andächtig seine rechte Hand erhob, um ihnen Stillschweigen zu gebieten.

Auch Anna Maria hatte sich gemeinsam mit einigen Mägden zwischen die Menschenmenge gedrängt. Ein alter Greis, dessen Tage ohnehin in Bälde ihr Ende gefunden hätten, richtete sich als Erster auf, um sich seinem Herrn zu erklären: »Mein ehrenwerter Gran Duca. Vergebt mir meinen Mut zu sprechen, doch Ihr befehlt es und ich habe nie einen Eurer Befehle infrage gestellt. Aber es sind mit der Zeit erhebliche Flurschäden entstanden. Die Felder wurden von der Treibjagd verwüstet, sodass kein neues Korn auf ihnen heranwachsen kann.«

Der Mann setzte an, um noch Weiteres zu erläutern, wurde jedoch sogleich unterbrochen, als der Großherzog abwinkte, um mit versteinerter Miene den Nächsten aufzufordern.

Dieser wirkte noch sehr jung und kämpfte mit der unsicheren, kümmerlichen Stimme eines Knaben: »Mein Herr, die von Ihnen gewünschte, höhere Wilddichte verwüstet unsere Wiesen und Haine. Sie fressen unseren eigenen Tieren das Gras weg, bevor die Heuernte eingebracht werden kann. Wir bitten Euch inständig um Erlaubnis zur Bejagung durch die Bauern.«

Keinerlei Regung zeigte sich in Massimos Gesicht. Stattdessen ertönte wiederum lautes Gelächter aus anderen Reihen, die sich an den Angelegenheiten des Pöbels allzu köstlich amüsierten.

Desinteressiert, nun mit einem Grinsen auf den Lippen, wedelte der Großherzog mit seinen Händen umher, um sich selbst, angesteckt durch die vermeintlich Edlen seines Hofes, an den Bittgesuchen eines weiteren Bauern zu belustigen. Für ihn war all dies ähnlich einem Spiel. Er spielte mit seiner Macht. Dies war das Leben, das er führte. Ein Leben, das daraus bestand, mit dem Leben anderer zu spielen.

»Brücken und Wege wurden zerstört. Die Zeit, die es kostet, diese wieder aufzubauen und anzulegen haben wir nicht übrig, um unser eigenes Überleben zu sichern.« Eine ganze Reihe an Schwierigkeiten, die mit der liebsten Freizeitbeschäftigung des hohen Standes einherging, wurde vorgetragen. Doch nicht eine von ihnen erreichte Massimos Herz. Im Gegenteil: Die Belange der Unterschicht belustigten sowohl ihn als auch den Rest seines Hofstaates.

»Ich möchte an diesem Abend Gnade vor Recht walten lassen. Verschwindet aus meinen Augen! Es sind eure Hände, die für mich arbeiten sollen, nicht euer Verstand!«

Massimo richtete diese Worte an jene mutigen Männer, die es gewagt hatten, auf seinen Befehl hin zu sprechen. Erleichterung und hier und da ein erstauntes Lächeln machten sich unter den Bauern breit. Es war keineswegs üblich, dass der Großherzog sich zu Gnade hinreißen ließ.

Anna Marias Augen weiteten sich. Sie konnte kaum glauben, was sie da hörte. Sie konnte sich nicht vorstellen, dass ein Mann seines Ranges so viel Herz besitzen könnte. Dass ein Herrscher, wie er es war, sein Land derart gnädig und verständig führte. Sie fasste sich an ihre Brust und wünschte sich nichts mehr, als daran glauben zu dürfen.

Massimo hatte sich bereits umgedreht, um wieder in die Festhalle zurückzukehren, da wandte er sich noch einmal zu den Aufsässigen um, spuckte auf den Boden hinab und sprach mit voller Härte: »Den Rest von diesen jämmerlichen Feiglingen hängt! Ich kann es nicht ertragen, wenn Männer nicht zu ihren Worten stehen können. Ihr wagt es, unter euresgleichen gegen mich Wort zu führen, jedoch vor meinen Augen kriecht ihr wie Hunde im Dreck und lasst Alte und Kinder für euch sprechen. In San Lilia ist kein Platz für feige Köter!«

Während der Adel zustimmend grölte, verfinsterte sich Anna Marias Blick. ›Wie konnte ich nur so dumm sein?‹, fragte sie sich. ›Wie konnte ich nur glauben, dass er anders sein könnte als all die anderen hohen Herren?‹

Nachdenklich schwenkte Massimo den schweren Becher in seiner Hand und setzte an, um einen kräftigen Schluck aus ihm zu trinken. Die Worte der Bauern ließen ihn nicht mehr los. Der letzte Winter war für seine mit ertragreichem Boden gesegneten Ländereien ungewohnt lang und kalt gewesen und es könnte in diesem Jahr ebenso sein. Wohl hatte er mit seiner Entscheidung dafür gesorgt, dass der Pöbel wieder genug Respekt haben wird, um derartige Unverschämtheiten zukünftig nicht mehr zu wagen, doch das änderte nichts daran, dass ein Fünkchen Wahrheit in ihren Worten lag. ›Weshalb grüble ich über die Worte einfältiger, dummer Bauern?‹, kam es ihm. ›Ich werde Castor zu diesen Dingen befragen. Auf ihn ist immer Verlass. Er wird mir die Antworten aus den Sternen lesen.‹ Es war typisch für Massimo, sich nicht lange mit Problemen auseinander zu setzen. War es doch leichter, sie von sich zu schieben, auf dass sich andere ihren Kopf darüber zerbrechen mögen.

Doch es gab noch etwas anderes, das seinen Geist in ungewohntem Maß umtrieb.

Er winkte einen der Diener zu sich herbei.»Schickt mir Gabriella.«

Kurze Zeit später eilte die rundliche, bereits in die Jahre gekommene Hofmeisterin, ihre Röcke fest in den Händen haltend, zu ihrem Herrn. Sein Gesicht erhellte sich sofort, als er sie sah. Er mochte und schätzte Gabriella sehr. Kannte er sie doch seit frühester Kindheit. Massimos Tonfall ihr gegenüber war immer auffallend weich und herzlich.»Gabriella, dieses Mädchen, das heute Abend für meinen Wein zuständig ist, ich habe sie noch nie zuvor zu Gesicht bekommen.«

Sie musterte ihn eindringlich, bevor sie Antwort gab. Es war nicht üblich, dass sich der Gran Duca für einfaches Personal interessierte.»Oh, sie ist erst vor ein paar Tagen aus Russland eingetroffen. Eure Cousine Lucrezia hatte Euch bereits vor Monaten einen Bittbrief geschrieben, sie an Eurem Hofe anzustellen. Ihr erinnert Euch, mein Herr? Ihr trugt mir auf, Ihrem Anliegen sogleich nachzukommen.«

Das linke Auge des Großherzogs verengte sich ein wenig, während er darüber nachdachte.»Oh ja, in der Tat. Wie konnte ich dies nur vergessen, wo doch ihr Brief eine so seltsame Begründung enthielt? Es war bereits vor einer Ewigkeit, wie mir scheint.«

»Ihr habt es sicherlich nicht vergessen, mein Herr. Ihr seid schließlich mit allzu vielen, weit wichtigeren Belangen beschäftigt, als über den Verbleib einer einfachen Magd nachzudenken.«

Massimo hatte ihren fragenden Unterton nicht überhört und bemühte sich, obgleich er nicht recht wusste, warum, sein Interesse an diesem Mädchen abzutun. »Ihr habt Recht darin, Gabriella. Dennoch sollte und müsste ich über jede Neuerung in meiner unmittelbaren Umgebung Bescheid wissen. Gerade zu diesen gefährlichen Zeiten des Umbruchs ist allerhöchste Wachsamkeit geboten. Ich wünsche, dass Ihr mir über jede Neuanstellung Bericht erstattet und genaue Forschungen betreibt, bevor Ihr jemanden fahrlässig in meine Nähe lasst.«

Die letzten Worte hatte er mit bewusst erhobenem Ton gesprochen, und Gabriella bemühte sich sogleich darum, ihn zu beschwichtigen. »Ich wollte meinen Herrn keineswegs verärgern. Wenn dem so sei, entschuldige ich mich vielmals. Ich werde selbstverständlich eine anderweitige Verwendung für das Mädchen finden, wenn Ihr dies wünscht.«

»Oh nein, dies war nicht mein Gedanke. Und nein, Ihr habt mich keinesfalls verärgert. Ich weiß gut um Eure treuen Dienste und schätze Eure Loyalität sehr. Es war vielmehr so, dass sie mich – wie soll ich sagen – überraschte.«

»Dennoch war es allein mein Fehler. Ihr solltet niemals durch die Unfähigkeit Eurer Bediensteten in die Verlegenheit geraten, überrascht zu werden.«

»Ich werfe Euch nicht das Geringste vor, Gabriella. Vielen Dank, Ihr könnt nun gehen.«

Mit gewohnt freundlichem, warmherzigem Blick wandte sich die Hofmeisterin von ihm ab, doch ihre Gedanken rasten. ›Sie hat ihn also überrascht ...‹ Gabriella wusste nicht recht, was sie von diesem Gespräch halten sollte.

* * *

Mitten in der Nacht ließ Massimo sich müde von seinem obersten Kammerdiener entkleiden und sein Haar bürsten. Niccolo half seinem betrunkenen Herrn wie so oft geduldig dabei, in sein Nachtgewand zu steigen, was Massimo sichtlich beschämte. Er hasste es, auf fremde Hilfe angewiesen zu sein und verabscheute sich selbst dafür, immer wieder in diese Lage zu geraten. Die Unterhaltungssucht seines Hofes hatte einmal mehr seinen Tribut gefordert, die Feierlichkeiten hatten bis spät in die Nacht hinein kein Ende gefunden. Immer wieder nahm er sich vor, den nächsten Abend ruhiger zu begehen, sich früher von der Gesellschaft zu entfernen. »Ich bin nicht besser, als das Gesindel«, kam es ihm. »Der große Gran Duca di San Lilia zu Tode gesoffen … Was für eine Schande! Doch nicht heute. Nein. Nicht heute. Morgen vielleicht«, grummelte er, während Niccolo sich leise entfernte.

Er nächtigte in einem massiven Bett aus Zirbelholz, in das er dankbar seinen schwer gewordenen Körper sinken ließ. Er liebte diesen sonderbaren Geruch, den dieses Holz in jeden Winkel seiner Gemächer verströmte und atmete ihn tief ein. Er hatte jedes einzelne Möbelstück seiner Schlafkammer aus den Ästen und Stämmen der Zirbel von den besten Handwerkern Italiens nach seinen eigenen Vorstellungen anfertigen lassen. Massimo war froh, wieder zu Hause zu sein. In seinem eigenen Bett. In seinen eigenen Räumen. Seinem eigenen Land. Er löschte die Nachtkerze und schloss die Augen. Er wollte schlafen. Einfach nur schlafen. Doch der süffige Wein drängte sich gnadenlos in seinen Kopf. Ihm wurde derart schwindlig und übel, dass er sich am liebsten übergeben hätte. In der Hoffnung auf Stillstand ließ er wie gewohnt ein Bein den Boden berühren. Es nützte nichts. Die Trunkenheit forderte ihren Tribut.

Nun, da kein Trubel mehr um ihn herum herrschte und es keine Gespräche und auch keine Etikette mehr gab, der er folgen musste, hatte er auch keinerlei Ablenkung mehr. Er war allein. Allein in einer ihm verkehrt erscheinenden Welt. Es gab nichts, das ihn davon abhalten konnte, an diese faszinierenden, ihn fesselnden Augen zu denken. Weshalb nur kam ihm dieses fremde Mädchen in den Sinn? Gerade jetzt, wo sich alles um ihn herum drehte. Es war, als drehte sie sich mit ihm. Bereitwillig ließ er sich von traumhaften Eindrücken berieseln, die ihn auf seinem Weg in die Leere des Schlafes begleiteten.

Bevor aber der Schlaf ihn übermannte, konnte er sie, in dieser verschwommenen Welt aus Schatten und Licht, immer klarer vor sich sehen. Als würde sie direkt über ihm ruhen. Ihr linkes Auge war grün gefärbt mit einem starken Anteil eines Grautones, wie er es zuvor schon einmal in dem wachsamen Antlitz eines besonderen Jagdfalken gesehen hatte. Das andere hatte eine azurblaue Farbe mit Facetten von glänzendem Weiß. Es erinnerte ihn an die Färbung des Meeres. Er sah in ihrem

Auge eine sich brechende Welle, die gegen eine Felswand prallt, um der Welt ihre Kraft zu demonstrieren. Die Augen – der Spiegel der Seele. Es war ihm, als würde er in ihnen versinken.

Dieses fremde Mädchen hatte etwas Anmutiges, ja beinahe Königliches an sich. Vielleicht war es die Art ihrer Bewegungen, ihr erhobenes Haupt oder die sicheren, tänzelnden Schritte, die diesen Eindruck erweckten. Er dachte an ihr glänzendes, schwarzes Haar. Sie hatte es in einem doppelten Kranz um ihr Haupt geflochten, sodass der Eindruck entstand, sie trüge eine Krone. Massimo stellte sich vor, wie sie sich ganz allein um sich selbst dreht. Ja, es war, als würde sie nicht gehen, sondern tanzen. Ein Tanz bis tief in die Nacht hinein, der niemals ein Ende findet.

Bald fiel er zwischen all diesen Bildern in einen tiefen, erholsamen, von schwerer Trunkenheit getragenen Schlaf.

Als er in der friedfertigen, einsamen Stille erwachte, die ihm nur in den Morgenstunden für kurze Zeit gewährt wurde, waren ihre Augen das Erste, das ihm im Geiste erschien. Noch bevor er seine eigenen öffnete, sah er ihr Gesicht vor sich. ›Hatte sie die gesamte Nacht über mich gewacht? Mich beschützt und gebettet in einen traumlosen Schlaf?‹ Er schüttelte die Gedanken heftig von sich und richtete sich auf.

* * *

Das herrschaftliche Jagdgewand, das Massimo stets zu seinen morgendlichen Ausritten trug, kleidete ihn sehr. Er musterte sich im Spiegel. Er war ein wahrlich schöner Mann, und er wusste darum. Doch das Bild, das er sah, konnte ihm kein Lächeln entlocken. Der Spiegel zeigte ihm nichts anderes, als einen verbitterten, einsamen, alleinstehenden Mann, der alles hatte und doch in Unglück ertrank.

Ja, er suchte die Liebe. Seit Langem erhoffte er sich, dieses Gefühl, über das unzählige Lieder gesungen, Bücher geschrieben und Stücke gespielt wurden, selbst einmal zu spüren. Er wünschte sich diese Liebe in seinem Leben, da er hoffte, sie könnte ihm seine Einsamkeit nehmen. Diese fürchterliche Einsamkeit, die ihn stets begleitete. Er suchte sie in unzähligen Betten, doch nichts von dem, was er empfand, schien diesem alles bestimmenden Gefühl nahezukommen, auf das er so sehnsüchtig wartete. Wusste er doch nicht einmal, wie es sich in Wahrheit anfühlte. Aber er stellte sich diese Liebe vor, als würde man in einer Wolke aus Begierde und Zuneigung über dem Boden schweben, in einen Himmel des Glücks emporsteigen – als ein Gefühl, das fern jeder irdischen Empfindung sein musste.

Wieder kamen ihm ihre Augen in den Sinn. Es irritierte ihn, ständig an dieses Augenpaar denken zu müssen. »Nun gut«, sagte er zu sich selbst. »Der Grund liegt auf der Hand. Sie haben zwei unterschiedliche Farben. Etwas Seltenes, das ich noch nie zuvor gesehen habe.« Doch seine Erklärung vermochte es nicht, sein Innerstes zu beruhigen. Es war ihm, als ob diese Augen ihn verfolgten. Als ob dieses Mädchen selbst ihn verfolgte. Sie und ihr wunderschönes Gesicht. »Vielleicht ist sie eine Hexe, die mich zu sich ruft, um mich zu manipulieren, sich meiner Gedanken zu bedienen. Ja, vielleicht hat sie mich in diesem kurzen Moment unserer Begegnung verzaubert, ohne dass ich es merkte.«

Er fürchtete sich vor den Dingen in der Welt, die ihm nicht greifbar waren. Allen voran die Magie. Tausende Gedanken kamen ihm in den Sinn. Jeder beunruhigender als der andere. »Möglicherweise ist sie gar ein Dämon? Ein Wesen der Nacht, das dabei ist, von mir Besitz zu ergreifen?« Massimo stellte sich vor, wie sich ihr liebliches Lächeln verzerrte, um kurz darauf die scharfen, langen Schneidezähne des Bösen in sein Fleisch zu bohren. Er schüttelte heftig den Kopf und redete sich gut zu: »Nein! Nein! So kann es nicht sein! Castor sagte, Derartiges lebt nicht unter uns. Die blutsaugenden Schattenwesen sind nichts als ein Hirngespinst der Bauern!«

Doch sein Geist konnte sich nicht von ihren Augen lösen. »Zweierlei Farben. Vielleicht wäre dies vom ersten Moment an als Zeichen zu werten gewesen. Ein Zeichen, mich von diesem Mädchen fernzuhalten, sie fortzujagen. Vielleicht sollte ich sie zurück in die eisige Hölle Russlands schicken, aus der sie gekommen ist. Ja! Es könnte eine Warnung sein. Doch wovor? Weshalb?«

Er wollte nicht mehr über Magie und all diese Dinge nachdenken, von denen er nichts verstand. Etwas ganz anderes kam ihm in den Sinn. Etwas, das sich seinem Verstand erschloss. Eine Vermutung, die sich greifen ließ. »Es könnte doch sein, dass die Augen des Mädchens eine gespaltene Seele widerspiegeln. Sie könnte auf eine geistige Art und Weise krank sein. Ein gespaltener Geist, der stetig suchend in sich selbst umherirrt, um niemals das Ende oder gar den Anfang zu finden. Eine Krankheit, die sich in den unterschiedlichen Farben ihrer Augen zeigt. Ja, so könnte es sein.« Er hatte von diesem Leiden gehört. Ein Irrsinn, der einen gefangen nimmt und Dinge geschehen lässt, an die sich immer nur eine Seite der Seele erinnert. Der Gedanke an diese unheilbringende Krankheit, die zwei Menschen in einem Körper vereint, beruhigte ihn wenig und er fragte sich, was von alledem wohl das schlimmste Übel wäre.

* * *

Anna Maria wollte ihren Augen nicht trauen, als sie endlich Zeit fand, in die wärmende Sonne hinaus zu treten und sich umzusehen. Sie konnte ihr Glück kaum fassen. ›Was ist das hier nur für ein bunter, strahlender Ort?‹, dachte sie bei sich. Für sie war es, als wäre sie mit neuen Flügeln im Himmel auf Erden gelandet. Sie stellte sich vor, wie die gefrorenen Flammen der eisigen Hölle nach ihr griffen, doch sie nicht zu fassen bekamen. Immer höher stieg sie aus der kalten Welt empor, die sie einst ihr Zuhause nannte, und ließ sich mitten hineinfallen in dieses himmlische Reich, das nun zu ihrer Heimat werden könnte. Es war ein wunderschöner Tagtraum, dem sie sich nur zu gern hingab.

Die Stadt und das Zentrum San Lilia befanden sich hoch oben, auf dem Gipfel des Monte Fuero. Auf seinen drei Erhöhungen prangten drei warnende, völlig unterschiedliche Kastelle, die auf Anna Maria wirkten, als wären sie aus dem Felsen heraus geboren. Der Weg, der hinaufführte und die drei Bauten verband, war derart steil, unwegsam und schmal, dass nur eine einzige Kutsche in seiner Breite Platz fand. Die kleineren Ansiedlungen des Landes erstreckten sich, unten im Tal, kreisförmig um diesen Berg.

Anna Marias Gemütszustand hatte sich in den Wochen, in denen sie nun hier war, sehr zum Guten verändert. Die Angst und die Leere, die sie am Tag ihrer Ankunft noch empfand, war in harter Arbeit ertränkt worden und nun vergessen. Mit jedem Tag fühlte sie sich glücklicher. Hatte immer mehr das Gefühl, wieder zu sich zu finden.

Es war das erste Mal, dass Gabriella ihr einen freien Tag erlaubte, und so kletterte sie unbeholfen einen Felsen hinauf, um sich einen Überblick zu verschaffen. Schützend hielt sie eine Hand vor ihr Gesicht, um in dem blendenden Licht der gleißenden Sonne etwas erkennen zu können.

Der Ausblick raubte ihr den Atem. Vor ihren Augen erstreckte sich das beeindruckendste Panorama, das sie jemals gesehen hatte. Zur einen Seite hin hatte sie freie Sicht auf das Meer und zur anderen auf die Berge, deren Gipfel noch immer mit weißen Schneehauben bedeckt lagen. Doch am schönsten fand sie San Lilia selbst. Die Stadt war beinahe ganz und gar aus hellem Stein errichtet und in der Mitte erblickte sie das Hauptschloss. Die Bauwerke erstrahlten in schlichter Eleganz, und die Ausschmückung der Fassaden war ganz anders als die ausladenden, prunkvollen Paläste in Russland. Trotz oder gerade wegen dieses gravierenden Unterschiedes, war es für sie der wundvollste Ort, den es nur geben konnte.

›Lucrezia hatte wahrlich nicht übertrieben, als sie versprach, mich an dem wohl sichersten Platz der Welt unterzubringen‹, dachte sie bei sich. Bis über hunderte Meilen hinweg war es sogar für einen kleinen Tross unmöglich, von hier oben aus unentdeckt zu bleiben. San Lilia selbst, mit seiner herausragenden Lage und den hohen, stark befestigten Stadtmauern, schien ihr tatsächlich als ein nahezu uneinnehmbarer Ort. Sie blickte auf die dichten Wälder, die blühenden Wiesen und die großflächig angelegten Felder hinab. Konnte es ein reicheres Land geben? Sie sah so viele unterschiedliche Farben, dass sie sich sicher war, jede Pflanze der Welt würde hier aus dem fruchtbaren Boden schnellen.

Anna Maria griff wehmütig an ihr Herz. Sie dachte an ihre Heimat. An den kargen, stets gefrorenen Boden. An die unzähligen Menschen, die über die langen Wintermonate kläglich verhungerten und an die vielen Männer und Frauen, denen Gliedmaße aufgrund der Kälte fehlten. Sie drängte die traurigen Gedanken weit von sich. In ihr gab es keinen Platz mehr für Erinnerungen. Sie war nicht mehr dort, und sie würde nie mehr in die grausame, herzlose Kälte Russlands zurückkehren. Niemals wieder...

Sie atmete schwer aus, und mit jedem Atemzug, den sie aus ihren Lungen strömen ließ, wich ein Stück der Last, der Zweifel und auch der Angst aus ihr. Sie fühlte sich sicher. Zum ersten Mal in ihrem Leben. Es war ihr, als lebte sie von nun an in einem Traum. Als wäre sie in ihrem eigenen Märchen angekommen. Als könnten die Mauersteine ihrer neuen Welt sogleich unter ihren Füßen zu Staub zerfallen, wenn sie aufhörte zu träumen. Es war die gesponnene Geschichte eines naiven, jungen Mädchens, in der die Zisternen mit Milch und Honig gefüllt zu sein schienen.

* * *

Liebevoll strich Massimo über die weiche Nase seines Pferdes. »Salvatore«, flüsterte er. Er selbst hatte ihm diesen Namen gegeben, als er ihm als junges Fohlen überreicht wurde. Der prächtige, muskulöse Araberhengst war das letzte Geschenk seines Vaters, bevor dieser starb. Sein Fell war pechschwarz, ohne auch nur einen losen, bräunlichen Schatten darin, und seine Augen waren von einem ebenso tiefen Dunkel, dass sie Massimo in sich verschlangen, wenn er sich in ihrem Anblick verlor. Er liebte Salvatore. Nicht zuletzt wegen seiner Rasse – der Araber, aus dem Orient stammend, durch dessen Wendigkeit die Sarazenen ihren Gegnern erst so gefährlich werden konnten. Obgleich sein muskulöser Körper vor Kraft und Ausdauer nur so strotzte, waren seine Bewegungen leichtfüßig und anmutig. Ein Hengst, seines Besitzers würdig.

Als er ihn bestieg, reckte Salvatore willig seinen Hals in die Höhe. Auch er liebte Massimo. Sie gehörten zusammen. Man sah es an den in sich verschmelzenden Bewegungen, der perfekten Symbiose eines Reiters und seines Pferdes, wenn sie über die Wiesen galoppierten. Salvatore schenkte ihm Freiheit. Von ihm getragen fühlte er sich losgelöst von all den unzähligen Verpflichtungen und Erwartungen, die er stets zu erfüllen hatte. Wie oft hatte er sich als Junge gewünscht, unbekümmert und frei von jeglicher Last der gesellschaftlichen Stellung in den Tag hinein zu leben, ohne das Gewicht der Verantwortung auf seinen Schultern tragen zu müssen. Hier, auf Salvatores Rücken, war all dies für einen kurzen Moment möglich. Es war wie ein Zauber, der sogleich verschwand, wenn seine Füße zurück auf den Boden fanden.

Die Sonne strahlte über seine Ländereien und ließ jeden einzelnen Grashalm und jedes Blütenblatt in ihrem Licht glänzen, und während er immer schneller über die Wiesen galoppierte, begann sein Geist zu fliegen. Für ihn gab es keine Grenzen mehr. Selbst die Einsamkeit verschwand aus seinem Herzen. Nichts, was ihn daran hindern könnte, alles an sich zu reißen, wonach es ihm beliebte. Massimo fühlte sich unbezwingbar. In Momenten wie diesen war allein er es, der die gesamte Welt regierte. Die Welt, von der er glaubte, sie müsste ihm zu Füßen liegen. »Ein jeder sollte wissen, mit wem er es zu tun hat!«, kam es ihm. »Sie alle sollen es hören!« Während ihm der Wind ins Gesicht blies, schrie er all dies hinaus.

Anstrengend schnaubend und mit schweißgetränktem Fell fand Salvatore zurück in einen gemächlichen Schritt. Oh, dieses Pferd! Es war ebenso aufbrausend und launisch wie sein Eigentümer. Ein Eigenbrötler und ein Sonderling, der sich kaum mit anderen Tieren verstand. Massimo schmunzelte, als er sich daran erinnerte, weshalb er seinem aggressiven Hengst eigene Stallungen erbaut hatte. Der Braune, den er früher ritt, ging nach einem von Salvatores Tritten über Wochen lahm.

Als Massimo wieder am Fuße des Monte Fuero ankam, wurde ihm ganz schwer ums Herz. Er hatte wenig Lust, sich in den Ratssaal zu setzen und die Aufgaben des Tages über sich ergehen zu lassen. Das letzte Stück des beschwerlichen, steinigen Weges, der zu seiner Festung führte, war Massimo jeden Morgen zuwider.

So traf es sich, dass er in der Ferne eine willkommene Ablenkung erblickte. Am Rande des Waldes sah er ein Mädchen, das sich im Kreis zu drehen schien. Es hielt etwas in seinen Händen, das er nicht recht erkennen konnte. »Vielleicht Blumen«, murmelte er.

Vorsichtig näherte er sich, um das Mädchen besser beobachten zu können.

Ja, es waren wilde Rosen in Weiß, mit einem Hauch zarten Rosé zwischen ihren samtigen Blättern. Sie schien sich über irgendetwas zu freuen. Massimos Interesse war geweckt. Er wollte den Grund herausfinden, weshalb sie so ausgelassen tanzte.

Er ließ Salvatores Zügel los und bedeutete ihm, zu warten und sich nicht zu bewegen. Aufgeregt schlich Massimo zwischen dem Unterholz am Rande der hoch gewachsenen, alten Bäume hindurch, um so nahe wie möglich an die Fremde heranzukommen. Es war, als befände er sich auf der Jagd. Seine Sohlen versanken förmlich in dem unregelmäßigen Waldboden. Sorgfältig trat er auf, um keinen Laut von sich zu geben, der das Mädchen hätte aufhorchen lassen können.

Weniger als zwanzig Fuß trennten sie noch voneinander. Sie streckte ihr Gesicht der Sonne entgegen und drehte sich lachend immer wieder um die eigene Achse. Massimos Herz klopfte für einen Moment schneller, als er erkannte, wer ihm da gegenüber stand. Sie war es. Das russische Mädchen, von dem er geträumt hatte. Das Mädchen mit den verschiedenfarbigen Augen. Es streckte seine Arme weit in die Höhe und hielt den Rosenstrauß in einer Hand. Zunächst dachte Massimo, er hätte wohl recht gehabt mit seiner Vermutung, dass es dem Irrsinn verfallen sein könnte. Doch seine Bewegungen erweckten den Eindruck, als würde es mit jemandem oder irgendetwas tanzen. Er fragte sich, ob es einen Geist herauf beschworen hatte oder ein Wesen des Waldes. Vielleicht gar eines der Schattenwelt?

Massimo versteckte sich hinter einem dicken Baumstamm und griff nach seinem Dolch, den er stets an seinem Gürtel befestigt mit sich trug. Wohl fürchtete er sich vor solchen Kreaturen, doch er war fest entschlossen einzuschreiten und seine Besitztümer zu beschützen, sollte sich das Wesen, welches sie zum Tanz aufforderte, wirklich als Dämon herausstellen.

Eine Weile lang beobachtete er sie. ›Seltsam‹, dachte er bei sich. ›Sie scheint von nichts und niemanden geführt zu werden.‹

Massimo war ein guter Tänzer und meinte an den wahllosen Schrittfolgen, die sie ging, erkennen zu können, dass es nichts gab, vor dem er sich fürchten müsste. So blieb er an seinem Platz. Es faszinierte ihn, ihr zuzusehen. Sie war so frei, so beschwingt. So anders als er selbst.

Anna Maria glaubte, allein zu sein und lachte aus voller Kehle. Es war ein ehrliches Lachen. Ein Lachen aus tiefster Glückseligkeit heraus. ›Wann habe ich selbst so herzlich gelacht?‹, fragte er sich. ›Habe ich mich jemals auf eine so unbeschwerte Weise wahrhaft glücklich gefühlt?‹ Er konnte sich nicht daran erinnern.

Plötzlich ließ sich die junge Frau fallen. Massimo war bereits versucht, sein Versteck zu verlassen, um ihr zu Hilfe zu eilen, sie aufzufangen. Doch er hielt inne. Sie fiel mitten in das hoch gewachsene Gras hinein, streckte ihre Arme und Beine weit von sich und wurde ruhig. Er konnte ihr Gesicht nicht sehen. Doch er stellte sich vor, wie sie dem Gesang der Vögel und dem Rascheln des Laubes lauschte. Wie sie den Hauch des Windes genoss, der ihr offenes, langes Haar umwehte. Es fühlte sich gut an, von ihr zu träumen. Ein wenig ihrer Leichtigkeit selbst in sich zu spüren. Dann begann sie wiederum, laut zu lachen. Die Töne waren noch herzlicher als zuvor und ihr Lachen steckte ihn an. Zunächst war es nur ein kleines Schmunzeln, dass seine Lippen umspielte, doch bald konnte auch er nicht mehr an sich halten und lachte ebenso laut wie sie selbst – ohne zu wissen, weshalb.

Anna Maria erschrak fürchterlich und reckte schlagartig ihren Kopf in die Höhe, um sich nach allen Seiten umzusehen. Sie entdeckte ihn nicht. Blitzschnell sprang sie auf und starrte in den Wald hinein.

Massimo verstummte, als er die schreckliche Angst in ihren Augen sah. Es war keine einfache Furcht, die er in ihnen las. Es war eine Angst, wie sie nur im Angesicht des Todes empfunden werden konnte. Reumütig überlegte er, aus dem Unterholz herauszutreten, um sie zu beruhigen. Es war nicht seine Absicht gewesen, sie derart zu erschrecken. Doch noch bevor er seinen Gedanken zu Ende bringen konnte, rannte sie von Panik besessen immer weiter auf die Wiese hinaus. Sie flüchtete, ohne zu wissen, wovor sie davonlief, verhaspelte sich und stolperte.

Massimo konnte sie nicht mehr sehen. Das Gras, die Blumen und Kräuter waren bereits zu hoch emporgewachsen, behielten sie in ihrem Schutz.

Er rannte hinaus, direkt in die Wiese hinein, um sie zu suchen, ihr zu Hilfe zu eilen. ›Hat sie sich verletzt? Habe ich diesem Mädchen, das doch eben noch solch tiefes, seltenes Glück empfand, durch meine Unachtsamkeit Schmerz zugefügt?‹

Tausende Gedanken jagten durch seinen Geist, während er auf die Stelle zu eilte, an der sie zu Fall kam. Als sie ihn erblickte, versuchte sie sich auf dem Rücken liegend von ihm fortzuschleppen. Sie hatte sich tatsächlich verletzt. Ihre Augen waren weit aufgerissen und Tränen quollen heraus. Es war ein trauriger Anblick. Sie schüttelte immerzu ihren Kopf und als er einen weiteren Schritt auf sie zuging, rollte sie sich hilflos wie eine Schnecke zusammen und kreuzte in der Hoffnung, sich vor ihm schützen zu können, die Arme vor ihrem Körper.

Als Massimo bewusst wurde, dass sie ihn längst schon erkannt hatte und dennoch Angst vor ihm empfand, zerriss es ihn innerlich. Er fragte sich, ob ein derart schrecklicher Mensch aus ihm geworden war. Ein Herrscher, vor dem man sich zu fürchten hatte. Sah sein Volk denn nichts anderes mehr in ihm? ›Nein! Es darf nicht so sein! Ich will kein solcher Unmensch sein!‹, sagte er zu sich selbst.

Er streckte eine Hand nach ihr aus, um ihr seine Hilfe anzubieten. Sie blickte ihn nicht einmal an und bemerkte diese kleine Geste, die ihm Etliches abverlangte, nicht. Eine Weile lang haderte er mit sich selbst, ob er gehen oder bleiben sollte. Doch er konnte nicht einfach verschwinden. Jetzt nicht mehr. Er spürte so viele unterschiedliche Gefühle in sich, das er nicht vermochte, sie zu sortieren. Schuld, Scham, Verachtung, Anziehung, Stolz, Mitgefühl ... All dies zu gleichen Teilen.

Dieses Mädchen war anders. Es hatte etwas Fesselndes, Magisches an sich. Ein Teil in ihm fürchtete sich vor dieser jungen Frau, während ein anderer sich ihr nahe fühlte. Ihre Augen kamen ihm in den Sinn. So oft hatte er sie vor sich gesehen. So oft, das sie ihm nicht fremd, sondern vertraut erschien. Während er auf sie herab blickte, sah er nicht etwa eine einfache Dienstmagd vor sich. Er sah weit Höheres in ihr, obgleich er nicht begriff, weshalb, oder was er überhaupt in ihr sah. Er wusste nicht, was in ihm vorging, warum es ihn derart quälte, dass sie sich vor ihm fürchtete. Doch er spürte ganz tief in sich, dass es nicht richtig war. Dass es anders sein sollte.

Massimo tat etwas, woran er nicht einmal im Traum gedacht hätte: Er ließ sich auf den Boden hinab sinken und kniete sich an ihre Seite. Bevor er wusste, wie ihm geschah, zog er sie an sich und hielt sie fest in seinen Armen. Vorsichtig drückte er ihren Kopf an sein Herz, um sie durch das stete Klopfen in seiner Brust zu beruhigen. Er spürte ihre weiche Haut, ihren rasenden Puls und das Zittern ihres Körpers. Auch er bebte innerlich. Sie lag steif in seinen Armen und behielt ihre Hände schützend vor ihrem Gesicht, während sie weinte. Dennoch ließ sie ihren Kopf ohne Widerstand Ruhe an seiner Brust finden. Er wollte ihre Hand nehmen, ihr Gesicht sehen, doch er wagte es nicht.

Nur langsam beruhigte sie sich, und bald versiegten ihre Tränen. Kaum spürbar schmiegte sie sich vorsichtig an ihn. Er wusste nicht, wie er mit dieser Art der Nähe umgehen sollte. Es war fremd, eigenartig und doch auf gewisse Weise tröstend für sein einsames Herz. Er hätte von ihr weichen müssen, doch sie freizugeben war das Letzte, das er in diesem Moment wollte.

Als er sich gemeinsam mit ihr erhob, war ihr Atem tief und regelmäßig. Er trug sie auf seinen Armen durch das Gras hinweg und pfiff nach Salvatore, der sogleich auf ihn zutrabte. Er flüsterte ihr eine Entschuldigung zu, beteuerte, dass er sie nicht habe erschrecken wollen und versprach, dass sein Pferd sie sicher zurück nach San Lilia bringen würde.

Massimo war nicht sicher, ob das Mädchen in seinen Armen all seine Worte verstand, als er sie auf Salvatores Rücken setzte. Sie antwortete nicht und sah ihn noch immer nicht an. Doch er meinte einen gewissen Widerwillen in ihr zu spüren, als sie seine schützende Brust verlassen musste. Vielleicht war es auch nur sein eigenes

Gefühl, die Einsamkeit, die zurückkehrte, als ihr warmer Körper den seinen verließ. Er wusste es nicht und im Grunde war es ihm gleichgültig.

Anna Maria klammerte sich mit beiden Armen an Salvatores Hals fest, legte ihren Kopf auf seinem Rist ab und schloss ihre Augen. Massimo war dankbar darum. Es war ihm, als würden die Farben ihrer Augen ihn verschlingen und sein Urteilsvermögen vernebeln. Er brauchte Zeit. Zeit, um mit den vielen fremdartigen Gefühlen fertigzuwerden.

Während sie den verschlungenen Weg hinauf antraten, fiel kein einziges Wort. Ein jeder von ihnen war mit seinen eigenen Gedanken beschäftigt.

›Was hat sie nur an sich?‹, fragte er sich. ›Weshalb wage ich es nicht, sie anzusehen? Eine einfache Magd. Nichts anderes ist sie.‹ Er riskierte einen Blick auf ihr Gesicht. Nicht nur ihre Augen faszinierten ihn. Alles, was er sah, brachte ihn um den Verstand.

Anna Maria war eine wunderschöne Frau. Wohl die schönste, die er jemals gesehen hatte. Ihre Haut war blass, beinahe weiß, völlig eben und glatt. Eine Haut wie Porzellan. Der Kontrast zu seiner eigenen, von der stetig strahlenden Sonne seines Landes gebräunten Haut, hätte stärker kaum sein können. Kein einziger Pigmentfleck, keine Unreinheit fand sich in ihrem Gesicht, der dieses Bild hätte stören können. Ihre ungewöhnlich fülligen Lippen waren stark geschwungen und in ein tiefes, einzigartiges Rot getaucht. Mit ihren geschlossenen Augen wirkte sie auf Massimo mehr wie eine zerbrechliche Puppe als wie ein Wesen aus Fleisch und Blut. Er stellte sich vor, wie dieses Mädchen mit einem feinen Pinsel gezeichnet wurde. Die Züge ihres Gesichtes waren von sanfter Härte. Ihre Wangenknochen ruhten weit erhöht in ihrem Gesicht. ›Stolze Wangen‹, kam es ihm. ›Stolze Wangen, wie sie einer Königin gebührten.‹

Während er sie bewunderte, wurde ihm warm ums Herz. Aus der Wärme entstand mit jedem weiteren Blick Hitze, die ihm bis hinauf in den Kopf stieg und ihn erröten ließ. Schnell wandte er sich von ihr ab, um dieser unangenehmen Peinlichkeit zu entgehen. Er wagte es nicht mehr, sie noch einmal anzusehen. Doch ihr Antlitz aus seinen Gedanken zu verdrängen, gelang ihm nicht.

Als er sich dennoch dazu hinreißen ließ, einen letzten Blick zu riskieren, war er überrascht. Sie hatte sich auf Salvatores Rücken aufgerichtet und blickte ihn nun ihrerseits an. Sie lächelte nicht und zeigte auch sonst keine Emotionen. ›Ja, wie eine Puppe‹, dachte er. ›Eine wunderschöne Puppe, aus der ich nicht schlau werde. Wie lange beobachtet sie mich wohl schon? Weshalb nur lächelt sie nicht? Schmerzt ihr Knöchel so sehr, oder fürchtet sie sich noch immer vor mir? Nein. Das kann nicht sein. Sie darf sich nicht fürchten!‹ Er hegte den tiefen Wunsch, sie noch einmal lächeln zu sehen. Lange schon hatte er sich nichts mehr so ersehnt. Es war so wunderbar für ihn gewesen, sie lachen zu hören, ihr dabei zuzusehen, wie sie sich drehte und sich an den einfachen Wildrosen erfreute. Er fragte sich, weshalb er selbst keinen Trost in den Kleinigkeiten des Lebens finden konnte. Sie besaß etwas, dass ihm gänzlich fehlte. Etwas, dessen Verlust ihm erst jetzt bewusst wurde – Leichtigkeit.

Die Kälte, die in ihrem Ausdruck lag, schmerzte ihn sehr. Er wollte sie glücklich sehen. Ebenso glücklich, wie sie gewesen war, bevor er sie gestört hatte. Weshalb empfand er nur diese Trauer darüber, ihr wunderschönes Gesicht ohne jedes Lächeln, ohne Freude erblicken zu müssen? Es beschämte ihn, für den Verlust dieses anrührenden Augenblicks verantwortlich zu sein. Gleichzeitig schämte er sich dafür, überhaupt einen Gedanken an dieses Mädchen zu verschwenden. Sollte sie ihm nicht gleichgültig sein?»Ja, das sollte sie«, murmelte er.

Es kostete Massimo allen Mut, den er aufzubringen imstande war, sie anzusprechen:»Hast du starke Schmerzen in deinem Knöchel?«

Sie nickte verlegen.

»Du bist erst vor Kurzem hier in San Lilia angekommen. Du stammst aus Russland, nicht wahr? Würdest du mir freundlicherweise verraten, was dich gerade an meinen Hof führt?«

Sie senkte ihren Blick und schüttelte traurig den Kopf.

»Sprichst du meine Sprache? Kannst du mich verstehen?«

Leise erhob sie ihre zarte Stimme:»Ein wenig, mein Herr. Ich kann Euch Eure Fragen nicht beantworten. Es tut mir leid.«

Ihre Stimme klang warm, weich und tief. Sie sprach die Worte langsam aus und in jedem von ihnen klang der Akzent einer fremden Sprache mit. Doch war jener erste Satz, den sie an ihn richtete, fehlerfrei.

Massimo beäugte sie kritisch.»Was soll das bedeuten? Kannst du nicht, oder willst du nicht? Ein Teil wurde mir zugetragen, jedoch nicht genug, um den Umstand deiner langen Reise zu begreifen. Meine Cousine Lucrezia heiratete vor einigen Jahren einen Russen. Sie schrieb mir bereits vor Monaten ein Bittgesuch, dich an meinem Hofe anzustellen. Es klang eilig und äußerst dringlich. Ihre Worte waren warmherzig gewählt, als hätte sie sich darum bemüht, dir auf diese Weise Hilfe zukommen zu lassen. Was hast du getan, dass du diese weite Flucht antreten musstet? Ich muss es wissen, um entscheiden zu können, ob ich dich weiter an meinem Hof beschäftigen werde oder nicht.«

Anna Maria schlug die Hände vors Gesicht und versuchte, die in Strömen fließenden Tränen zurückzuhalten. Sie versteckte sich vor seinen fordernden Blicken.

Massimo war irritiert. Er kniff sein linkes Auge leicht zusammen, wie er es in Momenten der Verwirrung zu tun pflegte.

»Bitte ... Bitte nicht ... Bitte nicht!«, flüsterte sie immer wieder hilflos.

Er sah keinen ehrenwerten Grund für ihr Verhalten. Verärgert drängte er sie zunehmend in dem Tonfall, den er gewohnt war: »Ich erwarte, dass du mir antwortest! Deiner Reaktion nach schließe ich, dass du etwas vor mir verheimlichst! Es wäre ein leichtes, dich dorthin zurückzuschicken, woher du gekommen bist! Ich verabscheue nichts mehr, als belogen zu werden!«

Sie überraschte ihn ein weiteres Mal, als sie sich ruckartig von dem Rücken seines Pferdes schwang. Sie schrie auf, ihr Gesicht war schmerzverzerrt, als ihr geschundener Knöchel den Boden berührte. Dennoch bemühte sie sich humpelnd davonzulaufen. Massimo fragte sich, wohin sie gehen wollte. Der unwegsame Pfad hinauf war beschwerlich und bot kaum Versteckmöglichkeiten. Er könnte sie sogleich wieder einfangen, wenn es ihm beliebte. »Wie sollte sie entkommen können? Vor mir gibt es kein Entkommen! Für nichts und niemanden!« Die Situation amüsierte ihn köstlich. Massimo wartete ab, lachte voller Arroganz und rief ihr belustigt zu, sie solle sich nicht lächerlich machen und zu ihm zurückkommen.

Nachdem das seltsame Mädchen jedoch keinerlei Anstalten machte, sich seinem Willen zu beugen, erkannte er, beschämt über sein Verhalten, dass wohl nichts von alldem lustig gewesen war. Dieses sinnlose Unterfangen war tatsächlich ihr bitterer Ernst.

Anna Maria wäre lieber gestorben, als sich von ihm in eine Kutsche zurück in die Heimat setzen zu lassen. Nicht ihre Tränen, sondern die blanke Angst in ihren Augen ließen ihn die Antworten vermuten, die er suchte. »Ich hätte besser meinen Mund gehalten«, ärgerte er sich über sich selbst. Was auch immer an diesem fremden Hof geschehen sein mag, er glaubte nicht länger daran, dass sie die Verantwortung dafür trug. Er war sich sicher, das Lucrezia sich niemals für eine Schuldige eingesetzt hätte. ›Weshalb hatte sie einer einfachen Magd zur Flucht verholfen? Was hatte dieses zerbrechliche Wesen nur erlebt, dass es sich derart fürchtete?‹, ging es ihm durch den Kopf. ›Ihre Vergangenheit muss grausam und voller Angst gewesen sein‹, kam es ihm. Mit einem Mal tat es ihm fürchterlich leid, sich über sie lustig gemacht zu haben und er fürchtete, tatsächlich ein schrecklicher Mensch geworden zu sein.

Massimo lief ihr nach und fing sie wieder ein. Sie wehrte sich so fest sie nur konnte gegen seinen Griff. Von Wut und Verzweiflung getrieben hämmerte sie mit aller Kraft gegen seine Brust. Anna Maria hoffte inständig, er würde sie ziehen lassen. Doch dies war nicht in seinem Sinne. Es war gar das Letzte, an das er dachte. Massimo ignorierte ihre Bemühungen und umschlang ihren Körper so fest und bestimmt mit seinen Armen, dass sie sich nicht mehr bewegen konnte. Sie zitterte.

Ihr Zittern ließ seinen Griff leichter und seine angespannten Züge weicher werden. Er wollte sie nicht weiter ängstigen. Er wollte sie schützen, dieses engelsgleiche Wesen behüten.

Als sie aufhörte, sich zu wehren und er sich sicher war, dass sie nicht noch einmal fortlaufen würde, ergriff er mit beiden Händen ihre Wangen. Massimo musste sich dazu zwingen, ihr direkt in ihre zauberhaften Augen zu sehen.

»Ich schwöre dir, dass du niemals wieder zurück an diesen Ort kehren musst. Du bist hier sicher, und ich werde nicht zulassen, dass dir jemals wieder ein Leid geschieht.«

Ihre Lippen bebten, wie auch ihre Knie, die ihr Gewicht nicht mehr tragen konnten. Sie bemühte sich Fassung zu bewahren, doch scheiterte kläglich an ihrem Versuch. Ihr Gesicht erblasste vor Zorn und Rührung zugleich. Sie presste ihre Lippen fest aufeinander und krallte sich an seinem Rücken fest. Massimo wurde verlegen.

»Du solltest dein Bein nicht weiter belasten, wenn es wieder gesund werden soll.«

Er hob sie ein weiteres Mal hoch und trug sie zu Salvatore. Er platzierte sie vor seinem Sattel und schwang sich selbst nun auch auf den Rücken des Hengstes.

Sie sprachen kein Wort, während sie gemeinsam, gemächlichen Schrittes weiter auf die hoch gelegene Festung zu ritten. Zahlreiche Augenpaare beobachteten sie interessiert, als sie zusammen an den Toren der Stadt eintrafen. Noch nie zuvor hatte Massimo öffentlich eine Frau in seiner Nähe geduldet und niemals zuvor durfte ein anderer als er selbst auf dem Rücken seines geliebten Pferdes Platz nehmen. Dieser Anblick war für viele ein regelrechtes Spektakel, über das sich der Pöbel noch Wochen das Maul zerriss. Massimo wusste darum, doch er ignorierte das Treiben und hob sie erst herunter, als sie bei den Stallungen eingetroffen waren. Sein Knappe eilte sogleich herbei, um ihm aus dem Sattel zu verhelfen und Salvatore abzunehmen.

»Ich benötige keine Hilfe, Riccardo. Sie ist es, die deiner Hilfe bedarf. Ihr Bein ist verletzt. Bring sie unverzüglich in ihre Räumlichkeiten und lass sogleich nach Castor rufen. Richte ihm aus, ich erwarte, dass er sie bestens versorgt. Um Salvatore kümmere ich mich selbst.«

Riccardo verstand die Welt nicht mehr. »Aber ... Ja, mein Herr ...«

Gedankenverloren blickte Massimo ihr hinterher. In dem Moment, als sie sich kurz nach ihm umsah und ihr Gesicht zu einem kleinen Lächeln verzog, stach es ihn mitten ins Herz.

Kapitel 4

Der Zwillingsstern

Als Castor die Schlafstätte der Dienstmägde betrat, wich Riccardo ehrfürchtig einen Schritt zurück. Sein Blick huschte noch einmal prüfend über die Kissen, die er unter Anna Marias Bein aufgebahrt hatte, um den Rückgang der Schwellung zu beschleunigen. Er schien sich im Beisein Castors nicht mehr sicher zu sein, ob es richtig war, was er getan hatte und seine Nervosität übertrug sich auf Anna Maria. Sie fragte sich, wer dieser Mann wohl war, dass er Riccardo dermaßen aus der Ruhe brachte, und wurde immer unsicherer, als dieser sich schließlich fluchtartig zur anderen Seite des Raumes begab und sich somit derart im Dunkel befand, dass sie ihn von ihrem Bett aus nicht mehr sehen konnte.

Zunächst war es ihr unangenehm, mit diesem Castor allein zu sein. Doch als sie den alten Mann genauer musterte, stellte sie fest, dass sie nichts Beängstigendes an ihm erkennen konnte. Im Gegenteil. Sein Gesicht wirkte freundlich und aufgeschlossen. ›Ein kleiner, runder Mann mit dicken, roten Backen und weißem Barthaar. Er gleicht einer einzigen Kugel‹, dachte sie bei sich. ›Was soll schon Schlimmes geschehen? Dass er mich überrollt?‹ Anna Maria musste bei diesem kindischen Gedanken schmunzeln, beendete diese Geste aber sogleich, als sie sah, dass auch Castors Lippen sich zu einem Grinsen verzogen. Sein Gesichtsausdruck wirkte, als wüsste er, woran sie dachte. Als könnte er direkt in sie hinein blicken.

Castor war nicht einfach ein Gelehrter bei Hofe. Er war der erste Mediziner des Hofes, der einzige Astronom und Magier, ein Mitglied des großen Rates und zugleich wohl der wichtigste und engste Vertraute des Gran Duca di San Lilia. Anna Maria hatte bereits viel von diesem seltsamen, verschwiegenen Mann gehört. Böse Zungen behaupteten, dass es in Wahrheit er war, der das Land regierte, da der Großherzog keine seiner Entscheidungen ohne ihn traf. Massimo nahm jedes seiner Worte für bare Münze und Castor war der Einzige, dessen Kritik er akzeptierte. Es wurde viel über den Griechen erzählt, doch Anna Maria erschienen nur wenige von all den schauderhaften, fantasiereichen Geschichten als glaubwürdig.

So wurde erzählt, dass er angeblich in einer regnerischen Nacht vor unzähligen Jahren ungebeten vor den Toren San Lilias stand und um Einlass bat. Der alte Gran Duca, Cosimo Maritiano, hatte ihn damals gewähren lassen und seither war seine Stellung in diesem Land eine besondere gewesen, was ihm mehr Feinde als Freunde unter dem Volk bescherte. Er mied das Sonnenlicht und verschanzte sich die meiste Zeit in seinen Gewölben unter der Stadt, die niemand außer dem Gran Duca betreten durfte. Manchmal sah man ihn gar über Wochen hinweg nicht ein einziges Mal. Niemand wusste, wie alt er war oder wie und weshalb es ihn nach San Lilia verschlagen hatte. Sein Charakter wurde als schwierig und verschlungen bezeichnet und seine Gedankengänge sollten so sprunghaft und schnell sein, dass es schwierig sei, ihnen zu folgen. Viele verehrten ihn, berichteten von Wundern und guten Taten, die er vollbrachte. Doch weit mehr schienen ihn zu hassen. Sie behaupteten, er würde sich schwarzer Magie bedienen und dieses Land irgendwann in den Untergang stürzen. Einig war sich das Volk nur in einem: Ein jeder fürchtete sich auf unterschiedliche Weise vor ihm.

Castor war nie darauf aus gewesen, sein Wissen um all die Dinge, die er verstand, preiszugeben. Zunächst glaubten einige, er wäre einer der unzähligen Scharlatane, der mit vermeintlichen Formeln und Elixieren versuchte, den alten Gran Duca zu beeinflussen und auszunehmen. Nach Cosimos Tod verbreiteten sich sogar Gerüchte darüber, er könnte für dessen plötzliches Ableben verantwortlich sein. Diese hielten sich jedoch nicht lange.

Im Laufe der Zeit gab es etliche Gelehrte, die aus allen Teilen der Welt angereist kamen, um nur einmal mit ihm sprechen zu dürfen. Castor aber wies jeden von ihnen ab. Anfangs fragte man sich noch, wer dieser Grieche war, dass man ihn überall zu kennen schien. Doch niemand wagte es, Nachforschungen über diesen seltenen Umstand anzustellen. Profitierten sie doch alle von seinem Wissen über die Natur, die als Schlüssel jeglicher Heilung diente. Das Volk entdeckte schnell, dass es besser daran tat, ihn nicht zu vergraulen und begann damit, diesen seltsamen Mann zu schätzen, und sie taten recht daran. Castor war wahrlich etwas Besonderes. Er konnte den Lauf und die Richtung der Sterne genauestens deuten und seine Verheißungen hatten sich alle bis ins kleinste Detail erfüllt. Doch sein größtes Wissen und gleichzeitig sein größtes Geheimnis war die Magie selbst. Castor bewegte sich zwischen den Welten, und egal wie sehr er sich darum bemühte, zu verstecken, was er war, konnte man doch spüren, dass etwas Fremdartiges, Anderes in ihm lebte. Dies war wohl der eigentliche Grund, weshalb das Volk ihn fürchtete.

Castor war der letzte verbleibende aus dem Geschlecht der Dulcedo. Der letzte Überlebende des wohl mächtigsten Magiergeschlechtes. Er hätte stolz auf seine Herkunft sein müssen, doch für ihn war dieses Erbe ebenso Fluch, wie auch Segen. Er bediente sich seiner Fähigkeiten nur selten und hatte stets das Gefühl, seine Kräfte verheimlichen zu müssen. Er hatte Angst vor seiner eigenen Macht und versteckte sich die meiste Zeit vor sich selbst. Er hatte Angst, ihrer nicht Herr zu werden, wenn sie einmal losgelassen, und diese Furcht hatte ihren Grund.

Nun geschah es, dass gerade er, einer der wichtigsten Männer bei Hofe, vor dem schlichten Bett einer einfachen Dienstmagd stand, um ihren Knöchel sachgemäß und ohne jede Herablassung zu begutachten. Wohl hatte er sich sehr darüber gewundert, dass Massimo ihn rufen ließ. Derartiges gehörte wahrlich nicht zu seinen Aufgaben. Doch der Großherzog war für ihn wie ein eigener Sohn geworden, und so fiel es ihm schwer, obgleich er Besseres zu tun gehabt hätte, Massimo einen Wunsch abzuschlagen.

Eine starke Schwellung mit nennenswerter Blaufärbung war äußerlich an ihrem Rist zu erkennen. Castor umschloss ihre Fessel und drehte sie in verschiedene Richtungen. Anna Maria schrie bei einer Bewegung laut auf und der Grieche lächelte zufrieden. Der Grund des Übels war gefunden. Mit ungewohnter Geduld erklärte er Anna Maria ihre Verletzung, und das nicht nur mit Worten: Er zeichnete ihr, aufgrund ihres großen Interesses, gar die anatomischen Begebenheiten auf Papier, die er ihr beschrieb.

Riccardo stand derweil noch immer staunend und mit geöffnetem Mund im Abseits.

»Eines der drei Bänder, welche an dieser Stelle dein Gelenk stabilisieren, scheint mir gerissen zu sein, mein Kind. Ich vermute, das in der Mitte liegende.«

Anna Marias Gesicht war von Sorge erfüllt. »Wird es denn wieder ganz gesund werden? Ich meine eben so, als ob nichts geschehen wäre?«

Castor schenkte ihr das wohlwollende Lächeln seines rundlichen Gesichtes. »Ich werde dir deinen Knöchel in den nächsten Tagen mit Kräuterumschlägen umwickeln, die deiner Heilung zuträglich sein werden. Sorge dich nicht weiter, mein Kind. Wenn du dich an meine Anweisungen hältst, wird alles wieder gut. Du solltest allerdings eine Weile darauf verzichten, ohne Hilfe aufzustehen. Ich werde dir jemanden schicken, der dir bei deinen Verrichtungen und allen anderen Belangen behilflich sein wird.«

Sie beäugte ihn mit kritischen Augen. »Wie lange werde ich untätig daniederliegen müssen? Eine Magd, die ihren Dienst nicht verrichten kann, hat keinerlei Wert für ihren Herren.«

Castor blickte sie verständnisvoll an. »Darauf kann ich dir zu diesem Zeitpunkt leider noch nicht antworten. Wir werden sehen, wie schnell sich dein Körper aus eigener Kraft erholt. Diese Gefühle der Sorge sind deiner Genesung nicht zuträglich. Zudem in deiner Situation wohl gänzlich unnötig. Du sollst wissen, dass es noch niemals vorgekommen ist, dass sich der Gran Duca derart intensiv um eine seiner Bediensteten sorgte, geschweige denn, dass ich persönlich zu Rate gezogen wurde. Ich denke, mit diesem Wissen um deinen Wert kannst du sorgenfrei dein Bett hüten.«

Er musterte Anna Maria eine Weile, bevor er ihr ein letztes, freundliches Lächeln schenkte und sich zum Gehen abwandte. Dann drehte er sich noch einmal um und schmunzelte, bevor er die Türe hinter sich schloss.

Riccardo huschte hastig hinter ihm her. Er hatte Angst davor, auch nur eine Sekunde lang allein bei diesem Mädchen zu verbleiben.

* * *

In den darauf folgenden Tagen besuchte Castor sie an jedem einzelnen – einmal früh morgens, wenn die Sonne noch in der Morgenröte stand, und noch einmal in den Abendstunden, wenn die Dämmerung bereits eingetreten war. Sie wechselten kaum ein Wort miteinander.

Dennoch waren die Blicke, die sie sich gegenseitig zuwarfen, stets wohlwollend und zeigten beiderseits Sympathie. Anna Maria war dankbar um diese Besuche. Sie fühlte sich einsam und bemerkte, dass die anderen Mägde schlecht auf sie zu sprechen waren und ihr abfällige Blicke zuwarfen. Es bekümmerte sie, gemieden zu werden, konnte sie doch nichts für ihre Situation.

* * *

Vier Tage lang donnerte und blitzte die Welt. Als der fünfte Tag herein brach und die ersten Sonnenstrahlen nach dem währenden Regen die trübe, dunkle Schlafstätte der Mägde zumindest ein wenig mit ihrem Licht erhellten, erblickte sie neben ihrem Bett mehrere Sträuße wilder Rosen. Sie mussten nachts unbemerkt hereingetragen worden sein. Die Blüten waren von derselben Sorte wie diejenigen, die sie an jenem Waldrand pflückte, als sie dem Großherzog zum ersten Mal allein begegnet war. Ihre Augen wurden weit und ihr Herz überschlug sich vor Freude. Sie fragte sich, ob er ihr dieses Meer aus Blumen zukommen ließ, das nun ihren Schlafplatz säumte. ›Nein. Das kann nicht sein. Weshalb sollte der Gran Duca mir, einer einfachen Magd, ein solches Geschenk bereiten? Oder vielleicht doch? Wer sonst, wenn nicht er, weiß um meine Liebe zu diesen Blumen? Nein. Nein. Es kann nicht sein. Es darf nicht sein‹, ging es ihr durch den Kopf.

Obwohl sie sich gegen die zwiespältigen Gefühle wehren wollte, die in ihr aufkamen, lehnte sie sich weit über den Rand ihres Bettes hinaus und atmete den lieblichen Duft der wundervollen Blüten ein. Sie brach eine der Blüten von ihrem Stängel ab, ohne auf die Dornen zu achten, die sie stachen, und hielt sie fest in ihrer Hand. Während sie die weichen Blätter betrachtete, hatte sie das Gefühl, als würde sie in eben diesem Moment noch einmal so unbedarft und frei am Rande des Waldes, auf dieser schicksalhaften Wiese stehen. Verträumt schloss sie ihre Augen.

Was sie in ihrer Fantasie herbeirief und zu sehen erhoffte, war niemand anderer, als er. Massimo. Ihr Herr. Der Gran Duca di San Lilia. Sie sah ihn direkt vor sich, erinnerte sich daran, wie er ihr nachgeblickt hatte, als sie mit Riccardo die Stallungen verließ. An seine haselnussbraunen, unergründlichen Augen und diesen kurzen, zärtlichen Blick, den er ihr zum Abschied geschenkt hatte. Ihr Mund verzog sich zu demselben Lächeln, das auf ihren Lippen erschienen war, als sie sich nach ihm umgedreht hatte.

Sie erschrak. ›Ich habe gelächelt‹, wurde ihr bewusst und sie ärgerte sich über sich selbst. ›So dumm! So dumm! Wie konnte ich das tun? Habe ich nicht genug gelitten? Nicht bereits gespürt, was die Strafe für solch törichte Dummheit ist?‹ Doch wie sehr sie sich auch grämte, sich einredete, einen Fehler begangen zu haben, der niemals mehr geschehen durfte, wusste sie doch tief in sich, dass sie es nicht bereute.

Eine weitere lange Woche verging, in der täglich frische Wildrosensträuße der gleichen Färbung in ihre Kammer gebracht wurden. Bald erfüllte ihr Duft den gesamten Raum, und Anna Maria gab sich mit jedem Tag bereitwilliger ihren Träumen hin.

* * *

Im Laufe der Zeit, die sie gemeinsam mit Castor verbrachte, bekam Anna Maria zunehmend das Gefühl, als würde eine unsichtbare Verbindung zwischen ihnen beiden bestehen. Sie fand keinen Grund, ihn wie die anderen zu fürchten und fühlte sich stattdessen auf eine seltsame, für sie undefinierbare Art stark zu ihm hingezogen. Der Grieche schenkte ihr ein Gefühl von Sicherheit jener Art, wie man sie in einer Beziehung zwischen Vater und Tochter oder vielleicht auch Bruder und Schwester fand. Mit jedem Schritt, den er sie auf dem Weg der Genesung begleitete, fühlte sie sich zunehmend geborgener. Es war, als wäre in den Stunden, die sie miteinander verbrachten, eine Freundschaft seltsamen Ursprungs zwischen ihnen entstanden. ›Sie fürchten ihn nur, weil er anders ist‹, dachte sie oft bei sich, während er ihre Umschläge wechselte. Anna Maria hatte sich selbst stets als anders empfunden. Als würde sie nicht in diese Welt hinein passen. Als wäre sie nicht für das Leben gemacht, das sie führte. ›Eine Freundschaft zweier einsamer Seelen‹, dachte sie. Anna Maria fühlte sich dank ihm nicht mehr allein in diesem fremden Land. Hatte sie doch wenigstens im Geiste einen Gefährten gefunden, von dem sie glaubte zu wissen, es ginge ihm ebenso wie ihr.

Eines Morgens legte Castor ihr einen überaus straff sitzenden Salbenverband an und reichte ihr starre Krücken aus festem Holz.»Es wird langsam Zeit für dich, dieses schäbige, dunkle Loch einmal zu verlassen, mein Kind. Halte dich hier an diesen Streben fest. Die Krücken werden dir deinen Fuß ersetzen, wenn du dich darum bemühst.«

Anna Maria versuchte, sich auf den wackeligen Stützen zu halten. Es benötigte ein wenig Übung, bis es ihr gelang, ihr Gleichgewicht zu finden.

Castor lächelte, während er ihr dabei zusah, wie sie versuchte, einige Schritte zu gehen und redete ihr Mut zu.»Bewege dich ein wenig im Sonnenlicht. Dein Gemüt hat dies seit Langem schon nötig. Das Wetter ist herrlich und das Tageslicht wird dir zuträglich sein, du wirst sehen.«

Als er ging, wandte er sich noch einmal zu ihr um. Sein Blick wirkte, als hätte er etwas vergessen. Nach wenigen Augenblicken, in denen sie ihn fragend ansah, erhob er mahnend seinen Zeigefinger:»Vergiss nicht, die Grenzen zu wahren, die dir dein Körper aufzeigt.«

Anna Maria lächelte und bedankte sich herzlich, bevor sie sich mühsam hinaus in den Hof begab. Die Schlafstätten der Mägde lagen in der Nähe der Küche im untersten Geschoss des Hauptschlosses. Der Weg ins Freie schien ihr zunächst wie eine unüberwindbare Hürde, doch als sie die wärmende Sonne auf ihrer Haut spürte, fühlte sie, wie die Kraft in ihren Körper zurückkehrte.

Um sie herum herrschte der rege Trubel des Tages. Turbulenzen, die sie durch die Zeit der Einsamkeit längst nicht mehr gewohnt war. Sie fühlte sich ähnlich wie an dem Tag, als sie hierher kam, doch sie wollte sich nicht länger an diesen fürchterlichen Zustand erinnern und drängte die ängstlichen Gefühle entschieden beiseite.

Es gab Menschen, die sie keines Blickes würdigten, aber auch vereinzelte Händler, wie auch Bauern, die ihre Augen nicht von ihr lassen konnten. Andere wiederum schienen ihr ausweichen zu wollen, als sie Anna Maria erkannten. Es war ihr unangenehm, sich so offensichtlich geschwächt und gezeichnet zwischen dieser bunten Menge bewegen zu müssen. Hilfe suchend blickte sie um sich, doch die wenigen unter ihnen, mit denen sie noch vor Kurzem frei geplaudert hatte, sahen bewusst zu Boden, was sie sehr schmerzte. Sie fühlte sich wie eine Aussätzige zwischen all diesen Menschen. ›Was ist nur geschehen, dass mir jeder aus dem Weg geht? Was werfen sie mir vor? Was gibt es, das ich mir selbst vorwerfen könnte?‹, fragte sie sich, obwohl sie die Antworten auf ihre Fragen erahnte.

Gekränkt und traurig begab sie sich in Richtung der Stallungen, in denen mehr als zweihundert Pferde untergebracht waren. Sie wusste genau, welchen Weg sie zu gehen hatte, um ihr Ziel zu erreichen, doch sie war nicht bereit, sich einzugestehen, weshalb sie eigentlich dorthin wollte.

Salvatore besaß keine einfache Stallung wie die übrigen Pferde. Als Massimos liebster Hengst hatte er zusätzlich die Möglichkeit, Schutz unter Dächern zu suchen oder die Freiheit auf der kleinen Wiese zu wählen, die ihm offen stand. Sie fand den anmutigen Araberhengst auf seinem grob abgesteckten Freigelände und sah ihm zu, wie er sich tänzelnd auf dem Grasboden bewegte.

Sie legte ihre Krücken ab und lehnte sie an einen der hölzernen Pfosten. Salvatore trabte sogleich in ihre Richtung und streckte begierig seinen Kopf über den Zaun, was ihr Herz wieder höher schlagen ließ.

Anna Maria streichelte ihn zärtlich. Sie strich sanft, zwischen seinen Augen beginnend, immer weiter nach unten über seine samtige Nase, während er sich ihr genüsslich entgegenstreckte und lüstern schnaubte. ›Oh, wie gerne wäre ich wie dieses Pferd! Es kann tun und lassen, was es will. Weit erhaben über der Welt und ihren Menschen. Was würde ich nicht dafür geben, nur einen Tag ebenso zu leben‹, dachte sie bei sich. Sie vergrub ihr Gesicht in dem weichen Fell seines Halses und tätschelte das Pferd liebevoll mit ihrer Hand, als sie unerwartet eine bekannte, tiefe Stimme hinter sich vernahm.

»Ich sehe mit großer Freude, dass du wieder wohlauf bist. Ich hoffe sehr, du wurdest zu deiner vollsten Zufriedenheit umsorgt.«

Sie wandte Massimo ihr Gesicht zu und antwortete, ohne ihre Hand von Salvatore zu nehmen: »Oh ja. Ich fühle mich sehr viel besser, mein Herr. Vor allem aber in der Gesellschaft Eures wundervollen Pferdes. Ich sorge mich lediglich darum, Euch unverhältnismäßige Umstände bereitet zu haben. Es steht mir als einfacher Magd keineswegs zu, so intensiv umsorgt zu werden.«

Er überging ihre formellen Höflichkeiten und widmete sich etwas gänzlich anderem: »Ich hatte bisher noch nicht die Gelegenheit, um mich bei dir in aller Form zu entschuldigen. Immerhin bin ich es, der letztendlich für dein verletztes Bein verantwortlich ist. Nun, es war keinesfalls meine Absicht, dich zu erschrecken. Ich näherte mich dir auf jener Wiese nur, um festzustellen, ob dieses Mädchen auf der Lichtung dieselbe ist, die mir am Abend meiner Rückkehr Wein einschenkte.«

Anna Maria wusste nicht recht, wie sie mit so viel Aufmerksamkeit, die ihr seltsam und unpassend vorkam, umgehen sollte und blickte verlegen zu Boden.

Massimo überging dies völlig. »Nun, möge San Lilia von nun an sichere Heimat für dich sein. Und es wäre mir eine große Ehre, wenn du mich ausschließlich Massimo nennen würdet – natürlich nur, wenn wir unter uns sind.«

Sie blickte ihn überrascht an, fasste sich aber umgehend wieder und antwortete: »Es wäre wohl das Unerhörteste überhaupt, den Großherzog dieses wunderbaren Landes nur bei seinem ersten Namen zu nennen. Ich hoffe doch, dass diese Aufforderung scherzhaft gemeint war.«

Er war enttäuscht darüber, dass sie sein Angebot nicht annehmen wollte. Hatte er doch lange und gründlich darüber nachgedacht und sich mehr von ihrer Antwort erhofft. Doch er verbarg seine Gefühle, wie üblich, mit ausgeprägter Überheblichkeit. »Nun, wenn du darauf bestehst – sei es auch der nötigen Ehrerbietung wegen –, einen meiner Wünsche zu missachten, muss ich es dir wohl befehlen.«

Fast flehend, da sie die Ernsthaftigkeit seiner Worte nicht einordnen konnte, antwortete sie: »Ich würde niemals einem Befehl meines Herrn widersprechen, dennoch sollt Ihr wissen, dass es mir höchst unangenehm sein wird. Vielleicht erlaubt Ihr mir, Euch Gran Duca Massimo zu nennen, wenn ihr schon darauf besteht, dass ich Euch bei eurem Taufnamen anspreche?«

Er nickte und lächelte triumphierend. »Weit wichtiger wäre es wohl, nun deinen Namen zu erfahren.«

Sie blickte ihn argwöhnisch an. »Wollt Ihr mir denn weismachen, Ihr wüsstet meinen Namen nicht?«

Überrascht über ihre forsche Antwort zog Massimo seine Augenbrauen hoch und erwiderte ihr belustigt: »Ob ich ihn nun weiß oder nicht, spielt keine gewichtige Rolle, solange ich ihn nicht aus deinem eigenen, entzückenden Mund hören darf.«

Ihre Antwort kam prompt. Sie wunderte sich über ihren Mut und auch darüber, dass sie nicht errötete. »Mein Name ist Anna Maria Tretjakowna, mein Herr.«

Sein linkes Auge verengte sich ein wenig, als er über ihren Familiennamen sinnierte, der ihm wohl etwas sagte, doch dessen Zuordnung er sich nicht sogleich sicher war. Galant kaschierte er seine Unwissenheit und stichelte weiter: »Anna Maria ist ein wunderschöner, berauschender Name. Er passt zu dir.«

Sie antwortete ihm nicht und so wagte er es, seine Vermutung auszusprechen. »Du heißt also Tretjakowna? Schließe ich richtig, dass mir dieser Name durchaus bekannt sein sollte? Bist du verwandt mit jenem Künstlergeschlecht, welches durch die Kunst der Portraitmalerei von sich reden macht? Ist es vielleicht gar dein Vater, der gerade dabei ist, sich damit über die Grenzen Russlands hinaus zu etablieren?«

Sie zögerte ein wenig, ehe sie zu einer Antwort ansetzte. »Nun ja. In gewissen Dingen liegt Ihr richtig, mein Herr. Zumindest, was die Geschichte meines leiblichen Vaters angeht. Es ist nur nicht ganz so, wie Ihr es Euch vielleicht vorstellt. Ich bin eines derjenigen Kinder, die eher zufällig als gewollt den Namen Tretjakowna tragen. Ihr sollt wissen, dass ich meinen Vater in meinen ersten Lebensjahren nicht gesehen habe, und wenn dem doch so gewesen sein sollte, dann kann ich mich nicht an seine Gegenwart erinnern. Meine Mutter war nicht mehr als eine seiner unzähligen Geliebten und sie verstarb kurz nach meiner Geburt. Mein Vater bezahlte daraufhin rücksichtsvoll eine Amme, die sich meiner annahm.«

Massimo runzelte die Stirn. »Weshalb trägst du dann seinen Namen?«

»Seine eigene Frau, derer er von Anfang an überdrüssig war, verstarb wenige Jahre später. So kam es schließlich, dass ich doch noch sein Interesse weckte, wenn auch nur über Umwege. Er begann, mich immer öfter zu besuchen und fasste dadurch eine gewisse Zuneigung zu meiner Amme. Er ehelichte sie und erkannte mich letztlich als sein eigen Fleisch und Blut an.«

Massimo blickte sie voller Interesse an. »Dein Italienisch zeigt große Fortschritte.«

»Ich hatte Zeit zu lernen, mein Herr.«

»Du lernst schnell für eine Frau. Bist du des Schreibens ebenfalls mächtig?«

Sie wandte ihm den Rücken zu. »Ich hatte in meiner Amme eine gute Lehrerin, die mich in allen Belangen stets vorantrieb.«

Massimos Blick war undurchsichtig. »Anna Maria Tretjakowna. Dein Name klingt wundervoll melodisch, gleich einer Symphonie in meinen Ohren. Würdest du mir etwas verraten?«

»Vielleicht, vielleicht aber auch nicht. Es kommt darauf an, was Ihr zu hinterfragen versucht, mein Gran Duca Massimo.«

Der Großherzog lächelte erhaben. »Beherrschst du denn auch die Kunst des Reitens? Es scheint mir so, als wüsstest du mit Pferden umzugehen, so herzlich wie du dich Salvatores annimmst. Im Übrigen möchte ich dich bei dieser Gelegenheit darauf hinweisen, dass es bei harter Strafe verboten ist, sich meinem liebsten Hengst zu nähern. Ich bin jedoch gewillt, in diesem Fall aufgrund deiner Unwissenheit noch einmal über meine eigenen Gesetze hinweg zu sehen.«

»Ich wollte Euch keineswegs verärgern, mein Herr. Es war nur so, dass ich ein wenig Abstand von dem Trubel suchte und dachte, diesen bei Eurem Pferd zu finden. Wenn es Euch zuwider ist, dass ich Salvatore noch einmal zu nahe komme, werde ich mich selbstverständlich davor hüten, einen solch schweren Verstoß ein zweites Mal zu begehen.«

Er lächelte sie verschmitzt an, und als sie seine Reaktion erleichternd bemerkte, fuhr sie etwas sicherer fort. »Nun, natürlich saß ich schon auf dem Rücken eines Pferdes, aber der wahren Reitkunst, mein Herr, wie Ihr sie ausübt, bin ich wohl kaum mächtig. Auf einem so edlen und ungestümen Tier wie dem Euren würde ich mich kaum halten können.«

»Ich denke, dann sollten wir wohl schnellstmöglich mit deinem Unterricht beginnen, doch natürlich erst, wenn sich dein Knöchel wieder vollster Belastbarkeit erfreuen darf. Ich werde dich gerne selbst unterrichten, wenn du damit einverstanden bist, und dir sogar Salvatore zur Verfügung stellen.« Er blickte auf sein Pferd und schüttelte ungläubig über dessen Zutraulichkeit Anna Maria gegenüber seinen Kopf. »Es hat den Anschein, als ob er deine Gegenwart durchaus schätzt.«

Anna Maria war die Röte ins Gesicht gestiegen. Ihre Augen waren vor Staunen über ihre Bevorzugung weit aufgerissen. Sie erwiderte verlegen und zurückhaltend: »Oh, diese Geste kann und darf ich nicht annehmen. Es steht mir keinesfalls zu. Vor allem nicht mit Euch als meinem Lehrmeister. Ich bin nur eine einfache Magd und dieser Gunst nicht würdig, mein Herr.«

Massimos Tonfall veränderte sich plötzlich. Er blickte sie arrogant an, bevor er mit gewohnter Herrschsüchtigkeit seinen Befehlston annahm. »Es spielt keine Rolle, was du denkst oder was dir als richtig oder falsch erscheint, Anna Maria! Ich verabscheue diese aufgesetzten Höflichkeiten mir gegenüber. Du kannst getrost darauf verzichten. So lange du dich auf meinem Grund und Boden bewegst, bin allein ich es und niemand anderer, dem du Folge zu leisten hast! Dies solltest du in deinem kurzen Leben bereits gelernt haben. Wenn es mein Wille ist, dich zu unterrichten, dann ist es deine Pflicht, dich diesem zu fügen, wie auch allem anderen, was mir in den Sinn kommen könnte! Ich hoffe doch, du hast verstanden, was ich dir versuche, begreiflich zu machen!«

Sie konnte ihr ansteckendes, umwerfendes Lächeln nun nicht länger zurückhalten. Ihre Gedanken waren während seiner Ausführungen etwas völlig anderem gewidmet. Sie hatte ihm nicht wirklich zu gehört. »Ich wollte Euch noch für die vielen Wildrosen danken, die Ihr mir schicken ließt. Sie bereiten mir große Freude.«

Massimos Wangen erröteten. Er starrte sie völlig vor den Kopf gestoßen an. ›Meine Blumen haben ihr also gefallen‹, dachte er bei sich. Er wollte lächeln, doch er konnte es nicht, da sie ihn derart erwartungsvoll anblickte. ›Was will sie von mir? Was bedeutet dieser Blick? Was will ich? Ja, was will ich?‹, fragte er sich. Er bemühte sich, etwas über seine Lippen zu bringen, doch es hatte ihm die Sprache verschlagen. Er verzog sein Gesicht zu einem schiefen Lächeln, wandte sich um und ging, ohne noch etwas zu erwidern.

Anna Maria starrte ihm fassungslos nach.

Massimo schämte sich dafür, sie einfach so stehengelassen zu haben. Doch mehr noch schämte er sich für die Röte, die er auf seinen glühenden Wangen spürte. Er dachte daran, wie glücklich sie aussah, als sie sich an die Blumen erinnerte, und sein Herz begann wie wild in seiner Brust zu hämmern. ›Was ist nur los mit mir? Ich muss gehen. Fort von ihr. Ich darf mich nicht noch einmal umsehen. Ihre Augen sind schuld! Ja, ihre Augen sind es! Ich hätte nicht hinein blicken dürfen. Nein. Ich hätte nicht hinein blicken dürfen!‹, kreiste es in seinen Gedanken.

* * *

Massimo wusste nicht, wohin mit sich. Zu vieles beherrschte seinen Geist. Empfindungen, die er weder verstand, noch kontrollieren konnte. Er spürte etwas in sich. Etwas Fremdes, das ihm Angst einjagte. Wie verloren irrte er hektisch in seinen Gemächern umher, bis er sich schließlich auf den Weg in die unterirdischen Gänge seines Schlosses begab. Er wanderte vorbei an den Kerkern, immer weiter ins Dunkel, in die Tiefen seiner Festung hinab. Vorsichtig stieg er die schmalen, brüchigen Steinstufen hinunter und öffnete ein kleines, aus Eisen geschmiedetes Tor. Er betrat Castors Reich, das gruftartige Gewölbe, dessen Eingang außer ihm nur wenigen bekannt war.

Der alte Mann hauste zwischen leicht feuchten Mauerwänden, die einen modrigen Geruch absonderten und Massimo das Gefühl gaben, zu ersticken. Es gab kein einziges Fenster. Kein Tageslicht und keine Wärme. Es ekelte ihn jedes Mal an, hierher zu kommen.

Castors Hallen waren vollgestopft mit Regalen, die bis an die Decke hinauf reichten. Sie waren zum Bersten mit Büchern und Aufzeichnungen jeglicher Art gefüllt. Er sammelte derart viel Papier an, das überall zerstreut lag, dass die Böden fast gänzlich damit bedeckt lagen. Oft genug hatte Massimo sich gefragt, was auf all diesen Rollen wohl stand, was die seltsamen Zeichnungen bedeuteten. Doch seine Furcht vor den Antworten war stets größer als die Neugier.

Massimo musste seine Schritte mit Bedacht wählen, um in dem Chaos dieses dunklen, einzig durch wenige Wandkerzen beleuchteten Loches, das Castor sein Zuhause zu nennen pflegte, nicht anzuecken oder schlimmer noch, etwas durcheinander zu bringen oder gar zu zerstören. Massimo staunte immer wieder darüber, wie dieser Mann hier leben konnte und es schaffte, die Dinge zu finden, wenn er einmal etwas suchte.

Tatsächlich verbrachte der alte Kauz die meiste Zeit des Tages damit, nach irgendetwas zu wühlen und zu stöbern.

Es gab Tische, auf denen lauter kleine Gläser unterschiedlicher Form standen – langhalsige, dickbäuchige und auch ganz kleine schmale. Sie waren teilweise mit Schläuchen verbunden und bargen verschiedenfarbige Flüssigkeiten in sich. Er trat näher, um ein grünes, brodelndes Gebräu zu begutachten. Es stank bestialisch. Auf einer lang gezogenen Tafel fand er die vielen, seltsamen Gerätschaften, die ihm teilweise bekannt waren. In seiner Kindheit hatte er den Magier oft dabei beobachtet, wie er den Verlauf der Sterne damit festhielt und deutete. ›Wo steckte Castor nur wieder?‹, fragte er sich. Massimo blickte um sich und rief nach ihm.

»Castor? Seid Ihr da?«

Weit hinten, aus einem Eck, das in Dunkelheit lag, vernahm er den vertrauten Klang seiner Stimme »Hier bin ich. Kommt zu mir, Massimo, und seht Euch das an.«

Vorsichtig bewegte sich der Gran Duca an den wahllos angeordneten Möbelstücken vorbei, ohne in dem schummrigen Licht erkennen zu können, wohin ihn die Stimme führte. Als er ihn endlich erblickte, atmete Massimo tief durch. Es war ihm unangenehm, sich an diesem Ort aufzuhalten. Hatte er die Magie doch schon immer gefürchtet und stets das Gefühl gehabt, sich davon fern halten zu müssen. Es war eine Ahnung, die er tief in sich spürte, dass es besser für ihn war, nichts von dieser anderen, fremden Welt zu wissen.

Castor stand in gebückter Haltung vor einem kleinen Tisch, auf dem er eine Karte ausgebreitet hatte. Die Papierrolle fand gerade noch auf ihm Platz. Er hantierte mit getrockneten, wie auch frischen Kräutern, die er aufgeregt mit einer Art kleinem Rechen umher schob. Castor wirkte nervös.

»Was treibt Ihr da?«

»Seid still und seht.«

Er tropfte ein wenig blaue und auch etwas grüne Flüssigkeit aus winzigen Phiolen auf das zerschlissene, bereits vergilbte Papier und blickte gebannt auf sein Werk.

»Seht Ihr das, Massimo? Erkennt Ihr, was geschieht?«

Massimo kniff angestrengt seine Augen zusammen, verstand jedoch den Sinn des Treibens nicht. Ängstlich blickte er auf den Tisch hinab. Er hasste es, wenn Dinge geschahen, die er selbst nicht zu kontrollieren wusste.

»Sprecht Ihr einen Zauber aus?«

Castor lachte. »Ich beantworte Euch die Fragen, wegen derer Ihr gekommen seid.«

Massimo beäugte ihn kritisch. »Erklärt es mir.«

»Ich habe von dem Tag an, an dem das Mädchen zu uns kam, an dem ihr Euch das erste Mal begegnet seid, die Sternbilder am Firmament aufgezeichnet. Seht Ihr, wie sie sich verändert haben, was sie nun bilden? Begutachtet die Überschneidungen genau. Sie zeigen eine Art Schädel, dessen Bedeutung ich selbst noch nicht verstehe.«

Er deutete auf die kleinen Punkte, die er mit wenigen Bröseln eines Krautes gekennzeichnet hatte. Dann noch auf ein paar weitere Stellen, an denen Massimo nicht das Geringste erkannte. Die Flüssigkeit, die er auf das Papier geschüttet hatte, bildete zwei lose Tropfen, die in der Mitte des Blattes ruhten. Sie wurden nicht aufgesaugt. Im Gegenteil. Sie schienen beweglich und abweisend wie gläserne Kugeln auf der Oberfläche des Papiers zu schweben.

»Streckt Euren Finger aus und wartet auf das, was geschehen wird. Dann werden wir sehen.«

Massimo tat, wie ihm geheißen und zuckte wütend zusammen, als Castor ohne Vorwarnung mit einer kleinen Klinge, dessen Griff eine Schnitzerei aus Elfenbein zierte, in seinen Finger stach. Empört rief er aus: »Was soll das?«

Castor winkte ab. »Wartet. Dann werden wir Gewissheit haben.«

»Worüber denn?«

»Gewissheit über die Antworten auf Eure Fragen, mein Freund.«

Castor ergriff Massimos Finger und ließ einen Tropfen seines Blutes auf das Papier fallen. Er murmelte etwas und stäubte den Hauch eines Pulvers, das wie Asche aussah, darüber.

Die farbigen Essenzen begannen sich um sein Blut zu drehen. Sie wurden immer schneller in ihren Bewegungen und bildeten einen Strudel, in dem die einzelnen Nuancen nicht mehr voneinander zu unterscheiden waren. Sie sogen sein Blut förmlich in sich ein. Massimos

Augen wurden weit vor Staunen. Dann stoppte das Spektakel abrupt. Langsam breitete sich die Flüssigkeit über das gesamte Blatt aus. Die einzelnen Farben trennten sich, sodass jede von ihnen wieder klar zu sehen war. Sie zeigten das Bild einer Blumenknospe, kurz bevor sich ihre Blätter der Welt öffnen, mit einem von Dornen übersäten Stängel.

Nur kurz zeigte sich dieses Bild, dann verschwammen die Farben ein weiteres Mal und zogen sich in ihre ursprüngliche Tropfenform zurück. Sie drehten sich noch einmal gemeinsam mit seinem Blut und offenbarten für wenige Sekunden etwas, das wie ein Auge aussah, bevor sich alles wieder löste und die Anfänge zeigte.

Castor brummte vor sich hin. »So etwas hatte ich mir gedacht.«

Massimo war nervös. »Was habt Ihr Euch gedacht? Was seht Ihr?«

»Erkennt Ihr denn nicht das Spiegelbild?«

»Nein. Ich sah eine Blume und dann etwas, das mir ein Auge zu sein schien, doch sonst nichts.«

Der Magier lächelte ihn wohlwollend an und reichte ihm einen kleinen, rundlichen Spiegel. »Blickt hinein und sagt mir, was Ihr seht.«

Hecktisch begann er, in seinem Abbild nach etwas zu suchen, das er nicht greifen konnte. Doch er erkannte außer dem, was ihm längst bekannt war, gar nichts. Wütend über sich selbst legte er den Spiegel auf die Seite und wandte sich zum Gehen. Er wollte und konnte keine Geduld für etwas aufbringen, das ihm ohnehin unbehaglich war.

»Wartet, Massimo. Geht noch nicht. Ich werde es Euch zeigen.«

Castor ergriff wiederum den Spiegel und hielt ihn seinem Schützling direkt vors Gesicht. Seine Stimme war weich und herzlich. »Habt Geduld mit Euch und seht genau hin.«

Der Großherzog sah wiederum nur sein eigenes Gesicht. Er konnte nichts Fremdartiges entdecken, doch er bemühte sich darum, sich weiter zu konzentrieren. War ihm doch jedes Mittel recht, um herauszufinden, was für diese seltsamen Gefühle in ihm verantwortlich war.

Dann, nach einem kurzen Moment, erblickte er das Auge, das sich zuvor noch in den Tropfen zeigte. Er erkannte sich selbst darin und starrte erschrocken hinab auf den Tisch. Was er dort sah, ließ ihn einen Schritt zurück weichen. In den Formen, welche die Flüssigkeiten gebildet hatten, während er auf sein Spiegelbild fixiert war, sah er nun sein eigenes Gesicht, genau so, wie er es gerade eben noch in dem Spiegel gesehen hatte, bevor sich ihm das Auge zeigte.

Atemlos starrte er den Magier an. »Was bedeutet das?«

Castor ließ sich von seiner Furcht nicht beeindrucken. Er lief bedächtig auf und ab und zog seinen Bart in die Länge, während er über die Geschehnisse sinnierte. »Grün und Blau. Es waren die Farben ihrer Augen, die ich verwendete. Das Kraut, das die Schnittpunkte markierte, war nicht etwa nur irgendein Kraut. Es waren die getrockneten, gemahlenen Blätter des Wildrosenstraußes, den das Mädchen auf der Wiese gesammelt hatte.«

»Woher wusstet Ihr davon? Ich hatte Euch nichts erzählt.«

Castor blickte ihn scharf, beinahe verächtlich an. »Ihr solltet langsam wissen, dass ich weiß.«

Ein Moment verging, bevor Castor bereit war, wiederum das Wort zu ergreifen. »Das Auge, das entstand, hatte exakt dieselbe Färbung wie Eure eigenen Augen, Massimo. Ihr habt es selbst gesehen. Es war ein verschwommener Teil Eures Spiegelbildes, das sich uns zeigte. Weshalb das Sternenbild sich mir noch nicht erklären möchte, verstehe ich allerdings selbst nicht. Ebenso sind mir die Dornen der Rosenknospe noch ein Rätsel, das ich weiter versuchen will aufzudecken. Dennoch steht eines fest: Es war die Farbe Eurer Augen.«

Massimo drängte ihn ungeduldig. Er verstand kein Wort von dem, was der Alte zu erklären versuchte. »Wie soll das meine Fragen beantworten, Castor? Es stellen sich nur noch mehr!«

Castors Blick war weich. Er sah ihn mit dem geduldigen Blick eines Vaters an. »Wolltet Ihr denn nicht von mir erfahren, weshalb Ihre Augen Euch verfolgen? Weshalb sie Euch stets zu begleiten scheinen?«

Massimo setzte an, seinen Mund zu öffnen, doch Castor überbot ihn mit einer abwehrenden Bewegung seiner Hand. Er schüttelte langsam den Kopf. »Ihr wisst, dass ich es weiß. Ich sehe es. Ich sehe alles, was ich zu sehen wünsche, wenn ich Euch nur anblicke, mein Freund.«

Massimo war entsetzt. Zu sehr entsetzt, um wütend zu sein.

Castor hingegen grinste verschlagen. »Nun, zu Euren Antworten: Es scheint mir, als würde eine Verbindung zwischen euch beiden bestehen. Eine Verbindung mit solch tief liegenden Wurzeln, wie ich sie noch niemals zuvor gesehen habe. Es ist wie ein unsichtbares Band, das euch verbindet. Ihr müsst wissen, dass es manchmal vorkommt, dass zwei Sterne ewig miteinander verbunden, beinahe verschmolzen sind. Man nennt dieses Phänomen Zwillingsstern. Es sind zwei Seelen, die nicht voneinander können, unabhängig davon, ob sie es wollen oder nicht. Sie wurden zusammengefügt und somit auf ewig aneinander gebunden. Etwas Derartiges geschieht nur sehr selten und kann sowohl Segen als auch Fluch bedeuten. Ich vermute, dass etwas Ähnliches mit Euch beiden passiert ist. Eine seltsame Fügung des Schicksals. Eine Laune des Universums, der Natur, als sich die Sternbilder an den beiden Tagen, an denen Ihr das Licht der Welt erblicken durftet, übereinanderlegten. Es ist eine Verwandtschaft eurer Seelen, die Euch aneinander bindet. Versteht Ihr, Massimo? Je näher Ihr Euch kommt, desto tiefer verschmelzen Eure Sterne, Eure Seelen, bis sie irgendwann nicht mehr voneinander zu unterscheiden sind. Bis die Eure in ihren Händen, und die ihre in Euren Händen ihren vorbestimmten Platz findet.«

Massimos Augen leuchteten. »Ihr denkt, dass wir füreinander bestimmt sind?«

»So möchte ich es noch nicht ausdrücken. Die Seele bedeutet nicht das Herz. Das Herz entscheidet immer für sich selbst. Was geschehen soll, müsst Ihr beide, ein jeder für sich, herausfinden. Es gibt Ungereimtheiten, die mir Sorge bereiten. Da ist etwas, das den Fluss blockiert. Etwas Nebliges, das mir die Sicht versperrt. Die Bilder hätten länger sichtbar sein müssen. Es verbietet mir, die Zukunft zu lesen, doch ich weiß sicher, dass der Prozess bereits begonnen hat.«

Massimo ergriff den alten Mann fest an seinen Schultern und blickte ihn eindringlich an. »Findet heraus, was es ist, Castor! Ich muss wissen, was geschehen wird! Ich muss es wissen, bevor ich meine Seele und mein Herz an sie verliere.«

Der alte Mann blickte ihn gedankenverloren an. »Ich denke, das könnte bereits geschehen sein, mein Lieber. Ich denke, Ihr werdet nicht den Sternen, sondern Euch selbst folgen müssen. Eurem Herzen, Massimo.«

* * *

März, 1511

Oh, was ist nur los mit mir? Alles ist durcheinander geraten! So schrecklich durcheinander! Ich sollte glücklich sein! Ja! Wahrhaftig glücklich! Ich hatte so viel Glück! Mehr Glück als Verstand, und ich fürchte mich davor, dass dieses Glück, dieses seltene Glück, das mich immer wieder vor meiner eigenen Dummheit rettet, irgendwann einmal ausgeschöpft sein könnte. Wie viel Glück, wie viel Nachsicht verdient ein einzelner Mensch? Ich habe das Gefühl, dass ich schon jetzt nichts mehr davon verdiene. Es nie verdient habe …

Alles hat sich zum Guten gewendet. Hier gibt es nichts, um das ich mich sorgen müsste. Nichts, vor dem ich mich zu fürchten hätte. Lucrezia hatte in allem recht behalten. Ich kann es noch immer kaum glauben, doch sie hatte wirklich recht! Ich kann mich sicher fühlen in diesem Land. Es ist schön und warm und freundlich. Ganz so, wie ich es mir in meinen buntesten Träumen ausgemalte. Weshalb nur bin ich nicht glücklich? Weshalb zerstöre ich mir immer wieder selbst mein Glück?

Ich habe gelächelt. Oh, Gott! Und wie ich gelächelt habe. So fest waren meine Vorsätze, so gut meine Absichten – und so wenig Bestand hatte dies alles. Ich sollte mich schämen. In Grund und Boden schämen. Doch ich kann nicht! Ich kann es einfach nicht! Ich wollte lächeln und ich will es noch immer. Mein Herz lässt sich nicht belügen.

Da ist etwas in mir. Etwas Schreckliches, ganz Fürchterliches. Es lebt in mir, drängt mich dazu, Dinge zu tun, die nicht gut für mich sind. Es ist, als würde ich den Abgrund vor mir sehen und mich geradewegs hinunter stürzen. Ja! Ich stürze mich mit einem Lächeln auf den Lippen ins Verderben.

Ich wage es nicht, seinen Namen in deine Seiten zu schreiben. Du würdest mich verspotten, wenn du wüsstest, wer des Nachts in meinen Gedanken lebt … Doch da sind diese Gefühle – zärtliche Gefühle. Gefühle, wie ich sie noch nie empfunden habe. Sie sind nicht rechtens. Ich weiß, dass sie nicht rechtens sind und niemals erwidert werden können. Nein. Er kann nicht ebenso wie ich empfinden. Nicht er. Nicht er. Wie könnte er auch, wo ich doch selbst nicht weiß, was in mir vorgeht?

Da ist ein Klopfen in meiner Brust, wenn ich ihn sehe. Ein Kribbeln in meinen schweißnassen Fingern, wenn sein Körper nahe bei meinem steht. Es wird mir heiß und kalt zugleich, wenn ich in seine Augen blicke. Wie im Fieber. Ja. Es ist, als würde ich fiebern, und ich kann nicht entscheiden, ob ich die tausend Decken, die mich nicht wärmen können, von mir streife, um der Hitze, die ich nicht ertrage, zu entgehen. Vielleicht ist es nur das Klima. Ja, es könnte an der Sonne liegen. Ich bin sie nicht gewohnt.

Was schreibe ich da? Vergiss, was ich geschrieben habe! Es sind dumme, leere Worte, die ein Mädchen dahin fantasiert, das jeden Bezug zur Realität verloren hat!

Habe ich denn nicht erlebt, was Mädchen wie mich erwartet, wenn sie mit dem Feuer spielen? Spiele ich bereits? Spielt er gar mit mir? Ich frage mich, ob ich mir all dies nur einbilde. Ob irgendetwas von alldem, was ich glaubte zu erleben, wirklich geschehen ist. Doch ich sehe die Blumen. All die vielen, wunderschönen Rosen um mich herum. Ihre Dornen stechen mich und das Blut, das ich an meinem Finger sehe, schmeckt, als wäre es echtes Blut.

Diese Blumen. Sie scheinen mir wundervoll und tödlich zugleich. Was soll ich tun? Was soll ich nur tun?

Ich werde versuchen zu schlafen. Ich werde meine Augen schließen und darauf hoffen, dass, wenn ich sie morgen wieder öffne, alles nur ein Traum gewesen ist.

Ich muss aufwachen, bevor sich dieser wunderschöne Traum in einen niemals endenden Albtraum verwandelt. Die Rosen werden fort sein. Ja, gleich morgen früh werden sie fort sein und ich werde wissen, dass es sie niemals gegeben hat.

Kapitel 5

Selbst die Liebe will gelernt sein

Massimo galoppierte auf seinem pechschwarzen Hengst über eine von Wildblumen übersäte Wiese. Salvatore bewegte sich so schnell und frei unter ihm, dass Massimo glaubte, in den Himmel empor zu steigen. Um ihn herum verschwammen die Formen der Stauden und Wiesen, als würden sie vor seinen Augen zerfließen, und all die Farben leuchteten ungewöhnlich hell. Die Bäume waren nur noch Flecken aus verschiedensten Nuancen Grün, und die Blumen, über die Salvatore ihn trug, verwandelten sich in ein Meer aus leuchtenden Farbklecksen. Die ganze Welt erschien ihm strahlender und bunter. Ganz so, als wäre sie gezeichnet. Als könnte er selbst einen Pinsel in die Hand nehmen und alles erschaffen, wonach es ihm beliebte. Er atmete den Duft der Blüten ein, schmeckte ihn auf seiner Zunge. Es war ihm, als wären seine Sinne gestärkt und seine ganze Wahrnehmung intensiver.

Massimo blickte zu seiner Rechten. Sie war direkt neben ihm. Anna Maria ritt eine weiße, prächtige Stute. Sie beherrschte diese Kunst ebenso wie er selbst, was ihn verwunderte, doch gleichzeitig mit größtem Stolz erfüllte. Er fühlte sich ganz wunderbar mit ihr an seiner Seite und konnte seine Augen kaum von ihrem wunderschönen, anmutigen Gesicht lösen. ›Ein Gesicht, gleich einem Gemälde in goldenem Rahmen‹, dachte er. Ihr Haar glitzerte in der Sonne. Sie trug es offen, sodass es vom Winde getrieben gemeinsam mit ihrem weiten, gemusterten Rock dahin flog. Es war ein zauberhafter Anblick. Als wäre sie ganz und gar aus Diamanten geschaffen.

Sie lächelte ihn freudestrahlend an und ihre Wangen waren vor Erregung hoch gerötet. Während sie Seite an Seite der roten Wand einer aufgehenden Sonne entgegen galoppierten, wurde Massimo von seinen Gefühlen überwältigt ...

Massimo öffnete benommen seine Augen. Eine Weile lang döste er vor sich hin und ergab sich seinen Empfindungen, bis er schließlich hochschnellte, um sich völlig orientierungslos in seinem Bett sitzend wiederzufinden. Sein Herz raste. Er fasste daran, um seinen erregten Körper zu beruhigen. Doch es pochte, bewegt über das Erlebte, wie wild und unregelmäßig weiter in seiner Brust.

Er blickte neben sich und erkannte enttäuscht, dass all dies nichts weiter als ein Traum war. Gleichzeitig ärgerte er sich darüber, seine Gedanken nicht von diesem Mädchen lösen zu können. »Sie ist es nicht wert, dass ich an sie denke!«, sagte er laut zu sich selbst. »Es ist eine Schande! Ich bin dabei, mich zum Gespött des Pöbels zu machen. Ja! Sie reden und lachen über mich! Der große Gran Duca di San Lilia hegt heimliche Zuneigung gegenüber einer einfachen Magd!«

Doch seine Worte konnten sein klopfendes Herz nicht erreichen, und während er auf seinem Bett saß und darüber nachdachte, was mit ihm geschieht, verwandelte sich seine Ohnmacht in Wut und Hass. Er war wütend auf sie. Darüber, wie unverschämt sie sich ihm gegenüber verhalten hatte, und er hasste sich selbst dafür, dass er sie in ihrer Dreistigkeit gewähren ließ. Er war wütend auf sich selbst, weil er nicht fähig war, sich zu nehmen, was er wollte. Sie zu nehmen, um zu sehen, ob dieser seltsame Zauber, der sie umgab, verfliegt, wenn er erst einmal hatte, wonach er sich verzehrte. Gleichzeitig hasste er sie dafür, dass sie ihn nicht zu lieben schien. Dass sie ihm nicht dasselbe Gefühl gab, wie es alle anderen Frauen in seiner Gegenwart zu tun pflegten. Dieses Gefühl, dass sie sich jederzeit voller Hingabe und Dankbarkeit in seinem Bett rekeln würden. In dem Bett ihres Herrn, den sie liebten und verehrten. Doch am meisten hasste er sich für etwas, das er sich nicht eingestehen wollte und doch wusste. Er fürchtete sie ... Ja, er fürchtete sie, da sie ihn nicht zu fürchten schien.

* * *

Durcheinander, wie benebelt in einem Traum gefangen, spazierte Anna Maria an der Stadtmauer entlang. Sie berührte die kalten, hellen Steine, um zu spüren, dass sie sich im Hier und Jetzt befand. Doch der Schleier, der über ihren Sinnen lag, wollte nicht weichen. ›Die Blumen. Sie sind noch immer da. Ich kann sie spüren, sie riechen. An jedem Morgen sind sie da und es werden immer mehr‹, dachte sie bei sich. Sie bewegte sich auf einem Trampelpfad inmitten des Waldstückes, das sich innerhalb der Mauern San Lilias befand. Es war schön hier. Ruhig und sicher. Ein Gegengewicht zu dem, was in ihrer Brust tobte.

Sie wollte hinaus aus der Stadt, hinunter zu eben der Wiese, an der sie sich verletzt hatte. Zwischen dessen Grashalmen und Kräutern Massimo sie in seinen Armen hielt.

Mit jedem einzelnen Schritt, der sie ihrem Ziel näherbrachte, glaubte sie, sein Herz lauter schlagen zu hören. Sie erinnerte sich daran, wie es sich anfühlte, das stetige Pochen, dicht an seine Brust gelehnt. Es war so wunderschön, sich sicher zu fühlen. Die Erinnerung an dieses Gefühl war in den letzen Tagen das Einzige gewesen, das ihrer verwirrten Seele Halt gab. Sie hätte alles dafür gegeben, noch einmal so empfinden zu können.

Anna Maria lehnte an einem Baum nahe dem Stadttor und wartete. Es gab niemanden mehr, dem sie Rechenschaft abzulegen hatte. Schon lange nicht mehr. Dennoch spürte sie ein flaues Gefühl in ihrem Magen, das sie daran hinderte, einfach hinaus zu spazieren. Etwas, das ihr im Nacken saß und ihr mit Massimos tiefer, sanfter Stimme zuflüsterte, sie dürfe nicht weitergehen. Es war ihr, als würde sie etwas Verbotenes tun, wenn sie die hohen Mauern verließ.

Ein Handelswagen mit berittenem Tross fuhr langsam den kurvigen Weg hinauf. Als er auf dem kleinen Platz vor dem Tor haltmachte und einer der Reiter sich angeregt mit den Wachen über seine Waren unterhielt, huschte sie am Rande der Mauer hinaus. Sie fühlte sich wie eine Diebin – eine, die nicht weiß, was sie gestohlen hat und doch schuldig ist. Erst als sie an der anderen Seite angelangt war und bemerkte, dass ihr ohnehin niemand Beachtung schenkte, wurde sie langsam ruhiger. ›Was ist nur los mit mir?‹, fragte sie sich. ›Weshalb sollte es ihn kümmern, wo ich bin? Niemand kümmert es. Niemanden!‹

Vertieft in ihre Gedanken bestritt sie ihren Weg. Sie hatte den Gran Duca seit ihrer letzten Begegnung an Salvatores Stallung nicht mehr zu Gesicht bekommen. Doch an jedem Tag, an dem sie sehnsüchtig das weiche Fell seines liebsten Pferdes streichelte, hoffte sie heimlich darauf, ihn noch einmal anzutreffen. Sie war enttäuscht und traurig über sein Fernbleiben und je mehr Zeit sie bei Salvatore verbrachte, desto gieriger wurde ihr Verlangen danach, Massimo näherzukommen. Sie hoffte darauf, auf eben dieser Wiese die bereits verblassende Erinnerung an jenen so wundervollen wie seltsamen Moment heraufbeschwören zu können, um wenigstens in ihrer Fantasie bei ihm zu sein. Ja, sie wünschte, das Pochen in seiner Brust zu spüren, seinen kräftigen Duft einzuatmen, und die sachte Berührung seiner Hände auf ihrer Haut zu fühlen. Anna Maria wollte nichts weiter, als in seinen Armen liegen.

›Ach, wie töricht ich doch bin! Eine einfache, dumme Magd, die dem Gran Duca gegenüber heimliche Zuneigung empfindet! Schämen sollte ich mich! Ja genau! In Scham versinken! Mein Herz sollte ich mir heraus reißen! Mein dummes, dummes Herz, das diese aberwitzige

Hoffnung in mir schürt. Ich bin nichts weiter, als eine von vielen. Er kann sich nehmen, was er will ... wen er will. Wie kindisch, wie naiv bin ich doch, wirklich darauf zu hoffen, er könnte dasselbe für mich empfinden, wie ich für ihn‹, dachte sie voll Traurigkeit. Doch dann stieg ihr der liebliche Duft der Wildrosen in die Nase, die er ihr zukommen ließ, und sie fragte sich einmal mehr, was er sich wohl von dieser Geste erhoffte. ›Allesamt sind sie von derselben Sorte und ihre Blüten haben die gleiche Färbung wie jene, die ich in meinen Händen hielt, als wir uns begegneten. Es muss etwas bedeuten. Irgendetwas muss es doch bedeuten!‹ Sie redete sich diese Worte so lange ein, bis sie sich getraute, daran zu glauben.

Als sie an dem Ort stand, unter dessen Erde die Wurzeln des Anfangs verborgen lagen, begann sie abermals zu tanzen. Sie drehte sich wie wild geworden, befand sich tief in einem Traum, in dem Massimo jeden ihrer Schritte lenkte, in dem er sie mit sanften Berührungen in herrschaftlichen Sälen leichtfüßig über die feinsten Böden aus kostbarstem Marmor schweben ließ. Berauscht von dieser Vorstellung streckte sie, gebettet in sattem Grün, ihre Glieder von sich und schloss die Augen, deren feine, rötliche Adern von der Sonne geblendet hindurch schienen.

Sie sah ihn im Geiste. Ihn, diesen überaus schönen Mann, diesen mächtigen Herrscher in seinen prachtvollen Gewändern. Hoch erhobenen Hauptes saß er auf Salvatore, während der Wind mit seinen schwarzen vollen Locken, die er bis knapp unter seinen Ohren zu tragen pflegte, spielte. Die bunten Steine, die den Griff seines Schwertes zierten, funkelten im Schein der Sonne in tausenden Farben wie kleine Regenbögen. Er wirkte auf sie wie ein gefallener Engel, ein Wesen des Lichts, das über allen Dingen steht. Er lächelte und sie wusste, dass sein Lächeln allein ihr galt. Auf sie und auf niemand anderen waren seine Augen gerichtet, als er von seinem Ross stieg, und sie fest an sich zog. Sie vermochte sein Gesicht, allein aus ihrer Erinnerung heraus, mit allen Einzelheiten vor sich zu sehen. Seine haselnussbraunen, strahlenden Augen und selbst den kleinen Leberfleck, der direkt unter seinem linken Auge saß. Sie musterte die Züge seiner breiten, markanten Kieferknochen, die sein Lächeln auf unvergleichbare Weise unterstrichen und ließ ihren Blick auf seinen fülligen, geschwungenen Lippen ruhen. Er schlang seine Hände fest um ihre Taille und drückte sie eng an seinen Körper. Er küsste sie auf die Stirn und sein Bart, den er, kurz gehalten, nur unter seinem Kinn zu tragen pflegte, kitzelte sie ein wenig auf ihrer feinen Haut.

Ein kreischender Falke riss sie schlagartig aus ihren Träumen. Sie erschrak fürchterlich und blickte Hilfe suchend um sich. Die Wärme, die sie eben noch spürte, wich aus ihrem Herzen und füllte sich stattdessen mit einsamer Leere, als sie enttäuscht begriff, dass er nicht hier war und vermutlich auch niemals kommen würde. Sie lag allein auf dieser Wiese. Allein mit ihrer unermesslichen Sehnsucht nach ihm und weiteren Erinnerungen, die ihr das Leben versüßen könnten.

Als ihre Gedanken langsam klarer wurden und sie sich der bitteren Realität wieder bewusst war, hatte der

Himmel bereits begonnen, seine Farbe zu wechseln. ›Ich muss für einige Stunden eingeschlafen sein‹, kam es ihr. Rasch raffte sie ihre Röcke und machte sich daran, den steinigen Pfad hinauf zu eilen. Doch als die Dämmerung herein brach, hatte sie noch nicht einmal die Hälfte des Weges hinter sich gelassen, und mit jedem beschwerlichen Schritt fürchtete sie sich mehr. Sie hatte Angst, dass sie es nicht rechtzeitig schaffen könnte und die Stadtmauern bereits verriegelt waren, wenn sie bei ihnen eintraf. Angst, dass ihr zu so später Stunde der Einlass verwehrt blieb. Sie schüttelte ihren Kopf und redete sich gut zu. »Sie werden öffnen. Sie haben mich doch nun oft genug gesehen. Natürlich werden sie mir öffnen.« Doch dann fiel ihr etwas anderes ein, um das sie sich weit mehr sorgen musste. »Ich hätte bereits vor Stunden meinen Dienst antreten müssen! Das Essen befindet sich längst auf den Tafeln der Herren! Was habe ich mir nur dabei gedacht? Nichts habe ich gedacht! Geträumt habe ich, anstatt meine Arbeit zu tun! Selbst für den Dienst einer Magd tauge ich nichts! Ich tauge zu gar nichts! Zu gar nichts!«, schimpfte sie vor sich hin.

Anna Maria war wütend auf sich selbst, enttäuscht von sich wegen ihrer Nachlässigkeit und voller Angst vor der Strafe, die ihr bevorstand. ›In Russland wäre ich … Oh, ich will lieber nicht daran denken!‹, brodelte es in ihr.

So eilig wie möglich hastete sie weiter über das Geröll hinauf. Ihr Knöchel schmerzte noch ein wenig durch den schnellen Lauf auf dem schwierigen, haltlosen Untergrund, doch sie konnte es sich nicht erlauben, ihre Schritte zu verlangsamen.

Als sie endlich die dicken, hohen Mauern der Stadt erreichte, standen die Tore zu ihrer Überraschung noch immer weit geöffnet. Eingerahmt in die Felswand wirkte der Durchgang wie das Maul einer Bestie auf sie, das sie in sich zu verschlingen versuchte. Verwirrt blickte sie um sich. Mehrere Wachmänner hatten sich auf ihren Posten platziert und starrten mit ausdruckslosen Mienen auf sie herab. Weit mehr Männer, als in den Nächten zuvor. ›Weshalb wurden die Wachen wohl verstärkt? Es muss etwas vorgefallen sein, während ich weg war‹, kam es ihr.

Sie war dankbar für den Einlass, doch mit jedem weiteren Schritt in das in Finsternis gehüllte Innere wurde die Angst, die sie empfand, größer und entwickelte sich schließlich zur Panik.

Bedächtig schlich sie an den Häusern entlang auf den großen Platz zu. Sie wusste nicht, wohin sie gehen sollte, was geschehen könnte, wenn sie entdeckt würde. Das kunterbunte Treiben des Tages war längst vorbei. Es war ihr recht, dass sie keine Menschenseele erblickte, doch gleichzeitig hätte sie sich gewünscht, auf jemanden zu treffen, mit all ihren Ängsten nicht allein sein zu müssen.

Die Leere verlieh den verwinkelten Gassen einen anderen Charakter. San Lilia wirkte in der Dunkelheit wie eine Geisterstadt. ›Eine verlorene Seele, die zwischen lebendigen Toten wandelt‹, dachte sie bei sich, während sie fluchtartig in Richtung des Schlosses huschte. Auch auf dem kleinen Platz, der sich vor dem Hauptschloss befand, entdeckte sie niemanden, was sie überraschte. Für gewöhnlich waren gerade hier, vor dem Einlass, wenigstens zwei Männer postiert. Vorsichtig schlich sie zu dem kleinen Seiteneingang, der den Bediensteten vorbehalten war.

Als sie hinein trat, erschrak sie bis ins Mark. Ihre Glieder erstarrten und ihr Herz raste. Sie wusste nicht, was sie denken oder fühlen sollte, als Massimo mit verhärteten Gesichtszügen vor ihr stand. Er wirkte wie ein kalter Felsbrocken. Ein hartes Gestein, ohne jede Emotion. Ein wenig abseits standen zwei hochgewachsene Männer. Jeder zu einer Seite ihres Herrn.

Massimo bebte vor Wut. Sein Gesicht war hoch gerötet und seine Kiefer mahlten aufeinander. Er hielt seine Hände zu Fäusten geballt, dicht an seinen Körper gezogen und starrte sie finster an. Anna Maria spürte regelrecht, dass er sich kaum zu beherrschen wusste, und als er endlich das Wort an sie richtete, waren seine Lippen zu einem schmalen Strich zusammengepresst. »Wo bist du gewesen?«

Sie wollte ihm antworten, doch ihre Stimme versagte vor Angst.

Massimo brüllte sie mit weit aufgerissenen Augen an, während er einen großen Schritt auf sie zuging. Anna Maria wich vor ihm zurück. »Ich habe einen Suchtrupp nach dir aussenden lassen. Du wirst diese Mauern auf keinen Fall noch einmal verlassen! Hast du das verstanden?«

Sie starrte auf den Boden und antwortete ängstlich und knapp. Ihre Stimme war kaum zu hören. »Ja, mein Herr.«

Massimo wurde ein wenig ruhiger, doch er sprach weiter in fordernder, erhobener Tonlage. »Wo bist du gewesen, was hast du getan? Ich verlange, dass du dich mir erklärst!«

Sekunden verstrichen, als wären es Stunden. Dann erst wagte sie es beschämt, das Wort zu ergreifen. Sie sah ihn nicht an. »Ich habe mich am Waldrand aufgehalten. Auf der Wiese, auf der ich mir mein Bein verletzt habe. Ich habe ... ich habe getanzt, und dann bin ich wohl eingeschlafen.« Sie hielt inne. Ihr Blick huschte flüchtig und prüfend über sein Gesicht. »Es tut mir leid, mein Herr. Es wird nicht noch einmal vorkommen, dass ich meiner Arbeit fernbleibe.«

Massimo blickte sie irritiert an. Er hatte sich verschiedenste Szenarien ausgemalt, jedoch nicht dies. Er konnte die Bedeutung ihrer Worte weder verstehen noch einordnen. »Sieh mir in die Augen, Anna Maria. Hör damit auf, mir auszuweichen. Du hast nichts von mir zu befürchten. Was hattest du dort zu suchen?« Seine letzten Worte waren lauter und härter.

Anna Maria blickte ihn mit großen, von Tränen gefüllten Augen an und biss sich auf die Unterlippe. Ihre Hände zitterten ein wenig, als sie wieder auf den schmutzigen Boden blickte und flüsterte: »Ich wollte Euch nur sehen, mein Herr. Ich entschuldige mich. Mir ist bewusst, dass ich Derartiges weder denken noch sprechen darf. Es muss erniedrigend für Euch sein, wenn ich als einfache Dienstmagd von Euch träumte. Ich hätte nie gewagt, Euch dies zu sagen, wenn Ihr es nicht befohlen hättet. Es wird niemals mehr geschehen. Ich verspreche es.«

Massimo musterte sie erstaunt, während sich ihre Blicke für einen Moment trafen. Sein linkes Auge verengte sich ein wenig. Nun war es seine Stimme, die versagte. »Du ... du hast von mir ... geträumt?«

Anna Maria schwieg. Was hätte sie sagen sollen? Massimo wandte ihr, auf ihr Schweigen hin, seinen Rücken zu. Er sprach in monotonen Lauten zu seinem Gefolge, bevor er hinfort schritt, ohne sich noch einmal nach ihr umzudrehen. »Bringt sie auf ihr Zimmer und verriegelt die Türe. Ich erwarte, dass zu jeder Stunde des Tages eine Wache ihren Schutz gewährleistet.« Seine letzen Worte sprach er so leise, dass Anna Maria sie nicht hörte. »So etwas darf nicht noch einmal geschehen. Nie wieder!«

Die beiden Männer positionierten sich rechts und links von ihr und geleiteten Anna Maria in einen ihr bislang fremden Teil der Schlossanlage. Der Weg führte die breite, steinerne Treppe hinauf, vorbei an dem großen Ratssaal, in den sie einen kurzen, ehrfürchtigen Blick warf. Von dort aus gelangten sie in einen breiten Gang, dessen Decken mit verschachtelten Holztäfelungen verziert und die Wände bunt bemalt waren. ›Irgendwo hier müssen sich die privaten Räume des Großherzogs befinden‹, kam es ihr, und für einen kurzen Moment glaubte sie, zu ihm gebracht zu werden. Als die Männer vor einer großen Türe haltmachten und ihr bedeuteten einzutreten, wusste sie nicht, wie sie sich verhalten sollte. Doch es blieb ihr keine Wahl.

Das Zimmer war geräumig und besaß ein weit ausladendes Fenster, welches nach oben hin rund zulief. Wallende Vorhänge aus dunkelrotem Brokat rahmten es eindrucksvoll. Die steinernen Wände waren mit großen, fein gewobenen Teppichen geschmückt, auf denen verschiedenste Gärten abgebildet waren. Sie schenkten dem Raum Gemütlichkeit und Wärme. Überall standen feine Möbelstücke, die mit grazilen Schnitzereien verziert waren. Anna Maria berührte eine wundervolle, niedrige Kommode, vor der sich ein weich gepolsterter Stuhl befand. Sie erblickte sich selbst in dem großen, ovalen Spiegel, der auf der Kommode an die Wand gelehnt stand. Es war befremdlich, sich in ihrem einfachen, schmutzigen Kleid in diesem prunkvollen Raum zu sehen. ›Ein falsches Bild‹, dachte sie. Sie fühlte sich zwischen all diesen Möbeln und Stoffen wie eine unerwünschte Ratte, die aus der Gosse herausgekrochen war.

Ein besonderer Geruch stieg ihr in die Nase. Er war angenehm. Sie beugte sich über die Kommode. Es war das Holz, das so fremdartig duftete.

In der Mitte des Raumes befand sich ein Bett, dessen Pfosten bis knapp unter die Decke reichten. Über den Holzpfeilern waren Stoffe drapiert, die während des Schlafes eine schützende Atmosphäre boten. Staunend stand sie davor. Sie hatte noch nie in einem solchen Bett gelegen, ja, nicht einmal davon geträumt. Als sie sich näher heranwagte und sich ganz vorsichtig, als könnte das geringe Gewicht ihres Körpers die Pracht zerstören, an seinem Rand niederließ, entdeckte sie einen kleinen, gebundenen Wildrosenstrauß, der auf einem der Kissen ruhte.

Dann hörte sie, wie sich die Tür hinter ihr schloss. Erst jetzt begann sie zu begreifen, was all dies sollte. Sie sprang auf und lief an die Türe, um daran zu rütteln. Nichts geschah. Sie schrie und hämmerte immer entschlossener gegen das mit Eisen beschlagene Holz.

Erst als ihre Fingerknöchel wund und ihr Hals vom Rufen geschwollen waren, sackte sie zusammen und hielt ihren Kopf hilflos in den Händen. Sie wusste, dass ihr niemand mehr öffnen würde. Sie verstand nicht – und sie wollte nicht verstehen. Nichts von alldem.

Noch lange saß sie hilflos vor dieser Türe. Sie quälte sich durch eine schlaflose Nacht, in der sie weder Ruhe, noch Erholung von den Ereignissen fand. Die Dunkelheit bescherte ihr Verzweiflung, Bitterkeit und tausende Fragen ohne Antworten. Es war ihr, als würde das Glück, von dem sie dachte, es gefunden zu haben, mit jeder weiteren Minute, die verstrich, aus ihr heraus fließen, bis nichts weiter als beklemmende Leere in ihr lebte. Eine Leere, die ihren Geist lähmte.

Als der nächste Tag anbrach, lag sie mit geöffneten Augen, einen einzigen Punkt fixierend, in diesem Bett, das ihr nicht zustand, in diesem Zimmer, das ihr fremd war. Eine ältere, rundliche Frau lugte vorsichtig herein und erkundigte sich nach ihr. Anna Maria antwortete nicht, obgleich sie die Hofmeisterin sofort an ihrer Stimme erkannte. Gabriella stellte ihr eine schmackhaft riechende Suppe auf den Tisch und ging wieder hinaus, ohne sie noch einmal anzusprechen.

Zur Mittagsstunde betrat Gabriella abermals den Raum und tauschte den unangetasteten Teller Suppe wortlos gegen etwas anderes aus. Anna Maria würdigte auch diese Mahlzeit keines Blickes, und als sich dies in den Abendstunden noch einmal wiederholte, lag sie noch immer traurig und unbeweglich auf den Kissen ihres Bettes. Sie träumte nicht und sie dachte auch nichts. Sie lag einfach nur da und ließ zu, dass die Leere ihres Herzens ihren Körper bis in die Fingerspitzen hinein taub und gefühllos machte.

Als es dämmerte, öffnete sich der Eingang ihres bittersüßen Gefängnisses noch einmal. Gabriella trat an ihr Bett heran, näher diesmal. Anna Maria spürte, dass sie nun direkt über ihr stand, doch ihre Augen blickten einfach durch Gabriella hindurch. Sie stellte sich vor, dass alles um sie herum, einschließlich ihr selbst und der Hofmeisterin zu körperlosen Geistern geworden wären.

Gabriella griff beherzt nach ihrer Hand. Sie legte ihr den kleinen Strauß Wildrosen hinein und schloss ihre zarten Finger darum. Anna Maria merkte dies wohl, doch das Bündel in ihren Händen fühlte sich an, als würde es durch ihre Haut hindurch fallen.

Gabriella haderte eine Weile mit sich, ob sie nun etwas sagen sollte oder nicht. Doch als sie sich bereits zum Gehen abgewandt hatte, kehrte sie trotz aller Bedenken noch einmal um, und ergriff das Wort. »Der Gran Duca ist ein guter Mann. Es scheint so, als würde er dich über die Maße hinaus begehren und verehren. Versuch ihm zu verzeihen, mein Kind. Ich denke, er ist selbst überwältigt von seinen Gefühlen. Sieh es als Ehre an.«

Die Worte der Hofmeisterin hatten ihre Wirkung keinesfalls verfehlt. Als sie allein war, wiederholte Anna Maria einige Male hintereinander die Sätze, die sie gehört hatte. Ihre Augen wurden immer feuchter und sie schüttelte ungläubig den Kopf. Zu gern hätte sie daran glauben wollen, dass Gabriellas Worte kein weiteres Resultat ihrer lebhaften Fantasie waren, doch ein Teil in ihr sträubte sich vor der Wahrheit. So sehr sie sich auch wünschte, dass er etwas für sie empfand, so wusste sie doch, dass gerade diese zärtliche Empfindung auch eine Gefahr für sie barg. ›Das habe ich nun davon‹, dachte sie verärgert über sich selbst. ›Eingesperrt in einem goldenen Käfig sitze ich.‹

Tausende Fragen kreisten durch ihren Kopf. ›Gabriella hat von Zuneigung gesprochen. Sie hat gesagt, dass er mich verehrt. Das er Gefühle für mich hegt. Doch was sind dies für Gefühle? Begehrt er mich nur, oder könnte diese Zuneigung wirklich Liebe sein?‹ Sie schauderte bei dem Gedanken an dieses Wort, das so unendlich viel bedeuten könnte und fragte sich, ob es wohl Glück oder Unheil über sie bringen würde. ›Und wenn es so ist‹, dachte sie weiter, ›wie könnte ich ihm diese unverschämte Beraubung meiner Freiheit je verzeihen? Diese entsetzliche Unterdrückung meiner Seele! Nein! Nein, es kann keine Liebe sein! Die Liebe ist frei! Frei und unbeschwert! Sie lässt sich nicht in ein Zimmer sperren und halten wie ein Tier!‹

Doch die wenige Hoffnung, die ihr Herz noch immer schürte, wollte nicht weichen. Massimo Tosca Leonardo Maritiano. Sein Name hallte dröhnend durch ihren Kopf. Sie wollte aufhören über Gabriellas Worte nachzudenken. Sie trieben sie nur tiefer ins Nichts, in leere Ecken, aus denen sie nicht entfliehen konnte. ›Nein! Dieser Mann kann nichts Wahrhaftiges für eine Magd, wie ich es bin, empfinden! Er hat mich in dieses Verließ aus Milch und Honig verbannt, um mich ebenso zu halten wie einen seiner Jagdhunde, bis er meiner Gesellschaft, der Versklavung meiner Seele letztlich überdrüssig ist! Sicherlich verschwendet er nicht einen Gedanken an die Scherben, die Trümmerhaufen, die er in mir hinterlässt! Es gefällt ihm! Er ergötzt sich daran, mich in die Ecke zu treiben, und am Ende wird nichts mehr von mir und meinen Gefühlen übrig sein. Ich darf nicht mehr an ihn denken. An diese dummen Gefühle, die ich in mir spüre! Sie sind sinnlos! Sie werden mich um den Verstand bringen und mich dazu treiben, eine von den Frauen zu werden, die ich niemals sein wollte. Ganz gleich, was er auch vorhat, ganz gleich, was er mit mir zu tun beliebt – niemals werde ich mich als Mätresse für seine lasterhaften Leidenschaften hergeben! Niemals!‹, sagte sie sich.

Doch wieder schlich sich diese sinnlose Hoffnung in ihr Herz, dass wenigstens ein Körnchen Wahrheit in Gabriellas Worten lag. Anna Maria war wütend und traurig, glücklich, voller Erwartung und am Boden zerstört zugleich.

In dieser Nacht schlief sie einige Stunden lang einen lebhaft durchträumten, unruhigen Schlaf, der ihr keinerlei Erholung schenkte.

Als sie erwachte, waren ihre Glieder so steif, dass es ihr schwerfiel, aufzustehen. Sie trat an das einzige Fenster heran und schob die hübsch drapierten Stoffe beiseite, die es zur Hälfte verhängten. Der Ausblick war herrlich. Zu ihrer Linken konnte sie gerade noch den Platz direkt vor dem Schloss einsehen. ›Mein Zimmer muss sich also beinahe direkt über dem Ratssaal befinden‹, kam es ihr. Geradeaus vor ihr blickte sie auf das Tal hinab, das zu Massimos Besitztümern zählte. Die Nebelschwaden, die seine Wiesen und Felder einhüllten, verflüchtigten sich nur langsam. Ganz anders, als hier oben, am Gipfel des Monte Fuero, wo die Sonne bereits hoch am Himmelszelt stand und in ihr Zimmer hinein schien.

Sie sah nach rechts und dachte, dass sie bei besseren Sichtverhältnissen von hier aus vielleicht sogar einen Blick auf das Meer erhaschen könnte.

Wehmut und Trauer belegten ihre Gefühle. Wie gerne wäre sie jetzt dort draußen gewesen. Irgendwo da draußen, ohne die Fesseln, die sie an dieses Zimmer ketteten. Mit ihrem Zeigefinger streichelte sie das Fensterglas, während eine einzelne Träne über ihre Wange floss.

Als sie das Knarren der Türe vernahm, wusste sie, dass es Gabriella war, doch sie fühlte sich noch immer nicht danach, sich umzuwenden. Sie blickte weiter stur aus dem Fenster, während Gabriella in fröhlichem Ton mit ihr sprach und ihr Kissen aufschüttelte.

»Ich sehe mit Freuden, dass du dich aus deinem Bett erhoben hast. Ich denke, wir sollten dich ein wenig herrichten, meinst du nicht auch, Kind? Schließlich wirst du heute Abend gemeinsam mit dem Gran Duca zu Abend essen, Mädchen.«

Anna Marias Ton war scharf: »Ich bin nicht gewillt, mit meinem Herrn zu speisen, wenn er mich weiter in diesem Zimmer festzuhalten gedenkt!«

»Ich verstehe deinen Ärger, Mädchen. Doch nicht alles ist eben so, wie es zunächst scheint. Du sollst wissen, dass ich dieser Familie nun seit über fünfunddreißig Jahren diene. Ich war bereits die oberste Kammerzofe der Großherzogin, der Mutter unseres geliebten Herrn, und habe ihn über die Jahre hinweg aufwachsen sehen. Ich kenne unseren Gran Duca und bin sicher, dass es nicht seine Absicht ist, dich zu verletzten. Vielmehr ist es seine eigenwillige Art, deinen Schutz zu gewährleisten. Ich denke, er hat Angst. Angst davor, dass du noch einmal fliehen könntest.«

Nun wandte sich Anna Maria um. Ihr Gesicht war von tief liegenden Augenringen gezeichnet, und Gabriella wurde traurig, als sie erkannte, dass keinerlei Freude in ihrem Ausdruck lag. Freude war wohl das Letzte, das sie empfand.

Anna Maria brodelte innerlich vor Wut. »Weshalb Schutz? Es ist nichts geschehen! Ich bin nicht weggelaufen! Ich wüsste nicht einmal, wovor! Doch nun würde ich die Flucht ergreifen, wenn es mir möglich wäre! Er hat mit erst einen Anlass dazu gegeben fortzurennen und niemals mehr zurückzukehren!«

Gabriella bemühte sich darum, sie in der Tonlage einer liebenden Mutter zu beschwichtigen: »Verhalte dich ruhig, mein Kind. Er ist es nicht gewohnt, mit jemandem, vor allem nicht mit einer Frau, auf diese Art umgehen zu müssen. Verstehst du? In diesem Leben, das er führt, in das er hineingeboren wurde, gab es nie Raum für große Gefühle. Er ist ausschließlich dazu erzogen worden, ein großer Herrscher zu sein, der befiehlt. Natürlich hast du recht darin, dass er sich dir gegenüber ungeschickt verhält, und ich kann deinen Groll durchaus verstehen. Doch ich bin sicher, wenn du ihm Gelegenheit dazu gibst, sich zu erklären, wird deine Wut dich nicht mehr beherrschen. Er war ganz aufgelöst heute Morgen. Diese Gefühle sind ihm fremd. Er muss erst lernen, dass Liebe nicht regiert, dass auch er nicht über den Geliebten regieren kann. Gib ihm die Zeit, die er benötigt, um das zu begreifen.«

Anna Maria wurde nachdenklich. Sie blickte Gabriella tief in die Augen, um in ihnen zu lesen. Sie sah keine Falschheit darin. Es schien die Wahrheit zu sein, was sie sprach. Wenigstens hielt es Gabriella selbst für die Wahrheit.

›Aber deine Wahrheit muss nicht die meine sein‹, dachte sie bei sich, bevor sie versuchte, sich Gabriella zu erklären: »Ich weiß weder um seine Gefühle, noch um die meinen.«

Gabriella lächelte milde. »Dessen bin ich mir wohl bewusst. Die Zeit ist es, die alle Fragen von selbst beantworten wird. Doch nun komm! Wir haben keine Zeit zu verlieren.«

Die Hofmeisterin führte sie hinaus aus ihrem Zimmer in die angrenzende Waschkammer. Zwei junge Mädchen füllten dort einen großen Bottich mit heißem Wasser, das aus hölzernen, beschlagenen Eimern strömte. Anna Maria zögerte zunächst, näher zu treten, doch Gabriella nahm sie an der Hand und zog sie aufgeregt erzählend hinter sich her. »Ich habe mir erlaubt, dir neue Kleider anfertigen zu lassen. Der Gran Duca sagte, dass ich keine Kosten scheuen müsste und die besten Stoffe wählen kann. Doch sei unbesorgt. Ich habe natürlich etwas Einfacheres gewählt, damit du dich auch wohl fühlst. Nichts Unangemessenes. Nur etwas mehr dem Anlass entsprechend. Sollte es noch etwas geben, womit ich dir behilflich sein kann, ganz gleich, was es ist, so scheue dich nicht, nach mir schicken zu lassen.«

Anna Maria wollte noch etwas sagen, doch Gabriella stürmte so schnell hinaus, dass sie ihr nur verwirrt hinterher blicken konnte. Nun war sie allein mit den beiden Mägden und einem Bottich voll heißem Wasser und wusste nicht, was sie von alldem halten sollte.

Als sie sich schüchtern daranmachte, sich auszukleiden, kam eine der jungen Frauen – sie war noch jünger, als sie selbst – sogleich herbeigeeilt, um ihr ihre Dienste anzubieten. Es fühlte sich seltsam an, sich entkleiden zu lassen, und noch weit befremdlicher, durch ungewohnte Hände gewaschen zu werden. Die Mädchen schrubbten sie behutsam mit weichen, angenehmen Bürsten und Schwämmen, wie sie ihre Haut noch nie gespürt hatte, und wuschen ihr langes Haar mit größter Sorgfalt. Immer wieder wurde heißes Wasser nachgefüllt, das wundervoll nach Lavendel duftete, und langsam, ganz langsam, begann sich Anna Maria ein klein wenig zu entspannen.

Als sie der Wanne entstieg, wurde sie sofort trocken getupft und ihr gesamter Körper, bis hin zu ihren Zehen, mit warmem Lavendelöl eingerieben. Dann wurde sie in ein Unterkleid aus fein gewobenem Leinen gehüllt, welches sich weich um ihre Haut schmiegte. Nichts von diesem Stoff kratzte. Es fühlte sich so schön an, dass sie niemals mehr etwas anderes tragen wollte. Selbst eine Schnürbrust, wie sie nur für die edlen Damen gedacht war, wurde um ihren Oberkörper gelegt, um ihre Taille zu schmälern. Sie atmete tief aus als eines der Mädchen ruckartig an den Bändern hinter ihrem Rücken zerrte. Zunächst war es ihr unangenehm, derart eingepfercht zu sein, doch schon bald erkannte sie die Vorteile dieser Wäsche und begann, sich darin wohlzufühlen. Das Mieder richtete sie auf, ließ sie ein wenig herrschaftlicher, weit selbstbewusster wirken und betonte die wohl ausgeprägten, wunderbar geformten Rundungen ihres Körpers noch deutlicher.

Die Prozedur nahm kein Ende. Sie bürsteten ihr Haar mit hunderten Strichen seidig glatt, um es anschließend gekonnt zu flechten. Eines der Mädchen begann über ihrer linken Schläfe und flocht einen doppelten Kranz an ihrer Stirn entlang bis hin zu ihrem Nacken. Dann aber nahm sie den Rest ihrer Haare in die Hände, legte alle zusammen und ließ einen dicken, langen, wie gewobenen Zopf zu ihrer linken Schulter hinab fallen.

Als Anna Maria dachte, sich endlich erheben zu können, wurde ihr Gesicht nach neuer französischer Mode mit einem großen Bausch gepudert und sie musste husten. ›Das soll wohl meine Augenringe ein wenig kaschieren‹, dachte sie bei sich und ein Lächeln huschte über ihre Lippen. Nur zu gerne hätte sie sich jetzt in einem Spiegel betrachtet. Das Kleid war aus hellblauem, feinstem Leinen gewoben und von der Brust ab bis gut unter die Taille mit rosafarbigen Blüten und grünen Blätterranken bestickt. Die Bänder der Ärmel waren dreifarbig, die Brust rundlich ausgeschnitten, sodass die Miederwäsche ihren Zweck erfüllen konnte. Der Abschluss war in heller Spitze gerahmt. »Es ist wunderschön!« Ihre Gedanken kamen ihr laut über die Lippen.

»Ja, das ist es. Ihr seid wunderschön«, erwiderte eines der Mädchen schüchtern. Das andere brachte nun endlich einen großen Spiegel herbei und hielt ihn vor Anna Maria in die Luft.

Als sie sich selbst in voller Größe bewundern durfte, traute sie ihren Augen kaum. ›Das bin doch nicht ich! Das kann doch niemals ich sein‹, dachte sie, während sie behutsam erst ihr Gesicht und dann ihren Zopf berührte. Sie drehte sich langsam nach allen Seiten und reckte ihren Kopf ein wenig in die Höhe. Dann begann sie, sich so schnell sie konnte im Kreis zu drehen, um zu sehen, wie hoch ihre neuen Unterröcke flogen. Sie gefiel sich. Sie gefiel sich sogar sehr und konnte sich kaum an ihrem eigenen Abbild sattsehen.

Die Bitterkeit, die noch vor Kurzem bei jedem Gedanken an Massimo mitschwang, war nun beinahe gänzlich verflogen. Nun konnte sie dagegen nur noch daran denken, ob sie auch ihm gefallen würde und wünschte sich nichts mehr, als seinen Erwartungen zu genügen.

Kritisch beäugte sie ihr Spiegelbild noch einmal genauer. Es war spät geworden. Schon bald würde sie ihm leibhaftig gegenübersitzen, und das Wissen darum ließ sie nervös und fahrig werden. Seine letzen Worte, kurz bevor er sie auf ihr Zimmer bringen ließ, kamen ihr in den Sinn. ›Er sagte etwas über meinen Traum … Nein, er fragte, ob ich wirklich von ihm geträumt habe.‹ Sie bemühte sich darum, sich an seinen Gesichtsausdruck dabei zu erinnern. Hatte ihn dieser Umstand angewidert oder gar gefallen? Doch die Erinnerung war verblasst und schwammig. ›Ich muss auf den Boden gesehen haben, während er mit mir sprach. Ja, so war es. Ich habe mich nicht getraut, ihn anzublicken‹, kam es ihr. ›Oh, hätte ich doch! Oh, hätte ich doch, ich feiges Ding!‹

Während sie sich darum bemühte, ihre durcheinander geratenen Gedanken zu sortieren, geleiteten die Mädchen sie zurück auf ihr Zimmer.

Anna Maria bemerkte, dass der Wächter, der noch immer vor ihrer Türe Posten bezog, sie kurz mit staunenden Augen ansah, um seinen Blick aber sogleich wieder hastig von ihr abzuwenden.

›Er behandelt mich wie eine Dame‹, dachte sie bei sich und streckte automatisch ihren Kopf ein wenig höher. Sie berührte eines der Mädchen am Arm und bat sie darum, nach Gabriella zu schicken. Die Magd nickte, verbeugte sich vor ihr und eilte davon.

Sie empfand es als seltsam, so privilegiert behandelt zu werden, sich derart wichtig und bedeutend fühlen zu können. So viel Achtung war ihr fremd und sie wollte sich nicht eingestehen, dass ihr dieses Gefühl besser gefiel, als es sollte. Doch sie wollte nicht darüber nachdenken, ob es rechtens war, sich erhaben zu fühlen.»Weshalb sollte ich mich mit schlechtem Gewissen plagen, wo es doch Wichtigeres gibt?«, sagte sie zu sich selbst. Auch wenn sie nun wieder allein in ihrem wunderschönen Käfig saß und sich dieser Situation noch immer nicht ergeben wollte, überwog doch etwas anderes den Groll: Die Freude darüber, mit dem Gran Duca di San Lilia gemeinsam speisen zu dürfen, ihn schon bald wieder zu sehen, füllte sie gänzlich aus und erwärmte ihr Herz. Sie wünschte sich nichts mehr, als schön genug für ihn zu sein.

Am liebsten hätte sie ihn verzaubert, mit magischem Sternenstaub überschüttet, ihre Fantasie zu seiner gemacht, um sich sicher sein zu können, dass er dasselbe fühlte, wie sie selbst.

Als Gabriella eintrat, klatschte sie sogleich vor Freude in ihre Hände. »Wundervoll! Du siehst einfach wundervoll aus! Mein Gott! Wie eine richtige Dame! Ich sollte dich von nun an wohl nicht mehr wie eine Magd ansprechen. Es erscheint mir nicht passend, wenn ich Euch so sehe. Gefällt Euch das Kleid?«

Anna Maria trat mit geröteten Wangen schüchtern einen Schritt auf sie zu. »Ja. Sehr sogar.«

Gabriella, die feinfühlig wie sie war, den Unterton, der in ihrer Stimme mitklang vernahm, blickte sie besorgt an. »Was verschafft Euch Unbehagen, mein Kind?«

Anna Maria kämpfte mit sich, um die richtigen Worte für ihre Gedanken zu finden. Sie blickte zu Boden und flüsterte verlegen: »Denkt Ihr ... denkt Ihr, dass er mich schön finden wird?«

Gabriella lachte laut auf und ergriff ihre Hände. »So seht Euch doch einmal genauer an! Er wird sich kaum an Eurem Anblick sattsehen können. Ihr seid wunderschön. Von einer Schönheit, die einen so sehr blendet, als würde man direkt hinauf in das Licht der Sonne blicken.«

Anna Maria strahlte vor Freude übers ganze Gesicht, und zum ersten Mal seit Tagen lachte sie in die Welt hinaus.

* * *

Niccolo, Massimos erster Kammerdiener, erwartete Anna Maria bereits vor ihrer Türe. Er musterte sie ebenso staunend wie der Wachmann zuvor und vergaß dabei, seinen Mund zu schließen, als er sich mit erröteten Wangen tief vor ihr verbeugte. Anna Maria tat, als ob sie die Bedeutung seines Blickes nicht verstanden hätte, doch tief in sich fühlte sie größte Befriedigung darüber, ihm so offensichtlich zu gefallen.

Niccolo führte sie aus den Mauern des Schlosses hinaus, in den Innenhof und half ihr rasch dabei, in eine bereit stehende Kutsche zu steigen. Sie erkannte das prächtige, vierspännige Gefährt sofort. Der Gran Duca ließ sich nur zu äußerst wichtigen Anlässen in ihr fahren.

Anna Marias Knie wurden vor lauter Nervosität butterweich und ihr Herz hüpfte vor Aufregung freudig in ihrer Brust. Wohl merkte sie, dass ihre Gegenwart Niccolo unangenehm sein musste und er nicht recht wusste, wie er sich ihr gegenüber zu verhalten hatte, doch war es ihr gleich. Sie war viel zu sehr mit sich selbst beschäftigt, als auch nur einen Gedanken an den ihr nun unwichtig und ihrer unwürdig erscheinenden Niccolo zu verschwenden. Nein, sie wollte sich ihm nicht gleich fühlen, nicht jetzt, wo sie sich in diesem wundervollen Gespann einmal selbst wie eine Prinzessin fühlen konnte.

Das Innenleben des Wagens war weich gepolstert und sowohl der Boden als auch die Sitzflächen ganz und gar mit purpurnem Samt bezogen. Sie wagte es kaum, auf dem wertvollen Stoff Platz zu nehmen und wusste bei all dem Prunk nicht recht, wohin sie blicken sollte. Die Wände bestanden aus dunklem Holz, das fein gearbeitete Malereien, eine Geschichte von Engeln und Fabelwesen, zeigte.

Die Flügel der Engel, die Wandhalterungen der Kerzen und sogar der geschwungene Abschluss der Sitzbank glänzten in Gold. Wohl war all dies wunderschön und passend für einen solch großen Herrscher, doch die schlichte Eleganz, die sie bisher im Schloss kennengelernt hatte, sagte ihr weit mehr zu als diese protzige zur Schaustellung seines Reichtums. Sie fühlte sich ein wenig unbehaglich, ja fast schon vorgeführt zwischen all dieser Pracht, die für sie selbst nichts weiter als ein unerreichbarer Traum sein konnte.

Anna Maria war verwundert, dass die Kutsche die Stadt verließ und fürchtete sich ein wenig, als sie den Weg durch das Dickicht des Waldes hinab fuhren. ›Was hat er mit mir vor?‹, fragte sie sich und ihr Magen begann, sich schmerzhaft zu verkrampfen. ›Nein, nein, nicht darüber nachdenken. Nur nicht darüber nachdenken. Es wird alles ganz wundervoll werden‹, beruhigte sie sich selbst.

Sie atmete ein paar Mal tief durch und drückte dann gespannt ihre Nase an die Scheibe der Kutsche. ›Wir müssten nun auf der anderen Seite des Berges sein‹, kam es ihr, ›auf der Seite, die zum Meer hinführt.‹ Sie hatte diese Ländereien und Ansiedlungen seines Reiches bisher nur von San Lilia, von oben aus betrachtet.

Ihr Weg führte sie in gemächlichem Tempo durch ein einfaches Bauerndorf. Auf einmal erschien ein kleiner Junge von höchstens fünf Jahren vor ihrem Fenster. Er rannte vergnügt neben dem Gespann her und winkte, bis ihn seine Mutter, die gehässig in das Innere des Wagens blickte, einfing und mit sich zog. Anna Maria versetzte es einen Stich ins Herz. Sie lehnte sich aus dem Fenster, blickte zurück und sah, dass der Junge lächelte und noch immer nicht aufhörte zu winken. Sie hob ihren Arm und winkte zurück. Doch sie bereute sogleich, dies getan zu haben.

›Sie hassen mich alle‹, dachte sie, als sie sich vom Fenster entfernte und zurück in das Polster sinken ließ. ›Wieso sollten sie mich auch nicht hassen? Weshalb sollten sie nicht schlecht von mir denken? Eine einfache Magd, die in der Kutsche des Herren sitzt und winkt. Wer bin ich schon, dass ich hier sitzen und winken kann? Die Mätresse des großen Gran Duca? Nein! Das bin ich nicht! Das will ich nicht sein! Doch habe ich eine Wahl? Ist das nicht gar das Ziel des Weges, auf dem ich mich befinde? Was habe ich schon zu erwarten? Nichts! Nichts habe ich zu erwarten!‹

Als die Kutsche stoppte, befanden sie sich vor einem Schloss. Es war ein wenig kleiner als das Hauptschloss in San Lilia, doch an Pracht und Eleganz stand es diesem in nichts nach.

»Sagt, wo befinden wir uns jetzt?«, fragte sie an Niccolo gewandt.

»In Seravalle. Dem Jagdsitz unseres Herren.«

»Gibt es denn noch mehr Schlösser?«

Niccolo lachte: »Der Herr bezeichnet jede der acht Ansiedlungen, die zu San Lila gehören, als Schloss. Auch die Dörfer selbst werden Schlösser genannt. Tatsächlich besitzt er aber in dreien von ihnen einen Sitz. Dieser ist einer davon.«

Anna Maria lächelte, als sie darüber nachdachte, wie passend diese Bezeichnung doch war. Alles in diesem Land schien ihr ungewöhnlich, ja, einfach anders und besonders zu sein.

Während sie Niccolo folgte, wünschte sie sich, sie wäre ebenso besonders und außergewöhnlich, wie es selbst diese einfachen Dörfer sein konnten. Doch mit jedem Schritt, den sie weiter ging, wurden ihre Knie wieder weicher. Das Gefühl, nicht hierher zu gehören, diesen mächtigen Mauern nicht würdig zu sein, trübte ihre Stimmung. Sie fühlte sich wie eine Maus, die in der Falle sitzt. ›Ein Fremdkörper, ein Eindringling, der sich mit Geschmeide schmückt, das ihm niemals gehören wird‹, ging es ihr durch den Kopf, als sie in den großen Saal geführt wurde.

Kaum, dass sie sich umsehen konnte, wurden die Flügeltüren hinter ihr verschlossen. Sie war allein. Der Raum war so groß, dass mindestens hundert Personen hier bequem Platz finden konnten, um zu speisen. Doch es fand sich nur eine einzige lange Tafel, auf der zwei Gedecke bereitstanden. Langsam strich sie mit ihrem Zeigefinger über das Kirschbaumholz des Tisches. Seine Mitte war übersät von bunten Rosen in den verschiedensten Farben.

Hinter der langen Geraden befand sich ein ausladender, rundherum mit Blätterranken aus Gold verzierter Kamin. Er war beinahe doppelt so hoch, wie sie selbst, und in seinem Inneren loderte ein gewaltiges Feuer, das angenehme Wärme verbreitete. Die Feuerstelle war das Einzige, das sie schön fand.

Die Decken waren hoch und kunstvoll bemalt. Sie zeigten verschiedenste Szenarien und Techniken der Jagd. Die Wände waren, passend dazu, rundherum mit Schädeln, Geweihen und Fellen getöteter Tiere geschmückt. Selbst ganze, ausgestopfte Hirsche und andere Tiere standen in diesem riesigen Raum. Anna Maria hätte sich kaum unwohler zwischen all diesen Arten des Todes fühlen können. Zudem schien es ihr, als würden die leblosen Augen auf sie hinab starren. Als würden sie nur darauf warten, sich auf sie zu stürzen, um ihr die Kehle zu zerreißen. Dieses bizarre Bild ließ Anna Maria schaudern und sie fror trotz der Wärme. Sie konnte sich erst dann von den kalten, warnenden Gesichtern lösen, als sich die Tore öffneten.

Massimo trat mit geschwollener Brust und sicheren, festen Schritten direkt auf sie zu. Anna Maria hielt den Atem an. Gerade eben hatte sie sich noch selbst als unermesslich schön empfunden.

Doch jetzt, wo sie ihn sah, fühlte sie sich von seiner Pracht in den Schatten gestellt. Seine Erscheinung war wie ein vollendetes Gemälde. Ein Meisterstück, das sie niemals berühren dürfte, da es durch ihre schmutzigen, unwürdigen Finger an Perfektion verlieren würde. Sein Wams war aus dunkelblauem Brokat gewoben und das regelmäßige, in sich verschlungene Muster darauf mit Gold und Silberfäden bestickt.

Massimos Augen weiteten sich, je näher er ihr kam, und seine Lippen verzogen sich zu einem Schmunzeln. Ihre Schönheit übertraf alles, was er sich in seinen Träumen ausgemalt hatte. Er ergriff galant ihre linke Hand und küsste sie.

Es war ihr, als würde ihre Haut unter seiner Berührung, seinen Lippen verbrennen. Anna Maria japste erschrocken nach Luft und entzog ihm ihre Hand. Doch kaum gab er sie frei, wünschte sie sich nichts anderes, als dass er sie sogleich wieder ergreifen und mit Küssen übersähen möge. Ihre Wangen wurden dunkelrot.

»Du siehst bezaubernd aus, Anna Maria. Es freut mich sehr, dass du dich entschlossen hast, meine Einladung anzunehmen.«

Sie wusste nicht recht, was sie erwidern sollte und verneigte sich stattdessen tief vor ihm. Seine Worte fühlten sich warm und sanft an. Ganz anders, als bei ihrer letzten Begegnung.

Massimo ergriff beherzt ihre Hand und führte sie, als hätte er ihre anfängliche Gegenwehr nicht bemerkt, an ihren Platz. Unwillig ließ er sie los, um ihr den Stuhl entgegen zu rücken, und setzte sich selbst erst – ihr gegenüber –, als sie sich bereits niedergelassen und zurecht gefunden hatte.

Anna Maria fühlte sich schrecklich unwohl in ihrer Haut.

Es war seltsam, sich an einer Tafel gegenüber zu sitzen und doch so weit voneinander entfernt zu sein.

Massimo erhob seinen rechten Arm, ohne seine Augen von ihr abzuwenden. Der beste Wein wurde serviert, und Anna Maria hatte sichtlich Mühe, den großen, kristallenen Becher, der bis zur Gänze gefüllt war, anzuheben. Massimo beobachtete derweil jede ihrer Bewegungen und sein linkes Auge verengte sich ein wenig. »Gefällt es dir hier? Dieser Saal ist mein ganzer Stolz. Alles, was du siehst, habe ich selbst erlegt.« Er blickte sie mit den leuchtenden Augen eines Kindes an und zeigte auf eines der ausgestopften Tiere. »Selbst diesen überaus groß gewachsenen Bären dort drüben.«

Anna Maria antwortete vorsichtig und zaghaft: »Ihr scheint mir sehr erfolgreich bei der Jagd zu sein, mein Herr. Sicherlich beneiden Euch sehr viele um Euer Können. Ich verstehe nichts von diesen Dingen und, um ehrlich zu sein, fürchte ich mich ein wenig vor all diesen leblosen Gesichtern.«

Massimo trank einen kräftigen Schluck Wein, und auch Anna Maria nippte nervös an ihrem Becher, bevor er mürrisch korrigierte: »Dies sind keine Gesichter! Es ist eine Trophäensammlung, die bislang jeder bewundert hat, der es wert war, diesen Saal betreten zu dürfen!«

Sie blickte ihn entschuldigend an und bemühte sich zerknirscht darum, einzulenken: »Es war nicht meine Absicht, Euch zu verärgern, Herr. Ich wollte Euch vielmehr ehrlich gegenübertreten und es ist nun einmal so, dass mir diese Umgebung Unbehagen beschert.«

Massimo zog seine Augenbrauen nach oben und starrte sie eindringlich an. »Bezieht sich dein Unbehagen nur auf meine Leidenschaft fürs Jagen, oder aber auf meine Gegenwart selbst? Bleib auch jetzt bei der Wahrheit, Anna Maria, wo du doch so gerne deine Ehrlichkeit beteuerst.«

Es dauerte, bis sie sich gefasst hatte und genügend Mut aufbringen konnte, um ihm leise zu antworten. »Vielleicht ist es ein wenig von beidem. Ich kann beim besten Willen nicht begreifen, warum Ihr meine Gesellschaft sucht.«

»Wessen Gesellschaft ich schätze, bleibt mir allein überlassen! Ich möchte dir nicht rüpelhaft erscheinen und mir deine Gunst nicht durch Launenhaftigkeit verspielen.« Massimo grinste breit. »Ich denke, du musst wissen, dass ich solch enge Gesellschaft mit Frauen außerhalb meines Bettes nicht gewohnt bin.«

Anna Maria lief vor Scham rot an und Massimo bereute seine Worte sogleich. Er hatte sich diesen Abend wahrlich anders vorgestellt und wusste nicht recht, wie er das Gespräch noch retten konnte. Dennoch versuchte er sein Bestes und bemühte sich um einen freundlichen, neutralen Tonfall. »Wie gefällt dir das Zimmer, dass ich für dich einrichten ließ? Schläfst du gut in dem Bett aus Zirbelholz? Es duftet herrlich, nicht wahr?«

Sie nickte nur knapp, verlor jedoch kein Wort und trank nun gierig den Wein aus ihrem Becher.

»Wenn dir etwas darin fehlt, wenn du einen Wunsch haben solltest, so musst du ihn nur aussprechen. Ich werde dir gerne alles erfüllen, wonach du verlangst.«

Eine einzelne Träne rollte über Anna Marias Wange. Sie wollte etwas erwidern, doch die Worte blieben ihr aus Furcht vor Massimos Reaktion im Halse stecken.

Er blickte sie fragend, beinahe niedergeschlagen, doch auch ohne jedes Verständnis für ihre Situation an. »Bitte, so sag mir doch, was dir fehlt, Anna Maria. Du kannst mir all deine Sorgen bedenkenlos anvertrauen. Hat man dich nicht gut genug behandelt?«

Sie schwieg.

»So antworte mir doch! Ich ertrage es nicht, dich traurig zu sehen. Du solltest fröhlich sein über meine Geschenke. Sind dies denn nicht die Dinge, die sich eine jede Frau wünscht?«

Anna Maria wurde so wütend, dass all ihr Groll aus ihr heraus platzte. »Die erste Nacht habe ich gar nicht geschlafen, wenn Ihr es denn wissen wollt, und die zweite ganz fürchterlich, da ich es nicht gewohnt bin, in einem Käfig zu nächtigen. Es ist mir einerlei, ob mein Kerker aus Gold errichtet oder von einfachen Eisenstäben umgeben ist. Das Resultat bleibt dasselbe!«

Massimo erhob sich von seinem Stuhl und ließ nun ebenso wütend seine Faust auf die Oberfläche des Tisches prallen. Arroganz blitzte in seinen Augen, als er auf sie einredete: »Als ich dich auf der Wiese traf, habe ich dir versprochen, dass du dich niemals mehr vor etwas fürchten musst! Ich habe dich zurück in meine Festung, auf dem Rücken meines Salvatores geleitet. Du solltest wissen, welche Ehre ich dir erwiesen habe! Ich habe dir kunstvolle Möbel anfertigen lassen, solche, wie ich sie in meinen eigenen Gemächern besitze. Dir, Anna Maria Tretjakowna, einer einfachen Magd, habe ich den Himmel auf Erden geschenkt und du trittst diese Gunst mit Füßen! Nun beschämt es mich zutiefst, dass ich mich soweit herabließ. Du beschämst mich! Ich versprach, dich zu beschützen, und eben dieses Versprechen habe ich gehalten. Was willst du noch von mir, Anna Maria? Was ich dir zu bieten bereit war, ist weit mehr, als du je zu erwarten gehabt hättest!«

Anna Maria dachte nicht daran, sich von ihm in die Schranken weisen zu lassen. Es war allein ihr Herz, das aus ihr sprach: »Ich habe Euch mit keinem Wort darum gebeten, mich zu beschützen, und wenn Ihr mir wirklich den Himmel auf Erden darreicht, dann sagt mir, weshalb ich nicht fliegen kann? Wozu ein Himmel, in den man nicht emporschwingen kann? In dem beschränkten Geist einer einfachen Dienstmagd bedeutet der Himmel Freiheit. Er ist ihr Sinnbild, und ich begreife nicht, was verschlossene Türen und ein Fenster, welches sich nicht öffnen lässt, um sich aus ihm herabzustürzen mit der Freiheit eines Vogels, der den Himmel beherrscht, zu tun hat! Falls Ihr Euch fragt, ob ich mich denn wirklich hinabgestürzt hätte, so antworte ich Euch mit Ja! Ich will selbst entscheiden dürfen, auf welchem Boden ich mich bewege! Ich will die Sonnenstrahlen auf meiner Haut spüren, statt jämmerlich, sehnsüchtig durch das Glas meines Fensters starren zu müssen, in der Hoffnung auf ihre Wärme, die ich nicht wahrhaftig spüren kann!«

Nach diesem Ausbruch wurde sie etwas ruhiger und atmete einmal tief durch, bevor sie sich ihm weiter erklärte. »Ich wünsche mir, dass der Wind durch mein Haar weht, wann immer es mir beliebt, und dass ich hinaus in den Sommerregen treten kann, um mich an seinem kühlen Nass zu erfreuen. Ihr sagtet, dass ich mich niemals mehr vor etwas fürchten müsse. Nun frage ich Euch, weshalb ich mich dann jetzt vor Euch, Eurer Macht, die Ihr auf mich ausübt, und vor Eurer wütenden Stimme fürchte?«

Es dauerte eine Weile, bis der große Gran Duca di San Lilia fähig war, seinen Mund zu schließen. Niemals hatte es eine andere Frau als seine Mutter gewagt, solch harte Worte gegen ihn zu richten. Er war aufs Tiefste erschrocken. Doch nicht nur über ihre Worte, sondern auch über sich selbst, und schließlich über die Wirkung, die diese Worte auf ihn ausübten. Einerseits empfand er es als anmaßend, wie sie über ihn urteilte, andererseits war sein Selbstbewusstsein, seine ihm gewohnte Arroganz erschüttert.

Er verstand wohl, was sie ihm zu vermitteln versuchte, und schämte sich für sich selbst. Er schämte sich für sein Verhalten ihr gegenüber, das sich dergestalt ausnahm, als wäre sie nichts weiter als gewöhnlich, wobei sie doch so viel mehr für ihn bedeutete, und er schämte sich für seine eigene Unfähigkeit, ihr diese großen Gefühle, die er für sie empfand, darstellen zu können.

Zu schnell forderte die ihm gewohnte Rolle des Herrschers ihren Platz ein, als er seine Worte wiederfand. Sie waren ruhig, doch hart: »Gut. So lass uns darüber verhandeln.«

Anna Maria verstand die Welt nicht mehr. Was er sagte, nahm ihr das letzte Stück Grund, auf dem sie stand.

Doch Massimo dachte nicht daran, sich durch ihren entsetzten Gesichtsausdruck beirren zu lassen. »So stelle nun deine Bedingungen und wir werden diese sachgemäß diskutieren. Ich bin bereit, dir Zugeständnisse zu machen, jedoch würde ich diese gerne festlegen. Am besten wäre es, ich würde einen Schreiber hinzukommen lassen.«

Sie starrte ihn ungläubig an. »Verstehe ich Euch richtig? Wollt Ihr tatsächlich einen Vertrag über mich, über mein Leben aufsetzen lassen? Ein Vertrag gilt meines Wissens immer für beide Parteien, die ihn unter sich schließen. Was gedenkt Ihr zu geben? Was gedenkt Ihr einzufordern? So sagt mir nun ein für allemal, was Ihr von mir wollt! Ich begreife das Spiel nicht, das Ihr mit mir zu spielen versucht. Was für eine Figur bin ich auf Eurem Brett? Habt Ihr vor, das Spielfeld in Eure Laken zu verlegen? Denkt Ihr, Ihr könnt mir ein Zimmer einrichten, um das ich nicht gebeten habe, und anschließend festlegen, dass ein eigener Raum und hübsche Möbel der Gegenwert ist, den mein Körper und ich selbst wert sind? Wenn Ihr wirklich so denkt, dann wünsche ich mir, dass Ihr mich sogleich an Ort und Stelle zur Strecke bringt! Lieber sterbe ich, als dass ich in den Besitz eines Mannes, in Euren Besitz, übergehe, wo ich doch noch nicht einmal weiß, welche Absichten Ihr mir gegenüber hegt!«

Massimo atmete tief ein und aus, um sich selbst nicht zu verlieren. Er sah den Ernst in ihren Augen und bekam es mit der Angst zu tun. Es war die größte, und wohl einzige Angst, die er je empfunden hatte. Die Angst darum, dieses wundervolle Geschöpf verlieren zu können, bevor es wirklich in sein Leben getreten war. Betreten sah er sie durch traurig gewordene Augen an. »Du willst dein Leben also nicht an meiner Seite verbringen?«

Anna Maria verstand nun gar nichts mehr. »Ihr habt mich mit keinem Wort darum gefragt oder gebeten.«
Massimos Stimme wurde schwach. »Willst du nun, oder willst du nicht? Und solltest du Zweifel hegen: Dein Ja ist es, was ich mir wünsche. Mehr noch als alles andere auf der Welt.«
Ihre Augen weiteten sich. Sie flüsterte. »Wie stellt Ihr Euch das vor?«
Massimo zuckte entschuldigend mit den Schultern. Er wusste selbst nicht, was er sich vorstellte.
Ähnliche Gedanken kreisten nun sowohl in ihrem als auch in seinem Kopf. War es das, was sie wollte? Wollte sie den Rest ihres Lebens an der Seite dieses Fremden, der sie so faszinierte, der Röte in ihre Wangen trieb, verbringen? An der Seite dieses wütenden, launischen Mannes, der ihr so viel Angst einjagen konnte? Sie wusste es nicht. Was war das für ein Platz, der für sie offen stand? Sie war nichts weiter als eine einfache Magd. Zu was würde sie werden, wenn sie einwilligen sollte? Zu seiner Mätresse? Zu der heimlichen Frau an seiner Seite, die bis an ihr Lebensende versteckt gehalten werden musste, die entsorgt werden könnte wie ein Stück Dreck, wenn sie ihm nicht mehr gefiel? Ihre Adern gefroren zu Eis, als sie erkannte, dass es keinen anderen Platz als eben jenen für sie geben konnte.

Das Essen wurde serviert. Gerade zum richtigen Zeitpunkt. Es waren Berge eines Mahles. Viel zu viel, als dass man es zu zweit hätte verspeisen können. Platten mit geräuchertem und gepökeltem Fisch sowie Wildpasteten, Hirse, Gemüse und auch verschiedene Varianten eines Bratens wurden gereicht. Sie stocherte verlegen auf ihrem Teller umher, und auch Massimo aß weit weniger, als er es zu dieser Stunde gewohnt war. Sie sprachen nicht miteinander.

Eine Aufführung eines reisenden Volkes, welches er einbestellt hatte, mit Feuer und allerlei Scherzen wurde dargeboten. Doch keiner von beiden schien sich für das Treiben zu interessieren. Sie waren zu sehr in ihren Gedankengängen vertieft. Verstrickt in Gedanken, die keinen von beiden an ein Ziel führten.

Erst als die Tafel leer geräumt und Massimo den vierten oder gar fünften Becher Wein, Anna Maria den zweiten oder dritten in sich hinein geschüttet hatten, ergriff Massimo vorsichtig das Wort: »In einigen Wochen findet in Rimini ein Ball statt, den ich besuchen sollte, und ich wollte dich fragen, ob du mich dorthin begleiten würdest. Es wäre mir eine große Ehre, dich an meiner Seite zu wissen. Ich möchte allerdings nicht, dass du dich dazu genötigt fühlst. Entscheide frei nach deinem Willen. Ich werde deine Wahl akzeptieren.«

Sie blickte ihn interessiert an. »Was ist der Anlass dieses Festes?«

Massimo schmunzelte. Ihre wachen Augen zeigten ihm, dass vielleicht noch nicht alles verloren war. »Du bist sehr neugierig. Es schickt sich nicht für eine Dame, sich in politische Dinge einzumischen.«

»Ich bin keine Dame, sondern eine Eurer Dienstmägde. Es schickt sich nicht, eine Dienstmagd zu einem Fest einzuladen, mein Gran Duca. Zudem geht es mir nicht um politische Details, sondern einfach nur um den Anlass eines Festes. Wenn ich Euch begleiten soll, dann wüsste ich gerne, was mich dort erwartet.«

Er war erstaunt über ihre schlagfertige Antwort und gab ihr bereitwillig Auskunft: »In diesem Fall ist der Anlass aber politischen Ursprungs.«

»Wenn das so ist, interessiere ich mich vielleicht doch für Politik.«

Massimo grinste breit. »Sagt dir der ›Wolf von Rimini‹ etwas?«

Anna Maria schüttelte ihren Kopf.

»Sein Name war Sigesmondo Pandolfo. Er war ein Condottiere und Adliger aus dem Geschlecht der Malatesta. Sie haben vor 200 Jahren die Herrschaft Riminis an sich gerissen. Er war ein ausgesprochen gefürchteter, grausamer Herrscher und hinterließ elf illegitime Kinder und zwei Söhne aus seiner Ehe. Als Erben hatte er seinen rechtmäßigen Sohn Sallustio und seine Frau Isotta eingesetzt. Doch Roberto, einer seiner unehelichen Söhne, ergriff durch Intrigen die Herrschaft und schreckte nicht einmal davor zurück, die Söhne Isottas töten zu lassen. Letzten Endes wurde seine unrechtmäßige Herrschaft gar von Papst Nikolaus legitimiert. Als er starb, kam sein Sohn Pandolfo an die Macht. Jedoch war seine Herrschaft nur ein kurzes Vergnügen, da er vor nun acht Jahren von Cesare Borgia vertrieben wurde. Nach seinem Sturz wurde Rimini für eine lachhafte Ablöse an Venedig verkauft. Vor zwei Jahren dann fiel Rimini unter unserem Papst Julius an den Kirchenstaat.« Massimo blickte sie fragend an. »Bist du immer noch interessiert?«

»Ja, sehr. Doch ich verstehe nicht ganz, was das alles mit diesem Ball zu tun haben soll.«

»Nun ja. Er ist wieder da. Seit seiner Vertreibung hatte Pandolfo nur das eine Ziel, Rimini wieder an sich zu reißen, und dieses Mal ist es ihm gelungen: Er konnte seine alte Heimat erfolgreich besetzen. Zumindest für den Moment. Dieses Fest ist nichts weiter, als eine kostspielige Demonstration seines Sieges und gleichzeitig eine Verhöhnung gegenüber Papst Julius.«

»Aber der Papst wird das doch nicht einfach zulassen. Schließt Ihr Euch Pandolfo nicht auf gewisse Weise an, wenn Ihr seine Einladung annehmt?«

Sein linkes Auge verengte sich ein wenig. »Für eine Frau bist du mir ein wenig zu interessiert.«

Anna Maria lächelte ein klein wenig. »Ich interessiere mich nicht für die Politik an sich, sondern für Euch. Für das, was Ihr über die Welt denkt.«

Nun lächelte auch er. »Der Papst ist ein Freund, und San Lilia für seine Unabhängigkeit bekannt. Ich habe Pandolfo schon immer gehasst und Julius weiß, dass ich auf seiner Seite stehe. Hab keine Bedenken. Nun sag, wirst du mich begleiten?«

Sie blickte ihn nachdenklich an und sein Lächeln verschwand.

»Sag mir, weshalb du zögerst.«

Sie atmete tief durch. »Darf ich fragen, welche Art Begleitung Ihr Euch vorgestellt habt, mein Herr? Als was gedenkt Ihr mich vorzustellen? Sollte die Gesellschaft der Hohen Herren mich als Eure Mätresse empfinden, so lehne ich dankend ab. Ich habe nicht vor, Eure Jagdtrophäe zu spielen. Ich denke, dass dies Euer eigentliches Ansinnen ist, wenn Ihr von dem Wunsch eines gemeinsamen Lebens sprecht, und auch wenn mir wohl bewusst ist, dass eine einfache Magd nichts anderes erwarten sollte, so bin ich dennoch nicht bereit dazu, einen solchen Platz einzunehmen. Ich wurde an Euren Hof geschickt, um etwas Derartigem zu entgehen.« Etwas ängstlicher fügte sie leise hinzu: »Ich fürchte mich davor, hier mit Euch ein ähnliches Schicksal noch einmal zu erleben.«

Massimo wusste nicht, was er ihr entgegnen sollte. Soweit hatte er nicht gewagt zu denken. Er fragte sich, was sie sich von ihm erwartete. Auch, wenn er sich nach ihr verzehrte und ihr Anliegen wohl auf gewisse Weise verstand, so war er dennoch der Gran Duca di San Lilia, welcher seinen Stand zu wahren hatte.

Er blickte sie sanft an. »Was willst du von mir? Du weißt, dass ich dir nicht mehr bieten kann.«

Sie neigte ihren Blick zu Boden. »Ich weiß. Ich denke ich weiß selbst noch nicht, was ich will.«

»Ich bin gewillt herauszufinden, was wir beide wollen, liebste Anna Maria. Was ich dir versprechen kann, ist, dass ich dich nicht verletzen werde und dies niemals vorhatte. Doch weiter nichts. Ich hoffe, du verstehst, was ich dir damit sagen möchte.«

Sie nickte betreten und ihre Trauer zerriss ihm sein Herz.

»Wollen wir diese Unterhaltung erst einmal vertagen und morgen in den frühen Stunden mit deinem Reitunterricht beginnen? Ich habe nicht vergessen, was ich dir versprach.«

Ein kleines Lächeln huschte über ihre Lippen. »Ja, dies wäre ganz wunderbar. Ich freue mich sehr auf den morgigen Tag, mein Gran Duca Massimo.«

Kapitel 6

Verrat, Wut, Vertrauen, Sehnsucht

In dieser Nacht schlief Massimo sehr unruhig. Er wälzte sich hin und her und wusste nicht recht, wohin mit sich und seinen Gedanken, die sich allein um Anna Maria drehten. ›Ich will sie! Ich will sie mehr als alles andere auf dieser von Gott verlassenen Welt an meiner Seite wissen‹, tobte es in ihm. Trotzdem war er sich nicht sicher, ob er wirklich gewillt war, einen solchen Schritt zu wagen. Anna Maria hatte es nicht ausgesprochen, doch er verstand nur zu gut, was sie ihm an diesem Abend zu sagen versuchte. ›Mehr.‹ Dieses eine Wort hatte ihm genügt. ›Ist es denn möglich, dieses ›Mehr‹? Und wenn ja, wie viel bin ich bereit dafür aufzugeben?‹, fragte er sich. ›Seit sie in mein Leben getreten ist, gab es kaum einen Moment, in dem ich sie nicht in meiner Nähe wusste. Ja, es fühlt sich an, als würde sie an einer Stelle meines Herzens ruhen. Als ob sie zu mir gehören soll, vielleicht schon immer ein Teil von mir gewesen ist‹, führte er seine Überlegungen fort.

Tief in sich spürte er, dass sein rastloser Körper nun endlich an seinem Ziel angelangt war. Bei ihr. Dem Heimatort seiner Seele. Massimo fiel auf, dass sich sowohl seine Launenhaftigkeit, als auch seine aggressiven Ausbrüche in letzter Zeit gebessert hatten und war festen Glaubens, dass dies allein an ihr lag. Es war ihm, als könnte er mit ihr an seiner Seite zu einem besseren Menschen werden. Als wäre sie es, die ihn vervollständigen und all die Fehler seiner dunklen Seele bereinigen könnte.

›Ich habe die Spuren der Liebe verfolgt und doch nie zu fassen bekommen. Ist dieses Gefühl, das mich nun ganz und gar beherrscht, wenn ich an sie denke, wirklich Liebe?‹, fragte er sich selbst. ›Ist sie die Richtige für mich? Könnte sie die Einsamkeit aus meinem Herzen jagen, auf dass sie nie mehr darin einkehrt? Und wenn ja, habe ich dann gefunden, wonach ich suchte? Die Erfüllung all meiner Wünsche, die einzig wahre Liebe?‹

Massimo erinnerte sich an vielerlei Balladen, die ihm über die Liebe vorgetragen wurden. An Texte und Bücher, die er gelesen hatte. Doch das, was er empfand, wenn er ihr Gesicht vor sich sah, schien ihm weit über allem Beschriebenen zu stehen. Seine Gefühle waren von einer solchen Intensität, dass er nicht mächtig war, sie zu beschreiben. Castors Worte, als er ihm zu erklären versuchte, dass er selbst herausfinden müsse, was Anna Maria für ihn war oder sein könnte, kamen ihm in den Sinn und sogleich ärgerte er sich. ›Dieser dumme, alte Greis! Nichts versteht er! Gar nichts! Woher soll ich wissen, was all dies bedeutet, wenn es mir doch fremd ist?‹

Massimo schloss seine Augen und verlor sich bald in seiner Fantasie. Er wollte Anna Maria in seinen Armen halten. Einfach nur halten, um ihrem Atem, ihrem Herzschlag zu lauschen. Er stellte sich vor, neben ihr zu liegen. Bei ihr zu sein, sie während des Schlafes zu beobachten, ihr Haar zu streicheln und den wundervollen Zügen ihres Gesichtes zu folgen. Er wünschte, sie vor all den Gefahren, die in dieser Welt lauerten, zu beschützen, auf dass sie niemals mehr Angst leiden möge. Nacht für Nacht über sie zu wachen, die bösen Träume verjagen, bis sich am Morgen dann ihre Augen öffnen. Zugleich verlangte sein Körper schmerzhaft nach dem Ihren. Er wollte sie berühren, ihre weiche Haut auf der seinen fühlen, jeden noch so kleinen Winkel ihres Körpers spüren und kennen. Ihr lieblicher, blumiger Duft stieg ihm in die Nase und er stellte sich vor, sie dicht an seinen Körper zu ziehen und niemals mehr loszulassen.

Massimo begehrte Anna Maria, wie noch nie zuvor eine Frau. Sein Empfinden war so stark, dass es ihm in diesem Augenblick größte Anstrengung abverlangte, nicht in ihr Schlafgemach zu stürmen. ›Sie darf mich nicht verlassen! Niemals! Niemals!‹, kam es ihm. ›Was soll ich nur tun? Was soll ich nur tun? Sie ist so eigensinnig, so fordernd und freiheitsliebend. Weshalb nur habe ich sie ziehen lassen? Ich kann sie nicht freigeben! Ich kann es nicht! Sie könnte fortgehen und nie wieder zurückkommen! Wie sollte ich dies ertragen? Ich könnte es nicht! Wahnsinnig würde ich werden!‹ Am liebsten hätte er sie weiter in ihrem Zimmer festgehalten und niemals mehr ohne seine Begleitung hinaus treten lassen. Sein Bedürfnis danach, sie und alles, was sie anging, zu kontrollieren, war derart stark, dass er befürchtete, seinen Verstand zu verlieren, wenn er ihren Wünschen nachgab. Doch tief in seiner Seele wusste er, dass er Anna

Maria niemals besitzen würde. Dass er ihr die Freiheit schenken und all die Konsequenzen, um die er so sehr fürchtete, ertragen musste.

»Es war richtig, sie freizugeben«, sagte er zu sich selbst. »Das einzig Richtige. Was wäre mir anderes geblieben, als mich ihrem Willen zu beugen? Ich hätte nicht anders handeln können! Sie würde mich hassen, wenn ich mich noch einmal umentscheide! Ja, hassen würde sie mich.«

Eine Weile lang dachte er darüber nach, wie es wohl wäre, wenn sie ihn hasste. Ob sie sich nicht irgendwann einmal seinem Willen beugen könnte, vielleicht gar verstehen, weshalb es ihm so wichtig war, sie stets in Sicherheit zu wissen? Doch er wusste, dass dies unmöglich war. ›Ja, es muss Liebe sein. Es kann nur Liebe sein‹, dachte er bei sich. ›Eine wahrhaftige Liebe, die nichts fordert und nichts verlangt. Eine Liebe, die erträgt und erduldet, die sich nimmt, was sie will, und dabei weit mehr noch gibt. Eine Liebe, so aufbrausend wie die Wut, schlimmer noch als jeder Hass und gleichwohl leidenschaftlich, sanft und beständig. Meine Liebe.‹

* * *

Der nächste Tag brach heran und mit einem Mal verschwand alle Müdigkeit, die der verlorene Schlaf hinterlassen hatte. Massimo schwang sich voller Tatendrang aus seinem Bett und konnte kaum still sitzen, während Niccolo ihn ankleidete.

Anna Maria wartete bereits bei den Stallungen auf ihn, und als er zu ihr stieß, stellte er sich so dicht neben sie, dass sich ihrer beider Hände für einen kurzen Moment berührten.

»Ich hoffe, du hast gut geschlafen, Anna Maria.«

Sie streichelte sanft über Salvatores Nase, während sie ihm antwortete und tat so, als hätte die Berührung seiner Hand sie nicht weiter bewegt. »Nicht besonders, mein Herr. Ich war aufgeregt über das große Ereignis, das mir nun bevor steht. Ich wollte mich noch einmal bei Euch dafür bedanken, dass ich mich nun wieder frei bewegen kann. Gabriella hat es mir soeben berichtet.«

Massimo wurde verlegen. »Nun ... Gern geschehen.« Er blickte sie mit gespielter Strenge an. Er wollte nicht über diese Dinge sprechen und versuchte, vom Thema abzulenken. »Wenn ich dich nun lehre, wahrhaft gut zu reiten, dann tue ich es ebenso, wie bei einem Mann. Frauen zu Pferd waren mir alle Zeit aufgrund ihrer allgemeinen Unfähigkeit, dieser Tiere Herr zu werden, zuwider. Eine Frau ist, wie du wohl weißt, von Natur aus nicht dazu bestimmt, über irgendjemanden Herr zu sein und schon gar nicht über diese einzigartigen, prächtigen Geschöpfe, die, so denke ich, dem Manne allein dienen sollten. Es wird also nicht leicht für dich werden, meinen hohen Ansprüchen zu genügen. So sag mir nun, ob du dir noch immer sicher darin ist, es versuchen zu wollen.«

Anna Maria blickte voller Erwartung zu ihm hinauf. »Aus diesem Grund bin ich gekommen. Neue Herausforderungen schrecken mich nicht, mein Gran Duca

Massimo. Ich stelle mich Ihnen gerne und nicht nur, um mich meiner selbst zu beweisen. In diesem Fall jedoch, muss ich gestehen, geht es mir besonders um mich. Schon als Kind stellten diese Tiere eine große Faszination für mich dar und die wenigen Male, die ich auf dem Rücken eines Pferdes saß, sind die glücklichsten Erinnerungen meiner Jugend. Ich wünschte mir nichts mehr, als selbst einmal ein Pferd zu besitzen, obgleich ich – damals wie heute – weiß, dass dies für immer ein Traum bleiben wird.« Etwas verlegen fügte sie hinzu. »Doch Träume sind dazu da, geträumt zu werden, meint Ihr nicht auch? Ich werde mich inständig darum bemühen, Euch nicht zu enttäuschen, mein Herr.«

Massimo nickte und beobachtete fasziniert ihre wunderschönen Züge, während Anna Maria zu überlegen schien. »Dürfte ich Euch denn eine Frage stellen, bevor wir mit dem Unterricht beginnen?«

Massimo lächelte gespannt. »Nur zu. Was liegt dir auf dem Herzen?«

»Wenn Ihr, wie Ihr sagtet, der Meinung seid, Frauen würden nicht die Fähigkeit besitzen, ein so edles Tier zu lenken, so frage ich mich, weshalb Ihr es mich überhaupt lehren wollt.«

Massimo blickte zu Boden. »Kannst du dir nicht denken, dass ich dir dies nur aus dem einen Grund vorgeschlagen habe, um noch einmal mit dir allein sein zu dürfen? Zudem hatte ich vor einigen Nächten einen Traum, der schöner war, als alles, was ich je träumte.«

Sie hob ihre Augenbrauen und neigte ihren Kopf neugierig zur Seite. »Darf ich wissen, wovon Ihr träumtet?«

Massimo blickte ihr tief in die Augen und antwortete etwas verlegen: »Vielleicht irgendwann einmal.«

Salvatore war bereits gesattelt und Riccardo brachte einen Hocker herbei, sodass Anna Maria beim Besteigen des Hengstes niemand auf unschickliche Weise näher kam. Es dauerte eine ganze Weile, in der Salvatore geduldig, jedoch schnaubend wartete, bis Anna Maria ihre Röcke in die richtige, ihr anständig erscheinende Position gebracht hatte.

Massimo zeigte ihr, wie sie die Zügel korrekt hielt und band einen langen, zusätzlichen Strick an dem Zaumzeug des Pferdes fest.

Sie begannen mit langsamem Schritt, was den Hengst sichtlich langweilte. Salvatore schlug stets umtriebig mit seinem Kopf umher, was Anna Marias Nervosität weiter schürte. Immer wieder wurde sie von Massimo scharf darin berichtigt, ihre Fersen in den Steigbügeln tiefer in Richtung Boden zu strecken, ihre allgemeine Haltung nicht zu vergessen und anständig mit ihren Waden gegen den Bauch des Pferdes zu treiben. Sie hatte nicht erwartet, dass die Koordination von solcher Tücke war und dass es so anstrengend sein würde, all seinen Anweisungen gleichzeitig gerecht zu werden. Doch sie strahlte bis über beide Ohren und bemühte sich nach Kräften. Als sie sich aufrecht und herrschaftlich auf dem Rücken des Tieres bewegen konnte, ließ Massimo mehr Seil zu, sodass der Kreis, den sie ritt, immer größer wurde.

»Wir werden nun ein etwas schnelleres Tempo beginnen«, rief er ihr schließlich zu. »Sei darauf gefasst und halte dich gut fest. Achte auf Salvatores Rist. Zu Anfang ist der Trab leichter, wenn du dich darum bemüht, dich mit der Bewegung des Tieres ein wenig aus dem Sattel zu erheben. Nutz dazu die Steigbügel. Sie verleihen dir Halt, doch vergiss dabei nicht, deine Waden weiterhin einzusetzen.«

Massimo schnalzte einmal mit der Zunge, und Salvatore begann in einen fließenden, gemächlichen Trab überzugehen. Anna Maria erschrak zunächst ein wenig. Es fiel ihr schwer, sich auf seinem Rücken zu halten und gleichzeitig an all das zu denken, was ihr aufgetragen wurde. Es gab so vieles zu beachten.

Nach einiger Zeit schaffte sie es dann doch, sich im Einklang mit Salvatores Rhythmus zu bewegen. Voller Stolz über sich selbst, wagte sie es, zu Massimo zu blicken, um ihm ein freudiges Lächeln zu schenken. Doch diese kleine Veränderung des Gewohnten brachte sie sogleich aus dem Takt. Sie fand den Anschluss des Auf und Abs nicht mehr wieder. So polterte sie auf Salvatores Rücken hin und her und versuchte verzweifelt, Halt an dem Sattel zu finden, wodurch Sie vorn überhing und ihre Beine nach hinten wanderten.

Dies war das Zeichen für den Hengst, seinen Müßiggang hinter sich zu lassen, um ihr sein gewohntes Temperament zu zeigen. Er machte einen großen Satz und begann, schwungvoll zu galoppieren, wodurch er sie von sich schmiss.

Anna Maria flog in hohem Bogen durch die Luft und landete hart auf der Erde. Salvatore stoppte sofort, um grazil zu wenden und sich zu ihr zurück zu bewegen.

Entschuldigend stupste er sie sanft mit seiner Nase an, doch sie bewegte sich zunächst nicht. Es war ihr jedoch nichts Ernstes passiert. Sie verharrte eher aus Schrecken, als aus Schmerz.

Massimo erstarrte vor Angst. Für einen kurzen Moment konnte er weder denken, noch fühlen, geschweige denn sich bewegen. Als er sich wieder gefangen hatte, rannte er panisch zu ihr hin und ließ sich vor ihr auf die Knie fallen.

»Um Himmels Willen! Ist dir etwas passiert? Bitte … Sag etwas.«

Anna Maria rang nach Luft. Sie fühlte einen Druck in ihrem Brustkorb, der es ihr unmöglich machte, ihm zu antworten. Sie sah in sein angstverzerrtes Gesicht und spürte seine zitterten Hände, die sie vorsichtig auf seinen Schoß zogen. Sie wollte ihn beruhigen, ihm zeigen, dass er keine Angst um sie haben müsse. Doch der Aufprall auf den Boden, die Schmerzen in ihrem Rücken, die sie nun allmählich doch verspürte, und ihr flirrender Kopf hinderten sie daran. Sie hörte, wie Massimo schwer atmete, und fühlte, wie er sein Gesicht in ihrem Haar vergrub. Immer wieder presste er seine Lippen gegen ihre Stirn. Die heiße Luft seines Atems brannte sich in ihre Haut, und langsam ließ der Druck in ihrem Brustkorb nach. Es war ihr, als könnte sie in seiner Nähe keinen Schmerz empfinden, als würde jede noch so schwere Last mit ihm an ihrer Seite weichen.

Sie konnte wieder atmen, begann sich zu bewegen und das Flimmern in ihrem Kopf beruhigte sich. Ohne weiter darüber nachzudenken, was sie tat, schlang sie ihren Arm um seinen Hals und vergrub ihr Gesicht an seiner Schulter.

Massimo wusste nicht recht, wie ihm geschah, wie er sich verhalten sollte. Er streichelte immer wieder sanft über ihren Kopf, um sich zu vergewissern, dass sie ihm tatsächlich so nahe war, dass sie wahrhaftig in seinen Armen lag.

Verwirrt begann er ihr von seinem Traum zu erzählen. In allen Einzelheiten schilderte er ihr diesen wundervollen Traum, in dem sie beide, Seite an Seite der aufgehenden Sonne entgegen ritten.

Ihre Arme drückten sich immer fester um seinen Hals und Massimo war, als hätte er nie zuvor größere Erleichterung gespürt – darüber, dass ihr nichts geschehen ist. Die wenigen Sekunden, in denen Anna Maria regungslos auf dem Boden lag, waren die schwersten seines Lebens. Er wollte nicht daran denken, nicht jetzt, wo sie doch in seinen Armen lag, aber er konnte dieses schreckliche Bild nicht aus seinen Gedanken drängen.

Massimo schluckte. Er wünschte, das, was in ihm hochstieg, hinunter zu zwingen, doch es gelang ihm nicht. Verzweifelt drückte er sein Gesicht noch fester in ihr Haar und hoffte, dass sie nicht sehen, nicht spüren konnte, dass ihm, dem großen Gran Duca di San Lilia Tränen aus den Augen quollen.

»Ich darf gar nicht daran denken, was hätte passieren können, mein Liebes«, schluchzte er. »Die bloße Vorstellung bekümmert mein Herz so sehr, dass es nicht länger schlagen möchte. Ich werde dich niemals wieder einer solchen Gefahr aussetzen. Niemals!«

Anna Maria entzog sich seinen Armen und blickte ihn direkt an. Doch er wollte ihr nicht in die Augen sehen müssen und schloss die seinen. Massimo schämte sich zutiefst für seine Tränen. Doch Anna Maria tat, als merkte sie dies nicht und strich mit ihren Fingern sanft über seine Wange. Ihre Berührung schenkte ihm Halt und Hoffnung, vertrieb die Einsamkeit aus seinem Herzen, und obwohl er sich dagegen sträubte, löste sich seine steinerne Fassade und der weiche Kern seines Inneren kam zum Vorschein. Als er es wagte, in ihre Augen zu blicken, verlor er sich ganz und gar.

Anna Maria wischte vorsichtig die Tränen von seiner Haut und fuhr sanft über seine Wangen, bis hin zu seinen Lippen. Dort zögerte sie und war bereits daran, ihre Finger zurück zu nehmen, als Massimo seine Hand auf die ihre legte und sie leicht drückte. Mit ihrem Zeigefinger zeichnete sie ganz langsam den Rand seiner Lippen nach. Massimo hob mit seiner linken Hand einige wirre Haarsträhnen aus ihrem Gesicht und küsste ihre Finger, die an seinen Lippen lagen.

Eine unbegreifliche Energie, einem Erdbeben gleich, baute sich zwischen ihrer beider Körpern auf. Nie zuvor waren sie sich so nahe ...

Massimo ergriff Anna Marias Kopf, hielt ihn zwischen seinen zitternden Händen. Nicht nur er rang um Fassung. Sie beide zitterten aus Angst und vor Verlangen nach diesem Moment, der nun unabwendbar schien. Es war, als würde sie eine fremde Kraft aneinander ketten. Sie fühlten, dass sie von etwas weit Mächtigerem als dem eigenen Willen beherrscht wurden. Beherrscht von Gier und Verlangen nach dem Körper und der Seele des anderen – unstillbar. Ein Verlangen, so stark, dass sie nicht anders konnten, als sich ihm zu ergeben.

Massimo zog ihren Kopf so dicht an den seinen, dass selbst die Luft, die beide atmeten, kaum noch zwischen ihrer beider Lippen Platz fand. In diesem Moment schien alles möglich.

Es gab keine Zweifel, keine Angst und keine Sorge. Da waren nur sie beide. Jeder voller Leidenschaft in der Seele des anderen versunken.

Doch Anna Maria drehte ihren Kopf zur Seite. Wie aus dem Nichts zerstörte sie mit einer einzigen, winzigen Bewegung den ganzen Zauber des Augenblicks.

Sie flüsterte ein wenig beschämt: »Wir sollten den Unterricht nicht vernachlässigen, so lange Ihr noch Zeit für mich habt, mein Herr.«

Massimo starrte Sie fassungslos an. »Du wirst niemals wieder allein den Rücken eines Pferdes besteigen! Das kann und werde ich keinesfalls verantworten!«

Doch Anna Maria ließ sich nicht beirren: »Dann werde ich es vor mir selbst verantworten. Ihr habt mir von Eurem Traum erzählt und ich wünsche mir, dass dieser irgendwann einmal wahr wird. Ich wünsche es mir sehr. Wer zu Fall kommt, sollte keine Zeit verschwenden, um sich sogleich wieder aufzurichten. Ist es nicht in jedem Aspekt des Lebens so?«

Massimo bemühte sich um ein Lächeln. »Es scheint mir, als würde es schwer werden, dich von deinem Vorhaben abzubringen, meine Anna Maria, doch bitte versteh mich: Ich könnte es nicht ertragen, dich noch einmal fallen zu sehen.«

Sie schüttelte heftig den Kopf und blickte ihn sanft an, während sie ihm ein letztes Mal über die Wange strich. »Ich werde nicht noch einmal fallen. Nicht nur ich, sondern auch Salvatore hat daraus gelernt. Seht doch in seine dunklen Augen, wie leid es ihm tut. Ich habe keine Angst, und selbst wenn ich noch einmal zu Fall kommen sollte, so werde ich wieder und wieder aufsteigen, bis ich des Reitens in einem solchen Maße mächtig bin, um Euch Freude bereiten zu können.«

* * *

»Castor?« Massimos Stimme war zaghaft und unsicher. Der alte Magier trat aus der Dunkelheit auf ihn zu und Massimo fragte sich, weshalb er überhaupt hierher gekommen war.

»Womit kann ich meinem Herrn dienen? Ihr habt mich länger nicht mit Eurem Besuch beehrt, Massimo. Darf ich fragen, aus welchem Grund?«

Massimo ließ sich erschöpft auf einen staubigen, alten Sessel fallen und schnaubte verächtlich über sich selbst, bevor all seine Empfindungen nur so aus ihm heraus sprudelten. »Oh, es ist gar schrecklich, mein alter Freund. So vieles geschieht mit mir. Mein Körper drängt mich dazu, meinem Herzen und nicht länger meinem Verstand zu gehorchen. Sie will einfach nicht damit aufhören, mich zu verfolgen! Es scheint mir, als wäre ich für alles andere auf der Welt erblindet, als könne ich nichts anderes mehr sehen als ihr wunderschönes Gesicht. Es ist, als wäre ich von einer unheilbaren Geisteskrankheit befallen! Dieses Mädchen ist so anders. Sie verhält sich nicht, wie es sich für eine Frau gehört. Sie ist frech und unnachgiebig, unverschämt und überaus mutig. Ich habe das Gefühl, als hätte sie die Macht, meine Gedanken zu lesen, als spiele sie mit mir. Gleichzeitig ist sie ganz fürchterlich undurchsichtig, sodass ich nie weiß, woran ich bin. Dieses Mädchen bringt mich noch um meinen Verstand, Castor! Sie treibt mich in den Wahnsinn, immer mehr befürchte ich, von einer schrecklichen Krankheit befallen zu sein. Wenn sie nicht an meiner Seite weilt, schmerzt es mich aufs Tiefste. Ich fühle mich leer und verlassen. Ich ertrage es nicht länger, von ihr getrennt zu sein. Stets überkommt mich der Wunsch danach, sie zu beobachten. Es ist ganz wunderbar, ihr in ihrem Treiben zuzusehen. Vor ein paar Tagen erst malte sie draußen ein Bild, das ein Pferd zeigte. Es war ein weißes Fohlen. Sie schwang ihren Pinsel mit einer solchen Eleganz, dass ich mich kaum an ihren Bewegungen sattsehen konnte. Oh, wenn Ihr selbst gesehen hättet, wie Ihr Haar in der Sonne glänzte, als der Wind mit ihm spielte, so wüsstet Ihr, wovon ich spreche. Ich versteckte mich in meiner Schlafkammer, vernachlässigte mein Pflichten und beobachtete sie heimlich über all die Stunden hinweg, in denen sie malte. Ich erkenne mich selbst kaum wieder! Wenn ich dann bei ihr bin, vor ihr stehe, ist es eine schreckliche Qual, sie nicht berühren zu dürfen. Ich würde Sie so gerne berühren! Ich brenne förmlich danach und ich verstehe nicht, weshalb ich es nicht einfach tue. Steht es mir denn nicht zu? Ich wünsche mir aus den Tiefen meiner Seele heraus, diese Frau zu besitzen. Sie soll mir gehören! Versteht Ihr, was ich sage? Mir allein! Für immer und ewig! Ich habe ihr ein Zimmer richten lassen und Sie darin festgehalten, doch ich ließ sie wieder gehen. Ich verstehe nicht, weshalb ich sie gehen ließ. Sie könnte mein Land verlassen, einfach so. Ich sollte sie zwingen ... ich könnte sie zwingen ... doch ich kann nicht. Weshalb kann ich es nicht? Was soll ich nur tun? Sie will nicht das, was ich will. Sie weigert sich, meine Mätresse zu werden. Sie wünscht sich mehr. Wobei ich nicht recht weiß, was dieses ›Mehr‹ zu bedeuten hat, wohin es führen könnte und ob es gar möglich wäre.

Ich wollte ihr das Reiten lehren. Sie fiel in hohem Bogen von Salvatore. In dem Moment, als sie auf den Boden schlug, wurde mir schwarz vor Augen und derart übel, dass ich mich hätte erbrechen können. Es war das Schrecklichste, was ich jemals gesehen habe. Weit grausamer noch als jedes Schlachtfeld. Das Herz in meiner Brust überschlug sich vor Angst und Sorge. Jetzt erst weiß ich, was Angst bedeutet. Meine Augen tränten. Stellt Euch nur vor! Ich habe geweint! Ich ... ich verstehe das alles nicht! Ich kann mich nicht daran erinnern, jemals geweint zu haben. Sie hat mich das Fürchten gelehrt. Könnt ihr Euch das vorstellen? Ich, und Angst? Ich, und Tränen?

Dann, als sie in meinen Armen lag, geschah etwas sehr Seltsames: Mein Herz klopfte vor Erregung und Anspannung. Ich wollte sie küssen. Ich musste sie küssen

… Ich sah nichts anderes mehr, als ihre wunderschönen Lippen, die den meinen so nahe waren. Gleichzeitig empfand ich eine Ruhe in meinem Herzen, wie ich sie noch nie gefühlt habe … oder vielleicht Sicherheit. Ja, das ist das richtige Wort. Es war eher eine Sicherheit, ich fühlte mich vollkommen geborgen.

Ich habe sie nicht geküsst, Castor, und ich begreife nicht, weshalb ich mir nicht nehmen kann, wonach mein Körper verlangt. Denkt Ihr, dass ich krank werde, mein Freund? Denkt Ihr, ich sollte sie zum Teufel jagen, bevor mich ihre Hexerei vernichtet? Habt Ihr etwas heraus gefunden? Wisst Ihr nun, woran es liegt, oder gar wie ich mich aus diesem Bann lösen könnte? Habt Ihr irgendein Gebräu, das mich schützt, oder irgendetwas anderes. Bitte … Bitte erlöst mich von diesem Irrsinn. Ich verliere mich.«

Massimo vergrub sein Gesicht in den Händen, während Castor ihm liebevoll eine Hand auf seine Schulter legte.

»Ihr habt sie wirklich Salvatore reiten lassen?«

Massimo nickte knapp.

Castor lächelte sanft. »Dann werde ich Euch erklären, von welchem Irrsinn Ihr befallen seid.«

Die Augen des Gran Duca weiteten sich gespannt.

»Was Ihr als Krankheit beschreibt, ist in Wahrheit das größte Leid wie auch das größte Glück der Welt zusammen in einem einzigen Gefühl, das schlicht als ›Liebe‹ bezeichnet wird. Ihr habt Euch verliebt, mein lieber Freund. Ihr seid dieser Frau gänzlich verfallen, sodass Ihr Euch in Wahrheit nichts sehnlicher wünscht, als dass auch sie Euch auf diese Weise liebt – oder lieben könnte. Die Liebe nimmt nicht, müsst ihr wissen. Die Liebe gibt. Wer wahrhaft liebt, ist bereit, alles zu geben, was er besitzt, einschließlich seines Lebens und noch weit mehr darüber hinaus, ohne auch nur eine Kleinigkeit im Gegenzug einzufordern. Dies ist der Grund, weshalb Ihr sie nicht geküsst habt und weshalb Ihr sie niemals besitzen werdet, obgleich Ihr danach giert.

Die Liebe ist beflügelt und frei, sodass sie nur gewahrt werden kann, wenn sie wie ein Vogel von dannen fliegen darf. Was Ihr in Eurem Leben bisher kennengelernt habt, ist die Leidenschaft. Der körperliche Drang nach jemandem, der einen vollständig verzehren kann. Auch das ist ein Teil der Liebe. Die Leidenschaft geht mit ihr einher, doch sie existiert auch für sich allein. Dies müsst ihr wissen und begreifen, um Eure Gefühle zu sortieren.

Ich habe gesucht, mein Freund. Sie ist nicht von Magie behaftet. Nichts dergleichen lebt in ihr. Ich habe jeden Tag damit verbracht, Eure Fragen zu beantworten, doch die Sterne verwehren es mir. Es scheint mir, als hätten sie Euch zwar zusammen geführt, doch halten sie sich nun selbst das Ende offen, um es in Eure eigenen Hände zu legen. Die Liebe selbst könnte die Antwort sein. Ich denke, dass Eure Begegnung Euer beider Schicksal bedeutet.«

Massimo erhob sich von dem alten Sessel und stapfte nervös hin und her. »Was soll ich tun, Castor? Was soll ich nur tun? Ihr wisst um die Verträge, die ich geschlossen habe. Bald schon wird meine zukünftige Gemahlin eintreffen. Ich habe es Anna Maria noch nicht gesagt und mich darum gekümmert, dass ihr auch niemand sonst von dieser Frau erzählt. So oft schon wollte ich es ihr selbst sagen, doch ich wagte es nicht. Sie weiß nichts von meiner Verlobung. Sie ist nichts weiter als eine einfache Magd. Ihr wisst, was das für mich bedeutet. Könnte ich sie denn wirklich ... Es scheint mir unmöglich!«

Castor nickte. »Was sie ist und wer sie sein wird, liegt allein bei Euch. Allein Ihr müsst wissen, wer Sie in Euren Augen, für Euch selbst ist und zu wem Ihr sie werden lassen wollt.«

* * *

Am Morgen des nächsten Tages ertönten wütende Ausrufe durch den großen Ratssaal.

»Seid doch vernünftig, mein Bruder! Ihr könnt jedes Mädchen besitzen, das Ihr begehrt! Was wollt Ihr mit dieser kleinen Russin? Ich erkenne Euch kaum mehr wieder. Es ist zu spät! Wir haben einen Vertrag geschlossen. Wie stellt Ihr Euch das vor? Sie ist bereits auf dem Weg. Findet Euch damit ab!«

Massimo brüllte zurück: »Ich entscheide immer noch selbst über mich und mein Land, Giacomo! Meine Entscheidung steht fest! Ich werde meine Verlobung lösen und Anna Maria heiraten!«

Giacomo blickte Massimo geringschätzig an und redete unbeeindruckt weiter auf ihn ein: »Ich hätte nicht erwartet, dass Euch derart wenig an Eurem Land liegt, dass Ihr sogar bereit dazu seid, es für eine wertlose Frau in den Abgrund zu stürzen. Ich prophezeie Euch, dass wir alle und auch Ihr selbst untergehen werdet!«

»Was soll das? Wir sind weit davon entfernt unterzugehen.«

Giacomos Gesicht veränderte sich. Er lief nervös auf und ab. Massimo kannte seinen Bruder gut genug, um in seinen Augen lesen zu können, dass er ihm etwas Gewichtiges verheimlichte.

»Gibt es etwas, das ich wissen sollte, mein Bruder? Wenn dem so ist, dann ist dies der rechte Zeitpunkt, um reinen Tisch zu machen.«

Massimos jüngerer Bruder strich sich fahrig durch sein Haar. Er sah gequält aus, voller Angst und seine Stirn glänzte von Schweiß. »Wir brauchen das Geld, Massimo.«

Der Gran Duca blickte ihn kritisch an. »Nennt mir ein Land, das reicher ist als das unsere. Wir haben es nicht nötig, Kriege zu führen. Wir sind unabhängig!«

Giacomo wurde still und senkte sein Haupt. Nun begann sich Massimo zu fürchten. Er ahnte etwas Schreckliches.

»Was habt Ihr getan?«

Giacomo antwortete ihm nicht. Der Großherzog brüllte durch den Raum: »Sagt mir, was Ihr getan habt!«

»Ich ... Es tut mir leid.«

»Sagt es mir! Sofort!«

Die Worte waren kaum hörbar. »Pandolfo Malatesta.«

Massimos Kopf begann zu glühen. »Sagt mir, dass das nicht wahr ist! Sagt mir, dass nicht Ihr die treibende Kraft hinter all dem wart. Sagt mir, dass Ihr nicht in meinem Namen gehandelt habt!«

Er wurde leiser. Es war zu seiner eigenen Überraschung mehr Traurigkeit über den Verrat als Wut, die ihn beherrschte.

»Ihr wart es also, der diesen sinnlosen Feldzug unterstützt hat. Seid Ihr Euch denn nicht der Konsequenzen bewusst gewesen? Wie konntet Ihr mich nur derart hintergehen? Mich meiner Gelder zu Gunsten Pandolfos zu berauben! Sagt, dass ich mich täusche! Sagt mir, dass Ihr nichts dergleichen getan habt!«

Giacomo bemühte sich darum, ihn zu beschwichtigen. »Diese Heirat wird alles wieder zum Guten wenden, Massimo. Wenn wir nur erst einmal die Salzstraßen dominieren, werdet Ihr die Vorteile schnell erkennen, und mit Pandolfos Unterstützung ist uns auch der Seeweg frei. Seht doch die Möglichkeiten, die sich uns durch Pandolfos Hilfe erschließen, mein Bruder. Ich habe einzig für uns und für unser Land gehandelt.«

Der Großherzog verlor die Fassung. Er erhob sich von seinem Stuhl, trat auf seinen Bruder zu und schlug ihm mit voller Wucht ins Gesicht.

»Schweigt still! Einzig an Euch habt Ihr gedacht! Was habt Ihr Euch davon erwartet? Was bitte nützt es uns, den Zug gegen Rimini zu finanzieren? Wir sind ein unabhängiges Land! Das ist es, was San Lilia ausmacht! Seid Ihr denn wahnsinnig geworden? Ihr wisst, wie ich zu unserem Papst stehe! Papst Julius ist ein Freund! Ein Gönner unseres Landes! Weshalb stellt Ihr Euch gegen Ihn? Weshalb stellt Ihr mich gegen Ihn? Rimini gehört dem Papst! Seid ihr denn ernsthaft so dumm, zu glauben, Pandolfo könnte Rimini halten? So dumm, zu glauben, gerade er würde auch nur zu einem seiner verlogenen Worten stehen?«

Giacomo zitterte am ganzen Körper. »Ich … ich wollte …«

»Nichts wolltet Ihr! Ihr habt jeden Respekt, jede Ehre verloren! Was Ihr wolltet, war Pandolfos Unterstützung gegen mich, gegen Euren eigenen Bruder. Ihr habt mich verraten. Verschwindet! Verschwindet aus meinen Augen und aus meinem Land, bevor ich mich vergesse!«

»Es tut mir leid. Bitte. Bitte, verzeiht mir! Ich bedaure meine Verfehlungen aufs Tiefste. Bitte, glaubt mir, dass ich nie im Sinn hatte, mich gegen Euch zu stellen! Nach Eurer Heirat wird sich alles wie von selbst zum Guten wenden. Die Zeiten haben sich geändert, mein Bruder. Es ist nicht mehr die Ehre, die unsere Welt regiert. Es ist das Geld. Mit Eurer Heirat werden wir den Handel beherrschen, wir werden die Macht an uns binden, die uns zusteht.«

Massimos Augen verdunkelten sich. Er starrte seinen Bruder lange an. Dann spuckte er verächtlich auf den Boden und begann, leise zu sprechen: »Wir werden gar nichts. Ein ›Wir‹ existiert nicht mehr. Geht mir aus den Augen! Sofort!«

Massimo kämpfte darum, sein Gesicht nicht zu verlieren. Wie konnte das geschehen? Wie konnten diese Dinge nur unbemerkt auf ihn kommen? Was hatte er getan, dass ihm ein solcher Verrat seines eigenen Blutes widerfahren konnte?

Er trat ans Fenster und blickte gedankenverloren in die Ferne. Sein Blick schweifte über seine reichen Ländereien. Sein Erbe. Er dachte an seinen Vater und wie er wohl an seiner Stelle gehandelt hätte. Sein Vater war ein großartiger, herausragender Herrscher gewesen. Er wurde von jedermann geliebt, respektiert und geachtet. ›Wer wird davon gewusst haben? Es benötigt Gönner, um einen solchen Verrat zu inszenieren. Männer aus meinen eigenen Reihen‹, kam es ihm. Der Schmerz darum, das Vertrauen in seine engsten Berater verloren zu haben, machte ihn schier wahnsinnig.

›Ich werde handeln müssen! Auf der Stelle! Es darf keine weitere Zeit verstreichen! Vielleicht ist noch nicht alles verloren. Ich werde den direkten Weg wählen. Den Weg der Ehrlichkeit, in der Hoffnung auf Verständnis. Selbst wenn sich dadurch ein dunkler Schatten auf die Ehre, und die Aufrichtigkeit meiner Familie legen könnte. Er wird mich anhören! Julius wird mich anhören müssen!‹

Massimo schickte nach seinem Hofmarshall und wartete auf dessen Eintreffen. Dieser blickte ihn sorgenvoll an, als er den gefühllosen, kalten Ausdruck in dem Gesicht seines Herrn entdeckte.

»Was ist geschehen, Massimo?«

Die Worte des Großherzogs waren eisig und schroff. »Sagt Ihr es mir.«

Alfio schüttelte den Kopf. »Ich weiß es nicht.«

Massimo ging auf ihn zu und brüllte: »Sagt es mir!«

Alfio hob schützend seine Hände vor den Körper und wich zurück. »Ich weiß nicht, was Ihr meint. Bitte. Sagt mir, was geschehen ist.«

»Wenn Ihr Euren Kopf retten wollt, so lasst nun Eure Maske fallen! Dies ist Eure einzige Chance, am Leben zu bleiben.«

Sein Hofmarshall starrte ihn ungläubig an. Dann ließ er sich vor dem Gran Duca auf die Knie fallen, senkte sein Haupt und flüsterte: »Wenn Ihr an meiner Loyalität zweifelt, so bitte ich Euch darum, mir hier und jetzt den Kopf abzuschlagen.«

Massimo lief bedächtig um seinen knienden Freund herum. Seine Miene war ausdruckslos. Dann zog er sein Kurzschwert, hielt es ihm an die Kehle und warf es dann direkt vor Alfio auf den Boden. Seine Stimme wurde sanfter, doch der Ausdruck seiner Augen veränderte sich nicht. »Es tut mir leid, Euch verdächtigt zu haben. Ich hätte es besser wissen müssen. Erhebt Euch.«

Auf zitternden Knien fand der Hofmarshall seinen Stand wieder. Mit tonloser Stimme fragte er erneut: »Was ist geschehen?«

»Ich wurde verraten.«

»Von wem?«

»Giacomo.«

Alfios Augen weiteten sich. »Was hat er getan?«

»Dieser nichtsnutzige Dummkopf hat mit meinem Geld Pandolfos Feldzug gegen Rimini finanziert. Pandolfo Malatesta! Stellt Euch das vor! Der Mann, den ich am meisten hasse, zahlt seine Männer von meinem Gold!«

»Es tut mir leid, mein Herr. Es ist meine Aufgabe, Euch zu beschützen. Kennt Ihr die Namen der Involvierten?«

Massimo schüttelte traurig den Kopf. »Nein. Ich habe es gerade eben erst erfahren. Ihr seid der Erste, mit dem ich darüber spreche. Wir werden unverzüglich nach Rom aufbrechen. Alles Weitere werde ich Euch auf unserer Reise erläutern. Schickt Papst Julius ein dringendes Bittgesuch. Ich muss dringend mit ihm reden. Und sammelt die Männer zusammen, von denen Ihr glaubt, ihnen trauen zu können. Ich werde versuchen zu retten, was noch zu retten ist.«

* * *

Die Hofmeisterin rannte aufgescheucht hinaus in den Garten, um nach Anna Maria zu suchen. Erst als sie das Mädchen malend hinter einem Baum fand, verlangsamten sich ihre Schritte.
»Gabriella. Schön, Euch zu sehen.«
»Die Freude ist ganz meinerseits, mein Kind.«
»Was ist los? Ihr scheint mir aufgebracht. Liegt Euch etwas auf dem Herzen?«
Gabriella nickte knapp und holte tief Luft. »Es ist etwas geschehen, dass ich Euch nicht erklären kann. Es tut mir fürchterlich leid, aber ich muss Euch darum bitten, mir zurück in Euer Zimmer zu folgen.«
Anna Maria ließ ihren Pinsel auf den Boden fallen. Ihr Blick war gequält und verständnislos. »Zurück in mein Zimmer? Warum?«
Gabriella brach es das Herz. Sie flüsterte. »Ja. Es tut mir wirklich leid. Es ist ein Befehl des Großherzogs.«
Anna Maria schüttelte irritiert den Kopf. »Ich verstehe nicht. Weshalb? Es war doch alles ... Es war doch alles ganz wunderbar. Weshalb will er mich wieder einsperren? Ich dachte, wir ...« Ihre Worte versiegten und sie begann, bitterlich zu weinen. Gabriella wollte sie in ihre Arme schließen, doch Anna Maria stieß sie wütend von sich.

»Seid doch vernünftig, mein Kind. Wenn es sein Wille ist, habt Ihr zu gehorchen. Ich will es nicht, aber ich werde die Wachen rufen müssen, wenn Ihr mir nicht freiwillig folgt. Bitte, erspart mir das. Erspart es Euch selbst.«

Anna Maria schloss die Augen, ihre Lippen waren zu einem schmalen Strich zusammen gepresst.

Als sie die Augen wieder öffnete, war ihr Blick finster und leer. Die Hofmeisterin erschrak, als sie die tiefe, klaffende Wunde in ihr sah. Gabriella bemühte sich um die rechten Worte. »Es wird alles wieder gut werden. Glaubt mir. Es gibt einen wichtigen Grund, und irgendwann werdet Ihr ihn sicher erfahren.«

Doch jedes Leuchten war aus Anna Marias Gesicht verschwunden.

»Ich hasse ihn!«, presste sie heraus.

Gabriella wusste, dass es nichts gab, was sie hätte sagen können. Jedes noch so gut gemeinte Wort hatte seine Bedeutung verloren. Betreten begleitete sie das Mädchen zurück in ihren goldenen Käfig.

Anna Maria stellte sich vor ihr Fenster und starrte, gleich einer leblosen Hülle, in die Sonne hinaus, als sich die Türe hinter ihr ein zweites Mal schloss.

* * *

Mai 1511

Das Wachs meiner Nachtkerze schwindet langsam dahin. Länglich gezogene, weiße Tropfen überziehen den eisernen Halter, als würden sie reine, klare Tränen bilden. Tränen, die ich nicht fähig bin, selbst zu weinen. Ich blicke in die schwache Flamme des mir verbleibenden Lichtes und fürchte mich davor, ebenso wie sie für immer zu erlöschen. Bald schon, wenn die letzten schummrigen Bilder des flackernden Scheines versiegen, wird mich die Dunkelheit in sich verschlingen. Es wird sein, als ob ich in die ewig währende Einsamkeit der Hölle selbst eintrete. Ein Ort ohne Rettung, ohne Hoffnung.

Oh, ich war so unglaublich wütend! Sie beherrschte mich derart, diese Wut, dass ich lange nichts weiter empfinden konnte, als donnernden Hass. Ja, ich hasste und liebte ihn zugleich. Doch nun ist genügend Zeit verstrichen. Zeit des Grolls, Zeit des Denkens, Zeit der Einsamkeit ... Der Hass lässt mich langsam los, und was mir nun bleibt, ist eine tiefe Sehnsucht – nach ihm. Eine Sehnsucht, die mich zerfrisst, mich wahnsinnig werden lässt und mich in jeder weiteren Sekunde, die ich länger ohne ihn verbringen muss, aufs Schlimmste quält.

Oh, wie sehr hätte ich mir gewünscht, dass er mich küsst. Dass seine Lippen die meinen sachte und suchend berühren. Ich wäre gewillt gewesen, es geschehen zu lassen, mich ihm gänzlich hinzugeben. Selbst jetzt wünsche ich es mir so sehr, dass mir all das Leid, die Einsamkeit und selbst der Zorn, den ich empfand, nichtig und unwirklich erscheinen. Ich wünsche mir, dass sich nun, in diesem Moment, die Türe meines Zimmers öffnet, und er mich wortlos küsst. Nur ein Kuss. Ein einfacher Kuss, der alles bedeuten könnte, alles erklären würde, in dieser einen Sekunde, in der sich unsere Lippen berühren.

Weshalb nur hat er es nicht getan? Seine Lippen waren so dicht an den meinen, das mir heiß und kalt zugleich wurde, während ich mich voller Erwartung auf diesen einen Kuss in seinen gütigen, warmherzigen Augen verlor. Es fühlte sich an, als würde uns ein Zauber umgeben. Als hätte die Welt, nur für uns beide, aufgehört, sich zu drehen. Es war ein wundervoller Zauber, der geschützt im Licht der Sonne, glitzernden Staub über unsere Körper rieseln ließ. Mir war, als wären wir von tausenden, funkelnden Diamanten der anderen Welt bedeckt.

Selbst jetzt noch steigt mir dieser seltsame, anziehende Duft in die Nase, den ich nicht zu beschreiben vermag. Seine Haut roch so gut, dass ich ihn niemals wieder loslassen wollte. Ich war mir sicher, dass es sogleich geschieht. Ich wollte die letzten Zweifel, die mir verbleibende Kraft, über mich selbst zu bestimmen, fallen lassen. Mein Herz bis ans Ende meiner Tage in seine Hände legen. Ich wollte ihn an mich reißen, jede Erziehung, jeden Anstand vergessen und zu einer anderen werden. Die Seine wollte ich sein. Mit Haut und Haar die Seine. Doch obgleich der Zauber nicht von uns wich, geschah es nicht, und die Welt begann sich wieder in ihrem gewohnten Lauf zu drehen.

Nun treiben mich Sorge und tiefe Traurigkeit um, die mir Nacht für Nacht den Schlaf rauben. Ich frage mich, ob all dies nur ein grausamer Streich meiner eigenen Fantasie gewesen ist. Ob ich die Zeichen, die ich glaub-

te, in seinen Augen zu lesen, auf die falsche Weise gedeutet habe und er nichts von alldem fühlte. Könnte all das, was ich empfand, nichts weiter als eine Illusion gewesen sein?

Oh, es wäre schrecklich, wenn dies der Wahrheit entspräche. Derart fürchterlich, dass mir der Gedanke daran Tränen in die Augen treibt.

Ich möchte weiter daran glauben können, dass es noch Hoffnung gibt. Zumindest ein wenig. Ein ganz klein wenig Hoffnung für mich und mein geschundenes Herz. Vielleicht war es doch seine Absicht gewesen, mich zu küssen. Er muss sie gespürt haben, diese fremde Magie, die uns umgab. Auch er muss ihn gesehen haben, diesen wunderschönen, funkelnden Nebel, der alles um uns herum verschwimmen ließ und einzig uns, unsere geschenkten Blicke, unser beider Lippen in helles Licht tauchte.

Doch wenn auch er in sich spürte, was ich fühlte, wenn er den klopfenden Schlag meines Herzens ebenso vernommen hat, wie ich die Töne seiner Seele, wie konnte es dann nur soweit kommen? Weshalb sitze ich dann, wenn es so war, wiederum gefangen in meinem goldenen Käfig? Ohne ein Wort von ihm. Ohne jegliche Erklärung.

Selbst wenn wir uns nicht geküsst haben, so waren doch all die Dinge, die sanften Berührungen, die vielsagenden Blicke und das Lächeln, das wir uns schenkten, ganz wunderbar. Ich verstehe es nicht. Ich begreife nichts mehr. Weshalb nur ist er so plötzlich gegangen, ohne mich noch einmal zu sprechen? Wohl bin ich mir *bewusst, dass er, der Großherzog persönlich, mir gegenüber keinerlei Verpflichtung besitzt. Es wäre dumm und lächerlich, dies zu denken. Doch ich hatte gehofft, ja erwartet, er würde mir nach allem, was gewesen ist, nach all den Dingen, die nicht geschehen sind, verbindlicher gegenüber stehen.*

Nun ist er fort und ich bin hier. Zurückgelassen ohne ein Wort. Allein in diesem Zimmer. Umgeben von wundervollen Möbeln und prächtigen Kleidern, die nicht mir gehören, um die ich niemals bat. Ohne ihn, diesen Mann, der nicht zu mir gehört und dennoch in meinem Herzen weilt. Oh, wenn ich doch wenigstens wüsste, wo er ist, wann er zurückkehrt. Ob er zu mir zurückkehren wird …

Ich fühle mich so schrecklich einsam. Weit allein gelassener und traurigen noch, als auf der langen beschwerlichen Reise, die mich in dieses blühende, warme Land führte. Ich friere vor lauter Kälte. Die Leere, die meine Seele, mein Herz empfindet, lässt meine Adern zu Eis gefrieren. Die kalten Winter Russlands waren warm im Vergleich hierzu. Ich möchte liegen und starren. Durch das Fenster blicken und mich in einer Welt, die nicht existiert, vielleicht niemals sein wird, verlieren. Mich mit geöffneten und doch schlafenden Augen in den blühenden, bunten Geschichten meiner Fantasie vergraben und mich nicht mehr erheben, nicht mehr bewegen, nicht mehr essen, bis er zu mir zurückkommt und mich in seine Arme schließt. Erst dann, wenn meine Träume durch seine Taten lebendig werden, soll das Leben in mich zurückkehren.

Wohl ist es anmaßend und fern jeder Realität, mich wahrhaftig an die Seite meines Herrn zu wünschen. Doch nun, da ich fühle, da ich dabei bin, wahrhaftig zu begreifen, was dieses Gefühl, diese Liebe, die ich empfinde, bedeutet, bin ich zu allem bereit.

Ja, ich würde alles für ihn geben. Alles tun, um ihn glücklich zu sehen. Um ihn niemals mehr ziehen lassen zu müssen. Am liebsten würde ich ihn besitzen. Ganz und gar und nur für mich allein. Ihn in meinen Bann ziehen, sodass er ohne mich nicht einen Schritt mehr gehen kann. Ich will, dass er mich ebenso braucht wie die Luft zum Atmen. Dass er auf der Stelle erstickt, wenn er mich noch einmal verlässt. Doch ich weiß, dass dies nicht möglich ist, dass es niemals so sein wird und auch nicht sein darf. Es wäre die falsche Liebe. Eine kranke, ungesunde Art zu lieben. Dennoch wäre ich auch für diese Liebe bereit. Bereit dazu, meine Würde, meine Achtung vor mir selbst wie ein Tuch zu Boden fallen zu lassen, um mich ihm nackt, ohne jeden Schutz mitsamt meiner Seele auszuliefern. Ja, ich habe mich entschieden. Ich habe mich für ihn, für meine Liebe entschieden, und nun hoffe ich inständig, dass es noch nicht zu spät ist. Ich werde um ihn, um seine Gunst kämpfen. Mit allen Mitteln, die mir geschenkt wurden, werde ich kämpfen! Und wenn dies am Ende bedeutet, dass ich nichts weiter als eine Mätresse des Großen Gran Duca di San Lilia sein kann, dann werde ich mich dem fügen. Ich wusste es, als er mich in seinen starken Armen fest an seinen Körper drückte. Da wusste ich, dass ich ihm nun gänzlich und unwiderruflich verfallen

1,17 mehr, um die Flamme am Leben zu erhalten. Sie ist wahrlich wie ich, diese Kerze, die vor dem Ende steht. Die tiefe Traurigkeit, die mich gänzlich ausfüllt, droht das Feuer des Lebens in mir zu ersticken. Verliere ich ihn, so verliere ich mich. Habe ich ihn bereits verloren, oder gibt es noch Hoffnung? Es ist absurd, denn ich besitze nichts, das verloren gehen könnte. Nichts, das mich trägt, das mich in diesem Leben hält. Nur gesponnene Fäden meiner Fantasie, die so dünn und durchsichtig sind, dass sie allein in meinen Gedanken existieren. Ja, ich habe mich selbst gefunden und sogleich wieder verloren. In einem Traum, den ich träumte.

* * *

Massimo spielte mit ihren langen, schwarzen Locken und schloss seine Augen. Er vergrub sein Gesicht in ihrem Haar und sog ihren Duft tief ein. Sie roch anziehend, verführerisch. Doch lange nicht so berauschend wie Anna Maria. Er stellte sich vor, dass sie es wäre, die nun nackt neben ihm lag. Schutzlos, hilflos, ihm auf Gedeih und Verderb ausgeliefert. Das war es, was er wollte. Sie besitzen, sie lenken, sich nehmen, wonach es ihn gierte.

»Du gehörst mir«, raunte er ihr in den Nacken und packte sie an ihrem Schopf – gröber, als es seine Art war. »Willst du, dass ich deine Fesseln löse? Willst du alles tun, was ich verlange?«

Das Mädchen versuchte zu nicken, während er mit seiner freien Hand über ihre festgebundenen Handgelenke strich. Massimo erhob sich und setzte sich rittlings auf sie. Er packte ihre Brüste, beugte sich nach vorn und leckte über ihre Haut. Er spürte, wie sich ihr Körper versteifte, wie sie sich wand und zitterte, wie seine eigene Erregung dabei ins Unermessliche wuchs. Er stellte sich Anna Marias Gesicht vor, wie sie unter ihm lag und wie ihr Körper mit jeder Faser ebenso qualvoll nach ihm verlangte, wie der seine nach ihr.

In diesem Moment öffnete er die Augen und blickte in die vor Panik weit aufgerissenen des fremden Mädchens, das vor wenigen Stunden an seinem Zelt vorbeigehuscht war. Sein Blick verdunkelte sich. »Dummes Mädchen. Dummes, dummes Mädchen«, flüsterte er ihr zu und stieß hart in sie hinein.

Als er des Spielens überdrüssig wurde, befreite er das junge Ding von ihren Fesseln und trat in die Nacht hinaus. Das Mädchen blieb starr vor Angst in seinem Lager zurück. Er atmete die kühle Luft und blickte in den wolkenlosen Sternenhimmel. Er dachte an Anna Maria, daran, wie es wohl sein würde, nicht irgendein schönes Mädchen, sondern sie selbst an seinem Körper zu spüren, und sogleich erwachte seine Erregung von Neuem. »Nein, es ist genug«, sagte er zu sich selbst. »Du brauchst einen klaren Kopf, Massimo. Verlier dich nicht in Fantasie und Lust.«

Eine Weile lang starrte er in die Dunkelheit. Dann schritt er zurück in sein Zelt, nahm Pergament und Feder zur Hand und bemühte sich darum, seine Gedanken zu sortieren. Lange starrte er nur auf das leere Blatt und fragte sich, was er fühlte. Ob er wirklich wollte, was er tat. Ob sie es wert war, dass seine Welt ihretwegen zu einer anderen würde. Als der erste Buchstabe Gestalt annahm und er in sich fühlte, was er schrieb, war er sich sicher, das einzig Richtige zu tun.

Eine Hand berührte seine Schulter und ein dünnes Stimmchen erklang hinter ihm. »Was schreibt Ihr da, Herr?«

Er wischte nur schroff ihre Hand von sich. Sie war jetzt wahrlich das Letzte, was er gebrauchen konnte.

»Habe ich Euch Freude bereitet, mein Herr?«

Massimo stand auf, drehte sich um und schlug ihr mit der flachen Hand so fest ins Gesicht, dass sie auf den Boden fiel. Von oben herab blickte er das junge Mädchen vernichtend an, bis sie sich endlich aufgerappelt hatte, laut schluchzend ihre wenigen Habseligkeiten zusammensuchte und hinaus stürmte.

Massimo atmete einmal tief durch und setzte sich erneut. Nun gab es keine Ablenkung mehr. Nichts, das ihn davon abhielt, sich in Gedanken in den verschiedenfarbenen Augen seiner Liebsten zu verlieren.

Kapitel 7

Bitten und Bangen

Massimo schenkte seiner Brieftaube einen sachten Kuss auf das mit hellen Federn bedeckte Haupt, bevor er sie in den Himmel empor steigen ließ. Hoffnungsvoll blickte er ihr nach, bis sie als kleiner, kaum erkennbarer Punkt in den Weiten des Wolkenreiches verschwand.

* * *

Gabriella stürmte in Anna Marias Zimmer, riss sie aus ihrer Trance und wedelte hektisch mit einem ledernen Röhrchen vor ihrem Gesicht umher. »Ich habe einen Brief für Euch!« Die Hofmeisterin strahlte übers ganze Gesicht. »Der Herr hat Euch eine Nachricht zukommen lassen.«

Hin und her gerissen vor Freude und Wut starrte Anna Maria auf Gabriellas Hände und wandte ihr dann trotzig den Rücken zu. »Ich will ihn nicht. Geht weg!«

Gabriella setzte sich an ihr Bett, schloss sie in ihre kräftigen Arme und drückte sie fest an sich. »Hört auf, Euch selbst im Weg zu stehen, mein Kind. Das muss aufhören! Viel zu lange schon liegt Ihr in Eurem Bett. Ich werde das nicht länger mit ansehen! Wenigstens einer von Euch sollte sich vernünftig verhalten – und meist sind es doch die Frauen, die weiser sind.«

»Ich will weder vernünftig noch weise sein. Lasst mich in Frieden.«

Ein erhobener, warnender Zeigefinger erschien vor Anna Marias Gesicht. »Ihr seid eine erwachsene Frau, Anna Maria. Beginnt endlich, Euch wie eine solche zu verhalten. Wenn ihr ihn wirklich wollt, dann müsst Ihr lernen, Euer Temperament zu zügeln!«

Anna Maria stiegen Tränen in die Augen. »Aber …«

Gabriella unterbrach sie schroff: »Es gibt kein Aber! Ihr solltet Euch freuen!«

Sie legte ihr ohne ein weiteres Wort das Ledertäschchen in die Hände und verließ den Raum.

Anna Maria hielt es lange nur fest umschlossen, bis sie bereit war, ihre Hand zu öffnen. Unter Tränen begann sie, die Laschen aufzufädeln. Dann breitete sie das kleine Röllchen vor sich aus. Sie hatte Angst davor, seine Zeilen zu lesen. Angst, sie könnten ihr nicht gefallen. Sie fühlte sich schlapp und mutlos, und sie fürchtete, einmal mehr verletzt zu werden.

›Was für eine wundervolle Schrift‹, dachte sie bei sich. ›Sie passt zu ihm.‹ Die Buchstaben waren herrschaftlich und anmutig in sich verschlungen. Lange betrachtete sie das Papier, bis sie mit flatterndem Herzen zu lesen begann.

Meine liebste Anna Maria,

Es schmerzte mich sehr, Euch verlassen zu haben, doch mir blieb keine andere Wahl. Ich möchte Euch um Verzeihung bitten, dass ich Euch vor vollendete Tatsachen stellte und meine überstürzte Abreise nicht erklärte. Ich hätte mit Euch sprechen müssen, und es grämt mich sehr, es nicht getan zu haben. Es ist keine Entschuldigung, aber die Dinge überschlugen sich derart, dass mir keine Zeit blieb, um angemessen zu reagieren.

Wohl hätte ich Euch eine Nachricht hinterlassen können, doch nach unserer letzten Begegnung fehlten mir schlicht die Worte … Doch nun hatte ich genügend Zeit, um über all dies nachzudenken und möchte Euch sagen, wie wundervoll es für mich gewesen ist, Euch in meinen Armen halten zu dürfen.

Ich zehre noch jetzt von jeder Berührung, die mir hier, in der Ferne, ein Stück Einsamkeit nimmt. Ich wünschte, Ihr wärt jetzt an meiner Seite. Es wäre um so vieles leichter, wenn ich Euch bei mir wüsste. Das Leben selbst erscheint mir leichter, farbenfroher und fröhlicher in Eurer Nähe.

Ihr sollt wissen, dass ich in dem Moment, als ich Euer wunderschönes Gesicht in meinen Händen hielt, nichts auf der Welt sehnlicher wünschte, als Euch zu küssen. Ich verzehrte mich mit meinem ganzen Körper danach, Eure Lippen auf den meinen zu spüren. So sehr, dass der Schmerz darum, es

nicht getan zu haben, nun wie das Feuer der Hölle in mir brennt.
Ihr seid die schönste, anmutigste Frau, der ich jemals begegnet bin. Ihr gleicht einem Engel. Einem Engel der Erlösung, welcher vom Himmel herab fiel, um die Einsamkeit in meinem Herzen für immer zu verbannen. Ihr schenkt mir Hoffnung, Anna Maria. Hoffnung, dass meine Seele durch Euch geheilt werden könnte.
Wenn Ihr bei mir seid, fühlt es sich an, als lebe ich in einem Traum. Vielleicht seid Ihr selbst gar eine einzige, wundervolle Illusion. Ich hoffe inständig, dass es nicht so ist. Unzählige Träume spinnt meine Fantasie um Euch, um uns. Derart viele, dass ich mich bei Zeiten frage, was wirklich war und was nicht. Noch immer kann ich kaum fassen, dass eine so unglaubliche Frau, wie Ihr es seid, tatsächlich und dazu in meiner eigenen Wirklichkeit existiert.
Der Gedanke an Euch lässt mich seit dem Tag unserer ersten Begegnung nicht mehr los. Es ist, als würdet Ihr mich zu jeder Stunde begleiten. Ihr weilt in mir, in meiner Seele.
Ich weiß, wie sehr Ihr es verabscheut, Euer Zimmer nicht verlassen zu dürfen, und es quält mich, Euch dies noch einmal angetan zu haben. Bitte verzeiht mir. Hasst mich nicht … Es wäre mein Tod, wenn ihr Euch von mir entfernt. Es ist zu Eurem eigenen Schutz, liebste Anna Maria. Es ist wichtig! Habt Geduld. Ich werde Euch die Einzelheiten erklären, sobald ich wieder zurück bin.

Daran zu denken, wieder bei Euch zu sein, erhellt die dunklen Schatten in mir. Ich sehne mich in jeder Sekunde danach, Euch wieder zu sehen. Meine Sehnsucht ist so übermächtig, dass ich versucht bin, auf der Stelle umzukehren, doch ich kann nicht.

Allein das Wissen darum, das Ihr schon bald wieder in meiner Nähe seid, schenkt mir die nötige Kraft, weiter nach vorn zu schreiten.

Vergesst mich nicht.
In sehnlichster Erwartung,

Massimo

* * *

Kardinal Fresco klopfte an die schwere, hölzerne Türe, die zu Papst Julius' Arbeitszimmer führte und trat nach kurzem Warten ein.

Julius saß an seinem mächtigen Schreibtisch, vertieft in Dokumente und lästige Bittgesuche.

»Was wollt ihr, Fresco?«

»Entschuldigt die Störung, Eure Heiligkeit. Der Hofmarschall San Lilias lässt ausrichten, dass der Gran Duca nicht daran denkt, zu verschwinden, bevor ihr ihn angehört habt. Er weist jede Schuld von sich.«

»Ich bin nicht gewillt, einen Verräter zu empfangen, und ich werde meine Meinung nicht ändern! Er soll sich zum Teufel scheren!«

»Dieser Narr ist unbelehrbar. Er reist mit großem Tross, hat sich bereits an den Stadtgrenzen niedergelassen und belagert uns jeden Tag aufs Neue. Es scheint mir, als würde er dieses sinnlose Unterfangen ernst meinen. Sollen wir die nötigen Schritte in die Wege leiten lassen, um ihn zu entfernen? Es sind nun schon drei Wochen.«
Julius überlegte. »Nein, Fresco. Ich kenne ihn. Es ist nicht seine Art, zu bitten und zu betteln. Der Gran Duka steht hinter seinen Entscheidungen, dafür ist er bekannt. Sein Verrat an mir wiegt schwer. Ich frage mich, woher er die Dreistigkeit nimmt, hierher zu kommen und was er sich davon verspricht.« Süffisant lächelnd fügte der Papst hinzu: »Ich werde ihn empfangen. Es könnte spaßig werden, ihn vorzuführen.«

* * *

»Ich bin zutiefst enttäuscht, gar verletzt darüber, dass gerade Ihr es sein sollt, der sich gegen mich stellt. Ich habe Euch immer für einen ehrenhaften Mann gehalten. Ich habe Euch geschätzt, obgleich Euer Land sich der katholischen Kirche bis heute nicht unterwerfen wollte. Doch in politischen Angelegenheiten verband uns stets beiderseitige Achtung.«

Nach diesen Worten schritt Massimo entschlossen nach vorn und sank zu Boden. Direkt vor die Füße des Papstes. »Daran hat sich nichts geändert, Julius. Ihr wisst, dass es nicht meine Art ist, sich vor irgendjemandem zu verneigen. Seht dies als Beweis meiner ehrlichen Absichten an.«

»Erklärt Euch mir. Dann werden wir sehen.«

»Ich selbst wurde verraten! Aufs Schrecklichste hintergangen!«

Papst Julius lachte auf. »So, so. Eine mutige Behauptung. Wer hätte in Eurem Namen handeln sollen? Ihr seid dafür bekannt, all Eure Fäden selbst in der Hand zu halten.«

»Giacomo. Mein eigener Bruder ist es gewesen. Er war es, der meine Gelder veruntreut hat, um Pandolfos Zug gegen Euch, gegen Rimini zu finanzieren. Als ich davon erfuhr, habe ich mich sogleich auf die Reise begeben, um mich Euch persönlich zu stellen. Ich hätte Euch niemals verraten. Ihr wisst, dass ich Pandolfo hasse! Ich habe ihn immer gehasst!«

»Weshalb sollte ich Euch glauben? Wie hätten derart große Zahlungen an Euch vorbei getätigt werden sollen?«

Massimo blickte ihm voller Trauer in die Augen. »Vertrauen, Julius. Ich habe meinem Bruder blind vertraut.« Massimo senkte bestürzt über sich selbst sein Haupt. »Dies war wohl der schwerwiegendste Fehler meines Lebens.«

Der Papst war hin und her gerissen – und inzwischen geneigt, ihm Glauben zu schenken. Sie kannten sich lange und Massimo hatte ihm in all der Zeit nie Grund gegeben, an ihm und seiner Aufrichtigkeit zu zweifeln.

»Was hat sich Giacomo davon versprochen? Ihr seid beliebt bei Euren Männern, das ist allgemein bekannt. Ich kann mir nicht vorstellen, wie er es geschafft haben soll, Eure eigenen Leute von Euch abzuwenden. Es heißt,

San Lilias Männer stehen geschlossen hinter ihrem Herrn. Was Ihr sagt, ergibt keinen Sinn! Und wenn es wirklich so war, wie Ihr behauptet, wie werdet Ihr dann mit Eurem Bruder verfahren?«

»Diese Frage stelle ich mir selbst. Ich gab ihm keine Gelegenheit, sich zu erklären. In San Lilia gibt es keinen Platz mehr für ihn. Die ganze Tragweite dieser Verschwörung erschließt sich mir nur langsam. Er muss etliche Gönner gehabt haben. Verbündete aus meinen engsten Reihen. Es gibt niemanden mehr, dem ich trauen kann. Ich gehe davon aus, dass er sich von Pandolfo Unterstützung erhoffte, um mich zu stürzen, um meinen Platz einzunehmen.«

»Das kann ich mir nur schwer vorstellen. Selbst mit Pandolfos Truppen wäre dies kaum denkbar! Eure Festung ist uneinnehmbar!«

»Ich denke eher, dass er mich in eine Falle locken wollte. Ich vermute, dass es sein Ziel war, mich zu töten. Nach allem, was geschehen ist, was ich aus seinem eigenen Munde hören musste, würde ich ihm zutrauen, derart weit zu gehen. So sehr mich dieser Gedanke auch schmerzt. Gold hat seine Seele verpestet und der Wein schon vor Langem sein Hirn zerstört. Er ist leicht zu beeinflussen. Gerade durch jemanden, der den Namen Malatesta trägt.«

Papst Julius überlegte. »Ein Attentat also. Wenn ich Euch Glauben schenken soll, dann müsst Ihr mir einen Beweis Eurer Loyalität liefern. Das Wort eines Mannes ist zu diesen Zeiten nichts mehr wert. Selbst, wenn es aus Eurem Mund erklingt.«

In Massimos Augen blitzte Hoffnung. »Dann gebt mir die Chance dazu. In wenigen Wochen soll in Rimini ein Ball stattfinden. Pandolfo Malatesta hat vor, seinen Triumph über Euch gebührend zu feiern.«

»Was schwebt Euch vor?«

»Ich wurde schon vor Längerem als Ehrengast geladen. Er hatte die Einladungen kurz nach seinem Einzug in die Stadt versenden lassen.«

Julius schüttelte den Kopf. »Er ist nichts weiter als ein elender Parasit. Man sollte das Leben aus ihm heraus quetschen.«

»Etwas in der Art habe ich vor. Ich gehe davon aus, dass er und mein Bruder geplant hatten, mich an eben diesem Abend aus dem Weg zu räumen. Doch nun, nachdem ich um den Verrat weiß, wird wohl niemand mit meinem Erscheinen rechnen. Ich denke, Giacomo wird sich nun hinter dem Schutz Pandolfos verkriechen.«

»Ihr wollt Euch dies zu Nutze machen? Der Gedanke gefällt mir. Ich verabscheue Angriffe aus dem Hinterhalt, doch in diesem Fall habt Ihr meine Einwilligung.«

»Ich werde ihn Euch ausliefern, Papst Julius. Ob tot oder lebendig. Dann werdet Ihr endgültig Gewissheit haben, dass ich nichts als die Wahrheit gesprochen habe.«

Die beiden Männer blickten sich tief in die Augen.

»Ich glaube Euch, Massimo, doch mein Vertrauen wird erst dann wieder Euch gehören, wenn sein Kopf vor meinen Füßen liegt. Ich bin froh über Eure Hartnäckigkeit.«

»Ich danke Euch vielmals. Ich verspreche, dass ich Euch nicht enttäuschen werde. Ich …« Massimo unterbrach sich selbst. Er sinnierte darüber, wie weit er noch gehen konnte, ob er den Bogen bereits überspannt hatte.

Julius blickte ihn derweil interessiert an. »Sprecht weiter.«

Massimo wirkte zerknirscht. »Mein Besuch hat noch einen zweiten Grund. Es ist mehr ... eine Bitte.«

Julius Blick verdunkelte sich. »Ihr kamt als Verräter und erwartet Euch die Erfüllung eines Gefallens? Zudem in einem Atemzug? Das kommt unerwartet.«

»Ich denke, Ihr wisst, dass ich eine Verlobung eingegangen bin.«

Papst Julius zog eine Augenbraue in die Höhe. »Ja, es ist mir berichtet worden. Mit einer Deutschen, soweit ich weiß. Niederer Adel, doch stammt sie aus einer großen Handelsfamilie. Es ist in aller Munde, dass Ihr vorhabt, das Monopol der Medici abzulösen. Gerade jetzt, wo sie aus Florenz geflohen sind. Wenn ich darüber nachdenke, frage ich mich, ob Ihr vielleicht auch in dieser Sache gewisse Fäden gezogen habt.«

»Nein, darum geht es nicht. Ich gedenke, die Verlobung zu lösen und erhoffe mir hierbei Eure Unterstützung, um mein Ansehen nicht gänzlich zu verlieren.«

Julius verzog seinen Mund zu einem Lächeln. »Ich verstehe nicht, weshalb. Die Verbindung nützt Euch doch sehr. Ohne sie ist Euer Vorhaben sinnlos.«

»Nun, ich habe dieses ohnehin aufgegeben.«

»Das verstehe ich nicht. Erklärt Euch genauer.«

Massimos Stimme war kaum hörbar. Es fiel ihm schwer, die Worte auszusprechen. »Ich ... nun, ich habe mich entschieden, eine andere Frau zu ehelichen.«

Julius lachte laut auf. »Ist das ein Witz?« Er drehte sich zu seinen Kardinälen um und spornte sie an, mit ihm einzustimmen und bald machte sich der gesamte Saal über Massimo lustig.

»Ihr wollt mir ernsthaft weismachen, dass Ihr diese großartige geschäftliche Verbindung für irgendein anderes Weib aufgebt? Weshalb? Wer schläft schon mit seiner Ehefrau? Nennt mir den wahren Grund! Ich brenne darauf, ihn zu erfahren.«

Massimo neigte sein Haupt, bevor er offenbarte: »Mein Herz gehört einer anderen, und es ist mein größter Wunsch, sie zu ehelichen.«

»Wer ist sie, dass sie einen derartigen Einfluss auf Euch hat? Vielleicht gar eine Medici selbst? Ist die Deutsche deshalb nicht mehr notwendig?«

»Sie ist einfach nur eine Frau. Ich erhoffe mir von Euch, dass Ihr meine Verlobung löst und in die Ehe mit meiner Auserwählten einwilligt.«

»Wenn Ihr meinen Segen dazu wünscht, ist dieses Weib wohl die Ausgeburt einer einfachen Hure. Ich hätte Euch mehr Geschmack zugetraut, Massimo.«

Massimos Stimme wurde scharf.

»Reizt mich nicht, Julius. Es ist mein Ernst.«

»Harte Worte für einen Verräter mit großen Bitten. Meint Ihr nicht auch?«

Massimo ballte seine Hände zu Fäusten, um die Wut zu unterdrücken. »Sagt mir: Kann ich auf Eure Unterstützung zählen?«

»Ich würde die Frage gerne anders formulieren. Weshalb sollte ich Euch diesen Gefallen tun?«

»Was verlangt Ihr?«
»Was seid Ihr bereit zu geben?«
»Alles!«
»Hört! Hört! Der Große Gran Duca di San Lilia hat sich derart den Kopf verdrehen lassen, dass er bereit ist, alles für ein Weib aufzugeben. Ihr seid in einer schwierigen Situation, Massimo. Es wäre klüger gewesen, mir erst Pandolfos Kopf zu liefern und mich dann um einen Gefallen zu bitten. Sozusagen als Belohnung.«

»Wie gesagt, das Wichtigste war mir, meine Ehre wiederherzustellen ...«

Der Papst unterbrach ihn: »Nicht so schnell, mein Freund. Noch ist nichts geschehen. Noch habt Ihr Euch nicht bewiesen.«

»Ich werde mich beweisen. Willigt Ihr nun ein, oder nicht?«

Julius erhob sich von seinem Stuhl. »Nun gut, sobald Ihr mir Pandolfo bringt, werde ich die Verlobung auch von Seiten der Kirche als nichtig erklären. Im Gegenzug erwarte ich Eure bedingungslose Loyalität. Wenn Ihr versteht, was ich meine ...«

Massimo beäugte ihn kritisch, doch er nickte. Er verstand nur zu gut, was Julius von ihm erwartete: San Lilias volle, militärische Unterstützung in allen Belangen des Klerus.

»Meine Männer werden Euch treue Dienste erweisen, sobald Ihr sie benötigt«, sagte er schließlich.

»Es ist ein hoher Preis, den Ihr bereit seid zu zahlen. Ich hätte nicht gedacht, das San Lilia jemals seine Unabhängigkeit aufgibt.«

»Unsere Unabhängigkeit der Kirche gegenüber bleibt bestehen. Ich habe ausschließlich eingewilligt, für Euch in den Krieg zu ziehen, wenn es sein muss. Über eine Kleinigkeit würde ich allerdings gerne noch verhandeln, wenn ihr erlaubt.«

»Was denn noch? Ihr seid nicht in der Position, um Ansprüche zu stellen.«

»Es ist so, dass meine Verlobte bereits auf dem Weg ist. Gibt es denn keine Möglichkeit, Euch davon zu überzeugen, die Dinge ein wenig zu beschleunigen?«

»Kommt sie etwa Eurer kleinen Mätresse in die Quere?« Der alte Mann lachte kehlig. »Nun, das ist allein Euer Problem.«

* * *

Bereits am nächsten Morgen machte sich der kleine Tross daran, in die Heimat aufzubrechen. Seit nun mehr als vier Wochen war Massimo von seiner Liebsten getrennt und weitere drei sollten folgen. Es hatte ihn mehr Zeit gekostet als erwartet, und die Vereinbarungen, die er getroffen hatte, lagen ihm wie schwere Steine im Magen. Massimo fragte sich, ob er das Richtige getan hatte, ob sie, Anna Maria, diesen gewaltigen Schritt wirklich wert war. Doch sobald er zu zweifeln begann, stach es schmerzhaft in seinem Herz. ›Ja, sie ist es wert. Alles würde ich für sie geben. Alles‹, dachte er bei sich.

Alfio ritt an Massimos Seite und riss ihn aus seinen Grübeleien. »Was gedenkt Ihr nun zu tun, mein Herr? Ich meine, was soll mit den Verrätern geschehen?«

»Ich bin mir noch nicht sicher. Aber ich werde nicht umhin kommen, ein gewaltiges Zeichen zu setzten. Ein Zeichen, das sowohl Schuldige, wie auch Unschuldige betreffen wird.«

»Dessen bin ich mir bewusst. Auch ich zermartere mir den Kopf darüber, wer zu den Verrätern zählt und wer nicht. Es wird nicht möglich sein, die Unrechten zu entlarven.«

»Es werden Köpfe rollen müssen, mein Freund. Etliche Köpfe.«

Alfio nickte betreten.

Eine Weile ritten sie stillschweigend nebeneinander her, bis Alfio wagte, ein anderes Thema anzuschneiden, das ihn nicht minder beschäftigte. »Dürfte ich Euch eine persönliche Frage stellen?«

Massimo blickte ihn überrascht an. »Fragt.«

»Als ich auf Euch wartete, habe ich Teile Eures Gespräches mit Papst Julius gehört. Ging es dabei um das russische Mädchen? Entschuldigt, es geht mich nichts an …«

»Nun«, unterbrach ihn Massimo, »Ihr habt recht mit Eurer Vermutung, doch wie kommt Ihr darauf, dass es um sie ginge?«

»Nun ja, wenn man dem Geschwätz des Pöbels Glauben schenken darf, dann heißt es, Ihr wärt gemeinsam mit Ihr auf Eurem Pferd geritten. Zudem ließ es sich schwer verheimlichen, dass sie nicht mehr in der Küche arbeitet und stattdessen ein eigenes Zimmer bezogen hat.«

Massimo lächelte. Der Gedanke an sie erhellte sein Gemüt. »Ihr Name ist Anna Maria.«

»Ihr seid bereit, viel für Sie aufzugeben.«
»Ich weiß darum. Sorgt Euch nicht um mein Land. Mit ihr an meiner Seite wird sich alles zum Guten wenden.«

* * *

Beschwingt tanzte Anna Maria in ihrem Zimmer umher. Gabriella erkannte sie beinahe nicht wieder und ließ sich nur allzu bereitwillig von ihrer Laune anstecken.

»Ich werde Euch etwas verraten, meine Liebe. Kommt näher. Es ist ein Geheimnis, das nur für wenige Ohren bestimmt ist.«

Aufgeregt und vor Freude strahlend tanzte Anna Maria ihr entgegen, und Gabriella flüsterte verschwörerisch: »Wenn eine Frau das Herz eines Mannes erobert und klug genug ist, damit sorgsam umzugehen, geschieht etwas, das dem Manne für immer verborgen bleiben sollte.« Sie schwieg geheimnisvoll.

»Was ist es, Gabriella? So sagt es mir doch! Ich verspreche, bis in alle Zeit darüber zu schweigen.«

Gabriella grinste in sich hinein und begann von Neuem: »Wenn ihr gerissen seid und damit beginnt, eine wirkliche Dame zu werden, dann könntet Ihr es in Bälde sein, die jene unsichtbaren Fäden in Ihren Händen hält. Versteht Ihr? Wenn das Herz einmal verschenkt ist, bleibt es wohl die Aufgabe des Mannes zu denken, jedoch ist es seine Frau, die ihn lenkt.«

Anna Maria sah die alte Dame ungläubig an. »Denkt Ihr wirklich, dass so etwas möglich ist?«

Gabriella nickte stumm.

»Könnt Ihr mich denn lehren, eine solche Dame zu werden?«

Die Hofmeisterin grinste amüsiert. »Was meint Ihr denn, wozu ich hier bin? Mein Kind, ich habe längst angefangen, Euch zu erziehen, und ich muss gestehen, Euch auf einem guten Wege zu sehen.«

Anna Maria klatschte freudestrahlend in die Hände.

Laute Jubelrufe ließen die beiden aufhorchen, und während Gabriellas Augen sich verengten, hüpfte Anna Maria überschwänglich auf und ab.

»Er ist wieder da! Er muss zurückgekommen sein!«, rief sie immer wieder.

Doch über Gabriellas Gesicht legte sich ein dunkler Schatten. »Das kann nicht sein.«

»Natürlich! Hört Ihr sie denn nicht?«

»Ich werde sehen, was geschehen ist. Ich bin bald wieder zurück.«

Noch bevor Anna Maria in ihrer Euphorie dazu kam, Gabriella genauer anzusehen, eilte die Hofmeisterin mit wehenden Röcken aus ihrem Zimmer.

Anna Maria drückte vor lauter Aufregung ihre Nase ganz rechts gegen das Fenster, um so viel wie möglich von dem Platz vor dem Schloss zu sehen. Mehrere, schwer bepackte Wagen fuhren ein. In der Mitte entdeckte sie eine prächtige Kutsche und wartete gespannt ab. Sie war sich sicher, einen Blick auf ihren Liebsten zu erhaschen, doch nicht er, sondern eine Frau in Begleitung zweier Mägde stieg aus. Die Frau war aufwendig gekleidet. Sie trug ein prunkvolles Kleid, das aus den edelsten Stoffen gefertigt war. Ihre zur Schau gestellten

Reichtümer waren übertrieben. Sie überlagerten die fremde Frau so sehr, dass man ihr vor lauter Pomp kaum in ihr Gesicht blicken konnte. Sie erhob ihr Haupt und sah nach oben. Anna Maria erschrak und duckte sich. Sie wusste nicht, weshalb. Es war ein Gefühl, das sie trieb. Ein seltsames, unangenehmes Gefühl.

Vorsichtig lugte sie wieder hinaus. Die Fremde wirkte, als würde sie das Schloss mustern. ›Wer ist sie nur? Was will sie hier? Vielleicht eine nahe Verwandte Massimos?‹, überlegte sie. ›Nein, das hätte Gabriella mir sicher erzählt. Außerdem gleicht sie ihm nicht.‹

Anna Maria wollte nicht länger darüber nachdenken, doch dann entdeckte sie Gabriellas Gestalt von ihrem Fenster aus. Die Hofmeisterin verbeugte sich tief vor der Frau und geleitete sie ins Schloss.

Endlose Stunden der Sorge, die Anna Maria an den Rande des Wahnsinns trieben, vergingen, bis Gabriella endlich Zeit fand, um zu ihr zurückzukehren. Die Hofmeisterin bemühte sich um ein fröhliches Gesicht, als sie in ihr Zimmer trat, doch Anna Maria enttarnte die Maskerade sogleich und überschüttete sie mit Fragen.

»Wer ist diese Frau? Was will sie hier? Ich weiß, dass Ihr es wisst! Sagt es mir!«

»Sie ist niemand von Bedeutung. Zerbrecht Euch nicht Euren hübschen Kopf.«

Anna Maria blickte sie fassungslos an. Mit vielem hatte sie gerechnet, doch nicht damit, dass Gabriella ihr die Wahrheit verschweigen könnte. »Ich dachte, ich könnte Euch vertrauen.«

Gabriellas Augen weiteten sich. Sie wollte ihre Hand ergreifen, doch Anna Maria entzog sie ihr. »Natürlich könnt Ihr mir vertrauen. Es schmerzt mich, dass Ihr etwas anderes von mir denkt.«

»Ich habe Euch dort draußen bei ihr gesehen und es wirkte nicht danach, dass sie niemand von Bedeutung ist! Im Gegenteil! Sagt mir die Wahrheit!«

Gabriella schüttelte den Kopf. Ihre Stimme war mit einem Mal belegt. »Das kann ich nicht.«

»Weshalb nicht?«

»Ich habe keine Erlaubnis dazu.«

»Wessen Erlaubnis gedenkt Ihr zu benötigen?«

Gabriella zögerte. »Es ist nicht so einfach. Versteht doch. Ihr müsst Euch in Geduld üben. Ich bin sicher, dass der Gran Duca Euch Eure Fragen schon bald beantworten wird.«

Anna Marias Gesicht wurde rot vor Zorn. »Er hat Euch also aufgetragen, es mir zu verheimlichen! Weshalb? Sagt mir, wer sie ist! Ich habe ein Recht darauf, es zu erfahren!«

Gabriella wagte nicht, ihr zu antworten.

»Ich habe Euch mein Vertrauen geschenkt, Gabriella! Ihr wart für mich wie eine Mutter! Wenn Ihr jetzt schweigt, würdet Ihr mich zutiefst enttäuschen!«

Die beiden Frauen sahen sich gleichermaßen verzweifelt an, und Gabriella wusste, dass sie diesem Druck, der ihr Gewissen marterte, nicht länger standhalten konnte.

»Es wird Euch nicht gefallen.«

»Damit habe ich gerechnet.«

»Versprecht mir, dass Ihr die Fassung bewahrt.«

»Ich werde mich darum bemühen.«

»Es wird nicht genügen, es zu versuchen. Ihr müsst ruhig und geduldig bleiben. Zerstört nicht, was Ihr Euch aufgebaut habt. Habt Vertrauen in ihn. Er ist ein guter Mann.«

»Hört auf auszuweichen! Wer ist sie?«

Gabriella seufzte. »Sie entspringt einer bedeutenden, deutschen Handelsfamilie …«

Anna Maria unterbrach sie scharf. »Ihre Herkunft interessiert mich nicht! Ich weiß selbst, dass ich nicht gut genug für ihn bin. Sagt mir, ob sie ist, was ich denke.«

Gabriella nickte wortlos.

»Sprecht es aus! Ich will es aus Eurem Mund hören.«

»Sie ist seine Verlobte.«

Obgleich Anna Maria bereits damit gerechnet hatte, erschütterten sie die Worte in Mark und Gebein. Die Farben des Raumes verschwanden in einem Strudel der Dunkelheit. Sie drehten sich immer schneller und rissen sie mit sich hinab in die Tiefe, bis Anna Maria nur noch Schwarz vor ihren Augen sah. Verzweifelt fasste sie sich an ihr Herz. Es war ihr, als würde durch ihre Adern eine schwarze, klebrige Masse fließen, die ihr Herz vergiftete, bis es einen langsamen, qualvollen Tod in ihr starb.

Anna Maria sackte in sich zusammen. Gabriella bemühte sich darum, sie aufzurichten, doch das Mädchen lag schwer in ihren Armen. Gabriella spürte, wie Anna Marias Herz unnatürlich schnell raste. Ihre Augen waren zwar weit aufgerissen, als wäre sie bei Bewusstsein, doch ihre Pupillen waren starr. Gabriella fasste ihr unter den Arm, um sie nach oben zu ziehen und erschrak fürchterlich über ihre erschlafften Glieder. ›Wie eine Puppe! Eine leblose Puppe!‹, dachte Gabriella, und begann vor lauter Angst und Sorge zu weinen.

Gleich einem Kind, wog sie Anna Maria auf ihrem Schoß und redete dabei unentwegt auf das Mädchen ein. »Ihr müsst Euch beruhigen, mein Kind. Wenn er wieder hier ist, wird sich alles zum Guten wenden. Habt Ihr verstanden? Hört mir zu! Alles wird wieder gut.«
Doch Anna Maria rührte sich nicht.
»Es ist noch nichts geschehen! Nichts verloren!«
Noch lange hielt Gabriella sie in ihren Armen und wiederholte ihre Worte dutzende Male. Doch all ihre Bemühungen, Anna Maria zurück in die Welt zu führen, waren vergebens.

Sie legte das Mädchen in ihr Bett und starrte hilflos auf sie hinab. ›Die leblose Hülle, die ein gestorbenes Herz zurückgelassen hat‹, dachte sie und brach abermals in Tränen aus.

Die ganze Nacht hindurch wachte Gabriella neben ihr. Sie streichelte sie, schüttelte sie und redete pausenlos auf sie ein. Nichts half. Sie versuchte ihr vergeblich Wein einzuflößen, der an ihren Mundwinkeln herab rann.

Als sie schließlich am Ende ihrer Kräfte war, begab sie sich verzweifelt auf die Suche nach Castor. Es war ein schwerer Gang. Sie fürchtete den Griechen.

Als dieser ihre verworrenen Schilderungen endlich begriff, folgte er Gabriella sofort. Konzentriert fühlte er Puls und Herzschlag. Dann zog er Anna Marias Augenlid nach oben und blickte in ihre farblos gewordenen Augen.

Gabriella konnte sich vor Entsetzen kaum noch auf ihren Beinen halten.

»Ist es sehr schlimm? Sie wird doch wieder gesund werden? Habt Ihr diese Krankheit schon einmal gesehen?«

Castors Miene ließ keine Schlüsse zu. Seine Stimme war ruhig. »Was ist mit ihr geschehen?«

»Sie ist gestern Abend zusammengebrochen. Seitdem hat sich ihr Zustand nicht verändert. Ich bin nicht von ihrer Seite gewichen.«

»Körperlich scheint sie mir gesund zu sein.«

Gabriella atmete erleichtert auf. »Ich hatte bereits Angst, sie könnte sterben.«

»Diese Angst kann ich Euch nicht nehmen.«

Entsetzt trat sie einen Schritt zurück und begann zu weinen. Sie schluchzte jämmerlich.

»Aber ... Ihr sagtet doch, sie sei gesund ...«

»Wie ist es dazu gekommen? Lasst nichts aus, Gabriella.«

»Was ... Was meint Ihr?«

»Ich denke, Ihr wisst genau, was ich meine. Haltet mich nicht für dumm, Gabriella. Ich weiß weit mehr über das Mädchen und unseren Herrn, als Ihr je erfahren werdet!«

»Ihr meint ...«

»Weiß sie es? Habt Ihr erzählt, wer gestern in San Lilia eingetroffen ist? Ich bin sicher, das Mädchen wird keine Ruhe gegeben haben, bis ihr mit der Sprache heraus rücktet.«

Gabriella wurde bleich vor Angst. Sie setzte sich auf einen Stuhl und blickte betreten zu Boden. »Ja, ich habe gegen den Willen des Gran Duca gehandelt und es ihr erzählt. Ich bin schuld daran, dass dies mit ihr geschehen ist.«

Castor trat neben sie. »Euch trifft keine Schuld, Gabriella. Ich habe Anna Maria selbst kennengelernt. Sie besitzt einen scharfen Verstand und noch mehr Temperament. Sie hat erfahren, was sie erfahren wollte, und ich denke, sie wusste es, lange bevor Ihr die Wahrheit ausspracht.«

»Was geschieht mit ihr?«

Castor seufzte. »Der Körper lebt in Einklang mit Herz und Seele. Nun ist ihr Herz unter diesen Umständen wohl nicht mehr bereit, weiter in ihr zu schlagen.«

»Aber es ist doch gesund! Es muss schlagen! Sagt mir die Wahrheit: Ist es gesund?«

»Manchmal geschieht es, dass eine Seele in sich zusammenbricht, sodass sie wie tot scheint. Wenn dies passiert, kann es sein, dass ein Herz seiner Seele in den Abgrund folgt. Sie können nicht ohne einander. Es ist die Symbiose beider, die uns am Leben hält. Der Körper ist nichts weiter, als des Menschen Hülle. Eine solche Krankheit entsteht immer von innen heraus. Immer dann, wenn das Gleichgewicht zwischen den Kreisläufen gestört ist.«

»Kann ich denn etwas tun?«

Castor wirkte traurig. »Ihr könnt bei ihr sein, doch ich denke nicht, dass es viel nützen wird.«

»Aber wir können doch nicht untätig daneben stehen! Wir müssen etwas tun! Sprecht einen Zauber! Flößt ihr ein Kraut ein! Irgendwas! Ihr müsst doch wissen, was zu tun ist!«

Castor schüttelte den Kopf. »Geheilt werden kann nur derjenige, der geheilt werden will. Sie hat sich für den anderen Weg entschieden. Seht sie Euch an. Was geschieht, ist ihre Wahl. Sie will sterben. Wir können nur abwarten und hoffen.«

Gabriella verstand. Sie flüsterte: »Auf das baldige Eintreffen des Gran Duca hoffen …«

Castor nickte und blickte betreten auf Anna Maria hinab. »Ihr Herz ist zerbrochen. Er ist der Einzige, der es durch seine Liebe erneut beleben könnte.

Gabriella sprang auf und rannte aus dem Zimmer, hinaus zu den Stallungen, um ihren Mann Francesco zu suchen.

* * *

Francesco hetzte das Pferd über die Berge und Täler hinweg. Er hatte den besten, schnellsten Hengst gewählt, doch selbst dieser kam an seine Grenzen. Vier Tage lang galoppierte er wie wild, bis er endlich auf Massimos Tross stieß. Atemlos sprang er von seinem Pferd und rief so laut er nur konnte nach dem Gran Duca di San Lilia.

Massimo ritt ihm irritiert entgegen.

Als er ihn erkannte, sprang er selbst sofort von Salvatores Rücken und hielt ihn mit beiden Händen an seinen Armen fest.

»Francesco, warum bist du hier? Was ist geschehen?«

»Ihr müsst … Ihr müsst …«

»Beruhige dich. Komm erst einmal zu Atem.«

»Dazu ist keine Zeit. Mein Herr, Ihr müsst sofort auf dem schnellsten Weg zurück nach San Lilia reiten! Ihr müsst Euch beeilen! Meine Gabriella schickt mich! Sie hat keinem Boten getraut.«

»Berichte mir! Lass nichts aus!«

»Eure Verlobte ... Sie ist eingetroffen.«

Massimo lachte. »Das ist höchstens ein Grund für mich, um mir mehr Zeit mit der Heimkehr zu lassen.«

Francesco schüttelte den Kopf. »Nein, mein Herr! Nicht wegen ihr ...«

Massimos Körper bebte. Er ergriff Francescos Arm, packte fest zu, und schüttelte ihn grob. »Was ist mit ihr? Was ist mit Anna Maria!«

»Ich weiß nichts Genaues, mein Herr. Es musste schnell gehen, Gabrielle drängte zur Eile. Ich konnte gerade einmal mein Pferd satteln.«

Der Großherzog blickte ihn eindringlich an. »Erzähl mir alles, was Gabriella dir anvertraut hat.«

»Sie war wirr und hektisch. Sie weinte. Sie sagte, dass das russische Mädchen alles erfahren hat, und dass Castor sagte, dass Ihr der Einzige wärt, der sie noch retten könnte. Sie sprach etwas von einem gebrochenen Herzen. Dann, dass sie tot in ihrem Bett liegen würde, aber noch nicht gestorben ist. Ich wollte, ich könnte Eure Fragen besser beantworten.«

Ohne zu zögern sprang Massimo auf Salvatores Rücken und galoppierte in die Ferne.

Alfio ritt hinter ihm her. »So wartet doch, mein Herr! Was ist geschehen?«

»Ich muss zurück!«

»Ich kann Euch nicht allein reiten lassen! Es ist zu gefährlich! Es wird mindestens vier Tage dauern, bis Ihr eintreffen werdet.«

Alfio fiel immer weiter zurück. Er konnte mit Massimos Tempo nicht Schritt halten. Aus der Ferne hörte er ihn rufen: »Bringt meine Männer sicher nach Hause.«

* * *

Salvatores Maul schäumte vor Erregung. Der Araberhengst war ganz in seinem Element, während Massimo nichts weiter als Anna Marias Gesicht, ihre leuchtenden, wundervollen Augen vor sich sah. Er bemühte sich darum, seine Gedanken zu sortieren. ›Weshalb nur konnte dieses fürchterliche Weib nicht etwas später eintreffen? Wie hatte Anna Maria nur von der Verlobung und ihrer Ankunft erfahren?‹, fragte er sich. Er ärgerte sich über sich selbst. Darüber, dass er zu feige gewesen war, es ihr zu sagen. ›Vielleicht hat sie ihre Anreise durch ihr Fenster beobachtet‹, kam es ihm. ›So wird es geschehen sein. Ich hätte ihr Fenster verdunkeln lassen sollen oder sie in ein anderes Zimmer sperren! Ich hätte damit rechnen müssen! Und dann wird sie Gabriella bedrängt haben, ihr Kunde zu geben über die Fremde. Wohl wird es sie verletzt haben, es nicht aus meinem eigenen Mund zu erfahren, doch was ist nur mit ihr geschehen, dass der gutmütige Francesco geschickt wird?‹ Massimo war heiß und kalt zugleich. ›Hat sie sich etwas angetan? Aus Liebe? Aus Angst, mich zu verlieren?‹ Er dachte darüber nach, wie er an ihrer Stelle reagiert hätte. Er wusste es nicht, aber er verspürte einen tiefen Schmerz in seiner Brust, der ihm die Kehle zuschnürte. Der Schmerz erinnerte ihn an Francescos Worte. ›Er hat von einem gebrochenen Herzen berichtet. Er sprach von Tod und gleichzeitig von Leben. Ist es möglich, an einem gebrochenen Herzen zu sterben?‹, überlegte Massimo und schauderte bei diesem Gedanken. ›Gabriella hat Castor aufgesucht. Sie fürchtet sich vor ihm, der Magie, der anderen Welt und würde niemals freiwillig zu ihm gehen, wenn es nicht unumgänglich wäre‹, sinnierte er weiter und eine schreckliche Angst breitete sich in seinem Körper aus. Eine Angst, die ihn panisch werden ließ und ihm die Luft zum Atmen nahm.

Drei Tage und drei Nächte dauerte es, bis Massimo in San Lilia eintraf.

Die Wachen glaubten in der Dunkelheit, einen Geist zu sehen, als er vor den Toren der Stadt um Einlass brüllte.

Sie wagten es zunächst nicht, ihrem Herrn zu öffnen und so musste er warten, bis sich die Tore endlich bewegten. Als er an ihnen vorbei zum Schloss galoppierte, schrie er ihnen wutentbrannt zu, dass er sie beide würde hängen lassen.

Als er vor Anna Marias Zimmer stand und langsam zur Ruhe kam, dröhnten ihm die Ohren von den Schlägen seines Herzens. Ihm war schwindlig und schlecht, doch er nahm sich zusammen und öffnete die Türe. Es war vollkommen still. Der Schein einer einzigen Kerze hüllte den Raum in schwaches Licht. Gabriella lag in dem großen Bett direkt neben Anna Maria. Sie sprang sogleich auf, als sie den Gran Duca erkannte.

Massimo rang um Worte. Vorsichtig trat er einen Schritt näher. »Schläft sie?«

»Ich weiß es nicht, mein Herr.«

»Was ist mir ihr?«

»Sie ist so, seit … seit sie die Fremde gesehen hat … seit sie …« Gabriella getraute sich nicht weiterzusprechen. Bedrückt senkte sie den Blick und erklärte: »Sie ist nun bereits sieben Tagen in diesem Zustand gefangen. Ich bin nicht von ihr gewichen, mein Herr. Sie isst nicht, sie trinkt nicht, sie antwortet nicht, sie blickt mich noch nicht einmal an, hat sich nicht ein einziges mal bewegt. Es ist so fürchterlich! Ihre Glieder sind wie die eines Toten.«

»Was hat Castor dazu gesagt?«

Gabriella verstummte.

»Was hat er gesagt?«

»Dass sie sterben will. Er sagte, ihr Herz wolle nicht mehr schlagen, da ihre Seele gestorben ist. Er sagte, dass Ihr der Einzige seid, der die Leere füllen könnte. Deshalb habe ich sogleich nach Euch schicken lassen.«

»Ihr habt alles richtig gemacht, Gabriella. Ich stehe tief in Eurer Schuld. Lasst mich mit ihr allein. Lasst niemanden eintreten, bevor ich es Euch sage.«

»Da ist noch etwas, mein Herr.«

»Sprecht.«

Gabriella begann abermals zu schluchzen. »Ich bin schuld an allem.«

»Sprecht weiter.«

»Ich musste es ihr sagen … Sie war so …«
»Ich weiß, was Ihr mir erklären wollt. Doch nicht Ihr, ich trage schuld. Ich hätte ihr selbst die Wahrheit sagen müssen, anstatt die Bürde der Lüge auf Eure Schultern zu laden.«
Gabriella schenkte Massimo einen dankbaren Blick und verließ mit leisen Schritten das Zimmer. Nun war Massimo allein. Er blickte auf Anna Maria hinab und wusste nicht, was er tun sollte, tun konnte. Er sprach mit ihr, doch ihr Zustand veränderte sich nicht. Er rüttelte sie sanft, dann fester und schließlich begann er, ihr ins Gesicht zu schreien. Nichts geschah.

Verzweifelt lief er in ihrem Zimmer auf und ab. Immer wieder stoppte er und versuchte noch einmal, zu ihr durchzudringen. Schließlich zog er sich Schuhe und Oberbekleidung aus, um sich neben ihr ins Bett zu legen. Er wagte nicht, sie zu berühren. Die Angst, einen weiteren Fehler zu begehen, saß tief in ihm. ›Weshalb nur habe ich nicht mit ihr gesprochen? Ich hätte ihr mein Vorhaben erklären können, erklären müssen! Es gab keinen Grund, es ihr zu verheimlichen. Ich hätte zuerst um ihre Hand anhalten müssen und erst dann nach Rom reisen‹, grämte er sich.

Als der Morgen herein brach, hatte er noch immer keine Minute Schlaf gefunden. Die halbe Nacht lang blickte er sie nur voller Trauer an. Dann begann er damit, ihr längst vergessene Geschichten aus seinem Leben zu erzählen und ein paar Mal berührte er ganz sachte ihr Haar. Doch nichts an ihrem Zustand wollte sich verändern und seine Verzweiflung wurde immer größer. Vorsichtig schob er seinen Arm unter ihr Kissen und zog sie ganz sanft an sich. Massimo legte Anna Marias Kopf auf seine Brust und hoffte darauf, dass sie die Schläge seines Herzens spürte. Dass sein eigenes Herz das ihre am Leben halten könnte.

Kapitel 8

Über die Kunst des Vertrauens und heimtückische Spiele

Anna Maria lag lachend in seinen Armen. Musik wurde gespielt. Es war ein fröhliches Stück. Sie tanzten ausgelassen zum Takt der Melodie. Hunderte Augenpaare, die jeden ihrer Schritte scharf beobachteten, waren auf sie gerichtet, doch Massimo war es gleichgültig, was das Volk von ihm und seiner Wahl hielt. Wohl nahm er die Menschen um ihn herum wahr, doch nicht als Menschen an sich. Für ihn waren es bunte, wahllos verstreute Farbkleckse. Unbedeutende Zuschauer, die immer weiter in die Ferne glitten.

Massimo war glücklich. Einfach nur glücklich und drehte sich berauscht von seinen Gefühlen immer schneller mit ihr, bis er glaubte, sogleich den Boden unter seinen Füßen zu verlieren …

Massimo öffnete seine Augen und fand aus den Tiefen seines Traumes zurück in die Welt. Nur langsam konnte er sich wieder in die bittere Wirklichkeit einfügen. Der Schlaf hatte ihn wohl doch noch übermannt. Er blinzelte.

Als Massimo realisierte, wo er war, hob er sachte seinen Kopf an und blickte voller Sorge auf Anna Maria. Sie lag noch immer in derselben Position mit ihrem Kopf auf seiner Brust – wie schon vor Stunden. Er spürte ihren zarten, langsamen Herzschlag und beruhigte sich ein wenig. »Sie lebt. Oh, Gott sei Dank, sie lebt!«, sagte er mehrere Male zu sich selbst und ließ erschöpft seinen Kopf zurück auf das Kissen sinken.

Nach einiger Zeit, in der er trübsinnig an die Decke starrte, meinte er etwas Warmes in seiner Hand zu fühlen und richtete sich vorsichtig wieder auf. Ungläubig starrte er auf Anna Maria. Sein Herz füllte sich sogleich mit Wärme und seine Lippen verzogen sich zu einem Lächeln.

Sie hatte sich bewegt. Sie hatte ihre kleine, zarte Hand in die seine gelegt. ›Es ist noch nichts verloren‹, kam es ihm. ›Sie wird es schaffen. Wir beide werden es schaffen!‹ Sanft drückte er ihre Hand. Sie erwiderte den Druck nicht, doch es war ihm egal. Anna Marias Haut war warm, und Massimo glaubte fest daran, dass sich ihr Körper wieder mit Leben füllen würde. Friedlich schloss er seine Augen und streichelte fortwährend mit seinem Daumen über ihren Handrücken.

Der Tag verging, ohne dass er sich rührte. Er hätte hungrig sein müssen, doch er war es nicht. Das Einzige, an das er denken konnte, war neben ihr zu ruhen, um über sie zu wachen.

Gabriella lugte vorsichtig in das Zimmer hinein. Sie trat ein und stellte Massimo eine neue Kerze wie auch Wein auf den Tisch. Er lächelte sie an und die Hofmeisterin verstand. Anna Maria war nun endlich auf dem Weg der Besserung.

Irgendwann, mitten in der Nacht, als die Weinkaraffe geleert war, sank Massimo abermals in einen tiefen Schlaf. Es war ein starrer Traum, den er träumte. Eher ein einziges Bild, das er voller Stolz bewunderte. Die ganze Zeit über sah er nichts weiter als Anna Maria, wie sie friedlich auf seiner Brust ruhte und er ihre Hand hielt. Dann veränderte sich etwas. Er glaubte, einen leichten Druck in seiner Handfläche zu spüren. Zunächst wagte er es nicht, seine Augen zu öffnen, aus Angst, den Traum zu beenden. Doch als er erkannte, dass er wach war, und dass der schwache Druck, den er spürte, tatsächlich existierte, wusste er nicht, wie er handeln sollte. Das Gefühl, das er empfand, übermannte ihn und nahm ihm die Kraft, klar zu denken.

Massimo sammelte all seinen Mut und hauchte ihr einen sanften Kuss auf ihr seidiges Haar, während er immerzu dieselben Worte in ihr Ohr flüsterte: »Ich bin da. Alles wird gut.«

Die nächsten Stunden vergingen, als wären sie ein einziger, kurzer Augenblick. Als würde die Zeit selbst durch seine Finger rinnen. Er wollte sie anhalten. Die Welt zum Stillstand zwingen, um bis in alle Ewigkeit gemeinsam mit ihr auf diesem Bett zu liegen. Es war friedlich und ruhig. Massimo genoss die Nähe, die Zärtlichkeit und entdeckte an sich selbst eine ihm bislang fremde Seite. Sogar jetzt, in der Dunkelheit erschien ihm die Welt hell und strahlend. Mit Anna Maria in seiner Nähe herrschten nichts als warme, zärtliche Gefühle in ihm.

Massimo empfand all dies als wunderbar und berauschend. Als so schön, dass die Einsamkeit keinen Platz mehr in seinem Herzen fand.

Dann, plötzlich, entzog sie ihm ihre Hand, und als ihm ihr letzter Finger entglitt, begann er zu frieren. Es war eine eisige Kälte, die seinen Körper, gleich einem Sturm, durchzog und er wusste, dass es die Einsamkeit war, die ihren Platz zurück eroberte. Verzweifelt zog er sie fester an sich. Massimo hatte Angst. Er wollte nicht verlieren, was er gefunden hatte. Er brauchte sie, er verlangte nach ihr.

Anna Maria versuchte, ihn von sich zu schieben, doch ihre Glieder waren zu schwach. Beschäftigt mit seinen eigenen Emotionen bemerkte Massimo ihren Widerstand zunächst nicht und als er endlich verstand, dass sie ihn nicht bei sich haben wollte, war sein Herz ein verlassener, trostloser, leerer Ort. Die Einsamkeit, die er spürte, war schlimmer noch als jemals zuvor. So unerbittlich, stur und kalt, dass er befürchtete, sein gefrorenes Herz könnte sogleich in tausende Teile zerspringen.

Wehmütig lockerte er seinen Griff und wagte es, Anna Maria anzusehen. Ihre Augen waren halb geöffnet. Zunächst freute er sich darüber, doch als er den Ausdruck in ihnen las, fühlte er nichts mehr als tiefe Traurigkeit und Ohnmacht.

Die beiden Farben ihrer Augen waren durch Finsternis und Leere nicht mehr zu erkennen. Sie sah ihn an, doch es schien ihm, als würde sie durch ihn hindurch blicken. Als wäre er für sie eine Ansammlung aus Luft, eine körperlose, geisterhafte Erscheinung.

Er bemühte sich, seine Stimme wieder zu finden. »Ich bin hier. Es ist alles gut.«

Ihre Augen weiteten sich ein wenig, doch die Leblosigkeit wollte nicht verfliegen. Aus Angst davor, wie sie auf eine Berührung von ihm reagieren würde, strich er ganz vorsichtig über ihr Haar. Sie schloss ihre Augen, seufzte und murmelte leise. Er legte sein Ohr näher an ihr Gesicht, um sie verstehen zu können.

»Ich hätte nicht gedacht, dass Ihr hier sein werdet, wenn es geschieht.«

Massimo flüsterte nun ebenfalls. »Wenn was geschieht, meine Liebste?«

»Wenn ich gestorben bin.«

Massimo wurde bleich. Jedes Wort fühlte sich an, als würde es ein Stück Fleisch aus seiner Brust reißen. Er wusste nicht, was er denken, was er sagen sollte. Verzweifelt bemühte er sich darum, einen hellen Gedanken zu fassen. Er zog sie noch einmal an sich und dieses Mal ließ sie ihn gewähren.

Es war ein schwacher Trost, da sie weiter sprach: »Es war richtig zu sterben. Der Tod ist so viel schöner.«

Massimos Augen füllten sich mit Tränen. Es waren lautlose, bestürzte Tränen voller Vorwürfe an sich selbst.

»Du bist nicht gestorben. Du bist hier, bei mir. Du gehörst in meine Arme und ich werde dich nicht noch einmal verlassen. Ich verspreche es.«

Anna Marias Blick wurde wacher. Sie erkannte ihn. Aus der verschwommenen Geistergestalt entstand langsam ein Mann aus Fleisch und Blut. Sie wusste zunächst nicht, wie ihr geschah, wie sie sich jemals wieder in dieser Welt zurecht finden sollte. Unzählige Gefühle spiegelten sich in ihren Augen wider, doch was blieb, was alles überschattete, war noch immer diese beängstigende Leere einer leblosen Seele, eines verdorrten Herzens.

Sie hob ihren Arm und strich ungläubig über Massimos Gesicht. Sie zeichnete die Konturen seiner Lippen nach und wanderte immer weiter nach oben, um mit ihren Fingerspitzen seine Tränen zu berühren. Sie zögerte kurz, dann führte sie ihrer Finger an ihre Lippen. Als sie die salzige Flüssigkeit auf ihrer Zunge schmeckte, hatte sie die Gewissheit, dass ihr Traum sein Ende gefunden hat. Dass sie zurück war – in dieser Welt, die sie fürchtete, von der sie sich für immer verabschieden wollte. Als sie begriff, dass er wahrhaftig hier, bei ihr weilte, dass er hier in ihrem eigenen Bett lag, so nahe, dass sich ihre Körper berührten, überschlug sich ihr Herz. Es war der erste, bewusste Atemzug in ihrem neuen Leben.

Massimo konnte nicht mehr länger an sich halten und ergriff ihre Wangen. Seine Berührung war zu suchend, zu fordernd, zu viel für diesen so lange ersehnten Moment. Er erkannte die Angst in ihren Augen, wollte innehalten, ihr die Zeit geben, die sie brauchte, doch er schaffte es nicht.

Er küsste sie. Er küsste sie derart stürmisch, als wolle er all die Stunden, in denen er neben ihr ruhte, all die Sorge um sie und all seine Liebe in diesen einen Kuss legen. Als seine Lippen auf die ihren trafen, war es wie ein donnernder Schlag, der durch ihre beiden Körper fuhr. Der seine, voller Begierde, voller Leidenschaft und Willen.

Der ihre, voller Furcht, voller Zweifel und dem Schmerz der Erinnerung.

    Ihr Körper zitterte. Sie wollte ihn aufhalten, ihn von sich drücken und gleichzeitig an sich zerren. Ihn suchen und finden. Zu sich selbst zurückkehren. Sie war hin und her gerissen, wusste in diesem Moment nicht, was geschehen war, wohin die Berührungen, der Kuss führten. Doch dann kehrten all die Erinnerungen zurück. An seine Verlobte, den Schmerz, den Tod. Es war zu viel. Zu schnell, um die Welle, die in sie einströmte, zu sortieren, um zu wissen, was sie fühlte. Sie wollte sich von ihm abwenden, doch Massimo ließ sie nicht. Als er ihren Widerwillen erkannte, verfestigte sich sein Griff. Panik beherrschte ihn. Es war eine unglaubliche Angst, um Ablehnung und Einsamkeit. Erst als er merkte, dass er ihren Körper derart fest umschlang, dass es sie schmerzen musste, konnte er innehalten. Ihre Gesichter lagen sich direkt gegenüber. Anna Maria schüttelte immerfort den Kopf, weinte und schluchzte laut, während Massimo nicht wusste, wie ihm geschah. Erschrocken über sich selbst, ließ er sie los und zog sich zurück. Was hatte er getan? Er wollte doch nur … Er wusste nicht, was er wollte. Nur, dass er in den letzten Sekunden an nichts anderes dachte, als an sich selbst.

    Anna Maria rollte sich auf die Seite, zog ihre Beine fest an ihren Körper und presste sie Schutz suchend an sich. Massimo streckte seinen Arm aus, um sie zu berühren, ihr mit sanften Händen Sicherheit zu bieten, sie an sich zu ziehen, um ihr zu zeigen, dass sein Herz nur das ihre wollte. Doch er wagte es nicht. Er wollte sprechen, ihr geloben, dass er sie, und nur sie allein liebte, dass alles nichts weiter als ein schreckliches Missverständnis war. Doch seine Lungen fanden keine Luft, um zu atmen. Geschweige denn, um Worte zu bilden.

Eine halbe Ewigkeit lagen sie nebeneinander. Sie, laut und unbeherrscht weinend, mit dem Rücken zu ihm gewandt, er, tonlos, zutiefst in seinem Stolz verletzt, seinen Blick starr an die Decke gerichtet. Es dauerte lange, bis er es schaffte, seine eigenen Dämonen zu bekämpfen.

Langsam wandte er sich um und hauchte ihr in den Nacken. »Ich liebe dich.«

Anna Marias Tränen versiegten. Fassungslos wandte sie sich zu ihm um und blickte ihn an. Sie wartete, und er fragte sich, worauf. Sie war es, die nun an der Reihe war, sich ebenfalls zu bekennen. Doch nichts geschah.

›Was erwartet sie von mir?‹ Er suchte die Antwort in ihren Augen, doch fand sie nicht. Noch immer blickte er in diese fürchterliche Leere, die Kälte, die in ihr wohnte. Weshalb nur konnten seine Worte ihr Herz nicht erreichen? In diesem Moment focht Massimo einen Kampf um Ehre und Liebe mit sich selbst. Auf der Seite der Ehre stand die Wut. Er war wütend und enttäuscht über sie, über die Ablehnung, die Erniedrigung, die er empfand. Darüber, dass nicht er es war, der die Zügel in der Hand hielt. Er war wütend über die Unfähigkeit, sie jemals beherrschen, und noch weniger besitzen zu können. Auf der anderen Seite stand die Liebe, die sie seinem Herzen, seiner Seele schenkte. Die Liebe, die er sein Leben lang gesucht hatte und nun ihr allein gebührte. Schließlich war es das Schwert der Liebe, das genügend Macht besaß, um die Geister der Einsamkeit in ihm nieder zu metzeln.

»Ich wünsche mir nichts sehnlicher, als dich heiraten zu dürfen, meine geliebte Anna Maria. Bitte. Bitte willigt ein.«

Anna Maria wünschte sich, dass all dies nichts als die Wahrheit war, doch sie konnte nicht daran glauben. Der Schmerz saß zu tief und die Zeit war zu kurz. Wie oft hatte sie davon geträumt, dass er diese drei Worte aussprechen würde, die alles erklären konnten und doch nichts verbesserten. Sie dachte, es würde anders sein, wenn er sie fragte. Romantisch, wundervoll und unendlich schön. Doch dieser Moment war nichts davon.

»Spielt nicht mit meinen Gefühlen, mein Herr. Ihr habt bereits eine Verlobte.«

»Es ist nicht so, wie du denkst.«

»So? Wie ist es dann?«

»Es ist kompliziert.«

Anna Marias Stimme war gebrochen. »Ihr habt mich belogen. Ihr habt mein Vertrauen missbraucht. Ich weiß nicht, ob ich Euch noch einmal Glauben schenken kann. Ich weiß noch nicht einmal, ob ich Euch jemals wirklich vertraut habe.«

»Sag mir, was ich tun kann. Ich gebe dir alles. Alles, was du von mir verlangst. Ich werde es mir zurückholen. Ich werde kämpfen, bis ich mir dein Vertrauen wieder verdient habe, meine Liebste.«

Langsam kehrten die Farben in ihre Augen zurück, doch es war noch ein weiter Weg, bis sie wieder in ihrem vollen Glanz erstrahlen konnten.

»Weshalb sollte ich Euch trauen?«

Massimo stockte. »Weil ich dich liebe!«

Anna Marias wusste, dass er meinte, was er sagte, doch dies reichte ihr nicht. Vielleicht würde es niemals reichen. Sie wollte alles. Alles und noch viel mehr.

»Ich liebe Euch ebenfalls, doch ich begreife nicht, weshalb Eure Verlobte hier, in San Lilia weilt, wenn Ihr mir doch beteuert, die Wahrheit zu sprechen.«

»Sie wird nicht mehr lange hier sein. Ich habe den Papst persönlich um die Aufhebung meiner Verlobung gebeten. Es ist viel geschehen, Anna Maria. Schreckliche Dinge, die dich nicht belasten sollen.«

»Hat er eingewilligt?«

»Ja.«

»Ist sie noch hier?«

»Ja.«

»Weshalb?«

»Es gibt Dinge, Vereinbarungen, die ich zu erfüllen habe. Erst dann wird er sein Versprechen einlösen.«

Anna Maria sah ihn ungläubig an.

»Ihr habt Euch für mich verkauft?«

Massimo lächelte bitter. »Ich habe die Ehre meines gesamten Landes für dich verkauft.«

Anna Maria schüttelte bedächtig ihren Kopf. Sie ergriff seine Hand und drückte sie sanft. »Weshalb habt Ihr das getan?«

»Weil ich dich liebe.«

»Kann man ihm trauen?«

»Papst Julius?«

Sie nickte betreten.

»Ich bin mir nicht sicher, doch ich verspreche dir, dass ich um deinetwillen alles tun werde, was er von mir verlangt.«

Anna Maria wusste, dass er die Wahrheit sprach. Die flehenden, klaren Augen, in die sie blickte, konnten nicht lügen.

»Ihr versteht sicher, dass ich erst einwilligen kann, wenn sie fort ist.«

»Ich weiß.«

»Wie lange werde ich auf Euch warten müssen? Ich meine, bis es so sein wird, als hätte es sie niemals gegeben?«

»Ich weiß es nicht. Ich weiß nur, dass jeder weitere Tag, an dem sie hier ist, unerträglich sein wird. Für dich und auch für mich.«

»Werdet Ihr mir erklären, wie hoch der Preis gewesen ist, den Ihr bereit wart, für mich zu zahlen?«

»Vielleicht irgendwann einmal. Wenn die Dinge geschehen sind, und ich wieder fähig bin, reinen Gewissens mein Spiegelbild zu betrachten. Wirst du einwilligen? Wirst du mich heiraten?«

Anna Maria nickte stumm.

Eine Weile lang lagen sie verschlungen nebeneinander, bis sie ihm einen kurzen, zaghaften Abschiedskuss schenkte und Massimo ihr Zimmer verließ.

* * *

Juli 1511

Das Schlagen der Glocken riss mich aus meinem Schlaf und noch immer höre ich schmerzhaft ihren Widerhall in meinem Kopf.
  Ich weiß nicht, wie viele Leben heute ihr Ende fanden und ich glaube, es ist besser für mich, es nicht zu wissen. Es erscheint mir sicherer für mein Gewissen. Den Schlägen der Trommeln nach mussten es etliche gewesen sein. Zu viele Fragen treiben mich um. Fragen, die ich mich nicht zu stellen traue. Fragen, auf die es keine Antworten gibt.
  Waren es nur schuldige Köpfe, die rollten? Oder gar unschuldige? Ist es allein sein Stolz gewesen, der richtete, oder waren diese Exempel zwingend notwendig, um das eigene Land zu schützen? Wie viel Schuld muss gegeben sein, um gerechtfertigt ein Leben zu beenden? Kann diese Art des Richtens denn jemals gerecht sein?
  Der Tod bedeutet niemals nur den Tod eines einzelnen. Was ist mit den Familien? Den Kindern? All den trauernden Herzen? Wer wird für sie Sorge tragen? Wer wird sich um sie kümmern?
  Ich habe das Volk draußen jubeln hören und es nicht gewagt, aus dem Fenster zu sehen. Sie alle haben sich an den Grausamkeiten erfreut, und die wenigen Tränen übertönt. Es klang nicht nach einer Hinrichtung, sondern eher wie ein Fest. Eine Feier, um den Tod zu seinen neuen Seelen zu beglückwünschen.
  Ich begreife nicht, was das für Menschen sind, die sich bei dem Ende eines anderen amüsieren? Die freudig

applaudieren, wenn ein Kopf auf den Boden rollt und das Blut aus dem Hals heraus spritzt. Es gibt so viele von diesen Menschen, dass mir schlecht wird.

Zu oft schon habe ich diese Dinge miterleben müssen. Damals in Russland. Die Erinnerungen, die Bilder in meinem Kopf raubten mir nachts den Schlaf. Es ist besser geworden, seit ich hier in San Lilia bin. Ich dachte, all dies könnte für immer vorbei sein. Doch das, was heute geschah, zwingt mich dazu, mich an ein altes Leben zu erinnern. Ich habe lange nicht mehr zurück geblickt. Ich wollte vergessen, ich dachte, ich könnte vergessen. Es schien mir so weit in der Vergangenheit zu liegen, dass ich mich fragte, ob ich jemals wirklich dort gewesen bin. Nun ist es wieder da. Zurück in meinen Gedanken. Dieses karge, kalte Russland, das ich einst mein Zuhause nannte. Es war keine glückliche Zeit in diesem grausamen Land.

Hier ist es anders. Zumindest dachte ich, es wäre so. Ich habe an diesem Ort etwas erlebt, das mir bisher fremd gewesen war. Glückliche, lächelnde Gesichter. Hilfe und Wohlwollen überall. Ich glaubte, es wäre die Wärme der Sonne, die den Menschen verändert, und hoffte darauf, hier meinen Frieden, ja vielleicht eine Heimat zu finden. All das Schreckliche vergessen zu können. Die Vergangenheit für immer loszulassen. Doch nun ist sie wieder da, und ich muss erkennen, dass nicht alles Gold ist, was glänzt. Nicht einmal in einem gelebten Traum.

Die Menschen scheinen überall gleich zu sein. Jeder für sich, und jeder gegen jeden. Gleich einer Horde wild gewordener Tiere. Sie sind blutdurstige, hungrige Bes-

tien. Vielleicht gieren wir alle tief in uns nach Verrat und Tod?

Was war das nur für eine Welt, in der ich die letzten Monate lebte? Es ist, als wäre ich abgetaucht in die Sphären eines Traumes. In ein Land, das allein meiner Fantasie entsprang. Ein wundervoller Traum, aus dem mich das Läuten der Glocken und das Schlagen der Trommeln weckten. Wie gern hätte ich diesen Traum mit ihm an meiner Seite zu Ende geträumt.

Ich weiß nicht, ob es noch möglich ist. Ob ich es, nach dem, was er heute geschehen ließ, überhaupt noch will.

Was ist nur geschehen, dass er, dieser liebevolle, gütige Mann, der Mann, den ich liebe, so viele Menschen kaltblütig ermorden lässt? Was ist das für ein Mann, dem ich mein Herz schenkte? War es nicht so, dass ich mich in die goldene Seite seines Herzens verliebte?

Er besitzt so unendlich viel Wärme, derart viel Gefühl, dass es mir schwindlig von seiner Liebe wird, wenn ich in seine braunen, gütigen Augen blicke. Doch nun frage ich mich, wer er wirklich ist.

Ich habe Angst, er selbst könnte meiner Fantasie entsprungen sein. Ein weiteres Geschöpf dieser surrealen Welt, die mich immer wieder einnimmt und die ich nicht von der Wirklichkeit zu unterscheiden vermag.

Wie tief liegt das Dunkel in ihm verborgen, und wie schwarz kann es noch werden? Ist es der fremde Dämon, die Seite in ihm, die ich nun kennenlerne, die in seiner Seele überwiegt? Ich muss es befürchten. Doch ich bete darum, mich zu irren.

Wie konnte ich nur derart verblendet sein, von all dem Schönen, dem Glanz, dem unermesslichen Ruhm, der ihn umgibt? Wie konnte ich so tief in einen Traum hinab sinken, dass ich all ich die Dinge um ihn herum vergaß?
Was ist nun wahr, und was geträumt? Ich weiß noch nicht einmal mehr, ob die letzte Nacht wirklich geschehen ist. Doch wenn es so war, wenn er mich wirklich will, dann frage ich mich, wie es wohl sein wird, seine Frau zu werden. Werde auch ich mich verändern und das Dunkel meiner eigenen Seele ergründen? Will ich denn wissen, welche Schatten sich in mir bilden? Vielleicht sind es nicht die seinen, sondern gar die Abgründe meiner selbst, die diese fürchterliche Angst in mir aufsteigen lassen.
Wie konnte ich nur verdrängen, dass er nicht so ist, niemals so sein kann, wie ich es bin? Er ist der Gran Duca di San Lilia, und es ist seine verdammte Pflicht zu herrschen, zu handeln. Ich denke, es ist der Fluch seines Erbes. Ein Fluch, der seine Hände von Geburt an mit Blut tränkte. Es muss so sein. Es ist die Last der Führung. Das ist es, wozu er erzogen wurde. Kaltblütig zu regieren, zu töten – ohne mit der Wimper zu zucken. Ich versuche mir einzureden, dass all dies nötig ist, um den Frieden seines Landes zu bewahren, seine eigene Stellung zu wahren, sein Gesicht nicht zu verlieren. Ich bilde mir ein, dass es nötig ist, einen Herrscher zu fürchten, um ihm folgen zu können. Um sich blind für ihn, für dieses lächerliche Ehrgefühl, das es gilt zu erlangen, in den Tod zu stürzen.

Doch wo ist mein Platz bei alle dem? Wer bin ich? Wer könnte ich sein? Wozu wäre ich selbst im Stande? Vielleicht gar zu mehr als er? Vielleicht bin ich es, die seine Dämonen lenkt. Vielleicht lebt das Böse, leben die Gedanken, die mich verfolgen, nicht etwa in ihm, sondern in mir selbst.

Nun, wo ich dabei bin, über ihn zu richten, frage ich mich, was ich selbst für ein Mensch bin. Was für eine Frau war ich in meinem vergangenen Leben, bevor ich hierher kam? Ich besitze wahrlich nicht das Recht, über ihn, über irgendjemanden zu richten. Ich nicht. Nein, ich nicht.

Doch was mir bleibt, ist die Angst darum, er könnte an all dem Gefallen finden. Ich erinnere mich an unser gemeinsames Abendessen. An den großen Saal mit den vielen toten Tieren, die mich anstarrten. Es war, als wären ihre leblosen Augen warnend auf mich gerichtet.

Ich erinnere mich an den Stolz, der in Massimos Augen funkelte, während er seine Trophäen bewunderte. Sieht er auch mich wie ein Stück in seiner Sammlung? Was wird geschehen, wenn ich die Rolle, die er mir anträgt, nicht auszufüllen vermag? Was passiert, wenn ich ihm am Ende nun doch nicht genüge? Wenn ich es nicht schaffe, die Frau zu werden, die ihm gebührt? Das rechte Weib für ein ganzes Volk, an der Seite des Großherzogs. Werde ich ebenso ausgestellt an einer Wand enden wie der große Bär?

Ich habe erlebt, wie wütend er sein kann. Wird er diese Wut jemals gegen mich wenden? Weshalb nur wollte ich diese Dinge so lange aus meinen Gedanken verdrängen?

Ich sollte seiner Wut und seiner Gewalt ins Auge blicken, um zu wissen, ob ich damit umzugehen weiß.
Ich muss wissen, wer er ist, wer ich bin, und zu wem oder was wir gemeinsam werden könnten.

* * *

Gabriella stürmte auf Anna Maria zu. »Oh, ich freue mich so sehr, Euch wohlauf zu sehen! Ihr habt keine Vorstellung davon, in welcher Angst ich lebte.«

Anna Maria bemühte sich darum, sich aus ihrer Umarmung zu befreien. »Ich freue mich auch, Euch zu sehen, doch könntet Ihr mich bitte wieder loslassen?«

Gabriella trat verlegen einen Schritt zurück. »Natürlich, entschuldigt. Ihr müsst verstehen, ich dachte schon, Ihr wärt für immer verloren! Wie fühlt Ihr Euch, mein Kind?«

»Ich denke, es geht mir gut. Was meint Ihr mit verloren?«

»Könnt Ihr Euch denn an gar nichts erinnern?«

Anna Marias Blick wurde traurig. »Nun ja, ich erinnere mich an den Schmerz. Ich erinnere mich daran, wie es sich anfühlte zu sterben. Jedenfalls dachte ich, ich wäre gestorben.« Zögernd fügte sie hinzu: »Dann träumte ich davon, dass der Herr in meinem Bett lag. Wie viel Zeit ist vergangen?«

»Neun Tage lang wart Ihr nicht ansprechbar, mein Kind. Ich hätte nicht damit gerechnet, dass Ihr Euch derart schnell erholt. Es war kein Traum, Anna Maria. Es blieb mir keine andere Wahl. Castor meinte …«

»Castor war hier?«

»Ja. Er sagte … Es ist egal, was er gesagt hat. Ihr seid wohlauf und das ist es, was zählt. Als der Gran Duca von Eurem Zustand erfuhr, eilte er so schnell er konnte zu Euch. Oh, Ihr hättet sein Gesicht sehen müssen, meine Liebe. Er war außer sich vor Angst.« Gabriella begann verschwörerisch zu flüstern: »Er ist nicht von Eurer Seite gewichen, bis sich Eure Augen öffneten. Niemand durfte Euer Zimmer betreten. Ich konnte es nicht ertragen zu warten und ging einmal hinein. Er lag mit Euch in Eurem Bett. Einen ganzen weiteren Tag musste ich voller Sorge um Euch ausharren, bis er endlich heraus trat und mich zu Euch ließ. Als ich Euer Zimmer betrat, wart Ihr bereits wieder eingeschlafen. Ich wagte nicht, Euch zu wecken.«

»Dann ist all dies tatsächlich geschehen?«

Gabriella blickte sie fragend an. »Wovon sprecht Ihr? Ich hoffe doch nicht, von etwas Unehrenhaften?«

»Nein. Natürlich nicht.« Anna Maria starrte verlegen auf den Boden. Ihre Wangen röteten sich.

»Was bedrückt Euch? Erzählt mir davon.«

»Es ist nichts.«

»Nicht nur Ihr könnt standhaft sein, wenn Ihr etwas erfahren wollt. Ich werde so lange keine Ruhe geben, bis Ihr mir erklärt, was Euch auf dem Herzen liegt. Ich hatte eine solche Angst um Euch! Etwas Derartiges darf niemals wieder geschehen! Im Übrigen bin ich hier, um Euch eine Nachricht zu überbringen. Der Gran Duca lässt fragen, ob Ihr Euch bereits imstande fühlt, Euren Reitunterricht fortzusetzen.«

Anna Marias Augen begannen zu leuchten. »Oh ja. Sagt ihm, dass ich es kaum erwarten kann. Bedeutet das auch, dass ich mein Zimmer auch außerhalb des Unterrichts wieder verlassen darf?«

Die Hofmeisterin lächelte. »Ja, auch das. Ihr dürft Euch frei bewegen, ganz wie es Euch beliebt.«

Gabriella verlagerte ihr Gewicht von einem Bein auf das andere und blickte sie ungeduldig an. Anna Maria wusste genau, dass sie noch immer auf eine Antwort wartete.

»Ich kann es Euch nicht sagen, da ich mir nicht sicher bin, ob es wirklich geschehen ist.«

»Sprecht es aus.«

»Ich träumte, dass er mich darum gebeten hat, seine Frau zu werden.«

Gabriella starrte sie mit großen Augen an. Dann begann sie laut zu lachen und fiel ihr stürmisch um den Hals.

»Ich denke nicht, dass Ihr träumtet, mein Kind. Ich hätte erwartet, dass er Euch schon früher darum bittet. Wie habt Ihr geantwortet?«

»Das es mir erst möglich ist einzuwilligen, wenn diese Frau fortgegangen ist.«

Gabriella grinste. »Ihr seid ein kluges Mädchen. Sorgt Euch nicht. Ich bin sicher, dass er alles in seiner Macht Stehende veranlassen wird, um die Verlobung schnellstmöglich zu lösen. Ihr solltet wissen, dass er noch nicht ein Wort mit ihr gewechselt hat. Sie ist außer sich vor Wut.«

Anna Maria kicherte. »Wirklich?«

»Wenn ich es Euch doch sage.«
Doch dann blitzte in Anna Marias Geist die Erinnerung an den Morgen auf. Schlagartig veränderte sich ihr Gesicht. »Heute Morgen ... Die Trommeln ...«
Gabriella wurde traurig. »Es gab keinen anderen Weg.«
»Weshalb nicht? Es gibt immer einen anderen Weg. Ist so etwas schon öfter geschehen? Ich meine ...«
»Ihr meint, ob viele Menschen durch seine Hand den Tod gefunden haben?«
Anna Maria nickte.
»Nein, mein Kind. Ich erinnere mich nicht an Hinrichtungen wie diese. Für gewöhnlich verbannt er Verräter aus seinem Land oder steckt sie so lange in die Kerker, bis sie von selbst ihr Ende finden. Wohl droht er nur zu gern mit dem Strick, doch meist lässt er Gnade walten. In diesem Fall aber verlangte das Volk selbst nach einem solch heftigen Einschreiten. Sie haben Angst. Wir alle haben Angst vor der Zukunft. Keiner weiß, wie es nun weiter geht. Es waren adlige Köpfe, die rollten. Versteht Ihr? Es waren diejenigen, die unserem Herrn am nächsten standen. Angehörige des Großen Rates. Der Gran Duca wurde verraten und mit ihm ein jeder von uns.«

* * *

Anna Marias Beine fühlten sich noch ein wenig schwach an, als sie in den Hof hinaus trat. Das grelle Licht der Sonne blendete sie, als wären es die ersten Strahlen nach einem langen Winter, doch ihre Wärme tat ihr gut.

Sie ignorierte die neugierigen Blicke, die ihr zugeworfen wurden und eilte in Richtung der Stallungen. Massimo fing sie jedoch ab, bevor sie ihr Ziel erreichte und strich sogleich sanft über ihren Arm. Es war für beide schwierig und befremdlich nach allem, was geschehen war, auf einmal derart vertraut miteinander umzugehen. Sie wusste nicht recht, wie sie sich verhalten sollte und schenkte ihm ein schüchternes Lächeln.

»Ich habe eine Überraschung für dich.«

»Für mich?«

»Für die schönste Frau auf dieser Erde.«

Anna Maria senkte verlegen ihren Blick, doch Massimo erfasste ihr Kinn und zog ihren Kopf in die Höhe.

»Schäme dich nicht für das, was du bist … was Ihr seid. Es ist so, wie ich es Euch sage. Ihr werdet Selbstvertrauen lernen müssen, wenn Ihr endlich die rechtmäßige Frau an meiner Seite seid.«

Ihre Wangen färbten sich dunkelrot.

»Vertraut Ihr mir?«

Anna Maria nickte knapp und Massimo zog freudestrahlend ein schwarzes, seidenes Tuch hinter seinem Rücken hervor und verband ihr damit vorsichtig die Augen. Dann ergriff er entschlossen ihre Hand und führte sie mit langsamen Schritten voran.

Es war ein seltsames Gefühl, ihm auf diese Weise ausgeliefert zu sein, dennoch empfand sie es als schön und umfasste seine Hand demonstrativ fester.

Sie gingen ein ganzes Stück, ohne miteinander zu sprechen. Dieser Moment des Vertrauens bedeutete ihnen beiden mehr und verband sie inniger, als tausend

Worte es je vermocht hätten. Dann stoppte er und trat hinter sie.

Als er ihr den Knoten lockerte, nahm er die Augenbinde nicht gleich ab. Stattdessen hauchte er ihr sanft in den Nacken und strich mit seinen Fingerspitzen über ihren Hals. Es war eine so zarte Berührung, dass sie nicht sicher war, ob er oder der Wind sie berührte. Ihre feinen Härchen stellten sich auf und ein wohliger Schauder durchfuhr ihren Körper. Ganz langsam strich er ihr mit dem seidenen Tuch über ihr Gesicht, bis zu ihrem Hals hinab. Anna Maria wagte es kaum, ihre Augen zu öffnen. Sie wünschte sich, dass dieser Moment, dieses intensive Gefühl niemals vergehen würde.

Massimo flüsterte mit sanfter Stimme in ihr Ohr. Er lächelte verschmitzt und wirkte wie ein aufgeregter, kleiner Junge. »Sie gehört nun Euch.«

Anna Maria traute ihren Augen kaum, als sie diese öffnete. Vor ihr stand eine prächtige, strahlend weiße Stute mit großen, gütigen, dunklen Augen. Sie war bereits fertig gezäumt und gesattelt.

Anna Maria schüttelte ungläubig ihren Kopf. »Das verstehe ich nicht.«

»Ich habe sie Stella getauft, da Ihr für mich der einzige Stern an meinem Horizont seid.«

»Ihr habt mir ...« Sie schüttelte wiederum heftig den Kopf.

Massimo stand immer noch dicht hinter ihr. »Ja. Ich habe Euch ein Pferd gekauft. Sie ist eine Andalusier-Stute. Ein ausgesprochen gutmütiges Tier. Ich habe lange danach suchen lassen. Um ehrlich zu sein, habe ich an dem Tag, als ich Euch beobachtete, wie Ihr das Bild eines weißen Pferdes maltet, einen Händler ausgeschickt.«

Langsam drehte sie sich zu ihm um. Ihre Augen füllten sich vor Rührung mit Tränen. Anna Maria konnte nicht länger an sich halten. Stürmisch fiel sie Massimo um den Hals und drückte ihn fest an sich. Riccardo, der die Stute am Strick hielt, blickte die beiden verlegen an.

»Danke.«

»Geht, und seht sie Euch an.«

Vorsichtig streckte sie ihre Hand nach Stella aus, die sogleich wohlwollend ihre weiche Nase dagegen streifte. Sie streichelte ihren Hals und vergrub ihr Gesicht in der langen Mähne. Massimo war überglücklich, sie so strahlen zu sehen. Ihr lächelndes Gesicht war für ihn der schönste Anblick auf Erden. In diesem Moment wusste er, dass er bereit war, alles für sie aufzugeben – wenn er sie nur lächeln sehen konnte.

»Sie scheint Euch zu mögen.«

»Ich liebe sie schon jetzt.«

»Dann lasst uns mit dem Unterricht beginnen. Ich kann es kaum erwarten, dass ihr endlich fest im Sattel sitzt und sich mein Traum erfüllt.«

Anna Maria strahlte ihn selig an. »Gibt es denn keine Möglichkeit, die Dinge vorweg zu nehmen?«

Massimo ließ sich nicht ein zweites Mal bitten und grinste schelmisch. Er hob seine Liebste ungeniert in die Höhe, und setzte sie auf Stellas Rücken. Dann platzierte er sich hinter ihr auf dem Sattel, und schlang fest einen Arm um ihre Taille. Die Stute schnaubte freudig, als

Massimo ihr sanft seine Schenkel gegen den Bauch drückte.
Anna Maria fühlte sich auf ihrem Pferd gleich einer wahren Königin. Niemals hätte sie daran geglaubt, dass dieser Traum einmal für sie in Erfüllung gehen könnte. Mit hoch erhobenem Haupt blickte sie triumphierend um sich. Sie wollte, dass sich so viele wie nur möglich nach ihr umblickten, während sie den Weg zwischen den drei Kastellen entlang ritten. Sie wunderte sich über sich selbst. Für gewöhnlich bemühte sie sich darum, sich vor den Menschen zu verstecken. Doch mit Massimo an ihrer Seite fühlte sie sich, als wäre sie ebenso stark und mächtig, wie er es war.

Der Ausblick am Rande der Klippen war unglaublich schön. Sie konnten das Meer sehen. Gemächlich ritten sie den schmalen Pfad entlang, während Massimo ihr seine Besitztümer am Fuße des Berges und dessen Grenzen zeigte.
»Bald schon wird all das, was Ihr hier seht, auch Euch gehören.«
Es gab nichts, das sie hätte sagen wollen. Sie hörte einfach nur zu und mit jedem Satz, den er sprach, wurde ihre Gewissheit größer, dass er sie wirklich an seiner Seite wollte. Es war kein Traum. Alles, was sie erinnerte, war wirklich geschehen. Glücklich lehnte sie sich gegen seine Brust und ließ ihren Kopf an seine Schulter sinken.

* * *

Niccolo trat ein, um seinen Herrn standesgemäß für seinen großen Auftritt herzurichten. Massimo ließ die Prozedur gedankenverloren über sich ergehen. Er hatte keine Lust zu sprechen. Die letzten Tage waren wundervoll gewesen. Die innige Zweisamkeit, auch wenn sie noch zögernd und unschuldig gewesen war, hatte ihm Halt und Kraft für das Bevorstehende geschenkt. Er weilte ganz bei sich und sein Herz war erfüllt von Zuversicht. Es gab keine Zweifel. Keine Sorge und keine Angst. Massimo glaubte fest daran, dass sein Plan gelingen würde, und dann, wenn das Nötige getan, die Dinge erledigt waren, sollte sich auch alles Weitere zum Guten wenden. In dieser Nacht würde er seinen Worten Taten folgen lassen. Er war fest entschlossen, Julius' Forderungen zu erfüllen und mit wiederhergestellter Ehre zurückzukehren.

Massimo erinnerte sich daran, wie er sich am vergangenen Abend, nach dem Essen, von Anna Maria verabschiedet hatte. Sie hatten sich draußen getroffen, an der alten Weide. Er dachte an ihr wunderschönes Gesicht. An ihr Lächeln und das Leuchten in ihren Augen. Sie hatte wegen ihm gestrahlt. Sie war glücklich, weil er in ihrer Nähe weilte. Es erfüllte ihn mit unermesslichem Stolz, dass es nun jemanden gab, der auf ihn wartete. Für den es sich lohnte, zu siegen, ehrenvoll und unversehrt zurück nach Hause zu kehren.

Er legte die ledernen Strümpfe an. Falls die Situation sich zuspitzen sollte, bedeuteten sie einen festeren Sitz und mehr Schutz, als die aus Leinen. Sein Wams war aus feinem Brokat gewoben und reichte ihm bis zu den

Knien. Er war in Schwarz und Dunkelblau gehalten und mit dicken Silberfäden bestickt, die Lilien zeigten. Die Blume der Könige. Die Blüte, die nur den Großen unter den Herrschern gebührte. Der Brustbereich war röhrenartig in Falten gelegt und die Ärmel fein geschlitzt. Sie waren weiter und üppiger geschnitten, als er es sonst zu tragen pflegte. Abschließend legte er sich einen schmalen, ledernen Gürtel mit einer Lasche an, in der sein Dolch Platz fand. Darüber trug er eine ärmellose Schaube, die einen sehr breiten Schulterkragen besaß, welcher mit schwarzem Kaninchenpelz besetzt war. Dazu ein flaches, mit verschiedenen Federn verziertes Barett. Niccolo stutzte noch einmal die Ecken seines Bartes und kämmte seine Haar, sodass seine prächtigen Locken an seinem Gesicht herab fielen.

Arrogant betrachtete sich Massimo noch einmal in dem großen Spiegel, bevor er seinem Kammerdiener zufrieden zunickte und den Raum verließ. Er strahlte nur so vor herrschaftlicher Eleganz.

Massimos Gefolge, die besten und treusten zwei Dutzend Mann seines Landes, erwartete ihn bereits. Ein jeder von ihnen trug seine schönste, festlichste Kleidung. Und während er seine Männer musterte, wusste er, dass sein Plan aufgehen würde.

Massimo nickte ihnen knapp zu, was unmissverständlich den Aufbruch bedeutete, und stieg in seine Kutsche. Es war ihm zuwider, sich fahren zu lassen, doch es ließ sich nicht umgehen. Von einem Mann seines Ranges wurde es erwartet, standesgemäß vorzufahren. Massimo wusste, dass allein seine unerwartete Anwesenheit für so viel Aufruhr sorgen würde, dass er es sich nicht erlauben konnte, auch noch die Etikette zu brechen.

Alfio hielt Salvatores Zügel in der Hand, was Massimo ein Lächeln entlockte, denn sein geliebter Hengst trabte bereits nach kurzer Zeit selbstständig neben den Pferden her, die seine Kutsche zogen. Als der Tross etwa die Hälfte der Wegstrecke hinter sich gebracht hatte, ließ sich der Hofmarshall zurückfallen und ritt an Massimos Fenster heran.

»Sind alle genauestens instruiert?«

»Eure Männer wissen Bescheid, und ein jeder von ihnen wäre bereit, für Euch in den Tod zu gehen.«

Massimo blickte ihn zufrieden an.

»So soll es sein.«

»Was werdet Ihr tun, wenn Euch trotz dieses Theaters kein Einlass gewährt wird?«

»Das wird nicht geschehen.«

»Wie könnt ihr Euch da so sicher sein, mein Herr?«

»Ich kenne meinen Bruder. Sein Verstand war noch nie von Scharfsinn geprägt. Es sollte ein Leichtes für mich sein, ihn, ohne dass er es sogleich bemerkt, auf unsere Seite zu schlagen. Und wenn dem nicht so sein sollte, dann werden wir wohl einen anderen Weg finden müssen, um in Rimini einzudringen.«

»Wie werden wir mit Giacomo verfahren, wenn es so weit ist?«

Massimos Augen verdunkelten sich. »Sollte er sich uns in den Weg stellen, dann gibt es keine Gnade.«

Alfio nickte und begab sich wieder zurück nach vorn an die Spitze des Trosses.

Die Zeit verging wie im Flug. Schon bald konnten sie Riminis Mauern in der Ferne erkennen. Die Anlage, die sich direkt am Meer befand, war durch einen Wassergraben abgeschirmt und Pandolfo hatte bereits damit begonnen, die maroden Befestigungsanlagen auszubessern. Massimo lachte in sich hinein. ›Was für ein unsinniges, kostspieliges Unterfangen. Er wird es auch so niemals schaffen, sich gegen die päpstlichen Truppen durchzusetzen.‹

Die Tore der Stadt wurden ihnen zunächst nicht geöffnet, da die Banner San Lilias selbst von Weitem kaum zu übersehen waren.

Alfio ritt direkt vor das Tor und rief nach den Wachen. »Berichtet Eurem Herrn, dass der ehrenwerte Massimo Toska Leonardo Maritiano, der Gran Duca di San Lilia hier ist, um seine Einladung als Ehrengast wahrzunehmen.«

Es benötigte einige Zeit, die ein Teil seines Gefolges dazu nutzte, in der Dunkelheit zu verschwinden, bis eine bekannte Stimme zu ihnen herunter rief. Es war Giacomo.

»Was willst du hier? Ihr habt Euren Standpunkt nur zu deutlich vertreten.«

Massimo stieg, obgleich Alfio sich mühte, ihn davon abzuhalten, aus seiner Kutsche, um zu seinem Bruder zu sprechen. Nur begab er sich somit auch leichtsinnig in freie Schussbahn.

»Ich hatte genug Zeit, um über Eure Worte zu sinnieren. Es waren meine Gelder, die Pandolfo all das ermöglichten. Er steht nicht in Eurer, sondern in meiner Schuld, und es ist mein Recht, ihm einen Vorschlag zu unterbreiten, den er nicht ablehnen wird.«

»Weshalb sollte ich Euch vertrauen?«

»Ihr seid mein Bruder, Giacomo. Wenn Ihr mich töten wolltet, dann hättet Ihr es jetzt getan. Wart es nicht Ihr, der mir sagte, dass es schon seit Langem nicht mehr die Ehre, sondern das Gold ist, das die neue Welt regiert? Nun ja, ich sage es nur ungern, doch vielleicht war ich es, der sich getäuscht hat.«

Giacomos überhebliches Lachen brach abrupt ab. Dann herrschte Stille. Trotz Alfios Drängen unternahm Massimo keinerlei Anstalten, sich zurück in den Schutz der Kutsche zu begeben. Mit geöffneten Armen stand er da und wartete. Und seine Geduld zahlte sich aus, als sich nur wenige Minuten später die Tore der Stadt öffneten. Giacomo tänzelte beschwipst auf seinen Bruder zu und schloss ihn in seine Arme, während Massimos Gefolge Mühe hatte, seine Verachtung zu verbergen.

»Es freut mich sehr, dass Ihr nun endlich vernünftig werdet. Was habt Ihr Euch ausgedacht, um unser Vorhaben auszubauen?«

»Ich denke, darüber sollten wir in Pandolfos Anwesenheit diskutieren.«

»Aber ja, aber ja. Doch zuerst möchte ich unsere wieder gewonnene Verbrüderung gebührend feiern. Mein Verrat an Euch lag mir schwer im Magen, müsst Ihr wissen. Nicht umsonst war ich es selbst, der Euch darüber unterrichtet hat. Ich bin froh zu hören, dass Ihr verstanden habt, dass ich zu jeder Zeit nur das Beste für San Lilia ersehnte.«

Massimo schwieg. Doch bedeutete er seinem Bruder, zu seiner Rechten in der Kutsche Platz zu nehmen. Giacomo rutschte, bei dem Versuch einzusteigen, vor Trunkenheit aus und wäre ohne Massimos Hilfe gefallen.

Sie fuhren an der Burganlage vorbei, die äußerlich einem riesigen Maulwurfshügel glich und im Grundriss ein Fünfeck beschrieb. Es gab wahrlich schönere Burgen als die in Rimini. Die Festung wurde aus dunklem, modrig wirkendem Stein errichtet und besaß so gut wie keine Fenster. In Massimos Augen war es trotz der imposanten Größe nur eine schäbige Festung für einen schäbigen Herrscher, dessen Seele von seiner Geburt an in den Flammen des Fegefeuers lebte.

Ihr Weg führte sie weiter in Richtung des großen Platzes, an dessen Ende sich die Kathedrale befand, in der die sterblichen Überreste der Malatesta-Familie zu Grabe lagen. Das Volk stand über die gesamte Strecke hinweg, zu beiden Seiten der Gassen, Spalier. Dieses Gotteshaus, das allein dem Glauben dienen sollte, war in Massimos Augen nichts weiter als ein regelrechtes Götzenbild. Ein Mausoleum der Familie Malatesta, welches als Sinnbild der absoluten Kontrolle über das Volk diente. Es war ein prachtvoller, rechteckiger Bau aus Sandstein, dessen Außenfassade mit ihren großen Säulen ein wenig an die Architektur des römischen Triumphbogens erinnerte. Rings herum fand sich überall das Familienwappen der Malatestas. Es zeigte einen Hundekopf und die Initialen S, P und M auf kariertem Grund. Man fand es am Kopfende einer jeden Säule und unter jedem einzelnen Sarkophag, in dem zahlreiche Humanisten und Gelehrte ruhten, deren Gebeine der alte Sigesmondo einst aus der ganzen Welt herbei schaffen ließ, um die Bedeutung seiner Person und seiner Macht zu unterstreichen. In der Art und Weise, wie sie aneinandergereiht waren, wirkten sie wie Wächter einer konstruierten Welt. Es war bizarr, wenn man wusste, dass ein jeder dieser großen Namen und deren Reliquien einzig zur Selbstverherrlichung der Malatestas missbraucht wurden.

Massimo befand sich nun, neben Giacomo stehend, direkt vor dem Eingang der Kathedrale. Über dem mächtigen, hölzernen Rundbogentor erstreckte sich über die gesamte Breite der Name des Großvaters Pandolfos, Sigesmondo Pandolfo, dem ›Wolf von Rimini‹. Die Kirche, die einst ›San Francesco‹ hieß, trug nun den Namen ›Tempio Malatestano‹.

Als sie eintraten, zog Giacomo seinen Bruder mit sich in die vordersten Reihen. Der übrige Adel hatte sich bereits versammelt und staunte über das gemeinsame Eintreffen des Gran Duca di San Lilia und seines Verräters.

Das Längsschiff wurde zu beiden Seiten von insgesamt fünfzig Engeln bewacht, die auf hellen, mit Blumen geschmückten Säulen platziert waren. Zudem gab es unzählige neue Tafelbilder und Fresken, mit denen sich Pandolfo selbst verherrlichte. ›Kleine Dämonen mit abscheulichen Fratzen hätten weit besser gepasst‹, dachte Massimo bei sich.

Massimo hatte zwar damit gerechnet, dass Pandolfo nicht geizen würde, um ein Spektakel zu kreieren, an das man sich noch lange erinnern sollte. Doch was er sah, als Pandolfo dann leibhaftig auf seinem braunen Hengst in die Kathedrale ritt, überstieg all seine Vorstellungen. Es gab keine Priester, keine Zeremonie. Nichts dergleichen. Er ritt zu Pferde ein, ließ sich bejubeln und stieg noch nicht einmal von seinem Hengst, als er sich direkt vor dem Altar befand. Er drehte sich zur Menge um, ließ sich seine Krone reichen und krönte sich selbst. Eine Ansprache folgte, in der er die vermeintlichen Heldentaten seines Vaters idealisierte, sich selbst rühmte und auf die Bulle verwies, in der Papst Nikolaus V. ihn legitimierte. Sein Auszug daraufhin war ebenso schnell und überheblich, wie sein Einzug es gewesen war, und was folgte, war eine Prozession durch Rimini, in der ihm jeder, unabhängig des Standes, zu Fuß folgen musste.

* * *

Der große Saal war prachtvoll geschmückt. Die vielen Blumen und liebevoll arrangierten Kleinigkeiten schafften es, dem herzlosen, kalten Bau etwas Leben einzuhauchen. Massimo erkannte unzählige Gesichter, von denen er nicht erwartet hätte, sie anzutreffen. Auch sie wiederum blickten ihn ihrerseits ungläubig an. Pandolfo besaß weit mehr Gönner, als Massimo es für möglich gehalten hätte und er fragte sich, weshalb. Er konnte bei den meisten keinen Grund erkennen, sich auf Pandolfos Seite zu stellen, und damit gegen den Papst.

Während Massimo durch die Menge schlenderte, wich Alfio nicht einen Meter von seiner Seite.

Als er ihn erblickte, stolzierte Pandolfo Malatesta mit ausgebreiteten Armen auf Massimo zu. Sein Lachen glich mehr einer Fratze, was sich durch die grundlegende Abscheulichkeit seines Gesichtes kaum vermeiden ließ.

Der arrogante Unterton in seiner Stimme war kaum zu überhören. »Der große Gran Duca di San Lilia! Was für eine Ehre! Eurer Bruder prophezeite mir bereits, dass Ihr noch vernünftig werdet.«

Massimo bemühte sich um ein wohlwollendes Lächeln. »Die Ehre ist ganz meinerseits.«

»Schenkt Euch die Schmeicheleien. Mich könnt Ihr nicht durch geheuchelte Komplimente überzeugen, wie Euren einfältigen Bruder.«

Giacomo, der sich noch immer in Massimos Nähe befand, öffnete protestierend seinen Mund, doch schloss ihn sogleich wieder, als sowohl sein Bruder wie auch Pandolfo warnend ihre Hand in seine Richtung erhoben. Die beiden Männer blickten sich finster an.

Massimo ergriff als Erster das Wort: »Es scheint mir, als wären wir uns nicht ganz so unähnlich wie ich dachte. Ich gratuliere Euch. Ich hatte nicht erwartet, dass Ihr es doch noch schaffen würdet, Euer Land zurückzugewinnen.«

»Ohne Eure finanzielle Unterstützung wäre es tatsächlich weitaus schwieriger gewesen. Ich hatte bisher noch nicht die Möglichkeit, mich persönlich bei Euch zu bedanken und werde dies nun nachholen. Ich habe nicht erwartet, dass es so leicht sein würde, derart hohe Summen vor dem großen Gran Duca di San Lilia zu verbergen.«

Massimo bemühte sich darum, seine Verachtung zu unterdrücken, doch seine Zunge war scharf wie die Klinge eines Messers: »Die Frage ist doch, ob es tatsächlich an mir vorüber zog.«

Pandolfo beäugte ihn kritisch. »Ihr gedenkt, den Spieß umzudrehen? Was erhofft Ihr Euch davon?«

»Ich möchte Euch einen Handel vorschlagen.«

Pandolfo lachte höhnisch. »Ihr wollt mir einen Handel unterbreiten? Weshalb sollte ich mit Euch verhandeln? Ich habe mir bereits alles genommen, wonach ich gierte.«

»Ich frage mich, mit welchen Mitteln Ihr Rimini halten wollt. Euer finanzielles Polster sollte spätestens nach diesem Fest ausgeschöpft sein, wenn ich mich hier so umsehe. Offiziell ist Rimini noch immer päpstliches Eigentum. Ich glaube kaum, dass Ihr diese Tatsache vergessen habt. Papst Julius ist ein kluger Mann, und Eure Festung, mit Verlaub, nicht sonderlich schwer einzunehmen. Er kann und wird warten, Pandolfo.«

»Was wollt Ihr damit sagen?«

»Dass ich mich frage, wie lange Ihr Euer Heer an Söldnern noch finanzieren könnt. Die Vorhaben des Papstes, eine heilige Liga zu gründen, sind Euch sicherlich nicht verborgen geblieben, und Ihr könnt euch wohl denken, dass er diese Zusammenkunft nicht nur gegen Frankreich einzusetzen gedenkt. Es wird ihm ein Leichtes sein, Euch ein weiteres Mal vor die Tür zu setzen.«

Pandolfo wirkte zerknirscht. »Ich warne Euch. Ihr befindet Euch in meinen Mauern, und ich werde nicht zögern, Euch …«

Massimo unterbrach ihn schroff: »Wie gesagt. Ich bin gekommen, um Euch einen lukrativen Handel vorzuschlagen.«

Pandolfos Augen wurden weit, doch es war nicht zu übersehen, dass er nicht recht glaubte, was er hörte.
»Der da wäre?«
»Gibt es einen Ort mit weniger gespitzten Ohren, an den wir uns zurückziehen können?«
Pandolfo blickte ihn noch immer misstrauisch an, willigte jedoch unter der Bedingung ein, allein mit ihm zu sprechen.
Alfio war von dem Vorschlag entrüstet. Dies war entgegen des Plans. Er traute der Sache nicht. Es stank doch förmlich nach einem Hinterhalt. Voller Sorge bemühte er sich darum, seinen Herrn von der Idee abzubringen, jedoch ohne Erfolg. Massimo war sich seiner Sache zu sicher. Er glaubte fest daran, Pandolfo mit Geldern allein locken zu können. Wutschnaubend zog sich Alfio zurück, während Massimo dem neuen Herrn von Rimini durch die Gänge folgte. Gemeinsam mit zwei Wachen führte er ihn immer tiefer hinab, in die Dunkelheit der Katakomben. Vor einem modrigen, kleinen Raum hielt Pandolfo schließlich und bedeutete Massimo den Vortritt. Er trat ein. Es war einer der Kerkerräume, der für Verhöre und inoffizielle Hinrichtungen genutzt wurde. Unzählige Foltervorrichtungen fanden darin Platz, doch Massimo konnte nichts von alledem schrecken. Die eisenbeschlagene Tür wurde sogleich von den Wachleuten geschlossen, als sie allesamt hinein getreten waren und Pandolfo sich gefährlich dicht vor Massimo stellte.
»Nun sagt, was Ihr zu sagen habt.«
Massimo deutete auf die beiden Männer. »Das entspricht nicht unserer Abmachung.«

»Im Gegensatz zu Euch bin ich weniger dafür bekannt, mein Wort zu halten. Ihr hättet wohl besser auf Euren Hofmarshall hören sollen. Er scheint mir ein äußerst fähiger Mann zu sein.«

Massimo ballte wütend die Hände zu Fäusten. Es fiel ihm sichtlich schwer, die nötige Ruhe zu bewahren.

»Meine Geduld ist begrenzt, Gran Duca, und Eure Chancen stehen schlecht, wie Ihr nur unschwer erkennen könnt. Ich hoffe für Euch, dass Ihr mehr als nur heiße Luft von Euch zu geben gedenkt.«

Massimo sah die Ausweglosigkeit, begann also zu sprechen: »Ihr wisst um meine baldige Vermählung, und auch um mein Verhältnis zu Papst Julius?«

Pandolfo nickte.

»Der Grund meiner Heirat sollte Euch ebenfalls geläufig sein.«

»Kommt zum Punkt.«

»Das Wohlwollen des Papstes ist die grundlegende Voraussetzung, um ein für alle Mal die Stellung der Medici abzulösen und mich selbst an ihren Platz zu setzen. Ohne seine Unterstützung ist dieses Unterfangen unmöglich. Das ist der Grund, weshalb ich Giacomo wissentlich gewähren ließ. So bin nicht ich, sondern ist er der Verräter. Ich habe bereits vor Wochen das Gespräch mit Julius gesucht und konnte meinen Standpunkt festigen. Er schenkt mir Glauben.«

Pandolfo lachte. »Dieser alte Narr. Ich glaube Euch gern, dass er sich von Euch in die Irre führen ließ. Doch weshalb solltet Ihr meinen Zug gegen Rimini insgeheim unterstützt haben? Welche Rolle schreibt Ihr mir zu?«

»Ich möchte zwei Dinge von Euch. Erstens benötige ich einen direkten Seeweg, und Rimini liegt San Lilia am nächsten, um sich diese Möglichkeit zu erschließen. Zweitens dachte ich daran, dass Ihr meine künftigen Salzlieferungen überfallt, und die Waren lagert. Es wird der Notstand ausgerufen werden, und somit kann ich den Preis um ein Vielfaches in die Höhe treiben. Es wird nicht lange dauern, bis sich die Investition in Euch für mich rechnet, ohne meine Ehre oder gar die Gunst des Papstes zu verlieren.«

Pandolfo kratzte sich an seinem bärtigen Kinn. »Ihr seid klüger, als ich dachte, Massimo. Die Schuld mir, dem ohnehin schon Bösen, in die Schuhe zu schieben, scheint mir ein weiser Zug zu sein. Über wie viel Abschlag sprechen wir?«

»Über genügend, um Rimini halten zu können. Es ist in unser beider Interesse.«

Pandolfo Malatesta wanderte gemächlich in dem kleinen Raum hin und her und legte dabei seinen Kopf abwechselnd leicht auf die rechte, dann auf die linke Seite. Seine Züge waren kritisch und berechnend. Massimo atmete ruhiger als er erkannte, dass sein Gegenüber den Vorschlag anzunehmen erwog. Doch plötzlich brach der Herr von Rimini in ein scheußliches Gelächter aus. Er konnte sich kaum beruhigen und hielt sich vor lauter Lachen seinen weit nach vorn gewölbten Bauch. Die beiden Männer im Hintergrund stimmten amüsiert mit ein.

Dann verfinsterte sich Pandolfos Blick und seine Stimme erhob sich. Sie donnerte durch den Raum. »Habt Ihr wirklich gedacht, dass es so einfach wäre? Wart Ihr im Ernst der Ansicht, mich derart leicht hinters Licht führen zu können? Ihr ekelt mich an! Euer Bruder hat recht behalten, was Euch angeht. Eure Arroganz blendet Euch derart, dass Ihr nichts weiter erkennen könnt als Euch selbst und Eure aberwitzige Ehre! Dachtet Ihr ernsthaft, Ihr hättet genügend Köpfe abgeschlagen? Ihr habt Euch wahrlich mit dem Falschen angelegt. Wisst Ihr denn nicht, wer ich bin?«

Nun konnte sich auch Massimo nicht mehr halten und für einen Moment vergaß er all das, weswegen er gekommen war. »Ich weiß sehr wohl, wer Ihr seid: Der uneheliche Sohn eines Bastards. Der Mann, der aus Habgier und Minderwertigkeitsgefühl nicht zögerte, seine Halbbrüder, denen das Erbe zustand, umzubringen, um sich einen unrechtmäßigen Titel zu erkaufen. Ihr seid nichts weiter als der Abkömmling einer Hure!«

Pandolfo schlug ihm mitten ins Gesicht. Massimo schmeckte Blut auf seiner Zunge, welches ihn viel mehr antrieb als abschreckte.

»Schweigt! Schweigt still, bevor ich mich vergesse! Wenn Euch etwas an dem Leben Eurer eigenen kleinen Hure liegt, solltet Ihr wahrlich Eure spitze Zunge zügeln.« Pandolfo wurde unmittelbar nach seinem Ausbruch ruhiger und grinste triumphierend. »Im Grunde jedoch spielt dies keine Rolle mehr. Sowohl ihre Tage als auch die Euren werden in Bälde gezählt sein und jedermann wird sich an den einst großen Gran Duca di San Lilia als einen unehrenhaft verendeten Verräter erinnern.«

Massimos Augen weiteten sich. Als er die Bedeutung Pandolfos Worte verstand und begriff, dass er über Anna Maria sprach, begann sein Körper vor Angst und Wut zu zittern. »Was habt Ihr getan? Wo ist sie?«

Pandolfo trat vor lauter Spott so nahe an ihn heran, dass sich ihre Nasenspitzen beinahe berührten. »Mir wurde vieles über Euch und Eure Vorgehensweise berichtet. Ebenso von Eurer kleinen Liebschaft zu diesem wertlosen Weib. Ich frage mich, wie sich ein so bedeutender Mann, wie Ihr es seid, nur derart tief herab lassen konnte. Ich bin Euch um Längen voraus. Sagt, wie fühlt es sich an, an seiner eigenen Arroganz zu scheitern?«

Massimo schwieg. Er starrte ihn nach Blut dürstend an, während Pandolfo keinerlei Anstalten machte, von ihm zu weichen. Amüsiert fuhr er fort. »Noch ist nichts geschehen. Noch warte ich darauf, sie mein Eigen nennen zu können. Doch glaubt mir, dass es mir eine wahre Freude sein wird, mein gesamtes Gefolge dazu zu animieren, sich so lange an ihr zu vergehen, bis sie zum Schluss, unter meiner geballten Manneskraft, schreiend ihr Ende findet …«

Massimo reagierte derart schnell, dass die beiden Männer nicht einmal registrierten, was geschah. Pandolfos Worte erstickten in seiner Kehle. Seine Augen waren staunend weit aufgerissen, als er erkannte, dass er in diesem Moment der Arroganz sein eigenes Ende fand. Massimo blickte ihn im Augenblick des Todes vernichtend an und drehte den Dolch, den er ihm mitten ins Herz gerammt hatte, gnadenlos um dessen Achse, bevor er ihn ruckartig wieder heraus zog, um sich dann rasend vor Wut den Wachen zuzuwenden. Diese waren so überrascht vom Tod ihres Herrn, dass sie zu viel Zeit verstreichen ließen, um auf Massimos Angriff noch reagieren zu können.

Niemals zuvor hatte Massimo einen solchen Hass empfunden. Dieser alles vernichtende Hass ließ ihn erblinden, sodass er nichts mehr sehen konnte als Blut und Tod. Gleich einer wild gewordenen Bestie stürmte er auf die Wachen zu und metzelte sie nieder. Und selbst, als er keinen einzigen Funken Leben mehr in ihren Augen erkennen konnte, war es ihm nicht möglich, sich zu kontrollieren. Er ergriff ein auf den Boden gefallenes Kurzschwert und stach immer und immer wieder auf die leblosen Körper ein, bis ihre Gesichter kaum mehr als menschlich zu erkennen waren. Erst dann, als seine Arme derart von den Hieben erschöpft waren, dass sie die Waffe nicht mehr halten konnten, begann er sich zu beruhigen. Er wischte sich mit seinem seidenen Ärmel das Blut aus dem Gesicht und stürmte hinaus.

Als er an den Treppen angelangt war, raste sein Herz noch immer, doch der Verstand kehrte zurück in seinen Geist. Er musste schnell und umsichtig handeln. Alles andere bedeutete sowohl seinen, als auch Anna Marias Tod. Langsam schlich er, jeden seiner Schritte wohl bedacht und gefasst darauf, noch mehr Blut vergießen zu müssen, die schwach beleuchtete, enge Treppe hinauf. Als er an der letzten Stufe angekommen war, erkannte er Alfios Gestalt. Der Hofmarshall wandte sich um und entdeckte seinen Herrn. Er reagierte ebenso schnell wie Massimo selbst. Lautlos schnitten sie den beiden Männern, die den Aufgang bewachten, die Kehle durch und warfen sie die Treppen hinunter.

Massimo bemühte sich zu flüstern, doch er war viel zu erregt, um leise zu sprechen. »Wo sind sie?«

»Sie stehen alle bereit. Ein Dutzend Mann wartet immer noch außerhalb der Stadtmauern auf uns. Ein weiteres halbes Dutzend habe ich auf der Mauer selbst Stellung beziehen lassen, und der Rest ist für das Tor verantwortlich. Pandolfo muss sich seiner Sache sehr sicher gewesen sein. Hier drinnen wimmelt es nur so von seinen Männern, doch draußen scheint die Festung nahezu unbewacht.«

»Dann müssen wir es nur noch lebendig hier raus schaffen.«

»Folgt mir. Die Zeit ist gegen uns.«

Nach alldem, was er soeben erfahren und selbst getan hatte, zögerte Massimo einen Augenblick, bevor er sich vertrauensvoll in Alfios Hände begab. Er wollte es nicht glauben, dass sich noch immer Verräter in seinen eigenen Reihen befanden. Doch selbst wenn dem so war, wusste er, dass Alfio nicht zu ihnen gehörte.

»Hier entlang. Die Mägde schaffen die Speisen aus diesem Bereich herbei. Ich habe die Zeit genutzt, um mich umzusehen. Der Dienstbotenausgang kann sich nicht weit von der Küche befinden.«

Lautlos huschten sie die Gänge entlang. Eine alte Frau trat ihnen in den Weg, doch bevor sie fähig gewesen wäre zu schreien, drückte Massimo ihr die Kehle zu. Er zerrte sie mit sich und bedrohte sie mit dem Tod. Sie gehorchte starr vor Angst, und zeigte den beiden Männern gehorsam den rechten Weg. Doch als sie in den Haushaltsräumen angelangt waren, wimmelte es nur so von Mägden und Dienstboten, die vor Angst erstarrten, als die beiden Männer hereinstürmten. Ihre Rufe und ihr Geschrei waren überall zu hören. Die letzten Schritte hinaus waren eine einzige Hetzjagd, doch sie gelang.

Massimo pfiff durch seine Finger, und es dauerte nicht lange, bis Salvatore seinem Ruf folgte. Er schwang sich auf sein Pferd und zog Alfio hinter sich.

Die Stadtmauern waren von Massimos Männern bereits zur Hälfte geöffnet, und so preschten sie hinaus. Als sie die nicht ganz hinab gelassene Brücke mit einem Satz überquerten, vernahm Massimo wiederum das Geräusch des Tores.

In dem Moment wusste er, dass sie ihm nicht mehr folgen konnten, dass sich seine treusten Männer für ihn in den sicheren Tod stürzten, indem sie Pandolfos Truppen von der Verfolgung abzuhalten versuchten. Doch er musste die Trauer von sich schütteln. Es durfte in ihm keinen Platz für Zwiespalt geben. Seine Gedanken sollten nun allein ihr, Anna Maria, gelten. Die Männer, die über die ganze Zeit hinweg im Schatten hinter den Toren auf sie warteten, bildeten sofort eine schützende Traube um ihn. Einer von ihnen fand durch einen Pfeilschuss, welcher Massimo treffen sollte, sein Ende. Sie ließen ihn zurück.

Als der Lärm hinter ihnen kaum noch zu hören war, bestieg Alfio sein eigenes Pferd und ergriff erregt das Wort. »Was ist geschehen?«

»Pandolfo ist tot!«

Alfio schüttelte seinen Kopf. »Ihr habt ihn getötet? Wie?«

»Es spielt jetzt keine Rolle! Ich werde es Euch später erklären. Wir müssen uns beeilen! Es ist noch nicht zu spät!«

»Was ist noch nicht zu spät?«

Massimo brummte nur wütend vor sich hin. »Er hat sie! Er hat Anna Maria!«

»Wie konnte das geschehen? Wer ... Ich verstehe nicht!«

»Schweigt still! Ich weiß nur, dass Sie sich immer noch auf dem Weg nach Rimini befindet.«

»Wie gedenkt Ihr zu handeln? Wir sind zu wenige Männer.«

Massimo blickte seinem Hofmarshall direkt ins Gesicht. »Kann ich Euch wirklich vertrauen?« Der Großherzog erwartete keine Antwort. Was er zu erkennen suchte, las er in den Augen seines Gefährten. »Gut, dann werden wir uns aufteilen. Ihr befehligt die eine, ich die andere Hälfte der Männer. Ich die Haupt- und Ihr die Nebenstrecke. Ich kann mir nicht vorstellen, dass er sie über allzu unwegsames Gelände verfrachtet. Pandolfo hätte nicht im Traum damit gerechnet, dass ich seine Stadt lebendig verlasse, das weiß ich gewiss, doch wir müssen uns alle Möglichkeiten offen halten. Er ist ein Teufel. Eine unberechenbare Ausbrut Satans selbst.«

»Ihr wisst nicht, wie viele es sind. Wir sind zu wenige, um uns aufzuteilen. Was wenn ...«

»Wir sind genug! Beschützt sie mit Eurem Leben! Beschützt sie, als wäre es die Eure!«

Massimos Gefolge teilte sich und er preschte die ganze Zeit über mit gezogenem Langschwert derart schnell voran, dass seine Männer kaum mit ihm mithalten konnten. Sie waren bereits zu weit. Zu nahe an der Heimat. Rimini lag auf dieser Route, in solch schnellem Ritt nur etwa drei bis vier Stunden entfernt. ›Sie müssen die Nebenstrecke gewählt haben‹, kam es Massimo und er betete um Alfios Erfolg.

Doch dann erkannte er etwas in der Ferne. Es bewegte sich nur gemächlich voran. Ein kleiner Tross, von etwa sechs Mann und einer Kutsche, zeigte sich am Horizont. Massimo schüttelte die aufkeimende Hoffnung von sich ab.

Warum sollte er sie in einer Kutsche nach Rimini bringen lassen, wenn er sie doch entführt hat? Sie war ein einfaches Mädchen und hatte für ihn keinerlei Bedeutung. Es ergab keinerlei Sinn. Dennoch kündigte er seinen Männern an, sich auf ein bevorstehendes Gefecht vorzubereiten.

Als der Zug nur noch ein paar hundert Fuß entfernt war, traute er seinen Augen kaum. Massimo wollte nicht glauben, was er sah, doch er meinte, Riccardo an der Spitze des fremden Trosses zu erkennen.

Ein einziges Zeichen des Gran Duca genügte und seine Männer preschten lautstark nach vorn. Als er nun sicher das Gesicht seines vermeintlich treuen Knappen mit erschrockenen Augen erblickte, nahmen die Dämonen in seinem Inneren ein zweites Mal überhand, und so trennte er, blind vor Wut und im vollen Ritt, mit nur einem einzigen mächtigen Hieb gnadenlos Riccardos Kopf von dessen Körper. Als dieser zu Boden fiel und das Blut aus dem Hals spritzte, tat es ihm sein Gefolge gleich.

Sie verloren auf ihrer Seite einen treuen, geschätzten Gefährten, doch um die Kutsche herum, deren Zugpferde sich ebenfalls im Angesicht des Todes am Boden wanden, rollte jeder einzelne Kopf.

Anna Maria öffnete ihre Türe und rannte vor Panik kreischend hinaus, immer weiter in die Dunkelheit. Massimo sprang von seinem Pferd, um ihr zu folgen. Er brüllte, doch sie rannte schreiend immer weiter, ohne sich nach ihm umzudrehen. Er jagte ihr nach, erreichte sie schließlich und riss sie mit sich zu Boden, um sie zu beruhigen, doch ihr Körper bebte vor Angst und Unverständnis. Ihr schrilles, von Entsetzen getriebenes Kreischen fand kein Ende.

Erst als Massimo Gelegenheit fand, ihren sich windenden Körper unter seine Kontrolle zu bringen, um in ihre Augen sehen zu können, legte sich seine eigene Wut und er begann zu begreifen, was sie gerade eben mit eigenen Augen sehen musste. Wie schrecklich und angsteinflößend es wohl für Anna Maria war, ihn derart zu erleben. Massimo schämte sich für sich selbst und zum ersten Mal in seinem Leben bereute er es, getötet zu haben. Zum ersten Mal quälten ihn Gewissensbisse wegen seiner eigenen Grausamkeit.

»Ganz ruhig. Ganz ruhig. Ihr braucht keine Angst mehr zu haben. Es ist alles gut. Es ist vorbei. Fürchtet Euch nicht. Ihr seid nun bei mir.«

Das Entsetzen in Anna Marias Ausdruck legte sich nicht. Im Gegenteil. Es schien ihm, als fürchtete sie sich vor ihm. Sie hörte nicht auf zu schreien und wand sich aus seiner Umarmung.

»Was habt Ihr getan? Was um alles in der Welt habt Ihr getan?«

Massimo wusste nicht, wie ihm geschah. Verständnislos blickte er sie an. Sicher, es war nicht nötig gewesen, ein solches Blutbad anzurichten, das wusste er wohl. Doch er hatte sie vor dem sicheren Tod bewahrt und letztlich schien es ihm egal, auf welche Art und Weise. Massimo verstand die Welt nicht mehr. Sie hätte ihm dankbar sein müssen, doch sie war es nicht.

Verzweifelt versuchte er, sie zu beschwichtigen. »Was hatte ich für eine Wahl? Ich liebe Euch, und aus diesem Grund habe ich Euer Leben gerettet.«

»Was redet Ihr da für einen Irrsinn? Wie konntet Ihr das nur tun? Wer seid Ihr? Ich erkenne Euch nicht wieder!«

Massimo blickte irritiert auf sie herab. Erst jetzt sah er, wie prächtig sie gekleidet war. Anna Maria trug ein wundervolles, hellgrünes Kleid aus feiner Seide, das nun voll Dreck war. Ihre Haare mussten kunstvoll nach oben gesteckt gewesen sein, bevor sich ihre Haarsträhnen gelöst hatten. Er erblickte einen silbernen, blumenförmigen Haarkamm, der auf dem Boden lag. Langsam fügten sich die Dinge in seinem Geiste aneinander. »Aus welchem Grund habt Ihr Euch in dieser Kutsche befunden?«

Anna Marias Angst war zu groß, um noch ein weiteres Wort zu sprechen.

Massimo wurde trotz sanfter Stimme drängender. »Wieso seid Ihr hier?«

Anna Maria hielt sich die Hände vor die Augen. Auch sie begriff langsam, dass irgendetwas nicht stimmte. Vorsichtig lugte sie zwischen ihren Fingern hindurch. Ihre Stimme war kaum zu vernehmen. »Ihr habt mir doch selbst die Nachricht überbringen lassen. Riccardo sagte …« Ihre Stimme brach nun gänzlich und für Massimo fügten sich die Dinge wie von selbst zusammen.

»Nichts davon ist wahr, meine Liebe. Ich habe Euch nichts überbringen lassen.«

»Aber, aber … Ihr habt mich doch schon vor Langem gefragt, ob ich Euch zu dem Ball begleiten möchte. Das Kleid und all das …« Sie blickte an sich hinab. »Es schien mir als eine wundervolle Überraschung von Euch, mich doch noch nach Rimini bringen zu lassen.«

»Seht mir in die Augen, liebste Anna Maria. Es ist sehr wichtig, dass Ihr mir genau antwortet.«

Sie horchte auf.

»Wo war Gabriella zu dem Zeitpunkt, als Riccardo Euch holte? Sie ist für Euch verantwortlich, und niemand sonst! Wo war Sie?«

Anna Maria stockte. »Er sagte, dass die Hofmeisterin sich persönlich um Eure Verlobte kümmern müsse, damit diese beruhigt ist, und keinen Verdacht schöpft. Er sagte, dass es wichtig für uns wäre, dass sie noch nichts von unserer Verbindung erfährt, da diese Frau andernfalls unsere Pläne durchkreuzen könnte. Eines der Mädchen, die ich bereits kannte, hat mich … schön für Euch gemacht.«

Massimo blickte ihr tief in die scheuen Augen. »Nichts davon ist wahr. Ihr seid einer schrecklichen, heimtückischen Intrige in die Falle gegangen.«

Sie starrte ihn noch immer voller Angst an, während Massimo versuchte, sie zu beruhigen. »Könnt Ihr Euch daran erinnern, wie ich Euch erzählte, dass ich in der Hoffnung darauf, Euch heiraten zu können, nicht nur meine Ehre, sondern mein ganzes Land verkauft habe?« Anna Maria nickte schwach.

»Dann ist es jetzt an der Zeit, Euch einiges zu erklären. Mein eigener Bruder und noch viele andere aus meinen engsten Reihen haben mich verraten und einem schrecklichen, ehrenlosen Mann, von dem ich Euch schon einmal erzählt habe, Pandolfo Malatesta, Gelder aus meinen Schatzkammern überbracht, damit er Rimini zurück erobern konnte, obwohl es zu den päpstlichen Besitztümern zählt. Das war auch der Grund für die Hinrichtungen. Die Konsequenzen, die sich aus diesem Verrat für mich ergaben, sollten Euch bewusst sein. Könnt Ihr mir so weit folgen?«

Er blickte sie fragend an und Anna Maria nickte.

»Eine der Voraussetzungen, dass mir Papst Julius Glauben schenken konnte, war, dass ich ihm den Besetzer seines Landes, der erst durch mein Geld die Möglichkeit dazu erlangte, ausliefere. Als ich Euch von dem Ball erzählte, wusste ich selbst noch nichts von alledem. Ich wollte Euch nur deshalb nicht an meiner Seite, da ich Euch unter keinen Umständen in Gefahr bringen konnte. Versteht Ihr? Heute war die Nacht, in der ich mein Versprechen erfüllen musste. Mein Versprechen Julius gegenüber, ihm Pandolfos Kopf zu liefern.«

Anna Marias blickte ihn mit tränennassen, großen Augen an. Ihre Stimme war schwach. »Aber wo ist mein Platz in dieser grauenvollen Geschichte? Warum bin ich hier? Ich verstehe nicht, was all dies mit mir zu tun haben soll.«

»Pandolfo kam mir zuvor. Ich dachte, ich hätte einen Weg gefunden, um über ihm zu stehen. Doch ich lag falsch. Ich hatte ihn maßlos unter- und mich selbst gnadenlos überschätzt. Er wusste von Euch, meine Liebste, und hat sich dieses Wissen zu Nutze gemacht. Riccardo war in alledem das Bindeglied. Es erfüllt mich mit größter Trauer, dass gerade er mich derart hintergangen hat. Wenn ich die Dinge richtig verstehe, war es seine Aufgabe, Euch unter einem Vorwand nach Rimini zu locken, um Euch als Druckmittel gegen mich zu verwenden. Oh, Ihr dürft niemals erfahren, welch schreckliche Dinge sie mit Euch vorhatten. Ich musste es qualvoll mit eigenen Ohren vernehmen.«

Anna Marias Ausdruck wollte sich noch immer nicht recht verändern. Die Angst des Gesehenen saß zu tief verankert in ihrer Brust. »Ich habe Euer Gesicht gesehen«, gestand sie ängstlich

Massimo blickte sie irritiert an. »Was meint Ihr damit?«

»Euer Gesicht … Es war nicht das Eure, als Ihr diese Männer getötet habt. Es war mir, als gehörte es einem Fremden.«

Massimos Blick war schmerzverzerrt. Er begann zu begreifen, woher ihre Angst rührte. Sie fürchtete nicht, was mir ihr hätte geschehen können. Sie fürchtete ihn. Ihn, obgleich er nichts anderes im Sinn hatte, als sie zu beschützen. Noch einmal zog er sie an sich, und dieses Mal ließ sie ihn gewähren. Mehr noch. Auch sie riss ihn so fest sie nur konnte an ihre Brust. Er drückte sie sanft, vergrub sein Gesicht tief in ihrem Haar und hauchte ihr einen Kuss auf ihren Hals.

»Dies ist nur geschehen, weil ich Angst um Euch hatte. Ihr selbst müsst Euch niemals vor mir fürchten. Niemals!«

Kapitel 9

Alles hat seinen Preis

Erst dann, als sie zurück in San Lilia einritten, begriff Anna Maria allmählich das Ausmaß der Gefahr, der sie in den letzten Stunden ausgesetzt war. Welches Schicksal sie ereilt hätte, wenn Massimo, ihr Massimo, sie nicht gerettet hätte.

Sie sollte ihm dankbar sein. Dankbar und sonst nichts, doch stattdessen fragte sie sich, ob es nun immer für sie sein würde wie in dieser Nacht. Ob sie, wenn sie in die Heirat einwilligen sollte, für den Rest ihres Lebens nichts weiter als eine Trophäe für die Feinde ihres Mannes, ein Druckmittel gegen ihn, gegen Massimo sein würde. Anna Maria begann zu begreifen, dass der Titel der Großherzogin von San Lilia weit mehr für sie bedeutete als Ruhm, Reichtum und Schönheit. Sie ahnte, dass sie sich selbst durch ihr Ja-Wort in einen lebenslangen Kerker sperren würde und befürchtete, niemals wieder angstfrei oder gar ohne den Schutz einer Wache in das Licht der Sonne treten zu können.

Anna Maria zog sich behäbig in ihr Zimmer zurück. Massimo suchte noch einmal das Gespräch mit ihr, doch sie war zu erschöpft, ihr Geist zu müde und aufgewühlt, um ihn zu empfangen. Sie wünschte sich nichts weiter, als in ihre Kissen zu sinken und Ruhe zu finden. Massimo ließ sie verständnisvoll gewähren, ohne ihr den wahren Grund seines Besuches zu nennen. Er fühlte sich schuldig und wollte seine Liebste nicht noch weiter durch die neuesten, schlimmen Nachrichten beunruhigen.

Auch am nächsten Morgen wollte sich Anna Marias Lethargie nicht legen. Zu viele Gedanken des Schreckens kreisten in ihrem Kopf. Es waren die grausam gezeichneten, mit Blut beschmierten Bilder des Todes, die sie nicht mehr losließen. Anna Maria öffnete ihre Augen, um das Erlebte aus ihrem Kopf zu verdrängen. Ohne Erfolg. Die Bilder suchten sie weiter heim. Sie versteckten sich hinter jedem Möbelstück, hinter jedem Stück Stoff, das ihr Zimmer zierte. Ganz gleich, wohin sie ihren Kopf auch drehte, sie konnte nichts weiter als ein Meer aus Blut, abgeschlagenen Köpfen und zerfleddertem Fleisch erkennen.

Im Verlauf des Tages verwandelte sich ihre Trägheit in Traurigkeit, bis hin zu einer unbändigen Wut. Es war ihr nicht möglich zu erkennen, dass all diese Menschen nur für sie durch Massimos Hand gestorben waren. Sie hatte ihr Leben allein ihm zu verdanken, doch anstatt ihm um den Hals zu fallen, statt dankbar und glücklich zu sein, zerriss sie ihren seidenen Kissenüberzug, bis nichts mehr von ihm übrig war als winzige, kleine, überall verstreut liegende Fetzen. Anna Marias Wut beherrschte nun ihr gesamtes Denken. Sie war wütend auf den Tod und seine Endgültigkeit, zornig über die Grausamkeit ihres Geliebten und schließlich war sie gar erbost über das Leben selbst. Doch am wütendsten, so absurd es auch klingen mochte, war sie auf die Wut, die Massimo beherrschte, als er ihr Leben rettete.

In den Abendstunden klopfte Massimo ein weiteres Mal an ihrer Türe, doch sie ließ ihn nicht ein. Über eine ganze Stunde hinweg saß der Gran Duca geduldig vor dem Zimmer seiner Geliebten und wartete. Er versuchte sie mit allerlei Entschuldigungen und Liebesbekundungen zu beschwichtigen, doch sie blieb beharrlich in ihrer Sturheit, obgleich sie ihr vollkommen überzogenes, kindisches Handeln nicht einmal vor sich selbst begründen, geschweige denn rechtfertigen konnte. Anna Maria wollte Massimo weder hören, noch sehen. Es war allein die Einsamkeit, die sie suchte.

Als Massimo sich seufzend erhob und sich laut durch die Türe hindurch von ihr verabschiedete, trat Anna Maria an ihren Spiegel heran. Sie sah schrecklich aus. Übermüdet, blass und schmutzig. Ihre Gedanken beschäftigten sich mit ihrer eigenen Dummheit. ›Wie konnte ich nur so unendlich töricht sein, wirklich daran zu glauben, einem jeden Lächeln blind vertrauen zu können?‹ Je länger sie sich selbst betrachtete, erkannte sie, dass es im Grunde nicht die Dummheit, sondern vielmehr ihr eigener Hochmut gewesen war, der sie dazu getrieben hatte, Riccardos fragwürdige Einladung nach Rimini anzunehmen.

Nur einmal in ihrem Leben wollte Anna Maria einen solchen Ball besuchen. Sie träumte davon, in ebenso prächtigen Kleidern wie die hohen adeligen Frauen an der Seite eines Mannes stehen zu können, dessen Macht und Einfluss alle anderen bei Weitem übertraf. Sie wollte es sein, der neidische Blicke gebührten. Nach deren Stellung sich all die anderen Frauen verzehrten. Doch nun, da sie die Dinge aus der Ferne betrachten konnte, schlug die gesamte Wucht ihres ekelhaften, selbstsüchtigen Verhaltens auf sie ein. ›Habe ich ihm seine Verfehlungen nicht schon längst verziehen? Ist es nicht in Wahrheit so, dass es mir gefällt, ihn auf Knien bettelnd vor meinem Zimmer zu wissen?‹ Anna Maria horchte in sich hinein, auf ihr Herz. Ja, sie hatte ihm vom ersten Moment seiner Erklärung an vergeben und tat nun im Grunde nichts anderes, als mit ihm zu spielen. Es kam ihr vor, als blickte ihr eine fremde Frau aus dem Spiegel entgegen. Sie erkannte ihre eigenen Züge, doch wenn sie sich selbst berührte, folgte ihr Spiegelbild den Bewegungen ihrer Hände nicht. Dieser seltsame Umstand war ihr nicht fremd. Sie hasste und vergötterte diese Frau zu gleichen Teilen, die sie seit ihrer Kindheit in allen Spiegeln, in die sie hinein sah, begleitete. Stets grinste sie ihr boshaft mit gebleckten Zähnen gleich einer Raubkatze entgegen, und manchmal brach sie gar in ein schallendes, schrilles Gelächter aus. Und stets galt es Anna Maria. Sie wusste, dass etwas Dunkles, Schadhaftes tief in ihrem Inneren lebte und nur darauf wartete, sich durch ihren Körper hindurch an die Oberfläche zu fressen. Sie fürchtete sich vor diesem Dämon und doch ließ sie ihn zu Zeiten willig gewähren. Anna Maria erinnerte sich voll Scham daran, wie sie sich seit dem gestrigen Vorfall verhalten hatte und welchen Spaß es ihr bereitete, an den Fäden seines Herzens – Massimos Herzens – zu ziehen.

Im Grunde begriff sie nicht, weshalb diese Dinge geschahen. Weshalb sie die Menschen, die sie liebte immer wieder verletzte, obwohl sie es nicht wollte. Es war, als würde sie sich selbst dabei zusehen, wie sie lachte, doch sie konnte es nicht spüren, dieses Lachen. Sie dachte daran, wie es gewesen ist, mit Massimo zu spielen. Sie wusste, dass sie Gefallen daran fand, verstand jedoch nicht, was ihr daran Freude bereitete.

Anna Maria schloss für einen Moment ihre Augen und blickte dann abermals in den Spiegel hinein. Die Fremde Frau war verschwunden. Es gab nur noch sie. Sie, so wie sie sein sollte, und es war ihr, als wäre sie erst jetzt erwacht. Als wäre die Zeit, in der diese arrogante, herrschsüchtige Anna Maria in ihr wohnte, gleich den Nebelschwaden eines Traumes in den Hintergrund getreten.

›Gabriella hätte es niemals geduldet, dass sich mir eine andere Magd ohne ihre persönliche Anordnung nähert‹, kam es ihr. ›Auch Riccardo hätte es niemals geschafft, bis zu mir vorzudringen. Ich hätte sogleich wissen müssen, dass etwas nicht stimmt. War es nicht so, dass ich mich wunderte, wo sich die Männer aufhielten, die stets meine Türe bewachten? Wenn es denn eine Nachricht gegeben hätte, wäre sie mir von Gabriella persönlich überbracht worden und von niemand anderem! Etwas Schreckliches muss geschehen sein!‹ Anna Maria spürte nun ganz sicher, dass etwas nicht stimmte. Sie spürte die Angst darum in ihrem gesamten Köper.

Sie eilte, so schnell sie konnte aus ihrem Zimmer. Zu lange war sie in ihre eigene Welt vertieft gewesen. Zu lange hatte sie an nichts weiter als an sich selbst gedacht und dabei die Menschen vergessen, die sie liebte. Ihre Sorge galt nun allein Gabriella. Der Frau, die von ihrer ersten Begegnung an Freundin, Verbündete und Mutter für sie war. Anna Maria schossen Tränen in die Augen, als ihr klar wurde, dass sie Gabriella gerade jetzt, in der Zeit der Not, aus reiner Selbstsucht heraus jämmerlich im Stich gelassen hatte. Die letzten beiden Stufen der großen Marmortreppe nahm sie auf einmal, und als sie völlig aufgelöst in den Ratssaal stürmte, starrten sie die Männer, die sich dort versammelt hatten, missbilligend an. Es war ihr gleich, ob sie hier sein durfte, oder nicht. Sie musste ihn sprechen.

»Was ist mit ihr? Was ist mit Gabriella?«

Massimo erhob sich und eilte auf sie zu. Er drängte Anna Maria hinaus auf den Gang, bevor er das Wort ergriff. »Ihr wisst, dass Ihr hier nichts verloren habt. Nicht zu dieser Zeit! Was denkt ihr Euch dabei, einfach hier hereinzukommen? Ihr stellt mich vor meinen eigenen Leuten bloß!«

Wütend starrte er in Richtung des Mannes, dessen einzige Aufgabe es gewesen wäre, auf sie achtzugeben, doch Anna Maria zerrte so lange an seinem Wams, bis er ihr seine uneingeschränkte Aufmerksamkeit widmen musste.

»Bitte! Bitte, sagt mir, was mit Gabriella geschehen ist. Ich habe ein furchtbares Gefühl. Sagt mir, dass es ihr gut geht. Sagt mir, dass es nichts gibt, um das ich mich sorgen müsste.«

»Das würde ich nur zu gern, doch ich kann es nicht. Wartet noch ein wenig. Ich werde Euch später zu ihr bringen.«

Anna Maria dachte nicht daran, noch mehr Zeit verstreichen zu lassen, und Massimo genügte ein Blick in ihre flehenden Augen, um zu wissen, dass sie ihm keine andere Wahl ließ, als sich ihrem Willen zu beugen. Er seufzte und bedeutete ihr, ihm zu folgen, während Anna Maria ihn aufgelöst mit allerlei Fragen überschüttete, auf die er nicht recht zu antworten wusste.
»Was ist geschehen? Ist ihr etwas passiert?«
»Sie hat versucht, Riccardo aufzuhalten.«
»Geht es ihr gut? Sagt mir die Wahrheit.«
Massimo blieb stehen und legte behutsam seine Hände auf ihre Schultern. »Riccardo hat ihr einen Dolch mitten in die Brust gestochen und sie anschließend hinter den großen Fässern in der Lagerhalle versteckt. Ich denke, dass er davon ausging, sie wäre bereits tot. Francesco fand sie schließlich. Allerdings viel zu spät.«
Anna Maria starrte ihn mit weit aufgerissenen Augen an. »Sie ist es doch nicht?«
»Nein. Aber in ihrer Wunde hat sich eine schwere Infektion ausgebreitet. Castor kämpft mit allen Mitteln um ihr Leben, doch es gibt keine Gewissheit, dass sie …«
Anna Maria legte Massimo verzweifelt ihren Zeigefinger auf die Lippen, um ihm weitere Worte zu verbieten. »Sie wird es schaffen!«

Zehn endlos erscheinende Tage und Nächte verbrachte Anna Maria wartend an Gabriellas Bett. Sie verweigerte stur jede Hilfe der Mägde. Sie gab ihr zu trinken, flößte ihr beharrlich, Löffel für Löffel, die dicke Fleischbrühe ein, wusch ihren Körper und kämmte liebevoll ihr Haar.

Doch noch immer wollte Castor sich nicht festlegen und auch die häufigen Fragen Anna Marias, wann sie denn wieder gesund sein werde, änderten nichts an der Schweigsamkeit des Gelehrten.

Die Besuche am Bett der von allen geliebten Hofmeisterin wechselten in den ersten Tagen derart häufig, dass Anna Maria ein Verbot darüber verhängte.

Sogar Massimo selbst trat jeden Morgen für ein paar Minuten mit von Sorge verzerrtem Gesicht in das Krankenzimmer.

Für gewöhnlich schwieg er während der Zeit seines Besuches, um sich dann einzig mit einem flüchtigen Kuss auf Anna Marias Haar zu verabschieden.

Doch an diesem Tag, dem zehnten, ergriff er leise das Wort. »Würdet Ihr mir ein paar Minuten Eurer Zeit schenken, meine Liebste? Ich muss dringend mit Euch sprechen.«

»Worum geht es? Ihr könnt hier über alles mit mir sprechen. Sie ist zu schwach, um uns zu belauschen.«

Anna Maria bemühte sich um ihr strahlendes Lächeln, das sie ihm während der letzten Tage nur selten geschenkt hatte, doch Massimo erwiderte es nicht.

»Es fällt mir äußerst schwer, Euch in dieser Situation zusätzlich zu belasten, doch Ihr müsst Euch entscheiden, Anna Maria. Wir werden nicht mehr lange in San Lilia bleiben können, und Castor konnte mir keine Antwort darauf geben, ob sich Gabriellas Zustand bis zum Tag unserer Abreise stabilisiert haben wird. Es tut mir leid. Ich würde Euch niemals darum bitten, sie hier zurückzulassen, wenn es eine andere Lösung gäbe.«

»Was meint Ihr damit? Wohin müssen wir gehen, und weshalb schon so bald?«

»Als Papst Julius von Pandolfos Tod erfuhr, ließ er mir einen Brief zukommen, der heute Morgen eingetroffen ist.« Anna Maria blickte ihn ängstlich und traurig an. »Er erlaubt es nicht? Er ist nicht bereit, uns zu helfen?«

»Nun ja, es kommt darauf an, wie wir uns verhalten werden. Wie Ihr Euch in dieser schwierigen Situation verhaltet.«

»Was könnte der Papst von mir wollen? Ich wüsste nicht, was ich ihm geben könnte.«

»Es ist etwas kompliziert und an allerlei Bedingungen geknüpft. Er gedenkt, Eurem Vater die Vormundschaft über Euch zu entziehen, um sich selbst als den rechtmäßigen Verwalter über Euch und auch über die Gelder, die ich im Falle einer Verlobung zu zahlen habe, einsetzen zu lassen.«

Anna Maria schüttelte lachend ihren Kopf. »Das ist absurd. Ich entstamme keiner nennenswerten Familie. Ich bin nichts. Ich wüsste nicht einmal, wer mit Euch über meine Ablösesumme verhandeln sollte. Was interessieren den Papst diese Dinge? Sollte das Oberhaupt der Kirche nicht mit anderem beschäftigt sein?«

»Papst Julius beschäftigt sich am liebsten mit politischen Angelegenheiten und Kriegen. Luther hat ihn nicht umsonst als ›den Blutsäufer‹ betitelt, und genau um diese Belange geht es. Als Euer Vormund wird er es sein, der mit mir verhandelt.«

»Das ergibt keinen Sinn. Ich dachte, dass die verhandelte Summe erst dann an die Ehefrau geht, wenn …« Sie schlug sich die Hände vor den Mund.

Massimo schüttelte hastig seinen Kopf. »Nein. Nicht das, was Ihr denkt. Es geht ihm nicht darum, Euch im Falle meines Todes Eures Auskommens zu berauben. Julius will nicht weniger als San Lilia. Die Unabhängigkeit meines Landes war dem Klerus schon immer ein Dorn im Auge, und nun sieht Julius erstmals eine Möglichkeit, dem ein Ende zu setzen. Was habt Ihr gedacht, wer nach meinem Ableben der rechtmäßige Herrscher meines Landes ist?«

Sie zögerte. »Eure Nachkommen?«

»Und wenn ich nun sterbe, bevor Ihr mir einen Sohn schenken konntet?«

Anna Maria überlegte. Über diese Dinge hatte sie noch nie einen Gedanken verschwendet. Sie zuckte mit den Achseln. »Ich weiß es nicht.«

»Natürlich Ihr! Es gibt keinen greifbaren Vormund für Euch. Es würden sich kaum Schwierigkeiten für mich ergeben, Euch all meine Besitztümer zu hinterlassen. Das ist es, was er will. Derjenige, der im Falle meines Ablebens dazu berechtigt ist, über mein Eheweib zu bestimmen, ist gleichzeitig der Herrscher San Lilias. Selbstverständlich nur, solange kein Erbe lebt.«

Sie beäugte ihn kritisch. »Was bedeutet das?«

»Für Euch bedeutet es weit mehr noch als für mich. Der Gedanke daran, dass mein Land nach meinem Tod in fremde Hände fallen könnte, bereitet mir weniger Kummer, als ich zu erleiden hätte, wenn ich Euch nicht ehelichen dürfte. Doch für Euch steht vieles auf dem Spiel. Versteht Ihr denn nicht? Er besäße dadurch alle Rechte, die in einem solche Falle an Euren Vater oder

Eure Brüder zurückfallen würden. Wenn es ihm in den Sinn kommt, kann er Euch verheiraten, mit wem er will, und es wird nichts geben, dass Ihr dagegen unternehmen könnt.«

Anna Maria starrte ihn fassungslos an. Dann kniff sie ihre Augen fest zusammen und strich sich eine Haarsträhne aus dem Gesicht, die sich aus ihrem Zopf gelöst hatte. »Was gedenkt Ihr zu tun?«

Massimo blickte sie verzweifelt an. Die Angst, sie so kurz vor dem Ziel verlieren zu können, brannte in seiner Seele. »Die Frage ist wohl eher, was Ihr tun werdet. Ich kann und werde das nicht von Euch verlangen. Ihr müsst selbst entscheiden, und ich werde Euer Handeln akzeptieren müssen.«

Entschlossen trat Anna Maria auf ihn zu und schlang ihre Arme um seinen Hals. Sie sah ihm tief in seine besorgten Augen, bevor sie ihn küsste und sich dann, nur wenige Zentimeter, von ihnen zurückzog.

»Ich liebe Euch von ganzem Herzen, und ich bin bereit dazu, alles zu geben, was nötig ist, um ein gemeinsames Leben mit Euch leben zu dürfen. Ganz gleich wie viel oder wie wenig Zeit uns die Welt in Zweisamkeit schenken wird.«

Massimos Augen füllten sich mit lautlosen Tränen, während er gebrochen flüsterte: »Ich weiß, wie viel Ihr bereit seid, für mich aufzugeben. Es beschämt mich, dass ich nun keine Worte finde, um Euch die Intensität meiner Gefühle zu beschreiben.«

»Wohin werden wir gehen?«

»Venedig.«

»Wann?«

»Bereits in zwei Tagen.«

»Und wer wird für Gabriella sorgen?«

»Ich werde Castor darum bitten, sein Lager in ihrem Zimmer aufzuschlagen, sollte Francesco es erlauben.«

Dann nahm Massimo seine Liebste in die Arme. Und es dauerte eine halbe Ewigkeit, bis sie sich voneinander losreißen konnten.

* * *

Die Reise zog sich lange hin. Es war Anna Maria unangenehm, so viele Stunden des Tages in der holprigen Kutsche verbringen zu müssen. Massimo zog ihr zuliebe ein gemächliches Tempo vor, wobei sie so schnell als möglich an ihr Ziel kommen wollte. Die meiste Zeit verbrachten sie schweigend. Nur ab und an ritt Massimo für einige Zeit neben ihrer Kutsche her. Meist bildete er mit Alfio, den er noch vor ihrem Aufbruch zu seinem Kanzler befördert hatte, und dem jungen Marcus, seinem neuen Hofmarshall, die Spitze. Massimo hatte drei Dutzend schwer bewaffnete Männer in Rüstung mit sich genommen.

Anna Maria empfand es als unnötig, mit so großem Tross zu reisen und fragte sich, ob Massimo nur aus Umsicht oder doch aus einem ihr verborgenen Wissen heraus handelte. Mit Knappen, Mägden und dem weiteren Gesinde, bestand das Gefolge schließlich aus über hundert Personen. Zehn wuchtige Wagen waren allein für ihre Versorgung notwendig.

Am Morgen des ersten Oktobertages erreichten sie Venedig. Sie waren knapp außerhalb der Stadt, in einem Landgut, das ein ferner Verwandter Massimos für ihn verwaltete, untergebracht.

Im Gegensatz zu den ihr nun gewohnten prächtigen Räumen und Bauten in San Lilia erschien Anna Maria alles an diesem Ort schäbig, kahl und schmutzig. Ihr Zimmer war einfach, doch es hätte ihr wohl genügen müssen.

Anna Maria war überrascht, wie sehr sie sich inzwischen an ihr herrschaftliches Gemach gewöhnt hatte. Dabei hatte sie noch vor Kurzem mit einer Strohmatratze als Nachtlager vorlieb genommen. Mittlerweile konnte sie sich aber ihr altes Leben kaum noch vorstellen. Und mehr noch war mit ihr geschehen: Sie *wollte* es sich nicht mehr vorstellen müssen. Nie mehr …

Noch am selben Abend suchte Massimo sie nach dem eher dürftigen Essen auf. »Habt Ihr die Strapazen gut überstanden, meine Liebe?«

Anna Maria blickte ihn verständnislos an. »Ich denke ebenso gut wie Ihr. Es macht mir nichts aus, weite Strecken zurückzulegen. Ihr hättet keine Rücksicht auf mich nehmen müssen. Ihr wisst, wie lang der Weg war, der mich zu Euch führte.«

»Ich hätte nicht gedacht, dass Ihr das Reisen nicht als schlimm empfunden habt.«

Anna Maria lächelte ihn sanft an. »Manchmal scheint es mir, als würdet Ihr vergessen, wer ich bin.«

Massimos linkes Auge verengte sich. »Wie meint Ihr das?«

»Ich bin eine einfache Magd. Ich wurde in Armut von einer Amme aufgezogen. Was denkt Ihr, wie mein Leben vor Euch ausgesehen hat?«

Er ergriff ihre Hand, streichelte mit seinem Daumen sanft über ihre Fingerspitzen und drückte sie. »Eure Vermutung, ich hätte vergessen, wie sich Euer Leben in Russland gestaltete, ist falsch. Es ist nur so, dass ich noch nie einen Gedanken daran verschwendet habe, wer Ihr einmal gewesen seid. Ich habe Euch vom ersten Moment an nicht als Magd, sondern als wunderschöne, ehrenhafte, äußerst kluge Frau wahr genommen. Eure Herkunft spielt keinerlei Rolle. Ich habe Euch stets so behandelt, wie ich Euch zusteht, und ich bin nicht gewillt, jemals etwas daran zu ändern.«

Anna Maria grinste. »Nicht einmal diese vermeintliche Annehmlichkeit, in der Kutsche sitzen zu dürfen?«

Er blickte sie kritisch an. »Worum wollt Ihr mich bitten? Wohl hoffentlich nicht um das, was ich vermute?«

Sie beugte sich näher an ihn heran. »Bitte.«

»Auf keinen Fall! Es schickt sich nicht für eine Frau, und schon recht nicht für die zukünftige Gemahlin des Großherzogs.«

»Es schickt sich ebenso wenig wie es sich für Euch, den großen Gran Duca schickt, eine Frau des Volkes zu heiraten. Ich denke, dass es bei dieser Tatsache keine Rolle mehr spielt, ob ich nun für ein paar Stunden am Tag auf dem Rücken eines Pferdes sitze oder nicht.«

Sie lächelten sich verschwörerisch zu.

»Also gut. Aber nur für zwei Stunden.«

Anna Maria küsste ihn stürmisch auf die Wange.

»Danke.«

Massimos Gesichtsausdruck wurde ernst. »Ich muss Euch für unbestimmte Zeit in die Obhut meiner Männer geben, meine liebste Anna Maria. Es könnte nur wenige Tage dauern, doch vielleicht werden es auch Wochen sein.«

»Wohin werdet Ihr gehen? Ich dachte, Papst Julius wollte uns beide sprechen? Bin ich nicht deshalb hier?«

»Unsere Wünsche sind nicht der einzige Grund dieser Reise. Ich sagte Euch doch einmal, dass es mehr zu erfüllen gibt, als Pandolfos Kopf zu liefern.«

»Ihr sagtet, Ihr hättet nicht nur Euch und Eure Ehre, sondern gar Euer ganzes Land für mich verkauft.«

Massimo nickte. »Ihr seid eine ausgesprochen gute Zuhörerin und versteht es, die Dinge geschickt zusammen zu setzten. Ihr liegt richtig. Es wird Verhandlungen geben, denen ich beiwohnen muss. Diese Dinge können überaus langatmig sein. Oder auch nicht. Wir werden sehen.«

Anna Maria blickte ihn kritisch an. »Weshalb wollt Ihr mir nie wirklich erzählen, worum es geht? Ihr sprecht stets im Allgemeinen und lasst mich im Ungewissen. Warum vertraut Ihr mir nicht?«

»Natürlich vertraue ich Euch. Wie kommt Ihr nur darauf, dass es nicht so sein könnte? Reicht es Euch denn nicht, zu wissen, was ihr wisst? Ich sehe keinen Grund dazu, Euch Genaueres zu erläutern. Ihr kennt schließlich nicht einmal die Zusammenhänge.«

Sie verschränkte trotzig ihre Arme vor der Brust. »Die Frauen interessieren sich nur deshalb nicht für diese Dinge, weil es Ihnen von Ihren Männern untersagt wird. Ich für meinen Teil würde die Zusammenhänge liebend gerne wissen und verstehen. Es geht mir nicht um die Politik selbst, sondern vielmehr um Euch, mein Liebster. Versteht Ihr denn nicht? Ich sorge mich um Euch. Unwissenheit führt immer nur zu Zweifeln und Angst. Es ist nie gut, die Dinge der Fantasie einer Frau zu überlassen. Mein Geist ist ausschweifend und ruhelos. Ich werde wahnsinnig, wenn ich nicht weiß, wie es um Euch steht.«

Massimo überlegte lange. »Nun gut«, sagte er schließlich. »Ich werde versuchen, Euch das Wichtigste zu erklären. Doch nur unter einer Bedingung.«

Anna Maria nickte fragend.

Massimos Stimme wurde barsch. »Als Gegenleistung verlange ich von Euch, dass Ihr keinen einzigen Schritt ohne meine Männer ausführt. Es ist sehr wichtig für mich, dass Ihr Euch folgsam verhaltet, Anna Maria. Venedig ist kein sicheres Pflaster für Euch, und ich denke, Ihr wisst, weshalb. Es gibt zu viele, die wie Adler über Euch kreisen würden. Wir haben Feinde, Anna Maria. Feinde, die sowohl Euren, als auch meinen Tod wünschen. Ich erwarte, dass Ihr meinem Hauptmann während meiner Abwesenheit aufs Wort gehorcht.«

Sie atmete tief durch. »Ich werde tun, was Ihr von mir verlangt.«

Massimo war sichtlich erleichtert. Dann löste er sein Versprechen ein und begann: »Das Vordringen Frankreichs und seine Konsequenzen hier zu Lande sind Euch bekannt?«

Sie schüttelte ihren Kopf.

»Dann werde ich wohl weiter ausholen müssen, als ich dachte. Die Auseinandersetzungen bestehen schon seit langer Zeit. Ludovico Sforza, der Mailand inne hatte, verbündete sich vor fast dreißig Jahren mit König Karl, dem damaligen Herrscher Frankreichs. Ludovico erhoffte Karls Hilfe bei dem Anliegen, seine eigenen Machtansprüche auf den Thron Neapels durchzusetzen. Im Gegenzug bot er Mailand als Ausgangsbasis in Italien für das Französischen Heer an. Karl willigte ein. Zehn Jahre später im Oktober kapitulierte als Erstes Florenz unter Piero di Medici. Nur zwei Monate später hatte Karl bereits Rom eingenommen und zog weiter nach Neapel vor. Wieder mit Erfolg. Die Geschwindigkeit des Vormarsches und die gewaltige Härte des französischen Heers schreckten die übrigen Kleinstaaten derart auf, dass sie keinerlei Widerstand leisteten. Er konnte frei über die Ländereinen hinweg ziehen. Als Sforza erkannte, dass Karls Interesse auch auf Mailand lag, wandte er sich Hilfe suchend an Papst Alexander, der sich mit ihm verbündete und die ›Liga von Venedig‹ organisierte, wodurch es zu einer Schlacht bei Fornovo kam. Karl hatte schwere Verluste einzubüßen und kehrte schließlich fluchtartig nach Frankreich zurück. Nach seinem Tod erhob jedoch der neue König Ludwig, als Enkel der mailändischen Prinzessin aus dem Visconti-Geschlecht und Ludwig von Orleans, nun selbst Anspruch auf Mailand. Kurze Zeit später besetzte er Mailand erfolgreich und nahm Ludovico Sforza, trotz den damaligen Verträgen zwischen ihm und Karl, als seinen Gefangenen mit nach Frankreich.

Ludwig ist kein Mann der Ehre. Er ist in meinen Augen nichts weiter, als ein schäbiger, größenwahnsinniger Verräter.

Ludwig schloss schließlich ein Bündnis mit Spanien und besetzte daraufhin ein zweites Mal Neapel. Der Machtkampf zwischen Frankreich und Spanien ließ, wie Ihr Euch sicher vorstellen könnt, nicht lange auf sich warten und ein blutiger Krieg entbrannte. Spanien schaffte es allerdings, mit der Hilfe italienischer Söldner, Neapel für sich zu beanspruchen und die Franzosen zu vertreiben. Im Vertrag von Blois erkannte Ludwig letztlich sogar die Herrschaft von Ferdinand von Spanien als rechtmäßig an.

Zuletzt schloss Papst Julius die ›Liga von Cambrai‹, die sich gegen die Republik Venedig richtete, der sich sowohl Ferdinand, Ludwig als auch Heinrich von England sowie Kaiser Maximilian anschlossen. Jeder von ihnen mit dem Ansinnen, seinen eigenen Einfluss in Italien wieder herzustellen. Julius Versuch dieser Allianz entpuppte sich aber bald als schwerer Fehler. Auch wenn er einige der von Venedig besetzten Gebiete zurückgewinnen konnte, stand er vor dem Problem, dass sich nach gewonnener Schlacht noch mehr Franzosen und Habsburgerische Spanier in Italien befanden, die das Land verwüsteten.«

Anna Maria beäugte ihn kritisch. »Weshalb führt man Kriege gegeneinander, wenn man sich anschließend mit seinen Gegnern verbündet? Für mich ergibt das keinen Sinn. Entweder man ist Feind oder Freund. Was ist das nur für ein Durcheinander?«

Massimo lachte laut. »Das ist Politik, meine Liebe. Die Seiten wechseln ständig. Politik besteht im Grunde aus nichts anderem als ständigem Verrat untereinander. Bündnisse und Entscheidungen sind von kurzer Dauer. Sie existieren immer nur so lange, wie sie für den einzelnen von Nutzen sind.«

»Ich glaube, Ihr hattet recht. Diese ständigen Hahnenkämpfe sind nichts für eine Frau. Weshalb kann sich nicht jeder von ihnen damit zufrieden geben, was er besitzt?«

Massimo sinnierte. »Ich denke, es liegt in der Natur des Mannes, sich niemals mit etwas zufrieden geben oder abfinden zu können. Der Krieg ist der Jagd sehr ähnlich. Er wird aus Gründen des Ruhmes, des gegenseitigen Aneinander-Messens betrieben. Nicht zu vergessen sind das Geld und das Volk. Die Ritterschaften wollen beschäftigt sein. Wenn sie sich langweilen, kann es leicht passieren, dass sich das eigene Land von innen heraus zerstört. Wenn ein Krieg einmal begonnen hat und die Menschen das Blut geschmeckt haben und das Gold glänzen sahen, können sie nicht mehr zurück. Für viele ist der Sold und die Beute, die sie auf den Feldzügen erzielen, sogar die einzige Einnahmequelle, und wenn diese weg bricht, bleibt ihnen nichts anderes, als sich zusammenzurotten und ebenso weiterzuleben, als befänden sie sich noch immer im Krieg.«

Anna Maria zögerte. »Fühlt Ihr selbst denn ebenfalls so? Ich meine, braucht Ihr den Krieg, um Euch selbst zu bestätigen. Und was spielt Ihr in einem Konflikt, dessen Gründe sich ständig ändern, überhaupt für eine Rolle?«

Massimo legte seinen Kopf amüsiert ein wenig schief und grinste. »Nein, meine Liebe. Ich brauche keinen Krieg. Euch an meiner Seite zu wissen, verschafft mir genug Bestätigung in meinem Leben. Wobei ich die Jagd selbst niemals aufgeben werde. Um meine Rolle verstehen zu können, muss man gewisse Dinge über die Geschichte San Lilias kennen.«

Sein Gesicht wurde wieder ernst, als er fortfuhr. »San Lilia kämpfte über Jahrhunderte hinweg, eigentlich schon seit seiner Entstehung um seine Unabhängigkeit. In der Vergangenheit gab es mehrere Exkommunikationen, die über das ganze Land verhängt wurden, da San Lilia sich standhaft und erfolgreich weigerte, Steuer an die Kirche zu entrichten. Es gab unzählige Belagerungsversuche von verschiedensten Seiten, die meine Vorfahren dank unseres hervorragend ausgebildeten Heeres und unserer völlig autark funktionierenden Festung jedes Mal erfolgreich zurückschlagen konnten. Ich kann mit Recht behaupten, dass San Lilia ein uneinnehmbares, überaus reiches Kleinod ist, was, wie Ihr Euch vorstellen könnt, sowohl den Klerus selbst als auch Herrscher aus der ganzen Welt demütigt wie auch anstachelt. Papst Bonifazius war es dann schließlich, der San Lilias volle Freiheit und Souveränität anerkannte, welche bis heute besteht. Als mein Vater noch regierte, sprach Papst Pius San Lilia sogar die Schlösser Fiorentino, Montegiardino und Serravalle zu. Faetano schloss sich nur wenig später freiwillig an.«

»Geht es in den Verhandlungen um die Unabhängigkeit Eures Landes?«

»Nein. Nicht ganz. Papst Julius gedenkt ein erneutes Bündnis zu schließen, das sich in diesem Fall gegen Ludwig richtet. Dieser Liga werde ich mich anschließen.«

In Anna Marias Augen war Panik zu lesen. »Das ist es also, was er von Euch will? Er will, dass Ihr für ihn in den Krieg zieht. Mehr noch … Um Himmels willen! Er hofft, dass Ihr dabei den Tod findet …«

Massimo nickte knapp.

»Gibt es denn keinen anderen Weg? Er wird doch sicherlich alles dafür tun, dass Ihr eine Schlacht nicht überlebt.«

»Nein.« Er zog sie an sich und küsste sie. »Es wird sich alles zum Guten wenden, meine Liebste. Vertraut mir und sorgt Euch nicht weiter darum.«

* * *

Massimos Schlafkammer befand sich direkt neben Anna Marias Zimmer. Die Mauern waren dünn und hellhörig. Es fühlte sich für beide gleichermaßen seltsam wie auch beruhigend an, den anderen des Nachts so nahe bei sich zu wissen.

Es verging über eine Stunde, in der sich Anna Maria hin und her wälzte und die vielen Dinge, die sie an diesem Abend erfahren hatte, zu verarbeiten versuchte.

Letztlich schlief sie, doch bald wurde sie von leisen Klängen geweckt. Sie stand auf und bewegte sich auf die Wand zu, hinter der sie die Töne vernahm. Es war ein melancholisches, doch überaus schönes Spiel einer Laute, das sie hörte. Sie wusste nicht, dass Massimo ein

Instrument beherrschte. Hatte sie ihn doch noch nie spielen sehen. Anna Maria fragte sich, weshalb sie sich darüber wunderte. Lag es nicht auf der Hand, dass ein so wichtiger Mann, wie er es war, auch der hohen Künste mächtig sein sollte? Doch weshalb spielt er gerade die Laute, um seinen Gefühlen Ausdruck zu verleihen? Ein Instrument des einfachen Volkes.

Sie ließ sich, mit dem Kopf an die Wand gelehnt, auf den Boden sinken und folgte verträumt dem traurigen Spiel ihres Geliebten. Während sie die Melodie auf sich wirken ließ, die immer düsterer wurde, wollte sie nichts mehr, als zu ihm hinüber stürmen, um ihn in die Arme zu schließen und ihm zu zeigen, das nicht einer dieser finsteren Töne, die er spielte, von Nöten war. Doch sie tat es nicht. Sie tat es deshalb nicht, da auch sie die Dunkelheit in sich spürte, da auch in ihr ein Lied erklang, das dem seinen in beängstigender Weise glich. Es war ihr, als spielte er nicht aus seinem, sondern aus ihrem Herzen heraus.

* * *

Am nächsten Morgen war Massimo der Letzte, der sich den Verhandlungen anschloss. Die Stadtherren der Republik Venedig sowie Kaiser Maximilian, König Ferdinand von Aragon und Papst Julius warteten im Beisein ihrer wichtigsten Berater und einigen Kardinälen, bereits ungeduldig auf den Gran Duca di San Lilia. Massimo trat in Begleitung seines Kanzlers wie auch des neuen Hofmarshalls ein. Die Ausarbeitung der Verträge, bis hin zur Unterschrift der einzelnen Parteien, dauerte nicht länger als drei Tage, wobei weiterhin offen gelassen wurde, ob sich auch Heinrich von England, der nicht erschienen war, ebenfalls der heiligen Liga anschließen würde oder nicht.

Als der kritische Teil, der, wie nicht anders zu erwarten, mit reichlich Streit und Unmut aller Parteien einherging, abgeschlossen war, fand Julius Zeit, sich seinem Teil der Abmachung zu widmen. Die Anwesenden dienten zur Bezeugung, während der Papst Massimo mit übertriebener Zeremonie eine Bulle überreichte, welche die Aufhebung seiner Verlobung bedeutete.

Massimo blickte ihn verächtlich an. Dies war wahrlich nicht der rechte Rahmen. Er wusste, dass dieses Schauspiel nur veranstaltet wurde, um ihn vor aller Augen bloß zu stellen. Und noch mehr erregte seinen Unmut, sodass er das Wort an Julius wandte: »Wenn ich mich recht erinnere, bezog sich unsere Vereinbarung auf mehr als nur die bloße Aufhebung. Ich habe alle Eure Erwartungen erfüllt. Nun ist es an Euch, Euer Wort zu halten.«

»Habt nur Geduld, mein lieber Massimo. Wie ich Euch bereits zukommen ließ, werde ich mich nur dann dazu hinreißen lassen, Eure Wünsche zu erfüllen, wenn ich diese Hexe, die Euer Hirn vernebelt, mit eigenen Augen gesehen habe.«

Massimos Wut entbrannte. »Was erlaubt Ihr Euch! Nehmt diese Frechheit zurück! Ich werde nicht zulassen, dass Ihr ...«

»Beruhigt Euch, Massimo. Ich habe nicht vor, sie an den Pranger zu stellen. Ich muss gestehen, dass ich nicht erwartet hätte, dass ihr tatsächlich in allen Belangen

Wort haltet. Es verlangt mich brennend danach – und ich denke nicht nur mich, sondern ebenso alle anderen Anwesenden –, die Frau kennenzulernen, die es geschafft hat, den Gran Duca di San Lilia von dem Fluch seiner ach so ehrenwerten Prinzipien zu befreien. Ich möchte nur wissen, was an ihr ist, was diese Frau hat, dass Ihr dieses Weib derart verehren könnt. Schließlich werde ich es sein, der für sie und für ihren Verbleib verantwortlich ist. Selbstverständlich nur, wenn Euch ein Unglück geschehen sollte, was ja nun wirklich niemand herauf beschwören möchte.«

Lautes Gelächter ertönte. Massimo hatte ein ungutes, belastendes Gefühl bei der Sache, doch er war den Anmaßungen des Papstes ausgeliefert. »Was schwebt Euch vor, Julius?«

»Nun ja. So einiges, wie Ihr Euch denken könnt. Zu allerlei würde ich die Verträge, die mit Eurer Heirat einhergehen, gerne in dieser illustren Runde unterzeichnen, und dann ist ja noch die Rechtskräftigkeit der Sache zu beschließen. Wie hattet Ihr gedacht, Eure Verlobung zu feiern? Wohl nicht etwa ohne uns? Wir alle wollen nur zu gerne daran Teil haben, wenn eine Ehe rein aus Liebe geschlossen wird. Wäre es nicht eine besondere Überraschung für das Mädchen, wenn ich, der Papst selbst, Eure Verlobung absegnet, zudem noch mit solch wichtigen Persönlichkeiten als Zeugen?«

Massimos Gesichtsausdruck wirkte gequält. »Was habt Ihr vor?«

Julius winkte beschwichtigend ab. Doch er grinste schelmisch. »Nichts weiter. Ich wollte mich nur vergewissern, dass Ihr diese Ehe auch wirklich eingeht. Schließlich habt Ihr von diesem Moment an schon einmal eine Verlobung außer Kraft setzen lassen.«

»Haltet mich nicht zum Narren, Julius!«

Der Papst wedelte amüsiert mit seiner Hand. »Eure Besuche bereiten mir immer wieder Freude, mein ehrenwerter Massimo.« Er blickte in die Runde. »Ist er nicht köstlich? Ist er nicht wahrlich amüsant, der große Gran Duca di San Lilia?«

»Ich warne Euch, Julius! Treibt Eure Spiele nicht zu weit!«

Der Papst wandte sich ihm wieder zu. Sein Ausdruck wurde ernster. »Nun gut. Lasst sie schnellstmöglich herschaffen. Bis dahin werden wir das Vertragliche geregelt haben. Ich habe mir erlaubt, bereits ein wenig Vorarbeit zu leisten.«

»Inwiefern?«

»Ich möchte, dass ihre Aussteuer alle Schlösser und Ländereien einschließt, die einst durch Papst Prius an San Lilia fielen. Ich empfinde diese Wahl als passend.«

Massimo blickte ihn kritisch an. »Weshalb seid Ihr Euch derart sicher darin, dass ich ohne Nachfahren vor ihr sterben werde?«

Der Papst spielte erkennbar übertriebene Entrüstung vor. »Davon habe ich nie gesprochen. Es ist nur so, dass ich mich für alle Eventualitäten bestmöglich wappnen möchte. Zudem ist es ausgesprochen spaßig, Euch zu beobachten, wenn Ihr wütend werdet. Ich komme nicht oft in den Genuss von Missgunst meiner Wenigkeit gegenüber. Mit gefällt das Blitzgewitter in Euren Augen.«

* * *

Mit unsicheren Schritten und von einem Dutzend Männer bewacht stolperte Anna Maria in den großen Saal. Sie war die einzige Frau zwischen gut hundert Mann, die sie nun alle anstarrten. Ihr Blick suchte Massimo, doch sie fand ihn in dem Gewirr aus fremden Gesichtern nicht sofort. Erst als er aus der Menge heraus trat, um ihr Halt an seinem Arm zu bieten, beruhigte sich ihr vor Aufregung wie wild schlagendes Herz ein wenig. Was sollte dieses Theater? Sie verstand nicht, warum sie hier, inmitten all dieser Persönlichkeiten stand und fragte sich, ob eine Frau diesen Raum überhaupt betreten durfte. Massimo geleitete sie ohne ein Wort nach vorn, bis sie gemeinsam direkt vor Papst Julius standen.

Julius erhob sich und begann gemächlichen Schrittes um die beiden herum zu schleichen. Anna Maria blickte ihren Geliebten fragend an, doch Massimos Miene war wie versteinert. Immer wieder hielt der Papst inne, drehte seinen Kopf wie ein gieriges Tier und musterte Anna Maria genauestens. Einmal beugte er sich gar hinunter in die Hocke und sie fragte sich, was er dort erwartete zu finden. Die übrigen Männer im Raum schienen sich köstlich bei dem dargebotenen Spektakel zu amüsieren.

Nur einer nicht – ganz und gar nicht. Massimo war kurz davor, die Beherrschung zu verlieren. Seine Hände waren zu Fäusten geballt und sein Ton lautstark und fordernd. »Es ist genug!«

Julius lachte laut auf. »Interessant, interessant. Die Eifersucht zerfrisst Euch also schon, wenn sie nur gemustert wird.« Weiter aber beachtete Julius ihn nicht und wandte sich Anna Maria zu: »Wie heißt du, mein Kind? Woher stammst du?«

Die Antwort kam prompt: »Mein Name ist Anna Maria Tretjakowna. Ich bin in Russland geboren.« Sie wunderte sich, woher sie die Festigkeit in ihrer Stimme, trotz dieser Situation, nahm.

»Die Tochter eines Malers also. Na, dann hoffen wir für den ehrenwerten Gran Duca, dass sie von ihrem Vater Besseres als nur den Hang zur Ausschweifung geerbt hat. Sag, mein Kind, gibst du dich auch selbst den Künsten hin?«

Anna Maria zögerte. »Zu Zeiten versuche auch ich mich in der Malerei, doch bin ich leider nicht mit dem Talent gesegnet, die Welt und den Moment einzufangen, wie es mein Vater vermag.«

»Darf ich fragen, wie es dich nach San Lilia verschlagen hat?«

»Des Gran Ducas Cousine Lucrezia war es, die meine Anstellung in San Lilia arrangierte.«

Julius zog seine Augenbrauen weit nach oben. »Du weißt, dass dies keine genügende Antwort auf meine Frage ist. Ich möchte den Grund erfahren, weshalb du eine derart weite Reise von Russland bis nach San Lilia über dich ergehen lassen musstest. Ich kann mir kaum vorstellen, dass du deine Heimat freiwillig hinter dir gelassen hast. Für mich klingen die Zusammenhänge, von denen mir berichtet wurden, mehr nach einer Flucht. Eure Abreise kann wohl kaum ehrenwerten Ursprungs gewesen sein. Ich wüsste nicht, weshalb solche Kosten und Anstrengungen für eine einfache Magd betrieben werden sollten.«

Massimo ergriff barsch das Wort: »Lasst sie in Ruhe! Es geht weder Euch noch irgendjemand sonst etwas an! Sie ist nun hier, und das genügt!«

»Oh, es ist also nicht nur ihr, sondern auch Euch unangenehm. Dies bestätigt meine Vermutung.« Julius grinste und wandte sich an die Anwesenden. »Ich denke wohl, dass es uns alle etwas angeht, wir, die wir uns hier versammelt haben, um uns als Zeugen Eurer Verlobung anzubieten. Wir wollen doch nicht, dass der große Gran Duca von einem Weib hinters Licht geführt wird.«

Die Menge brüllte vor Gelächter.

Massimo kochte vor Wut, während Julius sich wieder Anna Maria zuwandte. »Nun sag mir doch, mein Kind, ob es ebenso ist, wie wir es uns alle denken. Ist es nicht in Wahrheit so gewesen, dass du nicht etwa eine einfache Magd am Hof des Großfürsten Moskaus warst, sondern vielmehr die kleine Hure deines Herrn?«

Anna Maria fasste Massimo fest am Arm, um ihm zu bedeuten, sich ruhig zu verhalten, reckte zur Verwunderung aller ihr Haupt in die Höhe und trat mutig einen Schritt auf den Papst zu. Selbst Massimo war überrascht.

»Es ist mir völlig gleich, was Ihr – oder irgendwer sonst – von mir denkt. Es ist wohl wahr, dass es das Ansinnen des Großfürsten gewesen ist, mich in seine Betten zu zerren. Doch es ist niemals geschehen. Ich hatte großes Glück. In diesem Fall wohl mehr Glück als Verstand. In mancherlei Hinsicht behaltet Ihr jedoch recht: Es war eine Flucht und ich floh nicht nur vor diesem Mann, sondern auch vor mir selbst. Ich gebe zu, dass ich keinesfalls unschuldig an meiner misslichen Lage gewesen bin. Ich war es, die ungeniert mit den Waffen einer Frau kämpfte, um etwas zu erobern, von dem ich nicht wusste, was es für mich bedeuten würde. Ich habe ein Spiel gespielt, in dem ich verloren habe, und ich war und bin bereit, die Konsequenzen meiner Handlungen vollständig zu tragen. Was die Moral anbelangt werde ich jedes Urteil, das ihr fällt, geduldig über mich ergehen lassen. Ich trete zwar unbefleckt in diese Ehe, doch wohl mit einer beschmutzten Seele.«

Julius blickte sie überrascht an. »Ich hatte nicht erwartet, dass du dich den Vorwürfen stellst. Jedenfalls nicht ohne Weiteres und nicht auf diese Weise. Deine Ehrlichkeit erstaunt mich, doch die Frage, weshalb ich dir Glauben schenken sollte, quält mich dennoch.«

Anna Maria überlegte. »Es gibt keinen Grund, mir zu glauben«, sagte sie schließlich.

Der Papst blickte ihr schweigend und tief in die Augen und fragte: »Weshalb bist du unserer Sprache in diesem Maße mächtig?«

»Ich lernte sie bereits als Kind und übte mich sowohl während meiner Reise als auch an jedem Tag, seit ich hier bin, weiter darin.«

»Du kannst lesen und schreiben?«

Sie nickte.

»Woher?«

»Meine Amme war mir eine gute Lehrerin. Ihr Mann war von bedeutender Herkunft, bevor er ermordet wurde und sie aufgrund seines unehrenhaften Todes der

Armut in die Hände fiel. Ihre Mutter stammte im Übrigen aus Verona, was erklärt, weshalb sie Italienisch mit mir sprach.«

»Wie viele Sprachen sprichst du?«

Sie zögerte. »Vier, wobei … zwei davon nicht besonders gut.«

Der Papst zog eine verächtliche Grimasse. Massimos Augen dagegen weiteten sich vor Staunen. Er hatte es vermieden, Anna Maria noch einmal auf ihre Vergangenheit anzusprechen, und vieles von dem, was sie Papst Julius gegenüber erwähnte, hörte er zum ersten Mal.

»Es ist nicht gut für ein Weib, zu viel Wissen anzuhäufen. Ich empfinde es als eine Sünde und ebenso als ein schwerwiegendes Vergehen dem Manne gegenüber.«

»In meiner Heimat ist es, im Gegensatz zu hier, nicht unüblich, dass die Frau sich bestimmte Dinge aneignet. Die meisten Frauen sind aus Mangel an Ehemännern gezwungen, sich allein zu versorgen, wodurch sich zwangsläufig die Notwendigkeit ergibt, Geschäfte abschließen zu können. Russland ist ein karges, einsames Land, in dem viele Männer während der Arbeit, allein aufgrund der Kälte, den Tod finden. Das einfache Volk besitzt nicht den Reichtum des gedeihenden Bodens, wie er hier überall zugegen ist. Die Möglichkeit zu lernen, war lange Zeit das Einzige, das mich am Leben erhielt.«

»Du hältst es also für rechtens?«

»Ich kann nicht vergessen, was mir gelehrt wurde, doch ich bin bereit dazu, nie wieder einen Stift oder ein

Buch in meinen Händen zu halten, wenn es mein Mann von mir fordert.«

»Gut, dann werden wir eine solche Klausel in deinen Vertrag einfügen.«

Anna Maria nickte.

* * *

Der Moment, in dem Massimo ihr den Ring an den Finger steckte, hätte anders sein sollen. Anna Maria hatte ihn sich voller Glück und Überschwang ausgemalt. Doch es kam nicht so. Nichts an dieser Situation glich den gezeichneten Linien ihres romantischen Traumes. Es war eine unangenehme, gedrückte Stimmung, als sie vor all diesen Fremden Ihre Einwilligung in die Ehe bekundete.

Nun war es offiziell. Das Bündnis unwiderruflich geschlossen. Bald schon sollte Anna Maria die Großherzogin von San Lilia sein und nichts stand ihrem Glück mehr im Weg . Sie konnte es nicht fassen, und es sollte noch eine Weile dauern, bis sie gänzlich begriff, was all dies für ihr Leben bedeutete. Doch in diesem Moment war ihr alles egal. Die Vergangenheit spielte ebenso wenig eine Rolle wie ihre Zukunft, die sie sich nur schwer vorstellen konnte.

Anna Maria hatte nun alles erreicht, wonach sie sich sehnte, und doch fühlte es sich nicht an, als hätte ihre Seele die Freiheit errungen, die sie sich mit diesem Schritt zu finden erhoffte. Im Gegenteil, es war ein schreckliches Gefühl des Zwangs und der Gefangenheit. Wehmütig blickte sie auf den Ring an ihrem Finger. Ein unwahrscheinlich großer, dunkler Mondstein, der, während sie ihn im Licht drehte, verschiedenste Farben preisgab, prangerte warnend inmitten von Diamanten. Sie fühlte sich, als wäre sie selbst dieser kostbare, wunderschöne Stein und sie wusste, dass es nun keinen Weg mehr zurück gab – zu der Anna Maria, die sie einst gewesen war.

* * *

Januar 1512

Zu lange schon habe ich nicht die Zeit gefunden, dir, meinem stets treuen, ledernen Begleiter, zu schreiben. So vieles ist in den vergangenen Monaten geschehen, dass ich kaum weiß, wo ich beginnen soll.

Ich habe eine andere Seite an ihm entdeckt. Eine ganz herrliche, gefühlvolle Seite, die ihm vielleicht selbst nicht wirklich bewusst ist. Sie war von Anfang an da. Direkt vor meinen Augen, doch ich war erblindet, zu sehr in mich selbst zurückgezogen, um sie zu sehen. Er ist wahrlich der wundervollste Mensch, der mir je begegnet ist. Alles an ihm scheint mir leuchtend und warm. Sein Herz gleicht einem Regenbogen, den ich aus der Ferne bestaunen darf. Der Spiegel einzelner Wassertropfen, die nun allesamt mir gehören.

Ich glaube, dass er fähig ist, meine Gedanken zu lesen. Nicht nur diejenigen, die in einzelnen, ausgewählten Momenten durch meinen Kopf schwirren, sondern all das, was ich jemals gedacht und erträumt habe. Es ist, als könnte er die tiefen, verborgenen Gedanken meiner Seele sehen. Vielleicht sieht er sie noch nicht einmal. Vielleicht ist es einfach nur das Wissen darum. Es scheint mir ein so natürlicher, selbstverständlicher Vorgang wie das Atmen zu sein.

Ich habe versucht, mich vor ihm zu verbergen. Ich wollte nicht, dass er weiß, wer ich in Wahrheit bin. Oh, ich hatte eine so schreckliche Angst davor, dass er mich verlassen könnte, wenn er erfährt, welche Abgründe in mir verborgen liegen. Doch nun fürchte ich mich nicht mehr. Er hat mir die Angst vor dem Leben, vor meinen eigenen Gefühlen genommen. Die Zeit der Maskerade ist nun endgültig vorüber, und ich fühle mich wie ein freier Vogel, der an jeden beliebigen Ort fliegen kann. Ich kann sein, wer ich sein will, welches Gesicht mir auch immer beliebt. Er nimmt, erträgt und liebt jede Facette meiner Seele. Ich hätte nicht gedacht, dass es einmal möglich wäre, sich auf diese Weise geborgen zu fühlen, sich einem anderen Menschen so weit zu öffnen. Die Klippe, vor der ich stand, der Abgrund, in den ich mich hinabstürzen wollte, ist nun ein ebener Pfad, auf dem ich immer weiter nach vorn schreiten kann.

Zu lange fürchtete ich mich vor den Abgründen seiner Seele und vergaß darüber meine eigenen. Ich denke, er ist wie ich. Ich denke, dass es gerade unsere Abgründe, die schwarzen Gedanken sind und weniger die einfache Liebe, die stets wechselhaften, menschlichen Gefühle, die uns beide zu dem werden lassen, was wir gemeinsam sind. Es ist, als könnten wir die gesamte Welt regieren, wenn wir nur zusammen sind.

In keinem meiner früheren Gedanken lag die Wahrheit. Ich begreife, dass Wahrheit nichts Feststehendes ist, dem es hinterher zu jagen gilt. Sie ist vielmehr wandelbar und entsteht in jeder einzelnen Sekunde von Neuem. Die Wahrheit ist, was ich selbst, was wir beide wahr werden lassen und nichts weiter. Sie ist es, die uns jagt und doch niemals findet.

So vieles ist einfacher geworden, seit diese schreckliche Frau fort ist und ich weiß, dass sie diesen Ort niemals mehr betreten wird.

Diese Frau, derer gegenüber ich nichts weiter als tiefste Verachtung empfand. Wohl hat sie es nicht verdient, doch ich kann nicht anders, als sie selbst jetzt noch zu hassen. Sie, die ihn mir um ein Haar genommen hätte. Diese fremde Frau, die ich nur ein einziges Mal gesehen und sogleich zutiefst verabscheut habe. Das deutsche, scheußliche, arrogante Weib, das beinahe die Seine geworden wäre, ohne auch nur das Geringste dafür aufs Spiel setzen zu müssen. Sie wäre ihm nicht würdig gewesen. Nicht sie.

Ich frage mich, woher dieser Groll rührt, den ich noch immer gegen sie hege. Ist es nicht so, dass auch sie nichts weiter als eine hölzerne Puppe in einem Spiel gewesen ist, das andere mit ihr spielten? Liegt die Wahrheit nicht darin, dass sie meiner selbst in verschiedenster Hinsicht weit ähnlicher ist, als ich es ertragen kann, dass unser beider Schicksal sich gleicht?

Ich kann dieses Gefühl, diesen vernichtenden Hass nicht begründen. Dennoch lebt er in mir. Sie ist fort und diese Tatsache bedeutet nicht weniger als das Ende.

Manchmal wünsche ich mir, ich könnte mich schlecht fühlen. Ich wünschte, es gäbe etwas in mir, dass mich dazu hinreißen könnte, diese Frau, die nun einsam und mit dem Verlust ihrer Ehre zurück in ihre Heimat reist, zu bedauern. Doch da ist nichts. Es gibt nicht einen Funken Gutes, das ich ihr auf ihrem Weg mitgeben möchte, was verwerflich ist, nachdem sie weit weniger Schuld daran trägt als ich. Es sollte ein Gewissen geben, das sich in mir zu Wort meldet, um mir einzuprägen, dass ich es bin, die für ihre Qual verantwortlich ist. Doch ich habe kein Gewissen. Wenn sie nun vor mir stünde, würde ich ihr ohne zu zögern eine Klinge direkt in ihr Herz rammen und dabei lachen, und es wäre das ehrlichste, herzlichste Lachen, das ich jemals gelacht habe.

Ich bin es, die ihn heiraten wird, und ich bin fest dazu entschlossen, die Frau zu werden, die ihm gebührt. Mein Name ist es, der in aller Munde sein wird. Der ihre dagegen wird in Vergessenheit geraten.

Anna Maria Maritiano, die Gran Duchessa di San Lilia. Immer wieder spreche ich es laut aus. Es gleicht einer Sucht nach dem berauschenden Gefühl, das mit diesen Worten in mich kehrt und mich benebelt. Ich bin es, die Massimo besitzt und niemand sonst. Es ist ein großartiges Gefühl, ihn in alle Ewigkeit für mich allein beanspruchen zu können.

Seit wir zurückgekommen sind, hierher, an diesen Ort, den ich nun mein Zuhause nennen kann, hat sich alles verändert. Nichts ist mehr so, wie es einmal war. Wohl wurden mir schon seit Langem verschiedenste Annehm-

lichkeiten zuteil, die mir nicht gebührten, doch nun, da ich sie rechtmäßig empfange, ist es anders. Wenn ich durch die Gassen schlendere, fühlt es sich richtig an, die ehrfürchtigen Blicke, die mir von allen Seiten zugeworfen werden, in vollen Zügen zu genießen. Es ist, als wäre meine Seele nun endlich dort angekommen, wo sie schon immer hätte sein sollen. Als wäre ich nun von dem Stande, der mir, meiner Person, von Anfang an, seit dem Tag meiner Geburt, gebührt hätte. Die Welt beging einen Fehler, eine schreckliche Verwechslung, als sie mich in meine Wiege legte. Ich war von Anfang an zu Höherem berufen. Die Welt sollte vor mir auf die Knie gehen und mich darum anflehen, sie zu beherrschen.

Nur ungern erinnere ich mich an das einfache Leben. Es fühlt sich beinahe an, als hätte es die Zeit der Entbehrungen niemals gegeben. Als wäre mein altes Leben nichts weiter, als ein Schatten, welcher mich zwar beharrlich verfolgt, doch den ich immer wieder erfolgreich in die Flucht schlagen kann. Irgendwann wird er vergessen sein. Irgendwann wird dieses Leben, wird die alte Anna Maria, nicht einmal mehr in meinen Erinnerungen existieren. Sie soll sterben.

Er war so gut, so verständnisvoll, mein geliebter Massimo, dass ich mich frage, wie ich ihm jemals wie ich ihm jemals zurückgeben kann, was er mir entgegen bringt.

Ich sorgte mich darum, seinen Groll auf mich zu ziehen, als ich vor dem Papst die Dinge aussprach, die Massimos Ohren niemals hätten hören sollen. Die Worte, die mich als eine andere entlarvten. Die Worte, die das Versteckspiel ein für allemal beendeten. Doch es war nicht so. Er war nicht wütend. Im Gegenteil. Es schien mir eher, als wäre er nichts weiter als überrascht und interessiert. Ich glaube, dass er in diesem Moment erkannte, was mir noch verborgen war: die Gleichheit unserer Seelen. Die verworrenen dunklen Fäden, die uns verbinden. Er wusste, was ich bin, und er ahnte schon dort, zwischen all diesen Menschen, zu was wir gemeinsam werden könnten. Er ist das größte und einzige Glück meines Lebens.

Vor ein paar Tagen fragte er mich, ob ich wirklich und wahrhaftig glücklich bin. Ob ich mir sicher bin, dass es mir genügt, was er mir bietet. Seltsamerweise wusste ich es nicht. Ich wusste ihm keine Antwort auf seine Fragen zu geben. Nicht ich, sondern er war es schließlich, der erkannte, was mir fehlte, und ich begriff, dass er meine Gedanken, die Sehnsüchte meines Herzens, noch bevor ich die Seiten danieder schreibe, wie ein offenes Buch liest.

Es wurde beschlossen, dass Castor mich an einigen Tagen – selbstverständlich unter den wachsamen Augen der guten Gabriella, die zum Glück wieder ganz genesen ist – in allen Dingen unterrichten darf, die ich zu lernen wünsche. Es hat sich heraus gestellt, dass Castor nicht nur ein guter Magier und Astronom, sondern auch ein hervorragender Lehrer in allen Bereichen des Lebens ist. Die Zeit, die ich mit ihm verbringen darf, bereitet mir größte Freude. Es gibt so unendlich vieles auf der Welt, das zu lange im Verborgenen schlummerte. Endlose, aneinander gereihte Fragen, von denen ich nicht wusste, dass ich eine Antwort darauf suchte. Es gibt so vieles, das ich mit unerschöpflichem Ehrgeiz lernen will.

Die Stunden, die ich in inniger Zweisamkeit, ohne Zweifel und Furcht mit meinem Geliebten verbringen kann, sind Balsam für mein Herz und meine Seele. Manchmal, da sprudeln die Worte nur so aus uns heraus, als würden sie kein Ende nehmen wollen. Doch wenn ich meinen Kopf an seine Brust lege, um das Herz in seinem Inneren schlagen zu hören, kann ich förmlich spüren, wie jedes nur erdenkliche Wort seine Bedeutung verliert. Das Klopfen unserer Herzen spricht eine eigene Sprache, die nur sie beide verstehen. Es gibt Abende, an denen er mir ein Stück auf seiner Laute vorspielt. Es ist so wunderschön, ihm dabei zuzusehen, wie er völlig verloren in seinen Gefühlen die einzelnen Saiten der Laute anschlägt. Es ist, als würde er seine Melodien nicht auf dem hölzernen Instrument in seinen Händen, sondern direkt auf mir, auf den Saiten meines Herzens spielen.

Doch was verliere ich mich nun wieder in zu vielen Gedanken der Erinnerung. Habe ich deine Seiten nicht geöffnet, um von dem heutigen Tag, meinem Geburtstag zu erzählen?

Achtzehn Jahre soll ich nun alt sein. Achtzehn lange Jahre, die für die Welt weniger noch als eine Sekunde bedeuten, vereinen sich nun in mir. Es ist seltsam, heute, an diesem Tag auf mein bisheriges Leben zurückzublicken. Nach diesen achtzehn Jahren, die ich nun auf der Erde weile, scheint es mir, als hätte ich nur ein einziges davon wirklich gelebt. Es ist, als wäre ich in dem

Moment, in dem meine Kutsche vor den Toren San Lilias hielt, erneut geboren.

Oh, er hatte sich ganz Wunderbares für mich ausgedacht. Seite an Seite galoppierten wir durch den wenigen Schnee, der in kleinen Kristallen auf der Erde haften blieb. Selbst der Winter ist hier, in diesem wundervollen Land so mild und angenehm, dass ein einfacher Mantel über dem Kleid reicht, um sich im Freien bewegen zu können. Ich habe gelernt, alles, jede noch so unwichtige Kleinigkeit meiner neuen Heimat zu lieben.

Das Abendessen nahmen wir gemeinsam, ohne weitere Gäste ein, was ein wenig schade war, da ich Gabriella gerne bei mir gehabt hätte. Doch ich bin nun eine andere. Ich werde erst lernen müssen, wie es ist, weit über dem einfachen Volk zu stehen.

Meine wundervolle, gute Gabriella. Sie hatte mir bereits in den frühen Morgenstunden ein ganz zauberhaftes Geschenk gebracht. Es war ein kleines, gläsernes Fläschchen, in dem sich ein sehr intensiv duftendes Öl befand. Sie erklärte mir, dass es aus Frankreich stammt, und dass es die Frauen in diesem Land verwenden, um ihre Männer zu betören.

Das Essen war ganz wunderbar. Es schien mir, als hätte Massimo mich in den letzten Monaten dabei beobachtet, welche Speisen ich mir gerne auf den Teller legte. Es gab weitaus weniger Fleisch als sonst üblich. Dafür allerlei Fisch und Getreidegerichte und natürlich diesen kräftigen, beinahe schwarzen, nach Beeren schmeckenden Wein, den ich immer mehr zu verehren gelernt habe. Ein einziger Schluck genügt, um den Wunsch in mir zu wecken, in ihm zu baden, so viel wie nur möglich hinunter zu schlucken und ganz und gar von ihm ausgefüllt und umhüllt zu sein.

Massimo erzählte mir von Vergangenem. Ich liebe es, wenn er mir von Erinnerungen erzählt. Sein Gesicht und seine Stimme verändern sich dabei. Manchmal, da wirkt er wie ein kleiner Junge, der darauf wartet, gerettet zu werden, und dann kann ich es sein, die ihn an sich zieht und die Risse seiner Seele flickt.

Es ging um sein Leben, bevor er mich kennenlernte, und dass es ihm manchmal scheint, als hätte er ohne mich nie wirklich gelebt. Er erzählte mir von einem Freund, einem deutschen Freiherrn, den er einmal auf einer Reise kennengelernt hatte. Er mag ihn. Er mag ihn sehr und vermisst seine Gesellschaft. In den Wochen, die er mit ihm verbrachte, empfand er wohl das erste Mal in seinem Leben ein wahres Gefühl der Freundschaft und Brüderlichkeit.

Er wünsche sich, gestand er mir, dass dieser Konstantin nun hier wäre, hier bei uns, um sehen zu können, was Massimo selbst sah, was er empfand. Sein Blick wurde ein wenig traurig als er mir schilderte, wie viel Aufrichtigkeit und wie wenig Liebe in dem Herzen seines Freundes wohnte. Massimo erklärte mir, dass er etwas in Konstantins Augen sah, das ihn traurig werden ließ, und dass er hoffte, diese Traurigkeit irgendwann einmal aus ihm verbannen zu können. Was er in seinen Augen gesehen hatte, war wohl der Grund dafür, weshalb er sich diesem Mann derart nahe fühlte. Sie waren gleich. Sie beide waren von derselben Einsamkeit und

Lieblosigkeit geprägt. Er wünscht sich sehr, dass auch Konstantin irgendwann einmal findet, was er nun endlich selbst gefunden hat: eine aufrichtige Liebe. Eine Liebe, die nichts fragt und nichts verstehen muss. Eine Liebe, die nichts weiter benötigt, als sein zu dürfen.

Ich kenne diesen Konstantin nicht. Doch die Worte meines Liebsten haben mich derart ergriffen, dass auch ich es mir für diesen Fremden wünsche, und ich fragte mich, ob vielleicht auch wir, Konstantin und ich uns ebenso gleichen könnten wie er und Massimo.

Und noch eine Überraschung bereitete mir Massimo. Bedienstete legten direkt vor dem großen Kamin im Ratssaal verschiedenste Felle aus, um uns anschließend allein zu lassen. Es ist mein Lieblingsraum und ich darf ihn nun, selbst wenn es einigen ein Dorn im Auge ist, betreten, wann immer mir danach beliebt. Die Decke des Saales und auch Teile der Wand sind mit Holz ausgekleidet, das eine ganz wunderbare, warme, rötliche Farbe besitzt. Für mich ist dieser Raum der allerschönste im Schloss. Das viele Holz lässt ihn, auch wenn Massimo dies vehement bestreitet, weich und gemütlich wirken, und es gibt so viele wunderschöne Malereien, vor denen ich Stunden verbringen könnte.

Als Massimo meine Hand ergriff und sich mit mir vor dem Kamin niederließ, erreichte meine Aufregung seinen Höhepunkt. Ich wusste nicht, was geschehen würde, was er mit mir vorhatte. Ich fühlte in meinem Körper eine seltsame Mischung aus Begierde und Angst.

In diesem Moment dachte ich, dass er mich wollte, dass er des Wartens überdrüssig geworden war. Als die

Kerzen herunter gebrannt waren und er mich küsste, begann ich vorsichtig, ihn zu streicheln. Auch er berührte mich sanft an Stellen, an die er sich bislang nie herangewagt hatte.

Ich war mir so sicher, dass es geschehen würde, doch obwohl mein Körper vor Erwartung bebte und ich meinte, es auch in ihm zu spüren, hielt er auf einmal inne und strich behutsam über mein Haar. Ich wusste nicht, wie ich sein Grinsen deuten sollte. Ich glaubte, ich hätte einen Fehler begangen und fürchtete, mich für etwas schämen zu müssen.

Doch er schüttelte langsam seinen Kopf und zog mich fest an sich. Seine beruhigende Stimme wog meine Seele in Sicherheit. Niemals werde ich die wenigen Worte vergessen, die er sprach: »Es gibt nichts, das wir tun müssen, meine liebste Anna Maria. Ihr bedeutet mir zu viel, um diesen kostbaren Moment vorweg zu nehmen. Ich sehne mich nach nichts mehr, als Euch einfach nur in meinen Armen halten zu dürfen.«

Als ich dabei war, mit meinem Kopf an seine Brust gelehnt, in seinen Armen zu ertrinken, öffnete sich die Türe und ein Clavichord wurde herein gebracht. Es war das schönste Instrument, das ich jemals gesehen hatte. Es war ganz und gar aus Ebenholz gefertigt. Der Kasten besaß eine flügelartige Form, die dem fein gearbeiteten Stück eine atemberaubende Eleganz verlieh. Ein gut gekleideter Herr betrat den Raum und begann, die aus Elfenbein und Ebenholz gefertigten Tasten anzuspielen. Es waren hohe, wunderbar verspielte Töne, die meine Sinne betörten. Ich legte meinen Kopf auf Massimos

Schoß und schloss die Augen, um in den wundervollen Traum der Melodie hinab zu sinken. Ich kann nicht sagen, wie lange ich in den Tiefen meiner Seele gefangen war, wie lange das Spiel wohl andauerte. Es musste eine Ewigkeit gewesen sein.

Als die Melodie endete, erklärte mir Massimo, dass dies mein Geschenk sei. Ich erfasste, dass die Klänge aus Massimos eigenem Geist entstanden waren und konnte kaum fassen, wie sehr er meine Seele verstand. Er weiß nun wirklich, wer ich bin und es gibt nichts, das ich vor ihm verstecken könnte. Schon lange ist mir dies bewusst, dennoch ergreift es mich jedes Mal aufs Neue, wenn ich erkenne, wie nahe wir uns tatsächlich stehen. Es ist nicht mit Worten zu beschreiben.

Als er mir den Mann, der das Clavichord spielte, und nur für mich aus Florenz angereist war, vorstellte, erklärte er, dass er der Beste sei und für eine Weile hier, in San Lilia, bleiben würde, um mich das Spielen zu lehren. Ich war und bin noch immer fassungslos über dieses wundervolle Geschenk. Mein Leben lang hatte ich mir gewünscht, mich einmal selbst in Klängen über das Wunder der Musik ausdrücken zu können. Und nun soll auch dieser Traum wahr werden, ohne dass ich jemals auch nur ein Wort über meine Sehnsüchte verloren hatte.

Der Moment, in dem Massimo den mit rotem Samt überzogenen, gepolsterten Hocker zurecht rückte und mir bedeutete, mich zu setzen, war überwältigend. Ich wagte es kaum, mich vor dem Instrument nieder zu lassen, geschweige denn es zu berühren. Und als ich mich dann doch traute, eine der Tasten zu berühren, schreckte mein Finger sogleich von Ehrfurcht ergriffen zurück, als er erkannte, dass er gerade eben den ersten, bedeutenden Ton meines neuen Lebens angeschlagen hatte – unseres gemeinsamen Lebens.

Kapitel 10

Verloren in den Fängen des Teufels

Das Erste, das schon von Weitem zu sehen gewesen ist, waren die beiden voraus reitenden Fahnenträger, die das Wappen des Konstantin Caspar zu Erisberg, Freiherr von Nunenburg, stolz in die Höhe streckten. Es zeigte einen goldenen Falken bei der Jagd, der über rotes Gewässer flog, um auf schwarzem Untergrund auf seine Beute hinab zu stürzen.

Ihnen folgte ein Dutzend schwer bewaffnete Ritter. Sie waren in vollständiger, schwerer Rüstung mit Kettenhemd, Helm und Schild gekleidet. Sie rahmten ihren Herren, den hohen, längst erwarteten Ehrengast San Lilias, schützend zwischen sich, als der Tross durch die außerordentlich befestigten Tore der Stadt einzog. Mehrere schwere, voll beladene Wagen folgten.

Die Menschen jubelten Konstantin zu, Kinder hüpften freudig neben seinen berittenen Männern her und winkten, als wäre ein wahrer König eingezogen. Auch Anna Maria versteckte sich zwischen all diesen Gesichtern, um einen Blick auf ihn zu erhaschen. Konstantin hatte trotz des würdigen Empfangs sichtlich Mühe, seinen Blick nicht mit offen stehendem Mund ausschweifen zu lassen und die Fassung zu bewahren. Wohl war ihm der Name seines Freundes und dessen Rang bekannt, doch niemals hätte er eine solche Festung erwartet. Sie übertraf in Größe, Pracht und Lage alles, was er jemals zuvor zu Gesicht bekam.

An diesem heißen Tag langweilten Massimo die stets wiederkehrenden Belange seines Gremiums sichtlich. Die Sitzung des großen Rates zog sich schon über eine halbe Ewigkeit hin. Er hatte seinen Ellenbogen auf seinen Knien abgelegt und stützte seinen schwer gewordenen Kopf auf den Händen ab. Es gab allerlei Beschlüsse zu fassen, welche ihm Alfio unentwegt vortrug. Massimo fragte sich einmal mehr, wie sein Kanzler nach all den Jahren, in denen er ihm nun diente, noch immer an jedem Tag voller Begeisterung seinen Dienst verrichten konnte. Er war froh, ihn an seiner Seite zu wissen und lächelte.

Es galt Recht zwischen zwei Bauern zu sprechen, welche die Grundstücksgrenzen ihrer Lehen gegenseitig nicht einhielten und etliches andere, sich stetig wiederholende. Massimo hatte keine Lust, die Diskussionen unnötig in die Länge zu ziehen. Wichtigeres trieb ihn um: seine bevorstehende Hochzeit. Seit Wochen konnte er an nichts anderes mehr denken, und seine einzige Sorge galt der rechtzeitigen Fertigstellung seiner lang geplanten Überraschung für Anna Maria.

Einer der Knappen klopfte und trat vorsichtig herein. Massimo war mit einem Mal hellwach und voller Freude, als er erfuhr, dass Konstantin nun endlich angekommen sei. Bereits seit mehreren Wochen wartete er auf seinen deutschen Freund, oder zumindest auf ein Lebenszeichen von ihm. Er hatte größte Sorge darum gelitten, dass Konstantin in diesen unruhigen Zeiten ein Unglück auf seiner weiten Reise hätte erleiden können – oder Schlimmeres noch.

Massimo erklärte die Sitzung für heute als beendet, ignorierte die Empörung seiner Berater über dieses Verhalten und stürmte hinaus, dem Trubel entgegen.

Konstantin stieg sogleich von seinem Ross, als er Massimo erkannte, um ihm auf gleicher Höhe zu begegnen und verneigte sich tief vor dem Gran Duca di San Lilia, der sich vor langer Zeit einmal seinen größten Respekt verdient hatte. Massimo lief ihm stürmisch entgegen und schloss ihn, zu Konstantins Überraschung, herzlich in seine Arme.

»Mein lieber Konstantin. Mit großer Freude sehe ich, dass Ihr wohlauf in meinem Land angekommen seid. Ich befürchtete bereits Schlimmes. Seid unbesorgt. Euer Heer wird beste Unterkunft vorfinden. Ihr seid mein Ehrengast, so lange Ihr Euch in San Lilia aufhalten wollt.«

Etwas perplex über den Empfang bedankte sich Konstantin eher förmlich. »Ich bin zutiefst geehrt, mit einer solchen Herzlichkeit empfangen zu werden. Die Unterschiede unserer Länder sind nicht nur sichtbar, sondern gar spürbar. Ihr besitzt ein beeindruckendes Schloss, mein lieber Massimo, oder sollte ich sagen unzählige? Ich bin überwältigt von der Pracht eurer Heimat, der farbenfrohen Fülle Eurer Wiesen und Haine. Es freut mich ebenfalls zu sehen, dass sowohl Ihr als auch Eure

Ländereien von der Schlacht verschont blieben, die sich so nahe Euren Grenzen zutrug. Auch ich war in Sorge darum, Euch in einem anderen Zustand vorzufinden.«

Der Gran Duca winkte wie selbstverständlich ab. »Wir werden heute Abend genügend Zeit finden, um Komplimente und auch alles Weitere auszutauschen. Sicherlich wünscht Ihr Euch nach den Anstrengungen der letzten Zeit zu allererst ein heißes Bad und ein weiches Bett. Ich werde Euch meinen persönlichen Kammerdiener Niccolo zur Verfügung stellen. Scheut Euch nicht, ihn als den Euren anzusehen. Eure Unterkunft wurde bereits hergerichtet.«

Konstantin waren die Strapazen der Wegstrecke und seiner Unannehmlichkeiten ins Gesicht geschrieben. »Es wahr wahrlich eine beschwerliche Reise. Ich freue mich sehr auf heute Abend, mein lieber Freund.«

Massimo blickte ihn sanft an. »So kommt in Bälde zu Kräften.«

* * *

Allerlei Besonderheiten wurden an der Tafel gereicht. Geschmorte Wachteln, Rebhühner, Wildbret, verschiedenste Pasteten, reichlich Fisch und vieles weitere mehr. Konstantin war nach der langen Zeit der Entbehrung, die eine so weite Reise mit sich brachte, von der Fülle der Speisen begeistert. Er war entzückt und beeindruckt von der schmackhaften, ihm ungewohnten Qualität des tief dunklen Weines und leerte genüsslich einen Becher nach dem anderen. Sein Platz war zu Massimos

Rechten, und die beiden Männer, obgleich auch ihre Stände unterschiedlichen Ranges waren, verstanden sich so prächtig, als wäre kaum Zeit seit ihrem letzten Treffen vergangen.

Die Stimmung war ausgelassen und frei. So haderte Massimo eine Weile mit sich, bis er es schließlich wagte, schwerwiegendere Themen als den Austausch unwichtiger Komplimente und Scherze anzuschneiden.

»So sagt mir doch, ob Ihr Schwierigkeiten auf Eurer Reise hattet. Als ich hörte, dass sich die Deutschen mit Frankreich gegen Papst Julius verbünden, war ich in größter Sorge darum, dass dieses Unterfangen auch Euch mit einschließen könnte. Als ich nichts mehr von Euch hörte, dachte ich, Ihr wäret vielleicht Eurem Ruf nachgekommen, anstatt meine Einladung anzunehmen.«

Konstantin wurde sogleich ernst in seinem Ausdruck und blickte Massimo sorgenvoll an. »Nichts ist mehr so, wie es war, als ihr noch mein Gast gewesen wart. Es graut mich beinahe, nach Hause zurückzukehren … Aber darüber sprechen wir ein anderes Mal. Als wir die erste Etappe über die Dolomiten hinter uns gebracht hatten, wurde uns zu getragen, dass die Franzosen unter der Führung des jungen Gaston de Foix, Herzog von Nemours, bereits von Mailand aus vorrückten. Auch ich hatte Sorge. Sorge um Euch, mein Freund. Es wurde gemunkelt, dass Ihr Euch selbst der Heiligen Liga angeschlossen habt. Ich wollte diesen Gerüchten zunächst keinen Glauben schenken, da ich mir nicht vorstellen konnte, weshalb Ihr Eure unabhängige Stellung aufgeben solltet.«

»Das ist ein schwieriges Thema. Tatsächlich war ich gewissermaßen gezwungen, die Verträge zu unterzeichnen. Meine Rolle bestand darin, für den Fall, dass sie nach Ravenna weiterziehen sollten, mit meinen Männern Rom zu verteidigen. Ich bin froh, dass es mir erspart blieb.«

»Stimmt es, dass Ihr die Verlobung mit Sybille auflösen ließet? Ist dies der Grund, weshalb Ihr in Julius' Schuld standet?«

»Nicht allein. Dies und der Umstand meiner Heirat. Hinzu kam ein fürchterlicher Verrat meines eigenen Bruders, über den ich, wenn es Euch nichts ausmacht, nicht noch einmal sprechen möchte.«

»Ich werde mich Euch nicht aufdrängen.«

Massimo lächelte, und Konstantin verstand, dass dieses Thema fürs Erste beendet war. Beide hingen ihren Gedanken nach und sprachen dem Wein zu.

Massimo war es, der das Schweigen schon nach kurzer Zeit wieder brach. »Erzählt mir, was Ihr sonst noch erfahren habt.«

»Soweit ich weiß, sollte ursprünglich tatsächlich bis nach Rom vorgedrungen werden, wodurch eine Belagerung Eures Landes für mich im Bereich des möglichen gewesen wäre. Doch jetzt, da ich Eure Festung kenne, ist dieser Gedanke völlig unsinnig.« Konstantin schenkte Massimo einen bewundernden Blick, bevor er fortfuhr. »Ravenna sollte wohl nur eine weitere Errungenschaft König Ludwigs bedeuten, von der er sich nach den letzten Niederlagen Ehre und Ruhm unter seinem Volk versprach. Sein Ansehen ist wohl nicht mehr das Beste unter den Franzosen. Als wir in Verona eintrafen, hieß es, dass der schweizer Tross, der als Verstärkung der päpstlichen Truppen in Ravenna dienen sollte, es sich auf halber Strecke anders überlegt hat und sich bereits auf dem Rückweg in die Heimat befände. Aber das wisst Ihr sicherlich. Ich habe mich sehr über dieses Verhalten gewundert.«

Massimo blickte seinen Freund betreten an. »Ja, zu dieser Zeit befanden sich die Spanier unter dem Vizekönig Cardona von Neapel bereits von Siena aus auf dem Weg nach Ravenna. Wir hatten wahrlich Glück, dass ihre Haufen nicht durch die Randgebiete meines Landes zogen, um es zu verwüsten. Ravenna hielt wohl dem ersten Angriff stand, sodass die Belagerer zunehmend in Schwierigkeiten gerieten, ihre Versorgung aufrecht zu erhalten.«

Konstantin nickte wissend. »Ja, zu dieser Zeit war noch nicht absehbar, wie sich die Ereignisse entwickeln würden, und so entschied ich mich dazu, auf anderem Wege zu Euch zu gelangen. Wir reisten einen erheblichen Umweg, über den Seeweg von Venedig nach Ancona, um sowohl einer möglichen Schlacht als auch einem jederzeit möglichen Rückzug der Franzosen zu entgehen. Es wurde mir berichtet, dass England eine Invasion Frankreichs plane und die Franzosen eventuell aus diesem Grunde den Feldzug gegen Papst Julius abbrechen müssten, um sich der Verteidigung ihres Landes zu widmen.«

Der Gedanke daran widerte Massimo an. »Ich weiß darum. Auch ich hoffte darauf, dass sich die Franzosen aus diesem Grund zurückziehen, bevor es zu einer Schlacht kommt. Doch leider trug es sich anders zu. Wir werden sehen, wie sich die Dinge weiter entwickeln. Krieg führt immer nur zu Krieg, mein Freund, und ich bin es leid. Glücklicherweise ist San Lilia völlig autark und zudem kein guter strategischer Ausgangspunkt für ein Kriegsgeschehen. Deshalb blieb mein Land ja schon immer weitgehend von Belagerungsversuchen verschont, und wenn es doch einmal jemand wagte, waren wir immer imstande, die Angriffe ohne Hilfe von außen abzuwehren. Wie Ihr Euch sicher denken könnt, war es ein schwerer Schritt, mich der Heiligen Liga anzuschließen. Wir kämpfen hier nicht, und wenn, dann nur für uns selbst. Ich will in Frieden leben dürfen.«

Konstantin entgegnete ihm ermutigend: »Es freut mich, Euch in diesen unsteten Zeiten in relativer Sicherheit zu wissen, mein lieber Massimo. Doch bitte erklärt mir, wie Ravenna schließlich gefallen ist. Als ich in Ancona eintraf, waren die Franzosen bereits dabei abzuziehen und ich begab mich sogleich auf den Weg zu Euch. Meine letzte Information ist die, dass Gaston de Foix wohl in dem Gemetzel fiel.«

Massimos Gemüt erhitzte sich. »Das ist richtig. Nun ja, es heißt Fabricius Colonna fand süd-östlich von Ravenna eine Stellung, die wohl allen Anforderungen entsprach. Sie gewährleistete die Versorgung des sechzehntausend Mann starken spanischen Heeres und war nahe genug an den Franzosen, um eine Bedrohung darzustellen. Gleichzeitig aber nicht so direkt gelegen, um eine Schlacht heraufzubeschwören. Navarra glaubte, eine gleichwertige

Stellung gefunden zu haben, die jedoch weit näher an den Feind heran trat. Cardona befahl umgehend dort einzurücken, obgleich Colonna aus Furcht vor einer entstehenden Schlacht protestierte. Schließlich war das französische Heer beinahe doppelt so stark. Die ursprüngliche Taktik, ihre Größe durch Hunger weit zu schwächen, erschien auch mir in diesem Fall weit sinnvoller. Schließlich hatten die Spanier einen nicht unerheblichen Vorteil in ihrer Stellung. Zu Beginn des Gefechtes verhielten sie sich rein defensiv, was klug war und zum Erfolg hätte führen können. Die Franzosen marschierten rein frontal, sichelförmig gegen die Spanier. Doch einen Feldzug defensiv zu bestreiten, ist, wie Ihr wisst, nur sehr schwer durchzuführen und so kam es, dass sie ihren Vorteil durch den ungehorsamen, stürmischen Vormarsch des Heeres, allen voran der Ritterschaft, vertan haben. Dies war der Grund, weshalb sie scheiterten. Ravenna wurde nach gewonnener Schlacht bitterlich von den Franzosen geplündert, geradezu verwüstet. Erst als der Kaiser die Schweizer dazu aufforderte, noch einmal auszurücken und diese seinem Aufruf mit achtzehntausend Mann Folge leisteten, flüchteten die Franzosen. Eigentlich hätte auch ich diesem Ruf folgen sollen, doch ich hielt es in Anbetracht der Situation nicht mehr für notwendig.«

Beide Männer leerten wortlos ihre frisch gefüllten Weinkrüge – beide dem Glück huldigend, das sie hatten, und die Schwierigkeiten bedenkend, die ihnen hätten widerfahren können.

Konstantin erhob das Wort. »Nun ist für meinen Geschmack genug Politik gesprochen worden. Wenden wir uns den Herzensangelegenheiten zu, wenn Ihr nichts dagegen einzuwenden habt, mein Freund. Schließlich bin ich aufgrund einer bevorstehenden Hochzeit angereist und nicht etwa, um die Zerrissenheit Italiens zu erörtern. Wann werden die Festlichkeiten stattfinden, Massimo? Erzählt mir von ihr.«

Die Augen des Großherzogs leuchteten, als Konstantin ihn an Anna Maria, an das größte Glück seines Lebens, erinnerte. »Habt ein wenig Geduld, mein Lieber. Die Hochzeit kann erst stattfinden, wenn die baulichen Maßnahmen abgeschlossen sind. Doch nächste Woche schon werde ich Euch beide miteinander bekannt machen. Ich habe vor, Eurem Besuch zu Ehren einen Ball zu geben und Euch Anna Maria bis zu diesem Tage vorzuenthalten.«

Konstantin sah ihn etwas verwirrt an und allerlei Fragen sprudelten aus ihm heraus: »So wie sich Eure Züge verändern, wenn Ihr an Eure Verlobte denkt, muss es sich wohl lohnen zu warten. Es freut mich zu sehen, dass Ihr wohl endlich diese Liebe gefunden habt, nach der Ihr suchtet. Sie befindet sich bereits hier, in San Lilia? Dies verwundert mich. Was gedenkt Ihr für Eure Hochzeit errichten zu lassen? Wo habt Ihr sie gefunden? Entschuldigt mein Unwissen, doch ich bin in Eurer Einladung nicht darüber in Kenntnis gesetzt worden, welcher Familie sie entstammt.«

Massimo lachte. »Ihr habt recht darin. Es lohnt sich in der Tat zu warten. Ich habe nicht nur mein Herz, sondern gar meine Seele an diese Frau verloren. Nun ja, es ist wohl nicht ganz so, wie Ihr es Euch vorgestellt habt.

Sie entspricht nicht unbedingt den Anforderungen, die ein Mann meines Ranges an seine Frau zu stellen hat. Vielmehr hat es sich zugetragen, dass ich mich in eine sehr besondere Frau, dennoch in ein Mädchen des Volkes verliebte.«

Konstantin spuckte den Schluck Wein, den er gerade zu sich nehmen wollte, sogleich wieder mitten auf den Tisch und sah den Gran Duca fassungslos an. Bevor der Deutsche seine Sprache wiederfand fuhr Massimo eilig, dennoch mit ruhiger Stimme fort: »Sie ist ein ehrenvolles Mädchen, das keinerlei Grenzen überschritten hat, die ihren Wert mindern könnten. Sie ist von einer solchen Reinheit und Schönheit, wie sie mir noch nie zu Gesicht kam. Ihre Bewegungen lassen Sie gleich einem höheren Wesen erscheinen, das der Welt erhaben ist und ihr Geist besitzt eine, für ein Weib ungewöhnlich schnelle und logische Auffassungsgabe. Sie ist klug, gewieft und zudem voll köstlichem Humor. Eine Frau, meiner würdig. Ihr werdet sehen. Wenn Ihr sie erst einmal kennengelernt habt, werdet auch Ihr meine Beweggründe verstehen.«

Konstantin musterte ihn während seiner Ausführungen genauestens. Dann, als Massimo zum Ende kam, nickte er und sprach: »Nun aber genug. Es freut mich sehr zu hören, dass Ihr die Frau Eures Herzens gefunden habt. Es scheint mir, als wärt Ihr in der Zwischenzeit weit erfolgreicher gewesen in dieser Angelegenheit als ich. Ich wünsche Euch, dass Eure Hoffnungen sich mit dieser Frau erfüllen und ich bin neugierig, dieses außergewöhnliche Weibsbild kennenlernen zu dürfen.«

Die beiden Männer lächelten, als schützten sie ein Geheimnis und prosteten sich mit erhoben Kelchen zu.

Musik, Gesänge und allerlei Belustigungen folgten ihrer Unterredung. Sie lachten herrlich und erfreuten sich, als gäbe es kein Morgen bis spät in die Nacht hinein des puren Lebens.

* * *

Am darauf folgenden Morgen trafen sich die beiden Freunde bereits in aller Frühe. Massimo wollte keine Zeit mehr verstreichen lassen, um dem so lange ersehnten Gast seine Besitzungen zu zeigen. Als sie an den Stallungen ankamen, führte er seinen Freund als Erstes zu Salvatore. Konstantin war der Neid ins Gesicht geschrieben, als er nicht nur den tiefschwarzen, muskulösen Araberhengst erblickte, den er bereits kannte, sondern auch die vielen weiteren, überaus prächtigen Tiere. Ein besonderes Augenmerk lag auf der weißen Stute, die sich gemeinsam mit Salvatore ein eigenes, großzügig angelegtes Freigelände teilte.

Als Massimo ihm erklärte, dass Stella Anna Maria gehöre, weiteten sich seine Augen. »Sie beherrscht die Reiterei? Eine Magd?«

Massimo lachte laut auf. »Ich habe es sie gelehrt. Ihr würdet Euch wundern, über wie viele weiteren Qualitäten sie verfügt.«

Sie spazierten gemeinsam hinauf auf den Gipfel des Monte Fuero, zum ersten Kastell, vor dessen Eingang sich ein Aussichtsplatz befand. Hier hatten sie zu allen

Seiten hin freie Sicht über Massimos gesamte Ländereinen hinweg, die sich um den Fuß des Berges formierten. Sein Land war zwar klein, nur verschwindend größer als Konstantins Lehen, doch seine Stellung war eine gänzlich andere. San Lilia war von seiner Entstehung an nicht nur der Unabhängigkeit verschrieben, sondern auch mächtig und reich gewesen. Man sah es nicht nur an den prächtigen Bauten oder den opulenten Schlössern und Burgen, von denen es unzählige gab. Es waren die einfachen Menschen, die das besondere, dieses Lebensgefühl, das man nur in San Lilia fand, verkörperten. Überall strahlten lächelnde Gesichter, gut gekleidete Männer und wohl genährte Kinder belebten die Straßen. Selbst der ärmste Bauer hatte hier ein eigenes kleines Lehen und ein Auskommen, von dem selbst die höher Gestellten in Konstantins Heimat nur träumen konnten. Während die Sonne empor stieg, kam es Konstantin vor, als wäre er hier in einer anderen Welt gelandet. Er hätte sicher Neid auf Massimo empfinden können, doch er beneidete ihn nicht. Gönnte dem Freund vielmehr, was dieser sein Eigen nannte und konnte zudem nicht nach einer Welt gieren, die in seinem Geist bislang nicht existierte.

Als sie an dem dritten Gipfel, auf dem einzig ein hoher Turm prangte, den zu jeder Tageszeit zwei Wachen besetzten, angekommen waren, führte Massimo ihn in das Waldstück hinein, das sich innerhalb der Stadtmauern befand. Unzählige kleine wie auch größere Tiere und eine Vielzahl verschiedenster Bäumen und Pflanzen, die ungewöhnlich dicht beieinander standen, konnten hier ungestört und friedlich nebeneinander leben. Massimo erklärte Konstantin, dass es auf Todesstrafe verboten sei, auf irgendeine Weise Unruhe in diese Wälder zu bringen. Allein ein halbes Dutzend Männer waren bei Hofe angestellt, um die Tiere und Pflanzen genauestens zu bestimmen und zu zählen. Es benötigte eine Unzahl an Formularen, die bewilligt werden mussten, um einen Teil des Bestandes einzudämmen, wenn es denn nötig war. Massimo bezeichnete diesen Ort als das Herz von San Lilia. Er erklärte ihm, dass allein dieser Tierbestand die gesamte Stadt im Falle einer Belagerung über drei Monate hinweg ernähren könnte, und dafür müssten sie noch nicht einmal großartig haushalten.

Konstantin folgte seinem Freund mit geweckter Neugierde weiter durch das Dickicht hindurch, bis sie an den Rand einer kleinen Lichtung kamen. Inmitten all der hohen Bäume wirkte dieser Ort magisch und geheimnisvoll auf Konstantin. Ein Ort, den er kaum zu betreten wagte.

Massimo zeigte ihm den Platz unter der alten Weide, der ihm von seiner Kindheit an der liebste in San Lilia gewesen war. Doch sie rasteten nicht lange, da der Großherzog es kaum noch erwarten konnte, Konstantin sein gut gehütetes Geheimnis, seinen ganzen Stolz zu zeigen. Massimos Augen leuchteten. »All dies halte ich bereits seit Wochen geheim, mein Freund. Niemand darf ohne ausdrückliche Genehmigung auch nur in die Nähe kommen. Hier soll die Trauung stattfinden, sobald alles angelegt und der Bau der Kapelle beendet ist.«

Konstantin traute seinen Augen kaum. Ein solch wechselhaftes, farbenfrohes Meer an Schönheit und Pracht hatten seine Augen noch nie zuvor erblickt. Er schüttelte immer wieder ungläubig seinen Kopf, während er alles genauestens musterte.

»Woher nehmt Ihr all diese Rosensorten? Einige von ihnen habe ich noch nie gesehen.«

Massimo stand selig und mit geschwollener Brust vor Konstantin. Für ihn war es eine Art Feuertaufe, die gelungen war. »Ich habe sie aus allen Teilen der Welt hierher bringen lassen. Es hat mich viel Zeit und Geduld gekostet, bis die Sammlung vollständig war. Einige, wie diese hier, stammen gar aus Asien.«

»Weshalb dieser Aufwand?«

»Sie liebt Rosen ...«

Konstantin schüttelte ungläubig den Kopf.

* * *

Nach langer Zeit ungeduldigen Wartens, betrat Anna Maria endlich den großen Saal. Es dauerte nur wenige Minuten, bis sich die Nachricht über ihr Eintreffen bei der Menge verbreitet hatte. So waren nach kürzester Zeit hunderte Augenpaare ausschließlich auf die baldige Großherzogin San Lilias gerichtet. Und ihr Warten wurde königlich belohnt. Anna Maria sah fantastisch aus. Schöner noch und anmutiger als jemals zuvor.

Das Kleid, das sie an diesem Abend trug, war aus azurblauem Brokat gewoben, dessen Muster filigrane, weiße Blumen zeigte. Sein Schnitt betonte ihre von Natur aus außergewöhnlichen Proportionen, was durch den sanften Fall des Stoffes noch deutlicher wurde. Er schmiegte sich, gleich dem weichen Fell einer Raubkatze, an ihren Körper.

Ihre Haare waren in große Wellen gelegt und nur locker an ihrem Hinterkopf festgesteckt worden. Das kleine, mit Aquamarinen und Jade besetzte Diadem, das Massimo passend zu ihrem Schmuck anfertigen ließ, funkelte im Schein der Kerzen und ließ die Farben ihrer Augen strahlen. Ihre Erscheinung glich mehr einer Elfe oder einer Fee, die Wünsche erfüllen konnte, als einem Wesen, das aus dieser Welt stammte.

Als Massimo seine Angebetete erblickte, erhob er sich, mit vor Staunen offen stehendem Mund, sogleich von seinem Stuhl, woraufhin sich große Teile der Gesellschaft seinem Vorbild anschlossen.

Es war Anna Maria noch immer unangenehm, sich derart ausgeliefert inmitten des Saales bewegen zu müssen. Auch wenn sie es sichtlich genoss. Mit sicherem Gang schritt sie, wie es einer zukünftigen Adeligen gebührte, zwischen den in Reih und Glied stehenden Tischen entlang.

Massimo empfing sie noch vor der langen Tafel, reichte ihr mit vor Stolz geschwollener Brust seinen Arm, küsste ihre zarte Hand und führte Anna Maria an ihren Platz, der sich zu seiner Linken befand. Er wollte ihr zu gerne beteuern, wie schön sie war und wie großartig es sich für ihn anfühlte, sie, diese wundervolle Frau, bald schon die Seine nennen zu dürfen. Doch seine Stimme versagte ihm vor Staunen.

Nachdem er sich etwas gefasst hatte, sagte er: »Ich möchte Euch unseren besonderen Gast vorstellen, meine liebste Anna Maria.« Massimos Hand schwenkte zu dem Mann, der zu seiner rechten saß. »Das ist er. Mein deutscher Freund Konstantin Caspar zu Erisberg, Freiherr von Nunenburg.«

Konstantin nickte nur knapp und vermied direkten Blickkontakt, was Anna Maria irritierte, doch sie war in den letzen Monaten sicher genug geworden, um sich nicht sogleich beeindrucken zu lassen.

»Nach all den Erzählungen von Ruhm und Ehre über Euch, freut es mich sehr, Euch nun kennenlernen zu dürfen, verehrter Konstantin.«

Er nickte erneut nur knapp in ihre Richtung.

Anna Maria war verwirrt. In dem Jahr, das nun hinter ihr lag, hatte sie sich an die Beachtung ihrer Person gewöhnt. Die Menschen brachten ihr Hochachtung entgegen, manchmal schien es gar, als würden sie sich vor ihr fürchten. Seit sie in diesem Land angekommen war, war es noch nie geschehen, dass sie derart abweisend behandelt wurde. Anna Maria wurde nervös. Sie war sich selbst wohl doch nicht so sicher wie sie glaubte. Es grämte sie, dass Konstantin sich nicht für ihre Erscheinung interessierte, was absurd war, da es keinen ehrenwerten Grund für ihn gegeben hätte, sich ihren Attributen gegenüber aufgeschlossen zu verhalten. Und Konstantins Verhalten führte sie nun schmerzlich zurück zu ihren Ursprüngen. Trotz der feinen Stoffe, die sie umhüllten, war es ihr, als trüge sie nichts weiter als ein Kleid aus grobem Leinen, das auf ihrer Haut kratzte. Sie fühlte sich zum ersten Mal seit Langem wieder als das, was sie in Wirklichkeit war. Eine einfache Magd. ›Habe ich mir nicht selbst einmal versprochen, dass ich niemals vergessen werde, wer ich bin, wer ich war?‹, dachte sie bei sich und schämte sich auf einmal zutiefst. Der Ursprung ihrer Empfindung lag allerdings nicht darin, dass sie sich und ihren Prinzipien untreu geworden war. Anna Maria schämte sich für das, was sie war. Eine einfache Magd, die sich benimmt, als wäre sie bedeutend.

Das Essen war überaus üppig. Anna Maria bemühte sich, aus Angst um die Enge ihres Mieders, nicht allzu viel vom Fleisch und mehr von Hirse und Grütze zu essen. Massimo und Konstantin hingegen schöpften, wie auch die anderen Männer im Raum, aus den Vollen. Es gab Wildschwein, das mit einer Gans gefüllt war, Rebhühner und Wachteln, in deren Inneren sich ein Fleischgemisch, eine Art Leberpastete befand, Fisch in allen Varianten und vieles Weitere mehr.

›Die Unterschiede unserer Welten beginnen bereits hier, bei der Wahl des Essens‹, dachte Anna Maria. In ihrer Kindheit hatte es nie viel Fleisch gegeben. Es war zu teuer, zu kostbar, um an jedem Tag verzehrt zu werden. Ebenso verhielt es sich mit dem Wein. Ihr Vater war nicht arm gewesen, er musste nie das wässrige Biergebräu seiner Angestellten trinken, doch in den Genuss eines Weines kam er dennoch nur selten. Eben ausschließlich zu besonderen Gelegenheiten. Anna Maria starrte angewidert auf ihren Teller hinab. Der Gedanke an all diesen Überfluss verdarb ihr den Appetit.

Die beiden Männer hingegen kannten von Kindheitsbeinen an nichts anderes, als Fleisch mit Fleisch und Fisch zu essen. Sie beobachtete Massimo, wie er voller Hingabe schmatzte und einen Schenkel nach dem anderen in sich hinein stopfte. Er achtete nicht darauf, wie viel seine Zähne von dem Knochen rissen und warf die Reste achtlos hinter sich. Dann ergriff er seinen Kelch, prostete Konstantin zu und schüttete den Wein nur so in sich hinein, als wäre er nichts weiter als Wasser. Der Deutsche tat es ihm gleich. Obwohl Anna Maria schon lange die in San Lilia übliche Fülle an Speisen kannte und Massimo schon oft beim Essen beobachtet hatte, fühlte sie nun beim Anblick der sich biegenden Tafel Ekel in sich aufsteigen.

Sie rutschte nervös auf ihrem Stuhl hin und her, bis Massimo sanft ihre Hand ergriff und besorgt in ihre Augen sah. »Fühlt Ihr Euch nicht wohl, meine Liebste?«

Anna Maria schüttelte den Kopf. Zu Zeiten war es anstrengend, kein Geheimnis, nicht einmal eines, das nur ihren Gedanken entsprang, zu wahren. Es gab Momente, in denen sie die Nähe Massimos geradezu erdrückte.

»Nein. Es ist nichts. Ich habe nur gerade über etwas nachgedacht.«

»So? Erzählt mir Eure Gedanken.«

Sie lächelte ihn herzerweichend an. »Mir ist nur einmal wieder bewusst geworden, wie sehr ich Euch liebe und welch großes Glück ich mit Euch in meinem Leben gefunden habe.«

Massimo strahlte. Seine Wangen röteten sich hitzig vor Freude.

Etwas schüchterner fügte sie hinzu. »Ich danke Euch vielmals für das Kleid und für alles andere ...«

»Ihr seid unglaublich schön, Anna Maria. Es spielt keine Rolle, was Ihr tragt. Selbst in Lumpen könnte ich mich kaum an Euch sattsehen. Ihr erfüllt mich an jedem einzelnen Tag mit größtem Stolz.« Er drückte liebevoll ihre Hand, bevor er sich wieder Konstantin zu wandte. »Ich habe eine Überraschung für Euch vorbereiten lassen.«

Der Gast legte seinen Kopf schief und grinste breit. »Lasst mich wissen, was dieses köstliche Festmahl noch übertrumpfen könnte. Allein die Vorstellung übersteigt meinen Horizont.«

»Ihr erinnert Euch sicherlich noch an die Darbietung, die Ihr damals zu meinen Ehren arrangiert habt.«

Konstantin lachte höhnisch und laut. »Jetzt verstehe ich, worauf Ihr hinaus wollt. Ihr meint das Mädchen! Oh ja, sie war wahrlich ganz bezaubernd! Soweit ich mich erinnere, sowohl während als auch nach ihrem Tanz.«

Konstantin boxte Massimo freundschaftlich in die Seite, während Anna Maria erschrak, als sie die Worte ihres Gesprächs vernahm. Die Vorstellung, ihn mit einer anderen teilen zu müssen, verletzte sie zutiefst. Ihr Herz schmerzte, auch wenn sie darum wusste, dass es eine Zeit vor ihr gegeben hatte, geben musste. Das Wissen darum konnte ihren Groll allerdings nicht mildern. Es war die Eifersucht, die ihr loderndes Feuer in Anna Maria entfachte und sie innerlich brennen ließ.

»Oh ja. Ich habe nicht vergessen, dass ich dieses interessante Vergnügen allein Euch zu verdanken hatte. Ich würde mich nun gern gebührend bei Euch revanchieren. Auf meine Weise. Ich ließ schon vor Längerem ein besonderes Theaterstück für Euch ausarbeitet. In unserem Land ist es allerdings so, dass weniger Witz, sondern vielmehr ernsthafte Erzählung in den Darbietungen liegt.

Ich möchte Euch meine und Anna Marias Geschichte in diesem Stück erzählen. Die Musik spricht unzählige Sprachen und es ist mir ein großes Anliegen, das Ihr erfahrt, wie die Liebe, die Ihr selbst so vehement abweist, in ein Herz treten kann.«

Konstantin wirkte ein wenig enttäuscht. »Ich sehe, dass Ihr Euch nicht verändert habt, mein Freund. Die Liebe also. Und wo bleibt der Spaß?«

Massimo grinste. »Wartet nur ab, mein Lieber. Ihr könnt Euch selbstverständlich eines der auftretenden Mädchen aussuchen, und wenn es Euch beliebt, dann nehmt ruhig zwei oder drei. Ich weiß nur zu gut um Eure Schwächen, und die Auswahl wird Euch schwer fallen.«

Als die Tische sich langsam leerten und der Großteil der Gesellschaft bereits von Trunkenheit gezeichnet war, erhob sich Massimo, um für Ruhe zu sorgen.

Das leise Spiel einer Querflöte erklang. Es war heiter, fröhlich und stand ganz für sich allein. Ein Mädchen tanzte sich im Rhythmus der Musik durch den Mittelgang immer weiter zu ihnen nach vorne. Es waren keine kunstvollen Bewegungen. Sie ähnelten mehr einem spielenden Kind. Herzlich lachend drehte sie sich einfach nur immer wieder aufs Neue ausgelassen im Kreis. Es war Anna Maria, die sie darstellte.

Als sie sich beinahe schwindelig gedreht hatte, erschien, begleitet von lauteren Tönen des Flötenspiels, ein Mann. Er war prächtig gekleidet und schlich mit großen Augen zwischen den Reihen umher. Hier und da lugte er durch die Köpfe zweier Männer hindurch, die an einem der Tische saßen, um das Mädchen zu beobachten. In dem Moment, als die Musik abrupt endete, ließ sich das Mädchen plötzlich auf den Boden fallen. Erneut kehrte Stille ein. Dann lachte die falsche Anna Maria laut auf und hielt sich dabei ihren Bauch. Auch der Mann, der sich noch immer zwischen den Reihen versteckte, begann zu lachen. Das Mädchen schreckte, mit Einstimmen der Klänge, hoch und begann, wie irr geworden, von einer Tafel zur anderen zu rennen. Es waren schrille, fürchterlich klingende Töne, die sich in die Ohren bohrten, als würde die Flöte absichtlich falsch gespielt werden. Ihre Schritte und ihr Ausdruck waren von Panik getrieben. Schließlich stolperte sie über ihre eigenen Füße und fiel ein zweites Mal zu Boden.

Lauter Trommelwirbel erklang, woraufhin der gespielte Massimo im Takt über einen der Tische sprang und auf sie zu stürmte. Die Flöte setzte wiederum in den passenden Tönen zu den Trommeln ein, und es ergab sich ein seltsames Bild, in dem er an ihr zerrte ohne sie zu berühren und sich das Mädchen parallel zu seinen Bewegungen, gleich einer verendenden Schlange, auf dem Boden wand. Als die Trommeln aufhörten zu schlagen, folgte ihnen kurze Zeit später erneut die Flöte und die beiden Darsteller erstarrten gleichzeitig in der Position, in der sie sich in diesem Augenblick befanden.

Das zarte Lied einer Harfe erklang. Es weckte völlig andere Gefühle in den Zuschauern und zog sie sachte in ihren Bann. Egal, welches Gesicht man in den Reihen musterte, ein jeder wirkte ergriffen.

Ganz langsam lösten sich die Schausteller aus ihrer Starre und bewegten sich im Wiegeschritt immer näher aufeinander zu. Sie strecken beide ihre Hände nach dem anderen aus.

Dann, als sich nach endlos lang erscheinender Zeit ihre Fingerspitzen berührten, zog der falsche Massimo die gespielte Anna Maria ruckartig in seine Arme und sie vergruben sich ineinander, während die Instrumente – hinzu kamen ein Clavichord und eine Laute – im Einklang spielten und eine wundervolle, rein und klar klingende Melodie kreierten. Als das Stück endete, hob er sie hoch und trug sie, auf seinen Armen ruhend, eilig aus dem Saal.

Dann erschien derselbe Mann noch einmal – ohne das Mädchen. Mehrere weitere Männer fanden sich um ihn herum ein. Während die Musik wechselte, wurde eine schwere Kiste herbei geschafft.

Der gespielte Großherzog wurde wütend und aufbrausend. Er riss an seinen Haaren, ballte seine Fäuste und trat immer wieder gegen die Truhe. Einige der Männer eilten, von ihm fortgeschickt, hastig hinaus und kamen mit gesenkten Häuptern wieder herein, was die künstlerische Darbietung des Wutausbruches nur verschlimmerte. Dann als das Mädchen in Begleitung zweier Männer, gleich einer Gefangenen, herbei geführt wurde, erklang allein das Schlagwerk. Der falsche Massimo stellte sich mit dem Rücken zu ihr, seine Arme steif vor dem Körper verschränkt, während seine Männer das Mädchen in die Kiste steckten und den Deckel schlossen.

Als der Hauptdarsteller wutschnaubend den Raum verließ, ohne sich umzuwenden, wirbelten die Schlagstöcke von Pauke und Trommel immer schneller, sodass es unangenehm laut im Saal wurde. Nun hoben vier der verbliebenen Männer die Kiste an, um sie in alle Richtungen zu drehen und zu schütteln. Sie stellten sie gar auf den Kopf und bewegten sie heftig auf und ab. Als sie die Truhe wieder absetzten, taten sie es so schroff, dass die Kiste kippte, der Deckel sich öffnete und das Mädchen wie leblos aus ihr heraus fiel.

Das alleinige Spiel einer Viola da Braccio erklang. Es war eine wehe, von Schmerz und Ungewissheit verzerrte, melancholische Musik, der sich niemand verschließen konnte. Immer wieder traten Menschen ein und blickten auf das Mädchen herab, um betreten ihre Köpfe zu schütteln und unverrichteter Dinge wieder zu gehen.

Dann eilte der gespielte Massimo ein weiteres Mal herein. Er schlug seine Hände vor den Kopf und jammerte und flehte in dem Ausdruck seiner Bewegungen. Zuletzt sank er auf den Boden herab, um sie in seine Arme zu schließen. Nichts weiter geschah, während die Melodie zunehmend düsterer wurde. Einzelne Glöckchen erklangen. Sie wurden sachte angeschlagen, sodass sich ihr heller, klarer Klang bis in jeden Winkel hinein ausbreiten konnte.

Als das Mädchen die Umarmung des Massimo erwiderte, löste dieser sich von ihr und die beiden küssten sich.

Die Menge tobte. Lautes Gegröle und nicht enden wollender Applaus machte sich unter dem Volk breit.

Als sich die Zuschauer beruhigt hatten, traten alle Beteiligten noch einmal herein. Fröhliche Musik, die mit allen Instrumenten gemeinsam dargeboten wurde, erklang. Sie war geräuschvoll und aufbrausend, dennoch, auf gewisse Weise, weich und anmutig. Die Akteure positionierten sich in einer Reihe rechts und links der Tafeln. Der falsche Massimo und das Mädchen hingegen an der Stirnseite, direkt vor Massimo, Konstantin und Anna Maria. Ein weiterer, besser gekleideter Mann ritt, auf einem dunkelbraunen Pferd, zwischen ihnen in die Mitte ein. Sie alle verneigten sich tief vor ihm und harrten in dieser gebeugten Stellung aus, bis ein Dutzend leicht bekleideter Mädchen herein huschte, um einen Kreis um den Reiter zu bilden. Sie tanzten lasziv um ihren Herrn, doch ohne seine Beachtung zu gewinnen. Dieser blickte die ganze Zeit über, vollkommen unberührt und mit hoch erhobenem Haupt, in die Ferne. Während ihrer Bewegungen deuteten die tanzenden jungen Frauen immer wieder an, ihn erfolglos von seinem Pferd herab ziehen zu wollen. Als die Melodie ihren Höhepunkt erreichte, stieg er freiwillig von seinem Hengst und wurde sogleich begierig von den Mädchen umzingelt. Er ergriff mal die eine und mal die andere, um mit allen einmal in Zweisamkeit zu tanzen. Am Ende dann warfen sie sich gleichzeitig zu seinen Füßen und rekelten sich auf dem Boden, um anschließend dort zu verharren, als wären sie ohne seine Berührungen nichts als leblose Puppen.

Alle Darsteller, bis auf die Tänzerinnen, verließen daraufhin sogleich den Saal. Als sie allein waren, reihten sich die Frauen nebeneinander vor Massimos Tafel auf, um auf sein Zeichen zu warten. Das Volk staunte über dieses ungewöhnliche Ereignis.

Massimo ließ einige Zeit verstreichen, während sich jede einzeln vor Konstantin verbeugen und seine gierigen Blicke geduldig ertragen musste. Dann blickte Massimo seinen Freund voller Erwartung an und wedelte mit seiner Hand, um den Mädchen zu bedeuten, dass sie verschwinden mögen.

»Habe ich Euch zu viel versprochen? Eine jede von ihnen ist bezaubernd, nicht wahr? Wenn ich Euch meine persönliche Favoritin nennen darf, dann ist es die zweite, die nach vorn trat. Das Mädchen mit den rötlichen Haaren.«

Konstantin antwortete nicht sogleich. Er war noch immer in den Klängen der Musik gefangen. Dann stammelte er ein »Ja, entschuldigt«, um hernach fortzufahren: »Ja, wirklich bezaubernd. Und, mein Freund, ich habe noch niemals zuvor eine solche Darbietung gesehen. Musik, Tanz und stilles Theater ohne Gesang. Ich hatte nicht erwartet, dass es möglich ist, aus so wenigen Komponenten derart viel zu kreieren. Ist das diese neuartige Kunst, von der ich gehört habe?«

»Nein, allerdings daran angelehnt. Es ist meine eigene Inszenierung. Ich habe sogar Teile der Musik selbst komponiert.«

»Ich wusste nicht, dass Ihr ein solcher Freund der hohen Künste seid, und überaus talentiert noch dazu.«

Massimo blickte zu Anna Maria. »Sie ist es, die meine Fantasie bis ins Unermessliche beflügelt.«

Konstantin überging Massimos Bemerkung. »Wenn Ihr nichts dagegen einzuwenden habt, werde ich mich nun den Damen widmen, um sie mir genauer anzusehen. Ich war dermaßen gefesselt, dass ich mich kaum auf ihre Gesichter konzentrieren konnte.« Er zwinkerte. »Geschweige denn auf den Rest.« Konstantin grinste schelmisch. »Eure Empfehlung könnt Ihr mir in jedem Fall auf mein Zimmer schicken lassen. Vielleicht sogar alle nacheinander, wenn es Euch nicht stört. Mein Aufenthalt wird schließlich länger andauern.«

Massimo winkte seinen Hofmarshall zu sich, der die Aufgabe bekam, sich Konstantins Wünschen anzunehmen. Er sollte ihm jede Absurdität erfüllen, ganz gleich, wonach es ihm auch verlangte.

Als Konstantin gemeinsam mit Marcus den Saal verließ, war es das erste Mal an diesem Tag, dass Massimo ungestört mit Anna Maria sprechen konnte. Er wandte sich ihr zu: »Hat es Euch gefallen?«

Sie nickte.

»Es war mehr noch eine Überraschung für Euch als für ihn. Ich habe viel Zeit damit verbracht, an den Melodien zu feilen, die Euch beschreiben könnten. Doch kein Klang der Welt kann so rein und so schön sein, wie Ihr es seid.« Es entging ihm nicht, dass sie seinem Blick auswich.

»Es war ganz wunderbar. Ich danke Euch vielmals.«

»Ihr seid so still an diesem Abend. Ich bin versucht, in Sorge um Euch zu geraten.«

»Nein, bitte sorgt Euch nicht. Es ist nur … Nein, es ist nichts.«

Massimo wurde traurig. Er blickte sie vorwurfsvoll an. »Ich hatte gehofft, Ihr würdet mir nun genug vertrauen, um offen sprechen zu können.«

Anna Maria kämpfte mit ihren Bedenken, doch schließlich begann sie sich ihm zu erklären: »Ich habe Euer Gespräch verfolgt. Eure Worte sind es, die mir nun schwer wie Steine im Magen liegen.«

Massimo verstand nicht, worauf sie hinaus wollte. »Ich wüsste nicht, was ich gesagt haben könnte, das Euch verletzt. Wenn es dennoch so gewesen ist, entschuldige ich mich vielmals. Es stimmt mich traurig, einen Vorwurf aus Eurem Mund zu hören. Habe ich denn nicht in den höchsten Tönen von Euch geschwärmt?«

Anna Maria blickte ihm mit einer gewissen Verachtung in die Augen, was Massimo schwer traf. »Wohl nicht nur von mir.«

Der Großherzog wurde ungeduldig. »Was soll das heißen? Ihr sprecht in Rätseln. Ich habe keine Lust, ein Ratespiel mit Euch zu spielen. Sprecht oder schweigt.«

Anna Maria wurde ungehalten: »Denkt Ihr, es bereitet mir Freude, mit anhören zu müssen, wie Ihr Euch darüber amüsiert, mit einer anderen die Laken gewälzt zu haben? So wie Eure Augen leuchteten, frage ich mich, ob Ihr Euch auch jetzt, seit ich an Eurem Hof weile, mit diversen Frauen hemmungslos Euren fleischlichen Gelüsten hingegeben habt. Und dieser Viehhandel, den Ihr für Konstantin veranstaltet habt, widert mich an! Was sind das nur für Frauen, die sich frei zur Verfügung stellen? Es soll ihre eigene Sorge sein und auch bleiben. Weit mehr erschreckte es mich, dass gerade Ihr, von dem ich ein solches Verhalten niemals erwartet hätte, aufs Köstlichste lacht und scherzt, und Euch gar noch bei der Auswahl beteiligt!« Sie wandte schmollend ihr Gesicht von ihm ab.

Massimo wusste zuerst nicht, was er erwidern sollte. Dann begann er zu lachen und schlang seine Arme um sie. »Kann es sein, dass es die Eifersucht ist, die diese unverschämten Worte aus Eurem Mund erklingen lässt? Grämt Euch nicht, meine wundervolle Anna Maria. Ich habe nie einen Hehl daraus gemacht, wie ich vor Euch mein Leben gestaltete.«

Sie blickte ihn ängstlich an. »Sagt mir, wie es jetzt ist. Wie gestaltet Ihr nun Euer Leben?«

»An Eurer Seite.«

»Das ist keine Antwort auf meine Frage.«

Massimo wurde stur. »Was wollt Ihr von mir hören? Das ich niemals wieder eine schöne Frau ansehen werde? Ihr wisst, dass ich nur Euch begehre und liebe. Ich habe es zur Genüge bewiesen!«

Anna Maria flüsterte. Sie wusste, dass sie dabei war, den Bogen zu überspannen, doch sie konnte nicht anders. Sie musste es wissen. Alles, die ganze Wahrheit. »Die Liebe war doch nie notwendig für Euch, um Euch Euren Gelüsten hinzugeben. Ist sie es denn jetzt?«

»Die Liebe hat auch nichts damit zu tun.«

»So? Weshalb zerreißt dann der bloße Gedanke darum, Euch mit einer anderen zu sehen, mein Herz? Wie würde es sich für Euch anfühlen, wenn ich es wäre, die nachts bei einem anderen liegt?«

Massimo stockte. Er überlegte, bevor er antwortete, und langsam begann er ihr Anliegen zu begreifen. »Um ehrlich zu sein, habe ich noch nie darüber sinniert.«

»Dann ist nun wohl der rechte Zeitpunkt für diese Überlegung gekommen.«

Massimo löste seine Umarmung und trank einen kräftigen Schluck aus seinem Becher. Auch Anna Maria begann zu trinken. Sie schwiegen so lange, bis er seinen Kelch geleert hatte. »Ihr wisst, dass der Mann, anders als das Weib, keinesfalls dazu verpflichtet ist, seiner Frau die Treue zu halten.«

Sie nickte, doch ihre Augen waren flehend.

»Dennoch kann ich Euch versichern, dass ich, seit Ihr in die Ehe eingewilligt habt, keine Frau mehr in meinem Bett hatte. Es geschah nicht bewusst, müsst Ihr wissen. Ich dachte nicht darüber nach, da meine Gedanken und auch all meine Gelüste allein Euch gebührten.«

Anna Maria atmete erleichtert auf.

Als er ihre Erleichterung sah, ergriff Massimo ihr Gesicht, hielt es mit beiden Händen fest und blickte ihr tief in die Augen. Er wollte nicht, dass es etwas gab, das sie quälte. Sie sollte glücklich sein. Einfach nur glücklich.

»Ich liebe Euch, Anna Maria. Ich liebe Euch mehr, als alles andere auf dieser Welt. Wenn es Euch so wichtig ist, dann verspreche ich bei meiner Seele, dass ich niemals mehr, bis der Tod mein Ende besiegelt, bei einer anderen Frau als Euch liegen werde.«

Anna Maria war zu Tränen gerührt und zu nicht mehr imstande, als zu nicken und ihrem Liebsten einen sanften, süßen Kuss zu schenken.

Als einige Augenblicke der Innigkeit verstrichen waren, begann Massimo mit einem Thema, das äußerst wichtig für ihn war. »Sagt, was haltet Ihr von ihm?«

Anna Maria blickte ihn überrascht an. »Von Konstantin?«

»Ja, Eure Meinung ist mir in allen Belangen überaus wichtig.«

»Was wollt Ihr hören? Er scheint Euch sehr viel zu bedeuten, und ich habe den Eindruck, dass auch er Euch sehr schätzt. Ich habe die vielen Erzählungen über ihn nicht vergessen. Es freut mich, dass Ihr einen so guten Freund besitzt.«

»Ich würde gerne von Euch erfahren, was Ihr persönlich über ihn denkt.«

Anna Maria blickte ihn kritisch an. »Ich kenne ihn kaum und wüsste nicht, was ich Euch antworten sollte.«

Massimo lächelte. »Ihr seid doch sonst nicht auf den Mund gefallen. Ich habe die Blicke gesehen, die Ihr ihm zugeworfen habt. Sie waren voller Argwohn.«

Sie atmete tief durch. Ihre Wangen begannen zu glühen, als sie sich erklärte: »Ich denke, dass er ein ungehobelter Flegel ist, der das Weib als nichts anderes als eine Art Ware betrachtet. Er erscheint mir grausam und skrupellos und ohne jegliche Führung seines Herzens zu handeln. Gleichzeitig wirkt er gebildet und vielschichtig, was sich schlecht mit meinem ersten Eindruck zusammenfügen lässt. Um ehrlich zu sein, weiß ich nicht, was ich von ihm halten soll. Er ist undurchsichtig. Ich frage mich, ob es einfach seine Art ist, oder ob er gar in allen Dingen berechnend handelt.«

Massimos linkes Auge verengte sich ein wenig. »Eure Einschätzung beschreibt ihn ziemlich gut. Jedoch nicht in allen Punkten. Ich bin dankbar für Eure Ehrlichkeit und kann verstehen, weshalb er einen solchen Eindruck auf Euch macht. Doch ich hoffe, dass sich Eure Bedenken ihm gegenüber schnell in Luft auflösen werden, wenn Ihr ihn erst einmal besser kennengelert habt. Es ist eine harte, kalte, kaum zu durchdringende Maske, die er trägt, doch glaubt mir, darunter versteckt sich ein überaus weicher Kern, welcher nur darauf wartet, an die Oberfläche gebracht zu werden. Im Grunde wünscht auch er sich nichts anderes, als wahre Liebe zu finden. Dessen bin ich mir sicher. Doch Gefühl geht, wie Ihr selbst wisst, immer auch mit Verletzbarkeit einher. Und dies ist der Grund, warum es für den Mann so viel schwieriger ist als für die Frau, sich dieser Art Gefühle zu öffnen. Ich wünsche mir sehr für ihn, dass die Liebe irgendwann in sein Leben treten wird.«

»Weshalb ist dieser Konstantin so wichtig für Euch?«

»Ich weiß es nicht. Vom ersten Moment an bestand eine starke Verbindung zwischen uns, die ich nicht erklären kann. Stärker noch als zwischen Brüdern. Ich wünsche mir sehr, dass auch Ihr Euch gut mit ihm versteht. Gebt ihm eine Chance. Lernt ihn kennen. Um meinet willen.«

Sie beäugte ihn kritisch. »Ich bin mir nicht sicher, ob er mich überhaupt kennenlernen möchte. Ich habe nicht den Eindruck, dass er es für gut befindet, wenn sich eine Frau so ungebührend verhält, wie ich es tue.«

Massimo lachte laut auf. »Ich weiß, was ihr meint. Dennoch erhoffe ich mir, dass Ihr es vielleicht schafft, seinen Horizont ein wenig zu erweitern. Dass wir beide es schaffen, ihn durch unser Vorbild endlich von der Existenz der Liebe zu überzeugen und den Starrsinn, der ihn befallen hat, ein wenig zu lockern.«

Sie lächelte ihn liebevoll an. »Er besitzt wirklich einen besonderen Platz in Eurem Herzen.«

»Ja, so ist es.«

Als die Balladen zu Ende gesungen waren, reichte Massimo Anna Maria seinen Arm, um gemeinsam mit ihr den Tanz zu eröffnen. Er fühlte sich, als sei er der König der Welt, während sie sich gemeinsam im Takt der Musik bewegten. Gekonnt führte der Großherzog die Schritte seiner zukünftigen Gemahlin an. Er tat es mit ungewöhnlicher Sanftheit und Eleganz, was das Volk in Staunen über die Geschmeidigkeit ihrer vereinten Bewegungen versetzte. Als der Tanz vorüber war, applaudierte der Pöbel hitzig ihrem zukünftigen Herrscherpaar zu.

Mittlerweile gab es kaum mehr Gerede über Anna Marias Herkunft. Selbst die letzten protestierenden Stimmen im Volk waren verstummt. Mit der Zeit hatte ein jeder sie lieben und auch schätzen gelernt. Ganz San Lilia war seit Wochen in größter Aufregung über die bevorstehende Hochzeit und voller Hoffnung auf den schon so lange ersehnten Erben.

Erst jetzt, als sich zunächst die höheren und kurze Zeit später auch die niederen Stände des Adels mit ihnen zur Musik drehten, fand Anna Maria Zeit, um die prächtig gekleideten Damen und Herren zu bewundern, denen sie nun überlegen war. Der Wein floss in Strömen – bis in die späten Stunden hinein. Massimo hatte an diesem besonderen Abend sogar die Ärmsten seines Landes mit an seine Tafel gebeten, um nicht nur mit ihm zu speisen, sondern gar zu feiern. Distanzlos und ungeniert mischte sich das ungleiche, doch gleichermaßen volltrunkene Volk untereinander.

In diesen Stunden der Finsternis schien Anna Maria alles möglich zu sein. Es war ein durch und durch gelungenes, rauschendes Fest, das noch lange nicht enden sollte. Sie erblickte Freude und Ausgelassenheit, wohin sie nur sah. Die Emotionen, die sie in den Gesichtern um sich herum las, ergriffen ihr Herz, als wären es die ihren. Anna Maria stand tief in sich versunken da. Die Welt musste sich für eine Weile ohne sie drehen.

Auf einmal spürte sie den festen Griff einer Hand an ihrer Taille und sie wurde ruckartig aus ihren Träumen und direkt in Konstantins Arme hinein gerissen. Sie wusste nicht gleich, wie ihr geschah, als sie in seine Augen blickte, während er ihr grob seinen Rhythmus aufzwang. Seine Bewegungen und seine Hand, die sie führte, waren derart fordernd, dass es sich falsch anfühlte, mit ihm zu tanzen. Ihr erzwungenes Zusammenspiel hatte etwas Verwerfliches. Anna Maria war versucht, sich umzusehen, um Massimo zu finden, doch sie konnte sich nicht von Konstantins starrem Blick lösen. Da war etwas in seinen Augen, dass ihr Angst einjagte und ihren Körper lähmte.

Sein Griff wanderte gefährlich weit hinunter, zu ihren Hüften, was ihr die Röte ins Gesicht steigen ließ, wobei sich sein Blick keinesfalls veränderte. ›Es ist nur ein Tanz. Ein einziger Tanz‹, sagte sie sich. Doch nie zuvor hatte sie sich derart unter den Händen eines Mannes bloßgestellt gefühlt. Nie zuvor hatte eine Berührung Massimos solch hitzige Gefühle in ihr ausgelöst. Es gab keinerlei

Vertrautheit oder gar Einigkeit zwischen ihnen. Was geschah, war das genaue Gegenteil einer liebevollen, wohlwollenden Berührung, und doch fühlten sie beide eine nie dagewesene Intimität zwischen einander.

Erst als das Lied sein Ende fand und er ebenso lautlos wie unsichtbar zurück in das Getümmel der Menge verschwand, wagte Anna Maria es, wieder zu atmen. Verlassen und verwirrt stand sie inmitten der Menschen und wusste nicht, wohin mit sich.

Als sie sich wieder gefangen hatte, hastete sie fluchtartig auf den Ausgang des Saales zu, um sich in ihr Zimmer zu begeben. Massimo ergriff aber, noch bevor sie den Festsaal verlassen konnte, ihre Hand. Sie sah ihn nicht kommen und erschrak, beruhigte sich aber sogleich wieder, als sie in das gutmütige, besorgte Gesicht ihres Liebsten blickte.

»Was habt Ihr? Fühlt Ihr Euch nicht wohl?«

Sie stotterte: »Ja ... nein ... ich denke, es ist der viele Wein, der mir zusetzt. Es ist spät. Ich bin diesen Trubel nicht gewohnt und sollte mich lieber zurückziehen.«

»Ihr habt heute wirklich mehr als gewöhnlich getrunken. Ich werde Gabriella nach Euch sehen lassen.«

Sie bemühte sich um ein Lächeln. »Ich danke Euch für Eure Bemühungen, doch es wird nicht nötig sein. Ein paar Stunden erholsamer Schlaf sollten genügen.«

Massimo zog sie an sich und hauchte ihr einen sehnsüchtigen Kuss auf ihre Stirn, bevor sie sich endlich von ihm lösen konnte, um eilig in den Gängen zu verschwinden.

In ihrem Zimmer angekommen, brach Anna Maria sogleich in Tränen aus. Sie begriff selbst nicht, weshalb sie weinte. Doch sie konnte kein Ende finden. Alle Bitten Gabriellas, die natürlich, obgleich Anna Maria es nicht gewünscht hatte, auf Massimos Befehl hin gekommen war, waren vergebens. Anna Maria konnte und wollte ihr Verhalten nicht erklären.

Es dauerte lange, bis sie in einen unruhigen Schlaf fand, und schließlich öffneten sich ihre Augen bereits ein oder zwei Stunden, bevor die Sonne sich wieder zeigte. Sie wälzte sich nervös in ihren Decken und fand keine Ruhe.

* * *

Währenddessen schliefen bereits viele von denen, die nicht nach Hause zurückkehren wollten, vor lauter Trunkenheit mit ihren Köpfen auf den Tischen. Massimo und Konstantin hingegen konnten sich noch immer nicht voneinander lösen.

»Begreift Ihr nun, was ich Euch schon immer versuchte, mit Worten zu beschreiben? Glaubt Ihr mir, dass es sie wirklich gibt, die Liebe?«

»Ich erkenne es, wenn ich in Eure Augen blicke, doch ich weiß noch immer nicht, wie es sich anfühlen soll. Ich kann wohl verstehen, dass Ihr sie unermesslich schön findet, doch die Tiefen Eurer Empfindung kann ich selbst, wenn ich es wollte, nicht nachvollziehen.«

»Ihr werdet sehen. Irgendwann wird es auch Euch übermannen, wenn Ihr bereit seid, es geschehen zu lassen.«

»Vielleicht habt Ihr recht. Vielleicht wird es irgendwann einmal auch mit mir geschehen. Diese Liebe, mit der Ihr mich nicht in Frieden lassen wollt.«

* * *

Mai 1512

Meinem Herzen ist es nicht möglich, den verworrenen, sprunghaften Gedankengängen meines Geistes zu Folgen. Ebenso wenig weiß mein Verstand, das unregelmäßige Pochen in meiner Brust zu deuten. Es fühlt sich an, als wäre mein Innerstes in zwei Hälften gespalten, als könnte ich mir selbst nicht mehr vertrauen.

Eine merkwürdige, schadhafte Energie scheint von ihm auszugehen. Ich begreife nicht, was mit mir geschehen ist, warum diese Dinge, die nicht gestatteten Gefühle, all dieses schändliche Gedankengut, das ich nicht spüren will, in mir heran reift.

Heute Abend, auf dem Ball, hatte er mich vor lauter Arroganz keines Blickes gewürdigt. Er schenkte mir nicht einen wohlwollenden, bewundernden Augenaufschlag. Kein Mann hat mich jemals auf diese beschämende Weise ignoriert. Er behandelte mich, als wäre ich ebenso unsichtbar wie die Luft, die er atmet. Als wären die umher schwirrenden Fliegen bedeutungsvoller, weit reizvoller als ich es bin, als ich es je sein könnte.

Es sollte mir nur recht sein. Ja, das sollte es. Ich habe nicht die Befugnis, geschweige denn das Recht, meinen Körper einem anderen Mann zur Schau stellen zu wollen.

Aber dieser Mann, dieser seltsame Deutsche, dessen Sprache ich nicht verstehe, dessen Italienisch von einem solch schrecklichen Akzent geprägt ist, dass es mir schwer fällt, seinen Unterredungen Folge zu leisten, weckt in mir einen Drang, den ich nicht begreifen kann. Es ist ein fürchterlicher Druck, der in mir entsteht und darum fleht, seine Aufmerksamkeit auf mich zu lenken. Beinahe bettelnd habe ich darauf gehofft, wenigstens einen kurzen, bewundernden Blick in seinen Augen zu lesen. Wer ist dieser Mann, dass er einen so schrecklichen Menschen aus mir werden lässt?

Mein geliebter Massimo hatte mir ein wundervolles, neues Kleid in meine Kammer bringen lassen. Ich habe mich so sehr darüber gefreut. Doch jetzt, wo mir bewusst wird, dass ich es in Wahrheit nicht für Massimo, sondern für Konstantin trug, werde ich mich nie wieder darin hüllen.

Die Dinge, die mich quälen, begannen wohl schon in den frühen Mittagsstunden, als ich voller Aufregung damit begann, mich zurecht zu machen. Ich trug mein schönstes, aus feinstem, hellem Leinen gewebtes Unterkleid und ließ die seidene Schnürbrust aus dunklem Damast enger als gewöhnlich binden.

Dieses Kleid. Oh, es war ganz und gar wunderbar. Mein Liebster hatte es in Venedig, allein für mich, anfertigen lassen.

Als ich den Saal betrat, wurde es ganz still um mich herum. Die Bewunderung für mich, meine Erscheinung, war in aller Augen zu lesen und in aller Munde zu hören. Meine Sinne waren vor lauter Euphorie derart ge-

schärft, dass ich meinte, jedes einzelne Kompliment zu hören.
Dann erblickte ich meinen geliebten Massimo. Es ist so schön gewesen, ihn derart zufrieden zu sehen. Es war, als würde er in Glück schwimmen, ja beinahe ertrinken. Ihm schwoll vor Stolz auf mich, seine Errungenschaft, seine Liebe, seine zukünftige Frau, sichtbar für jeden die Brust.
Oh, wie sehr ich ihn liebe. Ich liebe so vieles, gar alles an diesem Mann. Seine gütigen, wohlwollenden Augen. Seine Art, mir mit Worten und Blicken zu schmeicheln. Seine sanften Berührungen, die mich in jeder noch so schweren Sekunde in vollkommene Ruhe und Sicherheit wiegen. Wenn er über meine Haut streicht, ist es, als würde er das kostbarste, zerbrechlichste Material der ganzen Welt berühren. Als würde er in jedem Moment größte Angst darum erleiden, dass er nur durch ein klein wenig zu viel Druck einen Teil von mir zerstört.
In seiner Gegenwart habe ich niemals das Gefühl, in seinen Besitz überzugehen. Es ist vielmehr so, dass es mir zu Zeiten scheint, als wäre ich es, die ihn, sein Herz in meinen beiden Händen verwahrt. Als wäre ich es, die ihn lenkt. Die ihm gnädigerweise einen Teil meiner Zeit, meines Körpers schenkt.
Nun erinnere ich mich wieder an Gabriellas Worte. Sie war es, die mir dieses Phänomen einst beschrieben hat. Ist es nun so, wie sie sagte? Kann es sein, dass der große Gran Duca di San Lilia in einem solchen Maße einer einfachen Dienstmagd verfallen ist, dass er sich nun von ihr leiten, gar kontrollieren lässt?

Es spielt keine Rolle, wie es ist. Ich muss endlich damit aufhören, über die Möglichkeiten nachzudenken, die sich mir ergeben. Dieses berechnende Biest, das sich in meinen Körper schleicht, ist nicht die Frau, die ich sein möchte. Ich sollte mich auf das konzentrieren, was mir möglich ist zu verstehen. Ich liebe den wohl gütigsten, wunderbarsten Mann auf dieser grausamen Welt. Ich liebe ihn von ganzem Herzen und aus den Tiefen meiner Seele heraus. Das ist es, was zählt.

Wie kann es also sein, wie konnte es dazu kommen, dass ich, gerade ich, wo ich doch das Glück mit goldenen Löffeln gefüttert bekomme, abschweifende Gedanken zu Gunsten eines Mannes hege, der so anders, um so vieles schlechter ist, als die Liebe meines Lebens? Dazu einem Fremden gegenüber, der sich in keiner Weise für mich zu interessieren scheint, was auch richtig ist, was eben so sein soll und auch muss. Bringt er denn nicht einfach seinem Freund, seinem guten alten Freund, die Ehrerbietung durch sein Verhalten dar, die ihm gebührt?

Was geschieht nur mit mir? Und was war geschehen? Im Grunde nichts von Bedeutung. Es kam zu einem Tanz. Einem einzigen Tanz. Versteckt und verschwommen inmitten der sich drehenden Menge. Er erfasste meine Taille. Es war nicht etwa so, dass er sie berührte, sie hielt und sie sachte führte, wie es üblich ist. Nein, dieser Mann lenkt nicht. Er erbittet nichts. Weder sanft noch schroff. Er befiehlt. Das ist es, was er zu tun pflegt. Er zwingt, drängt und befiehlt. Ich habe es an der Art und Weise gespürt, wie er meine Taille hielt.

All die Gefühle, die ich wahrnahm, lagen in diesem festen Griff, aus dem es kein Entkommen für mich gab. Er blickte mir die gesamte Zeit über, in der wir miteinander tanzten – oder vielmehr, in der er mit mir tanzte – direkt in meine Augen. Ich konnte nichts aus den seinen lesen, keinerlei Gefühlsregung in ihnen entdecken. Er starrte mich nur finster und auf eine seltsame, erbarmungslose, ja, besitzergreifende Weise an, wie ich es nie zuvor erlebt habe. Die Kälte, die er ausstrahlte, ließ meinen Körper erzittern. Ich hatte Angst. Angst vor ihm.

Vielleicht war es auch eine Angst vor mir selbst? Vor der Frau, die an seiner Seite aus mir werden könnte. Ich fürchtete mich vor seinem unbeirrten Blick und seiner seltsamen Berührung, die mich während des Tanzes zu seiner Marionette werden ließ. Es fühlte sich an, als hätte er mich in Ketten gelegt. Ich wollte fliehen. Nichts als fliehen. Fort von ihm. Fort von diesen Händen, diesen Augen und fort aus diesem Saal, in dem er sich bewegte. Doch gleichzeitig wollte ich ihn an mich reißen, seine Berührung suchen, meine eigenen Fesseln noch enger schnüren. Es war, als wäre ich von einer fürchterlichen, unheilbaren Krankheit befallen, die mein Herz und meine Seele verpestete.

Dann, als das Lied verklang, ließ er von mir ab, verbeugte sich tief und verschwand ebenso geisterhaft, wie er erschienen war. Es gab keinen Abschied. Nichts. Er schenkte mir noch nicht einmal den Hauch eines Lächelns.

Als er fort war, fühlte ich mich verlassener und einsamer denn je. Als ob er mir mit seiner eisigen Kälte jede Wärme aus dem Körper gestohlen hätte. Es fühlte sich an, als wären seine gefühllosen Arme der rechte Platz für mich in dieser Welt. Die Angst, die ich noch so kurz vorher spürte, flog einfach so davon, als hätte es sie niemals gegeben. Stattdessen beschlagnahmte mich ein seltsamer, unaufhaltbarer Drang, ihm hinterher zu laufen.

Ich wollte nichts, als ihn suchen und finden, um ihn voller Verzweiflung auf Knien darum anzuflehen, mich niemals wieder loszulassen. Ich wünschte mir, noch einmal diese eigenartige Berührung auf meinem Körper zu spüren. Er sollte mich in Ketten legen. Mich an ihn fesseln, mich so dicht zu sich heranziehen, bis ich hören kann, ob es in ihm ein Herz gibt, das schlägt.

Kapitel 11

Ein bittersüßer Kuss

Der Wind blies so heftig in Anna Marias Gesicht, dass sie reichlich Mühe hatte, ihr langes, offenes Haar zu bändigen, das ihr die Sicht versperrte. Hier, zwischen dem Dickicht der Bäume glaubte sie, der aufbrausenden Böe zu entschwinden, doch der Wind kämpfte weiter gegen jeden ihrer Schritte an. Es war ihr, als wollten die Naturgewalten selbst sie vor etwas warnen. Als würde ihr der Luftstoß bedeuten, jetzt, wo es noch möglich war, der Gefahr zu entkommen, zu flüchten. Doch Anna Maria wollte nicht gehorchen. ›Niemandem!‹, dachte sie bei sich. ›Von keinem Menschen will ich mich lenken lassen! Hörst du mich, Welt? Hörst du, was ich dir sage? Ganz gleich, was du von mir willst. Ganz gleich, was du befiehlst. Selbst du sollst meinen Willen nicht brechen!‹ Die Beharrlichkeit des Windes schürte ihre Entschlossenheit nur noch mehr. Anna Maria stolperte geradewegs durch den Wald. Immer weiter in die Richtung, aus der sie Geräusche vernahm.

Als ihr Weg sie zu der kleinen Lichtung führte, dorthin, wo die Wurzeln der alten Weide verborgen lagen, gab es mit einem Mal nichts mehr, gegen das sie ankämpfen musste. Der Wind verschwand abrupt und Anna Maria fragte sich, ob es ihn überhaupt gegeben hatte. Sie stand vor dem Ort, den Massimo seit seiner Kindheit beinahe an jedem Tag einmal aufsuchte. Die Lichtung wirkte wie eine abgelegene Insel, und Anna Maria stellte sich vor, dass sie hier von niemandem gefunden werden konnte.

Sie schlängelte sich durch die bodenlangen Blätterranken der Weide hindurch, bis sie im Schutz ihres Schirmes stand, trat in die Mitte und strich sanft über die raue Rinde des Stammes. ›Hier kann ich sein, wer ich bin‹, dachte sie.

Anna Maria verstand nur zu gut, weshalb Massimo diesen Platz so sehr liebte. Diese Weide vermochte es, allein durch das Gefühl der Sicherheit, das sie ihren Besuchern schenkte, sowohl ein hitziges Gemüt zu beruhigen als auch ein trauriges Herz zu erheitern. Es war ein Ort, an dem die versteckten Geheimnisse einer Seele aus den Tiefen hinaus an die Oberfläche traten, um auf ewig zwischen dem leisen Rascheln des kleinen, silbrigen Laubes verwahrt zu werden. ›Wie viel muss dieser Baum über ihn, meinen geliebten Massimo, wissen?‹, fragte sie sich und wünschte, er könnte sprechen. Ihr all die Geschichten und Gedanken preisgeben, die seine Wurzeln mit den Jahren in sich aufgesogen hatten. »Nur ein paar Worte. Bitte, sie würden mir genügen«, flüsterte sie und lehnte ihren Kopf gegen den Stamm.

Als sie auf der anderen Seite der Blätterkrone aus ihrem Versteck heraus lugte, entdeckte sie die beiden Männer, die sie suchte. Massimo war gerade daran, einen gezielten Stich gegen Konstantin auszuführen, welchen dieser allerdings geschickt abwehrte. Anna Maria trat vorsichtig einen Schritt zurück, in den Schutz der Weide, um die beiden Männer zwischen den Blätterranken hindurch ungestört dabei zu beobachteten, wie sie miteinander fochten. Die Rolle der Unsichtbaren gefiel ihr. Derart ausgelassen und unbekümmert hatte sie Massimo noch nie in Gesellschaft eines anderen Mannes erlebt. Für gewöhnlich war er hart und kontrolliert und immer auf gewisse Weise bestimmend und fordernd. Selbst Alfio gegenüber verhielt er sich kaltherzig, obgleich er ihm sehr nahe stand. Anna Maria wunderte sich sehr darüber, wie viel Freude es ihm bereitete, sich mit seinem Freund zu duellieren. Wie sehr sich ihr Liebster verändert hatte, seit dieser Konstantin in San Lilia weilte. Anna Maria konnte sich nicht daran erinnern, jemals eine solche Unbefangenheit, ja, einen solch schlichten Spaß in seinen Zügen gesehen zu haben. Sie lächelte. Massimo glücklich zu sehen, ließ auch sie glücklich werden.

In ihrer jeweiligen Art zu fechten, zeigten sich die Unterschiede der beiden Männer noch viel deutlicher als bisher. Wohl führten sie beide den Degen als favorisierte Waffe, doch die Kunst, ihn zu führen, hätte verschiedener nicht sein können. Konstantins Technik war von kraftvollen Hieben, aus dem gesamten Arm heraus und durch einen festen Stand gekennzeichnet, während Massimo mehr aus dem Handgelenk heraus zuzustechen schien. Seine Schritte waren leicht und beschwingt, als gäbe es eine unsichtbare Linie, der er folgte. Es erinnerte Anna Maria an die Art, wie er zu tanzen pflegte. Die beiden Männer schienen in ihrem Können zwar gleichauf zu sein, doch Massimos Bewegungen waren von einer solchen Eleganz, dass es gar schön war, ihn in seiner Kunst zu beobachten. Ganz anders als bei Konstantin. Seine grobe, kraftverschlingende Technik glich, im Vergleich zu ihrem Liebsten, auch im Hinblick auf seine Beine, einem unbeholfenen, blutdurstigen Tier.

Bei dem Gedanken daran musste Anna Maria kichern, was die beiden aufhorchen ließ. Beinahe gleichzeitig wandten sie ihre Köpfe um und senkten sogleich ihre Degen, als sie das Mädchen entdeckten.

Massimo eilte strahlend zu ihr, während Konstantin blieb, wo er war.

»Meine liebe Anna Maria. Wie schön, Euch zu sehen.«

»Eure Technik ist außerordentlich ausgefeilt, mein Liebster. Ich frage mich, ob es denn irgendetwas in Eurem Leben gibt, dass Ihr nicht in Perfektion beherrscht.«

Massimo lächelte und seine Wangen erröteten ein wenig vor Verlegenheit.

Konstantin trat nun auf die beiden zu. »Diese Frage habe auch ich mir oft gestellt«, sagte er zu Anna Maria und neigte begrüßend das Haupt. Dann wandte er sich sogleich an Massimo: »Es freut mich für Euch, dass Eurer baldiges Weib Euer Können zu würdigen weiß. Doch es wundert mich, dass eine Frau Bemerkungen über die Ausführung anstellt.« Er hielt kurz inne, betrachtete die Liebenden abwechselnd und richtete sein Wort erneut an Anna Maria: »Sagt, könnte es sein, das Euer Geliebter Euch nicht nur das Reiten, sondern gar das Kämpfen gelehrt hat?«

Anna Maria lachte und schüttelte ihren Kopf. »Nein, ich habe ihn zwar einmal darum gebeten, doch er hielt nichts von der Idee, dass eine Frau eine Waffe führen könnte.«

Konstantin blickte zu Massimo. »Weshalb nicht? Irre ich mich, oder lauert die Gefahr zu diesen Zeiten nicht unter jedem Stein? Was werdet Ihr tun, wenn es soweit ist? Wenn Ihr San Lilia für die Zeit des nächsten Zuges verlassen müsst? Wollt Ihr sie einsperren und über Monate hinweg ihr Zimmer verriegeln, bis Ihr wieder zurück seid, um sie selbst zu beschützen? Der Feind findet immer einen Weg. Ich wundere mich, dass Ihr sie nicht darin unterrichten wollt, sich selbst verteidigen zu können.«

Massimos linkes Auge verengte sich. »Um ehrlich zu sein, erschien es mir bisher tatsächlich als das Sicherste, sie hinter verschlossenen Türen zu schützen.«

Anna Marias Blick wurde durch die Erinnerung an die Zeit in ihrem Zimmer traurig, was Massimo zum Nachdenken zwang. Er wusste, dass sie es nicht noch einmal ertragen würde, über längere Zeit in ihrem goldenen Käfig, wie sie es nannte, zu verbleiben. Er atmete tief durch und wandte sich wieder Konstantin zu. »Von dieser Seite hatte ich es noch nicht betrachtet, mein Freund. Vielleicht wäre es tatsächlich sinnvoll, wenn sie ein wenig über den Umgang mit dem Degen wüsste. Doch ich kann mir kaum vorstellen, dass es ihr im Falle einer Auseinandersetzung behilflich wäre.«

Konstantin wirkte überrascht. »Weshalb denkt Ihr, dass sie keinen Nutzen daraus zöge?«

Massimo lachte laut auf. »Es wundert mich, so etwas gerade aus Eurem Mund zu hören, mein lieber Konstantin. Gerade Ihr, wo Ihr den Weibern doch wenig Wertschätzung entgegen bringt, traut ihnen zu, für einen Mann zum Feind zu werden? Was sollte eine Frau schon ausrichten können? Seht sie Euch doch an. Sie ist zart und sanft, ohne Kraft und Wut. Ist es nicht gleich, ob Sie eine Klinge in der Hand hält oder einen Strauß Blumen? Ich habe noch nie gesehen, wie ein Weib einen Mann ersticht.«

Konstantin wedelte abwertend mit seiner Hand. »In meinem Land ist es nicht unüblich, dass auch das Weib sich zu verteidigen weiß. Ihr wisst um den schlechten Zustand der Ahrisburg. Es ist nötig, dass im Falle eines Gefechts auch die Frau weiß, wie sie ihre Heimat verteidigen kann. Ich habe etliche Weiber gesehen, die weit besser darin sind zu töten als zu sticken. Lasst Euch nicht von den trügerischen Äußerlichkeiten blenden, mein Freund. Sie wirken wohl zart und geschmeidig, verletzlich und auch hilfsbedürftig, doch glaubt mir eines: In ihrem Inneren brodelt derselbe Hass und die gleiche Wut, wie sie ein Mann empfinden kann.«

Massimo überlegte. »Würdet Ihr Euch dazu bereit erklären, es sie zu lehren? Es bereitet mir größtes Unbehagen, ihr mit einer Klinge gegenüber zu treten, und ich könnte mir niemand besseren vorstellen als Euch.«

Konstantin nickte ohne einen Blick auf Anna Maria zu richten. Dann grinste er breit. »Unter einer Bedingung.«

Massimo hob erstaunt seine Brauen. »Die da wäre?«

»Die Methoden, die ich verwende, sind, ich würde sagen, nicht unbedingt konventionell. Um die nötige Grausamkeit aus den Weibern heraus zu kitzeln, benötigt es viel mehr List als bei einem Mann.«

Für einen Moment erstarrte Massimo. Doch seine harten Züge wurden sogleich wieder weich. Mit gespielter Strenge betonte er jedes einzelne Wort. »Ich kann mir durchaus vorstellen, was in Eurem Kopf herum spukt, Konstantin. Bei niemand anderem würde ich einwilligen, doch ich bin sicher, Ihr wisst, was Ihr tut und wie weit Ihr gehen könnt. Ich vertraue Euch, mein Freund. Lasst es mich nicht bereuen.«

Anna Maria hatte der Unterredung der beiden Männer mit wachsendem Argwohn gelauscht. Nun konnte sie nicht länger an sich halten: »Darf ich denn nicht selbst entscheiden, wer mich lehrt und ob ich es überhaupt lernen möchte?«

Massimo strich ihr sanft über ihr Haar. »Natürlich dürft Ihr, meine Liebe. Wollt Ihr denn nicht?«

»Doch, ich frage mich nur, wer wohl der Bessere von Euch beiden ist.«

Die beiden Männer blickten sie erstaunt an.

»Es scheint mir, als fändet Ihr großen Gefallen daran, Euch aneinander zu messen. Dürfte ich ein Spiel vorschlagen, um den Gewinner eines kleinen Turniers festzulegen.«

Massimo grinste amüsiert. »Was stellt Ihr Euch vor, meine Liebste, und wie wird der Preis aussehen, den Ihr zu vergeben habt?«

»Der Preis? Nun ja, darüber werde ich noch nachdenken müssen.«

Konstantin mischte sich ein.

Es war das erste Mal, dass Anna Maria ihn wirklich freudig lächeln sah. Sie hätte nicht gedacht, dass sein Gesicht so viel an Härte verlieren könnte.

»Ich werde nur dann antreten, wenn ich weiß, ob sich die Anstrengung auch für mich auszahlt.«

Anna Maria zögerte. Sie blickte Massimo an. »Vielleicht ein Porträt? Mein künstlerisches Talent ist zwar beschränkt, doch manchmal gelingt mir etwas recht Ordentliches.«

Massimo nickte wohlwollend, während Konstantin sie kritisch beäugte. »Ihr wollt den Gewinner selbst malen? Mit Pinsel und Farbe? Ihr sprecht von einem richtigen Gemälde?«

Anna Maria zuckte mit den Achseln. »Ja, mein Vater hat es mich gelehrt.«

Konstantins Züge wurden immer heller und Anna Maria fragte sich, weshalb ihm die Idee einer einfachen Zeichnung so sehr gefiel. Doch sie wagte es nicht, diesen Gedanken laut auszusprechen.

Konstantin fuhr fort: »Wenn das so ist, dann freue ich mich schon jetzt auf die Aufgaben, die Ihr uns stellen werdet. Wann sollen die Spiele beginnen?«

Anna Maria wurde verlegen. »Ich dachte an jetzt.«

Die Männer nickten sich einvernehmlich zu und fragten beinahe gleichzeitig: »In welchen Disziplinen sollen wir uns messen, und wie gestaltet sich das Regelwerk?«

»Ich dachte an die Dinge, die der Mann sowohl im Krieg als auch bei der Jagd benötigt. Und ich glaube kaum, dass zwei Männer der Ehre, wie Ihr es seid, irgendwelche Regeln benötigen, um fair miteinander umzugehen. Geprüft wird Geschwindigkeit und Ausdauer, selbstverständlich die Kraft an sich, und dann, denke ich, noch Geschicklichkeit und Körpergefühl. Ihr dürft natürlich gerne ein oder zwei Disziplinen ergänzen, sollte ich etwas Wichtiges vergessen haben.«

* * *

Als die Strecke, die über weite Teile der Stadtmauern San Lilias entlang lief, fest gelegt war, ließ Anna Maria feierlich ein dunkelgrünes Laubblatt auf den Boden fallen, um den Start des Laufes zu signalisieren. Die beiden Freunde stürmten los, als ginge es in diesem Spiel um weit mehr als Leben und Tod. Konstantin hatte zwar den besseren Start, doch schon nach kurzer Zeit waren die beiden gleich auf.

Das Volk war sichtlich verwirrt, als sie ihren Großherzog und seinen Besucher an der Mauer entlang hetzen sah. Doch es dauerte nicht lange, bis die Ersten verstanden, dass es sich wohl um eine Art Turnier handeln musste. So gab es einige, die ihr Tagwerk unverrichteter Dinge liegen ließen, um zu applaudieren und ihren Herren mit lauten Rufen anzuspornen, wodurch Massimo tatsächlich schneller wurde. Es erfüllte ihn mit Stolz, dass sein Volk sogar in einer solchen Belanglosigkeit hinter ihm stand.

Anna Maria wartete derweil gespannt an der alten Weide. Massimo war der Erste, den sie auf sich zukommen sah, doch Konstantin lag nur verschwindend gering hinter ihm. Als der Großherzog jedoch seine Geliebte, das Ziel seines Lebens, erblickte, flog er förmlich in ihre Arme. Konstantin blieb nichts anderes übrig, als ehrfürchtig über die Geschwindigkeit seines Freundes und Gegners zu staunen. Massimo küsste sein Mädchen, vor lauter neu gewonnener Energie über seinen Sieg, so stürmisch auf die Lippen, dass sie beinahe umgefallen wäre.

Das Kräftemessen gestaltete sich zunächst als schwierig, da Anna Maria die Möglichkeit des Armdrückens als zu einfach und ungenau empfand. So begaben sie sich auf die Suche nach einem geeigneten, gut greifbaren Gewicht, bis Konstantin einen ungewöhnlichen Einfall kundtat. Sie selbst sollte das Gewicht sein. Massimo war begeistert von seiner Idee, während Anna Maria noch zögerte. Es gab anscheinend wirklich nichts, das er nicht mit seinem Freund teilen wollte. Anna Maria sorgte sich nun darum, wie es für ihren Liebsten sein würde, wenn Konstantin wieder zurück in seine Heimat kehrte. Ob Massimo es nach der gemeinsamen Zeit überhaupt ertragen könnte, von ihm getrennt zu sein, oder schlimmer noch, ihn erst gar nicht zurückkehren lässt? Beim Gedanken daran, dass dieser seltsame Fremde hierbleiben könnte, lief es ihr eiskalt den Nacken hinunter.

Erst nachdem die Männer sie von allen Seiten bedrängten und sie überaus wortgewandt, mit grinsenden Gesichtern, überredeten, ließ Anna Maria sich auf den Scherz ein und landete als Erstes in Massimos Armen. Voller Stolz griff er mit einem Arm unter ihre Knie und legte den anderen unter ihren Kopf. Sogleich schwebte sie frei in der Luft, und Massimo streckte seine Arme aus. Dies war die eigentliche Schwierigkeit der Disziplin. Sie mussten Anna Maria mit gestreckten Armen halten, wodurch ihr zierlicher Körper um ein Vielfaches schwerer wurde. Massimo hielt lange durch, und als er am Ende seiner Kräfte angelangt war, kämpfte er verbissen um jeden einzelnen Zentimeter, den sich seine Arme senkten. Anna Maria platzte vor Stolz.

Als Konstantin an der Reihe war, wurde ihr Magen flau. Wohl waren die wachsamen Augen ihres Liebsten zugegen, dennoch fühlte es sich völlig falsch an, sich von einem anderen Mann, und gerade von diesem Mann, auf Händen tragen zu lassen. Als sie auf seinen Armen lag, wusste Anna Maria, weshalb sie zu Anfang gezögert hatte. Warum es nicht richtig von ihr gewesen war, in diese Sache einzuwilligen.

Und doch fühlte es sich einfach unglaublich an, ihm, diesem Fremden, so nahe sein zu können. Anna Marias Herz flatterte aufgelöst vor Erregung in ihrer Brust und klopfte noch heftiger, als sie fürchtete, Massimo könnte in ihren Augen sehen, was sie empfand. Doch dieser konnte oder wollte nicht erkennen, was sie umtrieb. Keinem von ihnen war in diesem Moment bewusst, wie gefährlich dieses Spiel war, das sie alle drei miteinander spielten. Gefährlich, nicht nur für Anna Maria, sondern für die Herzen eines jeden von ihnen.

Konstantins Griff war ganz anders, als der ihres Geliebten. Die Muskeln des Deutschen fühlten sich hart und kalt an. Sein gesamter Körper war steif wie ein Brett. Vielleicht war dies auch der Grund, weshalb Konstantin haushoch über Massimo siegte. Er war nicht unbedingt stärker, doch er hatte die bessere Technik. Anna Maria fragte sich, wann er gedachte, sie wieder herunter, auf ihre Beine zu lassen und sah Massimo an, wie er von Sekunde zu Sekunde unruhiger wurde. Wohl würde er alles mit Konstantin teilen, was er besaß. Alles, bis auf Anna Maria. Sie war das Einzige in seinem Leben, das er niemals wirklich besitzen konnte. Schmerzlich erkannte er, dass ihm nichts weiter übrig blieb, als darauf zu hoffen, ihre Gunst nie zu verlieren.

Als eine peinliche Stille über den überragenden Triumph, der noch immer kein Ende nehmen wollte, eintrat, unterbrach Anna Maria selbst das Spiel, ohne auf Widerstand zu treffen. Der Gewinner stand fest.

Als Nächstes sollten die beiden über einen kräftigen, doch nicht allzu dicken Baumstamm balancieren. Die Krux an der Sache war, dass Anna Maria ihnen zuvor die Augen verbunden hatte. Beide Männer meisterten die Übung, die ihnen lächerlich vorkam, mit Bravour, wobei Massimo schlicht der elegantere in seiner Ausführung war. Doch darüber ließ sich streiten. Noch bevor es dazu kommen konnte, definierte Anna Maria den Punktestand als unentschieden, schimpfte gespielt, als die zwei ihre Augenbinden abnehmen wollten und erklärte, dass sie weiterhin nichts sehen dürften. Sie verlangte, dass sich die beiden so lange und so schnell sie nur konnten im Kreis drehen müssten, bis sie selbst schließlich in ihre Hände klatschte und damit den ersten Teil ihrer Aufgabe beendete.

Es war ein überaus amüsantes Bild, wie diese beiden von sich selbst so überaus eingenommenen Herrscher, von denen ein jeder sich dem anderen überlegen fühlte, sich wie kleine Kinder verhielten.

Massimo lachte, und selbst Konstantin schien sich an dieser ungewohnt ausgelassenen Situation zu erfreuen. Als sie in die Hände klatschte, konnte sie sich ihr Kichern nicht verkneifen. Es sah so lustig aus, wie die beiden sich, vom Schwindel übermannt, kaum noch auf ihren Beinen halten konnten.

»Jetzt müsst Ihr mich fangen! Derjenige, der mich als Erster ergreift, wird der Sieger sein!«

Anna Maria hatte einen riesigen Spaß dabei, so dicht zwischen ihnen umher zu tanzen, dass sie spüren mussten, wie nahe sie ihnen kam, doch immer wieder in die Leere griffen. Sie lachte und lachte und tänzelte dabei um ihren Geliebten herum. Es war wunderschön, sich so frei und unbeschwert in einem Spiel, das sie selbst und niemand anderer dominierte, zu bewegen. Es gefiel ihr, Massimo und Konstantin wie Figuren auf einem Brett zu bewegen, und sie bekam eine leise Vorstellung davon, wie es sich anfühlen musste, ein gesamtes Volk zu regieren.

Doch dann geschah etwas, mit dem sie nicht gerechnet hatte. Anna Maria hatte sich so sehr auf Massimo konzentriert, dass sie Konstantin beinahe vergessen hätte. Sie wagte es nicht, nach Luft zu schnappen und ihr Lachen verklang. Während sie ihren Geliebten dabei beobachtete, wie er sie immer noch stolpernd suchte, spürte sie die Hände des Fremden an ihren Hüften. Er ergriff sie ebenso fest, wie er es während dieses fürchterlichen Tanzes getan hatte. Ihr Körper war ein zweites

Mal wie versteinert und eine Flut verschiedenster Gefühle, die sie nicht einzusortieren vermochte, prasselten auf sie nieder. Anna Maria wollte sich nicht bewegen. Nie mehr. Was sie sich in diesem Moment ersehnte, war einzig ihn, Konstantin zu spüren.

Sein Griff lockerte sich ein wenig, doch er nahm seine Hände nicht von ihr. Im Gegenteil. Konstantin begann mit einer Sanftheit, die sie ihm niemals zugetraut hätte, immer weiter nach oben, über ihre Taille hinweg, bis hinauf zu dem oberen Rand ihres Taillenkorsetts zu streichen. Das Herz in ihrer Brust überschlug sich. Sie hatte Angst, Massimo könnte sie entlarven, die Schläge ihres Herzens spüren oder gar hören. Doch er merkte nichts. Weder den beginnenden Verrat seines Freundes, noch den Betrug in ihrem Herzen.

Anna Marias Gedankenfülle leerte sich. Sie konnte und wollte nicht mehr denken. All ihre Konzentration galt den Bewegungen, die Konstantins Hände ausführten. Mit einem Ruck zog er ihren Körper so nahe an den seinen heran, dass sie ihn über die gesamte Länge ihres Rückens, bis hin zu ihren Beinen, an sich spüren konnte. Er senkte seinen Kopf in ihren Nacken und ließ sie seinen heißen Atem spüren. Ein eiskalter Schauer durchfuhr sie, der bis in ihre Fingerspitzen drang. Er hauchte ihr leise Worte in ihr Ohr, die sie nicht verstand, während er es tatsächlich wagte, seine Hände noch weiter nach oben zu führen, um schließlich über ihre Brüste zu streichen.

Dann schubste er sie auf einmal von sich und Anna Maria landete sanft in Massimos Armen. Dieser wirkte überglücklich, als er seine Augenbinde abnahm und sich als Sieger fühlte. Freudestrahlend hob er sie in die Luft und drehte sich einmal im Kreis mit ihr. Anna Maria bemühte sich darum, ihrem vermeintlichen Gewinner ein herzliches Lächeln zu schenken, und in seiner kindlichen Euphorie bemerkte Massimo nicht, dass ihr Herz nicht seinetwegen schlug.

»Ihr wart ein fantastischer Gegner, Konstantin. Ich möchte behaupten, dass keiner von uns wirklich gewonnen hat.«

Der Deutsche verbeugte sich mit theatralischer Tiefe vor Massimo. »Vielen Dank, mein Freund. Ich denke, dass wir, sollten wir jemals gemeinsam in einen Kampf ziehen müssen, Seite an Seite für jedes noch so große Heer unbezwingbar wären.«

»Das wären wir wohl! Doch lasst uns hoffen, dass es niemals so weit kommen wird. Ich möchte Euch einen Vorschlag unterbreiten: Was haltet Ihr davon, wenn wir uns den Gewinn teilen?«

Konstantin grinste unverschämt in Anna Marias Richtung, deren Wangen sich erhitzten und feurig rot anliefen. »Wie genau habt Ihr Euch das vorgestellt?«

»Ich dachte an ein Bild, dass uns beide zeigt. Ein Bild, welches unsere Freundschaft verewigen soll. Anna Maria könnte es sicherlich sowohl für Euch, als auch für mich malen.«

Das Mädchen nickte nur knapp.

»Auch dieser Vorschlag gefällt mir. Ich willige gerne ein.«

* * *

Zu gerne hätte Anna Maria mit Gabriella über all die Dinge, die sie bewegten, gesprochen. Doch sie schwieg. Sie dachte ebenfalls darüber nach, Massimo zu erzählen, was in Wahrheit geschehen war. Doch sie brachte es nicht übers Herz. ›Er war heute so glücklich‹, sagte sie sich. ›Was wäre ich für ein Mensch, wenn ich ihm das Glück dieser Freundschaft nehmen würde?‹ Unzählige Fragen drängten sich ihr auf. ›Könnte er mir jemals wieder in die Augen sehen, wenn er es wüsste? Könnte diese eine Verfehlung das Ende unserer Liebe bedeuten? Nein, ich darf es ihm nicht sagen! Ich kann es ihm nicht sagen! Niemals! Er hat es nicht verdient, dass ich ihm solches Leid antue. Nein, das hat er wirklich nicht. Nicht er. Nicht mein wundervoller Massimo. Nicht, wo doch im Grunde nichts geschehen ist.‹ In Wahrheit aber ging es ihr nicht um ihren Liebsten, sondern allein um sie selbst. Sie wusste, dass wenn sie Massimo sagen würde, was geschehen war, Konstantin für immer verloren wäre. Was sie brauchte, war Zeit. Zeit, die sie nicht hatte, um sich ihren Empfindungen zu stellen. Um herauszufinden, weshalb dieser Konstantin ihr Nacht für Nacht den Schlaf raubte.

Gabriella merkte bereits seit Langem, dass etwas mit Anna Maria nicht stimmte. Sie war aufmerksam und wusste daher, dass Anna Maria sich seit der Anreise dieses seltsamen, überheblichen Gastes, den die Hofmeisterin nicht ausstehen konnte, in sich zurück gezogen hatte.

Immer wieder fragte sie das Mädchen, weshalb es nur so verschlossen war und ob es denn sein könnte, dass ihr Verhalten etwas mit diesem Konstantin zu tun hatte.

Ständig schimpfte sie über die Rüpelhaftigkeit dieses Mannes. Über seinen schamlosen Umgang mit den Mägden und auch über alles andere, was ihn betraf. Aber Anna Maria wollte nichts von alldem hören. Sie verschloss Ohren, Augen und ihre Gefühle vor der einzigen Frau, die sie eine Vertraute nennen konnte. Wohl schmerzte es Anna Maria sehr, dass sie sich durch ihr Schweigen immer weiter von Gabriella entfernte. Doch sie fand keinen Weg, um diesen Vorgang aufzuhalten. Sie vertraute ihr und wusste genau, dass sie Gabriella alles hätte sagen können. Sie hätte in Tränen ausbrechen und ihr die Gefühle schildern können, die sie bewegten, ohne irgendwelche Konsequenzen erwarten zu müssen.

›Gabriella würde mich niemals verraten‹, ging es ihr durch den Kopf. Nur zu gern wäre sie ihr um den Hals gefallen, um ihre Seele von all der Schande zu befreien, die an ihr haftete. ›Sie würde alles verstehen. All dass, was ich selbst nicht verstehe. Vielleicht finde ich Erlösung in Gabriellas warmen, gutmütigen Augen. Vielleicht weiß sie, was zu tun ist … Sicher weiß sie es. Sie weiß immer, was zu tun ist.‹ Doch Anna Maria schwieg. Sie schwieg und schämte sich dabei in Grund und Boden.

Lange noch dachte sie über die Begegnung des Tages nach, bevor sie in einen unruhigen, traumlosen Schlaf fiel. Über Konstantin und die unverschämte Art, wie er sie berührte, wie nahe er ihr gekommen war und welche Schande er mit seinem Verhalten über sie brachte. Sie redete sich ein, dass er allein der Schuldige in dieser Sache war. Doch der eigentliche Grund dafür, dass sie sich umtriebig in ihren Laken wälzte, waren sowohl Scham als auch Schande, die sie über ihr eigenes Verhalten empfand. Darüber, dass sie ihn hatte gewähren lassen. Dass sie die Berührung, den Verrat an ihrem Liebsten und die Gefahr, in der sie sich befand, genossen und bis zum letzten Tropfen ausgekostet hatte.

Als Anna Maria am nächsten Morgen erwachte, fühlte sich ihr Herz an, als würde es zerreißen.

* * *

Anna Maria fand sich, auf Massimos Drängen hin, einige Tage später, am frühen Nachmittag, auf der Lichtung bei der alten Weide ein. Sie trug ein schlichtes, farbloses Kleid, das aus festem, starr sitzendem Leinen gewoben war und nur wenig ihres Körpers preisgab. Sie konnte ihn nicht sehen, doch sie wusste, dass er ganz in ihrer Nähe sein musste: Konstantin stand ein wenig im Abseits und lehnte ruhig, mit dem Rücken an einem Kirschbaum, während er sie beobachtete.

Als Anna Maria vor lauter Nervosität über ihre eigenen Füße stolperte, waren selbst die Bemühungen darum, zumindest äußerlich einen sicheren Eindruck zu erwecken, dahin. Sie wusste genau, dass Konstantin sie beobachtete und schämte sich in Grund und Boden, während sie sich auf allen vieren wieder aufrappelte. Sie konnte seine Anwesenheit spüren. Als wäre er die fleischgewordene Angst, die ihr im Nacken saß. Anna Maria hielt krampfhaft den Degen fest, den ihr Massimo gegeben hatte. Auf einmal spürte sie etwas spitzes, gefährliches, das sich ebenso wie seine trockenen Worte in ihre Seite bohrte.

»Tot.«

Sie wandte sich zu Konstantin um und blickte ihn finster an. »Das ist nicht lustig!«

Konstantin hob die Augenbrauen. »Ich hatte nicht vor, zu spaßen.«

Anna Maria starrte ihn irritiert an. »Was meint Ihr damit?«

»Ich habe Euch nur demonstriert, dass es für jedermann ein Leichtes ist, Euch zu töten. Es genügen Bruchteile einer Sekunde, um ein Leben auszulöschen. Ihr solltet damit beginnen, auf der Hut zu sein, wenn Ihr als Großherzogin San Lilias überleben wollt. Mit Geld und Macht erkauft man sich weit mehr Feinde als Güter, meine Liebe. Denkt immer daran. Ein einziger Stich genügt.«

Die Farbe wich gänzlich aus ihren Wangen. Sie wusste nicht, was sie darauf erwidern sollte.

»Greift Eure Waffe. Na los! Deshalb seid Ihr hier. Ergreift Eure Waffe!«

Anna Maria bemühte sich, noch immer steif vor Schreck, den Degen in die Luft zu strecken. Sie richtete ihn geradewegs auf ihr Ziel. Auf Konstantin. Sie hatte nicht erwartet, dass es sie so viel Kraft kosten würde, die Klinge einfach nur nach vorn gestreckt zu halten und überlegte, ob sie den Griff anders halten sollte. Konstantin schwang derweil seinen Degen und schlug gegen ihre Klinge. Anna Maria staunte, wie schnell die Waffe, von der sie sich ein gewisses Maß an Sicherheit erwartet hatte, zu Boden fiel. Sie rieb sich ihr Handgelenk, das vor Schmerz brannte und warf Konstantin einen missbilligenden Blick zu.

»Solltet Ihr mir nicht zunächst die Grundlagen erklären?«

Er legte seinen Kopf schief und grinste. »Welche Grundlagen?«

Anna Maria wurde verlegen. »Nun ja, zunächst einmal wäre es gut zu wissen, wie ich den Degen genau halten muss, und dann wäre da noch die Technik des festen Standes, und dann dachte ich, ich müsste ...«

»Haltet den Mund!«

»Wie bitte?«

»Haltet einfach den Mund, wenn ich es Euch sage! Ihr benötigt keine Technik. Vergesst alles, was Ihr bei Massimo gesehen habt! Es wird Euch nichts nützen. Glaubt mir. In einem wahren Kampf bewegt selbst er sich nicht so kunstvoll, wie in einem Duell unter Freunden. Ich werde Euch beibringen, wie sich selbst eine verzogene Göre, wie Ihr es seid, verteidigen kann.«

»Ich bin keine ...«

»Doch! Genau das seid Ihr! Ihr seid eine verzogene Rotzgöre und nichts anderes! Es ist mit völlig einerlei, ob Ihr schon immer so gewesen seid oder Euch erst hier zu einem solchen Weib entwickelt habt. Ich will nichts mehr von Euch hören. Schweigt still und beginnt damit, Euch zu verteidigen!«

Mit diesen Worten hob Konstantin abermals seinen Degen an, lief einige Schritte rückwärts und wartete. Anna Maria stand zögernd da und wusste nicht, was sie tun sollte. Seine Worte hatten sie zutiefst getroffen. War sie, ohne es zu bemerken, zu der geworden, die sie niemals sein wollte?

Konstantin riss sie aus ihren Gedanken. »Was ist die beste Art, sich zu verteidigen?«

Anna Maria schüttelte sich und stürmte fest entschlossen auf ihren Lehrer zu. Sie wusste, was er erwartete. Angriff war die beste Verteidigung. Konstantin bewegte sich nicht. Er grinste sie an und ließ langsam seinen Degen sinken, um ihn schließlich fallen zu lassen. Anna Maria holte zwar zum Schlag aus, doch sie stoppte noch während des zaghaften Hiebes. Konstantin stand einfach nur mit geöffneten Armen da. Noch einmal versuchte sie ihn anzugreifen, doch auch dieses Mal waren ihre Arme, kurz vor dem entscheidenden Punkt, wie gelähmt.

Während sie nun völlig verunsichert dastand, hob Konstantin langsam seinen Degen auf und trat zu ihr hin. »Könnte es sein, dass Ihr Euch nicht wehren wollt? Sagt, habe ich recht mit meiner Vermutung, dass Ihr Euch mir nur allzu gern hingeben würdet?«

Ruckartig hob er mit der langen Klinge ihre Röcke an.

Ihre Stimme war schwach und wenig entschlossen. »Das dürft Ihr nicht.«

Konstantin legte abermals seinen Kopf schief und lachte höhnisch. »So? Ich darf es also nicht? Was gedenkt Ihr, dagegen zu tun?«

Noch einmal fuhr er unter ihren Rock und leckte sich unerhört über seine Lippen, während er voller Interesse auf ihre entblößten Beine hinab blickte und ein Stück näher an sie heran trat.

»Mir gefällt, was ich sehe. Ihr scheint mir nicht nur ein verzogenes Gör, sondern auch ein kleines Freudenweib zu sein.«

Anna Maria errötete vor Zorn wie auch Verlegenheit. Sie fand noch immer keine Festigkeit in ihrer Stimme, doch zumindest brachte sie überhaupt ein Wort über ihre Lippen: »Nehmt das zurück!«

Konstantin überging sie und platzierte die Klinge seines Degens direkt zwischen ihren Brüsten. »Weshalb so zugeknöpft an diesem herrlich warmen Tag? Ich denke, ich weiß, weshalb. Meine kleine Hure sehnt sich wohl danach, durch fremde Hände entkleidet zu werden. Habe ich recht?« Gekonnt setzte er einen Schnitt, der den Stoff, nicht aber ihre Haut berührte und mit einem Mal ließ ihr Dekolleté tief blicken.

Fassungslos starrte Anna Maria zuerst an sich hinab und dann in Konstantins Gesicht, um schließlich an seinen gierig funkelnden Augen hängen zu bleiben. Langsam begann sich Anna Maria zu ängstigen. Sie wusste nicht, was dieses Spiel, für einen Sinn haben sollte, oder ob es überhaupt ein Spiel war.

»Ich werde schreien, wenn Ihr mich nicht in Frieden lasst.«

»So? Das glaube ich kaum.«

»Ich werde schreien!«

»Na, dann schreit doch. Wir werden sehen, ob es denn Sinn macht.«

Mit diesen Worten hob er sie locker über seine Schulter, und Anna Maria begann tatsächlich zu schreien. Sie brüllte, so laut sie konnte, nach Hilfe. ›Er soll ruhig sehen, dieser aufgeblasene, arrogante Kerl, was er daraus ernten wird, die zukünftige Großherzogin von San Lilia in Verlegenheit gebracht zu haben‹, dachte sie siegessicher. Konstantin trat derweil mit gemächlichen Schritten und völlig unbeeindruckt von ihrem Gekreische in den Schutz der Weide hinein.

Als sie sich unter dem Schirm der Blätterkrone befanden, zog er Anna Maria ruckartig von seiner Schulter und warf sie scheinbar achtlos auf den von Moos bewachsenen, weichen Boden. Bevor Anna Maria wusste, wie ihr geschah, saß er rittlings auf ihr und hielt ihren Mund zu.

Dann packte er mit einer einzigen Hand ihre beiden Arme und hielt sie über ihrem Kopf fest. Anna Maria bekam es nun wirklich mit der Angst zu tun, als sie begriff, dass er nur einen einzigen Arm dazu benötigte, um jede ihrer Bewegungen zu lähmen. Mit der anderen umfasste Konstantin nun schroff ihr Kinn und überstreckte es. Anna Maria dämmerte langsam, dass dies kein Spiel sein konnte und ihre Gedärme verkrampften sich schmerzhaft. ›Er ist nicht Massimos Freund. Er war von Anfang an sein Feind. Oh, ich war so dumm! So dumm!‹, kam es ihr.

»Was gedenkt Ihr nun zu unternehmen, wo Euer ach so hoch erhabenes Haupt auf dem Boden liegt? Werdet Ihr Euch nun wehren oder wie eine wahre Hure zulassen, was geschieht.«

Anna Maria spuckte ihm sogleich ins Gesicht, als er seine Hand von ihren Lippen löste. Konstantin lachte, wischte sich mit einem Finger die Spucke ab und leckte anschließend mit seiner Zunge über den nassen Finger. Sie starrte ihn fassungslos an.

»Das ist interessant. Ein gewisser Widerwille ist weitaus reizvoller für einen Mann, als ein Mädchen, das sich nicht sträubt. Wusstet Ihr das?«

Die Röte kehrte zurück in ihre Wangen. Es war die Farbe der Wut, die sie langsam in sich spürte, während Konstantin mit seiner freien Hand hinter sich griff. Mit einem unverschämten Grinsen auf den Lippen schob er behutsam, beinahe schon zärtlich, ihre Röcke nach oben.

»Ich bin sicher, dass ein großes Mädchen, wie Ihr es seid, genau weiß, was sie will. Oder täusche ich mich etwa? Es wird doch wohl nicht das erste Mal für Euch sein, oder?«

Anna Maria bemühte sich darum, die verkrampften Muskeln ihres Körpers zu lockern. Für einen Moment schloss sie die Augen, bevor sie ihm tief in die seinen blickte und rang sich sogar ein zaghaftes Lächeln ab, das sie ihm schenkte.

Konstantin blickte sie überrascht an. Er hatte mit vielem gerechnet, doch nicht damit, dass sie aufgeben würde, oder es gar wollte. In diesem Moment seiner Unachtsamkeit wand sich Anna Maria blitzschnell aus seinem Griff und schlug ihm mit der geschlossenen Faust so fest sie konnte mitten ins Gesicht. Konstantin runzelte die Stirn, während Anna Maria ihn von sich stieß und aus dem Schutz der Weide heraus stolperte.

Panisch begann sie, nach dem Degen zu suchen. Doch als sie ihn endlich in ihren Händen hielt und sich zu allem bereit damit umdrehte, stand Konstantin bereits hinter ihr. Die Wut beherrschte sie dermaßen, dass sie kräftig ausholte und mit einem Zug in seine Brust schnitt. Konstantin hob seine Arme nach oben, als wollte er seine Schutzlosigkeit signalisieren, doch er grinste noch immer. Er lächelte belustigt weiter, obwohl sie ihn verletzt hatte.

Als Anna Maria sah, wie sich der Stoff seines Wamses mit Blut voll sog, ließ sie sich erschöpft zu Boden fallen und begann zu weinen. Konstantin machte keinerlei Anstalten, sie noch einmal zu bedrängen, doch versuchte auch nicht, sie zu trösten. Er stand nur verwirrt da und versteckte sich hinter seinem arroganten Grinsen.

Denn Konstantin verstand nichts. Überhaupt nichts.

»Weshalb weint Ihr? Ihr müsst Euch für nichts schämen. Ich muss Euch sogar gestehen, dass Ihr Euch für den Anfang, zu meiner großen Überraschung, nicht schlecht geschlagen habt.«

Anna Maria starrte ihn entsetzt an. »Ich habe Euch verletzt. Ihr wolltet mich …«

Ihre Stimme brach ab und Konstantin lachte laut auf. Sein Gesicht wirkte auf einmal freundlich, doch sie traute dem Frieden nicht.

»Denkt Ihr denn wirklich, ich hätte der Verlobten meines besten Freundes die Unschuld geraubt? Für wen haltet Ihr mich?«

Anna Marias Blick wurde trüb. »Ich frage mich, für wen Ihr mich haltet?«

Konstantin reichte ihr beschwichtigend die Hand. Sie zögerte, doch ergriff sie schließlich. Er zog sie, ohne ihren Körper auf unschickliche Weise zu streifen, zurück auf ihre wackeligen Beine.

»Ihr habt sicherlich bemerkt, dass es, wie Massimo schon sagte, für eine Frau kaum möglich ist, sich gegen einen Mann zu wehren. Eben dies wollte ich Euch demonstrieren. Ihr habt Euch zunächst vor Furcht in Euch zurückgezogen, wodurch ihr in den Augen eines Mannes nichts anderes erreicht, als ihn zu provozieren. Versteht Ihr? Die einzige Chance, die Ihr als Frau habt, ist, zum einen die List der Überraschung, die Euch zwar erst spät, aber dennoch hervorragend gelungen ist, und zum anderen die Wut, die in Euch brodelt. Kaum einer vermutet, dass die Frau sich ebenso von dem Gefühl des Hasses leiten lassen kann wie ein Mann. Sagt, war es nicht die Wut, der Hass, der Euch dazu trieb, mich zu verletzen?«

Anna Maria verstand noch immer nicht recht, worauf er hinaus wollte, dennoch nickte sie verlegen.

»Der Hass ist es, der Kräfte in Euch freizusetzen vermag, von denen Ihr nicht einmal ahnt, dass Ihr sie besitzt, und er schenkt Euch den nötigen Mut, der Euch fehlt. Seht her.« Konstantin riss den Schnitt in seinem Wams weiter auf, damit sie die Wunde sehen konnte, die sie ihm zugefügt hatte. Als er das Blut wegwischte, erkannte sie, dass der fingerlange, glatte Schnitt im Grunde nicht der Rede wert war. Und obgleich der Groll auf ihn noch vorhanden war, fühlte sie eine tiefe Erleichterung darüber, dass ihm nichts Schlimmes geschehen war. Anna Maria fand ihre Stimme wieder.

»Weshalb habt Ihr Euch nicht gewehrt? Es wäre sicherlich ein Leichtes für Euch gewesen, mir noch bevor ich Euch verletzen konnte, den Degen aus der Hand zu reißen. Woher wusstet Ihr, dass der Schnitt nicht schlimmer sein würde?«

»Ich habe es in der Bewegung gesehen, wie Ihr den Degen führtet. Wenn Ihr mich ernsthaft hättet verletzen können, hätte ich Euch die Klinge auch während Eures Hiebes abnehmen können. Doch ich wollte, dass Ihr ein klein wenig davon seht, was möglich wäre. Fließendes Blut erklärt mehr, als es Worte je könnten. Ihr seid noch weit davon entfernt, einem Mann wirklichen Schaden zuzufügen, doch ich bin zuversichtlich, dass eine wahre Kämpferin aus Euch werden könnte.«

Sie blickte ihn ungläubig an. »Aus mir?«

Konstantin lächelte wohlwollend. »Ja. Aus Euch. Ich könnte mir durchaus vorstellen, dass Ihr es einmal seid, die San Lilias Männer während Massimos Abwesenheit befehligt. Es ist ein langer Weg, doch Ihr wärt in der Lage dazu, ihn zu gehen, wenn Ihr es denn wollt.«

Sie blickte auf den Boden und flüsterte beschämt: »Ihr wolltet mir also keinen Schaden zufügen?«

Konstantins weich gewordene Züge verhärteten sich. »Nein, keinen Schaden ...«

* * *

Juni 1512

Heute erst, am frühen Morgen, hatte sich etwas Unehrenhaftes zugetragen, das niemals hätte geschehen dürfen.

Noch bevor die ersten Sonnenstrahlen das Licht der Welt erweckten, erwachte ich in einem seltsamen, fragilen Augenblick eines verworrenen Traumes. Es war ein Traum von ihm. Ein Traum, den ich niemals hätte träumen dürfen. Ein Traum, der gleichermaßen verwerflich ist, wie es nur gelebte Heimtücke sein kann. In diesem schlaftrunkenen Zustand der Nacht, spielte mir meine Fantasie einen hinterhältigen Streich, der mein Herz zutiefst berührte. Aufgelöst, orientierungslos und voller Panik erwachte ich in eben diesem folgenschweren Moment, in dem seine schmalen Lippen die meinen trafen.

Als ich begriff, was geschah, sprang ich, über mich selbst erschrocken, aus meinem Bett, um ängstlich vor meinen Spiegel zu treten. Ich hoffte darauf, in eben diesem Bild, welches vor mir erschien, die Wahrheit zu finden. Verzweifelt suchte ich nach einer Antwort auf meine Fragen, einer Erklärung meiner Begierde.

Doch ich sah nichts. Ich blickte auf nichts weiter, als auf mich selbst. Meine fragenden Augen, meine blasse Haut, meine vollen Lippen, die von keinem Kusse geschwollen waren. Ich fuhr mit meinem Finger über meinen Mund, um mich noch einmal davon zu überzeugen, dass dieses Bild nicht trügerisch ist. Nur langsam beruhigte ich mich ein wenig. Mein Spiegelbild konnte mich in die bedeutungsvolle Sicherheit wiegen, nicht mehr, als einen Traum erlebt zu haben.

Behäbig, als würde jemand anders meine Bewegungen lenken, schlüpfte ich in ein einfaches, helles Hauskleid. Ich fühlte mich nicht wohl in diesem Kleid. Nicht in diesem und auch in keinem anderen.

Ich eilte hinaus in die aufkommende Morgenröte, um vielleicht ein Stückweit vor mir selbst, vor meinen Gedanken oder auch meiner verdorbenen Seele zu fliehen. Letzteres war, wenn ich ehrlich sein möchte, wohl der wahrhaftige Grund für diese überstürzte Flucht.

Ich rannte hinaus. Geradewegs durch und mitten hinein ins Nichts. Ich hatte weder ein Ziel, noch einen Plan, den ich hätte verfolgen können und lief einfach so weit, wie mich meine Füße tragen wollten.

Oh, es war ein schrecklicher Fehler, diese Flucht zu begehen, die ich selbst jetzt noch nicht begreife, nicht einzuordnen weiß.

In meinem stetigen Lauf hatte ich das ungute Gefühl, verfolgt zu werden. Es war, als würden hinter jedem Blatt, hinter jeder Blüte und hinter jeder Mauer ein paar grell gelbe Augen auf mich warten, um mich gierig zu verschlingen. Überall sah ich diese Augen. Sie waren weit aufgerissen. Es fühlte sich an, als würde ich noch immer träumen. Doch ich schlief nicht.

Ich wurde von mir selbst, meiner eigenen Fantasie verfolgt. Ich, mein eigener Schatten war es, der mir diese Angst einjagte. Sagte ich mir immer wieder, und ich glaubte daran. Dennoch verspürte ich tief in mir diesen Drang, als müsste ich um mein Leben laufen. Immer weiter. Immer weiter ... Als wäre ich auf der Suche nach schützender Dunkelheit, in der ich mich verstecken konnte. Alles um mich herum erschien mir dämmrig. Die Farben verschwanden und die Welt wurde grau. Ich suchte nach der Schattenwelt, die sich in der Nacht findet, doch ich erreichte sie nicht. Es war nicht Nacht. Es war heller Tag.

An einem morschen Baum, dessen Stammesdicke mich zu schützen vermochte, hielt ich atemlos inne. Ich grub meine Finger in die alte Rinde des Gewächses, das schon etliche Jahre, vielleicht gar Jahrzehnte vor meiner Zeit den Lauf der Welt beobachtete. Ich hoffte, er könnte mir ein klein wenig seines Wissens, seiner Standhaftigkeit schenken. Es war, als würde er mich umschlingen, mir den nötigen Halt gewähren, den ich so dringend und fordernd von ihm verlangte.

Ich begann zu weinen. Es fühlte sich gut an loszulassen. Es waren wenige, vereinzelte Tränen, die mein Gesicht nässten. Ohne auch nur daran zu denken, diesem Baum den Rücken zuzukehren, geschweige denn, ihn frei zu geben, ließ ich mich auf der von Moos bewachsenen Erde nieder.

Genau dann, in einem dieser verwirrten, von Schuld und Scham getriebenen Momente geschah etwas, dass sich mein Geist nur im Traum wagte auszumalen. Etwas, das mir meinen letzten Atem, mein letztes Fünkchen Verstand und jedes Gefühl für die Realität raubte.

Ich spürte einen Luftzug hinter mir. Dann Hände, die meine Taille umschlangen. Vom ersten Moment der Berührung an wusste ich, in wessen Besitz sie waren, welchem Körper sie angehörten. Es waren seine kräftigen Hände, die mich im vollen Bewusstsein um seine Stärke, seine Macht, die er auf mich ausübte, für sich allein, ganz allein beanspruchten.

Ruckartig zerrte er mich schroff von dem Baum weg, den ich noch immer umklammert hielt. Als er mich auf meine wackeligen Beine stellte und mich umdrehte, wagte ich es nicht, meine Augen zu öffnen. Auch dann nicht, als er mich grob mit dem Rücken gegen den Baumstamm drängte. Zu groß war die Angst davor, tatsächlich in das Gesicht des Feindes blicken zu müssen. Zu groß war die Angst, etwas anderes als einen Feind in ihm zu sehen.

Letztlich spielte es keinerlei Rolle, ob ich meine Augen nun öffnete oder sie geschlossen hielt. Das Bewusstsein darum, nun auch in letzter Konsequenz die Seine sein zu müssen, lähmte jede Bewegung. Ob Feind oder Freund. Ich hatte es nicht in der Hand.

Seine Körpersprache, die drängende Nähe, die er suchte, der Tabubruch, den er beging, als er seinen muskulösen Körper an den meinen presste, ließ mir keinerlei Entscheidungsgewalt in dieser wortlosen Unterhaltung, die allein er dominierte. Er ergriff meine Hände, die ich schützend um meinen Körper geschlungen hatte und streckte sie an meinen Gelenken gekreuzt in die Höhe. Dann befahl er mir in einem Ton, den ich nicht einzuordnen vermochte, in eben genau dieser Position auszuharren, bis er es mir genehmigen würde, sie wieder zu senken.

Es wäre nicht nötig gewesen, mir derartige Anweisungen zu unterbreiten. Die Angst, die ich in meinem Inneren verspürte, die mich selbst auf übelste Weise verspottete, ließ jede noch so kleine Regung unmöglich werden. Für mich gab es nur zwei Schlüsse, die ich ziehen konnte. Es waren zwei Gedankengänge, zwei Szenarien, die meinen Geist beherrschten. Der eine befasste sich mit dem sicheren Tod. Dabei dachte ich nicht etwa an die Möglichkeit eines tatsächlich gestorbenen, körperlichen Todes, wie er einen in die verscharrte Welt, der tief verwurzelten Erde brachte. Sondern eben auch an eine andere, weit qualvollere Art des Sterbens. Ich dachte an den Tod, die unerbittliche Verendung meiner Seele, meines Herzens, wenn ich es wagen würde, meine krampfhaft geschlossen gehaltenen Augen zu öffnen.

Der zweite beinhaltete die völlige, ungewollte Hingabe meiner körperlichen Attribute, die ich in keiner Weise zu schützen fähig gewesen wäre. Ich war überzeugt, in eben diesem Augenblick entweder mein höchstes Gut, von dem ich nicht wusste, an wen ich es in Wahrheit verschenken wollte, oder aber mein Leben zu verlieren.

Doch etwas gänzlich anderes geschah. Etwas, das ich niemals in Betracht gezogen oder gar für möglich gehalten hätte. Mit seinen beiden, mir unglaublich groß erscheinenden Händen umfasste er mein Gesicht, um es gänzlich zu umschlingen. Seine Finger ruhten entschlossen auf meinen Wangen, während seine Daumen meine Kehle zu erdrücken suchten. Er würgte mich und ich fragte mich, weshalb ich keine Angst mehr hatte.

Es fühlte sich an, als hätte auch er in dieser Begegnung einen inneren Kampf um Leben und Tod mit sich selbst ausgefochten. Es war, als wäre auch er nicht Herr seiner eigenen, gefühlten Lage. Als wäre die Entscheidung, die er für mich, für meine weitere Existenz traf, von irgendetwas Fremdem, vielleicht ihm selbst Unergründlichem abhängig. Etwas, das er erst in diesem Augenblick gefunden haben musste.

Zwischen unseren beiden Körpern entstand eine seltsame Energie, die ich an mir und in mir spürte. Ich hatte Angst. Ich hatte eine schreckliche Angst. Doch der Grund für meine Angst war nicht etwa er, sondern der Zwiespalt, mit dem mein Herz zu kämpfen hatte. Ich wollte nicht, dass irgendetwas zwischen uns geschieht und gleichzeitig wünschte ich mir nichts anderes, als mich ihm willig hinzugeben. Ich frage mich, was wohl geschehen wäre, wenn ich entschieden hätte.

Meine Angst erreichte ihren Höhepunkt, als seine Lippen auf die meinen trafen. Es war kein romantischer, wünschenswerter Kuss. Nein, das war er wirklich nicht. Es war vielmehr ein verwirrendes Spiel aus Hass und Liebe, das unsere beiden Körper miteinander spielten. Dieser Kuss beinhaltete so vieles. So viele Gefühle und Emotionen. Ich spürte Grauen, unglaubliche Angst, und absolute Begierde. Es war ein ewig suchender und dennoch auf eine seltsame, unbeschreibliche Weise findender Kuss, der sowohl das Gute als auch alles Böse der Welt in sich vereinte.

Er ließ mich zunächst nicht los und prallte meinen Kopf so gewaltvoll gegen den Baumstamm, dass es mir einen schmerzhaften Schlag versetzte. Dann, als er abrupt von mir, meinem Körper, seiner eigenen unausgesprochenen Begierde abließ, versetze mir dieses Wissen um das Ende unserer Begegnung einen weit größeren, viel schmerzhafteren Schlag.

Er ging. Ohne ein Wort, ohne jegliche Sanftheit oder irgendein Zeichen des Wohlwollens mir gegenüber. Ich wünschte, er hätte mir nur eine einzige, liebende Geste geschenkt. Eine einzige, sachte Berührung, die mich hätte wissen lassen können, dass selbst dieser Mann irgendwo, tief in sich verborgen, ein Herz besitzt, das schlägt. Vielleicht gar für mich ...

Als mein Gehör genügend Schritte vernommen hatte, um sich sicher fühlen zu können, wagte ich es endlich, meine Augen zu öffnen. Ich flüsterte seinen Namen. Konstantin. Konstantin. Immer lauter sprach ich ihn aus und wusste nicht, weshalb. Er war etwa fünfzehn Fuß von mir entfernt und ich konnte mir nun, da ich ihn leibhaftig, vor meinen eigenen Augen sah, sicher sein, dass dies kein weiterer Traum, sondern Realität gewesen war. Eine reale Begegnung, die mich von nun an, bei jedem einzelnen Schritt, verfolgen wird.

Wohl hätte ich mein Gewissen, die qualvollen Abgründe meiner Seele, bereinigen können. Ich hätte es meinem Liebsten sagen können und müssen. Schließlich war es nicht ich, die für diese verhängnisvolle Tat zur Verantwortung gezogen werden sollte. Doch es war keine andere als ich selbst, die diesen furchteinflößenden, unrechtmäßigen Kuss nicht etwa nur mit meinen Lippen suchte, sondern gar mit allen Attributen meines sündigen Körpers empfangen hatte. Ja, ich habe ihn, Konstantin, und seinen Kuss gewollt, und die Konsequenzen waren mir einerlei. Sie sind mir einerlei.

Kapitel 12

Das falsche Bild

Krampfhaft hielt Anna Maria ihre Utensilien fest, während Gabriella, die dicken Papierrollen unter dem Arm geklemmt, hinter ihr her trottete.

»Weshalb lauft Ihr nur so schnell? Es eilt doch nicht.«

Erst jetzt fiel Anna Maria auf, dass sie tatsächlich durch die Gänge hastete. Sie wirkte zerknirscht.

»Entschuldigt. Ich habe es gar nicht bemerkt.«

Gabriella runzelte die Stirn. »Ihr scheint mir in letzter Zeit verändert, meine Liebe. Was ist es, das Euch beschäftigt? Wenn Ihr aufgeregt wegen der Hochzeit seid, dann ...«

»Ja ... Ja, das ist es. Ich bin fürchterlich aufgeregt.«

Gabriella wollte ihr nicht recht glauben, doch sie beließ es erst einmal dabei. Ihre Stimme wurde leise und verschwörerisch: »Ihr wisst, dass Ihr Euch mit allen Fragen an mich wenden könnt, mein Kind. Ihr seid nicht die Erste, der die Hochzeitsnacht Kopfzerbrechen bereitet.«

Anna Maria nickte hastig. Die erste Nacht. Darüber wollte sie nun wirklich nicht auch noch sinnieren müssen. Ihre Gedanken galten allein Konstantin und der Aufregung darüber, ihn in wenigen Minuten leibhaftig wiederzusehen. Das ließ ihr Herz vor Freude hüpfen. Sie konnte es kaum erwarten, ihn zu treffen und gleichzeitig wollte sie, jetzt gleich, auf ihrem Absatz kehrtmachen, um ihm zu entgehen. ›Was soll ich tun? Was soll ich nur tun?‹, fragte sie sich selbst. ›Sollte ich sagen, dass ich mich nicht wohlfühle? Sollte ich krank in meinem Bett liegen und darauf warten, dass sie vergessen, was ich ihnen versprach? Oh, keiner von ihnen wird vergessen! Was denke ich mir nur?‹

Es war das erste Mal seit dieser verhängnisvollen, letzten Begegnung zwischen Konstantin und Anna Maria, dass sie sich alle drei gemeinsam in einem Raum befanden. Anna Maria hatte Angst. Sie hatte Angst, dass Massimo ihr ansah, was sie bewegte. Dass dieses zwiespältige Herz in ihrer Brust so heftig schlägt, dass sich ihre Rippen verräterisch nach außen wölben. Sie hatte Angst, ihnen beiden in die Augen sehen zu müssen. Ertrug sie doch die Blicke eines Einzelnen kaum.

* * *

Zwei Wachen öffneten die Tür des großen Saales und die beiden Frauen traten ein. Anna Maria konnte kaum fassen, was sie sah. Ihre Augen hafteten sogleich auf einem ihr fremden Mädchen, das lachend einen Weinkelch in seiner Hand hielt und sich vulgär auf Konstantins Schoß räkelte. Als sie die junge Frau genauer musterte, erkannte sie, dass es eine der Tänzerinnen war, die Konstantin sich auf dem Ball aussuchte. ›Die mit den roten Haaren‹, dachte sie bei sich und erzürnte vor Eifersucht. ›Die, auf die Massimo selbst ein Auge geworfen hatte. Konstantin scherzte wohl nicht, als er sagte, dass er sie alle will. Ein Bastard ist er! Ein dreckiger Bastard! Nein, sie sind es beide. Alle beide!‹

Anna Marias Mund wurde trocken. Die zukünftige Großherzogin von San Lilia starrte die Hure mit hochmütigen, vernichtenden Blicken an. Doch diese machte keinerlei Anstalten, sich zu entfernen.

Massimo meinte seiner Liebsten anzusehen, was sie bewegte und stand auf, um sie freudig in seine Arme zu schließen und zu küssen. Er flüsterte in ihr linkes Ohr: »Ich weiß, dass es Euch zuwider ist, sehen zu müssen, wie er mit den Weibern umspringt. Doch Ihr müsst entschuldigen. Ich kann ihn nun mal nicht ändern.«

Anna Maria nickte nur knapp. Sie bemühte sich verbissen um eine gleichgültige Miene und begann, fein säuberlich ihre Utensilien auszubreiten. Sie tat es so langsam, wie sie nur konnte, da dieses Ritual das Einzige war, das ihr in dieser Situation Sicherheit schenken konnte.

Vor ihr lagen Graphit, Rötelstifte und Kohle, die sie überwiegend für Schraffurskizzen verwendete. Ihr gefiel dieser etwas eigenwillige Charme, der sich aus dieser Kombination ergab. Dann entnahm sie die Pastellkreiden, die ihr Massimo vor Kurzem erst geschenkt hatte und breitete sie vorsichtig aus. Es war ein besonderes Geschenk, über das sie sich sehr gefreut hatte. Sie waren fürchterlich teuer und nicht allzu weit verbreitet. Anna Marias Sortiment bestand aus allen Farben, die es gab. Weiß, Rot und Schwarz. Sie liebte die fließenden, hauchzarten Übergänge, die sich damit schaffen ließen. Dazu kamen allerlei verschiedene Stifte, Federn und natürlich Lineal und Zirkel auf den kleinen Tisch. Als sie fertig war und ihr Werkzeug noch einmal mit strengen Augen überblickte, fiel ihr auf, dass während der ganzen Zeit über kein einziges Wort gefallen war. Sie atmete tief durch und blickte in die erwartungsvollen Gesichter der beiden Männer, die sie beobachteten.

»Wie habt Ihr es Euch vorgestellt?«

Konstantin und Massimo sahen einander fragend an. Den ganzen Tag hatten sie Zeit zum Scherzen und zum Trinken gefunden und sich auf das Bevorstehende gefreut. Doch darüber, wie sie gezeichnet werden wollten, hatten sie kein Wort verloren.

Massimo lächelte. »Ihr seid die Künstlerin. Drapiert uns ganz nach Eurem Belieben.«

Anna Maria blickte missbilligend in Konstantins Richtung. »Zuerst einmal solltet Ihr diese Hure von Eurem Schoß nehmen! Ich werde mich sicherlich nicht dazu herablassen, Euch ein Götzenbild zu erstellen.«

Das Mädchen verschluckte sich bei Anna Marias Worten an ihrem Wein und hustete die Überreste hinaus. Konstantin blickte auf das Weib herab, griff ihr in den Nacken, was sie dazu zwang, ihn anzusehen, und leckte ungeniert mit seiner langen Zunge über ihre Lippen. Dann erst wandte er sich mit breitem Grinsen Anna Maria zu. »Eure Auffassung über die Freuden des Lebens sind wirklich interessant. Ich frage mich, ob Ihr denn wisst, worüber Ihr Euch bereits eine Meinung gebildet zu haben scheint.«

Massimo mischte sich ein. Er bemühte sich um einen strengen Ton, doch es gelang ihm nicht. »Verärgert sie nicht, mein Freund. Schickt die Hure einfach weg. Nicht jeder teilt Eure Leidenschaften im selben Maße.« Konstantin setzte eine sichtlich gespielt beleidigte Miene auf, bevor er laut in Gelächter ausbrach. Dann umfasste er provokativ mit beiden Händen die Brüste der jungen Frau und fuhr mit seinen Fingern in ihren Ausschnitt. Mehrere blau unterlaufene Bisswunden zeigten sich auf der sonnengebräunten Haut des Mädchens. Massimo schüttelte nur lächelnd seinen Kopf, während Anna Maria nicht verstehen konnte, was ihr Liebster an diesem Verhalten amüsant fand. Konstantin ließ abrupt von dem Körper des Mädchens ab und vergrub seine Hände in ihren roten Haaren. Anna Maria war sichtlich entsetzt, als er mit geschickten Fingern einen Zopf flocht und auf einmal ruckartig daran zog, um das Mädchen von sich herunter zu reißen. Doch Konstantins aggressive Art war nicht der eigentliche Grund, weshalb sie derart schockiert war. Anna Maria konnte nicht begreifen, weshalb dieses Freudenmädchen so mit sich umspringen ließ. Es schien beinahe, als würde es ihr gar gefallen, derart behandelt zu werden. Sie grinste und blickte direkt in Anna Marias Augen. Aber sie kam nicht dahinter, was dieses Mädchen fühlte und Anna Maria fragte sich, ob sie überhaupt noch fähig war, ein Gefühl zu empfinden.

Konstantin verabschiedete sich mit einem harten Schlag auf den Hintern des Mädchens und der Anweisung, es solle so, wie er es gerne hatte, in seinem Zimmer warten. Erst, als die Rothaarige sich erhob und mit hasserfülltem Blick an Anna Maria vorbei lief, fiel dieser auf, dass ihr Mund vor lauter Staunen weit geöffnet war. Verwirrt sah sie dem Mädchen nach, bis Massimos laute, beängstigende Stimme durch den Saal donnerte.

»Keinen Schritt weiter!«

Anna Maria blickte Massimo überrascht an, und auch Konstantin wandte sich fragend zu seinem Freund. Fast gleichzeitig verstanden sie, dass sich Massimos Wut allein gegen die Hure wendete.

»Dreh dich um und sieh mich an!«

Ganz langsam drehte das Mädchen dem Gran Duca ihr Gesicht zu. Dieses war nun nicht mehr in die Höhe gestreckt, sondern schüchtern und ängstlich in Richtung des Bodens geneigt. Massimo brüllte sie lautstark an.

»Wenn du es noch einmal wagen solltest, deiner zukünftigen Großherzogin einen derartigen Blick zuzuwerfen, dann schwöre ich dir, dass du den nächsten Tag nicht überleben wirst!«

Das Mädchen rührte sich nicht vor Angst, während Konstantin sich köstlich über das Spektakel amüsierte. Er dachte nicht im Traum daran, auch nur ein einziges, wohlwollendes Wort zugunsten seiner Gespielin einzuwerfen.

»Hast du meine Worte verstanden?«

Sie nickte heftig und Massimo wurde ruhiger, blieb aber bestimmt: »Verschwinde aus meinen Augen!«

Als das Mädchen hinaus geeilt war und sich die Türe hinter ihr wieder geschlossen hatte, wandte sich Massimo Anna Maria zu. »Es tut mir aufrichtig leid, wenn ich

Euch erschreckt habe, meine Liebste. Aber ich kann ein solches Verhalten unter keinen Umständen dulden.« Konstantin hielt seltsamerweise einmal seinen Mund. Er schwieg und beobachtete. Er beobachtete, wie Anna Maria reagierte. Sie spürte, wie sich seine Blicke in ihre Seele bohrten. Als würde er sich darum bemühen, sie zu studieren. Doch Anna Maria dachte nicht daran, ihm dies zu gewähren und bemühte sich um einen neutralen Tonfall.

»Lasst uns anfangen. Es ist schon spät und wir werden einige Zeit benötigen.«

* * *

Eine ganze Weile lang zankten sich die beiden Männer darum, wer von ihnen wohl stehend und wer sitzend gemalt werden sollte. Anna Maria verstand das Theater nicht. Als ihre Diskussion kein Ende fand, mischte sie sich einfach zwischen die beiden. Auch wenn es sich eigentlich nicht gehörte, zwei Männer während einer vermeintlich wichtigen Diskussion, die zudem noch um Ruhm und Ehre ging, zu stören. Doch beide schwiegen und hörten ihr interessiert zu. Gabriella war erstaunt über diese Dreistigkeit und fragte sich einmal mehr, weshalb Anna Maria statt Groll stets Aufmerksamkeit erntete.

»Die Bedeutung der Stellung in einem Bild ist immer subjektiv. Ich habe schon oft gesehen, wie mehrere Männer um ein und dieselbe Skizze herum standen und darüber sinnierten, was sie wohl zu bedeuten hat. Wenn es vier waren, dann gab es vier verschiedene Meinungen zu diskutieren und wenn es zehn waren, dann waren es eben zehn unterschiedliche Ansichten. Kunst liegt immer im Auge des Betrachters, und letztlich ist es so, dass ein jeder das Bild auslegen wird, wie es ihm gerade passt. Nur der Künstler allein weiß, weshalb er welche Linie gezeichnet hat und was ihr Verlauf genau bedeuten soll. Ich male Euch nicht, damit Ihr Euch gegenseitig versucht zu übertrumpfen. Ich dachte, es sollte ein Abbild Eurer Freundschaft sein, und ich verstehe nicht, weshalb es selbst in einer Freundschaft immer einen geben muss, der über dem anderen steht.«

Konstantin starrte sie fassungslos an. Sein Blick war hart und kalt. Es gefiel ihm nicht, wie sie mit ihm zu reden pflegte und noch viel weniger, dass er es nicht wagen konnte, sie vor Massimo in ihre Schranken zu weisen. Massimo hingegen hing sichtlich an ihren Lippen. Er liebte es, Anna Maria reden zu hören. Doch auch er hatte einiges an Zeit benötigt, um sich an ihre Art zu gewöhnen.

Massimo ergriff das Wort. »Was schlagt Ihr also vor?«

Anna Maria überlegte. »Nun ja, da es meiner Meinung nach imposanter wirkt, wenn ein Porträt hochkant gezeichnet wird, schlage ich vor, dass Ihr einfach beide steht.«

Konstantin brachte sich mürrisch ein: »Was sollte imposant daran wirken, wenn wir einfach nur nebeneinander stehen? Außerdem bin ich größer als Massimo, wodurch ich ihn wieder überragen werde.«

»Ihr habt recht. Es könnte langweilig wirken. Wie wäre es denn, wenn Ihr beide Eure Degen in der Hand haltet und sie sich kreuzen lasst. Ich für meinen Teil würde es nicht als ein Symbol der Feindschaft, sondern der Gemeinsamkeit zwischen Euch deuten. Die Größe selbst ist keinerlei Problem. Ich kann Euch einfach auf dieselbe Ebene setzen.«

Massimo klatschte in die Hände. »Ich finde Eure Idee ganz wundervoll. Ihr erfüllt mich mit Stolz, meine liebste Anna Maria. Ihr seid nicht nur klug und schön, sondern auch einfallsreich. Was haltet Ihr davon, Konstantin? Sagt, wärt Ihr damit einverstanden?«

Konstantin wollte zu einem Schlag ausholen, doch das glückliche Gesicht seines Freundes stimmte ihn milde. Er mochte Massimo wirklich. Es lag ihm viel an dieser Verbindung und das Letzte, das er wollte, war, seinen einzig wahren Gefährten zu verletzen. Er nickte schweigend und sprach erst dann wieder, als sie ihren Platz bereits eingenommen hatten. Die Worte galten Massimo, doch die Blicke, die er Anna Maria zuwarf, blieben ihr, im Gegensatz zu ihrem Geliebten, keinesfalls verborgen.

»Ich hatte noch gar keine Zeit dazu gefunden, Euch zu berichten, wie gut sich Euer zukünftiges Weib durch meinen Unterricht schlägt.«

Massimos Augenbrauen erhoben sich. »Es freut mich zu hören, dass sich bereits Fortschritte zeigen. Ich hatte ehrlich gesagt nicht erwartet, dass Ihr miteinander zurechtkommt.«

»Oh doch. Sehr gut sogar. Für den Kampf ist es nur zuträglich, wenn sie mich nicht leiden kann. Sie ist eine ausgezeichnete Schülerin, die mit ihrem Verstand kämpft. Dieser ist übrigens von einer solchen Schärfe, dass es nicht mehr lange dauern wird, bis ihre körperliche Unterlegenheit keine Rolle mehr spielt. Ich dachte daran, schon morgen, vielleicht in den Nachmittagsstunden, weiter an ihren Fähigkeiten zu arbeiten. Ihr könnt wirklich stolz auf sie sein.«

Massimo lachte. »Ja, das bin ich. Doch ich wäre ebenso vor Stolz geplatzt, wenn sie sich ganz fürchterlich angestellt hätte. Es freut mich, so etwas aus Eurem Munde zu hören, mein Freund. Es scheint mir, als wäre Euer Aufenthalt in San Lilia Euren einseitigen Wahrnehmungen zuträglich. Wenn es ihr gefällt, dann habe ich nichts dagegen einzuwenden.« Massimo wandte sich Anna Maria zu, die Konstantin am liebsten vor lauter Zorn ins Gesicht gesprungen wäre. »Passt es Euch morgen Nachmittag?«

Sie brachte nicht mehr als ein gekrächztes »Ja, selbstverständlich« über ihre trockenen Lippen.

Als sie endlich damit begann, die Skizze anzufertigen, fand Anna Maria zurück zu sich. Während sie still vor sich hinarbeitete, kehrten ihre Gedanken zu dem Mädchen zurück, das grinsend auf Konstantins Schoß gesessen hatte. ›Wie konnte ich nur annehmen, dass ich die Einzige bin?‹, fragte sie sich. ›Dass ich – gerade ich – etwas Besonderes für ihn sein könnte! Jemand von Bedeutung, für einen Mann ohne Werte ...‹ Es gab keinen Grund für sie, wütend zu sein. Konstantin schuldete ihr schließlich ebenso wenig wie sie ihm. Der einzige Mann, vor dem sie hätte Rechenschaft ablegen müssen, war Massimo. Anna Maria wunderte sich, dass Massimo nicht zu deuten wusste, woher ihr schnippischer Groll in Wahrheit rührte. In dem Moment, als sie zornig das Wort ›Hure‹ ausgesprochen hatte, war sie sich sicher gewesen, einen schrecklichen Fehler begangen zu haben. Anna Maria lächelte in sich hinein. ›Der gute Massimo. Sein Herz besteht wahrlich aus zu viel Liebe für diese grausame Welt.‹ Sie dachte daran, wie er gebrüllt hatte und mit welcher Beharrlichkeit er sie in dieser unwichtigen Sache verteidigte. Es erfüllte sie mit Stolz, einen solchen Mann an ihrer Seite zu wissen. Zu wissen, dass der Mann, den sie liebte, alles für sie tun würde.

Ihr Herz erwärmte sich vor Zuneigung, als sie auf Massimo blickte und seine Züge zeichnete. Die Kanten seines Gesichtes waren männlich und stark, doch ebenso weich und sanft, wie sein Herz. Anna Maria verlor sich in seinen Augen und zeichnete die Linien noch eleganter, als sie es ohnehin waren. Sie legte ihr ganzes Können in seinen Teil der Skizze hinein, um ihn, ihren Geliebten, ihren baldigen Ehemann so anmutig, schön und stolz zu zeichnen, wie es ihr nur möglich war.

Als sie sich Konstantins Abbild zuwandte, schmerzte es sie. Sie fühlte sich in ihrer Ehre verletzt. Gekränkt und erniedrigt von einem Mann, der ihr nicht das Geringste bedeuten dürfte. Er war ganz anders als Massimo. Nicht nur innerlich, sondern auch äußerlich. Sein Gesicht besaß nicht die Pracht wie das des Großherzogs. Massimos Abbild würde jeder gern zweimal betrachten. Konstantins Antlitz dagegen war von Perfektion weit entfernt. Dennoch hatte er etwas an sich, das die Frauen scharenweise in seinen Bann zog. Es war das Böse, das Gefährliche, das sich in seinen kantigen Zügen zeigte. Am eindrucksvollsten kam dies zur Geltung, wenn er sein Gesicht zu jener unverschämten Grimasse, die ein Grinsen darstellen sollte, verzog. Er wirkte wie ein Tier, das mit gebleckten Zähnen auf den Moment des Angriffs wartete. ›Als stünde man dem Teufel selbst gegenüber‹, dachte sie bei sich.

Anna Maria ließ sich abermals von ihren Gefühlen übermannen und brachte diese zu Papier. Sie zeichnete seine Züge noch kantiger und härter, als sie es ohnehin schon waren. Seine Lippen wurden durch ihre Hand schmäler und seine Nase länger und wuchtiger. Als sie sich an seinen Augen vergriff, setzte sie zu einem weiteren Schlag ihrer Feder an. Nun war es wahrlich das Böse, das aus dem rauen Papier heraus sprang.

Anna Maria betrachtete ihre Vorlagen ein letztes Mal und schämte sich ein wenig. Lob konnte sie für dieses Werk keines erwarten. Es war wahrlich das schlechteste Porträt, das sie jemals gezeichnet hatte. Dennoch gefiel ihr von all ihren Bildern dieses am meisten. ›Keine Linie entspricht der Wahrheit‹, dachte sie bei sich. ›Niemand wird je erkennen, was ich darin sehe. Ein Abbild ihrer Seelen. Ja, das ist es. Ein Abbild ihrer und auch eines meiner Seele. Denn ich bin die Lüge, die all dies erschaffen hat.‹

* * *

Die Stimmung, während die Hofmeisterin Anna Marias Haare entwirrte und kämmte, war unangenehm und seltsam. Sie hatten sich so unendlich viel zu sagen und doch wagte es seit Wochen keine von ihnen, sich der Kluft, die zwischen ihnen stand, zu stellen. In der letzten Zeit hatte es nichts als Abweisung und unwichtige, platte Plaudereien zwischen ihnen gegeben.

Gabriella ertrug dies nicht länger und ergriff bestimmt das Wort. »Wisst Ihr eigentlich, wie ernst dieses Spiel ist, das Ihr dabei seid, zu spielen?«

Anna Marias Blick wurde missbilligend. Sie hatte sich bereits so sehr an die Rolle der zukünftigen Großherzogin gewöhnt, dass sie manchmal nicht mehr wusste, wer die Personen waren, die sie von Anfang an geliebt hatten.

»Ich weiß nicht, wovon Ihr sprecht. Ich bin müde, Gabriella. Lasst mich in Frieden.«

Die Hofmeisterin wurde zornig. Zu lange schon hatte sie die Geschehnisse wortlos hingenommen.

»Das werde ich nicht! Ihr wisst genau, wovon ich spreche, und ich werde keinen Schritt aus diesem Zimmer gehen, bis Ihr Euch mir erklärt habt!«

Anna Maria blickte an ihr vorbei. »Es ist mir einerlei, was Ihr von mir denkt.«

Gabriellas Wangen erröteten. Mit bestimmten Schritten trat sie vor ihre zukünftige Herrin und ohrfeigte diese mit der flachen Hand. Anna Maria wusste nicht, wie ihr geschah. Doch der Schreck des Schlages war das Beste, was ihr hatte widerfahren können. Es war, als wäre sie aus einer Art Trance erwacht. Sie hielt sich ihre schmerzende Wange und blickte erstaunt in das Gesicht der sonst so gutmütigen Hofmeisterin.

»Ich habe Euch stets wie meine eigene Tochter behandelt, Anna Maria. Ich tat es nicht etwa aus Höflichkeit oder Gutherzigkeit gegenüber Eurer einsamen Lage. Ich tat es, weil ich gelernt habe, Euch wie eine eigene Tochter zu lieben und ich weiß darum, das auch Ihr Euch mir in ähnlicher Weise nahe fühlt. In der Zeit der Not bin ich nicht von Eurer Seite gewichen und hatte Todesqualen um Euren Zustand zu erleiden.« Ihre Stimme brach ab. »Ich habe mein Leben riskiert, um das Eure zu schützen. Ich habe es wahrlich nicht verdient, dass Ihr mich nun derart respektlos behandelt. Ihr seid es mir schuldig, Euch zu erklären!«

Anna Marias Gedärme zogen sich zusammen. Es war das Gefühl, sich in Grund und Boden schämen zu müssen. Ihr Gesicht wurde blass, als ihr bewusst wurde, wie schändlich sie sich der Frau, die mehr Mutter für sie gewesen war, als es ihre Amme jemals hätte sein können, gegenüber verhalten hatte.

Sie senkte ihren Blick. Ihre Stimme war schwach und voller Schuld. »Es tut mir leid. Ich wollte Euch nicht verletzen. Ich weiß nicht, was in mich gefahren ist. Bitte verzeiht mir.«

Gabriella schloss sie in ihre Arme. »Natürlich verzeihe ich Euch, doch versteht bitte, das ich nicht untätig dabei zusehen kann, wie ihr geradewegs in Euer Verderben rennt.«

Anna Maria begann zu weinen. »Ich weiß nicht, was mit mir ist. Ich bin so durcheinander. Die ganze Welt ist durcheinander geraten. Irgendetwas stimmt nicht mit mir.«

Gabriellas Stimme war nun ganz sanft. »Ich weiß, was mit Euch ist, mein Kind.«

Sie blickte die Hofmeisterin mit großen, erwartungsvollen Augen an. »Bitte, bitte sagt es mir.«

»Dieser Konstantin ist geschehen.«

Anna Marias Tränen brachen in einen lauten, flutartigen Sturm aus. Es benötigte viel Zeit und noch viel mehr Zuwendung, sie soweit zu beruhigen, dass sie in der Lage war, verständliche Worte zu bilden.

»Ich begreife das alles nicht. Ich weiß nicht, was an ihm ist, dass er mich derart durcheinander bringen kann. Ich liebe Massimo. Ihr müsst mir glauben! Ich liebe ihn von ganzem Herzen!«

Gabriella streichelte beschwichtigend über ihren Rücken. »Ihr müsst mir keine Rechenschaft ablegen, mir nicht. Und es wäre besser für Euch, wenn ihr es auch ihm gegenüber nicht tätet. Natürlich liebt Ihr unseren Großherzog. Ihr habt ihn immer geliebt. Ich sah es und sehe es an der Art, wie Ihr ihn anblickt. Ich verstehe sehr gut, was Euch treibt, weshalb ihr diesem Irrsinn verfallen seid. Es ist die Hochzeit, die immer näher rückt, die Euch Angst einjagt. Es ist normal, dass Ihr Euch vor diesem Schritt fürchtet, mein Kind. Es ist schließlich nicht irgendein Mann, den Ihr heiraten werdet. Er ist niemand geringeres als Massimo Toska Leonardo Maritiano, der Gran Duca di San Lilia. Selbst ich wüsste nicht, wie ich an Eurer Stelle mit einer solchen Situation umgehen sollte.«

Anna Marias Stimme war flehend. »Weshalb nur geht mir dieser Mann nicht aus dem Kopf? Weshalb verfolgt er mich, und weshalb will ich, dass er mich verfolgt?«

Gabriella stieß einen schweren Seufzer aus. »Ich weiß nicht recht, wie ich es Euch erklären soll. Ich weiß nur, dass es zu Zeiten natürlich sein kann, einen anderen Mann zu begehren. Man spricht nicht darüber, doch es geschieht überall. Dieses Gefühl, das Ihr empfindet, ähnelt wohl der Liebe, doch es ist keine Liebe. Ihr seid unerfahren in diesen Dingen, was es schwerer für Euch werden lässt, die Unterschiede zu erkennen. Doch auch Ihr werdet es lernen. Glaubt mir. Es ist noch keine Sünde, von einem anderen Mann zu träumen, doch Ihr solltet wissen, wann der Traum sein Ende findet. Wann, an welchem Punkt, er Wahrheit, Realität für Euch wird. Die Grenzen können verschwimmen, sodass man sie vielleicht nur noch schwer zu erkennen vermag. Vergesst meine Worte nicht, mein Kind. Ihr müsst stets wachsam und so klar wie möglich sein.«

»Was ist, wenn ich mir nicht sicher bin, wo die Grenzen liegen? Was ist, wenn ich sie bereits übertreten habe?«

»Dann wird für Euch die Zeit des Stillschweigens heran brechen. Für Euch und auch für mich. Versteht Ihr? Das Einzige, was zählt, ist, das Ihr niemals vergesst, wen Ihr liebt. Denn wenn Ihr es vergesst, dann belügt Ihr Euer eigenes Herz und dieser Betrug wird auf ewig an Euch haften bleiben. Wenn Ihr Euer eigenes Herz hintergeht, zerstört Ihr nicht weniger als Eure Seele.«

Anna Maria wollte Gabriellas Worten Glauben schenken. Sie wünschte sich, dass es genauso war, wie sie es sagte, doch sie glaubte nicht einen Satz.

* * *

Juli 1512

Oh, wenn ich doch nur wüsste, was an mir nicht ist, wie es sein sollte. Wenn ich doch nur verstehen könnte, was an mir so falsch sein kann, dass ich mir selbst zu meinem eigenen Verhängnis werde.

Weshalb begreife ich die Gründe meines Handelns, meiner Gedanken nicht? Es sind diese lasterhaften Gedanken meiner Begierde, die sich wie ein Strick um mein Herz schlingen. Ich wünsche mir nichts mehr als Freiheit. Ich will frei sein von mir selbst! Wie kann es sein, dass ein Geist sich selbst auf diese Weise im Wege steht?

Ich weiß sehr wohl um den schrecklichen Fehler, den ich dabei bin zu begehen. Um die Abgründe meiner Seele, denen ich es erlaube, sich zu zeigen. Ich kann nicht anders, ich bin nicht fähig, sie zu ersticken.

Ich weiß um die Sünden, die ich an jedem einzelnen Tage, seit dieser Mann unter uns weilt, in Gedanken und Taten begangen habe.

Ich leide unter meiner eigenen, schwarzen Seele! Glaubst du mir, dass ich leide? Wie sehr ich leide? Oh, ich erleide tausende Tode an nur einem Tag, in nur einer Nacht. Mein Geist ist zerrissen! Mein Herz scheint mir gespalten! Weshalb? Weshalb nur geschehen all diese Dinge, die ich niemals wollte, die ich verabscheue, die mich meiner selbst überdrüssig werden lassen?

Tausende Fragen wandern durch meinen Kopf, doch mein Verstand lässt mich keine Antworten finden. Ist es mein Geist oder gar mein Herz, das mich krank werden lässt?

Oh ja, ich bin erkrankt. Zu viele Male bin ich gestorben und wieder auferstanden in nur einer Sekunde. Der Tod hat seine blutigen Spuren in mir hinterlassen. Es fühlt sich an, als wäre es mein eigener Körper, der mich demütigt, der mich peinigt. Er lässt mich trunken werden. Trunken von meiner eigenen Arroganz. Meinem schändlichen Hochmut.

Wie kann es sein, dass ich den einen so sehr liebe und gleichwohl den anderen bis auf das Äußerste begehre? Sag es mir! Oh, bitte, sag es mir!

Ich liebe Massimo. Ich habe ihn immer geliebt. Selbst in jenen Minuten, in denen ich ihn verraten habe, liebte ich ihn! Ich liebe ihn so heiß und innig, dass mich Schwindel überfällt, wenn er mich in seine Arme schließt. Wenn ich ihn um mich habe, ist es, als ob unsere beiden Seelen verschmelzen würden. Unsere Gedanken, unsere Gefühle werden eins, sodass ein jeder darum weiß, in wessen Händen sein Herz ruht.

Oh, mein Massimo. Dieser Mann lässt mich beim bloßen Gedanken an ihn dahin schmelzen wie flüssiges Gold. Als wäre ich der Sand, der durch seine Finger rinnt. Es gibt so vieles, das ich an ihm liebe. Seine Schönheit blendet mich, seine Liebe ziert mich und der Liebreiz in seinen Worten lässt mich an seinen Lippen hängen. Seine Sprache ist so süß, so reizvoll. Ebenso wie diese unglaublichen Küsse, die er mir schenkt. Wenn er mich berührt, dann stets sanft und vorsichtig. Unter seinen Händen fühle ich mich wie das höchste Gut, das zerbrechlichste Meisterwerk, das je geschaffen wurde. Manchmal ist es gar so, als würde er mich nicht wirklich berühren. Es ist, als würde nichts weiter als der sanfte, anschmiegsame Hauch des Windes über meine Haut streichen.

Ich werde auf Händen getragen, auf Rosen gebettet und behandelt, als wäre ich es, die über ihn herrscht. Ja, ich bin es, die über sein Leben bestimmt, die es ihm erlaubt zu existieren. Niemals hatte er es gewagt, mich in die Enge zu treiben oder in irgendeine Richtung zu drängen. Er schafft es, mich mit all meinen Fehlern, all meinen Bedürfnissen ganz so zu akzeptieren, wie ich eben bin. Als wäre es ganz leicht, als koste es keine Mühe.

Bei dem Gedanken daran er könnte jemals aus meinem Leben scheiden, sodass ich verlassen in meiner Einsamkeit umherirren müsste, schmerzt es mich so sehr in meiner Brust, dass ich versucht bin, mir mein Herz mit bloßen Händen herauszureißen. Ich kann und will niemals wieder ohne ihn existieren müssen! Er ist zu dem einzigen Sinn, der Erfüllung meines Lebens geworden – und dennoch betrüge ich ihn mit meiner tiefschwarzen Seele.

Die Gedanken sind es, aus denen der Betrug entsteht. Meine Gedanken. Sie prasseln auf mich ein wie ein heftiger Hagelschauer, der die Ernte eines gesamten Jahres vernichten könnte. Es sind zu Eis erstarrte, faustgroße Brocken, die auf mich prallen und nicht etwa nur ihn, meinen Massimo, sondern gleichermaßen mich selbst verletzen.

Ich bin tief verwirrt. Unfähig, meine Gedanken klar zu sortieren, da sie ständig ihre Richtung wechseln. Ich wünsche mir, dass es aufhört. Nie schenkt mein Geist mir Ruhe! Niemals gewährt er mir den Frieden, den ich suche. Frieden! So ein schönes Wort! Doch wie soll ich ihn nur finden? Wohin soll ich gehen, wenn ich vor mir selbst davon laufe?

Manchmal, da überkommt mich ein fürchterlicher Hass, der sich gegen mich selbst richtet. Ich ertrage es nicht, mein Spiegelbild zu betrachten. Die Abscheu, die ich empfinde, lähmt jeden Gedanken an das Gute, das vielleicht noch in mir existieren könnte. In diesen Momenten wünsche ich mir nichts mehr, als zu verenden. Abschied zu nehmen von einem Leben, das mir zu führen verwehrt werden sollte.

Ich bin ein Knecht meiner selbst und spiele verhängnisvolle Spiele gegen mein eigenes Ich. Ich gewinne – gleichwohl verliere ich. Wie kann das sein?

Es gibt unzählige Facetten in einem einzigen Menschen. Dies ist es, was den Menschen an sich auszeichnen sollte. Die Fähigkeit, sich wandeln zu können, sich anzupassen. Doch ich schaffe es nicht, diese Dinge auseinander zu halten. Sie verschmelzen und zerlaufen, sodass ich mir immer fremder werde.

Lächle ich wirklich oder nur, weil ich lächeln sollte? Zu oft kenne ich keine Antwort. Entsprechen die gesprochenen Worte, die meine Lippen verlassen, mir selbst, meinem Herzen? Vielleicht, vielleicht aber auch nicht.

Es scheint darauf anzukommen, wer oder was gerade mein Herz, mich selbst regiert. Liebe ich ihn so sehr, weil ich ihn wahrhaftig liebe, oder nur um der Liebe selbst willen, wegen meines Wunsches nach einer aufrichtigen Liebe? Ich wage es nicht, darüber nachzudenken.

Liebe. Ein gesprochenes, ein geschriebenes Wort. Was ist die Liebe? Wo beginnt, wo endet sie? Wie fühlt sie sich an? Was macht sie aus? Wer besitzt das Recht, darüber zu urteilen, in welchem Rahmen, wie diese sogenannte Liebe stattfinden darf, wodurch sie entstehen sollte? Weshalb scheint ausgerechnet sie so sehr an Regeln gebunden zu sein, und welche sind eben diese?

Ich weiß es nicht. Ich weiß nichts von alldem. Das Einzige, das ich weiß, ist, das ich ihn liebe, obgleich ich nicht recht verstehe, was dies wirklich bedeutet.

Ich denke, die Liebe beginnt mit dem Wissen darum, bereit zu sein, das eigene Leben mit einem anderen Menschen zu teilen. Ich denke, sie sollte, wenn ein jeder der Liebenden wahrhaftig dazu bereit ist, einen Teil seiner selbst für den anderen aufzugeben, gar niemals enden. Es ist die unlösbare Verschmelzung zweier Seelen, zweier Herzen, zu einem einzigen.

Ich weiß um das, was ich fühle und doch bin ich bereit, meinen Massimo zu verletzen. Ihn, den ich doch nie wieder ziehen lassen will! Vielleicht ist es so, dass meine Grenzen eben andere sind, als die seinen, als die, welche gemeinhin als gültiges Regelwerk betrachtet werden. Doch vielleicht ist es nur nötig, sie ein wenig zu verschieben? Wäre dies meine Chance auf Freiheit? Der

Freiheit meines Geistes? Wird mein Herz nicht ruhen, bis ich begreife? Bis ich weiß, welches meine Regeln sind?

Je mehr ich darüber nachdenke, desto sinnloser erscheint es mir, dass ich auf der Suche nach den Gründen derart weit in die Tiefen hinab gestiegen bin. Weshalb nur verschwende ich, wo ich doch all das besitze, was ich mir immer gewünscht habe, meine kostbare Zeit?

Es sind wertlose Gedanken, die ich an den falschen Mann vergeude. Er hat es nicht verdient, dass ich an ihn denke! Dieser kalte, herzlose, der mich mit jeder Begegnung, mit jedem einzelnen seiner abweisenden, arroganten Blicke tiefer verletzt, als ich es ertragen kann.

Was um Himmels willen bringt mich hierher, an diesen Punkt, so kurz davor, all das zu verwerfen, das mich glücklich werden ließ? Weshalb riskiere ich es, seine Wut, vielleicht sogar den niemals endenden Hass Massimos auf mich zu lenken? Nur wegen dieses einen Gefühls, das ein Teil von mir auszuleben ersehnt?

Ich liebe Konstantin nicht. Es ist nicht die Liebe, die mich treibt. Es ist nichts weiter, als die Sehnsucht nach einem fremden, mir unbekannten Gefühl. Diese Gier nach dem Verbotenen hatte sich während dieses einen Tanzes heimtückisch in meine Gedanken geschlichen. Er war wie eine falsche Schlange, die ihr schwarzes Gift in mich spritzte, um meinen Körper zu verpesten. Er infiltrierte meine Seele, als hätte er mich verzaubert. Ja, in dem Moment, in dem er mich berührte, als der nötige Abstand zwischen uns fehlte, hat er mich in seinen Bann gezogen. Nun ist es, als wäre ich verflucht. Als würde er mich heimsuchen. Eine ewig Verdammte! Ja, das bin ich. Verdammt – und verflucht dazu, ihn zu begehren.

Vielleicht ist er ein Dämon, dessen Aufgabe darin besteht, jedes Glück der Welt zu zerstören? Weshalb zum Teufel ist es derart kompliziert, sich aus seinen Fängen, seinen scharfen Klauen zu lösen, wenn ich doch begreifen kann, was oder wer mich immer tiefer in seinen Schlund zu ziehen sucht?

Dieses Gefühl ist doch nichts weiter als Begierde. Und doch beherrscht es mich. Was ist es, das mich in diesem Maße fasziniert? Begehre ich nicht auch meinen Liebsten? Ja, auch ihn begehre ich. Ich begehre ihn in den Tiefen meiner Seele, meines Herzens, mehr als alles andere auf der Welt, mehr als diesen anderen. Doch das Verlangen, das ich nach diesem seltsamen Konstantin Caspar verspüre, ist ganz anders. Es ist ein körperlicher Drang, der zwischen uns besteht. Es ist die fleischliche Hülle, die uns verbindet. Nicht mein Herz, sondern mein Körper ist es, der sich danach verzehrt, in seinen Armen liegen zu dürfen. Obgleich es nichts gibt, das ich von ihm zu erwarten hätte. Nichts, das ich zu erwarten gewillt wäre.

Ist dies, was ich nun empfinde, diese sogenannte Leidenschaft? Diese Leidenschaft, die fähig ist, den Körper fern des Herzens zu halten? In diesen schändlichen Momenten ist es wahrlich einzig mein Körper, der mich regiert, der mich um meinen Verstand bringt. Ja, es ist diese verdammte Leidenschaft, die mich auffrisst, bis ich es dulde, mich ihr hinzugeben.

Und dann? Was wird geschehen, wenn ich mich meinem Drang ergebe? Wird es aufhören? Wird er enden, dieser Schmerz, der mich verzehrt? Werde ich Frieden finden, Freiheit, wenn ich einmal davon gekostet habe – vielleicht nur, um zu wissen, wie es ist?

Ich weiß es nicht, und ich bin mir nicht sicher, ob ich überhaupt wissen will, wie es ist, diese Leidenschaft zu erleben.

* * *

Anna Maria dachte nicht daran, sich nach der Mittagssuppe an der alten Weide einzufinden. An keinem der vergangenen Tage. Sie wollte ihn, wollte Konstantin vergessen, ihn und all das, was er mit sich brachte. Es hätte sie interessiert, wie er wohl Massimo erklärte, weshalb sie seinen Unterricht nicht mehr besuchte. Doch da ihr Geliebter sie nicht darauf ansprach, übte auch Anna Maria sich in der Kunst des Schweigens.

Zunächst hatte sie vor, den Tag im Schutz ihres Zimmers zu verbringen, doch das Zwitschern der Vögel, die glücklich in der Wärme der Sonne badeten, trieb sie nach draußen. Es war nicht der schönste Platz, den sie aufsuchte, doch hier fühlte sie sich sicher. Sicher vor ihm und auch sicher vor Massimo, den sie in diesen Stunden, in denen sie sich weiter mit ihrem gemeinsamen Porträt beschäftigte, ebenso wenig in ihrer Nähe haben wollte wie Konstantin.

* * *

Seit Tagen schon, seit ihrer Aussprache, wich Gabriella kaum mehr von ihrer Seite. Vor allem nicht dann, wenn Anna Maria malte. Die Hofmeisterin konnte sich kaum daran sattsehen, wie sie den Pinsel führte, und selbst das Mischen der Farben hatte es ihr angetan.

Francesco, Gabriellas Ehemann, näherte sich den beiden. Er hielt einige Meter Abstand und verneigte sich tief vor Anna Maria. Es war ihr stets unangenehm, ihm zu begegnen, da er sich erst dann wieder erhob, wenn sie es ihm genehmigte.

Francesco nahm es mit der Etikette bei Hof sehr genau, und als er näher trat und sah, dass sie dabei war, ein Gemälde zu fertigen, weiteten sich seine Augen vor Staunen. Anna Maria wunderte sich, welche Faszination von einem einfachen Bild ausgehen konnte. ›Ich werde Gabriella anbieten, ein Familienporträt zu fertigen‹, dachte sie bei sich. ›Ja, dies wäre ein Weg, meine Dankbarkeit zu zeigen, und wenn sie es nicht annehmen möchte, dann werde ich eben aus der Erinnerung heraus zeichnen.‹

Francesco hätte ebenso wie Gabriella bis zu den Abendstunden ausharren können und sie beobachten, doch sein Anliegen war ein anderes. Gabriella wurde dringend in der Küche benötigt. Es gab wohl Probleme mit der rechten Verteilung der Vorräte.

Einmal mehr fiel Anna Maria auf, wie schwer es für die gutmütige Gabriella sein musste, die rechte Brücke zwischen ihrem Amt als Hofmeisterin und ihrer persönlichen Vertrauten zu schlagen. Die Bezeichnung Anstandsdame oder gar Kammerzofe, war für das, was sie tat, unangebracht. Gabriella war die letzte und einzige Instanz für alles, was Anna Maria als zukünftige Großherzogin San Lilias anbelangte. ›Wie schafft sie es nur, mit alledem umzugehen? Woher nimmt sie diese unermüdliche Energie?‹, fragte sie sich. ›Sie ist so viel stärker, als ich es je sein werde.‹

Gabriella strich sanft über Anna Marias Arm und fragte voller Sorge, ob sie auch wirklich einen Moment allein zurecht käme. Sie winkte nur amüsiert ab. Sie war froh, um ein wenig Einsamkeit. Anna Maria konnte sich nun ganz auf ihre Arbeit konzentrieren und fand immer mehr Freude daran, ihren Massimo höher empor steigen zu lassen. Völlig vertieft rückte sie seine Besonderheiten ins rechte Licht und stellte dabei Konstantin weiter ins Abseits, verschandelte seine Züge und malte ihn so finster, wie sie es vor sich selbst vertreten konnte.

Noch bevor Anna Maria vor seiner Stimme erschrecken konnte, zuckte sie unter seiner Berührung zusammen. »Interessant. So also seht Ihr mich.«

Konstantins Griff war derart fest, dass sie sich ihm nicht zuwenden konnte. Ihr Herz raste und obgleich sie schreien wollte, flüsterte sie: »Ihr habt hier nichts zu suchen. Verschwindet!«

Konstantin lachte zunächst, doch dann wurde seine Stimme ernst. »Ich denke wohl, dass ich mich frei bewegen kann. Wer sollte etwas dagegen haben, wenn es mir beliebt, einen Blick auf mein Abbild zu werfen?«

»Es ist Euch aber nicht gestattet, mich zu berühren!«

Er flüsterte verräterisch in ihr Ohr: »So? Ich erinnere mich noch gut daran, wie Ihr Euch mir entgegen strecktet.«

»So etwas ist niemals geschehen! Ich verbitte mir diese Unverschämtheit! Es wäre besser, wenn Ihr in Euer stinkendes Loch in der Ferne zurückkehren würdet, wo auch immer Ihr überhaupt hergekommen seid.«

Als das letzte ihrer Worte ausgesprochen war, hielt sie vor Angst die Luft in ihren Lungen. Doch Konstantin ließ sich nicht beeindrucken. Er raunte weiter in ihren Nacken. »Ich denke nicht, dass Ihr in der Position seid, Euer Maul aufzureißen. Ich frage mich langsam, ob Euch Euer freches Mundwerk wohl angeboren ist. Sagt, war die Hure, die Euch heraus presste, ebenso unverschämt wie Ihr es seid?«

Anna Maria wagte es nicht, zu sprechen. Es war zu viel. Seine Stimme, seine Nähe, die Wärme seines Körpers, die sie in ihrem Rücken spürte.

»Wisst Ihr, was mich noch viel mehr interessieren würde?«

Sie bemühte sich, still zu halten, ihn zu ignorieren, sich nicht das Geringste anmerken zu lassen, doch aus irgendeinem Grund schmolz sie förmlich dahin. Ihre Stimme war schwach. Ebenso schwach wie ihre Knie, die in sich zusammen sacken wollten.

»Was?«, presste sie schließlich heraus.

Er packte sie an ihren Hüften und zog diese dicht an seine Lenden. »Ich frage mich, ob es mir wohl gelingen würde, Euch zu erziehen.«

Noch während sie dabei war, seine Worte zu begreifen, ließ Konstantin von ihr ab und verschwand.

Als Gabriella lächelnd zu ihr zurückkam, rang Anna Maria noch immer um Luft.

Kapitel 13

Anfang und Ende

Der große Tag war gekommen, und obgleich Anna Maria lange genug Zeit gehabt hatte, um sich auf ihre Hochzeit vorzubereiten, fühlte sie sich, als wäre es ein plötzlich eintretendes Ereignis, dass ihr den Boden unter den Füßen entzog. Sie war fahrig, aufgelöst und wunderte sich, wie sie noch vor ein paar Stunden hatte friedlich und ruhig schlafen können. Anna Maria erinnerte sich schemenhaft an ihren Traum. An diese seltsame Welt, in der es flüssigen Honig zu trinken gab und allerlei kandierte Früchte an den Bäumen hingen. Anna Maria lächelte. »Es ist alles gut«, sagte sie zu sich selbst. »Es muss gut sein. Es muss richtig sein. Wie könnte ich in der Nacht vor meiner Hochzeit von zuckersüßen Leckereien träumen, wenn sich etwas in mir sträuben würde? Nein. Keine Zweifel mehr. Ich will und kann nicht weiter zweifeln. Ich liebe ihn.«

Massimo hingegen hatte kaum Schlaf gefunden. Bis spät in die Nacht hinein betrank er sich in Konstantins Beisein mit schwerem, dunkelrotem Wein und noch schwereren, melancholischen Gesprächen. Als er letztlich in sein Bett fiel, war es ihm nicht einmal mehr möglich gewesen, sich zu entkleiden. Einzig seiner Schuhe konnte er sich noch entledigen, bevor sein Körper auf die Matratze sank. Doch selbst in diesem betäubten Zustand gönnte ihm sein Verstand weder Gnade noch Ruhe. Es gab so vieles, das ihn beschäftigte.

Anna Maria. Massimo war es immer egal gewesen, woher sie stammte, welches Leben sie einst führte. Doch gerade in dieser Nacht, in der letzten Nacht vor seiner Vermählung, sinnierte er über ihre Vergangenheit. Er dachte über die wenigen, verworrenen und oftmals nur kurzen Sätze nach, die sie nur mit Mühe über ihre Lippen brachte, wenn es um ihr Leben in Russland ging. Massimo lebte ungern in der Vergangenheit und bemühte sich stets darum, nur nach vorn zu sehen. ›Es sollte keine Rolle für mich spielen, weder jetzt, noch in Zukunft, was einmal gewesen ist oder was sie gefühlt haben könnte‹, dachte er bei sich. Doch der bloße Gedanke daran, dass sie einst geliebt haben könnte, dass sie im Gegensatz zu ihm schon einmal ein solches Gefühl für einen anderen Mann empfunden haben könnte, raubte ihm den Verstand. Er wollte schreien, brüllen, all die Empfindungen aus sich heraus prügeln. Aber er lag nur da, starrte an die Decke und hoffte, dass die Trunkenheit ihn schlafen ließ, ohne ihm einen Traum zu schenken.

Es waren kurze Bildergeschichten, die vor seinem inneren Auge erschienen. Situationen, die das fürchterliche, herzzerfressende Gefühl der Eifersucht in ihm weckten. Er sah Anna Marias bezaubernden Blick, ihr wundervolles Lächeln, das sie allein ihm schenken durfte. Doch er wusste, dass diese liebevollen Gesten nicht ihm gewidmet waren. Da war eine Gestalt. Ein Mann, der im Nebel stand. Massimo konnte ihn nicht erkennen. Er streckte seine Hand aus. Wollte den Mann, der immer näher an sie heran trat, zurückhalten. Doch er erreichte ihn nicht und musste zusehen, wie Anna Maria, seine Anna Maria, unter der Berührung des Fremden dahin schmolz.

Nun spürte er, wie bedrückend die Unwissenheit auf ihm lasten konnte. ›Weshalb nur habe ich sie nicht noch einmal danach gefragt‹, ärgerte er sich über sich selbst und fragte sich gleichzeitig, warum sie ihm nicht von sich aus erzählt hatte, was einst geschehen war. ›Lastet die Vergangenheit so schwer auf ihren Schultern, dass sie es nicht erträgt, daran zu denken?‹, überlegte er weiter. ›Sind die Dinge, die einst geschahn, derart schrecklich, vielleicht gar unsittlich oder beschämend, dass sie es nicht wagt, darüber zu sprechen?‹

Massimo ahnte, dass Anna Maria unter keinen Umständen wollte, dass er jemals etwas Genaues über die Umstände ihrer Flucht aus Russland erfährt. Es sollte ihr Geheimnis sein. Ein Geheimnis, das sie mit sich ins Grab zu nehmen gedachte. Dies konnte er verstehen und akzeptieren. Doch die Angst, die er manchmal, und dann nur für einen kurzen Moment in ihren Augen sah, schmerzte ihn derart, dass er herausfinden musste, woher sie rührte. Es war eine fürchterliche, panische Angst, von der er wusste, dass sie sich nicht nur gegen das Vergangene, sondern auch gegen ihn richtete. Wohl war dieser Ausdruck auf ihrem Gesicht nie wieder so offensichtlich gewesen, wie damals auf der Wiese. Dennoch sah er diese Angst immer wieder in ihren Zügen, in ihren

Augen und er fragte sich, ob sie ihn selbst fürchtete, oder nur, dass er herausfinden könnte, was einst geschehen war. Und nun kam eine weitere Empfindung hinzu: Massimo ärgerte sich darüber, dass sie ihm nicht genug vertraute. Wusste sie doch, dass er sie aus den Tiefen seines Herzens heraus liebte und sie niemals etwas von ihm zu befürchten hatte. Er erinnerte sich daran, wie er ihr versprach, seine Wut niemals gegen sie zu richten. ›Ist es denn wirklich möglich, ein solches Versprechen zu halten?‹, ging es ihm durch den Kopf. ›Habe ich zu viel versprochen, oder gar gelogen? Basieren die Anfänge unserer Liebe auf Lüge? Könnte ich damit umgehen, wenn ich es wüsste? Wenn ich all die Dinge wüsste, die sie vor mir versteckt? Nein! Ich will und könnte sie niemals verletzen! Niemals!‹

Doch nun, wo er das Gefühl der Eifersucht in sich spürte, war er sich auf einmal nicht mehr sicher, ob er wirklich in der Lage war, all seine leuchtend bunten Versprechungen zu halten.

* * *

Die Mägde zogen und zerrten von allen Seiten an ihr und Anna Maria wusste kaum, wie ihr geschah. Es gab so vieles, das bedacht werden musste. So viele Kleinigkeiten, von denen sie sich sicher war, das sie niemandem auffallen würden.

Der leichte Schimmer des Puders auf ihrem Körper, die zunächst eingedrehten, dann halb geflochtenen und halb hochgesteckten Haare. Der viele Schmuck auf ihrem Haupt, der ihre Frisur ohnehin zur Hälfte verdeckte, die feinen Härchen, die aus ihrer Stirn heraus gezupft wurden, um sie ein wenig höher wirken zu lassen. Dann die Schnürbrust, die so eng gezurrt war, dass sie kaum atmen konnte und die Farbe in ihrem Gesicht, die sowohl das Rot ihrer Lippen als auch das ihrer Wangen betonen sollte. All dies schien Anna Maria unsinnig und übertrieben. Doch sie ließ es still und geduldig über sich ergehen.

Gabriella hingegen wachte mit leuchtenden Augen über jedes kleine Detail, achtete auf jede Veränderung, die an ihr vorgenommen wurde. Die Hofmeisterin war schrecklich aufgeregt. Ja, beinahe aufgeregter als die Braut selbst. Das Kleid, das Anna Maria am heutigen Tag, am Tag ihrer Hochzeit tragen sollte, hatte Gabriella in Auftrag gegeben und die Fertigung mit strengen Augen überwacht. Es war aus cremefarbenem Brokat und so fein, mit kleinsten Ornamenten aus Gold und Silberfäden bestickt, dass es in dem Schein der Sonne wie ein einziges, glitzerndes, beinahe blendendes Juwel an ihr wirkte.

Anna Maria war dankbar für Gabriellas Anwesenheit und auch für den hektischen Trubel, der herrschte. Stillstand war das Letzte, das sie nun gebrauchen konnte. Sie wollte nicht denken müssen. Nicht jetzt, wo ein einziger Gedanke sich wie Gift in ihrem Körper verbreitet hätte, um Angst vor dem Bevorstehenden in ihr zu schüren.

»Oh, Ihr seht so wundervoll aus, mein Kind! Ihr stellt wahrlich jede Frau in den Schatten, die ich jemals gesehen habe! Ihr erstrahlt in Reinheit und Glanz. Ja, es ist gar eine Ehre, Euch so sehen zu dürfen.«

Gabriella sprach diese Worte derart oft aus, dass auch Anna Maria ihr irgendwann glaubte. Als die Mägde nach verrichteter Arbeit nach und nach den Raum verließen, um sie für die restliche Zeit des Wartens mit Gabriella allein zu lassen, betrachtete Anna Maria ihr Spiegelbild ganz genau.

Sie war glücklich. Einfach nur glücklich. Derart erfüllt mit Zufriedenheit über sich selbst, dass es keinen Platz mehr für Zweifel oder Zwiespalt in ihr gab. Sie wollte nichts anderes als Massimo. Ihren Massimo. Seine starken Arme, sein Lächeln und sein reines Herz, das ihr allein gehörte. Anna Maria war ganz bei sich selbst angekommen. Bei sich und ihrem Geliebten. Am liebsten hätte sie das, was ihr nun bevorstand, den schönsten und bedeutendsten Tag ihres Lebens einfach übersprungen. Sie wollte sogleich in sein Zimmer rennen, ihn mit Küssen überhäufen und sich ihm endlich ganz und gar hingeben. Bei dem Gedanken daran, schon bald ihre Unschuld zu verlieren, lief es ihr kalt den Rücken hinab. Doch es war keine Angst, die sie spürte, die ihren Körper zum Beben brachte. Vielmehr sehnsüchtige Begierde und entsetzliches Verlangen.

* * *

Während Anna Maria sich mit sicheren Schritten bewegte, wurde Massimos Unwohlsein immer größer. Rastlos lief er bereits fertig angekleidet in seinen Räumen umher und leerte seinen dritten Kelch Wein. Er war an diesem Morgen unausstehlich und hatte seinen guten Niccolo bei jedem zweiten Handgriff wüst beschimpft und beleidigt, bis er ihn schließlich zischend hinaus zitierte. Nun war er allein mit Konstantin, der während der letzten Stunden nichts weiter getan hatte, als Massimo schweigend zu beobachten und ebenfalls einen Kelch nach dem anderen zu leeren.

Nun trat Konstantin mit ruhigen, bestimmten Schritten direkt vor Massimo und zwang ihn, stehen zu bleiben. »Hört auf!«

Massimo blickte seinen Freund irritiert an. »Womit?«

»Mit diesem lächerlichen Theater! Hört gefälligst auf zu denken! Es ziert Euch im Moment nicht gerade, zu viel Eures Verstandes zu benutzen.«

Massimo richtete sich empört zu seiner vollen Größe auf und entgegnete mit schnippischer Arroganz: »Was wollt Ihr mir damit sagen? Eure Worte sind beleidigend und respektlos gewählt. Hütet Eure Zunge, sonst …«

Konstantin trat unbeeindruckt noch einen Schritt näher. Er überragte Massimo um eine halbe Kopflänge. »Was gedenkt Ihr, sonst zu tun? Ihr verhaltet Euch wie ein Narr, Massimo. Seit ich in San Lilia eingetroffen bin, hörte ich kaum etwas anderes aus Eurem Mund als schmierige Schmeicheleien über Euer Mädchen und verschiedenste Beschreibungen der Liebe, die ihr empfindet. Ich habe Euer Gesäusel stets geduldig über mich ergehen lassen, und ihr habt Euer Ziel sogar erreicht. Ich beginne über die Liebe nachzudenken, mein Freund. Ich verstehe zwar noch immer nicht recht, wie sie sich anfühlt und was sie wirklich bedeutet, doch ich habe sie gesehen. Ich habe sie in Euren Augen, in Euren Gedanken und Bewegungen erlebt. Sagt mir, weshalb fürchtet gerade Ihr, der Ihr doch so lange danach suchtet, Ihr, der sie gefunden habt, Euch derart vor dieser Liebe?«

Massimo brüllte. Seine Augen funkelten vor Wut. »Ich fürchte mich nicht! Niemals!«

Konstantin brüllte zurück: »Und wie ihr Euch fürchtet! Wohl versteckt Ihr Eure Angst hinter Boshaftigkeit und Arroganz, doch mich könnt Ihr nicht täuschen, mein Freund! Vergesst Eure Zweifel! Egal, was Euch umtreibt, vergesst es!« Konstantin ergriff ihn an seinen Schultern. »Blickt Eurer Angst direkt ins verdorbene Auge! Stürzt Euch darauf! Zerfleischt sie! Reißt sie in Fetzen! Wenn Ihr jetzt nicht den Mut aufbringt, Euch zu stellen, dann wird Euch die Angst in ihren Schlund hinabreißen und nie wieder ausspucken.«

»Ich bin mir nicht sicher, ob …«

»Schweigt still! Ich habe es ebenso in ihren Augen gesehen! Wenn nicht Euretwegen, so handelt ihretwegen! Oder wollt Ihr ebenso werden, wie ich es bin?«

Massimos Augen glänzten. Er schüttelte den Kopf.

* * *

Massimo wartete gespannt vor der offenen Kutsche auf seine Liebste. Er war noch immer nervös, doch die Gedanken, die ihn nun plagten, entsprangen anderer Natur. ›Wie konnte ich nur daran zweifeln, sie auf ewig, ganz gleich, was geschehen sein mag, ganz gleich, was noch geschieht, zu lieben?‹, fragte er sich. ›Es ist mir alles gleich. Alles soll mir gleich sein, wenn sie nur kommt. Wenn sie es wirklich wagt, ihr Leben in meine Hände zu legen.‹ Während er in den Himmel blickte und seine Augen schloss, durchfuhr ihn ein Gefühl der Angst. Auf einmal fürchtete er sich. Nicht vor dem gewaltigen Schritt, den er nun wagte, nicht vor der Frage, ob diese Liebe für immer Bestand haben würde. Er fürchtete, dass all dies nichts weiter als ein Traum gewesen sein könnte. Ein Traum von einer wundervollen Frau, die nur in seiner Fantasie existierte. Doch in dem Moment, als er seine Augen öffnete, trat Anna Maria in die Sonne hinaus. Er sah seine wunderschöne, atemberaubende Braut und all die Zweifel, Bedenken und Ängste waren wie weggeblasen.

Massimo wollte zu ihr gehen. Ihr seinen Arm bieten, um sie zur Kutsche zu geleiten. Aber seine Glieder rührten sich nicht. Er stand nur da und staunte über dieses wunderbare, strahlende Wesen, das nun lächelnd auf ihn zuschritt. Sie streckte ihre Hand nach ihm aus, und als sich ihre Fingerspitzen berührten, bebten ihre beiden Körper.

Anna Maria wusste, dass sie hätte winken sollen. Sie sollte all die Menschen, die sich über die gesamte Strecke der Kutschfahrt hinweg aufgestellt hatten, anlächeln und ihnen zuwinken. Doch sie konnte ihren Blick nicht von Massimo lösen. Von diesem unsagbar schönen, perfekten Gesicht. Dem Gesicht ihres zukünftigen Mannes. Auch Massimo hatte größte Mühe, sich seiner Aufgabe zu widmen, seinen Blick von Anna Maria zu lösen. War sie doch noch niemals so schön, so atemberaubend schön gewesen.

Er ergriff ihre Hand und drückte sie sanft. »Solange musste ich auf diesen Moment warten, dass ich es kaum glauben kann, dass es nun wirklich geschieht.«

»Es geht mir ähnlich.«

Er blickte ihr tief in ihre Augen. Seine Stimme war bestimmend. »Ihr werdet mir gehören.«

Auch die ihre war fest und sicher. »Ja, das werde ich.«

Massimos linkes Auge verengte sich ein wenig. Sein Ausdruck veränderte sich, wirkte kalt und unbarmherzig. Er drückte ihre Hand so fest, dass es sie schmerzte. »Ich werde Euch besitzen. Ihr gehört mir und Ihr werdet niemals wieder frei sein können. Ihr werdet gehorchen müssen.«

Anna Maria wich seinem Blick aus und senkte ihr Haupt. »Ich weiß.«

Massimos Stimme blieb weiter hart. »Denkt Ihr, dass Ihr mir gehorchen könnt?«

Sie sah ihn direkt an. »Ich werde es lernen müssen.«

»Habt Ihr Angst?«

Sie schüttelte ihren Kopf. »Nein.«

»Was ist es dann? Was ist der Grund für die Sorge, die ich in Euren Augen sehe?«

Anna Maria lächelte nicht. Ihr Ausdruck war ebenso kalt und dunkel wie der seine. »Auch ich will Euch besitzen! Ich will, dass Ihr tut, was auch immer ich von Euch verlange!«

»Ich gehöre Euch bereits.«

Anna Maria betonte jedes einzelne Wort. »Das genügt mir aber nicht!«

Massimos Augen funkelten. Er hatte sie noch niemals so liebevoll und gleichzeitig hasserfüllt angesehen wie in diesem Augenblick.

»Ich verstehe gut, was Ihr sagen wollt«, sagte er schließlich. »Auch mir ist es nicht genug. Ich will Euch in Ketten legen und hinter mir her schleifen. Ich möchte Dinge mit Euch anstellen, von denen ich nicht wusste, dass sie in meinen Gedanken existieren!«

Ein kalter Schauder lief über Anna Marias Rücken, doch sie hatte keine Angst und hielt seinem Blick stand. Sie flüsterte: »Ich will Euch in ein dunkles Zimmer meiner Seele sperren, auf dass ihr niemals mehr eine andere Frau zu Gesicht bekommt!«

Sie lächelten sich an. Nun waren auch die letzten Hüllen gefallen. Sie hätten nicht nackter voreinander stehen können. Es war der Moment, in dem sie beide um das Schwarz des anderen wussten. In dem sich die Finsternis ihrer Seelen verbrüderte und ebenso untrennbar miteinander verschmolz wie ihre Liebe.

Anna Maria traute ihren Augen kaum, als sie zum ersten Mal sah, was der verbotene Bereich in Wirklichkeit war. Eine Welt wie aus einem Märchen. Einem Märchen, das ihrer eigenen Fantasie entsprang. Es war der Spiegel ihrer Seele. Dem hellen, wundervollen, blühenden Teil ihrer Seele.

Nur wenigen Gästen war es erlaubt, an der Zeremonie teilzunehmen. Anna Maria bewegte sich anmutig und langsam durch den Garten. Für sie war es unnötig, sich umzublicken, die verschiedenen Rosensorten zu bewundern. Konnte sie doch jede einzelne Rose in sich spüren. Es fühlte sich an, als wären sie aus ihrem Inneren, direkt aus ihrem Herzen herausgewachsen, um nun zu blühen. Massimo lief auf dem engen, verschlungenen Weg, der durch den Garten führte, einige Schritte hinter ihr. Staunend folgte er jeder ihrer Bewegungen und glaubte, sie würde über dem Boden schweben. Ihr Kleid funkelte in der Sonne, als wäre sie ein einziger, strahlender Diamant. Sie glich einem surrealen Wesen. Einem Wesen, das nur in seiner Fantasie existieren konnte, das die Welt für ihn, einzig für ihn erschaffen hatte. Sein Wesen.

Anna Maria genoss jeden einzelnen Schritt, der sie näher an die kleine Kapelle führte. Castor wartete bereits vor dem Eingang. Er lächelte und nickte zunächst Massimo, dann Anna Maria zu, die sich staunend hinein wagte.

So schlicht, wie die Kapelle von außen schien, so opulent war ihr Inneres. Wände, Decken und sogar die Böden waren über und über mit Mosaiksteinen besetzt, die nichts als Rosen in all ihren Farben zeigten. Es war so bunt, so leuchtend und schön, dass Anna Maria nicht wusste, wohin sie zwischen all diesen Farben sehen sollte.

Während Konstantin dicht hinter Massimo stand, hatte sich Gabriella hinter Anna Maria eingefunden. Anna Maria freute sich, dass auch er, Konstantin, anwesend war. Sie wollte, dass er ihre Entscheidung mit eigenen Augen sehen konnte. Er sollte wissen, dass ihre Liebe, die ganze Welt ihrer Gefühle allein Massimo galten.

Anna Maria konnte Castors Worten kaum folgen. Sie spürte den Boden unter ihren Füßen, wusste, dass sie hier an diesem Ort stand. Doch ihr Geist verlor sich in einer anderen Welt. In einer Welt, in der es nur sie und ihren Massimo gab. Erst als Castor das Wort an Massimo übergab, wurde sie hellhörig.

»Ich schwöre Euch, Anna Maria Tretjakowna, dass ich Euch, bis über meinen Tod hinaus, lieben und ehren werde. Ich werde Euch die Treue halten und niemals den Grund vergessen, der mich gelehrt hat, Euch zu lieben.«

Anna Maria wusste, dass jedes seiner Worte der Wahrheit entsprach, und als sie selbst das Wort ergriff, fühlte sich ein jedes richtig und wahrhaftig an.

»Ich schwöre Euch, Massimo Toska Leonardo Maritiano, dass auch meine Liebe zu Euch den Tod überdauern wird. Ich werde Euch, wie auch unsere Liebe hegen und pflegen und in jeder noch so dunklen Zeit an Eurer Seite weilen.«

Die Trauungszeremonie war ungewöhnlich. Ungewöhnlich tief und sinnlich. Wie die Liebe, die sie dazu trieb, sich gegen alle Schwierigkeiten hinweg, für ein gemeinsames Leben zu entscheiden. Die anschließende Krönung jedoch berührte Anna Maria am meisten. Massimo hatte darauf bestanden, die Ereignisse in diesem kleinen Rahmen zusammenzulegen und sich trotz großem Protest des Rates durchgesetzt. Anna Marie zitterte, als die schwere, goldene, mit unzähligen Juwelen besetzte Krone auf ihrem Haupt platziert wurde. Es war ein überwältigendes Gefühl. Sie fühlte sich mächtig und großartig und gleichzeitig klein und unfähig, alldem gerecht werden zu können.

Als Anna Maria aus der Kapelle hinaus in das grelle Licht der Sonne trat, war es ihr, als wäre sie rein gewaschen. Rein von all der Schuld, den Zweifeln und der Scham, die sie in den letzten Monaten in sich spürte. Massimo führte seine Frau zielstrebig zurück zur Kutsche. Er wollte sie für sich haben. Ganz für sich allein. Die Feierlichkeiten sollten sich noch lange genug in die Nacht hinein ziehen und er wusste, dass jetzt die einzige Gelegenheit war, um jenes überwältigende Gefühl, vermählt zu sein, gemeinsam mit ihr zu genießen.

Sie fuhren durch einen schmalen Waldweg an der Stadtmauer entlang. Einmal mehr konnte Anna Maria nur darüber staunen, wie viele wunderschöne Plätze es innerhalb der Mauern San Lilias gab. So viel Ruhe, so viel unberührte Natur – und gleichzeitig geschäftiges Treiben und Trubel überall.

Massimo strahlte übers ganze Gesicht und machte eine ausladende Geste. »All dies ist nun Euer, meine Liebste.«

Anna Maria schüttelte den Kopf. »Nein, es ist und bleibt allein Euer Land, doch nun ist es zu unser beider Heimat geworden.«

Als sie zurück in den Kern der Stadt fuhren, genoss Anna Maria jede einzelne Sekunde, in der sie sich ebenso prächtig und gekrönt wie ihr Ehemann von seinem, nun auch ihrem Volk bewundern und bejubeln ließ. Sie fuhren über den großen Marktplatz, dann weiter zum Hauptpalast. Dort angekommen versteifte sich Anna Maria, als sie sah, was dort auf sie wartete. Als Massimo ihr aus der Kutsche half und sie erwartungsvoll anblickte, konnte Anna Maria nur noch staunen.

»Euer Hochzeitsgeschenk.«

Auf dem kleinen Platz, direkt vor dem Schloss wurde ein Brunnen errichtet, aus dessen Wasserspeiern – es waren drei an der Zahl – Wein heraus floss, welcher sich in einer Vertiefung sammelte. Der Brunnen wurde aus hellem Stein errichtet und an seiner Spitze prangerte eine Statue. Es war ein Abbild von ihr, Anna Maria. Der Gran Duchessa San Lilias.

Anna Maria stand ihre neue Rolle. Sie fühlte sich wahrhaft glücklich und zufrieden, während sie mit erhobenem Haupt durch den großen Festsaal schritt. All die Menschen um sie herum lächelten, verbeugten sich und blickten sie an, als wäre sie niemals eine andere gewesen. Konstantin stand im Abseits. Er hatte sich zurückgezogen und Anna Maria fragte sich, weshalb. ›Dieses Verhalten passt gar nicht zu ihm‹, dachte sie bei sich. ›Er ist kein Mensch, der sich hinter den Schatten anderer versteckt. Keiner, der Schutz in Dunkelheit oder Vergessenheit sucht. Nein, nicht er, der aus Finsternis besteht. Der nicht weiß, wie es ist, sich zu fürchten. Ein Wesen der Nacht. Ja, das ist er: Ein Wesen der Nacht, das sich alles nimmt, wonach es ihm beliebt. Weshalb nur verbirgt er sich? Es gibt keinen Grund. Nein, nicht mehr. Jetzt, wo doch alles vorbei ist. Wo ich frei von ihm bin. Frei und gefangen in dem Herzen eines anderen.‹

Doch ganz gleich, wie gut er sich auch verbarg, sie fand ihn, immer und immer wieder. Es war ihr, als könnte sie ihn spüren. Die Kälte, die von seinem Körper ausging, wenn er sich bewegte, in sich fühlen, um den unsichtbaren Spuren seines Herzens zu folgen. Ein jedes Mal, wenn sie ihn dabei ertappte, wie er sich einen kleinen Schritt hinaus in das Licht wagte, entdeckte sie ihn und lächelte ihm in sein schutzloses Gesicht. Auch wenn sie jeden Grund dazu gehabt hätte, war es kein bösartiges, verletzendes Lächeln. Sie wollte ihm vielmehr die Hand reichen. Eine warme, liebevolle, wohlwollende Hand. Und doch war es nur eine von jenen Gesten, die sich jederzeit widerrufen ließ.

Auch Konstantin beobachtete sie. Er hatte sie an diesem Tag die ganze Zeit über beobachtet und wusste darum, dass auch sie ihn auf ihre eigene Art verfolgte. Er suchte ihre Nähe, doch wagte er sich nicht allzu sehr heran. Er fühlte sich machtlos, kraftlos und verletzbar. Die Zügel lagen nun in Anna Marias Händen, und Konstantin fand keinen Weg, mit alldem umzugehen.

Es war Anna Maria, die wählen musste und auch konnte. Ihre Liebe – ihre Entscheidung. Sie allein war es, die den Verlauf ihrer kleinen Welt wie Sand durch ihre schmalen Finger rinnen ließ. Und langsam begann sie zu verstehen, dass ihre Welt nicht nur aus ihr selbst bestand. Anna Maria fühlte sich wie die Königin der Spiele. Die Herrscherin über ein Spielbrett, dessen Figuren bewegliche Herzen waren.

Das Lächeln entwickelte nun einen bitteren Nachgeschmack. Es war Wehmut und auch ein wenig Reue, die Anna Maria auf ihrer Zunge schmeckte, während sie Konstantin dabei beobachtete, wie er sich gleich einem scheuen Reh zwischen der Menge bewegte. ›Es hätte nicht so sein müssen‹, dachte sie bei sich. ›Das Ende hätte ein anderes sein können. Ich will nicht, dass er sich ins Abseits stellt. Dass er sich selbst, nur meinetwegen, fremd wird. Es ist falsch. Ganz fürchterlich falsch.‹ Sie ertappte ihn dabei, wie die Härte aus seinem Gesicht wich. Konstantin lächelte heimlich und liebevoll in sich hinein. Anna Maria wusste, dass sie dieses Lächeln niemals hätte sehen sollen. Doch nun hatte sie es gesehen und sie vermochte es auch zu deuten. Auch wenn er ihr niemals Einblick in sein Herz gewährte, kannte sie die Welt, die sich hinter seiner eisigen Fassade verbarg. Wohl war es eine kalte Welt, doch die Eiskristalle, aus denen er bestand, konnten sich ebenso in leuchtende Blumen verwandeln. Anna Maria glaubte fest daran. ›Eis an sich besitzt eine wunderbare Eleganz‹, ging es ihr durch den Kopf. ›Eine Eleganz und Anmut, die sich nur dem zeigt, der ein Auge dafür besitzt. Jemandem wie mir, der in einer weißen, erstarrten Welt in das Leben gefunden hat. Oder jemandem wie ihm, dessen Seele ganz und gar erkaltet ist. Die Liebe muss nicht hitzig sein. Sie entsteht nicht etwa durch das Schmelzen zweier Körper, sondern einzig durch die Schönheit der Liebe selbst.‹

Anna Maria verstand nicht, weshalb sie noch immer nach dem Guten in seinem seelenlosen Herzen suchte. ›Lächelt er, da er sich wirklich für mich freut?‹, fragte sie sich. ›Und wenn nicht für mich, dann vielleicht für Massimo, seinen Freund? Lächelt er über sich selbst? Darüber, dass er meine Entscheidung als die Richtige ansieht? Nein, nein, das glaube ich nicht. Ich kann und will es nicht glauben! Ist es das letzte, einzige Lächeln einer heimlichen

Hoffnung, die er hegt? Hoffnung darauf, dass unser Ende auch jetzt noch nicht entschieden sein könnte? Nein! Unmöglich! Es kann kein Gefühl sein, das ihn treibt! Es existieren keine Gefühle! Nicht in ihm, nicht in seiner verlorenen, an den Teufel selbst verkauften Seele!‹

Anna Maria drängte sich durch die Menge. Die Menschen hätten ihr Platz machen müssen, der Großherzogin weichen sollen, doch niemand bewegte sich. Sie alle waren zu vertieft in sich selbst. In das Spiel der Musik, den Rausch, der sie trieb. Anna Maria fühlte sich wie ein Geist. Ein unsichtbares, körperloses Wesen. Sie begriff, dass sie ihn, Konstantin, verlieren wird, vielleicht schon für immer verloren hatte. Es war ihr, als würde er einfach so in den Schatten der Menschen verschwinden, sich in Luft auflösen, als hätte es ihn nie gegeben. Sie wollte ihre Hand nach ihm ausstrecken, doch sie tat es nicht. Selbst diese kleine Geste wäre zu viel gewesen. Zu viel für ihn und auch für sie selbst. Sie hatten es nicht verdient, sich zu berühren, und beide wussten sie darum. Sie senkte ihren Blick und lächelte in sich hinein. Es war ein wissendes Lächeln darum, dass die Hetzjagd in ihrem Inneren nun endlich beendet war.

Anna Maria schloss die Augen und konzentrierte sich ganz auf die Musik. In diesem Moment war sie sich sicher, dass es ihn niemals wirklich gegeben haben konnte. Er war nichts weiter als ein Bild ihrer Fantasie. Ein Wesen, das ihrer selbst entsprang, dass sie in sich halten wollte und nun bereit war, loszulassen. Die Menschen um sie herum verschwammen, bis es nur noch sie in diesem Saal gab. Sie und die Musik.

Als sie ihre Augen wieder öffnete, stand Konstantin ihr direkt gegenüber. Anna Maria wusste, dass dies ein Traum sein musste. Doch gleichzeitig fühlte sie, dass ihr der wohl einzig wahre Augenblick in ihren ganzen verworrenen Gefühlen zu Konstantin bevorstand. Ihre Knie hätten zittern müssen, doch sie taten es nicht. Das Herz in ihrer Brust schlug langsam und gleichmäßig. Sie fragte sich nicht, woher diese Ruhe kam. Es gab keine Fragen mehr.

Konstantins Blick war völlig anders, als der ihr bekannte. Seine Gesichtszüge waren weich und entspannt, voller Gefühl. Er sah prächtig, ja, fantastisch, gar liebenswert aus, in seinem fein gearbeiteten Wams und der pelzbesetzten Weste. Der Mann, der Anna Maria ehrlich und schutzlos anlächelte, war ihr ein Fremder. Sie konnte ihn, ihren Konstantin, in diesem Menschen vor sich kaum wiedererkennen. Konstantins Ausdruck blieb liebevoll und sein Körper weiter entspannt. Doch er entfernte sich. Langsamen Schrittes zog er sich von ihr zurück. Zurück in die Schattenwelt der vielen Gesichter. Anna Maria hätte einfach stehen bleiben, diesen Moment, in dem sie ihm überlegen war, bis auf den letzten, köstlichen Tropfen auskosten sollen, doch sie konnte es nicht. Ein Blick zum Abschied war ihr nicht genug. Sie wollte mehr. Viel mehr. Ihr Herz, ihre Seele, ja, ihr ganzer Körper verlangten nach mehr.

Anna Maria lief ihm hinterher und streckte ihren Arm nach ihm aus. Konstantin wollte fliehen, die Berührung vermeiden. Sie sah es, sie wusste es und es war ihr gleichgültig. Er fühlte, wie sein Körper unter ihren Händen erschlaffte, als sie ihn an sich zog. Die Gefühle übermannten ihn, raubten ihm jegliche Kontrolle, bis nichts weiter von ihm übrig blieb als eine ohnmächtige, formbare Hülle, derer Anna Maria sich schamlos bediente.

Sie ergriff seine Hand, drückte sie und legte sie an ihre Hüfte. Ihr Blick sagte ihm, dass sie ihn um etwas bat. Konstantin wurde heiß und kalt zugleich, als er in dem Grün und Blau ihrer Augen sah, wie sie ihn förmlich anflehte zu reagieren. Zum ersten Mal in seinem Leben fürchtete er sich vor Berührung. Seine Hand lag schwach und sachte an ihrer Taille und seine Finger waren nass vor Schweiß. Er ahnte, dass er sich an ihrem Körper verbrennen würde, wenn er ihr noch näher kam, dass er ihrem Blick nicht standhalten konnte. Konstantin hatte Angst. Er wollte auf den Boden knien und sie darum anflehen, ihn frei zu geben, um endlich wieder er selbst sein zu können.

Doch Anna Maria dachte nicht daran, ihn seine Wünsche überhaupt aussprechen zu lassen, geschweige denn sie ihm zu gewähren. Ihre Gedanken drehten sich allein um sich selbst, um die Freiheit ihrer eigenen Seele, ihres Herzens. Sie legte ihre kleine, zarte Hand in die seine und trat noch einen Schritt näher an ihn heran. Sie standen nun so dicht beieinander, dass ihr Kopf auf seiner starken Schulter hätte liegen können, wenn sie ihn sinken ließe. Konstantin vermochte noch immer nicht, sich zu rühren, und Anna Maria lächelte zufrieden in sich hinein. Sie griff hinter sich, zwang ihn, sie fester zu halten. Und als sie sich an ihn schmiegte, spürte sie endlich das, wonach ihr Körper gierte: seine gewohnte, unbarmherzige Berührung, die ihr den Verstand raubte, ihre Sucht befriedigte. Konstantin hielt sie nun fester und bestimmter als je zuvor. Seine Finger verschlangen jeden Zentimeter des Stoffes, der ihren Körper umhüllte. Er wirbelte sie herum und strich, während sie ihm in der Drehung den Rücken zuwandte, mit der flachen Hand bis hinunter zu ihrem Po.

All das geschah schnell, abseits von all den Blicken, niemand bemerkte, welch gefährliches Spiel sie spielten, doch es reichte, um Anna Marias Körper in hitzige Erregung zu versetzen. Doch die Gefahr war ihr gleichgültig.

Sie tanzten miteinander. Die Art ihres Tanzes ähnelte ihrem ersten und war doch völlig anders. Es war nicht Konstantin, der sie in die Knie zwang, sondern Anna Maria, die ihn, sein Herz bezwang, indem sie sich ihm willig auslieferte. Dieser Tanz war vollkommen. Suchend, findend, von beiden Seiten fordernd, erdrückend und bezwingend. Es war ein Tanz, der Anfang bedeutete. Ein Tanz, der das Wissen um all die Dinge, die zwischen ihnen bestanden, zeigte, und doch ein Tanz, der unwiderruflich das Ende besiegelte. Sie wussten es beide. Keiner von ihnen konnte sich vor der Wahrheit verschließen. Dieser letzte Tanz musste bis zum bitteren Ende getanzt werden.

Sie verloren jegliche Distanz und waren doch nie weiter voneinander entfernt gewesen. Konstantins Blick verdunkelte sich. Er war zurück, der kalte, erbarmungslose Konstantin. Der Mann, den sie zu durchschauen wusste. Anna Maria krallte sich an ihm fest. Sie versuchte, ihn zum Stillstand zu zwingen, doch er weigerte sich, wollte sie nicht gehen lassen. Er wollte nicht, dass sie zurückkehrte in die Freiheit, fort von ihm ging. Auf ewig verloren. Doch es gab keinen Weg, den sie gemeinsam gehen konnten. Er verstand, dass er sie niemals besessen hatte und niemals besitzen konnte. Konstantin lockerte seinen Griff, doch er ließ sie nicht los.

Anna Maria reckte sich auf die Zehenspitzen und flüsterte ihm ins Ohr: »Sagt mir, weshalb Ihr so ein elender Feigling seid!«

Er blickte sie scharf an und strich ganz langsam mit seiner flachen Hand über ihre vollen Brüste. »Was bitte ist feige daran, die Brüste der Großherzogin San Lilias zu berühren?«

»Dass sie nicht Euch gehören.«

Konstantin schenkte ihr ein letztes Lächeln, von dem Anna Maria nicht recht wusste, ob es wirklich ein Lächeln war, trat ein paar Schritte zurück und verbeugte sich tief vor ihr. Als er sich wieder erhob und sie in sein Gesicht sehen konnte, blickte ihr Gleichgültigkeit, Kälte und Leere entgegen. Konstantin ging ohne ein weiteres Wort, und Anna Maria wurde bewusst, dass dies der Abschied war.

Während sie zusah, wie er verschwand, sich immer weiter von ihr entfernte, fühlte sie sich mit einem Mal schwerelos. Es war ihr, als wäre sie leicht wie eine Feder. Als würde sie durch das Spiel des Himmels umher gewirbelt, um hinauf, in andere Sphären zu steigen. Es fühlte sich an, als müsste sie niemals mehr den Boden berühren. Die Erde war schmutzig und klebrig und ihrer nicht mehr würdig.

Kapitel 14

An den Tod und das Leben

Anna Maria holte noch einmal tief Luft, bevor sie es wagte, die schwere, eisenbeschlagene Türe zu öffnen. Ganz langsam und vorsichtig schlich sie sich in Massimos Schlafgemach. Sie hatte diesen Raum noch nie zuvor betreten, doch der Geruch, der ihr sogleich in die Nase strömte, war ihr vertraut. ›Zirbelholz‹, dachte sie bei sich. ›Genau wie in meinem Zimmer. Er hatte damals also nicht gelogen, als er behauptete, das meine wäre ebenso eingerichtet wie sein eigenes.‹

Der Raum selbst war jedoch viel größer, als der ihre. Zu groß für Anna Maria, um sich wirklich wohl darin fühlen zu können. Mehrere hohe Kerzen brannten bereits. Anna Maria wusste, dass jede einzelne für sie brannte, doch das Licht ihrer Flammen war ihr zu hell. Sie fühlte sich ein wenig unbehaglich. Es wäre ihr lieber gewesen, nur Umrisse zu erkennen, sich im Schutz der Dunkelheit verstecken zu können. Sachte löschte sie einige der Lichter und fühlte sich schrecklich dabei. Als würde sie etwas Unrechtes tun. Als würde sie ihn, ihren Massimo, mit jeder einzelnen Flamme, die durch ihre Hand erstickte, um etwas bringen, ihm etwas nehmen.

Ihr war nicht wohl dabei, obgleich sie dieses Gefühl nicht greifen konnte.

Ehrfürchtig trat sie an das große, massive Bett heran. Das Holz war über und über mit fein gearbeiteten Schnitzereien versehen. Einige von ihnen wurden gar mit Gold ausgelegt. Die Pfosten reichten bis knapp unter die Decke und der Stoff des Baldachins war mit Ornamenten aus Silber und Goldfäden bestickt. Es war nicht einfach nur ein Bett, vor dem sie stand. In Anna Marias Augen war es ein überdimensionales Meisterwerk, dass ihr Angst einjagte. Es zog sie an, lockte sie gierig hinein und schreckte sie gleichermaßen ab, als wäre es ein böses, gefährliches Monstrum, dass sie in sich zu verschlingen drohte.

Anna Maria focht einen langen Kampf mit ihren inneren Dämonen, bis sie zaghaft einen Schritt weiter gehen konnte. Sie streckte ihren Arm aus, um die Laken zu berühren. Andächtig ließ sie ihre Finger über den weichen Stoff wandern, der sich sogleich an ihre Haut schmiegte. ›So also wird sich die Welt von nun an für mich anfühlen‹, dachte sie bei sich und lächelte, ›die wundervolle Welt der Großherzogin von San Lilia.‹

Erst jetzt wurde ihr wirklich bewusst, was an diesem Tag geschehen war. Massimo war nicht länger der unnahbare Großherzog, der ewig über ihr Stehende. Von diesem Tag an war der große Massimo Toska Leonardo Maritiano ihr rechtmäßiger Ehemann – und sie sein rechtmäßiges Eheweib.»Mein Mann, mein Mann.« Sie sprach diese Worte einige Male laut aus, um sich ihrer Bedeutung bewusst zu werden.

Zu lange hatte sie nicht daran glauben wollen, dass Massimo sie wirklich so sehr liebte, wie er es stets beteuerte. Dass er sie genug liebte, um diesen Schritt zu wagen. Selbst heute, als ihre Ehe besiegelt wurde, kam es ihr zuweilen vor, als wäre alles, was geschah, ein weiterer, farbenfroher Traum. Doch alles, was sie sah, gehörte nun auch ihr. Es gehörte ihr, da sie ihm gehörte. »Der Traum eines einfachen Mädchens wurde Wirklichkeit«, flüsterte sie. »Ich habe mein Herz, mein Leben in seine Hände gelegt. Er wird damit umzugehen wissen. Er, mein guter Massimo. Er wird mich nicht verletzen. Niemals.«

In diesem Moment waren Anna Marias Gedanken rein und klar. Ganz bei sich und ihrem Geliebten. Aus Angst, der Zauber, der ihre Seele beruhigte, könnte verfliegen, wagte sie es nicht, ihre Hand zurückzunehmen. Sie lief andächtig um das Bett herum, strich über einen der dicken Pfosten und berührte das Gold, das ihn schmückte. Anna Marias Augen funkelten bei dem Gedanken daran, was bald geschehen sollte. ›Es wird wunderschön sein‹, dachte sie bei sich. ›Ganz so, wie ich es mir immer erträumt habe. Weshalb sollte es auch anders werden? Warum fürchtete ich mich gerade noch davor? All meine Träume haben sich an seiner Seite erfüllt. Er kennt mich. Er kennt mein Herz, meine Seele.‹

Anna Maria hatte sich nie zuvor derart schön gefühlt. Sie begann, ihr Kleid auszuziehen. Es war beschwerlich, die einzelnen Knöpfe ohne Hilfe zu öffnen, dennoch waren ihre Bewegungen elegant und geschmeidig. Einmal mehr überraschte sie sich selbst; durch den Wandel, der mit ihr vonstatten ging, durch die neu gewonnene Sicherheit, die sie fühlte. Als die Seide zu ihren Fesseln herab fiel, schlüpfte sie aus Schuhen und Strümpfen. Einzig die Schnürbrust mit den kleinen Stickereien behielt sie an, wie Gabriella es geraten hatte. Sorgsam zog sie die vielen Nadeln aus ihrem Haar, bis es in wallenden Locken an ihrem Körper herab fiel, und ließ sich dann auf die Kissen sinken.

Während sie wartete, wanderten unzählige Gedanken durch ihren Geist. Doch nicht einer war von Zweifeln oder Unwohlsein geprägt. Es gab nichts, das sie aus der Ruhe bringen konnte. Selbst die Vergangenheit schien ihr nicht mehr, als ein wertloser Faden zu sein, den sie in ihrem Inneren zerriss. Er war zerstört, und nun endlich wusste sie, wer sie war, wer sie schon immer sein wollte. All dies fühlte sich richtig an. Für Anna Maria war es richtig und gut. Das einzig Rechte, das sie tun wollte und konnte, um für ihren Massimo die Frau zu sein, die ihm gebührte. Sie wusste, dass dies ihre letzte Chance war, sich für immer von dem Bösen zu lösen, um nun gemeinsam mit Massimo hinauf in das goldene Licht, das er ihr bot, empor zu steigen. ›Eine Welt, wie ein Traum‹, dachte sie bei sich. ›Eine Welt voll funkelnder Diamanten, deren Boden mit Blüten übersät ist.‹ Sie fühlte sich angekommen in dieser grausamen Welt. Angekommen bei sich selbst. Anna Maria schloss ihre Augen und rührte sich nicht, als sie ein Geräusch an der Tür vernahm.

Massimo trat ein. Als er seine beinahe gänzlich entblößte Frau auf seinem Bett liegen sah, schlug ihm das Herz bis in die trocken gewordene Kehle. ›Wie lange habe ich auf diesen Moment gewartet?‹, dachte er bei sich, während sein Blick an ihrem Körper entlang glitt. ›Wie viele Monate verzehrte ich mich nach ihr? Wie viele Berührungen musste ich, mich selbst zügelnd, ertragen, wie viel Liebe unterdrücken?‹ Ein Lächeln spielte über seine Lippen. ›Es war so lange, viel zu lange. Doch nun ist es soweit. Endlich ist es so weit! Sie ist meine Frau. Meine rechtmäßig angetraute Ehefrau. Sie gehört mir! Allein mir!‹

Massimo schritt langsam an sein Bett und entkleidete sich. Er betrachtete Anna Maria, wie sie still auf seinen Kissen ruhte. Er fragte sich, weshalb ihre Augen geschlossen waren. Warum sie ihn nicht ansah, obwohl er doch erkannte, dass sie nicht schlief. Ein eiskalter Schauder lief ihm den Rücken hinab. Er wollte sich bewegen, bei ihr liegen, sie lieben. Doch stattdessen blieb er nackt vor seinem Bett stehen und haderte mit sich. ›Was, wenn sie nicht will?‹, kam es ihm. ›Was, wenn sie sich noch nicht bereit für mich fühlt? Sind ihre Augen deshalb verschlossen? Fürchtet sie sich? Fürchtet sie mich?‹

Massimo wollte nicht länger warten. Er konnte nicht. Nicht jetzt, wo sie vor ihm lag. Er ließ sich auf seinem Bett nieder und ergriff ihre zarte, kleine Hand. Er drückte sie leicht und Anna Maria wandte ihm ihr makelloses, wunderschönes Gesicht zu. Sie öffnete ihre Augen und lächelte schüchtern. Massimo fühlte, wie eine schwere Last von ihm abfiel. Nun konnte er sich sicher sein. Nun wusste er, dass sie es ebenso wollte, wie er selbst.

Ungestüm begann er sie zu küssen. Er küsste ihre Lippen, ihre Schläfen und wanderte an ihrem Hals hinab zu ihrem Schlüsselbein. Ihre Haut war weich und warm und gehörte allein ihm. Sie roch so gut. So blumig und rein, dass er am liebsten hineingebissen hätte, um sie zu kosten, ihre Haut zu schmecken. Nie zuvor hatte er etwas derart Intensives gespürt. Ein solches Verlangen, dass er sich kaum zu beherrschen wusste. Er ließ von ihr ab, packte sie mit beiden Händen grob an ihren Hüften und drehte sie ruckartig um, sodass sie auf dem Bauch lag. Doch er fing sich sogleich wieder, beruhigte sich, und küsste liebevoll ihren Nacken, während er behutsam die Schnürung ihres Mieders löste. Anna Maria reckte sich ihm wohlwollend entgegen und Massimos Herz pochte, als würde es ihm aus der Brust springen. Er bedeutete seiner Frau, sich auf den Rücken zu legen, dann hielt er inne. Er richtete sich auf und bewunderte Anna Marias nackten Körper. ›Sie ist noch viel schöner, als ich es mir erträumt hatte‹, dachte er bei sich. ›Schöner, als jede Fantasie, jede Vorstellungskraft sie hätte zeichnen können.‹ Ganz vorsichtig strich er mit der flachen Hand ihren Hals hinab, zwischen ihren Brüsten hindurch, immer weiter hinunter, bis zu ihrem Bauchnabel. Er spürte und sah, wie sich ihre feinen Härchen unter seiner Berührung aufstellten. Massimo umschloss ihre Brüste, die seine Hände füllten und strich mit den Daumen über ihre Brustwarzen, die sich ihm sogleich entgegenstreckten. Anna Maria war mit Haut und Haar bei ihm. Verloren unter seinen Händen.

»Sieh mich an!«

Gehorsam öffnete sie ihre Augen und blickte in das Gesicht ihres Mannes, während er sie liebte.

* * *

Anna Maria träumte. Sie träumte von dem wundervollen Rosengarten, der Kapelle und all den liebevollen Kleinigkeiten, die sie zu Tränen rührten. Sie träumte von ihrem Kleid und von Massimo, als er ihr gegenüberstand und bezeugte, dass er sie auf ewig lieben würde. Von der prächtigen Feier, den Geschenken, den Blicken, die auf sie gerichtet waren ... und auch von einem Tanz.

Einem ganz besonderen Tanz, der sie in die Unendlichkeit führte. In ihrem Traum tanzte sie mit geschlossenen Augen. Sie konnte und wollte nicht sehen. Es ging allein darum, zu fühlen. Seine Hände zu spüren, die Berührungen, nach denen sie sich verzehrte.

Der Saal löste sich auf und Anna Maria beobachtete, wie Wände, Möbel, Kerzen und Seide aus dem Nichts entstanden. Sie träumte von den letzten Stunden. Wie sie in Massimos Bett lag und in der Dunkelheit auf ihn wartete. Noch einmal überkam sie der wohlige Schauder, das Kribbeln auf ihrer Haut, das sie empfunden hatte, als er ihr näher kam. Sie träumte davon, wie er ihr sagte, sie solle ihre Augen öffnen, und sie tat es ein zweites Mal. Doch nicht die haselnussbraunen, warmen Augen Massimos waren auf sie gerichtet, sondern die grüngrauen, gierigen, kalten Konstantins. Konstantin war es, der sie liebte. Er war es, in dessen Augen sie sich verlor und dessen Lenden sie sich willig und fordernd entgegenstreckte.

Sie drückte ihn von sich, kämpfte um ihren Willen und setzte sich auf ihn. Sie strich über seinen Körper, spürte seine starken Muskeln unter ihren Fingern und bohrte ihre Nägel in seine Brust. Er sollte spüren, dass er allein ihr gehörte. Sie wollte ihn kontrollieren. Seine Erregung ins Unermessliche steigern, ihn in den Wahnsinn treiben, bis er endlich verstand, dass er nicht einen Tag länger ohne sie existieren konnte. Anna Maria war ganz und gar bei ihm. Mit ihrem Herz und ihrer Seele. Auf ewig verloren in seinen Händen.

Anna Maria wurde schwindlig und schlecht. Alles um sie herum begann sich zu drehen. Konstantins Gesicht entfernte sich immer weiter von ihr, verschwamm und löste sich auf. Sie wollte ihn festhalten. Ihre Nägel in sein Fleisch bohren, doch sie erreichte ihn nicht. Er schwand aus ihren Armen, zerfloss unter ihrem Griff. In diesem Moment wusste sie, dass sie ihn niemals wiedersehen würde.

Panisch richtete sich Anna Maria auf. Sie fand keinen Atem, keine Luft, die ihre Lungen füllen könnte. Tränen quollen aus ihren Augen. ›Es war nur ein Traum‹, sagte sie sich. Doch sie konnte sich nicht beruhigen. Wie sollte sie auch, wo sie doch jetzt erst begriff, dass dieser Traum niemals wahr werden konnte.

Massimo schlang zufrieden seine Arme um Anna Maria. Er zog sie dicht an sich heran und erschrak, als er ihren Herzschlag spürte. Er küsste zärtlich ihren Nacken und flüsterte mit sanfter Stimme: »Ich bin hier. Alles ist gut.«

Sie versuchte sich zu beruhigen, ihre Gefühle zu verstecken, doch es gelang ihr nicht. Sie irrte in sich selbst umher. Auf der Suche nach den kümmerlichen Resten von etwas, das niemals existiert hatte.

Massimo strich über ihr Haar. »Erzähl mir von deinem Traum.«

Anna Maria wurde bleich. Sie antwortete nicht.

»Ist es wegen letzter Nacht? Wenn ich dich nicht recht behandelt habe, dann sag es mir. Ich wollte dir keinen Schmerz zufügen. Sorg dich nicht. Mit der Zeit wird es sich wie von selbst verändern.«

»Letzte Nacht war wunderschön.«

»Was ist es dann, das dich so sehr bewegt?«

»Es ist nichts ... Nichts weiter als ein unbedeutender Traum.«

»Keiner deiner Träume ist unbedeutend. Lass mich an ihm teilhaben, meine Liebste.«

Anna Maria drückte sich dicht an ihn. Sie ergriff seine Hand und schlang sie um ihren Körper.

»Konstantin erschien mir im Traum.«

»So? Darf ich fragen, was geschehen ist? Ich hoffe doch nichts Unrechtes.«

Massimo lächelte, während Anna Maria mit den Tränen rang.

»Nein. Natürlich nicht. Es ist vielmehr so, dass etwas Schreckliches mit deinem Freund geschehen ist, das mir Sorge bereitet.«

»Sei unbesorgt. Er weiß gut auf sich achtzugeben.«

Anna Maria zögerte, doch sie musste es wissen. Ihre Stimme war tonlos und schwach. »Sag, wie lange wird er noch bleiben?«

»Leider hat er sich noch gestern Nacht von mir verabschiedet. Er wollte noch vor den ersten Sonnenstrahlen aufbrechen. Ich hatte sehr darauf gehofft, ihn noch länger bei mir zu haben, doch er erklärte mir, dass er eine Nachricht bekommen habe, die ihn zum sofortigen Aufbruch zwingt.«

Als die Worte Anna Marias Gehör fanden, zerbrach ihr Herz ein zweites Mal und ihre Augen verdunkelten sich. Es war ein lautloser Tod.

* * *

August 1512

Ich begreife nicht, wie er mich verlassen konnte, aus meinem Leben verschwinden, ohne sich noch einmal nach mir umzusehen. Er ist fort und ich bin hier. Hier bei ihm. Einsam und verlassen, geliebt, behütet und beschützt. Seltsam, wie das Leben spielt.

Ich wünsche mir ein Wort, eine Berührung, irgendetwas, das mich daran glauben lassen kann, dass es richtig ist, wie es ist. Ich will sehen, hören und spüren, dass er mich nicht will, dass er aus diesem Grund gegangen ist. Ich will in seine kalten Augen blicken und sehen, dass er mich nicht begehrt, nie begehrt hat. Ich will den Bewegungen seiner Lippen folgen und mit eigenen Ohren hören, dass ich ihm nichts bedeute. Nicht das Geringste. Dass alles nur ein Spiel war. Einfach nur ein Spiel, ohne jedes Gefühl. Ich will mit meinen Fingern über seine Haut streichen und fühlen, wie sich seine Muskeln verhärten. Ich will seine Hand greifen, sie um mich schlingen und spüren, wie sie schlaff und lustlos an meinem Körper herab fällt. Ich will einen Abschied. Irgendeine

Art von Abschied, um zu begreifen, zu akzeptieren und zu ertragen, dass er gegangen ist. Vielleicht könnte mein Herz in den Armen meines Liebsten weiterschlagen, wenn er mir die Chance gegeben hätte, ihn aus meinem Leben zu verabschieden. Vielleicht. Ja, vielleicht.

Doch weiß ich dies sicher? Nein! Ach, was weiß ich überhaupt? Es scheint mir, als wüsste ich niemals etwas. Weder über die Welt, noch über die Menschen, die sie bewohnen, und wohl am wenigsten über mich selbst. In mir gibt es nichts als Zwiespalt, Ungereimtheit und wirre Gedanken. Was ich weiß, ist, was ich fühle. Momente, in denen mich ein einziges Gefühl verschlingt, dass sich aus dem Chaos, das in mir herrscht, hervorhebt. Doch all dies wechselt ständig sein Gesicht. Es ist ein Spiel, wie zwischen Regen und Sonnenschein an einem Apriltag. Nichts in mir scheint beständig zu sein. Ich will mich festhalten. Mich selbst stützen. Doch ich finde nichts, das mich hält.

Jetzt, wo er fort ist, fühle ich eine eisige Leere in mir. Es ist so kalt, dass selbst die Stelle in meinem Herzen, die allein Massimo gehört, langsam erfriert. Er spürt es ebenso wie ich. Ich sehe es in seinen braunen Augen. Es ist, als wären wir miteinander verbunden. Als fühlte er tief in seinem Herzen, was das meine umtreibt. Sein Herz ist es, das für uns beide schlägt, das mich am Leben erhält. Oh, mein guter Massimo. Mein gütiger, verständnisvoller Massimo. Er versteht es, die Dämonen meiner Seele in Schach zu halten, das Dunkel zu vertreiben. Doch wenn er fort ist, wenn er nur einen Moment von meiner Seite weicht, greift das Böse, das

Schändliche nach mir. Er darf nicht mehr von meiner Seite weichen, muss stets bei mir sein, meine Hand halten und meinen Körper wärmen. Mein geliebter Massimo, der mit all seiner Liebe stets darum bemüht ist, das schwarze Loch in meiner Brust, das Loch, das ein anderer in mir hinterließ, geduldig zu stopfen.

Was bin ich doch für eine jämmerliche Ehefrau! Eine Frau, die ihm nichts bringt, die nichts ist ohne ihren Mann. Eine Frau, die unfähig ist, zu fühlen. Die nichts gibt und stets nur nimmt. Ja, so bin ich. Gierig und niemals gesättigt nehme ich mir alles, was ich kriegen kann. Es ist, als würde ich das Blut aus seinen Adern saugen, damit es in mir fließt. Warmes, lebendiges Blut. Ich stehle seine Gefühle, schlinge sie hungrig hinunter, um irgendetwas zu spüren. Doch es genügt nicht. Ich ertrage seine Liebe nicht. Ich kann nicht ertragen, dass sie nicht für uns beide genügt und speie, was ich ihm stehle, wie vergiftetes Essen wieder aus.

Er weiß es. Er muss es wissen. Alles. Und doch sieht er mich an jedem Tag ebenso liebevoll an, als hätten unsere Herzen gerade erst zueinander gefunden. Nein, ich bin seiner Liebe nicht wert.

Ich scheue mich davor, mein Spiegelbild zu betrachten. Denn wenn ich es täte, müsste ich das Bild zerkratzen, bis nichts mehr zu erkennen ist, als die hässliche, entstellte Fratze, die meine Seele bewohnt. Ich hasse mich! Ich hasse mich und all diejenigen, die mich nicht zu hassen vermögen. Ich will zerstören, vernichten. Immer wieder bin ich versucht, mir die Haut von meinem Fleisch abzuziehen, mich selbst zu entstellen, um alldem endlich Einhalt zu gebieten. Dem Schmerz, der Wut, mir selbst. Ich fühle mich, als würde ich durch einen Irrgarten rennen und den Ausweg nicht finden. Ich hetze hin und her, obgleich der Garten wunderschön und ohne jegliche Hürden angelegt ist. Ich bin es, ich und meine verfluchte Seele, mein schwarzes Herz, die diesen wundervollen Ort zu einem Irrgarten werden lässt. Ich habe dieses Labyrinth erschaffen und den Ausgang verschlossen. Wie kann es sein, dass ich um all dies weiß, und doch weiter ausharre. Warum laufe ich nicht auf das Ziel zu, wenn ich es doch vor mir sehe. Es fühlt sich an, als wären meine Beine gebrochen. Als würde ich sie mir immer und immer wieder mutwillig brechen, bis nichts mehr übrig ist, als zwei verkrüppelte Stumpen.

Wie kann er mich nur lieben, wo ich mich doch selbst nicht liebe? Wie könnte ich, gerade ich, die nicht weiß, was selbstloses Handeln bedeutet, ein Kind ebenso lieben, wie es ihm gebührt? Oh, was bin ich nur für ein schrecklicher Mensch! Ich bin eine furchtbare Frau und werde eine grausame Mutter sein! Sogar jetzt, wo ich neues Leben in mir spüre, denke ich an nichts anderes, als an mich. Ich wollte und will es nicht haben, dieses Kind. Nicht jetzt. Nicht in der Zeit der Trauer, des Verlustes. Doch ich kann es nicht länger verleugnen. Spüre ich doch die sanften, liebevollen Tritte der Unschuld in meinem Inneren. Bald schon wird dieses Kind in meinem Bauch der lebende Beweis meiner Entscheidung sein. An jedem Tag, immer dann, wenn es in meinen Armen liegt, werde ich sehen, dass ich mich für den sicheren Weg, für meinen Massimo entschieden habe.

Ich frage mich, ob ich es ertragen werde, all dies in den Augen eines unschuldigen Wesens zu sehen.
Vielleicht wird alles gut. Vielleicht werde ich es lieben, wie ich es lieben sollte. Vielleicht wird mir dieses Kind, das in mir heranwächst, die Einsamkeit nehmen. Ein reines, unbeflecktes Leben. Vielleicht werde ich in die kleinen Augen blicken und nichts weiter als Glück und Zufriedenheit finden. Die Erinnerung an Konstantin könnte verblassen und die Sehnsucht verschwinden. Diese fürchterliche Sehnsucht, diese grausame Gier nach ihm, nach seinen starken Armen, die mich halten und lenken. Ist es nicht die Zeit, die Wunden heilt?

* * *

Das Laub der Bäume begann bereits, seine Farbe zu wechseln. Gelb und rot spielten miteinander. Ein Blatt fiel zu Anna Marias Füßen hinab. Sie hob es auf und betrachtete es dabei, wie es durch den sachten Kuss des Windes zwischen ihren Fingerspitzen tanzte. Es war rundlich, wirkte gemütlich in seiner Form und lief an einer Seite spitz zu. Dort, an der schmalsten Stelle des Blattes, verlor sich die glatte Kante und bildete kleine gezackte Ecken. ›Dornen‹, dachte sie bei sich. Anna Maria strich sanft mit ihrem Zeigefinger über die Oberfläche des Blattes. »Rau und spröde, vertrocknet und sinnlos geworden«, flüsterte sie. »Ebenso wie ich. Ja, ganz so bin auch ich.«

An manchen Stellen war das Rot kräftig und hell. An anderen wiederum schwach, oder es wirkte durch ein dunkles Braun schmutzig. Sie hob ihren Arm und das Blatt glänzte in der Sonne. All die Farben bildeten eine wundervolle, leuchtende Komposition, die Anna Maria an Konstantins Haar erinnerte. Wehmütig fasste sie an ihr Herz.

Massimo ergriff ihre Hand, um sie weiter entlang des Weges zu führen. Sie waren schon lange nicht mehr spazieren. Zu lange schon hatten ihre Lungen keine frische Luft in sich eingesogen. Anna Maria hustete. Es war ihr, als würde sich ihr Körper gegen die Schönheit der Natur wehren. Massimo lächelte, doch sie wusste, dass es kein Lächeln des Glückes, sondern ein Lächeln purer Verzweiflung war. Sie bemühte sich darum, seine Hand nicht loszulassen, diese starke Hand, in der ihre noch kraftloser und schlaffer wirkte. Sanft und voller Zuversicht drückte er die ihre, doch sie konnte diese Geste nicht erwidern. Es war einer der Momente, in denen sie es ihm hätte sagen können, sagen müssen. ›Sein Herz ist so gut, gänzlich von Liebe erfüllt‹, dachte sie bei sich, ›einer grenzenlosen Liebe, die er nur bei mir findet. Vielleicht könnte er verstehen. Vielleicht ist noch nicht alles verloren. Er könnte der Retter meiner Seele sein. Mich von all der Schuld befreien. Mich retten. Uns beide retten.‹ Doch sie schwieg.

Es waren langsame, schwere Schritte, die sie gingen. Gezeichnet von Vergangenem, ertrunken in Stille. Doch sie gingen gemeinsam. Hand in Hand immer weiter voran. ›Ist es nicht das, was die Liebe ausmacht, was sie ist?‹, fragte sich Massimo in Erinnerung an Castors Worte. ›Die Liebe erbittet nichts. Die Liebe erträgt.‹ Massimo wollte diese Liebe. Er wollte sie um jeden Preis in seinem Herzen bewahren. Doch nun musste er sich fragen, wie lange er noch fähig sein würde, diesen entsetzlichen Zustand zu ertragen. Ob die Liebe, die er für sie empfand, wirklich groß genug war, um für ein gemeinsames Leben zu genügen, wenn nur einer, nur er darum kämpfte. Massimo verstand nicht, was geschehen war und er wagte es auch nicht, danach zu fragen, während die Kluft, die sich zwischen ihnen bildete, mit jedem Tag des Schweigens unüberwindbarer wurde. Die Stille schien ihm ein sicherer Ort. Er hatte Angst. Angst vor der Wahrheit und Angst vor sich selbst.

Massimo stoppte und blickte in Anna Marias fahl gewordenes Gesicht. Dunkle Schatten lagen unter ihren Augen. Sie versuchte zu lächeln, doch er wusste, dass die Grimasse nichts weiter als eine Lüge war. Sanft strich er über ihre Wange und zog sie an sich. Anna Maria ließ ihn gewähren, doch es war ihm, als hielte er etwas Lebloses in seinen Armen. Doch er konnte nicht aufhören, um sie zu kämpfen. Ganz gleich an was er sie verloren hatte. Niemals. ›Eine Schlacht bis hin zum bitteren Ende‹, dachte er bei sich. Nicht für sich selbst, sondern für sie wollte er kämpfen. So lange, bis das Dunkel, das in ihrer Seele wohnte, besiegt war und ihr Herz wie einst in goldenem Licht erstrahlte.

Anna Maria murmelte etwas, das er nicht verstand.

»Was ist, meine Liebste? Ich habe Euch nicht verstanden.«

Sie vergrub ihr Gesicht an seiner Brust und flüsterte nun deutlicher: »Ich erwarte ein Kind von Euch.«

Massimos Augen erhellten sich. Übermütig hob er sie in die Luft und drehte sich mit ihr im Kreis. Dann, als er seine Geliebte zurück auf die Beine stellte, drückte er ihr einen Kuss auf die Lippen. Doch sie erwiderte ihn nicht. Er hielt sie ein Stück von sich und sah sie an. Anna Marias Augen wurden feucht und Massimo sah etwas in ihrem Ausdruck, das ihn entsetzte: Sie war nicht glücklich. Nicht einmal jetzt, wo sie ein Kind unter ihrem Herzen trug. Vorsichtig legte er eine Hand auf die kleine Wölbung ihres Bauches.

Seine Stimme zitterte vor Angst: »Ist etwas mit unserem Kind? Könnt Ihr es nicht mehr spüren … Habt Ihr es denn überhaupt schon einmal gespürt?«

Anna Maria schüttelte ihren Kopf und strich beschwichtigend über seinen Arm, als sie begriff, dass er sein Kind verloren glaubte.

»Nein, nein. Es ist alles gut. Ich kann ihn spüren. Seine Tritte werden immer kräftiger.«

Massimo strahlte übers ganze Gesicht. »Ihn?«

»Ich kann es Euch nicht versprechen, doch ich denke, dass es ein Junge ist.«

»Sorgt Euch nicht. Es ist ganz gleich, ob Sohn oder Tochter. Ich werde jedes Kind, das Ihr mir schenkt, lieben. Wie fühlt ihr Euch? Ist die Schwangerschaft der Grund für Eure Zurückhaltung?«

Sie nickte knapp. »Ich fühle mich in den letzten Wochen wirklich nicht wohl. Doch es gibt keinen Grund zur Beunruhigung. Gabriella meinte, es geschieht zu Zeiten, dass sich eine Frau nicht sogleich freut.«

Massimo wurde blass. »Ihr freut Euch nicht?«

Anna Maria schüttelte heftig ihren Kopf und brach in Tränen aus. Sie wäre gefallen, wenn er sie nicht sogleich in seine Arme geschlossen hätte.

* * *

In den darauffolgenden Wochen bemühte sich Massimo umso mehr um die Gunst seiner Geliebten. Doch je deutlicher sich ihr Bauch wölbte, umso weiter zog sie sich von ihm zurück.

Als der erste Schnee auf die Welt herab fiel, stand er gedankenverloren vor einem Fenster des Ratssaales und starrte hinaus. Er beobachtete die einzelnen Flocken, wie sie sich nur kurz, nachdem sie den Boden berührten, sogleich in Luft auflösten. ›Jede einzigartig in seiner Schönheit und doch von so kurzer Lebensdauer‹, ging es ihm durch den Kopf. Ein einzelner Kristall traf das leicht beschlagene Fenster und blieb an dem Glas haften. Die Form des gefrorenen Eises war wunderschön. Es erinnerte ihn an Anna Maria. Wehmütig sah er dabei zu, wie auch dieses zerfloss und sich im Nichts verlor. ›Auch sie ist zu einem solchen kalten Kristall erstarrt‹, dachte er bei sich und stellte sich vor, die Flocken, die danieder fielen, wären Teile ihres verlorenen Herzens.

Unzählige Fragen irrten durch seinen Geist. ›Wohin ist sie wohl gegangen, diese Flocke? Wohin gehen sie alle? Wo ist sie hin, die Frau, in die ich mich einst verliebte? Wird sie sich wiederfinden? Zurückkehren in die Welt? Zurück zu dem Herz, das sie einst erwärmte? Zurück zu mir?‹

Mit dem ersten Schnee kehrte nicht nur die kalte Jahreszeit in San Lilia ein. Auch die Einsamkeit begann gierig und eifersüchtig sich Massimo zurück zu erobern. Er trat vor den großen Kamin und erinnerte sich an die Zeit des Glückes. An die wundervollen Stunden, in denen sie sich so nahe standen. Damals, als sein Herz aus nichts als Liebe bestand. Er trat näher heran, doch die Flammen des Feuers vermochten es nicht, ihn zu wärmen. Er streckte seine kalten Finger gegen die lodernden Flammen, aber er spürte keine Hitze. Er fühlte nichts. Einfach gar nichts. Er dachte daran, wie es wohl sein würde, wenn er sich in das wütende Feuer stürzte. Ob er dann, wenn es ihn verbrennen würde, fähig wäre, sich selbst zu spüren?

Alle, die ihm nahe standen, bemühten sich seit Wochen darum, Massimos lethargisches Gemüt zu erheitern. Zu Anfang ließ er sich noch dazu überreden, hinaus zu treten, auszureiten oder einfach nur spazieren zu gehen. Meist war es Alfio, der ihn drängte, Salvatore zu besteigen. Doch bald schon konnte nicht einmal mehr sein liebstes Pferd etwas gegen den Schmerz der Einsamkeit ausrichten. Ganz San Lilia war außer sich vor Sorge um den Zustand der Großherzogin. Es war, als wäre sein Land selbst zu einem leblosen Eiskristall erstarrt.

Castor erklärte Massimo immer wieder, dass so etwas geschehen könne, dass es keine Seltenheit wäre, dass die Frau sich über die Zeit der Schwangerschaft zurückzieht. Es wäre eine schwierige Umstellung, seinen Körper einem Lebewesen zur Verfügung zu stellen, und diese könne kaum ohne eine Veränderung einhergehen. Er sprach von Stoffen, die sich in einer werdenden Mutter ausbreiten und sie lenken. Stoffe, die unter Umständen ihr Herz durcheinander bringen können. Es wäre eine schwere Depression, die Anna Maria gefangen hielt. Ein Zustand der absoluten Leere. Castor versicherte ihm stets, dass sich ihre Lage, wenn das Kind nur einmal geboren war, verbessern würde. Vielleicht nicht sofort, doch er versprach, dass alles gut werden würde. Dass es etliche Kräuter gäbe, die ihrer Genesung zuträglich sein werden, wenn sich ihr Befinden nicht von allein verbessern sollte. »Wohl ist es eine Krankheit der Seele, doch eine heilbare«, versuchte Castor ihn täglich zu beruhigen.

Massimo hatte ihn angefleht, sie jetzt schon zu behandeln, ihr zu helfen. Doch der Magier wich nicht von seiner Meinung ab und beteuerte immer wieder aufs Neue, dass dies der Gesundheit des Kindes schaden würde. Massimo bettelte, drohte und fluchte, dass ihm dies egal wäre, dass er sich nichts weiter wünschte, als seine Frau zurück an seiner Seite zu wissen. Er bemühte sich zwar, auf Castor zu vertrauen, doch in Wahrheit glaubte er nicht ein Wort. Doch er wusste auch, dass es besser für ihn war, den wahren Grund für ihren Zustand niemals zu erfahren. Er wusste, dass er ihn niemals ertragen hätte. So hielt er sich an diesen Lügen fest und kämpfte darum, weiter zu hoffen.

Es gab Tage, da ließ Anna Maria ihn in ihr Zimmer eintreten. Tage, an denen sie sich um ein Lächeln bemühte. Manchmal, da strich sie ihm gar über seine Wange oder seine Lippen und ganz selten, da hauchte sie ihm zum Abschied einen Kuss entgegen. Das waren die guten Tage. An den schlechten ließ sie ihn nicht ein und wenn er doch herein trat, sich ungeachtet ihrer Wünsche an ihr Bett setzte, da blickte sie ihn nicht einmal an. Massimo konnte reden und reden, betteln und weinen. Es nützte alles nichts. Ihre Augen starrten leer und leblos vor sich hin. An diesen Tagen waren ihre Lippen, ihr ganzes Gesicht von einer solchen Blässe, dass er befürchtete, es würde sogleich kein Blut mehr durch ihre Adern fließen. In seiner Verzweiflung begann er, Anna Maria Briefe zu schreiben. Mal waren es lange Wehklagen, die sich über mehrere Seiten erstreckten, mal sehr kurze Briefe, die nichts als Liebesbekundungen enthielten. Dann gab es noch die einzelnen Fetzen Papier, auf denen nur ein Satz oder gar ein einziges Wort geschrieben stand.

Keiner von ihnen sprach über diese Zeilen und bald begann auch Massimo sich zurückzuziehen und in seiner Lethargie zu versinken. Auch ihn befiel die Krankheit, die Anna Maria beherrschte. Ihm war, als hätte sie ihn angesteckt. Als würde das Gift, das ihre Seele verpestete, nun in seinem Körper Unheil anrichten.

Der Winter war lang und das neue Jahr begann mit derselben einsamen Traurigkeit, wie das letzte endete.

Dann, im Februar, erreichte Massimo eine Nachricht, die ihn neuen Mut schöpfen ließ. Voller Hoffnung, auch in Anna Marias Gesicht ein Strahlen zu sehen, eilte er zu seiner Geliebten. Es war einer der guten Tage. Einer der seltenen, an denen sie ihm mit schwacher Stimme Einlass gewährte. Massimo setzte sich an den Rand ihres Bettes und hielt ihre Hand. Sanft strich er mit seinen Fingern über die zarte Haut ihres Handrückens.

»Wie geht es Euch heute, meine Liebste?«

Sie lächelte ihr gespieltes Lächeln. »Ich denke, es geht mir gut.«

»Ich habe eine Neuigkeit, die Euch Freude bereiten könnte.«

Anna Marias Gesicht erhellte sich ein wenig. »So? Was ist es?«

Massimo grinste breit, was Anna Maria verwunderte. Auch sie hatte ihn lange nicht mehr glücklich gesehen.

»Ihr seid frei. Wir beide sind frei.«

»Wie meint Ihr das?«

»Papst Julius ist gestorben. Sein Tod setzt unser Bündnis außer Kraft. Die Verträge galten nur zwischen ihm und San Lilia. Zwischen ihm und Euch. Nicht etwa mit der Kirche im Allgemeinen.«

Anna Maria freute sich tatsächlich. Aber nicht für sich selbst. Die Freiheit, von der er sprach, die Freiheit, die Julius' Tod für sie bedeutete, nützte ihr nichts. Sie sehnte sich nach einer ganz anderen Art von Freiheit. Einer Freiheit, die ihr niemand schenken konnte. Dennoch freute sie sich. Sie freute sich für ihn, für ihren Massimo, den sie noch immer aus tiefstem Herzen liebte.

»Es ist wunderbar, das zu hören.«

Eine Weile lang schwiegen sie. Es war kein peinliches, unangenehmes Schweigen. Vielmehr eine beruhigende Stille, in dessen Schutz sie sich in die Augen blicken konnten, um zu sehen, dass es noch nicht zu spät, noch nichts verloren war. Das Gefühl, das sie verband, die

Liebe, die sie füreinander empfanden, ihr Zwillingsstern am Horizont, all dies war noch immer da. Wartend und darum flehend, zurück in ihrer beider Leben gerufen zu werden.

Massimo verweilte an diesem Tag lange in Anna Marias Zimmer. Es war das erste Mal seit Monaten, dass ein Stück der Einsamkeit in ihm wich. Dann, als er glaubte, sie würde schlafen, erhob er sich vorsichtig, um ihre Träume nicht zu stören. Als Anna Maria spürte, wie er sich von ihrem Bett erhob, öffnete sie ihre Augen und zog ihn fest an sich. Massimo wusste kaum, wie ihm geschah, wie er die Liebe, die vielen Gefühle, die den langen Weg zurück in sein Herz fanden, verkraften sollte. Und es genügte ihm nicht, ihr auf diese Art nahe zu sein, und auch Anna Maria wollte mehr. Es waren ihre Körper, die störten. Die plastische Barriere, die sich nicht durchbrechen ließ, um ineinander zu verschmelzen. Sie krallten sich aneinander fest und weinten. Sie beide weinten.

Als sie von ihm abließ, drückte sie fest Massimos Hand und strich mit der anderen liebevoll über seine Wange. »Ich liebe Euch.«

Diese drei Worte, von denen Massimo glaubte, sie nie wieder aus ihrem Munde zu hören, schmiegten sich heilend um die Risse seines Herzens.

»Auch ich liebe Euch und ich verspreche, dass ich, ganz gleich, was auch geschieht, niemals aufhören werde, Euch zu lieben, Anna Maria.«

Sie beugte sich zu ihm und küsste ihn. Es war ein wundervoller Kuss. Er suchte und fand all das, was sich so lange irgendwo in weiter Ferne versteckt gehalten hatte. Es war ein glücklicher Kuss, der all den Schmerz des Vergangenen in Luft auflöste. Doch auch etwas anderes lag in diesem Moment, in dem sich ihre Lippen berührten. Etwas Seltsames, schwer zu Deutendes. Etwas, das sich endgültig anfühlte. Getrieben vom Rausch ihrer Liebe glaubten sie beide, es würde nichts weiter als das Ende ihrer Einsamkeit bedeuten ...

* * *

In den darauffolgenden Wochen wuchs ihre einst verlorene Nähe von Tag zu Tag. Anna Maria verließ sogar ihr Zimmer und spazierte zusammen mit Massimo ein wenig im Schnee. Der Winter begann, dem Frühling zu weichen, und so gab es bereits etliche Stellen, an denen nicht mehr nur Weiß, sondern auch Grün zu sehen war.

Sie besuchten die Pferde. Anna Maria war glücklich zu sehen, wie prächtig sich ihr Pferd entwickelte und erstaunt über sich selbst, dass sie so lange keinen Gedanken an ihre Stute verloren hatte.

Massimo setzte sie auf Stellas Rücken und führte sie am Strick. Er achtete sehr auf Anna Maria, deren Niederkunft immer näher rückte. Zu gern hätte er sie gefragt, ob sie sich nun freue. Doch er wagte es nicht. Ihr Ziel war der Rosengarten. Die Welt, die er für sie erschaffen ließ. Anna Marias Welt. Sie staunte über die Schönheit der zu Eis erstarrten Stöcke und ihr Gesicht erhellte sich, als sie etwas entdeckte. Hastig bat sie Massimo, sie herunter zu heben und eilte sogleich, kaum dass ihre Füße den Boden berührten, an einen der Sträucher heran. Schützend und mit einem Lächeln auf den Lippen hielt sie ihre Hände um die erste, in sattem Grün erstrahlende Knospe des Jahres. Massimo dachte daran, wie schön es wäre, wenn auch sie wieder in voller Blüte erstrahlen könnte. »Ebenso wie die Rosen, die sie so sehr liebt«, murmelte er. »Ja, sie wird wieder blühen. Sie wird blühen und noch schöner, lebendiger sein als zuvor.«

Es war das erste Mal, dass er nicht nur darauf hoffte, sondern wirklich daran glaubte, dass es irgendwann einmal wieder so zwischen ihnen sein würde, wie es früher einmal gewesen war. Sie scherzten und lachten und die Gemeinsamkeit, die Innigkeit, die sie einst empfanden, kehrte zurück. ›Nichts auf der Welt kann unsere Liebe zerstören‹, dachte Massimo, während er in Anna Marias leuchtende Augen sah.

* * *

In der Nacht des vierzehnten März setzten Anna Marias Wehen ein, obwohl nach Castors Berechnungen noch mindestens ein Monat hätte vergehen müssen. Stunden über Stunden vergingen, in denen Massimo geduldig vor dem Zimmer seiner Geliebten warten musste. Aufgeregt und verzweifelt über seine Hilflosigkeit in dieser Situation lief er unzählige Male die Gänge auf und ab. Es machte ihn wahnsinnig, Anna Marias Schreie und Wehklagen mit anzuhören und er dachte mehr als einmal daran, zu gehen und irgendwo anders zu warten, bis es vorbei war. Doch er brachte es nicht übers Herz, sie allein zu lassen. Wenn er schon nicht bei ihr sein konnte, so wollte er wenigstens nicht weit von ihr sein und darauf hoffen, dass sie seine Nähe spürte.

Als ihre Schreie die höchsten Töne erreichten und dann langsam Ruhe hinter der hölzernen Türe einkehrte, wagte er nicht, sich zu bewegen. Massimo stand wie versteinert da und betete zu Gott, seine Frau lebendig und wohlbehalten zurückzubekommen. Er hörte Anna Maria noch einmal wimmern und sein Magen krampfte sich schmerzhaft zusammen. Er wollte die Türe eintreten und zu ihr eilen, sehen, was geschehen war, ob auch wirklich alles gut verlief. Doch seine Glieder reagierten nicht.

Es stand ihm nicht zu, nicht ihm und auch keinem anderen Manne einen solchen Moment zu stören. Alles, was er tun konnte, war hoffen. Hoffen und bangen auf ein gutes Ende.

Es vergingen noch etliche zähe Minuten, bis die Türe sich endlich öffnete und Gabriella mit einem Bündel in der Hand zu Massimo hinaus trat. Ihr liebevolles, rundliches Gesicht sah fürchterlich mitgenommen aus. Sie wirkte, als hätte sie mit ihrer letzten Kraft einen Kampf gewonnen. Noch bevor Gabriella Gelegenheit hatte, ihrem Herrn sein Kind zu zeigen, stürmte dieser auf sie zu und packte sie schroff an ihren Armen.

»Geht es ihr gut? Sagt mir, dass ihr nichts geschehen ist!«

Gabriella lächelte schwach. »Sie ist wohlauf. Was sie nun braucht, ist viel Ruhe und Schlaf.«

»Kann ich zu ihr?«

»Ihr müsst Euch gedulden, mein Herr. Lasst ihr Zeit und drängt sie nicht. Ihr sollt wissen, dass es nicht leicht für sie war.«

Massimo nickte ein wenig enttäuscht und Gabriella überreichte ihm feierlich seinen Sohn. Er konnte kaum glauben, dass dieses zierliche Etwas ein Mensch sein sollte. »Mein Sohn«, er sprach die Worte leise aus. »Ich habe einen Sohn. Einen Erstgeborenen, der Thronfolger San Lilias. Ein rechtmäßig gezeugtes Kind, von meinem Fleisch und Blut.«

Stolz wog er ihn sachte auf seinem Arm. Er war winzig klein und so leicht, dass Massimo sein Gewicht kaum spürte. Er schlug die Decke des Säuglings ein wenig auf und betrachtete sein Gesicht. Ein unglaublich intensives, überwältigendes Gefühl kam über ihn, als er dieses unschuldige, reine Wesen ansah.

Gabriella musterte ihren Herrn ängstlich und unsicher. Ihre Stimme zitterte: »Er wird wachsen und gedeihen. Ich glaube fest daran, dass er es schafft. Ihr werdet sehen. Bald schon wird er alle anderen Kinder eingeholt haben und über ihnen stehen.«

Massimo verstand zunächst nicht, was sie meinte, woher ihre sichtbare Sorge rührte. Doch dann begriff er langsam. Das Kind in seinen Armen hätte wohl größer sein müssen. Es lag an den Wochen, die ihm in der schützenden Hülle des Mutterleibes fehlten.

»Er ist der prächtigste und wundervollste Sohn, der je geboren wurde. Er wird ebenso ein Kämpfer sein, wie ich es bin und mein Vater es war. Es gibt keinen Grund zur Sorge, Gabriella. Denkt an das Blut, dass durch seine

Adern fließt. Sagt Anna Maria, dass sein Antlitz mich mit Stolz und Würde erfüllt.«

Die Hofmeisterin atmete tief durch. Ein helles Lächeln erschien auf ihrem Gesicht und Massimo wunderte sich, weshalb ihr ein solcher Stein vom Herzen fiel.

»Wie soll er heißen, mein Herr?«

Er blickte auf das Kind herab und überlegte, ob er den seinen, oder aber den Namen seines Vaters tragen sollte. Doch dann entschied er sich für einen anderen, ungewöhnlichen Weg.

»Fragt seine Mutter. Ich möchte, dass sie entscheidet.«

Gabriella blickte ihn überrascht an und nickte. Sie eilte zurück in das Zimmer, schloss die Türe hinter sich und ließ Massimo mit seinem Sohn allein. Wohl wusste er, dass sie sogleich wieder zurückkommen würde, dennoch fürchtete er sich, mit diesem winzigen Kind allein zu sein. Ganz vorsichtig bemühte er sich, ihn in seinem Arm zu wenden, um sein Gesicht besser betrachten zu können. Doch als der Kopf des Kleinen die Stütze seines Unterarms verlor und beängstigend nach hinten abhing, erschrak er und legte ihn sogleich wieder zurück, ohne einen weiteren Versuch zu unternehmen. Er war sichtlich froh, als Gabriella abermals zu ihm heraus trat und den zukünftigen Gran Duca di San Lilia wieder in ihre erfahrenen Hände nahm.

»Valentino. Wenn ihr nichts dagegen einzuwenden habt, dann soll er den Namen Valentino tragen.«

Massimo lächelte. »Valentino. Dann soll es so sein. Ich könnte mir keinen besseren Namen für meinen Sohn vorstellen.«

* * *

Die frohe Nachricht über die Geburt des Thronfolgers verbreitete sich wie ein Lauffeuer. Aus allen Teilen des Landes wurden Geschenke und Glückwünsche überbracht. Das Volk jubelte und feierte über eine gesamte Woche hinweg. Massimo spendierte fässerweise Wein, was der allgemeinen Freude nur allzu zuträglich war. Selbst noch Wochen später fanden sich Boten aus benachbarten und entfernten Ländern in San Lilia ein, um kostbare Geschenke zu überreichen. Es schien, als versuchte ein jeder, in der heimlichen Hoffnung auf Massimos Gunst, durch die Pracht der Geschenke alles bereits Gesehene zu übertrumpfen.

Valentino entwickelte sich gegen alle Befürchtungen prächtig und legte schnell sowohl an Gewicht wie auch an Größe zu. Massimo hätte über all dies glücklich sein müssen und zunächst war er es auch. Doch die Freude über seinen gesunden Sohn und über die große Anteilnahme an seinem Glück war nur von kurzer Dauer. In den ersten beiden Wochen konnte er es noch ertragen, nicht zu seiner Geliebten gelassen zu werden, doch mit der Zeit fraß ihn der Verlust seiner Frau zunehmend auf und lastete wie ein dunkler Schatten auf ihm. Wohl konnte er, wann immer es ihm beliebte, das Frauenzimmer besuchen, in dem Valentinos Wiege stand, doch das Kind vermochte es nicht, ihm die Einsamkeit zu nehmen.

Die Rosen des Gartens blühten eine nach der anderen in den schönsten Farben auf. Sie hatten den Winter gut überstanden und waren so prächtig gewachsen, dass es bald schwer für Massimo wurde, sich auf den schmalen Pfaden zwischen ihrer Fülle zu bewegen. Jedes Mal, wenn er in den Garten trat, schloss er seine Augen und betete darum, Anna Maria vor sich zu sehen, wenn er sie wieder öffnete. Doch nicht einmal seine Fantasie brachte ihm seine Frau zurück.

Als der Mai vorüber war und Anna Maria es ihm immer noch nicht ein einziges Mal gestattet hatte, sie zu besuchen, entwickelte sich Massimos anfängliche Traurigkeit in Wut. Es war eine schreckliche, bösartige Wut, die ihn gefangen nahm und aufs Schlimmste folterte. Er wollte schreien, doch er tat es nicht. Es gab so vieles, dem er Luft und Raum hätte schaffen müssen, doch er schluckte und schluckte, bis sein Körper zum Bersten gefüllt war – gefüllt mit kochend heißer, brodelnder Wut, die ihn von innen heraus verbrannte. Er bemühte sich krampfhaft darum, die Gefühle, die ihn bewegten, in Schach zu halten. Doch eines nach dem anderen brach aus ihm heraus. Als Castor ihm dann die Nachricht überbrachte, dass Anna Maria sich selbst in den Arm geschnitten hatte und dass er aufgrund der Tiefe ihrer Verletzung annehmen musste, dass sie vorhatte, sich das Leben zu nehmen, geschah etwas in Massimo.

Am darauffolgenden Morgen, es war der dritte Morgen im Juni, fand die qualvolle Zeit der Zurückhaltung ihr grausames, bitteres Ende.

Wutentbrannt stürmte Massimo in Anna Marias Zimmer. Er wunderte sich noch selbst darüber, dass er sie hier suchte, wo er doch wusste, dass sie sich mit Gabriella in den Waschräumen aufhielt. Es war gut, dass sie nicht zugegen war, denn wenn sie hier gewesen wäre, hätte er, geblendet von seinem Zorn, nicht mehr gewusst, was er tat. Er konnte sich auch ohne ihre Anwesenheit nicht mehr kontrollieren und raste wie besessen. Er begann die leichteren Möbel aus kostbarem Zirbelholz durch den Raum zu werfen und brüllte dabei all das, was er so lange in sich gehalten hatte, in die Welt hinaus. Es dauerte nicht lange, bis sich einige seiner Wachen vor der offen stehenden Türe versammelten. Doch nicht einer seiner Männer wagte es, ihn zurückzuhalten. Zu groß war die Angst vor seiner Wut. Zu groß das Entsetzen darüber, ihren Herrn derart außer sich zu erleben.

Massimo trat auf die am Boden liegenden Möbel ein. Späne und Latten splitterten ab. Er ergriff ein langes Stück Holz und brach es entzwei. Sein Körper bebte und sein Gesicht war von einer solchen Röte, dass er in den Augen seines Gefolges einem Dämon der Hölle gleichen musste. Zunächst schlug er auf den großen Spiegel ein, bis nur noch einzelne, scharfe Splitter an dem Rahmen hingen und wand sich dann Anna Marias Bett zu. Dort verharrte er einen Moment. Doch nicht, weil er sich besann oder sich langsam beruhigte. Nein. Er bereitete sich vor, sammelte all seine Kraft, all seine Wut, um seiner Geliebten das zu hinterlassen, was er ihr zu sagen hatte.

Massimo stach so lange auf die Kissen, Decken und Laken ein, bis Anna Marias Zimmer mit Rosshaar und Daunen bedeckt lag. Es war das Schlachtfeld eines Gefechts um die Liebe. Ein Kampf, den er mit sich selbst und um sich selbst kämpfte. Die Hinterlassenschaft seines gepeinigten Herzens und gleichzeitig der letzte, flehende Hilferuf, es zu retten, bevor er endgültig in seiner Einsamkeit verendete. Als seine Kräfte schwanden und er nach Luft rang, entdeckten seine Augen etwas, das unter den Daunen auf dem Bett verborgen lag. Massimo hielt ein in Leder gebundenes Buch in seinen Händen. Anna Marias Tagebuch.

* * *

Juni 1513

In eiserne, schwere Ketten gelegt, endlos lange gefoltert von deinem gefühllosen, hasserfüllten und doch liebenden Blick, falle ich nun voller Verzweiflung vor dir auf die Knie, um dich mit dem letzen bisschen Würde, das mir noch bleibt, anzuflehen, mich selbst von dir erlösen zu dürfen.

Ich schreie. Ich schreie so laut ich kann, um das Durcheinander, dieses Chaos, das du in mir angerichtet hast, aus mir heraus zu brüllen. Ich schreie einsam und allein in die Dunkelheit der Nacht. Mein Körper windet sich krampfhaft vor Schmerz. Hörst du mich? Hörst du, wie weh es tut? Nein, selbst jetzt hörst du mich nicht.

Es scheint mir, als wärst du ein Phantom. Eine surreale Gestalt der Schattenwelt, vor der es kein Entkommen gibt, niemals gab. Ja, alles in mir ist schwarz. Geschwärzt von deiner Seele. Du bist wie ein Schatten, mein eigener Schatten, der mich bis ans Ende meiner Tage mit grauenhaftem Schrecken verfolgt. Doch dann sehe ich dieses helle Licht. Eine Gestalt – dich. Du fun-

kelst und glitzerst wie ein Fabelwesen, das einem Märchen entstammt. Oh ja, all dies bist du für mich. Es scheint mir seit geraumer Zeit, als lebe ich in einer Erzählung.

Du hast mich gehalten wie ein räudiges Tier. Nur um sie mir wieder zu nehmen, hast du Gefühle, Empfindungen in mir aufleben lassen, ohne die ich nun nicht mehr zu leben vermag. Es hat dir gefallen. Ich weiß, dass es dir gefiel und noch immer gefällt. Du hast mich gezüchtigt, wolltest jede lebendige, gefühlvolle Regung in mir brechen. Du wolltest, dass ich ebenso werde wie du, und beinahe hättest du es geschafft. Immer verrückter, immer irrsinniger wurde ich. Wie ein Künstler hast du mit deiner schwarzen Farbe eine Welt kreiert, die ich von der meinen nicht mehr zu unterscheiden wusste. Ja, so weit ist es mit mir gekommen.

Ich liege verzweifelt in meinem Bett und frage mich, ob all dies wirklich geschieht. Ich drehe mich auf die Seite und sehe dein Gesicht. Du liegst direkt neben mir. Ich sehe den leblosen, eisigen Ausdruck deiner Züge und beginne zu frieren. Ich berühre dich, spüre deine Haut unter meinen Fingern. Weshalb bist du so kalt und gleichzeitig so warm? Wie kann das sein? Was bist du nur für ein Mensch? Sag, bist du ein Mensch? Ist es wirklich Blut, das durch deine Adern fließt?

Ich begehe einen schrecklichen Fehler. Ich riskiere einen Blick in deine Augen. Oh, gütiger Gott! Deine Augen! Ich darf keinen Gedanken daran verschwenden, sonst ... sonst vergesse ich mich selbst, verleugne meine Existenz und lebe ganz und gar in dir. Tief verborgen in deinen grüngrauen Augen, von denen ich mir wünsche, sie könnten sehen. Doch sie sind blind, getrübt von etwas, das ich nicht verstehe, nie verstand. Ich begann sie durch die meinen zu ersetzen, für dich und mit dir zu sehen. Es ist noch immer so. Ich kann nicht damit aufhören. Es fühlt sich an, als wärst du in mir, als lebten meine Augen nur für dich. Weshalb siehst du mich nicht? Wo bist du? Wie kann ich dich finden? Wo ist diese Welt, in der du lebst?

Stets sah ich Flucht in deinen Augen. Es war, als würdest du immer nur rennen. Wovor fliehst du? Sag es mir! Vor dir selbst, vor mir, vor uns? Weshalb rennst du immer weiter, ohne dich aufhalten zu lassen? Ach, was schreibe ich? War es nicht ich, die vor dir, vor meinem eigenen Herzen, vor uns davon lief? Geradeaus, ins bittere Verderben? Meine Schritte haben sich verlangsamt, doch weiter flüchte ich. Weshalb bist du noch da? Du solltest fort sein. Verschwunden. Du bist gegangen. Ja, gegangen. Aber ich kann dich sehen! Wie kann das sein? Warum sind wir beide hier, an diesem Ort, den allein unsere Seelen kennen, wenn ein jeder von uns um sein Leben läuft? Ich bin gewillt, dieser krankhaften Flucht Einhalt zu gebieten. Alles würde ich tun, alles geben, um dich nur einmal rasten zu sehen. Hör auf damit! Hör auf und bleib stehen! Dreh dich um, sieh mich an und sag mir, dass du mich nicht liebst!

Ich sehe dich nicht mehr, kann dich nicht hören. Da ist nur der Wind, der an mein Fenster klopft. Du bist fort. Einfach fort. Ich kann es nicht glauben. Ich will es nicht glauben. Wirst du zurückkehren? Irgendwann?

Das Papier, auf dem ich schreibe, ist feucht von meinen Tränen und ich frage mich, ob du wirklich einmal neben mir lagst oder ob all dies nichts weiter als ein schrecklicher Albtraum ist, aus dem ich einmal erwachen muss.

Du wolltest ein Wesen, ohne jede Regung. Du wolltest einen Begleiter deiner Welt erschaffen. Oh, hättest du es nur getan! Ich maße mir an, dich verstanden zu haben. Ich weiß, was du fühltest. Alles weiß ich. Warst es nicht du, der diese Geschichte mit Blut in mein Herz schrieb?

Warum hast du nie das Gespräch gesucht, mich nicht an den Tiefen deiner Seele teilhaben lassen? Wenige Worte, halbe Sätze! Ein Laut! Ein einziger Schrei, der mich erweckt, der mich wissen lässt, was nun ist! Ich will dich schütteln, dich anschreien! Rede mit mir! Rede mit mir! Ich wünschte, ich wäre mutig genug gewesen, als es noch möglich war. Es gibt so viele Biegungen auf dem Weg durch das Leben. Unsere Pfade hätten sich noch einmal kreuzen können.

Ich spüre unsagbaren Schmerz, grausame Qual und ein Gefühl der Erniedrigung in mir. Du tust mir weh! Hörst du mich? Ich will, dass du mich hörst! Du hast mir immer nur weh getan! Kannst du nicht, oder willst du nicht verstehen? Vom ersten Moment an hast du mir nichts als Leid zugefügt. Niemals genügte ich dir so, wie ich war. Alles wolltest du verändern. Eine Frau ist keine Puppe, Konstantin! Es ist unmöglich, sie derart zu formen, dass kein Leben mehr in ihr ist, ohne sie zu töten! Ich wünschte, du hättest mich getötet! Ich ertrage diesen Schmerz nicht länger! Sterben will ich! Mir eigen-

händig mein Herz aus der Brust reißen! Dieses verfaulte, widerwärtige, mit den dunklen Schatten deiner Seele verpestete Herz.

Mit unserem ersten Kuss, den du mir schenktest, flößtest du mir dein schwarzes, klebriges Gift ein. Du wusstest, was du tust. Ja, du wusstest, dass ich fortan gierig danach verlangen würde. Ich war süchtig nach dir und ich bin es noch immer. Ich verfolgte die Gefahr und sie verfolgte mich. Du selbst warst es, der mich auf Schritt und Tritt heimsuchte. Immer wissend, immer da, immer bei mir, wo auch immer du warst. Nur eine berauschende Sekunde an deiner Seite und alles was ich jemals erlebte, fühlte, war durch neblige Schwaden verhüllt und schließlich vergessen. Trunken in deinen Armen. Verloren und gefangen. Ich hätte fliehen müssen! Ich wusste es von Anfang an und frage mich, weshalb ich es nicht tat. Ich ließ es zu, dass du mich gefangen nahmst, mich beherrschtest, meine Welt regiertest. Meine Sucht nach dir war stärker als mein Wille. Die Klarheit meines Geistes schwand und ich begann, mich hinter den vermeintlich sicheren Mauern meiner Abhängigkeit vor mir selbst, vor dem Leben zu verstecken. Ich denke, endlich verstanden zu haben, was du für mich warst. Ein einziger, nebliger Zustand des Rausches.

Doch es nützt nichts. Es nützt mir nichts, all dies zu begreifen. Dass du gegangen bist, ohne dich zu verabschieden. Dass du niemals dieser Mann warst, den sich meine Fantasie erträumte. Selbst wenn es keine Liebe war, die ich für dich empfand, wenn ich süchtig, abhängig nach diesem Rausch war, den mir deine Berührun-

gen bescherten, so bist es dennoch allein du, der meinen Schmerz zu lindern vermag. Ich ertrage es nicht länger, fern von dir sein zu müssen.

Es war ein Kampf um Leben und Tod, den meine dunkle Seele gegen mein hell erleuchtetes Herz führte. Ein Kampf zwischen der wahren Liebe, die ich stets für meinen Mann empfand, und dieser Leidenschaft zu dir, in dessen haltlosen Strudel mich das Schwarz meiner Seele drängte. Auch wenn ich nicht begreife, weshalb ich mich gegen die Liebe und für das Böse entschieden habe, ist es nun so, dass die Dunkelheit mit wehenden Fahnen deines Wappens triumphierend in mich einzieht.

Wenn ich nachts meine Augen schließe, dann sehe ich dich. Ich sehe dein Gesicht, wie du im Schutz der Finsternis an mein Fenster klopfst, um mich zu holen. Ich frage mich, was du wohl bist, du herzloses, kaltes Wesen – und ich denke, ich weiß es nun. Du bist ein Dämon der Hölle, der sich nachts in meinen Kopf, meinen Körper schleicht, um immer mehr von seinem stinkenden Gift in mir zu verbreiten. Doch du bist mein dämonisches Wesen der Nacht und vielleicht bin auch ich keinem anderen Ort als der Hölle entsprungen. Stundenlang warte ich auf dich, auf dein höhnisches Gelächter, deine arroganten, lieblosen Blicke und die Qualen, die du mir bescherst. Ich will mich in das lodernde Feuer unserer Leidenschaft werfen, auf dass es mich verbrennt. Ganz und gar hingeben will ich mich dir. Dir, und deiner verpesteten Seele. Du hast es geschafft. Du hast die Liebe aus mir heraus gebrannt, bis *nichts mehr von mir übrig war als dampfende Asche. Ich ertrage mich selbst nicht mehr.*

* * *

Bereits seit zwei vollen Tagen verschanzte sich Massimo in seinen Räumen hinter dem schweren Eichenschreibtisch und ließ niemanden ein. Immer und immer wieder studierte er Anna Marias Tagebuch von Neuem. Jedes Mal, wenn er zurück zu den allerersten Seiten blätterte, schloss er seine Augen und öffnete sie erst dann wieder, wenn er sich selbst zur Genüge eingeredet hatte, noch nichts von alledem gelesen zu haben. Mit leerem, starrendem Blick verschlang er jeden Satz, jedes geschriebene Wort.

Dann, als San Lilia bereits seit Stunden im Schutz der nächtlichen Finsternis verborgen lag, erhob er sich steif von seinem Stuhl. Sein Gesicht war bleich, seine Züge hart wie Stein. Er spürte nichts weiter als sein zerrissenes Herz. Sein glühendes, schmerzendes Herz, das ihn um den Verstand brachte. Er öffnete seine Türe, schritt auf den Gang hinaus und begab sich auf den Weg zu Anna Maria. Die ganze Zeit über hielt er krampfhaft seinen gezogenen Degen umklammert.

Kapitel 15

Die Welt zerbricht

Bereits seit zwei geschlagenen Stunden redete Massimo unbeirrt auf Castor ein, um ihn von seinem Vorhaben zu überzeugen. Castor schüttelte immer wieder entsetzt den Kopf, während Massimos haarsträubende Forderungen mit jedem Satz absurder wurden.

»Das, was Ihr Euch vorstellt, ist unmöglich!«

Massimo kochte vor Wut. »Ihr werdet einen Weg finden müssen, Castor! Nichts ist unmöglich!«

»So versteht doch. Es gibt keinen Weg. Ihr ertrinkt in Eurer Wut. Wenn Ihr Euch erst einmal beruhigt habt, wenn genug Zeit verstrichen ist, dann werdet Ihr ...«

»Nein! Haltet den Mund! Nichts werde ich!«

Castor erschrak über Massimos missbilligenden, hasserfüllten Blick. ›Als stünde ein Fremder vor mir‹, dachte er bei sich. Fieberhaft überlegte er, wie er ihn retten konnte, was zu tun war, um seinem verbitterten Herzen Frieden zu schenken. Doch ein Blick in die Augen des Großherzogs genügte, um Castor wissen zu lassen, dass es zu spät war. ›Zwillingsstern‹, kam es ihm. ›Sie ist ein Teil von ihm. Er hat nicht nur sie, sondern auch sich selbst getötet. Nichts auf dieser Welt wird dieses Loch, dass ihr Verlust in ihm hinterließ, zu stopfen vermögen.

Sie war es, die in seiner Brust schlug. Wie soll er fühlen, wenn sein Herz gestorben ist? Er ist verloren. Für alle Zeit verloren.‹ Massimos Worte rissen ihn aus seinen Gedanken.

»Wenn das Euer letztes Wort ist, dann werde ich zu anderen Mitteln greifen müssen, um Euch umzustimmen.«

»Ihr droht mir?«

»Ihr lasst mir keine andere Wahl. Unter diesen Umständen bin ich nicht gewillt, ›Esilio‹ weiterhin zu verwahren.«

Castor wurde blass vor Entsetzen. Seine Lippen bebten. »Das würdet Ihr nicht wagen! Eure Familie hat einen Schwur geleistet, ›Esilios‹ Geheimnis auf ewig zu beschützen! Es ist Euer Vermächtnis! Das Vermächtnis Eurer Familie, Eures Landes! Ihr seid verpflichtet …«

»Nicht ich war es, der diesen Schwur geleistet hat. Wozu also sollte ich verpflichtet sein? Ich bin bereit, jegliche Konsequenzen, die mit dem Bruch dieses Schwures einher gehen könnten, zu tragen. Was gibt es noch, das ich zu verlieren habe? Nichts! Nichts! Ich bin zu allem bereit, um das zu bekommen, was ich will! Die Frage ist, ob Ihr es ebenfalls seid? Sagt, wollt Ihr es sein, dessen Sturheit ›Esilio‹ die Freiheit schenkt?«

»Ihr scheint nicht zu begreifen, mein Freund. Selbst wenn ich wollte, könnte ich das, was Ihr von mir verlangt nicht tun! Ich kann es nicht! Versteht doch! Ein solcher Bann ist unmöglich! Ihr wisst, dass ich meine Kraft aus der Umgebung ziehe, aus der Natur. Meine Macht, jeder einzelne Zauber, den ich spreche, ist einzig von der Gunst, die mir die Welt schenkt, abhängig. Sie wird sich mir niemals für Euer aberwitziges Vorhaben zur Verfügung stellen. Es gibt Regeln – Regeln, die ich nicht brechen kann! Es müsste ein Fluch gesprochen werden, ein schwarzer Fluch über die Welt selbst, um Eure Wünsche zu erfüllen!«

»Dann überlistet sie! Ihr seid der letzte Nachfahre der Dulcedo. Zwingt die Welt selbst dazu, es zu tun! Weshalb sollte sie sich Euch verweigern, wenn der einzige Grund, weshalb Ihr noch lebt, der ist, sie zu beschützen.«

Castors Stimme war gebrochen. »Das würde meinen Tod bedeuten.«

Massimo trat einen Schritt auf ihn zu. Sein Blick war kalt. »Dann soll es so sein.«

Der alte Magier wollte die Worte nicht glauben, die er hörte. »Ihr würdet meinen Tod in Kauf nehmen?«

»Ich will, dass es geschieht und wenn ich selbst mein Leben dafür geben muss, dann soll mir auch dies recht sein.«

»Mein Tod wird nicht ausreichen. Wenn ich mich gegen die einzige Regel stelle, an die meine Magie gebunden ist, so werde ich, noch bevor der Fluch gesprochen ist, sterben. Versteht doch endlich! Weshalb genügt Euch nicht, was ihr getan habt? Ihr habt sie getötet! Kaltblütig ermordet! Die Frau, die Ihr liebt! Weshalb bringt Ihr nicht auch ihn um?«

Massimo schüttelte verzweifelt seinen Kopf. »Ihr begreift es wirklich nicht?«

»Nein, erklärt es mir. Ich bin sicher, dass wir einen anderen Weg finden werden, um Euch Genugtuung zu verschaffen.«

»Genugtuung?«, Massimo spuckte verächtlich auf den Boden. »Genugtuung wird nicht reichen. Nichts reicht mir mehr! Sie musste sterben! Sie hat mein Herz verraten! Doch auch jetzt, nach ihrem Tod, ertrage ich den Gedanken nicht, dass ihr Herz nicht nur für mich, sondern auch für jemand anderen brannte. Versteht Ihr denn nicht? Ihr Tod ist nicht genug! Wohl wurde der Schmerz leichter, als ich ihr Herz sterben sah. Doch was bedeutet dies schon, wenn mich meine Qualen noch immer zerfressen? Wenn Ihr gelesen hättet, was ich lesen musste, dann würdet Ihr mich verstehen. Sie gehörte mir! Allein mir!«

Castor legte Massimo beschwichtigend eine Hand auf seine verkrampfte Schulter. »Denkt noch einmal darüber nach, Massimo. Stellt Euch vor, wie Ihr ihm einen Dolch in seinen Körper bohrt. Wie es sein würde, ihn durch Eure Hand sterben zu sehen. Denkt daran, den Dolch Eures Vaters zu benutzen, den Ihr ihm einst schenktet. Weckt es denn keinerlei Gefühle der Vergeltung in Euch?«

Massimo stieß ihn von sich und ballte seine Hände zu Fäusten. »Nein! Nein! Nein! Nicht im Geringsten! Ihre Taten waren unterschiedlich. Seine Schuld muss auf andere Weise bereinigt werden als die ihre. Anna Maria hatte sich verloren, Castor. Konstantin war es, der sie vom rechten Weg abbrachte. Er war es, der sie im Geiste erkranken ließ. All diese Dinge geschahen nur wegen ihm mit ihr! Er allein ist schuld! Ich kenne ihn, Castor. Konstantin wusste genau, was er tat. Anna Maria hingegen handelte rein aus Gefühl. Sie wollte es sich selbst nicht eingestehen. Sie verschloss ihre Augen und hoffte darauf, dass in ihrer kleinen Welt alles wieder gut werden könnte. Zu lange musste ich mit ansehen, wie sie vor lauter Traurigkeit, vor Verzweiflung um sich selbst dahin vegetierte. Ich sah es in ihren Augen. Ich sah, wie sie litt, als sie mir mein Herz aus der Brust riss. Ich dachte, ich könnte sie retten. Ich dachte, ich könnte uns beide retten. Doch nun kenne ich den wahren Grund für ihre Trauer. Alles hätte ich hinnehmen können. Alles, nur nicht das! Sie trauerte nicht um mich, nicht um uns, sondern einzig um ihn! Weil sie ihn verloren hatte! Dies ist der Grund, weshalb ihr nichts weiter als der Tod gebührte. Doch der Schmerz kehrt immer wieder zurück! Versteht Ihr denn nicht? Dieser Schmerz, er ist unerträglich!«

»Ich verstehe gut, weshalb sie in Euren Augen sterben musste, doch ich begreife noch immer nicht, warum nicht auch Konstantin dieses Schicksal ereilen sollte.«

Massimo war den Tränen nahe. Er setzte sich auf einen der Stühle vor dem großen Kamin und fasste sich verzweifelt an den Kopf. »Er war mein Freund, Castor. Er war mein einziger, wahrer Freund auf dieser Welt. Und ich liebte ihn. Ich liebte ihn auf die Weise, wie ich meinen eigenen Bruder hätte lieben sollen. Sein Verrat übersteigt alle anderen. Wohl wollte ich, dass er spürt, endlich fühlt, zu lieben imstande ist, doch niemals hätte ich es für möglich gehalten, dass er meine Gunst so schamlos ausnutzen könnte. Ich weiß noch nicht einmal, ob er gefunden hat, wonach er suchte. Ob auch er sie liebte. Ob wir beide in ein und derselben Frau unser Seelenheil gefunden haben. Doch nun ist es egal, ob er sie liebte oder nicht. Es spielt keine Rolle mehr, ob ich selbst einmal liebte. Sie ist tot und sie hat mein Herz mit sich in die Dunkelheit gerissen, da ich nichts lieben kann, das nicht mehr existiert. Ich spüre keinen Herzschlag in meiner Brust. Nichts spüre ich mehr ohne sie. Der Hass, den ich Konstantin gegenüber empfinde ist das Einzige, das mich am Leben erhalten kann. Ich hasse ihn, weil er sie mir genommen hat, ich hasse ihn, weil sie ihn mehr liebte als mich und ich hasse ihn dafür, dass ich meinen Freund verloren habe. Alles habe ich verloren. Ich darf ihn nicht auch noch verlieren, diesen überlebenswichtigen Hass! Versteht doch! Er ist alles, was mir geblieben ist. Ohne ihn bin ich nichts. Der Hass ist es, der mein kaltes Herz weiter schlagen lässt. Ich kann ihn nicht töten! Ich würde das Letzte verlieren, an dem ich mich noch festhalten kann!«

»Ihr wollt die gesamte Welt verfluchen, um den Hass, der Euch zerfrisst, aufrecht zu erhalten? Massimo! So werdet doch vernünftig! Die Zeit ist mächtig, mein Freund. Sie ist fähig, Wunden zu heilen. Wohl werden Narben bleiben, doch irgendwann verblassen auch diese.«

Massimo brüllte so laut er konnte: »Nein! Diese Wunde wird sich niemals schließen! Sie ist infiziert von seinem Verrat. Der Tod allein genügt einfach nicht. Er wird niemals genügen. Ich will, dass es ihm ebenso ergeht, wie mir! Weit schlimmer noch soll es sein. Ich will, dass er, der sich vor seinen Gefühlen fürchtet, auf ewig in einer Welt leben muss, in der er all die Dinge, die ihm Schmerz zufügen, immer und immer wieder spürt. Ertrinken soll er an seinen Gefühlen! Den Tod soll er sich wünschen, ohne sterben zu können! Ich will, dass er und alle, die ihm nahe stehen, in einem endlosen Kreis in sich selbst gefangen sind, aus dem es niemals ein Entkommen geben kann. Ich will, dass ihn die Wucht seiner Empfindungen mit einer solchen Härte trifft, dass er keinen Boden mehr unter sich spürt. Er soll sich in die Tiefen des Wahnsinns hinab stürzen, ohne jemals zu erfahren, was mit ihm geschehen ist. Ich will, dass sich die Welt selbst entzweit, ihn durch einen Strudel hindurch in ein schwarzes Loch zerrt und ihn für alle Zeit gefangen hält.«

Castor konnte nicht mehr an sich halten. Auch er wurde laut: »Ihr seid wahnsinnig, Massimo! Die Welt zu spalten ist nichts als Irrsinn!«

Massimo starrte Castor mit einem Blick an, der dem alten Mann die Adern gefrieren ließ. Seine Stimme war nun ruhig und gefasst. »Es ist mir gleich, wie Ihr es nennen wollt. Es soll geschehen! Wenn Ihr nicht bereit seid, mir zu helfen, dann werde ich der dunklen Seite einen Handel vorschlagen, den sie nicht ablehnen kann.«

»Wenn Ihr ›Esilio‹ zurückgebt, wird die Welt, die Ihr kennt, nicht mehr dieselbe sein, und es gibt keinen Grund für die Hexen, den Fluch, den Ihr Euch wünscht, nicht wieder zu lösen, sobald sie haben, wonach ihnen verlangt.«

»Dann muss es eben so sein, dass er unlösbar ist! Was mit der Welt geschieht, ist mir gleich! Was nützt mir dieses Leben ohne sie?«

»Ohne Verluste wird dies unmöglich sein. Ich wüsste kein Siegel, dass so stark ist und auch keinen Bann, der ein solches Siegel für immer verschließen könnte.«

»Ihr seid der letzte Nachfahre der mächtigsten Familie, die es je unter den Magiern gab. Ihr lügt mich an!«

Castor überlegte und musterte Massimo genau. Er wusste, dass ihm keine Wahl blieb. Massimo würde seinen Drohungen Taten folgen lassen.

»Es könnte vielleicht einen Weg geben. Allein werde ich es jedoch nicht schaffen und ich kann Euch nicht versichern, dass sie sich darauf einlassen wird. Wenn Ihr mir Euer Wort gebt, ›Esilio‹ zu beschützen, dann werde ich alles in meiner Macht Stehende versuchen.«

»Wenn Ihr es möglich werden lasst, werden die Hexen ›Esilio‹ niemals bekommen. Doch wenn Ihr scheitert, bin ich zu allem bereit.«

Castor blickte Massimo eindringlich an. »Die Frage wird sein, was Ihr in Wahrheit bereit seid, dafür zu geben.«

Massimo betonte jedes einzelne Wort. »Alles! Einfach alles.«

Eine Weile lang sahen sie sich nur an. Castor in der Hoffnung, etwas in Massimos Augen zu entdecken, dass er doch noch zu einem Rückzug zu bewegen war, und Massimo, um sich zu vergewissern, dass der Magier zu seinem Wort stehen wird.

Massimo war es, der das Schweigen brach. »Ich denke, ich weiß, an wen Ihr denkt. Valerya?«

Castors Blick war schmerzverzerrt. Ihren Namen zu hören, stach ihm mitten ins Herz. »Sie ist die Einzige, die genug Macht besitzt, um den Lauf der Welt lange genug zum Stillstand zu zwingen, dass ich mich ihrer bedienen kann. Nur gemeinsam könnten wir fähig sein, etwas Derartiges auszusprechen.«

»Wird sie Euch nicht in Fetzen reißen, wenn sie Euch erst einmal gegenüber steht? Ist sie nicht der Grund, weshalb ihr Euch hier in San Lilia versteckt?«

Castor nickte, doch erklärte: »Sie ist gierig. Es kommt darauf an, was ich ihr bieten kann.«

»Nehmt alles Gold, das San Lilia besitzt. Gebt ihr alles, was sie verlangt.«

Castor lachte laut auf. »Sie interessiert sich nicht für Gold, Massimo.«

»Was will sie dann?«

»Ich weiß es nicht genau. Sie findet an vielem Gefallen. Valerya sammelt Seelen, Gedanken, Gefühle, Erinnerungen, Sinneswahrnehmungen und Lebensjahre. Es geht ihr um die Dinge, die den Menschen erst zum Mensch werden lassen. Ihr wisst, dass sie einst einen Bann gegen sich selbst gesprochen hat, um all dies aus ihrem Herzen zu vertreiben. Alles im Leben, selbst in einem seelenlosen, hat seinen Preis, Massimo. Wenn Ihr Euch wirklich sicher seid, dass Ihr diesen Irrsinn wollt, dass es nichts auf dieser Welt gibt, um Euch umzustimmen, dann muss ich Euch noch einmal fragen, wie viel Ihr bereit seid, zu geben. Sie wird sich alles nehmen, was Euch einst etwas bedeutet hat und Ihr werdet erst wissen, was Euch fehlt, wenn es bereits verloren ist.«

»Ich sagte Euch bereits, was ich zu geben bereit bin«, antwortete Massimo gereizt. »Alles!«

* * *

Nur wenige durften Anna Marias Beerdigung beiwohnen. Gabriella war die Einzige unter ihnen, die es wagte, Tränen zu vergießen. Massimos Züge waren während des gesamten Procedere so hart, kalt und emotionslos, dass nicht einmal in dem Moment, als er ihr eine letzte, liebevolle Geste schenkte – er legte Anna Maria ein Sträußchen Rosen in die Hände – etwas Lebendiges in seinen leeren Augen zu sehen war.

Ihr Sarg war aus dickem Stein gefertigt und der Deckel so schwer, dass es sechs Mann benötigte, um ihn zu schließen. Er glich mehr einem Altar als einer letzten Ruhestätte, was auf seltsame Weise passte, da der Platz, den Massimo für sie gewählt hatte, die Kapelle inmitten des Rosengartens war. Eben jener Garten, den er einst aus Liebe zu ihr errichten ließ und eben jene Kapelle, in der sie versprachen, sich für immer zu lieben. Massimo wollte, dass ihre Seele hier, an dem Ort der Lüge, auf ihren eigenen Intrigen gebettet, niemals die ewige Ruhe finden würde. Er stellte sich vor, dass ihr Körper einsam und verlassen, ebenso wie er sich fühlte, langsam und qualvoll vor sich hin verrottete. Kein Mensch sollte jemals wieder einen Fuß auf diesen von Verrat verseuchten Boden setzen.

* * *

Es dauerte Wochen, bis Castor die Alpen erreichte. ›Berge, gleich einer warnende Mauer aus Stein‹, ging es ihm durch den Kopf, als er hinauf zu den schneebedeckten Gipfeln blickte. Der eisige Wind wehte ihm ins Gesicht, ließ Wangen und Lippen gefrieren. Castor spürte, dass der Wind ihn zur Rückkehr bewegen wollte. Nichts hätte er lieber getan als zu fliehen, doch er wusste, dass es zu spät war. ›Irgendwo dort oben liegt Tregenda‹, dachte er bei sich. ›Die Festung der Hexen. Die Heimat alles Bösen.‹

Sein Pferd hatte größte Mühe, sich auf den gefrorenen Felsplatten zu bewegen und scheute sich ängstlich vor jedem weiteren Schritt. Castor war bewusst, dass seine Aussichten auf Erfolg kaum schlechter sein konnten, und selbst seine Stute schien zu spüren, dass sie ihren Herren auf den Pfad ins Verderben begleitete. »Ich habe geschworen, ›Esilio‹ mit meinem Leben zu beschützen«, sagte er zu sich selbst, »die Welt, wie sie sein sollte, zu beschützen. Es ist mein Vermächtnis. Ich hätte mich dem viel früher stellen müssen. Mutig sein sollen. Ich hätte viel eher schon zu demjenigen werden müssen, der ich sein sollte.« Castor schüttelte beschämt seinen Kopf. Zu lange hatte er sich in den Tiefen seiner Gewölbe verschanzt, um zu vergessen, wer er einst gewesen war. Doch nun konnte er den einzigen Sinn seiner Existenz nicht länger verleugnen. Die Erinnerung daran, wie seine Familie starb, wie all diejenigen, die er liebte, verendeten, um ihn zu schützen, drängte sich in seinen Geist. Ihn und ›Esilio‹ galt es zu schützen. Er war der letzte Verbleibende, der letzte der Dulcedo. Nichts sollte ihn nunmehr aufhalten.

Es gab keinen Pass, dem er hätte folgen können. Das Einzige, das ihm den rechten Weg wies, war der warnende Wind, der sich gegen ihn stellte. Castor kämpfte sich mühsam immer weiter durch die kalte, schneebedeckte Hölle, ohne zu wissen, wann und ob er sein Ziel erreichen würde. Er kam nur langsam voran. Die Schneemassen reichten seinem Pferd inzwischen bis zum Bauch hinauf, es quälte sich bei jedem Schritt. Je weiter er sich dem Gipfel näherte, desto stärker tobte der Sturm um ihn herum. Die Welt heulte laut auf, donnerte und blitzte und die Eiskristalle verwandelten sich in einen Strudel, der ihn umzingelte und ihm peitschend ins Gesicht schlug. Dann, als er glaubte, die Festung vor sich zu erkennen, brach sein Pferd unter ihm ein. Er verweilte neben seiner Stute, suchte hinter ihrem Körper Schutz, während das Tier, das ihm so treue Dienste erwiesen hatte, kläglich in den kalten Massen erfror. Traurig strich er über das Fell des leblosen Kopfes und fühlte sich mit einem Mal für alles, was geschehen war, verantwortlich.

Alsbald verdrängte Castor aber die Gedanken der Schuld und rang sich mit seiner letzen Kraft durch den Schnee, der ihm bis zum Oberkörper reichte, ohne zu wissen, ob Tregenda ihm seine Tore öffnen würde. Ob er dort finden sollte, wonach er suchte. »Valerya.« Er sprach ihren Namen ein einziges Mal laut aus und fühlte, wie sich sowohl Furcht als auch tiefste Sehnsucht in seinen Körper bohrten.

Je näher er der Festung kam, desto schrecklicher forderte ihn der Sturm heraus. Seine Lungen waren gefroren. Jeder Atemzug schmerzte. Er spürte, wie sein Blut immer träger floss, wie es in seinen Adern zu Eis erstarrte. Kriechend zog er sich Stück für Stück weiter durch die klirrende Kälte. Er war schwach, aber bereit, sich zu stellen. Dieses eine Mal wollte er Mut in seinem Leben beweisen. Doch seine alt gewordenen Knochen ließen ihn im Stich. Wenige Schritte entfernt des Tores hob er noch einmal den Kopf, bevor er gänzlich zusammenbrach. Das Letzte, das er sah, waren die glitzernden Kristalle, aus denen Tregenda errichtet war.

Castor war müde. Er wollte schlafen, nichts als schlafen, obgleich er wusste, dass dies seinen Tod bedeutete. Er hätte sich aufrichten müssen, weitergehen und darauf hoffen, dass sich ihm diese fremde Welt öffnete, doch er konnte nicht, er wollte nicht. Langsam trat jedes Gefühl aus seinem Körper. Er versuchte, sich zu bewegen, seinen Arm auszustrecken, doch er fühlte seine Hand nicht mehr. Wusste nicht, wo sie sich befand, ob sie noch zu ihm gehörte. Für Castor war es gleichermaßen beängstigend wie auch beruhigend, nichts mehr spüren zu müssen. Er sehnte sich nach diesem alles beendenden Schlaf, der ihm Ruhe und Frieden schenken konnte. »Es könnte vorbei sein. Endlich vorbei sein«, flüsterte er und schloss die Augen.

Es war ein Warten auf den Tod. Eine Sehnsucht nach dem Tod. In seiner Fantasie trat ein Skelett, an dem noch wenige Fleischfetzen hingen, mit einer Sense in den langen Fingerknochen auf ihn zu. Er sah die Vertiefungen des Schädels vor sich. Die schwarzen Löcher, in denen sich einst Augen befanden. Er lächelte. Er stellte sich vor, dass dieses Wesen dazu verdammt wurde, die kläglichen

Überreste einst blühender Seelen aufzusammeln und fragte sich, wie viel Schreckliches, wie viel Leid es wohl gesehen haben musste, bis seine Augen in den Höhlen verrottet waren. »Vielleicht gibt es zweierlei dieser Geschöpfe«, murmelte er vor sich hin. »Eines, das vom Himmel gesandt wird, um die Herzen einzusammeln, die für neues Leben zu gebrauchen sind, und eines, dass die Unterwelt schickt, um die verpesteten, schwarzen Überreste des Bösen zu sich zurückzuholen.« Er überlegte, welches dieser Geschöpfe nun vor ihm stand, oder ob gar eines die Last beider tragen muss. Castor hörte in sich hinein, doch er spürte und hörte nichts mehr in sich schlagen. ›Ist es vorbei?‹, kam es ihm. ›Ist dies das Ende? Das Ende meiner kümmerlichen Existenz? Eines Magiers, eines Mannes, der sich sein halbes Leben lang versteckte? Was ist mein Herz, meine Seele wohl wert?‹ Er dachte daran, wie viel ihm in seinem Leben geschenkt wurde und wie wenig er der Welt zurückgegeben hatte. Es wäre seine Aufgabe, sein Erbe gewesen, etwas Gewaltiges, Wichtiges zu vollbringen. Stattdessen rannte und rannte er immer tiefer in seine eigenen, inneren Katakomben, um sich vor der Welt und sich selbst zu verschließen.

Castor war, als verstummte der Sturm des Himmels. Um ihn herum gab es nur noch die weiße Schneedecke, die ihn einhüllte und sich nun nicht mehr kalt, sondern warm anfühlte. Von oben herab spürte er etwas Heißes auf seinem Körper. Es waren die Strahlen der Sonne, denen die dunklen Wolken wichen, um ihn zu betten, zu schützen. ›Wovor?‹, fragte er sich. ›Vor was sollte mich die Welt noch beschützen wollen?‹

Dann kehrte sein Herzschlag zurück und er begann, sich wieder zu spüren. Immer mehr Teile seines Körpers erschlossen sich ihm, doch alles fühlte sich fremd und eigenartig an. Er selbst war sich fremd. Sein Körper strotzte nur so vor Energie. Diese neu gewonnene, unbekannte Kraft durchströmte ihn bis in die Fingerspitzen. Als würde sich etwas Gewaltiges, Unglaubliches seines Körpers bedienen. Castor richtete sich auf und öffnete die Augen. Es war so hell, dass er zunächst nichts erkennen konnte. Die Formen kehrten nur langsam zurück, doch es gab keine Farbe. Alles um ihn herum war in seltsames Weiß und verschleiertes Grau getaucht. Es war eine Farbe, die keine zu sein schien. Die Farbe des Nichts.

Dann hörte er einen schrecklichen Schrei, der tief von innen heraus kommen musste, doch er spürte keine Angst in sich, obwohl der schrille, vernichtende Ton in seinen Ohren schmerzte. Er vernahm ein Zischen, das die Böe des Windes, die für einen kurzen Moment in sein Gesicht wehte, begleitete. Er wurde angegriffen. Von oben. Vom Himmel aus. Etwas Hartes fegte an seinem Ohr entlang. Er wusste, dass es ihn schmerzen müsste, doch er spürte nichts als Kraft und Energie in sich. Castor fasste sich an sein Ohr und blickte ungläubig auf das Blut, das an seinen Fingern haftete. Die Schreie wurden lauter. Sie waren von Hass, Enttäuschung und Schmerz getrieben. Er kannte diesen Schmerz. Es war ihr Schmerz. Der Schmerz, für den er verantwortlich war, den er verdiente. Castor ließ sich auf die Knie fallen, streckte seine Arme in die Höhe, reckte seinen Kopf in das Licht und schrie so laut er konnte: »Es muss aufhören, Valerya! Es ist genug! Wenn es sein muss, dann töte mich, doch all dies muss irgendwann ein Ende finden!«

Er blickte direkt in die großen, hasserfüllten Augen der Eule, die keine Farbe besaß, während sie lautlos über ihm schwebte. Ihre Schwingen waren so gewaltig, dass sie weder einen Anfang, noch ein Ende zu besitzen schienen. Schlag auf Schlag donnerte sie mit ihren Flügeln gegen seinen Körper. Die Wucht hätte ihn zerschmettern müssen, ihm sämtliche Knochen brechen, doch nichts dergleichen geschah.

Noch einmal schrie er: »Töte mich! Ich opfere mich für dich!«

Ehe Castor sich versah, löste sich der riesige Vogel in einer Wolke aus Staub auf. Die Körner hafteten in seinen Augen, ließen ihn erblinden. Nur langsam klärte sich das trübe Bild und die Farben kehrten zurück in die Welt. Er sah Valerya. Sie stand direkt vor ihm. Ihr Anblick löste etwas in ihm aus, mit dem er niemals gerechnet hätte. All die Gefühle, die er so lange aus seinem Herzen verbannt, in den hintersten Winkeln seiner selbst versteckt hatte, trafen ihn derart heftig, dass er glaubte, innerlich zu zerreißen. Sie sah aus, als wäre sie aus Fleisch und Blut. Als wäre sie noch immer die Frau, die er einst liebte. Die Frau, die einst durch sein Verschulden innerlich gestorben war. Valerya hatte sich, im Gegensatz zu Castor, nicht im Geringsten verändert, war um keinen Tag gealtert. Ihr langes, geschmeidiges, feuerrotes Haar besaß dieselbe Farbe wie ihre fülligen Lippen. Es rahmte ihr wundervolles, nahezu perfektes Gesicht ein und hob die Blässe ihrer Haut hervor. ›Ein Bild von einer Frau‹, ging es ihm durch den Kopf. ›Wie konnte ich nur jemals vergessen, wie schön sie ist?‹ Castor stockte der Atem. Er hatte nicht damit gerechnet, dass es so sein würde, dass er derart fühlen könnte. Mit einem Mal wünschte er sich nichts sehnlicher, als dass die sechzig Jahre, die nun vergangen waren, zu Staub zerfallen würden. Er wollte sie an sich reißen, sie berühren, küssen, um Vergebung flehen. Castors Herz glühte vor Leidenschaft, während das ihre nicht mehr lebte.

Valeryas hellgrüne Augen funkelten vor Hass, als sie einen Schritt auf ihn zuging, und Castor musste schmerzlich erkennen, dass es in ihr kein Leben und keine Liebe mehr gab. Ihre Lippen bewegten sich nicht, doch ihre Worte dröhnten durch seinen Körper.

»Dein Tod ist nicht genug!«

»Was wäre dir genug, Valerya?«

»Nichts! Du weißt, dass ich niemals genug bekomme!«

»Es hätte nicht so enden müssen. Wenn du doch nur … Ich habe dich immer geliebt, und selbst jetzt liebe ich dich noch. Was blieb mir für eine Wahl? Du …«

»Schweig!« Valerya brüllte ihn an. Eine pechschwarze Flüssigkeit schlug ihm aus ihrem Mund entgegen. »Schweig still, wenn dir dein Leben lieb ist!«

Sie musterte ihn verächtlich, begann damit, ihn zu umkreisen. »Was willst du?«

»Ich bin hier, um dich um etwas zu bitten.«

Der Boden vibrierte, während sie lachte. Es war ein abscheuliches Lachen. Die Frau, die er einmal liebte, existierte nicht mehr.

»Weshalb bist du aus deinem Versteck gekrochen? Was willst gerade du von mir?« Wo du doch die Magie, die dir in die Wiege gelegt wurde, nicht einmal zu schätzen weißt? Du, der mich verraten hat! Was ist der Grund, dass du dein Leben aufs Spiel setzt, um mich aufzusuchen?«

»Es geht um ... etwas, das meine Macht übersteigt.«

Sie spuckte ihm ins Gesicht, doch er rührte sich nicht.

»Du warst niemals mächtig, Castor.«

»Im Gegensatz zu dir habe ich die Grenzen, die uns die Welt aufgetragen hat, immer respektiert. Du weißt, was du mit deinem Verhalten anrichtest. Noch kannst du umkehren, Valerya. Es ist niemals zu spät, um das Richtige zu tun.«

»Das Richtige? Als ob du jemals rechtens gehandelt hättest! Du handelst stets nur aus Furcht. Versteckst dich hinter deiner vermeintlichen Moral. Nichts weiter als ein elender Feigling bist du. Ich dagegen weiß, wozu ich in der Lage bin, wer ich bin. Es gibt nur mich und das, was mir gerade beliebt.«

»Deshalb bin ich hier. Du bist die Einzige, die mächtig genug ist, um die Wut der Welt zu kontrollieren.«

Valeryas Augen wurden weit. »Ein Fluch also? Du willst deine eigenen Grenzen, die Gesetze deiner Familie überschreiten? Du suchst meine Hilfe für etwas Dunkles, das niemals geschehen dürfte?«

Castor widersprach ihr nicht, brachte sein Anliegen nun ohne Umschweife vor: »Ist es möglich, eine neue Welt zu erschaffen und gleichzeitig ein so starkes Siegel zu sprechen, dass sie niemals betreten werden kann? Ich habe vor, einen Teil der Welt abzuspalten. Der Boden und alle Menschen, die darauf leben, sollen an einem neuen Ort, in einem völlig anderen Universum, ausgespuckt und auf ewig gefangen gehalten werden. Es müsste eine Welt sein, die sich ständig im Kreis dreht. Ein fürchterlicher Ort, an dem sich alle Ängste, alle unterdrückten Gefühle vervielfachen. Die Menschen sollen in den Wahnsinn getrieben werden, bis sie selbst den Tod suchen, ohne jemals von ihm erlöst zu werden.«

Valerya lachte abermals schallend. »Alles ist möglich, wenn ich es tue. Selbst eine solche Parallelwelt. Was du vorhast, klingt interessant. Man müsste dazu die Welt an sich verfluchen und nichts würde mir mehr Freude bereiten, als ein Stück dieser schändlichen Erde zu zerstören. Sag, was ist der Grund, dass du dies zulassen willst? ›Esilio‹? Gib es mir, dann können wir verhandeln.«

»Du wirst nicht mit mir verhandeln, wenn du es erst einmal besitzt, und ich werde nicht zulassen, dass du es jemals wieder zurückbekommst. Und zu meinem Grund … Nun, es ist derselbe, weshalb aus dir geworden ist, was du nun bist: die Liebe.«

»Was ich nun bin«, entgegnete sie wütend, »ist das Beste, das ich sein kann. Du bist nichts weiter, als ein schwacher, hässlicher, alter Greis. Du weißt doch noch nicht einmal, was es bedeutet, zu leben.«

»Vielleicht weiß ich das wirklich nicht. Doch ich habe, im Gegensatz zu dir, nicht vergessen, wer ich bin.«

»So? Wer bist du denn? Doch nichts weiter als eine lächerliche, einsame Existenz, die sich vor sich selbst versteckt und …«

»Ich bin zu alldem geworden, weil ich dich einst liebte und noch immer im Stande bin zu lieben.«

Valeryas Augen begannen dunkelrot zu leuchten. »Lüg mich nicht an! Du hast mich niemals geliebt. Du hast mich verraten und mir mein Herz heraus gerissen. Du hast mich Jahre meines Lebens gekostet.«

»Nimm sie dir zurück! Ich überlasse sie dir.«

Sie blickte ihn überrascht an und das Grün kehrte zurück in ihre Augen. »Ich kann sie mir selbst nehmen, wenn ich es will. Es geht also um Liebe? Ich verabscheue die Liebe! Du warst es doch, der mich gelehrt hat, dass es nichts als Heuchelei und Lüge auf dieser Welt gibt.«

Castor schüttelte betreten den Kopf. »Wenn du die Liebe so sehr verabscheust, dann wirst du mir helfen. Der Sohn Cosimos, Massimo Maritiano, fühlt ebenso wie du. Er ist es, der mich dazu zwingt, diesen Schritt zu gehen. Für ihn soll die Welt eine andere werden.«

»Er erpresst dich mit ›Esilio‹? Was sollte mich daran hindern, mit ihm selbst zu verhandeln, wenn er sich diesen Irrsinn so sehr wünscht?«

»Du weißt ganz genau, dass du mich dazu brauchst, Valerya. Jeder Baum, jedes Blatt verabscheut dich. Die Natur selbst würde sich dir widersetzen und dich mit in den Schlund hinab ziehen.«

Ihre Stimme war nur ein leises Flüstern. »Du unterschätzt mich, Castor. Du hast mich immer unterschätzt.«

Kapitel 16

Zurück in San Lilia – Gemeinsam dem Ende entgegen

Die Glocken der Kirchturmuhr begannen ihr letztes Lied zu spielen und ihre melancholische Melodie klirrte schmerzhaft in Castors Körper nach. Es hätte finstere Nacht sein müssen, doch er konnte jede Einzelheit, die ihn umgab, klar und deutlich erkennen. Die Himmelssterne leuchteten derart hell am Firmament, dass sie die gesamte Welt in silbernes Licht hüllten. Jeder Baum, jeder Grashalm und jede Blumenknospe schien ihm mit glitzerndem Aschestaub einer anderen Welt bedeckt zu sein. Castor hätte dies wohl als schön empfunden, wenn er nicht gewusst hätte, dass in Wahrheit nichts anderes als die kläglichen Überreste, die verbrannten Tränen einer großen, gewaltigen Liebe auf ihnen ruhten.

Es war ein beängstigendes, surreales Bild, gleich einem schrecklichen Albtraum. Doch Castor träumte nicht. Keiner von ihnen träumte. Ein jeder von ihnen trug einen Teil der Schuld daran, dass die Welt schon jetzt eine andere war.

Castor blickte zu seiner Rechten. Direkt in Valeryas wunderschönes, durch und durch von Hass erfülltes Gesicht. Verzweifelt forschte er nach etwas Lebendigem in ihren hellgrünen Augen. Doch er fand nichts weiter, als zu Eis erstarrte, in tausend Teile zerschmetterte, längst verlorene Gefühle. Das Herz in ihrer Brust, welches einst so heiß und innig für ihn schlug, existierte nicht mehr und es gab nichts, das an seine Stelle getreten war. Mit fremden Emotionen fütterte sie das schwarze, mit den Kohlen der Hölle infizierte, gierige Loch in ihrer Brust, um sich Jahr für Jahr, auf Kosten anderer, weiter in dieser Welt halten zu können.

›Sie darf ›Esilio‹ niemals zurückbekommen‹, ging es Castor durch den Kopf. ›Die Zerstörung, die Valerya auslösen könnte, wenn sie durch ›Esilio‹ noch einmal ungehemmt auf die Welt losgelassen würde, wäre weit schlimmer, als das, was wir nun gemeinsam anrichten.‹ Die Erinnerung daran, wie das Amulett einst von seiner Familie erschaffen wurde, um die schwarzen Hexen aus der Welt zu verbannen, drängte sich in seinen Kopf. Er sah seine Eltern vor sich, wie sie vor seinen Augen den Tod fanden, um ihn und ›Esilio‹ zu beschützen.

Er blickte zu Massimo und schüttelte betreten den Kopf. Er konnte ihn nicht mehr retten. Castor sah es in seinen Augen. Massimo wünschte nicht, gerettet zu werden. Er war bereit dazu, sich selbst und alles, was ihm einst etwas bedeutete, für diesen von tiefstem Schmerz und Hass gelenkten Wahn, aufzugeben. Bereit, seine Seele an den Teufel selbst zu verkaufen. Es war zu spät. Castor konnte nicht mehr aufhalten, was mit ihnen allen geschah.

In dem Moment, als Mars und Venus miteinander verschmolzen, öffnete Valerya ihre Arme und begann in den Himmel hinauf zu kreischen. Castor schloss seine

Augen und atmete die ihm gewohnte Luft noch einmal tief ein. Unzählige Bilder, die Erinnerungen seines Lebens, huschten durch seinen Geist. Er wollte, dass sich jedes einzelne unwiederbringlich in ihn einbrannte, um, wenn alles vorbei war, niemals zu vergessen.

Als er die Augen wieder öffnete, spürte er keinen Wind mehr. Alles um ihn herum war in leblose Stille getaucht. Allein Valeryas feuerrotes Haar peitschte, wie inmitten eines Sturmes, wild um ihr Gesicht – getrieben von den Kräften, die aus ihrem Inneren strömten. Er sah, wie sich ihre Lippen bewegten, wie sie dem Horizont entgegen schrie. Doch er hörte nichts, verstand kein Wort. Es fühlte sich an, als befänden sie sich allesamt in einem Vakuum des Stillstandes, in einer erstarrten, kalten Welt. Taub und stumm.

Es begann zu regnen. Die Tropfen, die vom Himmel fielen, waren schwarz und verbreiteten einen bestialischen Gestank, und mit jedem einzelnen, der auf die Welt herab prasselte, verdorrten die Rosen, als hätte sie ein alles vernichtendes Gift getroffen. Das glitzernde Silber wurde hinfort gespült und eine Finsternis, die nichts mehr erkennen ließ, trat an seine Stelle.

Castor beobachtete, wie die Tropfen seiner Haut die Farbe entzogen, doch er empfand nichts dabei. Valerya griff nach seiner Hand und er spürte, wie seine Lebensgeister unter ihrer Berührung aus ihm hinaus strömten. All seine Kraft, seine Energie, sein Mut und sein Wille schwanden dahin und direkt in sie hinein. Sie saugte förmlich das Leben, Jahre oder gar Jahrzehnte aus seinen Knochen und er fühlte, wie sein Körper langsam morsch und gebrechlich wurde. Er wollte sich ihr entziehen, doch er konnte nicht. Dies war der Preis, den er zu zahlen hatte: die Lebensjahre, die er ihr versprach, die Jahre, von denen sie glaubte, sie einst, als er sie verließ, verloren zu haben, und die Kraft, die sie von ihm benötigte, um all dies geschehen zu lassen.

Castor erschrak, als sich von hinten etwas in sein Fleisch hinein krallte. Es war Alfio, der sich mit schmerzverzerrtem Gesicht wand und verzweifelt nach Hilfe suchte. Zu gern hätte Castor wenigstens ihm, der doch nichts für all dies konnte, geholfen. Doch selbst der gute Alfio, der niemals jemandem Schlechtes wollte, der sein ganzes Leben dem Wohlergehen Massimos geopfert hatte, musste nun den Preis für seine unerschütterliche Treue bezahlen. Es klebten Fetzen von Castors Haut unter seinen Fingernägeln, als ihn die unsichtbare Kraft mit sich riss. Castor musste mit ansehen, wie Alfio durch die Luft flog und so hart auf den Boden geschmettert wurde, dass sämtliche Knochen brachen.

Schmerz war das einzige Gefühl, das Alfio spürte. Er schrie, versuchte sich an einem Boden festzuklammern, der kaum noch existierte. Doch es gab kein Entkommen.

Valerya ließ ihre Arme sinken und wie aus dem Nichts schmetterten gewaltige Eisenpfeiler vom Himmel herab. Einer nach dem anderen bohrte seine kalte, unbeugsame Spitze in den Erdboden hinein. Unerbittlich bahnten sie sich, von fremden Mächten gelenkt, ihren Weg und durchstießen mit derselben rohen Gewalt, wie sie die Oberfläche des Erdbodens aufgerissen hatten, um sich dort auf ewig hinein zu winden, nun Alfios gebrochenen

Körper. Nichts war in diesem Moment zu hören. Sein Kreischen verstummte unter ihrer Wucht. Nichts war zu sehen. Der Staub der durchdrungenen Erde verklebte Castors Augen.

Als der Staub sich legte, war kaum mehr etwas übrig von der sterblichen Existenz Alfios. An seine Stelle war ein gewaltiges Tor getreten. Einzig der bizarre Anblick einiger Fleischfetzen, die noch an den Pfeilern hingen, hätten an einen menschlichen Körper erinnern können. Doch auch diese Reste verschmolzen alsbald mit dem Eisen, um Alfio bis in alle Ewigkeit als Wächter des Tores in sich aufzunehmen.

Castor blickte abermals zu Valerya, deren Augen dieselbe rotflammende Farbe ihres Haares angenommen hatten. Sie wirkte angsteinflößend und gewaltig, doch sie grinste wie ein kleines, unbedarftes Kind, dem ein Geschenk vor die Füße gelegt wurde. Für sie war all dies, obgleich es das Größte war, das sie jemals vollbracht hatte, nichts weiter, als ein Austesten ihrer eigenen Macht. Sie gierte danach, Castor ihre Überlegenheit zu beweisen, ihn wissen zu lassen, dass er in ihren Augen nur ein jämmerliches Häufchen Elend war. Ein armseliger Tropf, der ohne sie an seiner Seite keine Bedeutung hatte. Er wusste, dass sie ihn leiden sehen wollte. Sie wünschte, dass er in jeder einzelnen Sekunde seines erbärmlichen Lebens bereute, sie verlassen zu haben.

Castor konnte, während Valerya immer noch seine Hand hielt, ihrem irren Blick nicht standhalten und sah zu Massimo. Dieser lächelte ihn zwar an, doch die starren Züge seines Mundes, sein verzerrtes Gesicht, ließen

Castor vor Kälte erzittern. Der Mann, den er vor sich sah, war nicht mehr derselbe. Schon lange nicht mehr. Aus Massimos offenem, lachendem Mund rann ein schwarzer, modrig riechender Nebel. Er spie all die Gefühle, die er nicht länger ertragen konnte, aus. Valerya sog sie in sich ein. Es war, als würde sie nur einen tiefen Atemzug durch ihre Lippen saugen, während sich der Ausdruck in Massimos Gesicht veränderte. Die Liebe, die er einst empfand, wich aus seinem Körper und kehrte in den ihren ein. Valerya riss noch das kleinste Gefühl, das in Massimo lebte, jede Emotion, die sich irgendwo in ihm versteckte, gnadenlos an sich. Immer gieriger saugte sie ihn aus, bis seine Augen keinerlei Farbe mehr in sich bargen, seine Haut blass und fahl wurde, vom Tode des Herzens gezeichnet, und seine Züge zu einer leblosen, auf ewig verfluchten Hülle erstarrten. Alles, woran Massimo einst glaubte, wonach er sich sein Leben lang gesehnt hatte, glitt aus seinem Herzen, seinen Gedanken und seiner Erinnerung, bis nichts mehr in ihm weilte, als derselbe Hass und dieselbe Wut, die Valerya beherrschten.

Ein dumpfer, bedrohlicher Gesang drang an Castors Ohr. Worte, Laute wie aus einer anderen Welt. Die Stimmen wurden immer unerträglicher. Er wollte sich seine Ohren zuhalten, konnte die schrillen Töne, die ihn marterten, nicht länger ertragen. Noch einmal versuchte er Valerya seine Hand zu entziehen, doch es war nicht länger seine eigene, die in der ihren ruhte. Sie waren miteinander verschmolzen, untrennbar verbunden. Castor versuchte daran zu ziehen, doch er zog auch Valerya mit sich, von der er glaubte, dass sie um ein vielfaches stärker war, als er selbst je sein könnte. Er sprach laut aus, was er in diesem Moment dachte: »Was ist mit dir geschehen, Valerya? Was ist mit der Frau geschehen, die ich liebte?«

Valerya tat, als würde sie ihn nicht hören. Sie streckte ihre Arme und damit auch den seinen dem Himmel entgegen und erhob sich langsam von der Erde, die sich unter ihr aufzulösen begann. Je weiter sie empor stieg, desto schmerzhafter wurde der Zug auf Castors Arm. Er wünschte sich, dass irgendeine Kraft seine Hand von der ihren trennte, ihn von alledem erlöste. Einen Augenblick lang sehnte er sich danach zu sterben, um wenigstens in der Welt, die ihn nach dem Tod erwartete, ein normales Leben führen zu können. Wollte er doch niemals derjenige sein, der er war. Er verabscheute seine eigene Macht, die Magie, die durch seine Adern floss, und ersehnte nichts mehr, als dass die Bürde, die seine Gabe mit sich trug, von ihm abfalle.

Castor wünschte sich, endlich aufzuwachen. Er wollte seine Augen öffnen und sich an irgendeinem Ort wiederfinden, an dem er alles kontrollieren konnte. Doch es war zu spät, um zu bitten, zu betteln oder zu hoffen. Diese neue Welt kannte keine Gnade. Sie kannte nur Hass, Wut und Zerstörung. Er schloss seine Augen und wartete auf den Tod. Castor war sich sicher, dass Valerya ihn, wenn sie sich alles genommen hatte, wonach sie gierte, zerstören oder auf ewig verdammen würde, wie sie es mit Alfio geschehen ließ, und ein Teil von ihm konnte sie verstehen. Er dachte an die Zeit, in der ihre beiden Herzen wild vor Liebe füreinander schlugen. Damals, als das Böse Valerya noch nicht gänzlich beherrschte und sie fähig war zu vertrauen, an das Gute zu glauben. Er erinnerte sich, wie er ihr ›Esilio‹ schenkte. Das Amulett als Zeichen seiner niemals endenden Liebe in ihre Hände legte. Dann, wie er es ihr eines Nachts, nachdem sie ›Esilios‹ Macht missbraucht hatte, stahl und für immer aus ihrem Leben verschwand. ›Weshalb sollte sie mich auch verschonen?‹, dachte er bei sich. ›Sie hat ein Recht darauf, mich zu hassen. Vielleicht hätte es damals doch einen Weg gegeben. Wenn ich doch nur bei ihr geblieben wäre, an das Gute in ihr geglaubt hätte!‹

Je näher er sich dem Tod fühlte, desto leichter wurde der Druck auf seine zerrissenen Sehnen. Er wagte es zunächst nicht, seine Augen zu öffnen, doch irgendetwas zwang ihn dazu. Valerya war es, die ihn mit all ihrer Kraft dazu nötigte, ihr bei der Vollendung ihres Werkes zuzusehen. Er sollte sehen, was aus ihr geworden war.

Valerya donnerte mit einem Schlag auf die Erde hinab. Die Wucht ihres Aufpralles war so groß, dass unter ihren Füßen ein Riss entstand, der sich immer weiter ausbreitete. Castor konnte sich kaum mehr über dem bebenden, vibrierenden Boden halten. Die Erde spaltete sich, Himmel wie auch Hölle öffneten ihre Tore, um etwas an sich zu reißen, das keine der beiden Welten erschaffen hatte, das aber gleichwohl jede für sich beanspruchte. Der Riss wurde zu einem schwarzen Loch, das alles in seiner Gegenwart hinunter in die Tiefe zerrte. Es verschlang jeden Baum, jeden Rosenstock, um die Welt, wie sie einmal gewesen, unter dieser neuen, gefühllosen, kalten zu begraben. Es saugte Valerya, Castor und auch Massimo in sich ein, bis jeder von ihnen Erde auf seiner Zunge schmeckte und daran glaubte, auf ewig verscharrt zu werden. Immer tiefer fielen sie in die Dunkelheit hinein, die ihre Seelen zerfraß und all die Gedanken, ob sie nun gut oder schlecht waren, nichtig werden ließ.

Allesamt hatten sie sich maßlos überschätzt, doch gerade in dem Moment, als dies jedem Einzelnen von ihnen bewusst wurde, katapultierte sie irgendeine Kraft, die weder Castor noch Valerya herauf beschworen hatte, aus der Gefangenschaft des Erdreiches hinaus.

Mit dem Licht der ersten Sonnenstrahlen kehrten langsam die Farben zurück. Castor wagte sich einen Schritt nach vorn, zu dem Tor hin, welches nun Alfio in sich barg. Die Erde unter seinen Sohlen fühlte sich an, als wäre sie dieselbe, die er seit seiner Kindheit kannte. Doch als er zwischen die Gitterstäbe hindurch blickte und die verdorrten Rosen sah, wusste er, dass sich alles verändert hatte.

Es war ihr gelungen. Valerya hatte es tatsächlich geschafft, einen Teil der Welt in ein Nirgendwo zu verbannen, das niemals gefunden werden konnte. Castor fragte sich, wie es wohl sein würde, dort, in diesem Nichts, in dieser Parallelwelt zu leben. Ob es vielleicht kein Fluch, sondern vielmehr Erlösung sein konnte, in diese Welt verbannt zu werden. Er hörte die Vögel zwitschern und spürte einen Windhauch in seinem Gesicht, doch die Gefühle, die dabei in ihm auflebten, fühlten sich nicht echt an.

Valerya schritt auf ihn zu, trat so dicht an Castor heran, dass sich ihre Kleider berührten. Sie war nur unwesentlich kleiner als er und sah ihm direkt in die Augen. Er wollte von ihr weichen, doch seine Muskeln waren wie gelähmt. Valerya erlaubte ihm nicht, sich zu bewegen, während sie ihm das bezaubernde Lächeln schenkte, das sie früher stets gelächelt hatte.

Zärtlich strich sie ihm seine Haare aus dem Gesicht und wanderte mit ihren Fingern über seine Wange. Ihre Haut war eiskalt. Dennoch brannte die seine vor Hitze unter ihrer Berührung. Castor ertrug es nicht, in ihre weichen Augen zu sehen, wollte dem Bann entfliehen, in den sie ihn zog. Doch in dem Moment, als ihre Lippen ganz leicht auf die seinen trafen, konnte er sich seiner Liebe nicht länger erwehren. Er riss sie an sich, spürte ihren zierlichen Körper unter seinen Händen und küsste sie mit all der Leidenschaft, die er sich so lange selbst versagt hatte. In diesem Moment hoffte er inständig, sie noch nicht verloren zu haben. Alles war ihm gleich. Es gab nur ihn und Valerya. Nichts auf der Welt wünschte er mehr, als die Liebe, die ihn einst zerstörte und noch immer zerfraß, zurück in seinem Leben zu wissen und um jeden Preis in sich zu halten. Mit diesem Gefühl, dem Wissen um seine Liebe, wollte er aus dem Leben treten, verenden, in ihren Armen.

Als sie von ihm wich, war ihr Lächeln verschwunden. Castor blickte in die vernichtenden, hasserfüllten Augen einer ihm fremden Frau. Es war Valeryas Wille, dass er noch einmal spürte, was er einst zerstörte. Dieser Kuss war ihre Rache. Ihre Vergeltung. Castor sollte diesem letzen Gefühl, dieser Liebe, die ihm den Verstand raubte, bis ans Ende seiner Tage voller Verzweiflung hinterher jagen.

Epilog

Ich denke, ich träume.
Die Farben, die ich sehe, sollten kräftiger sein. Sie erscheinen mir zu matt und glanzlos. Ein grauer Schleier ruht auf ihnen. Sie wirken schmutzig. Es liegt an dem Nebel der Vergangenheit, welcher die Welt umhüllt. Langsam beginne ich zu vergessen. Wir alle verlieren unsere Erinnerungen. Es ist gut so. Es muss so sein. Die Erinnerung an das Schöne, wie auch das Schlechte. Jegliche Erinnerungen an die Welt, wie sie einmal war.

Die Farben verblassen immer mehr. Ich beobachte, wie sie verenden. Es ist ein langsamer Tod, der mich traurig stimmt.

Ich kann mich nicht mehr erinnern, wie sie einst waren. Ich weiß nur noch, dass es anders war als jetzt, anders sein sollte und dass ich es bin, die für alles, was nun mit uns geschieht, die Verantwortung zu tragen hat.

Nun sehe ich nichts mehr. Ich überlege, ob es mein Augenlicht ist, das versagt, oder ob es tatsächlich die Welt selbst sein könnte, die im Schwarz verschlungen wird.

Um mich herum herrscht Stille. Es ist eine beängstigende Stille, die Unwohlsein herauf beschwört, doch mich gleichzeitig innerlich ruhig werden lässt. Ein seltsames Gefühl der Sicherheit kehrt in mir ein. Eine Sicherheit darum, dass es endlich vorbei sein könnte. Sie nimmt mir den Schmerz.

Krampfhaft halte ich an etwas fest. Meine Fingernägel graben sich immer tiefer hinein. Ich weiß nicht, was es ist. Ich möchte loslassen, schaffe es jedoch nicht. Es fühlt sich an, als wäre Haut und Fleisch unter meinen Fingern. Es ist falsch.

Langsam kehrt das Gefühl zurück. Das Gefühl für meinen eigenen Körper. Ich bemühe mich darum, mich selbst zu kontrollieren. Ganz langsam öffnen sich meine Hände und mit jedem kleinen Muskel, der sich zu entspannen beginnt, falle ich tiefer.

Ich falle in diesen tiefschwarzen Strudel hinein, und lasse mich bereitwillig von ihm tragen, in der Hoffnung, vielleicht selbst ein Stück Vergangenheit werden zu können.

Es ist schön zu fliegen, frei zu sein.

Ich beginne, mich immer schneller zu drehen. Vielleicht bin es nicht ich, sondern die Welt selbst, die sich dreht. Bilder erscheinen. Je mehr ich sie zulasse, desto klarer werden ihre Linien. Die Farben kehren zurück. Sie werden immer deutlicher, immer satter.

Wie konnte ich nur vergessen, wie schön die einzelnen Töne sind, wie es ist, wenn die Welt in all ihren verschiedenen Nuancen erstrahlt?

Ich sehe einen Greis vor mir. Ich erkenne ihn, und wundere mich. Sein Gesicht hat sich verändert. Es ist von tief liegenden Furchen gezeichnet. Wie schnell die Zeit doch vorüber zieht. Jahrzehnte müssen vergangen sein.

Plötzlich blicke ich in die Augen eines Mannes. Ich erinnere mich schemenhaft an ihn. Ich erinnere mich an warmherzige, gütige Augen voller Liebe und Zuversicht. Es stimmt mich traurig, ihn so zu sehen. Es ist der Ausdruck in seinen Augen, der mich stört.

Ich weiß, dass sie ihm gehören, doch alles an ihnen scheint sich verändert zu haben. Da ist keine Liebe mehr, keine Wärme. Da ist nichts. Nur Leere. Es sind Augen ohne jegliches Gefühl. Ohne Ausdruck. Sie liegen begraben unter Bedeutungslosigkeit. Es ist das falsche Bild. Es sollte nicht so sein. Es darf nicht so sein.

Ich möchte die Augen an mich reißen. Sie in meinen Armen wiegen. Ich strecke meine Hand aus, doch mein Arm ist nicht lang genug, um sie zu berühren. Sie entfernen sich immer weiter von mir. Ich bin gezwungen zuzusehen, wie sie zurück in die Dunkelheit verschwinden.

Ranken sprießen überall aus dem Boden. Sie kreisen mich ein, sie wachsen in mir, mit mir. Immer höher, immer verzweigter. Die Dornen bohren sich in mein Fleisch. Knospen entstehen. Sie beginnen sich langsam zu öffnen.

Es sind Rosen. Ich stehe in einer Flut aus Rosengewächsen und es scheint mir, als wäre ich nun selbst eine von ihnen. Sie sind überall. Die Sonne scheint hoch am Himmelszelt und lässt jede einzelne Blüte in ihrem Farbenspiel erstrahlen. Es muss zur Mittagsstunde sein. Es ist wunderschön. Ich bin wunderschön.

Dann wieder Schwarz. Nichts als Schwarz. Ich bin müde. Meine Augen schließen sich. Es ist, als würde ich endlos lange schlafen. Ich schlafe in meinem eigenen Traum.

Meine Augen öffnen sich. Ich vermute, dass es regnet. Vielleicht sind es aber auch glitzernde Tränen, die aus dem bedeckten Himmel auf uns herab prasseln. Jene Tränen, welche die Welt zu weinen gewillt ist, über all das, was geschah. Sie strahlen wie ein Meer aus Diamanten.

Ich sehe, ich beobachte, doch es bleibt mir verwehrt zu spüren. Es ist seltsam, nichts zu fühlen, dennoch unbedeutend.

Ich sehe ein kleines Kind. Einen Jungen. Ich weiß darum, dass er zu mir gehören sollte, doch die Regungslosigkeit meines Herzens, das nicht mehr an seinem rechten Ort zu weilen scheint, hindert mich daran, die Zusammenhänge klar zu erkennen.

Ich versuche, meine Hand nach ihm auszustrecken, doch nichts geschieht. Es ist, als würde der Arm, welcher der meine sein sollte, mir nicht mehr gehorchen.

Ich wünschte, besser sehen zu können. Ich glaube, dieses Kind schenkt mir ein Lächeln. Es ist, als wüsste dieses kleine, hilflose Wesen in diesem Moment weit mehr als ich.

Und da ist noch ein anderes Gesicht. Das Gesicht eines Mannes. Ich erinnere mich an ihn. An Situationen, an zu wenig Zeit, um ein gemeinsames Leben zu leben. Seine Miene ist erstarrt. Kalt und unbeweglich, ohne jedes Gefühl. Vielleicht ist er so wie ich, regungslos und gefangen in einer Hülle, aus der alles entwichen ist.

Jemand spricht. Ich erkenne die Bewegung seiner Lippen, doch ich kann die gesprochenen Worte nicht hören. Eine alte Frau, diejenige, die das Kind in ihren Armen hält, beginnt als Einzige zu weinen. Ich frage mich weshalb.

Wieder diese Blumen. Wildrosen überall. So viele schöne Farben. Ich wünschte, ich könnte sie riechen, einmal noch ihren Duft in meine Nase strömen lassen. Etwas stört mich. Es fehlt etwas, oder jemand, der nicht fehlen sollte. Ich sehe seine grüngrauen Augen vor mir. Sein wallendes Haar, das dem warmen Farbspiel des Herbstes gleicht. Er sollte neben ihm stehen. Direkt neben Massimo. So wäre es richtig.

Langsam fügen sich die losen Fetzen aneinander. Immer mehr Bilder erscheinen mir. Sie sind getrübt von Vergangenem, durchscheinend und schlecht erkennbar zwischen den Menschen, die sich hier versammelt haben.

Ich weiß, dass all dies allein meine Schuld ist. Dass ich nun meine Taten zu verantworten habe, dass ich bereits zur Verantwortung gezogen wurde. Dass diese gefühllose, seltsame Welt der rechtmäßige Ort für mich ist.

So ist es, wenn die Grenzen, die gewahrt werden sollten, die Gesetze, die einem das Leben vorschreibt, gebrochen werden, ohne einen einzigen Gedanken an die Konsequenzen zu verschwenden.

So ist es, wenn man alles hat, und noch viel mehr will … Wenn ein Herz immer hungrig, immer suchend sich schamlos bedient, ohne jemals gesättigt zu sein. Wenn eine Frau nach allen Regeln der Kunst mit ihrem Körper spielt, mit fremden Herzen, und dabei glaubt, gewinnen zu können. Ich erinnere mich. Ich erinnere mich an alles.

Es ist die Geschichte eines großen italienischen Herrschers, welcher sich nichts sehnlicher wünschte, als wahrhafte Liebe zu spüren und dabei jedes lebendige Gefühl verlor. Eines deutschen Freiherren, der niemals die Liebe, sondern stets die Lust und die Herausforderung suchte, um schließlich auf ewig in einem Strudel der Verdammnis, mitten ins Nichts verbannt zu werden.

Vor allem aber ist es die Geschichte einer Frau, die so unstet, so wechselhaft und impulsiv war, dass ihr betörendes Spiel, welches sie mit ihnen beiden spielte, am Ende die Welt selbst entzweite.

Es ist meine Geschichte ...

Danksagung

Von ganzem Herzen möchte ich mich bei meinem geliebten Ehemann, Herrn Dr. Klaus-Alexander Müller, bedanken. Dein Verständnis für mich, Deine endlose Geduld und der Rückhalt, den ich durch Dich nicht nur für dieses zeitraubende Projekt, sondern in allen Bereichen des Lebens erfahren darf, sind faszinierend. Danke, dass ich mich immer auf Dich verlassen kann.

Ein ganz besonderer Dank gilt meiner Seelenverwandten, Frau Julia Bieber. Über zwei Jahre hast Du diese Geschichte wahrlich mit mir gelebt. Du sortiertest meine Gedanken, tauchtest in mich ein, ertrugst mich und meine Launen und hast verhindert, dass mich der Wahnsinn überfällt. Ich bin stolz, einen so fantastischen Menschen wie Dich kennen zu dürfen.

Ferner möchte ich mich bei Frau Marie-Luise Wank für ihre wertvolle Unterstützung bedanken, ebenso für ihre unvergleichliche Art sich mit jeglicher Problematik konstruktiv auseinanderzusetzen. Danke, dass Du immer an mich geglaubt hast.

Einen weiteren wichtigen Anteil am Zustandekommen meines Buches verdanke ich Frau Johanna Herold, die mir stets als Ansprechpartnerin zur Seite stand und mir die Möglichkeit gab, am ›Krumbacher Literaturherbst‹ als Leserin zu debütieren.

Ein besonderer Dank gilt Herrn Sigurd Rakel, ein Freigeist der speziellen Art. Keiner debattiert so ausschweifend und tiefgründig über Liebe und Leidenschaft wie Du. Danke, dass ich Deine ›Pfingstrosen‹, mit Zustimmung des Besitzers, Herrn Franz Henzler, für das Buchcover verwenden durfte.

Ferner möchte ich mich beim Team des Klecks-Verlages, insbesondere meiner Lektorin Frau Ulrike Rücker und dem Verleger Herrn Ralf Böhm, für die unkomplizierte Zusammenarbeit bedanken.

Ein weiterer Dank gilt meiner Familie.

Impressum

Katharina Falkenberg
Fluch der Rosen
Roman

1. Auflage • Oktober 2014

ISBN Buch: 978-3-95683-052-5
ISBN E-Book PDF: 978-3-95683-053-2
ISBN E-Book epub: 978-3-95683-192-8

Lektorat: Ulrike Rücker • ulrike.ruecker@klecks-verlag.de
Umschlaggestaltung: Ralf Böhm
Künstlerische Gestaltung Titel: Sigurd Rakel
info@boehm-design.de • www.boehm-design.de

© 2014 KLECKS-VERLAG
Würzburger Straße 23 • D-63639 Flörsbachtal
info@klecks-verlag.de • www.klecks-verlag.de

Alle Rechte vorbehalten. Das Werk ist urheberrechtlich geschützt. Jede Verwertung und Vervielfältigung – auch auszugsweise – ist nur mit ausdrücklicher schriftlicher Genehmigung des Verlages gestattet. Alle Rechte, auch die der Übersetzung des Werkes, liegen beim KLECKS-VERLAG. Zuwiderhandlung ist strafbar und verpflichtet zu Schadenersatz.

Alle im Buch enthaltenen Angaben wurden vom Autor nach bestem Wissen erstellt und erfolgen ohne jegliche Verpflichtung oder Garantie des Verlages.

Der Verlag übernimmt deshalb keinerlei Verantwortung und Haftung für etwa vorhandene Unstimmigkeiten.

Bibliografische Information der Deutschen Nationalbibliothek: Die Deutsche Nationalbibliothek verzeichnet diese Publikation in der Deutschen Nationalbibliografie; detaillierte bibliografische Daten sind im Internet über http://dnb.d-nb.de abrufbar.

Unsere Leseempfehlung …

TRIPLUM
Rita Maffini
Drei Leben, ein Weg.
Roman
KLECKS VERLAG

Rita Maffini
Triplum
Drei Leben, ein Weg.
Roman

Taschenbuch • 380 Seiten
ISBN Buch: 978-3-95683-050-1
ISBN E-Book PDF: 978-3-95683-051-8
ISBN E-Book epub: 978-3-95683-188-1

Ein Blickkontakt zwischen Margot Trusiem und Marius Fuerster reicht, um die Welt Margots gänzlich auf den Kopf zu stellen. Das Problem nur: Margot ist 75, der junge Künstler gerade einmal 19. Und doch: so viel Vertrautheit, ein merkwürdiges Gefühl der Verbundenheit ... und dann diese Träume.

Margot sucht Rat bei einem Schamanen – und ihr wird das Geheimnis des Triplums offenbart ...

Gibt es ein Leben nach dem Tod? Wie viele Chancen bekommen wir? Um zu leben, zu lieben, wahrhaft gut zu sein?

Unsere Leseempfehlung ...

Hilde Harmon
Das Siegel
Roman

Taschenbuch • 500 Seiten
ISBN Buch: 978-3-944050-92-8
ISBN E-Book PDF: 978-3-944050-93-5
ISBN E-Book epub: 978-3-95683-114-0

»Man gewöhnt sich an alles. Der Mensch kann viel ertragen, wenn ihm keine Wahl bleibt, viel mehr als er je für möglich gehalten hätte, viel mehr.«

Margarete Berner erleidet und durchkämpft die Schrecken des Zweiten Weltkrieges. Ihre eigene Entwicklung und die Begegnung mit den verschiedensten Menschen verändern sie völlig und bringen ihre eigenen Ideale ins Wanken. Enttäuscht von der Liebe, dem bedingungslosen Gehorsam ihrer Generation und dem Machtstreben der Nachkriegszeit nimmt sie ihr Leben selbst in die Hand und führt es fortan ohne falsche Sentimentalität.